元代古籍集成 第二輯

總主編 韓格平

集部別集類◎

主編 李軍

梧溪集

（元）王逢 撰 李軍 點校

国家出版基金项目
NATIONAL PUBLICATION FOUNDATION

北京师范大学出版集团
BEIJING NORMAL UNIVERSITY PUBLISHING GROUP
北京师范大学出版社

本叢書整理與出版得到
北京師範大學中央高校自主科研基金資助
北京師範大學「九八五」工程基金資助
北京師範大學「二一一」建設基金資助

《元代古籍集成》編委會

總序

元代，是中國歷史上由蒙古族統治者建立的多民族的統一朝代。蒙古部族早年生活於大興安嶺北部、斡難河一帶及其西部的廣大地域。一二〇六年，成吉思汗完成了蒙古各部落的統一，建國於漠北，號大蒙古國。一二七一年，元世祖忽必烈改國號爲大元。一二七六年，元滅南宋。一三六八年，元順帝妥歡貼睦爾率衆退出中原，明軍攻入大都。明初官修《元史》，自成吉思汗建國至元順帝出亡，通稱元代。蒙古人原來没有文字，成吉思汗時借用畏兀兒字母書寫蒙古語，從此有了蒙古文。一二六九年，忽必烈頒詔推行由國師八思巴創制的主要借鑒於藏文的新的拼音文字，初稱蒙古新字，不久改稱蒙古字，用以「譯寫一切文字」。同時，元代統治者重視學習漢文。元太宗窩闊台于太宗五年（一二三三年）頒有《蒙古子弟學漢人文字詔》，鼓勵、督促蒙古子弟學習漢語。忽必烈亦重視吸取漢文化中的有益成份，爲藩王時，曾召見僧海雲、劉秉忠、王鶚、元好問、張德輝、張文謙、竇默等，詢以儒學治道。其後的元仁宗愛育黎拔力八達、元英宗碩德八剌均較爲主動地借鑒漢族封建文化，且頗有建樹。有元一代，居於統治地位的蒙古貴族及色目貴族不同程度地接受了包括漢民族在内的多民族文化的影響。可以説，元代文化是由蒙古貴族主導的包容多民族文化的封建文化。其中，中土漢人和熟悉漢語的少數民族文人積極參與元代文化建設，他們用漢語撰著的漢文著述數量極爲豐富，其内容涉及到元代社會生活的方方面面，是元代文獻的主要組成部分。

明修《元史》，未撰《藝文志》。清人錢大昕撰有《補元史藝文志》，「但取當時文士撰述，録其都目，以補前史之闕，而遼、金作者亦附見焉」〔一〕，共著録遼金元作者所著各類書籍三千二百二十四種，其中元人著作二千八百八十八種（含譯語類著作十四種）。該書參考了焦竑《國史經籍志》、黄虞稷《千頃堂書目》、倪燦《補遼金元藝文志》、朱彝尊《經義考》等著作，增補遺漏，糾正訛誤，頗顯錢氏學術功力。今人雒竹筠、李新乾撰有《元史藝文志輯本》，既廣泛參考前人論著，亦實際動手搜求尋訪，「凡屬元人著作，不棄細流，有則盡録，巨細咸備」〔二〕，共著録元代作者所著各類書籍五千三百八十七種（個别著録重複者計爲一種，如方回撰《文選顔鮑謝詩評》分别著録于詩文評類與總集類），除十一種蒙文譯書外，皆爲漢文書籍。其中現存著作二千一百九十六種（包括殘本、輯佚本）。具體分佈情況如下：經部，著録書籍一千一百一十七種，今存二百二十種；史部，著録書籍一千零二十六種，今存二百七十三種；子部，著録書籍一千零七十六種，今存四百八十八種；集部，著録書籍二千一百六十八種，今存一千二百一十五種。與錢《志》相比，《輯本》具有兩項顯著的優點，一是增補了戲曲、小説

〔一〕（清）錢大昕：《補元史藝文志序》，《二十五史補編》，北京，中華書局，一九九八年版，第八三九三頁。

〔二〕雒竹筠、李新乾：《元史藝文志輯本·弁言》，北京，燕山出版社，一九九九年版，第三頁。

類著作，二是每一書名之後記以存佚，頗便使用者查尋。可以説，該書是目前較爲詳備的元代目録文獻。持此《輯本》，元人著述狀况及現存元人著作情况可以略窺概貌。需要説明的是，元人著作散佚嚴重。僅據元人虞集所作詩序，可知《胡師遠詩集》、《吴和叔詩集》、《黄純宗詩集》、《楊叔能詩集》、《會上人詩集》、《劉彦行詩集》、《楊賢可詩集》、《易南甫詩集》、《饒敬仲詩集》、《張清夫詩集》、《謝堅白詩集》、僧嘉訥《峰山詩集》等未著録於《輯本》别集類，則編纂元人著作全目的工作，尚有待於來日。

陳垣先生《元西域人華化考》卷八結論中「總論元文化」一節曰：「以論元朝，爲時不過百年，今之所謂元時文化者，亦指此西紀一二六〇年至一三六〇年間之中國文化耳。若由漢高、唐太論起，而截至漢、唐得國之百年，以及由清世祖論起，而截至乾隆二十年以前，而不計其乾隆二十年以後，則漢、唐、清學術之盛，豈過元時！」〔一〕今以現存元代古籍爲例，略述元代學術文化之盛。

經學是一門含有豐富哲學内容的、體現儒家思想精要的古老的學問，長期居於中國學術文化的主導地位。元代結束了兩宋以來的長期分裂局面，元代經學亦在借鑒、調和宋代張程朱陸理學的進程中，産生了許衡、劉因、吴澄等理學名家。清儒編纂《四庫全書》，收録了約三百八十種元人著作，其中多有對於元人經學著作的讚譽之詞。例如，評價吴澄《易纂言》曰：「其解釋經義，詞簡理明；融貫舊聞，亦頗賅洽，在元人説《易》諸家，固終爲巨擘焉。」評價許謙《讀書叢説》曰：「宋末元初説經者多尚

〔一〕陳垣：《元西域人華化考》，上海，上海古籍出版社，二〇〇〇年版，第一三三頁。

虛談，而謙於《詩》考名物，於《書》考典制，猶有先儒篤實之遺，是足貴也。」評價梁寅《詩演義》曰：「今考其書，大抵淺顯易見，切近不支。元儒之學主於篤實，猶勝虛談高論、横生臆解者也。」評價趙汸《春秋屬辭》曰：「顧其書淹通貫穿，據傳求經，多由考證得之，終不似他家之臆説。故附會穿鑿，雖不能盡免，而宏綱大旨，則可取者爲多。」[一] 清末學者皮錫瑞認爲元代爲經學積衰的時代，「論宋、元、明三朝之經學，元不及宋，明又不及元。」[二] 承認元代經學在中國經學史上佔有一定的地位，且有如趙汸《春秋屬辭》這樣的「鐵中錚錚、庸中佼佼」之作。

元代史學是中國史學的繼續發展時期，成就顯著，著作甚豐。其中，影響較大的著作有如下幾種。一、元順帝至正年間編纂的《遼史》、《金史》、《宋史》。三史編纂皆有三朝專史舊本可供借鑒，故歷時不及三年即告竣事，且整體框架完備，基本史實詳贍，爲後人研究遼金宋歷史的重要著作。同時，順帝詔「宋、遼、金各爲一史」，解決了長期持論不決的以誰爲「正統」的義例之爭，顯示出元代史學觀念上的進步。二、馬端臨《文獻通考》。該書是一部記載上古至宋寧宗時期典章制度的通史。作者對唐杜佑《通典》加以擴充，分田賦、錢幣等二十四門，廣取歷代官私史籍、傳記奏疏等相關資料，對各項典章制度進行融會貫通、原始要終的介紹，篇帙浩繁，堪稱詳備。三、《元典章》。該書全稱《大元聖政國

[一] 上述引文分别見於《四庫全書總目》，北京，中華書局，一九六五年版，第二二頁、九七頁、一二八頁、二二八頁。

[二] （清）皮錫瑞：《經學歷史》，北京，中華書局，一九五九年版，第二八三頁。

朝典章》，爲元代中期地方官府吏胥與民間書坊商賈合作編纂的至治二年（一三二二年）以前元朝法令文書的分類彙編，分詔令、聖政、朝綱等十大類，六十卷。書中内容均爲元代的原始文牘，是研究元代法制史與社會史的重要資料。四、《大元大一統志》。該書爲元朝官修地理總志，始纂于元世祖至元二十二年（一二八五年），成書于元成宗大德七年（一三〇三年），六百册，一千三百卷，是中國古代最大的一部輿地書。該書氣象宏闊，内容廣泛，取材多爲唐宋金元舊志，今僅有少量殘卷存世。

元代子書保持和發揚了傳統子書「入道見志」、「自六經以外立説」的基本特色，廣泛干預社會生活，闡發個人學術（含藝術）觀點，産出了許多優秀作品。面對民族矛盾與階級矛盾交織的社會現實，程端禮《讀書分年日程》、謝應芳《辨惑編》、蘇天爵《治世龜鑑》諸書推闡朱熹學説，力闢民間疑惑，探求治世方略，顯示出元代子部儒家類著作的基本格調。元代科學技術水平有了新的進展。李冶《測圓海鏡》的成書標誌着大元術數學方法的成熟，「是當時世界上水平最高的代數著作」。〔一〕稍後朱世傑《四元玉鑑》用四元術解方程（包括高達十四次方的我國數學史上最高次方程），「對方程的研究（列方程、轉化方程和解方程等），朱世傑在中國歷史上達到頂峰」，「《四元玉鑑》的另一部分重要内容是有關垜積與招差問題，就其成果的水平來看達到了中國古代此類問題的高峰」。〔二〕司農司編《農桑輯要》、魯明善

〔一〕李迪：《中國數學史大系·第六卷》，北京，北京師範大學出版社，一九九九年版，第九七頁。

〔二〕李迪：《中國數學史大系·第六卷》，北京，北京師範大學出版社，一九九九年版，第二六〇頁、二六一頁。

撰《農桑衣食撮要》、王楨撰《農書》三部農書，是元代農學的代表作。又李杲有「神醫」之譽，「其學於傷寒、癰疽、眼目病爲尤長」[一]，觀其所著《内外傷辨惑論》、《脾胃論》、《蘭室秘藏》諸書，可知時人所譽不誣。

元代文人文學創作的積極性很高，吟詩作文是當時文人的普遍行爲。「近世之爲詩者不知其幾千百人也，人之爲詩者不知其幾千百篇也」。[二] 與經、史、子部著作相比，元代集部著作數量最多。其中，尤以別集數量居首。現存或全或殘的各種別集（含詩文合集、詩集、文集、詞集）約六百六十種。閲讀郝經《陵川集》、姚燧《牧庵集》、劉因《静修集》、吴澄《吴文正公集》、趙孟頫《松雪齋集》、袁桷《清容居士集》、歐陽玄《圭齋集》、揭傒斯《揭文安公全集》、虞集《道園學古録》、黄溍《金華黄先生文集》等別集，可以從其不同個體的視角，瞭解元代社會生活的諸多不同側面，瞭解作者個人的情感與情操，體味元代詩文創作的藝術成就。而閲讀耶律楚材《湛然居士文集》、馬祖常《石田集》、孛术魯翀《菊潭集》、薩都剌《雁門集》、迺賢《金台集》等少數民族作家用漢語創作的詩文，則於前者之上，平添了幾分讚歎與欽敬。蘇天爵《元文類》，選録元太宗至元仁宗約八十年間名家詩文八百餘篇，後人將其與宋姚鉉《唐文粹》、宋吕祖謙《宋文鑒》相提並論。元代雜劇與散曲創作成就顯著，後人編輯的雜

[一]《元史・方技傳》，北京，中華書局，一九七六年版，第四五四〇頁。

[二]（元）吴澄：《張仲默詩序》，李修生：《全元文》，第十四册，南京，江蘇古籍出版社，一九九九年版，第二六五頁。

劇或散曲總集有所收録，較全者，有今人王季思主編的《全元戲曲》與隋樹森《全元散曲》。

總之，元代古籍内涵豐富，在中國古代文化發展史上居於承上啟下的重要地位。

今天我們所能看到的元代古籍，既有少量當初的刻本或抄本，又有大量明清時期的翻刻本、增補修訂本、節選本或輯佚本，版本系統複雜，内容互有出入，文字脱訛普遍，大多未經整理，今人使用頗爲不便。有鑒於此，我們决心發揚我校陳垣先生發端的整理研究元代文獻的學術傳統，充分利用此前編纂《全元文》的學術積累，利用十年至二十年時間，整理出版一部經過校勘標點的收録現存元代漢文古籍的大型文獻集成——《元代古籍集成》。我們的研究計畫得到了北京師範大學領導及相關院、處的充分肯定與大力支持，在「二一一」、「九八五」、自主科研基金等方面提供科研資金予以資助；海内外學界師友或給以殷切勉勵，或積極參與我們的工作；北京師範大學出版集團在出版資金、編校力量方面予以积极投入，在此，謹致以衷心感謝。同時，我們深知，完成這樣一項巨大工程，不僅耗時、費力，還要承擔一定的歷史責任。我們將盡力而爲，亦期待着來自各方面的批評指教。是爲序。

韓格平

二〇一一年十二月二十日

於北京師範大學古籍與傳統文化研究院

點校説明

王逢是元末明初的著名詩人，有《梧溪集》七卷傳世。其詩「悼家難，憫國難」〔一〕，被時人視爲「詩史」，自元末至清，均受到相當高的評價。

王逢（一三一九—一三八八）字原吉，號席帽山人，江陰（今江蘇江陰）人。《明史》卷二八五、《新元史》卷二三八有傳，其行蹤大致如下：早年居家鄉江陰，席帽爲王逢家鄉山峰的名字，山有王逢家祖墓。青年時曾跟隨出於虞集之門的陳漢卿學詩，弱冠即有文名。至正二年（一三四二），王逢年二十四，侍父僑寓信州永豐。至正五年十二月，自信州護母櫬回鄉。此後，在家鄉生活。至正十二年江陰亂起，十一月，王逢避亂綺山。十五年八月，避地前湖。在江陰時，曾館於知事朱道存家。至正十六年八月，避地無錫梁鴻山。十七年夏，自梁鴻山避地青龍鎮，有梧溪精舍、冥鴻亭、小草軒。至正十九年秋曾游杭州。至正二十四年九月，移居横泖。二十六年三月，自横泖遷居上海烏涇，有儉德堂、最閒

〔一〕楊維楨：《梧溪集序》，《梧溪集》卷首。《知不足齋叢書》第二十九集，民國十年（一九二一）上海古書流通處據清鮑氏刻本影印。以下凡出此集者，不再標版本。

園，自號「最閒園丁」。居烏涇至終年，卒後入江陰縣鄉賢祠。

王逢身處元末的動亂時代，關懷民生，憐憫弱者，以一己之力多行善舉，曾「以一言活黨亂者數千人之命，以一檄降惡少五千之衆，又聚瘞無錫之殲於兵者千百人之胔骼」[一]。至正二十三年，王逢獻《河清頌》於朝。在此前後，他有數次被薦舉入仕的機會，但他秉承家訓，洞明世事，均以各種理由固辭。其中最後一次，即洪武十四年，朝廷「徵召甚迫」，王逢以「怔淋攣跛」的帶病之身被迫上路，最終因時任通事司令的長子王掖在皇帝面前「叩頭泣請」[二]，才得以赦免。王逢也以此奠定了其誓不入明的故國遺民形象。

王逢晚年所作《壙銘》，有「詩旌忠孝節義鬼」之句，這是詩人本人對自己一生所作詩歌的總結。觀《梧溪集》，其詩歌内容可分爲如下幾大類：旌揚忠孝節義、「志在乎元」的故國情懷、感時哀民、寄友酬贈、雜聞瑣事，其中前兩類數量最多，也最爲重要。《梧溪集》中褒揚忠烈的作品有數十首，其中元末人物有秃堅等二十二人、帖木兒、丑厮、汪澤民、李守道、蔡德榮等，宋末人物有王安節、姚訔、劉師勇、姚舜元等，此外還有五代、金末、南北宋之交一些生逢亂世的人物。歌詠孝悌節義的詩則更多，有《繆孝子》、《寄題俞達敦義軒》、《贈沈氏雍穆伯仲》、《黄良臣哀辭》、《孝僧行》、《題烈女廟》、

[一] 周伯琦：《梧溪集序》，《梧溪集》卷首。
[二] 《明史》卷二八五《文苑傳》，中華書局一九七四年版。

《感宋遺事二首》、《婦董行》、《二烈詩》、《宋婉容王氏辭》、《華劉二節婦》、《張春兒》、《題程員外撰汪夫人傳後》、《娼婦徐》、《李哥》、《連環歌》、《題松江府學訓導胡師善遺跡後》、《葉公政還金辭有序》、《寄慧朗元白》、《二胡節士》等。楊維楨將其比之杜詩之「詩史」，爲其詩集作序云：「予讀其詩，悼家難，憫國難，採摭貞操，訪求死節，網羅俗謡與民謳……皆爲他日國史起本。」〔一〕周伯琦序云：「其吐而爲歌詩也，一則闡彝倫之大，一則褖幽潛之光。一物一事之詠，未嘗不重致其憂思慨歎焉。」〔二〕《梧溪集》中另外一個重要内容，就是表達對舊朝的哀悼情懷，如《覽周左丞伯温壬辰歲拜御史扈從集感舊傷今敬題五十韻》、《聞鐵甸消息》、《歎病駝》等，《無題五首》、《後無題五首》等詩，被錢謙益稱之爲是「傷庚申之北遁，哀皇孫之見獲，故國歸君之思，可謂至於此極矣」〔三〕。王逢詩多有小序和跋文，敘述詩中人物事蹟，彰顯其精神風貌，四庫館臣評云：「集中載宋元之際忠孝節義之事甚備，每作小序以標其崖略，足補史傳所未及，蓋其微意所寓也。」〔四〕立傳存史的紀實特徵，使詩中所詠人事皆真實可信，地方編史如《江陰縣誌》就多據以收入傳記。集中敘事詩多爲長篇歌行，筆墨濃重，風格雄豪，如《帖侯歌》描寫昌國州達魯花赤高昌帖木兒騎馬仗劍殺敵一段，寫得淋漓痛快，爲文學史寫作者所稱道。律詩

〔一〕《梧溪集》卷首。
〔二〕《梧溪集》卷首。
〔三〕《絳雲樓題跋》「王原吉梧溪集」條，上海古籍出版社二〇〇五年版。
〔四〕《欽定四庫全書提要》「梧溪集七卷」，《梧溪集》卷首。

用典較多，隱晦曲折地表達了詩人哀悼元亡的思想感情，前後《無題》詩和《錢塘春感六首》、《秋感六首》等爲其代表。

王逢詩集最早名《澄江櫂歌》，至正六年爲其作序的汪澤民即以此名稱王集。江陰城有澄江門，至正中建有澄江書院，此爲王逢早年命名詩集所本。「梧溪」之名來源於王逢祖母曾植雙梧於江陰之横河，王逢取以名寓舍及自號，志不忘故里，後并冠其詩集。據陳敏政所作後序，《梧溪集》在王逢生前即已刊刻，所刻爲前六卷，第七卷爲王逢死後其子王掖所刊，是爲明洪武刻本。掖孫王輅宣德中任江西南康府照磨，留書版藏於烏涇故居。景泰年間，陳敏政任南康知府，囑輅子王頫攜版至南康，其時書版「失脱與字之昏剥者，十有餘矣」。陳敏政命頫弟王孟「逐一酬對繕寫」[一]，重新補刊，是爲明景泰重修本。此本《皕宋樓藏書志》卷一〇七、《善本書室藏書志》卷三十四均有著録。清中期，鮑氏知不足齋重刻此集，所據底本爲蔣繼軾鈔本，但模糊斷爛，闕失訛誤處甚多，由顧千里據明景泰刻本一一校過，爲之補正「不啻數萬餘字」。惟卷七因景泰本版心舛錯，「失去第四葉」[二]，無能補全。今知不足齋叢書本卷七的五、六兩頁有二十七行空白，即前述所云。民國時商務印書館《叢書集成初編》，據知不足齋叢書本排印。清同治年間，又有思補樓活字印本。明清兩代有鈔本流傳，較著者爲周榮起手鈔本，《皕宋樓

[一] 陳敏政：《梧溪詩集後序》，《梧溪集》卷末。

[二] 顧千里：《重刊梧溪詩集序》，《梧溪集》卷首。

藏書志》卷一〇七有著録。《四庫提要》云：「是書傳本差稀，王士禎屬其鄉人楊名時，訪得明末江陰老儒周榮起手録本，乃盛傳於世。」榮起號硯農，毛晉汲古閣刊版多其所校，書學鍾繇，稍雜八分。其次，現存有吕氏明農草堂鈔本及若干清鈔本，分藏於國家圖書館、北京大學圖書館等。

現存《梧溪集》七卷，共收録詩歌一千二百四十七首，文四十四篇。此次校點《梧溪集》，以收録最全的《知不足齋叢書》本（民國十年上海古書流通處影印）爲底本，以《北京圖書館古籍珍本叢刊》影印明景泰重修本（簡稱珍本叢刊本）、《文淵閣四庫全書》本（簡稱文淵閣四庫本）爲校本，并參校《叢書集成初編》本和《元詩選》本。集外共輯得佚詩二十四首，詞一首，文四篇。

限於學識，且時間倉促，書中錯誤在所難免，期待專家學者教正。

李軍　二〇一三年五月十日

欽定四庫全書提要

梧溪集七卷

元王逢撰。逢字原吉，自稱席帽山人〔一〕，江陰人。當至正間，被薦不就，避地吴淞江，築室上海之烏涇〔二〕。適張氏據吴，東南之士咸爲之用，逢獨高蹈遠引。及洪武初，徵召甚迫，又以老疾辭。《明史·文苑傳》附載於戴良傳中，以二人皆義不負元者也。逢少學詩於陳漢卿，得虞集之傳，才氣宏敞，而不失謹嚴。集中載宋元之際忠孝節義之事甚備，每作小序以標其崖略〔三〕，足補史傳所未及，蓋其微意所寓也。是書傳本差稀，王士禎屬其鄉人楊名時，訪得明末江陰老儒周榮起手録本，乃盛傳於世。榮起號硯農，究心六書，毛晉汲古閣刊板，多其所校〔四〕，蓋亦好古之士云。

臣葉廷甲恭録

〔一〕自稱席帽山人：稱，文淵閣四庫本作「號」。

〔二〕築室上海之烏涇：烏涇，文淵閣四庫本作「烏泥涇」。

〔三〕每作小序以標其崖略：「每」下文淵閣四庫本有「於詩首」三字。

〔四〕多其所校：文淵閣四庫本作「多其所校定云」。

汪澤民序〔一〕

太平王生光大，以《濲江櫂歌》詩求予序其端，且曰：「是詩江陰王原吉作也。原吉，與予同姓同業，學詩於延陵陳漢卿，陳與柯敬仲俱事邵庵虞公，得其傳。邵庵蔚然儒宗，爲時名臣。柯參書奎章閣卒，陳今爲東流尹，亦躋顯仕。原吉窮而在下，能自以詩鳴家，居濲江，志樂漁隱，因以目其詩。初，光大得之永嘉陳昌道氏，併日夜讀一再過，竊中於心。光大事先生久，與原吉姓同業同，而其志又同，願受一言以爲評。」噫！詩言志，無間於古今，無分於隱顯也。當堯舜時，朝廷有賡歌之美，康衢有擊壤之謡，古詩三百篇，《國風》、《雅》、《頌》皆然。漢魏而下，舍其心志，工其文辭，迄於宋季滋甚。我朝疎齋、子昂能五言，曼碩善歌行，邵庵長於律，三四公繼作，一洒宋季之陋，竝驅晉唐，駸駸乎漢魏，而逮於古矣。雖然，學古有道，生歸，持其志，養其氣，使德存於心，而言出諸口。志之大者，其氣淳以清，其辭婉而直，其聲舒遲而旨意無窮。誠如是，不期古而古，何待有爲哉！且予聞文章與風俗相推移，觀《濲江櫂歌》，則盧、趙、虞、揭三四公之力，昭昭矣。原吉守漢卿之學，宗邵庵之傳，

〔一〕底本無題，題目校點者代擬。以下周、楊二序同。

博以三百篇之趣，櫂歌春申山水間〔一〕，發情止義，不古也哉！惜予老，不能振之也。然聽歌滄浪，觀風康衢，必有審音者，原吉其不鳴天朝而賡歌於上矣乎？於乎！有所譽者，有所試也。倚歌而和之，樂善有誠也。聽其言而知其德，觀其志而審其有爲，古之人皆云，曾謂我媚夫人乎哉！王生其懋之。生請書其言，遂爲序。至正丙戌夏，新安汪澤民書。

〔一〕櫂歌春申山水間：間，底本均作「閒」，爲便於理解，本書統一據珍本叢刊本、文淵閣四庫本、《元詩選》本改爲「間」。以下同此者徑改。

周伯琦序

士莫先於尚志，志之所在，言行著焉。考其行，諦其言，可以知其志矣。世微道息，既不可潔身以亂倫，又不可忘世而獨善。飭躬修辭，中慮中倫，高尚之志，隱然可見，斯得不謂之君子已乎！吾讀《梧溪集》而得其人焉，曰江陰王逢原吉父。原吉氣清而才茂，學洽而行檢，優談論，富謀畫。弱冠，獲譽士林。嘗稱疾牢辭臺臣之薦，人咸高之。遭時多虞，以客爲家，大府交辟一不就，迴翔州里，能以一言活黨亂者數千人之命，以一檄降惡少五千之衆，又聚瘞無錫之殲於兵者千百人之胔骼，力可致者，不少恡嗇。與之語，恂恂也。至於去就之辨，三公不能易其介，三軍不能奪其節。故其吐而爲歌詩也，一則闡彝倫之大，一則襮幽潛之光，一物一事之詠，未嘗不重致其憂思慨歎焉。其辭婉而諷，其旨微而貞，蓋有得夫六義之蘊。植於事爲者如彼，發於詞章者又如此，所謂中慮中倫者非與？於乎！行藏顯晦，士之大致也，有義存焉。以原吉之才之學，無施不可，又非無相知者，其不願仕者，志也。志豈異於人哉？惟其義而已。吾誦其詩，不惟嘉其志，而又有感焉。「白駒」、「考槃」，不圖見於斯時也。原吉中年築草堂於松之青龍江上，以吟詠自娱，追惟其大母徐夫人嘗手植雙梧於故里横河之上，今世遠地殊，因自號梧溪子，示不忘也，故集以是名。其殆自混於天隨、玄真之流乎[一]？雖然，其視枉己而舍義者，奚啻天壤。異時如傳逸民，吾必以原吉爲魯仲連之列。至正己亥仲秋，番陽周伯琦書[二]。

[一] 其殆自混於天隨玄真之流乎：玄，底本因避諱作「元」，據珍本叢刊本改。以下同此者徑改。
[二] 文末珍本叢刊本有手抄小字：「己亥係至正十九年，又十年戊申，元亡。聖猶子記。」

楊維禎序

世稱老杜爲詩史，以其所著備見時事。予謂老杜非直紀事史也，有「春秋」之法焉。其旨直而婉，其辭隱而見，如《東靈湫》、《陳陶》、《花門》、《杜鵑》、《東狩》、《石壕》、《花卿》、前後《出塞》等作是也。故知杜詩者，「春秋」之詩也，豈徒史也哉！雖然，老杜豈有志於「春秋」者。《詩》亡然後《春秋》作，聖人值其時，有不容已者，杜亦然。《梧溪集》者，江陰王逢氏遭喪亂之所作也。予讀其詩，悼家難，憫國難，採摭貞操，訪求死節，網羅俗謡與民謳，如《帖木傒》、《張武略》、《張孝子》、《費夫人》、《趙氏女》、《丙申紀事》、《月之初生》、《天門行》、《竹笠黄》、《官柳場》、《無家燕》諸篇，皆爲他日國史起本，亦杜史之流歟？逢本山澤之士，其淡泊閑静，是其本狀，而有「春秋」屬比之教，故予亦云「春秋」之詩也。採詩之官苟未廢也，則梧溪之「春秋」，得以私自託也。不然，何其屬比於册者班班乎？其無諱若是也。訂其格裁，則有風流俊采，豪邁跌宕，不讓貴介威武之夫者。兼人之長，亦頗似杜。吁！代之勦故殘餘欲傳於世，稱爲作人，而逢詩不傳，吾不信也。至正十九年冬十一月初吉，會稽楊維禎書。

重刊梧溪詩集序

元王逢原吉《梧溪詩集》七卷。前六卷原吉未殁時已梓行，末一卷，其子掖所刊，皆在洪武時。迨正統間，板有缺壞，南康守陳敏政修補，見於景泰七年敏政後序。又下至明季，則傳者絶少。觀錢曾《讀書敏求記》云，於劍戾齋藏書中購得前二卷，是洪武年間刊本，如獲拱璧，恨無從補録其全。越十餘年，復於梁谿顧修遠家借得後五卷鈔本，亟命侍史繕寫，成完書，可以知其罕遘矣。長塘鮑緑飲丈雅意收入《知不足齋叢書》，俾廣流布。乾隆末，欲見屬勘訂，適汲古閣所藏景泰刻本歸予從兄之小讀書堆，爰敬諾之。彼此卒卒近逾廿載，未及施功，而鮑丈作道山遊矣。嘉慶丙子，令子志祖以遺言復謀於予。冬杪持鈔本來，予不敢不力借刻本細校一過。鈔者蔣西圃氏，名繼軾，在雍正丙午亦出景泰板，然遇有模糊斷爛皆脱去，或譌謬，爲之一一補正，不啻數萬餘字，乃始釐然可讀。唯第七卷板心舛錯，失去第四葉，參驗遵王家鈔本，亦未嘗有，蓋非獲洪武印本，末由補全也。校畢還之，又閲七年，方告刊成，兼屬覆校。予既嘆鮑丈拳拳闡幽，靡間生死，又嘉志祖之克成先志，且感此書久晦於世，昔人搜訪維艱，今此辛勤僅就，詳書以爲之序。幸將來覽者，毋因後此易得，而轉致忽視善本云爾。其原吉與詩，世固多知之，不待綴。道光三年歲在癸未三月既望，元和顧千里書於楓江僦舍。

目録

元代古籍集成　集部别集類

梧溪集卷第三

梧溪集卷第五……（三七二）

梧溪集卷第七 …………（五四九）

補遺

輯佚

文……（五八六）

附録……（五八九）

序跋著録……………………………………………………（六一一）

梧溪集卷第一

江陰　王逢　原吉

孔子琴操四首

去魯作

汶泗交流兮，龜蒙相繆兮。鬱乎尼丘兮，禮樂賜自周兮。大夫好脩兮，吾將返吾輈兮。

過匡作

文王徂兮，道在予兮，天蓋常時則渝兮。二三子毋徐徐兮，伊草露之濡兮。

去衛作

我行于衛，有淇湯湯。彼或知本，伊流則長。載儃載佪，禾黍芒芒。匪邶鄘予傷，武公其亡。

厄陳作

天地塞兮，日月食兮，君子厄兮。周公云遠，心不知所底極兮。

顏子琴操一首居陋巷作

陋巷我居，孰隘湫兮。薄田我田，孰畬收兮。我順我安，親同休兮。仲尼聖也，道孰侔兮。孰愈予身，從其遊兮。

吴季子琴操一首聘魯作

白日晚兮浮雲滋，馬吾秣兮車吾脂。望岐周兮不見，念泰伯兮在兹。惟山有龜兮，惟水有沂。禮樂在魯兮，高深如斯。聖不我棄兮，吴其庶幾。

衛女琴操一首思歸作 有序

《琴操》曰：衛有賢女，邵王聞其賢，請聘之。未至而王薨，太子曰：「吾聞齊桓公得衛姬而霸，今衛女賢，欲留之。」大夫曰：「不可。若賢女必不我聽，若聽必不賢，不可取也。」太子遂留之。果不聽，拘於深宮。思歸不得，援琴作歌，曲終縊而死。古有弦無歌〔一〕，今弦亦絶矣，因補

〔一〕古有弦無歌：弦，文淵閣四庫本作「絃」。以下同此者不再出校。

一章。

恭承母命兮奉先王，晐姓後宮兮備酒漿。中路王薨兮妾或未亡，遂太子之過兮何有三綱。淇水沄沄兮菀乎女桑，目冷弦絶兮義也難忘。

席帽山辭

席帽山兮岧亭，山之人兮朝鉏暮經。日月往來兮雲下上，俯萬物兮塵冥冥。塵冥冥兮江介黑，彼山人兮衣苧白。帶杜蘅兮咀松柏，心周流兮影斯息。出無節兮入無時，猿鳥胥樂兮樵牧我知。學苟脩兮行著，槁死巖壑兮予焉悲。

寄所思二首

七澤連三湘，衆水相沿洄。青青茳蘺草〔一〕，緣生洲渚隈。蒼梧下白日，佳人獨徘徊。容光與香艷，幸好未衰摧。采采盈襜裳，寄子楚王臺。願表貞素節，路紆難自來。

處女難自媒，才士難自薦。自薦時尚可，自媒令人賤。猗儺牽牛花，弱蔓緣蒹葭。光風拂衢路，蘭

〔一〕青青茳蘺草：茳，文淵閣四庫本作「江」。

自老幽遐。豈無上尊酒，灩灩傾紫霞。公庭大酺暇，儻寄天之涯。

龐公攜家圖引爲張橘隱題

鴻鵠巢高林，黿鼉穴深淵。所以龐德公，躬耕峴山田。當時劉表儕雄材，萬金足置燕王臺。臺成禽荒甘鴆毒，醉鞲臂錦呼鷹來。鷹飢受呼飽則去，非熊之倫孰得馭。諸兒豚犬遺以危，況復蒼生天下慮。蘇嶺石鹿雙聳然，霞日絢爛芝莖鮮。囊衣裹糧車連連，白騾青牸參後先[一]。舉家相攜入長煙，竟託採藥終天年，至今事跡有在心無傳。嗚呼！孔明不遇大耳主，亦必老向隆中眠。

虞美人行贈邵倅

大王氣蓋世，力拔山，七十餘戰龍蛇間。得人爲霸失人虜，有妾如花無死所。夜寒蒼蒼星月高，不惜傾身帳中舞。大王恩深淺東海，青血熒熒春草在。當時早化劍雙飛，四面楚歌那慷慨。芒碭天開五色雲[二]，雌雉竟與雄鸞羣。嗚呼後世亂紛紛，非君擇臣臣亦當擇君。

[一] 白騾青牸參後先：參，文淵閣四庫本作「驂」。

[二] 芒碭天開五色雲：天，文淵閣四庫本作「山」。

唐馬引

明皇樂極天寶年，拏舟將求海上仙。一朝神遊跨八極，數十萬騎屯雲煙。赤文緑字不復見，錦幪黄帕争來獻。衆中一匹目如電，膺門沫赭珠流汗。龍顔眷愛不肯騎，蕭蕭弄影華清池。奚官日給三品料，教駣攻駒隨所之。是時羊車行幸早，柳暗花柔忘卻曉。夢驚鼙鼓遂播遷，凝碧空凉遺宿草。顛危注意大將賢，有馬如此無人前。至今悲風起毫素，濩略欲飲長城泉，書生亦自心嗒然。

危腦帽歌讀五代前蜀史有感而作

白兜羅，青衲襖，金鴉翠翎七寶飾。圓方反正無定式，國人戴之天下惜。後宫如花醉妝美，名王無心冠帶理〔一〕。大木晝拔貪狼風，猶汎樓船濟江水。承平禮樂亦草草，豈但當時帽危腦。可憐來者忘喪元，紅纓末亂如雲擾。君不見，玉帛萬國先王朝，會弁如星麗九霄。鳳皇麒麟在郊棷〔二〕，夔龍前殿奏簫韶。

〔一〕名王無心冠帶理：名，《元詩選》本作「君」。

〔二〕鳳皇麒麟在郊棷：皇，珍本叢刊本、文淵閣四庫本、《元詩選》本均作「凰」。以下同此者不再出校。

天門行〔一〕

天門高高俯四極，寸田尺地登版籍。澤梁無禁漁者多，瀚海橫戈恣充斥。去年官饟私斂攘，今年私醝官價償。屠燒縣邑誠細事，大將不死鯨鯢鄉。謂孛羅帖木兒左丞。烹羊椎牛醉以酒，腰纏白帶紅帕首。定盟歃血許自新，禦寇征蠻復何有。國家承平歲月久，念汝紛紛迫餬口。羽林堅鋭莫汝攖，慎勿輕夸好身手。春風柳黃開陣雲，號令始見真將軍〔二〕。

銀瓶孃子辭 有引〔三〕

孃子，宋岳鄂王女。聞王被收，負銀瓶投井死。祠今在浙西憲司之左。逢感其節孝，故爲之辭。

碧梧月落烏號霜，寒泉幽凝金井牀。綺疏光流大星白，夢驚萬里長城亡。女郎報父收囹圄，匍匐將

〔一〕詩題：行，文淵閣四庫本作「引」。以下同此者不再出校。
〔二〕詩末：《元詩選》本有小字：「孛羅帖木兒討方國真，兵敗被執，爲求招安，至正辛卯歲也。」
〔三〕詩題：有引，《元詩選》本作「並序」。《元詩選》本這類異文較多，以下不再出校。

身贖無所。官家聖明如漢主，妾心愧死緹縈女。井臨交衢下通海，海枯衢遷井不改。銀瓶同沈意有在，萬歲千春露神采。魂今歸來風泠然，思陵無樹容啼鵑，先王墓木西湖邊。

江浙平章三旦八第宅觀勅賜龍電劍引

有劍有劍龍電名，白水爲質金爲精。虹光夜貫斗牛氣，玉匣晝起波濤聲。藏之九廟社稷重，用之六合風塵清。英宗皇帝加撫惜，八十一鱗寒動色。灤陽冰泮卧蜿蜒，海子雨來翻霹靂。神物自從前代寶，國公親授彤庭錫。鸊鵜膏瑩今幾年，淮汴襄漢興妖祆。吕虔大刀霜雪鍔，頓芒挫鋒莫敢前。公身佩之下幽燕，獨當一面東南天。馬蹄所過春草歇，百里青見孤炊煙。古來尅敵與制勝[一]，未有如公忠勇盛。主將無慚李藥師[二]，偏裨亦是花驚定。四郡九州聯貢篚，千村萬落歸亡命。劍當是時成大勛，凱旋卻挂吴山雲。歌長奔騰木石怪，酒酣激烈貔虎羣。復欲扣閽斬佞臣[三]，以謝父老安生民。於乎！此劍實與國公出處相類也，不久踴躍變化延平津。

[一] 古來尅敵與制勝：尅，文淵閣四庫本作「克」。
[二] 主將無慚李藥師：藥，文淵閣四庫本作「貳」。
[三] 復欲扣閽斬佞臣：扣，文淵閣四庫本作「叩」。

任月山少監職貢圖引

好風東來快雨俱，夫須亭觀職貢圖。厥酋高鼻深目胡，冠插翟尾服繡襦。革帶鞮鞻貂襜褕，左女執盞右執壺。手容恭如下大夫，酋妻髻椎將湛盧。五采雜珮相縈紆〔一〕，轉顧飛虎飛龍旗。鍑耳者殿帕首驅，瓔珞袒跣兩侏儒。一擎木難珊瑚株，一載玉琢狻猊鑪〔二〕。神獒鬉鬣狀乳貙，復誰牽之鬈髮須。最後峩弁飾寶珠，若將入朝謹進趨。禿奚踉蹡亦在途，錦膊驄帶汗血駒。尊貴卑賤各爾殊，經營意匠窮錙銖。唐稱二閻道元吴，今也少監稱京都。少監材抱豈畫史，禹蹟曾爲帝親理。河伯川后備任使，無支祈氏甘胥靡。大德延祐貞觀比，輦陸航海填筐篚。烏言夷面遠能邇，少監臨古不無以。趙公商公暨高李，頡頏霄漢嗟已矣。霱雲曙開儼斧扆，包茅不入纇誰訿，周編大書王會禮。安得臣臣奉天紀，陋儒作歌歌正始。

淮安忠武王箭歌題垂虹橋亭

淮王昔下江南城，萬竈兵擁雙霓旌。錦裘繡帽白玉帶，金戈鐵馬紅犛纓。皁鵰羽箭三十六，一一插

〔一〕五采雜珮相縈紆：珮，珍本叢刊本、文淵閣四庫本作「佩」。以下同此者不再出校。
〔二〕一載玉琢狻猊鑪：載，底本作「戴」，據叢書集成初編本改。

向鯊魚箙。鹿麛晝號猿抱木，王師所過全生育。彤弓親授聖天子，弓影射入東吴水。水波恍浸銅柱標，仰見浮屠半霄起。王當是時戢武功，指顧草樹生春風。宋家降璽朝暮得，思罷貫革垂無窮。浮屠上層龍所宫，寶盤紺碧蓮花同。弦張滿月報驧發，忽露半笴薌雲中。鐃歌啁轟鼓笳競，父老頓足驩聲應〔一〕。泗州使返睢陽亡，漢關將入天山定。兩賢成敗關衰盛，雄材逸氣王誰竝。我浮扁舟五湖興，載拜何由重安靖，猛士經過合深省。

僧蓮松檜圖歌書遂昌山人鄭明德序後

蓮公畫稱東吴精，草蔓花房未嘗寫。森張意象亭毒表，輒有神人助揮灑。常州貌得劍井松，劍氣瞞温相鬱葱。膏流節離禍幸免，至今顔色青於銅。孔廟之檜尤硉矶，地媼所守龍所窟。欒柯落蔭根走石，疑是忠臣舊埋骨。松兮檜兮豈偶然，陵霜轢雪兵燹年〔二〕。箭痕刀瘢盡皸裂，用命欲拄將崩天。王姚王安節、姚嵓。憑城親被堅，身殲城破百代傳。無人上請配張許，日夜二物風雷纏。鄭君鄭君古君子，此文此畫良有以。我題短章非闒靡，用弔忠魂附遺史，吁嗟烈士長已矣。

〔一〕父老頓足驩聲應：驩，《元詩選》本作「歡」。以下同此者不再出校。

〔二〕陵霜轢雪兵燹年：陵，珍本叢刊本、文淵閣四庫本作「凌」；轢，文淵閣四庫本作「鑠」。

敬題楊山居太史所藏文皇帝御書奎章閣碑本後

先皇龍鳳姿，談笑夷内難。萬方賀清寧，人文劃昭煥。奎章崇延閣，天藻發宸翰。字畫擬庖犧，贊詠缺姬旦。璇霄麗日月，華露濯河漢。流腴蓬萊池，垂耀鳷鵲觀。今王廣舊制，碑本無點竄。璽封賜臣瑀，豈是世所玩。爲爾忠義心，可與金石貫。蟲蛇探禹穴，蟫蚋飛簡汗。寶藏風塵外，永夜卿雲爛。相逢感頭白，展卷復三歎〔一〕。游鯈懷故淵，老驥戀餘棧。誰昔侍經筵，流連忘筆諫。

七里灘夜泊

山經富春來，百里紫翠接。巖灘十八曲，曲曲屏數疊。兩厓負金鼇，一水流冰硤。直上石作臺，梯磴緣巘嶪。雲霏變昕夕〔二〕，天地齊浩劫。緬懷巢許徒，遁此誠所愜〔三〕。千秋釣游地，不屬漢臣妾。客星在泬寥，五緯光相汁〔四〕。澄潭龍偃卧，影帶沙棠楫。風吹澗沚毛，露灑松桂葉。先民不可見，思從漢臯

〔一〕展卷復三歎：三，文淵閣四庫本作「長」。
〔二〕雲霏變昕夕：昕，文淵閣四庫本作「朝」。
〔三〕遁此誠所愜：遁，文淵閣四庫本作「適」。
〔四〕五緯光相汁：汁，文淵閣四庫本作「協」。

涉。夜久蜻蛚高，長歌振疲薾[一]。

王貞白墓 在信州永豐縣

道出縣西門，躧履可百步。巋然翠石表，有唐校書墓。校書吾宗人，天馬謝羈御。首登上昇名，晚獲鄉曲譽。至今坊改貫，當時官復賦。流傳折楊柳，婉婉春態度。載拜還汛掃，良非汾陽慕。龍貴德自潛，豹貴文不露。丘園望京洛[二]，豺犬方反顧。竟抱孤臣憂，白日空復暮。樵童指梧檟，往往冠蓋駐。珠襦玉匣葬，麥飯曾不具。神飆薦林響，公意答知遇。惟南豐山高，靈溪浩東注。

馬洲望孤山

海門窺長江，鉅浸天浩淼。山根纏坤軸，百里見孤杪。風披陰霾晝，露灑石黛曉。龍來蒼林濕[三]，鷗舞白浪杳。居然蔽中洲，隱若壓外徼。幽貞水仙態，軒特國士表。時時降天人，旌旆光縹緲。予將展高步，兵氣秋見兆。嚴霜草不殺，悵望翠清悄。浮雲非無蔕，薄暮心裊裊。

[一] 長歌振疲薾：薾，文淵閣四庫本作「茶」。

[二] 丘園望京洛：丘，底本因避諱作「邱」，據珍本叢刊本改。以下同此者徑改。

[三] 龍來蒼林濕：蒼，文淵閣四庫本作「碧」。

揚子舟中望鷺鼻山時聞黔南消息

山環芙蓉城，私怪鷺鼻狀。奔濤鎖長薄，大石山名。凛相抗。勢雄千軍壘，氣敚萬鍾藏。草樹春不蕃，莓苔滑難傍。剛風過靈雨，復值桃花漲。破暝鷗鷺盤，乘陰龍魚王。飄鼓一葦間，攬之膽增壯。謝安晉元臣，豈踴江海量。蒼生方顛連，其敢遂疎放。黔陽百粤地，黄霧吹虎韔。再覩神秀姿，不止西北向。焞焞蒼精出，閃閃白月漾。三叫馮夷宫，吾奚獨惆悵。

奉題高宗答刑部侍郎衛膚敏詔後爲其七世孫仁近賦　詔文附

敕膚敏〔一〕：「省所奏辭免尚書刑部侍郎恩命事，具悉。朕倉卒渡江，圖籍散亡，深慮吏緣爲奸，奏牘稽留，平讞失當。以卿平日正色侃侃，論議堅明，據誼守節〔二〕，屢觸權貴，必能爲朕分别隱微，章明枉直。與其殺不辜，寧失不經。欽哉汝諧，毋廢朕命。所請宜不允，故茲詔示，想宜知悉。七日。」

〔一〕敕膚敏：文淵閣四庫本作「敕衛膚敏」。
〔二〕據誼守節：誼，文淵閣四庫本作「理」。

建炎龍渡江，中外極觀仰。赫焉志恢復，寖爾濫刑賞。公時命秋官，固辭表三上。夙忝絲綸日，春班朝元仗。乘輿今播遷，宗社亦震盪。空言忤權貴，曷以錯諸枉。放棄樗櫟材，庶全雨露養。皇覽賜手詔，於昭日月朗。大禹舍皐陶，欽恤義誰廣。巍巍白雲司，濯濯金仙掌。玄陰閟棘木，一旦風颯爽。有疏甚詆佛，無愧十八丈。佘山儼遺墓，世世敦禮享。文光掩虹霞，精氣懾夔魍。卓落羣松冷，萎蕤叢蘭長。經過率下馬，謂有神還往。我昨歌大招，谾谷答靈響[一]。衣冠久徘徊，氛壒方坱莽。願公降生申，吾得操几杖。

處女篇奉寄靳奉使

東州有處女，門户代清白。七歲承母訓，十歲遵内則。及笄秉機杼，縠錦雲霧色。蟋蟀秋梨陰，想像龍鳳織。雙星望垂近，河漢終阻隔。不遺猗蘭佩，香艷竊比德。世無梁伯鸞，死化山下石。日薄黃塵暮，誰任補衮職。凡百慎裁量，願售古刀尺。三歎掩明妝，遲君心鑒識。

[一] 谾谷答靈響：谾，文淵閣四庫本作「空」。

題烈女廟　有引〔一〕

女何，江陰人，少有容操。五季時，避亂前湖舟中。賊持兵犯之，何泣曰：「吾身墮汝手，肯從吾禱之於天、於父母乎？」賊由是少懈。何乃起立，且拜且祈，乘間竟投水死。後里父夢見何曰：「吾當血食此地。伺湖爲田〔二〕，則廟貌祀我。」既而果然。今廟在華藏寺南，郡志所載略異，逢蓋得先大母所傳云。

遺廟湖陰四百年，斑斑江竹映嬋娟。魚龍水落萑蒲外，雞犬村成壓柘邊。不待清名垂女史，尚存貞魄降神弦。君王社稷今焉在，伏臘粢盛自儼然。帷箔夜凉臨月榻，珮環晨響起雲軿。湘靈鼓瑟虞風盛，蔡琰聞笳漢鼎遷。嗟彼生還羞故國，何如死節報皇天。明妝靚服黄塵裏，重爲傷時涕泗漣。

錢塘春感六首

紫闕輧車從六龍，盡隨仙曲度青空。蒼山樓闕旃林裏，赤羽旌麾野廟中。百姓未忘周大賚，成都元

〔一〕有引：「引」下珍本叢刊本有手寫「八韻」二字。

〔二〕伺湖爲田：爲，文淵閣四庫本、《元詩選》本作「成」。

有漢遺風。流鶯不管傷春恨，銜落桃花滿樹紅。

王氣淩虚散曉霞，虎闈麟閣静煙花。中天日月迂黄道，滄海風雲冷翠華。望帝神遊夔子國，烏衣夢隔野人家。當時舉目山河異，豈但紅顔泣塞笳。

周南風俗漢衣冠，五色雲中憶駐鑾。瓔珞檜高藏白獸，蕊珠花發降文鸞。河通織女機絲濕，雨歇巫娥翠黛寒。滿地吴山誰灑淚，一江春水獨凭闌。

日華初動衮衣明，劍佩千官隱繡楹。五色黼函開玉座，九重湯藥下銀罌。書題鳳尾仙曹喜，恩浹螭坳學士榮。文化有餘戎事略，銅駝草露不勝情。

瑶池青鳥集觚稜，白塔金鳧閟夜燈。雲母帳虚星采動，水晶宫冷露華凝。驪山草暗墟周業，鄜塢花繁失漢陵。白馬素車江海上，依然潮汐撼西興。

金爵觚稜月向低，泠泠清磬萬松西。五門曙色開龍尾，十日春寒健馬蹄。紅霧不收花氣合，緑波初漲柳條齊。遺民暗憶名都會，尚繞湖漘唱大堤。

讀謝太皇詔稾〔一〕

半壁星河兩鬢絲，月華長照素簾垂。衣冠在野收亡命，烽火連營倒義旗。天地晝昏憂社稷，江淮春

〔一〕詩題：「皇」字旁珍本叢刊本有一「后」字。

漲泣孤嫠。十行哀詔無多字，落葉虛窗萬古思。

讀德祐元年悔過詔稾

趙璧潛張赤幟旗，東南民物惡琉璃[一]。白毛地冷陽春歇，天目山崩王氣移。罪在股肱知太晚，患成心腹悔何追。兩宮無復西湖路，落日傷心草詔時。

題宋進士謝安節故堂 有引

公爲晉太傅二十九世孫，諱國光，字觀夫。登宋進士，補太學上舍。江南内附，侍御史程鉅夫薦召不起，以隱德終於松江之立極所居安節堂，翰林應奉宇文子貞嘗爲記。至是，孫晉徵題是詩。晉字彦明，善醫，有文行。

安節堂開秋浦湄，戔戔束帛聘當時。星辰盡拱天樞象，鴻鵠終巢越樹枝。多士頌周成廟樂，兩生辭漢闕朝儀。雲霄一去高風在，手折芙蓉爲仰思[二]。

[一] 東南民物惡琉璃：惡琉璃，文淵閣四庫本作「苦流離」。
[二] 手折芙蓉爲仰思：仰，文淵閣四庫本作「所」。

登飛龍亭

在集慶永壽宫，文皇帝潛邸，時嘗幸焉。

冶城新築紫金臺，亭俯青松面面開。南國風雲龍鳳起，陰山霜雪雁鴻來。秦王大業知無敵，泰伯高名動九垓。天意竟乖方寸願，遺民掻首重興哀。

寄題張太玄天師素華臺二首

玉臺岌嶪上冰輪，風露清虛隔幾塵。珠樹鶴羣長遶夜，金莖仙掌静融春。斗牛星澹臨南極，龍虎山高俯七閩。中外晏安祠事少，一瓢明水獨朝真。

星斗闌干露氣清，神飆吹動珮環聲。雲封玉兔長生藥，人在丹丘不夜城。隱隱笙來王子晉，迢迢夢隔許飛瓊。世間福地俱仙境，何日從容散髮行。

寄偰公遠應奉

桂樹團團不易攀，吹香墮子月中間。君家總在蟾蜍窟，朝士同趨虎豹關。夜秉金蓮當閣道，時承玉食自天顔。别來已覺升沈異，休問牛歌未出山。

簡帖毅夫同知

三月春雲拂殿低，千官喜氣溢金閨。策陳讜議龍顏悅，表謝殊恩虎拜齊。南國幾年沾化雨，朔州今日現文奎。故人身在江湖上，不擬看花信馬蹄。

讀國信大使郝公帛書 有序

「霜落風高恣所如，歸期回首是春初。上林天子援弓繳，窮海纍臣有帛書。中統十五年九月一日放雁，獲者勿殺。國信大使郝經，書於真州忠勇軍營新館。」書蓋如此。公字伯常，仕世祖皇帝。庚申歲使宋，爲賈似道拘幽十有六年。此書當在至元十一年，是時南北隔絶，但知紀元爲中統也。先是，公羈旅日，有以雁四十餉公，内一雁體質稍異，命畜之。於後雁見公，輒張翮引吭而鳴。公感悟，擇日率從者三十七人具香北拜，二人舁雁跽其前，手書尺帛，親繫雁足，且致祝曰：「纍臣某敢煩雁卿通信朝廷，雁其保重。」欲再拜，雁奮身入雲而去。未幾，虞人獲之苑中，以所繫帛書託近侍以聞。上惻然曰：「四十騎留江南，曾無一人雁比乎？」遂進師南伐。越二年，宋亡。書今藏諸秘監。河南主客劉濬齋云。

西北皇華早，東南白髮侵。雪霜蘇武節，江海魏牟心。獨夜占秦分，清秋動越吟。蒹葭黄葉暮，苜蓿紫雲深。野曠風鳴籟，河横月映參。擇巢幽鳥遠，催織候蟲臨。衣攬重裁褐，貂餘舊賜金。不知年號改，那計使音沈。國久虚皮幣，家應詠稾砧。豚魚曾信及，鴻雁豈難任。素帛辭新館，敦弓入上林。虞人天與便，奇事感來今。

憶舊遊三首

醉酒高陽里，題詩左氏莊。碧雲垂草帶，紅旭散花房。流水循除活，飛絲拂鬢長。座中誰潦倒，遺卻紫香囊。

臺迴林光合〔一〕，峯孤岳影分。勢從平地湧，心與異人羣。解佩春相贈，鳴榔夜忽聞。時來面風渚，瀟灑誦吾文。

紫藟妨過馬，青苔委佩魚。名通天上籍，腹有架間書。春水浮齋艦，山雲落板車。尚懷仁里好，耕鑿對休居。

〔一〕臺迴林光合：迴，底本作「迴」，據珍本叢刊本、文淵閣四庫本改。

過余剛中常清雲林二首

靈草緑含煙，桃花紅滿川。瀹餐雲外粥，清供石間泉。雨響注春酒，風鳴彈夜弦。經過恐難覓，養鶴洞門前。

一畝開齋館，三年守道心。乍來驚野鹿，久住識山禽。亂石浮春氣，長松落晝陰。世人知有此，翻畏白雲深。

光相洞

光相何年有，元和勅賜名。金天靈鷲下，黑雨石龍鳴。莎草迷行迹，桃花隔櫂聲。神游到仙境，童子恍吾迎。

同周南野遊雨石山洞

地主周顒後，邀登雨石山〔一〕。風巖寒六月，雲岫闢重關。珠閣參差是，芝田曭哢間。洞天仙有籍，君得上清班。

〔一〕 邀登雨石山：登，文淵閣四庫本作「遊」。

重遊光相洞

霜葉下楓楠，蒼青石洞甜。六丁非假鑿，大禹若爲探。下接炎州海，幽生白日嵐。人傳古尊宿，曾此作禪龕。

洞虚觀玩月

獨立鬢蕭騷，天風吹綺袍。石林秋後薄，香殿月中高。句落丹山鳳，神遊滄海鼇。仙人渺何所，靈響度雲璈。

靳士達憲幙遣從子惟正邀飲西湖二首

樓艦圍青幙，宫壺絡錦絲。忘形犀首飲，留意鹿鳴詩。十里天開畫，雙峯月上眉。湧金鐃夜色，歌吹送行遲。

湖山千古勝，富貴一時心。茉莉花浮酒，芙蓉火炷沈。驄文停岸馬，繡羽竝沙禽。再度雲回曲，蕭蕭鶴滿林。

題垂虹橋亭

長虹垂絶岸，形勢壓東吴。風雨三江合，梯航百粤趨。葑田連沮洳，鮫室亂魚鳬。私怪鴟夷子，初心握霸圖。

感宋遺事二首 有引

至元十三年正月，伯顔丞相入杭。二月，起宋三宫赴上都。五月，見世祖皇帝。尋命幼主爲檢校大司徒，封瀛國公。十二日，内人安康朱夫人、安定陳夫人、二侍兒失其姓，浴罷肅襟閉門，焚香於地，竝雉經死。衣中有清江紙書云：「不免辱國，幸免辱身。不辱父母，免辱六親。藝祖受命，立國以仁。中興南渡，踰三百春。躬受宋禄，羞爲北臣。大難既至，守於一貞。焚香設誓，代書諸紳。忠臣義士，期以自新。丙子五月吉日泣血書。」

五月無花草滿原，天回南極夜當門。龍香一篆魂同返，猶藉君王舊賜恩。
天遣南姝死北燕，宋朝家法最堪傳。當時賜葬崇雙闕，混一當過億萬年。

題馬遠小景二首

半天飛殿壓金鼇，一島春雲護小桃。争捧夜香熏御榻，君王來聽月中濤。

斑管書殘女史箴，水精深殿樂登臨。荷花大得熏風意[一]，一夏吹香上玉琴。

題趙文敏蘭

邯鄲夢覺策羸驂，薊雪幽霜味飽諳。手寫蕙蘭天上滿，歸來春草暗江南。

題林和靖詩意圖

研池冰合草堂深，月在梅花鶴在陰。一日盛傳詩句好，百年誰識紫芝心。和靖未嘗娶，傳經業於猶子，至登第。以其事如元魯山也，故云。

題柯博士墨竹

奎章博士寫蒼筤，葉葉中含雨露香。華髮歸來無限思，九疑山遠暮雲長。

〔一〕荷花大得熏風意：熏，珍本叢刊本、文淵閣四庫本作「薰」。以下同此者不再出校。

題四皓圖凡二首

皓首厖眉四隱家，商顔山下遠秦蛇。未應羽翼高飛鵠，回媿東陵五色瓜。

萬古乾坤一局棊，五文雲采九莖芝〔一〕。高皇自墮張良計，肯下山來進諫詞。

題南園菜亭下竹〔二〕

此君同我出林丘，自有清風一種秋。不作長鞭及馬腹，卻持貞節過人頭。

鄉人丁祐妻喪不再娶號有髮僧予喜其有子爲贈絶句以發其微意〔三〕

傳家有子日將車，散髮從容候曉霞。若也斷絃膠可續，後堂風雨暗楟花。

題畫牛

南山春草碧油油，夕陽在背餘光留。僅容甯戚歌扣角，不受梁武金籠頭。

〔一〕四庫全書本《石渠寶笈》卷十四收此詩，此二句作：「五文雲采九莖芝，萬古乾坤一局棊。」

〔二〕詩題：菜，底本作「萊」，據珍本叢刊本、文淵閣四庫本改。

〔三〕詩題：喪，文淵閣四庫本作「没」。

題杉溪老人家壁六言四首

十角犁牛前巷，一機黃絹比鄰。婦事姑嫜婉順，兒看賓客情親。

朝夕一盂白飯，東西幾緉青鞵〔一〕。邀客烹葵別墅，課兒題竹高齋。

紅白花明水寺，青蒼樹遶沙村。夜多凉月照席，日有清風拂門。

挂巾藤蘿石上，濯足芙蓉水頭。落日不逢過馬，東風忽亂驚鷗。

題李後主墨竹

斬斬金錯刀，稜稜鐵鉤鎖。寫盡江南春，曾不得蓬顆。

題趙子固蘭

月冷湘江珮，風傳鄭國香。氣同堯二女，秀比謝諸郎。

〔一〕東西幾緉青鞵：鞵，文淵閣四庫本作「鞋」。以下同此者不再出校。

題李息齋竹

雨露恩深沐，風霜節愈高。本無斑染淚，秋思滿湘皋。

齋　居

雲來長川白，雨歇高林青。正自捫膝坐，況有太玄經。

懷燕操

七國孰大兮，金孰與多。燕最小兮，金臺峩峩。地高天下兮，桑田海波。昭王禮賢兮，臺用不磨。於乎！有志憂世兮，它心謂何。

西日操

日之遲兮，四海蒼凉。日既中兮，萬彙寵光。中不我臨兮，西下不照我桑。白虹上奸兮，妖氛肆揚。於乎！援戈干天兮，人誰魯陽。

望鄉操

春水兮滑柔，春林兮蓊稠。春莫不好兮，我心則憂。徘徊顧瞻兮，非先子所釣游。於乎！人生不歸兮，狐死之羞。

精衞辭

維山兮有石，維木兮有枝。朝銜暮銜兮，填無已時。形瘁翮鎩兮，口血淋漓。海之大兮天倪，海之浸兮天池。海變田兮，天實我爲。身甚微眇兮[一]，心莫海窺。於乎！如精衞之人兮，誰其汝悲。

涵泳齋辭 有引

雲間謝仲允架閣，扁所居齋曰涵泳，以延其師，以教其子，而屬予爲其辭。辭曰：

聖教其淵兮，聖化其天兮。于躍于飛，其魚鳶兮，道不言而傳兮。涵泳名齋，爲學然兮。心游六

〔一〕身甚微眇兮：眇，文淵閣四庫本作「渺」。

經，左右逢原兮。時雨春風，尚詠歎乎斯弦兮。

題俞氏錦野亭詩意圖 有序

錦野亭詩者，宋吏部侍郎臨安俞公烈若晦，傷在昔錢氏爲國斂重民困而作也。公登淳熙初第，累遷中書舍人。會宗室希閭由官所奔喪歸，誤伐韓侂胄祖隴傍竹爲造墓具〔一〕，法司承侂胄意，使援持仗竊盜例〔二〕。公曰：「墟墓非人室比，兼未嘗持仗。今追兩資，送它州安置，罪涉太重。夫有官之家猶得贖〔三〕，矧希閭在屬籍，特不得贖乎？」遂獨以聞，止罪伐竹者。侂胄痛銜之，尋嗾言事者論去。家食凡五年，起知贛、明、鎮江三郡。時饑疫竝興，活淮民流移者不可勝計。又捐己田倡義役，鄉人多德之。後召爲吏部，卒。廛蓋其裔也。廛築室松江之青龍，存志畎畝，曰「不忘先澤」。因取詩意繪圖，屬予序而歌之，用啓孝子順孫之永慕也。

孰有血氣兮不知所天，孰知禮義兮而忘其先。錢社既屋兮錦野草莽，俞有詩存兮風系吴土。萬支一

〔一〕誤伐韓侂胄祖隴傍竹爲造墓具：隴，文淵閣四庫本作「壠」。以下同此者不再出校。
〔二〕使援持仗竊盜例：使，文淵閣四庫本作「旨」，則歸上句。
〔三〕夫有官之家猶得贖：「贖」下文淵閣四庫本有一「例」字。

本兮何間今古，顧瞻畎畝兮匪稌伊黍。黍稌播兮畝鍾，日鼓腹兮歌雍雍。謂燕雀兮毋遠爾轂，子若孫兮肯構。

張叔夜衣冠墓

高林度疎風，僧迎黃葉行。興言張叔夜，遂謁衣冠塋。白河幾横流，寶氣餘峥嶸。傍開洞若堂，周抱山如城。無時旌棨下，中夜珂珮鳴。得非忠義魄，遥過謝先生。疊山。先生死固晚，竝有夷齊清。越禽巢相依，歲歲樂生成。微物知所止，見護虞與衡。我來屬盛世，浩思秋雲平。留夷糅衆草，瀼露亦以盈。未知百載下，誰復踐其形。

題墨禾

先王厚稼穡，訓言載書詩。後賢懼荒怠，圖以鑒來兹。嗚呼人文弊，遂有丹青師。甚至被龍袞，殿上染花枝。纖穠極天真，何益家國爲。柏氏代北胄[一]，乃背世俗馳。手寫一穟稻，自比九莖芝。浥浥瀼露溥，褭褭秋雲垂。所願天下民，與帝躬耘耔。殊鄉布穀歇，稊稗摇風漪。稊稗熟尚可，蟊賊害方滋。作歌歌道周，庶幾良牧知。

[一] 柏氏代北胄：柏，文淵閣四庫本作「相」。

宿淛江館

雲脚霾日車，石角鬬潮音。朔風回薄暮，故故吹我襟。我始適大邦，思快父母心。置酒商女館，送目浙江潯。歌鐘殷廣陌，樓閣帶遥岑。飄艫聯亹亹，駟牡馳駸駸。明王都在昔，上相鎮斯今。本將元方車，豈爲莊舄吟。梅花耿玉雪，坐久香滿林。終宵樂清夢，不記歲華陰。

草萍值雪

蔣蓮雲四合，草萍雪紛雨。飂飂山寒勁，慘慘野色暮。茅茨道傍舍，槎枒溪口樹。猿猱憑深林，僕馬疲中路。雙親各垂老，顧我仍百慮。天嗇孝養歡，徒攜甘旨具。薪蒸燎衣褐，筐筥陳薯蕷。窮冬且加餐，無爲迫前鶩。

玉山道中

羣山奠南服，秀色競東池。我迎懷玉來，一雪净百里。冰溪駛晝夜〔二〕，湍激石齒齒。風林迴蒼寒，雲日開繡綺。役夫前呼抃，繚繞入峻峗。時無盗賊虞，地有形勝美。沽帘矗深崦，燈鼓動虚市。時時斑

〔二〕冰溪駛晝夜：駛，文淵閣四庫本作「馳」。

白民，出售貍與麂。乾封古名鎮，煙火望中是。何得一囊錢，親筵致甘醴。

自乾封歸省祖隴過大南嶺向玉山

從親客殊鄉，所忻塵事屏。兹乘有方役，願言千里騁。朝辭縣北山，午踰虛南嶺。濕嵐沍浮陰，高日下踈耿。亂田麥蓄膴，絶壁松秀整。登登篼輿勞，委委蘿徑永。異跡辨夔足，獨往見僧影。沖襟暢寬曠，玄趣集深静。丘墓躬汛掃〔一〕，庭闈念定省。僕夫戒期程，烏啼復予警。

感託四首上任中丞秦治書

西北雄都城，岧嶤蒼龍闕。御溝紆河漢，端闈夾日月。穹窿複道上，劍佩儼森列。聲教被不毛，琛贄來窮髪。始馱白馬經，載降瑶池節。華音流僸佅，庭舞散渾脱。陛下鼎盛年，行矣纂謨烈。

西日下五城，歸騎飛輕蓋。美人遊蘭苑，公子車同載。噦噦八鸞音，裔裔雙珠佩。華星爛複閣，翠島涵清瀨。鳴弦文魚泳，飛觴王睢邁。佳期樂焉極，芳年諒難再。誰其守寒閨，寤寐衣裳會。

長安多列侯，甲第青雲衢。熊羆布畫戟，贔屭承銅鋪。恩分玉液酒，勅賜虎文駒。香塵霏步障，光風轉流蘇。朝除大黄門，夕拜執金吾。器盈靡善持，車敗良疾驅。鍾鼎宜享德，貴寵祇禍愚。由來明哲

〔一〕丘墓躬汛掃：汛，文淵閣四庫本作「汎」。以下同此者不再出校。

士，兢惕保身圖。

車鳴何彭彭，馬馳亦秋秋〔一〕。輕裾從長蓋，相適江南州。江南信樂土，璇題麗飛樓。王餘吴下膾，春雪郢中謳。故里難重懷，震駭決河流。桑棗歲漸薪，風俗日復媮。華夏何由實，杞民徒煩憂。

靈巖涵空閣望太湖懷隱士

具區古震澤，壯麗東南州。長風地軸動，初旭鼂采浮。白榆根株懸，夜久光相繆。三江混一氣，四湖匯支流。横從梟雁沙，晦昧蛟龍湫。葱青匝水樹，丹碧涵岑樓。盤盤洞庭山，橘如秔稌稠。餘甘釀旨酒，亦博千户侯。詎無英豪士，産玆山澤陬。手披金薤文，身被翠羽裘。蒼生不當問，於焉以遨遊。遨遊道有在，誰將候虚舟。

分題得劍池送張吴縣之嘉定同知

東吴古澤國，虎丘萃磅礴。泰媪閟神秀，巨靈爲開鑿。巉嵃立蒼翠，谺呀露齗齶。兩厓日色寒，一道天光落。闔廬葬其下〔二〕，風雨夜移壑。至今斗牛間，紫氣常炳若。我嘗俯瞰之，或恐蛟龍躍。令尹儒

〔一〕馬馳亦秋秋：秋秋，文淵閣四庫本作「啾啾」。

〔二〕闔廬葬其下：廬，文淵閣四庫本作「閭」。

家子，物理素精博。五年飲此水，遂蘇吴民瘼。遷官槎江上，百鷙見一鶚。宿暝褰汶濟，秋容浄伊洛。行須頌河清，休聲著延閣。

復如乾封晚經漁浦

窮曛經漁浦，寒水白於練。總總星東出，獵獵風北轉。眼中獸蹄過，笴裹魚狀變。稍聞刁斗應，漸喜煙火見。誰家長林根，繫艇沙渚面。天含瀟湘思，山錯吴越甸。承平謝憂患，少壯忘羈賤。瓜橋往未遑，雲源訪殊便。明涉子陵灘，桂酒同一奠。

韓醴泉先輩余麯車道士邀遊東歡橋釣磯巖壁既赴鄭糟臺宴衆謂予同有高世志屬賦進酒歌遂走筆

我志千載前，而生千載後。間勞濟勝具，或寓醉鄉酒。東郊秀壁參錯明，蝃蝀下飲波神驚。看雲衣上落照赤，放櫂卻赴糟臺盟。糟臺筵開戛秦筑，霜寒入簾吹絳燭。沈香刳槽壓蔗露，風過細浪生紋縠。水精盌，蒼玉船，載酬載酢陶自然。鼻頭火出，逐麈未必樂；髀裹肉消，騎馬良可憐。五侯七貴真糞土，蜀麴麩仉如飄煙。聞雞懶舞飯牛恥，中清中濁方聖賢。豈不聞，縣譙更闌漏遲滴。又不見，天漢星疎月孤白。幾家門鎖瓦松青，僅留校書墳上石。墳上石，終若何，醴泉麯車更進雙叵羅。

寄程嶺程撝謙

憶君城南同筆研，別來十載不相見。好風吹我千里行，又得遊從永豐縣。永豐縣前山崇牙，永豐溪頭水甃沙。栗留亂叫格磔語，庭雪落盡櫻桃花。遥知肥遯雲深裏，猩聞酒香屐折齒。青草陂塘魚噞喁，黄泥茇舍蠶眠起。尊翁其父名楨。須白棄手板，弟郎方言。羈貫親文史。滄浪或接莞爾笑，空谷只待跫然喜。我亦長歌求友章，昨復夢對月滿牀[一]。明河垂地斗轉曙，蔣家尖刺青微茫。三樓巖，六峯石，釋楊仙陳此其宅。洞歌幼眇天唄殷，木蜜甘馨土瓜白。安得胎禽各一隻，下上煙霞縱心迹，卻過程嶺論程易。

篤敬夫御史夜過蘿月山房

我僑縣北西巖阿，石上夭矯皆藤蘿。緣牆蔓屋帶松桂，夜有霽月相婆娑。蒼苔露濕籟逾静，顛倒空明大地影。天孫橋渡鵲休飛，木客壺傾鶴初醒。此時嫦娥朝廣闕，太乙仙遊杖煙熱。漆書竹簡動科斗[二]，布襪青鞵冷霜雪。御史鄰居偶扣扉，攀蘿弄月樂忘歸。蘿與月，兩無違。願月慎敵太陽體，願蘿

[一] 昨復夢對月滿牀：昨，文淵閣四庫本作「時」。

[二] 漆書竹簡動科斗：科斗，文淵閣四庫本作「蝌蚪」。以下同此者不再出校。

常緝幽人衣。山靈指示邑可改，税駕息馬惟子待。

陪曲達魯花赤花主簿遊平門山還飲鄭氏水閣

階前神駿驕逸羣，席上賓客多能文。千瓢酒瀉椰子露，一岸紅浸桃花雲。行庖香狸面如玉，箄箑烏羌眼瞳緑。鉤簾不下山四寒，絳紗歷亂風林燭。

三巖行宋邑人蔣夔僧楊氏咸隱此

皎皎停白駒，翩翩上雙鳧。槁項黄馘相候呼，草木爲我咸敷腴。峽然黝色壁厓起，王孫罷吟鶴來跂。徑紆石角斜斷鋒，溪染花香浄流泚。混沌之竅三層開，呀若疊浪龍門來。得非地設仙境界，無乃天造真樓臺。雲關岫幌謝斧迹，露下嵐生翠成滴。我方骯髒對奇賞，僧何因緣此長寂。西偏尋丈基階荒，讀書嘗隱蔣賢良。松根久冷青燐火，觚稜還飛金鳳皇。世上繁華易塵土，可歎山間亦非古。樵兒安知時代序，争和牛歌出林莽。

僧慧畹畝同芳圖引慧沈姓嘉定儒家子今名復字復之隱居教授鄉里

君山秀蔚大江白，慧書記者山椒宅。愛吟楚詞畫楚蘭，宿世應爲獨醒客。靈均獨醒那復見，見蘭猶見靈均面。邇來蘭亦少見之，騷人志士良心眷。一春天氣今日美，思攬山雲濯江水。席帽飄蕭蒼隼林，松腴爛漫冰蠶紙。澧花沅茝澹不嬌，光風入簾佩影搖。婉乎凌波之微步，隱然拔俗之清標。孤竹孑孑節自持，似與玉樹賓朝暉。女蘿婦寺態，倒舞厓石青裳衣。卻憶驂鸞夢遠馳，洞庭瀰茫吞九疑。蒺藜平接賈傅井，鷓鴣叫斷湘妃祠。湘妃祠，賈傅井，跽招魂兮魂莫省。先民不作兮，淳風曷回；木魅前跳兮，山鬼後騁。慧也釋氏英，意匠擱染趙弟兄。子願除結習，我願離夢想，方駕太史窺荆衡。桂酭奠芳烈〔一〕，琴絲發商聲，以寫曠世感慕之中情〔二〕。

奉寄王丁二御史

春風浩蕩東南來，弔古訪舊金陵臺。龍蟠鍾山石虎踞，二十四豸臨三台。其中弸彪兩柱史，飯疏日飲青溪水。女牛翼軫避法星，文章禮樂羅賢士。玉宸帝居靄雲鄉〔三〕，一塵不動間琳瑯。煮茶數對冶亭晚，黄雪滿地松花香。君不見，六朝前後三百霜，當時王氣迴天章。瓦棺閣廢辱井在，王謝宅燕他家翔。又不見，自唐逮宋爲政好，顏張二吕程公顥。勞勞故址蟪蛄鳴，幾多人迹埋煙草。榮華如夢足驚心，惟有清名世共欽。願言白馬之生且復諫，庶使丹雞之盟良可尋。

〔一〕桂酭奠芳烈：酭，文淵閣四庫本作「酒」。

〔二〕以寫曠世感慕之中情：「寫」下文淵閣四庫本有一「我」字。

〔三〕玉宸帝居靄雲鄉：宸，底本作「晨」，據珍本叢刊本、文淵閣四庫本改。

前六峯行貽葉舜可 有引

信州永豐縣東下五十里，地名柘州〔一〕，有峯六，筆、圭、屏、蟾、鼇、抱兒是也。陳真人祠、龍井，並在靈雨巖下。陳，五代末得道者。甲申春二月，予同道士余常清訪其地主葉舜可，爲兹峯遊，適大雷雨，因賦是詩。舜可負材德弗仕，咸號之長者云〔二〕。

客樓拂曙嵐光入，起見千山萬山集。紫騮小縱春風韁，六峯秀拔當前立。六峯僻處始我遭，井翻霹靂龍爲逃。斯須靈雨過絶巘，呈態獻狀争雄高。老蟾膨脝飛不得，巨鼇憑陵氣相食〔三〕。屏開琉璃圭拱璧，抱兒婑媠愁無色〔四〕。惟餘孤銛之筆勢，卓然倒影畫破清泠泉。王珣江淹夢已遠，紫翠長掃煙雲天。天低石林籟自響，檑具拄頤神獨往。泥蕨藂生虎迹間〔五〕，巖花卻墮鷹巢上。乍來毛骨恍塵蜕，久憩衣巾颯秋爽。日静時飄大梵音，月明忽降瑶臺仗。武夷九曲仙所都，江郎參倚尤魁殊。南東相望德不孤，足

〔一〕地名柘州：州，珍本叢刊本、文淵閣四庫本作「川」。

〔二〕咸號之長者云：號之，文淵閣四庫本作「稱之爲」。

〔三〕巨鼇憑陵氣相食：巨，珍本叢刊本作「鉅」。

〔四〕抱兒婑媠愁無色：婑，文淵閣四庫本作「嬌」。

〔五〕泥蕨藂生虎迹間：藂，文淵閣四庫本作「叢」。以下同此者不再出校。

配岳牧臨方隅。子何尚友山澤儒〔一〕，涵泳聖真嚌道腴〔二〕，許我畫入幽居圖。

寄王率初

野人性僻貪出遊，不知我者云何求。仙風道骨本來有，詩債未了今生酬。去年匹馬當春色，作賦天山動山碧。君家銀瓶五尺高，日西橫臥青苔石。高齋三宿人事紛，掉頭又入三巖雲。棠梨花開叫杜宇，思歸便發長江艫。彌旬路近芙蓉城，卻望乾封涕如雨。乾封親老拘微官，芙蓉城外松楸寒。艱難臥病傍鄉戚，去住兩意含辛酸。辛酸有時已，去住何由已。笛樓雁過林滿霜，織户蛩嘶月涵水。衣裝蕭蕭餘藥餌，放懷且眺東南美。泰伯祠高閶闔門，堯天宅化弦歌里。承平況是官府好，甲第垂槐拂馳道。相逢英采讓周郎〔三〕，任擲金錢喚蘇小。蘇小裙拖湘漢煙，蜚纖垂髾珠翠鈿。斂蛾含貝立在前，檀槽玉軸鳴鵾弦。弦聲腸斷暫停手，君佐新歡命行酒。野人曠誕禮法疏，自起嗚嗚衆擊缶。如泥之醉不省知，就睡夢繞豐溪湄。鯉魚竹筍彷彿見，愴怳重與君攜離。攜離二三月，君尚留西浙。歲晏問君回，頓解憂思結。今年天山我再來，海棠暖照吹笙臺〔四〕。巫峯一半落杖屨，地有六峯。竟爲十日終徘徊。終徘徊，太潦倒，

〔一〕子何尚友山澤儒：儒，文淵閣四庫本作「癯」。

〔二〕涵泳聖真嚌道腴：嚌，文淵閣四庫本作「咀」。

〔三〕相逢英采讓周郎：讓，珍本叢刊本、文淵閣四庫本作「識」。

〔四〕海棠暖照吹笙臺：照，珍本叢刊本作「炤」。

世上悠悠似君少。高盟端可同死生，細故那能挂懷抱。會當通家復通譜，更共拜親仍拜嫂。自此襟期霄漢間，尺書長寄南飛鳥。

敬題諭淮安朱安撫詔後 詔文附

上天眷命，大元皇帝聖旨，諭淮安州安撫朱焕：「據陳楚客奏：『臣與朱安撫同年，又有通家之好。自戊午歸順之後，不相見者十有八載。今王師弔伐，諸道竝進，數内一路，領漣河、清河將士，攻取淮東未附州郡。切恐城陷之日玉石俱焚〔一〕，臣於故人情分，不容緘默。且彼所以嬰城自守者無它，原其本心，但未知趨向之方，初無執迷抗拒之意。今大江南北，西至全蜀，悉入版圖。若蒙聖慈，特發使命，宣示德音，開其生路，彼亦識時達變之士也，寧不以數萬生靈爲念乎？臣昧死上言，伏候勅旨。』准奏。今遣使特旨前去〔二〕，宣布大信。若能識時達變，可保富貴。應在城守禦將帥同謀歸順者，意不殊此。故兹詔示，想宜知悉。至元十二年七月。」漢兒字書。

九鼎沸莫止，大厦傾莫支。太陰初陽不得燭下土，小龍望望閩之陲。六宫掩泣向北去，孤臣憑城尚

〔一〕切恐城陷之日玉石俱焚：切，文淵閣四庫本作「竊」。以下同此者不再出校。

〔二〕今遣使特旨前去：特，文淵閣四庫本作「持」。

南顧。也知天命有所歸，忍爲生靈貸生路。當時不死良爲此，至今人説姜與李。君家富貴八十年，露臺風館啼猩鬼。世事茫茫難具論，遺詔幸得傳諸孫。烏絲細字書題罷，黄葉乘秋正打門。

題張彦升省掾所藏胡馬圖

緑睛鬈髮黄鬚兒，翠裘錦帽當軒墀。紫絲遊繮玉花馬，意氣八極同驅馳。浮雲滿身雪滿足，阿母瑶池向曾浴。霜風蕭蕭八尺影，在野猶自空天育。吾聞真龍非豢牧，一食或盡一石粟。天寒日暮長楸間，鈍質駑材當頫伏。爲君三歎三祝之，慎勿輕受黄金羈。

聽鄭廷美彈琴

畫欄月照芙蓉霜，博山水暖薔薇香。石屏石几青黛光，鄭鄉君子琴中堂。榴裙蕙帶辭羅洞，玉珮珠瓔脱飛鞚。何處春深雲滿林，小巢竝語梧花鳳。君不見，湘靈鼓瑟湘江滸，苦竹祠荒愁暮雨。遺音一聽增感傷，使我無言重懷古。重懷古，雞喔喔。明星爛漫東城角，誰家尚奏桑間樂。

婦董行　有前後引

婦董，滕人劉進妻也。進與兄順，竝以勇稱。金季山東亂，盜蜂起，因共募丁壯保里閈。天兵駐嶧山，進單騎覘之，中流矢死。順徙家淮南，舉室溺淮水，董爲宋招撫吕文德裨將所獲。欲犯之，度不免，乃謂曰：「夫喪不遠，家難荐臻，一身流離，𣨛在旦暮〔一〕。死生非我有，願將軍勿疑。」夜果生一男。先是，順已入濟州，愬于石太尉珪曰：「順有弟，不幸没於敵。其妻在孕，爲南軍拘幽舟中。萬一不得收遺息，使弟爲厲，實順之罪也。惟明公是圖。」石爲發步卒三百人，跡其所往。次淮揚，始知董所在。陰使人偵之，生子蓋三日矣。及見，具道順意。董悲感不自勝，且抆涕曰〔二〕：「妾以姙，不得先夫死。今幸不辱先，所天使有後，皆伯賜，敢名此子曰伯祐，以志不忘。」遂抱授偵者，目送數十步，投江以死。至正五年秋，進玄孫士行語其事於逢。逢高其節義，作詩哀之。詩曰〔三〕：

北軍南軍和議時，兩壘對立龍鸞旗。羣雄棊峙國瓦解，乃與婦董光門楣。星辰錯亂風雲氣，乾坤造就冰雪姿。渾家性命葬魚腹，一舸涕淚隨鴟夷。長眠自足爲義鬼，後死只望全孤兒。兒在腹中兵在目，憶夫心頭臂消肉。日晝慘慘陰靈啼〔四〕，夜黑冥冥波浪觸。馬駝磧遠暗塵土，雞犬村空疎樹木。嶧山誰收

〔一〕𣨛在旦暮：𣨛，《元詩選》本作「娩」。
〔二〕且抆涕曰：涕，文淵閣四庫本、《元詩選》本作「淚」。
〔三〕詩曰：二字底本脱，據珍本叢刊本補。
〔四〕日晝慘慘陰靈啼：啼，文淵閣四庫本作「歸」。

白玉骨，蔡州地陷黄金屋。太尉前歸明主化，招撫姑存寡妻宿。羞看人面問消息，强通語笑寬羈束。伯順見義勇著鞭，鋭士協力鋒争先〔一〕。道傍弩伏荆棘底，掌上珠還江海邊。將門有後傳世世，墓祭無所從年年。湘妃摻袂遡寥廓，漢女結珮窮幽玄。縞衣綦巾共縹緲，文魚赤鯉長周旋。脣亡未久齒亦喪，獨聞其風猶凛然。中原山河想如故，目斷幾點滕州煙。

逢爲是詩已，士行復語順一事〔二〕，尤卓卓。順既得伯祐以行，時董死事覺，招撫發步卒亟追之，賴左右弓弩手散去。還白太尉，甚義之，處之麾下。凡兩致太尉命，往覲太祖皇帝於魚兒泊之行營，賜金幣鞍馬，且命撫循邢、磁、贊黄十餘城用寧謐。上功，受黄金符，官昭勇大將軍、行右副元帥、濟兗單州等處管民長官。在官十餘年，士民翕服。晚有子五人，未老棄官，以伯祐襲其爵，爲奉訓大夫、濟州管民長官。是年至元元年也。故録於詩後，併俟執史筆者采焉〔三〕。

〔一〕鋭士協力鋒争先：協，珍本叢刊本作「效」。
〔二〕士行復語順一事：語，文淵閣四庫本、《元詩選》本作「述」。
〔三〕併俟執史筆者采焉：併，文淵閣四庫本作「併以」，《元詩選》本作「以」。

後六峯行 一名六石

去年六石游，磤車雲合龍起湫。滂然雨過景新沐，爽氣欲與胸次侔。今年游六石，燕子風輕好春色。坡陀下馬入崦坳，怪木長蘿始捫歷。巫峯失卻青半壁，方蓬倍列神仙域。泰階南斗遥相望，夜夜分光委空碧。高寒積陰自太古，此日羣巒霽亭午。桃花千樹鷓鴣鳴，柏葉深林麝香舞。五季陳道者，道成竟霞舉。間騎蘇躭鶴，或跨茅君虎。祠前溪流窅窕通，蒲牙短刺沙沫紅。聲聞天樂覓無處，雞犬尚隔煙蔥蘢。巖呀谷露轉清絶，女絲男薪總忻悦。山中樂土無代謝，世上朱門有傾奪。我時縱觀心神舒，授簡忝後諸大儒。興發不顧三足蜍，尺箠願策金鼇魚。東踰扶桑南蒼梧，回轡北謁承明廬。圭以面龍衮，筆以草諫書。屏以坐至尊，下令黎民同晏如。獨憐抱兒之小姑，身死猶望邊征夫。乾坤終窮亦不免，萬物變化無時無，撫掌自笑愚公愚。

高景山中蟠松歌〔一〕

朝廷無遺材，而我觀蟠松。松高僅尋丈，足當高景山奇雄。外惟英華發，内實神秀鍾。氣食白額

〔一〕詩題：文淵閣四庫本無「中」字。

虎，勢挾蒼精龍〔一〕。鱗張鬣奮角爪露，兔絲纍絡苔花封。支離偃蹇盤礴倨驁百千狀，葉擁車蓋萬箇青童童，東柯西枝尤不同〔二〕。隱若雲鵬離溟渤，六翮始舉扶揺風。幾欲徑上天，摧碎霹靂鋒。夔魖獝狂莫敢近，上帝素有生全功。貞姿森森凜鐵石，靈響殷殷來笙鐘。流膏伏晶化苓珀，屢起凋瘵蘇疲癃，胡乃甘自屈跡吴沼中。我持美酒頗黎紅〔三〕，三爵載拜十八公。今之拳孿突梯世不容，公其正身直節以答上帝衷。三辰復朗曜，四海無困窮，野夫獻頌蓬萊宮。

奉寄劉廷幹都漕　名貞，終南臺侍御史。

東南蕃殖數吴畺〔四〕，太府均輸百萬糧。夜對紫微星直上，曉經黑海路彌長。商鑾載肉蘄神嘏，父老傾都望米檣。黄帕越羅天水色，玉瓶官酒鬱金香。殊恩厚錫當霄漢，盛德高名著廟堂。劉晏從容邦國富，蕭何談笑甲兵强。士林争售來禽帖，故郡猶歌召伯棠。花底珮珩清染露，柏邊旄節迥含霜。每憂野逸爲牛後，思正朝儀接鷺行。他日與聞當世事，山林朝市孰相忘。

〔一〕勢挾蒼精龍：精，文淵閣四庫本作「睛」。
〔二〕東柯西枝尤不同：枝，文淵閣四庫本作「幹」。
〔三〕我持美酒頗黎紅：頗黎，文淵閣四庫本作「玻瓈」。以下同此者不再出校。
〔四〕東南蕃殖數吴畺：畺，文淵閣四庫本作「疆」。以下同此者不再出校。

奉送董孟起水軍赴樞密判官 名摶霄

驛使傳宣下紫冥[一]，陽侯隨節渡滄溟。雕題外服思文化，白髮中原望將星。秋入羽林兵衛肅，夜經龍島劍花腥。久懷令聞如楊素，今喜威名過衞青。猛士固應煩練習，時特旨練習軍馬[二]。遺黎終得慰飄零。依稀桑棗空原野，蒼莽茅篁接塞庭。此日朝廷深倚注，百年河嶽載清寧。陋儒材力慙無補，惟待燕然續漢銘。

題宋太學鄭上舍墨蘭 有序

公諱思肖，字所南。肖與南何居，義不忘趙北面他姓也。世家三山，曾、大父咸仕宋。父起，淳祐道學君子。公，太學上舍，應博學宏辭科。會元兵南，叩闕上宋太皇幼主疏，不報，國初諸父老猶能記誦之。語切直，犯新禁[三]，俗以是爭目公。公遂變今名，隱吴下。所居蕭然，坐必南向。遇歲時伏臘，輒野哭南向拜而返，人莫測識焉。有田三十畝，邑宰素聞其精墨蘭[四]，不妄與人，因紿以賦役取之。公怒曰：「頭可得，蘭不可得。」宰奇而釋之。又嗜詩，《題蘭》云：「玉珮淩風挽

[一] 驛使傳宣下紫冥：驛，珍本叢刊本、文淵閣四庫本作「馹」。
[二] 時特旨練習軍馬：特，文淵閣四庫本作「奉」。
[三] 犯新禁：新，文淵閣四庫本作「時」。
[四] 邑宰素聞其精墨蘭：其，底本脱，據文淵閣四庫本補。

不回，暮雲長合楚王臺。青春好在幽花裏，招得香從筆研來[一]。」《過齊子芳書塾》云：「天垂古色照柴門，昔日傳家事具存。此世但除君父外，不曾別受一人恩。」《寒菊》云：「寧可枝頭抱香死，何曾吹落北風中。禦寒不藉水爲命，去國自同金鑄心。」其爲文操行率類此。晚年益究天人性命之學，竟以壽終。

舊傳獨行老康成，文物衣冠魯兩生。甘與秦民潛避世[二]，恥爲殷士祼如京。天池水淺鯤南息，衡岳峯高雁北征。三百運終遺墨在，秋風九畹不勝情[三]。

簡盧起先御史　名嗣宗，疎齋之後。

御史承恩出帝廬，弓裘文采照圖書。雲煙飛動龍香劑，風日雍容豹尾車。青草瘴消炎海外，碧桃春透故園初。懸知袖有征鑾策，不學盧鴻遂隱居。

[一] 招得香從筆研來：研，珍本叢刊本作「硯」。以下同此者不再出校。
[二] 甘與秦民潛避世：潛，文淵閣四庫本作「同」。
[三] 詩末珍本叢刊本、文淵閣四庫本有小字：「王公詩蓋賦於元時，已作避秦恥殷語，若見所南《心史》，當更有深服處。」

送賈静安員外之行都水丞

水部中朝世胄家，兩曾畫省對薇花。九闕好附升天翼，萬里初乘貫月查〔一〕。龍返故宫遺蜆蜯，民移高阜失桑麻。宣防何似河清頌，早播皇風被邇遐。

題信州總管耶律輿誦卷

蒼翠千峯拱上游，地同吴楚控南州。藹絲歲貢親王賦〔二〕，風俗今移列郡侯。春日歌鍾停舞燕，晨星鼓角動鳴騶。四民共話深仁澤，桑柘連雲麥蔽丘〔三〕。

登信州溪山第一亭 亭扁晦庵先生書

第一溪山屬考亭，周遭樛木自林坰。中流半夜飛星白，絶壁高寒過雨青。上界異香雙鳳下，仙家横玉小龍聽。登臨偶憶徐元杰，爲摘楳花薦爽靈〔四〕。

〔一〕萬里初乘貫月查：查，文淵閣四庫本作「槎」。

〔二〕藹絲歲貢親王賦：藹，底本作「蠆」，爲别體字，據文淵閣四庫本改。以下同此者徑改。

〔三〕桑柘連雲麥蔽丘：柘，底本作「拓」，據珍本叢刊本、文淵閣四庫本改。

〔四〕爲摘楳花薦爽靈：楳，文淵閣四庫本作「梅」。以下同此者不再出校。

寄理幕蔡君美兼簡東流陳尹

羣山龍鳳仰重暉，一水芙蓉近紫薇。南渡流風文墨盛，北來王化簡書稀。青衫白馬淩晨出〔一〕，烏榜紅舷犯月歸。思得東流陳令尹，裹茶相與看煙霏。

喜朱子才知事迎太夫人至二首

白馬青袍幕下賓，樓船迎養太夫人。關山迢遞孤雲暮，雨露涵濡寸草春。屏障久虛金孔雀，兒孫俱長玉麒麟。知君順色非難事，心待平反答至親。

畫舫青簾駐日斜，綵衣白髮照江沙。風塵忽見老萊子，庭院正開諼草花〔二〕。鸞錦載頒新誥命，魚軒穩稱小香車。珍膎調羆親弦頌，盛事由來出故家。

題汪叔志學士賢母傳後母陵陽陳氏寧國尉孫和父妻也

阿孾强健髮如新，重閣修簾坐錦茵。萱草雪霜深待臘，桃花風雨暗移春。兒成近續潘郎賦，女大還

〔一〕青衫白馬淩晨出：青衫，文淵閣四庫本作「黄鬚」。

〔二〕庭院正開諼草花：諼，文淵閣四庫本作「蘐」。

依孟氏鄰。輿誦總歸慈訓力，史褒貞節更無倫。

貢泰甫待制降香南閩中途有司業之命北還奉贈

千里閩江宿瘴開，九重天使降香來。風雲篋笥芝蘭氣，星斗文章館閣才。金節本隨神馭下，綵船仍被聖恩回。諸生顒望陽司業，化雨行分到草萊。

寄楊鐵崖司令

先生就隱東南地，罷賦甘泉奏漢皇。春雨正來龍尾道，長鑱猶斸禹餘糧。天孫無奈宗元拙，力士安知太白狂。清夜一星江漢裏，幾人云是少微光。

寄堵無傲宣使

雲開斗北鳳鸞飛，天入江南驛騎肥〔一〕。星月五更丞相府，風煙萬里使臣衣。薇花露冷香渾濕，柿葉秋深樹半稀。新比鄭虔詩畫好，草堂野趣莫辭揮。

〔一〕天入江南驛騎肥：驛，珍本叢刊本、文淵閣四庫本作「馹」。

寄邊伯京帥史

六朝故地起秋煙，竝馬清遊記昔年。消息近傳閩海上，襟期猶在斗牛邊。元臣外閫旌旗合，從事多才贊畫賢。二月榕陰叫鷓鴣，題詩兼寄百蠻箋。

邵伯岡縣尉有一奇石予名爲蘂珠峯爲題是詩[一]

君家石筍光於雪，秀與昆侖一氣鍾。雲液暖蒸珠蓓蕾，月波凉浸玉芙蓉。根移瀚海三千劫，影入天門第九重。不待奇章識神品，研池春水化游龍。

聞武岡消息

萬里南荒瘴未消，桄榔椰葉嘯鴟梟[二]。石頭飲羽終疑虎，蜑種稱臣尚姓猫。金鑄甲衣懸醜地，黃封乳酒下青霄。三軍戴荷天王德，擬奏鐃歌協舜韶。

[一] 詩題：爲題，珍本叢刊本作「復題」。

[二] 桄榔椰葉嘯鴟梟：椰，底本作「挪」，據珍本叢刊本、文淵閣四庫本改。

題明妃圖書鄉先執陸子方詩後[一] 詩附

忍辭漢月戴胡天，雁帶邊聲落馬前。地出黑河非故國，草生青冢自長年[二]。朔雲寒雪凋雙鬢[三]，舊思新愁寫四弦。聞道至今魂不返，夜深直上氣蒼然。青冢在黑河之傍，夜四鼓時[四]，有氣蒼然直上[五]。江陰萬户完仁山云[六]。

當時隨例與黄金，不遣君王有悔心。近使來傳延壽死，回思終是漢恩深。

妍醜何須問畫工，美人終日侍宫中。奉春初計真堪恨，欲望單于敬外翁。

青冢千年恨不埋，琵琶馬上幾時回。宇文高氏争雄日，突厥柔然獻女來。

已恨丹青誤妾身，何煩更與妾傳神。那知塞北風塵貌[七]，不似昭陽殿裏人。

〔一〕詩題：執，文淵閣四庫本作「達」。
〔二〕草生青冢自長年：長，文淵閣四庫本作「常」。
〔三〕朔雲寒雪凋雙鬢：雲，文淵閣四庫本作「風」。
〔四〕夜四鼓時：文淵閣四庫本作「夜四更」。
〔五〕有氣蒼然直上：蒼然，底本脱，據文淵閣四庫本補。
〔六〕江陰萬户完仁山云：云，文淵閣四庫本作「爲余言」。
〔七〕那知塞北風塵貌：塵，文淵閣四庫本作「霜」。

齧雪中郎妄不如，脱身無計漫相於。勸君莫射南飛雁，欲寄思鄉萬里書。

寄陳東流

幅巾蕭散外形骸，春日花明畫舫齋。從事屢陪山簡馬，休居新饌庾郎鮭。中天列宿依宸極，萬國豐年仰泰階。來歲東流喧父老，故應文采動江淮。

奉簡黃大癡尊師〔一〕

十年淞上築仙關〔二〕，猿鶴如童守大還。故舊盡騎箕尾去，漁樵長共水雲閑。吹笙夜半桃花碧，倚杖春深竹筍斑。顧我丹臺名有在，幾時來隱陸機山。

簡班恕齋提學

一官湖上似閒居，酒滿匏尊架滿書。庭草春深眠叱撥，研池月上影蟾蜍。猶聞桂樹歌招隱，未可丹厓賦遂初。漢主久思班氏學，定虚天禄召安車。

〔一〕詩題：《元詩選》本無「奉」字。

〔二〕十年淞上築仙關：築，文淵閣四庫本、《元詩選》本作「籍」。

同李用中掾郎訪魯至道總管值遊西山口號書石屏上

一雙峯插湖西閣，五尺童譍柳下門。日上雲霄忘倚馬，風清泉洞樂呼猿。落花漫漫迷行跡，白髮依依抱酒尊。多卻腰間玄玉珮，不無驚犬吠前村。

簡劉仲斌總管

角巾歸第内湖邊，無事頻開避暑筵。荷葉露香侵寶鴨，薇花月色爛觥船。風流醖藉過全晉，慷慨悲歌隔舊燕。天子遥應念遺老，賜來靈壽伴高年。

寄鄭志道教諭兼簡其子宗晦

鸕鷀陂上發舟航，沙石熒熒亂水光。一雁遠沈天似海，三人相對月如霜。風琴清瀉瓊瑤峽，嵐壁深開紫翠房。拂曙分攜又春晚，幾回翹首鄭公鄉。

謝陳元昭憲史奉分憲舉文枉過江上

霜落江潭萬木空，天回閣道五雲通。山人似識郎官象，陳嘗爲録判。憲府新陪御史驄。玉斧繡衣清議在，青燈黄卷素心同。還司莫話棲遲樂，亦欲看花漢苑中。

謝浙省諸僚友見招

百年茅舍俯梧溪，梧葉陰陰水竹齊。方整釣絲疎雨後，忽承書使五雲西。春明左掖閒朱墨，天險重關息鼓鼙。即擬一來冠蓋里，相攜柑酒聽鶯啼。

九日先妣遠忌日示兒掖攝拊

年年九日罷登高，悽愴心存鞠養勞。三宿奉齋聞謦欬，一杯酹酒濕焄蒿。不辭亂世依親隴〔一〕，正用遺言訓汝曹。黃菊紫萸看易厭，碧梧風露滿庭皐。

寄楊太史

青猿鐵獺伴幽尋〔二〕，多在巖阿或澗陰。中歲心情高鳥上，清時鐘鼓落花深。馬徽雅有知人鑒，韋相元無遺子金。聞道別來還廢寢，北瞻太乙整朝簪。

〔一〕不辭亂世依親隴：隴，文淵閣四庫本作「壟」。以下同此者不再出校。

〔二〕青猿鐵獺伴幽尋：猿，底本作「猠」，生僻字，據文淵閣四庫本改。以下同此者徑改。

送蔡君美推官之袁州時奉使王子文爲總管

奉使乘軺出薊丘，又驅五馬入袁州。石田秔稌秋風熟[一]，仙掌芙蓉顥氣浮。蠻蜑山川通治化，呻吟兒女變歌謳。理官佐郡祥刑日，應識龍光上斗牛。

過丘以敬管勾吴山別業

梓潼祠畔敞林扉，隱隱雞聲落翠微。銅篆解將還省署，銀魚忘卻挂朝衣。石厓溜雨藤根白，籬落緣雲瓠子肥。想見秋風遂高隱，中原野馬正狂飛。

贈別趙杭州伯器時奉家君謝事還江陰[二]

仁廟垂衣日，儒門筮仕辰。奎躔連五緯，文運啓千春。累榜頒龍虎，中原出鳳麟。聲名蜚半刺，議論卷重裀。劉向讎書早，東方待詔頻。宮壺恩賜重[三]，郎署贊來新。露積三吴粟，山輸百島珍。香爐辭畫省，皁蓋擁朱輪。宋苑花迎節，蘇隄柳映紳。湖開西瀲灩，峯倚北嶙峋。幽遠民安堵，澆漓俗返淳。

[一] 石田秔稌秋風熟：稌，文淵閣四庫本作「稻」。
[二] 詩題：「江陰」下珍本叢刊本有小字：「二十韻」。
[三] 宮壺恩賜重：壺，底本作「壼」，據叢書集成初編本改。

澹無魚入饌，清有鶴隨身。魏笏牀頭在，崔銘座右陳。禮容加屬吏，燕衎及嘉賓。趙抃才何忝，王戎意獨伸。雪添親舍髮，桂束客廚薪。菽水歸舟晚，封章伏闕晨。火狐方嘯聚，海鱷未全馴。王業深盤石[一]，天河爛瀉銀。願言登黼扆，大爲展經綸。

奉題執禮和台平章丹山隱玉峯石時寓江陰

昭代優勛舊，平章謝鬬班。堂開新緑野，玉隱小丹山。曣晛文璀錯[二]，孚尹氣往還。崑丘玄圃畔，台嶠赤城間。不假工琱琢，元承帝寵頒。静容賓從仰，明燭鬼神姦。秩禮均恒岱，謙光俯粵蠻。儼持周勃節，秀擁楚巫鬟。樹錯珊瑚朵，苔封翡翠斑。座裀聯綺縠，車轂映朱殷。或跂雙幺鳳，時窺一白鷳。爐香嵐勃勃，簷雨瀑潺潺。地縮三鼇島，天長九虎關。文饒淫翫好，靈運癖躋攀。日月由來繞，風雲不暫閒。殷曾求傅説，漢亦聘商顔。金匱盟藏券，青春詔賜環。皇基同永固，國步罷多艱。館閣題千首，琮璜價百鍰[三]。願移銘盛烈，褒史著人寰。

[一] 王業深盤石：盤，文淵閣四庫本作「磐」。

[二] 曣晛文璀錯：璀，珍本叢刊本、文淵閣四庫本作「崔」。

[三] 琮璜價百鍰：鍰，《元詩選》本作「鐶」。

送趙寛父之江西省掾 名元裕，里人。

翼軫珠聯璧，匡廬翠入雲。地班鵷鷺序，閫制虎貔羣。鈇鉞恩威重，謀謨掌握分。顯曹今已辟，盛蹟比來聞。靖密參機要，從容斂垢氛。全彰梯入貢，諸校凱旋軍。漢吏卑緣餙，齊臣重解紛。西垣居養異，上相禮文勤。芍藥春看雨，芙蓉日待曛。白花雙井荈，香飯九江芹。壯觀滕王閣，豐碑孺子墳。柱標囚蜃許，渚表寄書殷。弔古舒心目，懷賢薦苾芬。世家光汴派，吾道晦河汾。田薄紅楱粒，齋虛碧映芸。亨衢深望友，滄海謾憂君。有志觀周樂，無材覬郢斤。鶢鶋仍本性，騤褭自蘭筋。北斗三台列，南風一氣熏。行紆虢州錦，歸耀故鄉枌。

奉陪何秘監貢司業宴吴司令士明棣華園 名惟誠，里人。

園居賢伯仲，堂宴列仙儒。陸地生盤谷，三山失翠壺。池文春藻浄，峯影夏雲孤。鶴隴威紆入，鵝梁窗寮鋪。竹森淇澳士，花擁洛陽姝。黄鳥尊浮蟻，清風鱠斫鱸〔一〕。罌鵝懲李監，薪蠟賤齊奴。潦倒粗疎隔，風流醖藉俱。遊絲高柳礙，醉袖小蠻扶。興入香山社，詩題曲水圖。陽城徵起晉，賀老賜歸湖。佩訝金龜重，官宜白馬癯。諸生遥在望，故吏暫休趨。和氣塤篪叶，佳時几杖娱。情敦賓客禮，身服古

〔一〕清風鱠斫鱸：鱠，文淵閣四庫本作「膾」。

先模。衣共非文繡，經明是典謨。八龍騑里邑，三鳳頡天衢。棠棣名專美，芝蘭實竝敷。一丘吾獨忝，四海道相於。徑造茲成癖，毋須折簡呼〔一〕。

奉寄趙伯器參政丑時中員外五十韻〔二〕

詔立淮南省，符張閫外兵。風雷朝煥發，牛斗夜精明。參政材超偉，元僚器老成。武林多樹政，禁籞舊蜚英。鳳暖文章蔚，鯤秋羽翼横。天池今並奮，嶰管後和鳴〔三〕。地要尤膏沃，時危必戰爭。輔車依海岱，衣帶限蠻荆。玉葉開王邸，煙花匝子城。萬艘鹽雪積，千里稻雲平。織貝殊珍粲，紅樓艷曲縈。並緣胥狡黠，貨殖駔驕盈。汝祲初萌起，河流寖妄行。鎮綏增屏翰，贊畫授權衡。愛稼須除螣，憐牛貴搏蝱。式蛙曾霸主，斬馬乃書生。青汗三千牘，丹心一寸誠。相臣連萬騎〔四〕，郡邑望雙旌。甓社湖移蚌，繅絲井露鯨。里無安堵樂，野有望塵驚。舄鹵煙侵燧，孤鏊膽碎鉦。五賢迷古轍，六詠歇新賡。瓦礫皆王土，逋逃本爾氓。長驅勞組練，盡掃媿欃槍。喻擬相如檄，降懲白起坑。跋胡狼曷備，毒尾蠆難攖。濟猛收神略，疏恩渙虜情。佇聞鹿柵下，莫作鬼方征。回鶻卑唐室，天驕撓漢營。乾坤一羽扇，社

〔一〕毋須折簡呼：須，底本作「煩」，據叢書集成初編本改。

〔二〕詩題：丑，底本作「尹」，據珍本叢刊本改。

〔三〕嶰管後和鳴：後，文淵閣四庫本作「復」。

〔四〕相臣連萬騎：臣，底本作「城」，據珍本叢刊本、文淵閣四庫本、《元詩選》本改。

稷綫羊羹。杕杜交加影，芙蓉裊娜莖。超然延爽笏，肅若衛寒更。慮念真如是，功勛孰與京。誓清懷晉逖，虛左慕齊嬰。好定龍蟠價，毋登狗盜名。石洪重胤辟[一]，韓愈建封迎。故典何其盛，斯文與有榮。中州襟陝隴，上國掖幽并。麟閣將來繪，雞壇宿昔盟。芻蕘言慎擇，葵藿義同傾。契闊商參恨，棲遲畎畝耕。小齋餘苜蓿，四境半蕪菁。酒憶涓涓醥，魴炊箇箇頳。悲歌垂短褐，慷慨睠長纓。親病常憂懼[二]，身奇鮮弟兄。君公終隱迹，充國燀家聲。楚角闗山晚，吴陵草樹晴。鶯知幽谷候，雁識大江程。報政梅全發，封詩月迥清。遥應語何遜，開閤少陰鏗。

奉題楊同僉山居 山居，今上御書也。

湖上仙翁嶺，周南太史家。煙霞分半壁，日月粲重華。宸翰彰殊禮，山靈被寵嘉。有雲皆紫氣，無樹不珠葩。私印存班玉，宫牌護賜牙。地遥天象馬，太史院日給天象馬二。海近斗牛槎。翠鑿巖扉静，梯懸蘚磴斜。金光浮藥草，澗影帶胡麻。潘閬神相接，林逋望弗賒。壑移憐賈蟒，世傳似道爲蟒精。石在歎秦蛇。地有秦皇纜船石。世事東西蝶，人生左右蝸。累官渾似隱，一飯不曾奢。庶矣千頭橘，優哉五色瓜。秖愁使者至，林下有驚麏。

[一] 石洪重胤辟：胤，底本因避諱作「允」，據珍本叢刊本、文淵閣四庫本、《元詩選》本改。以下同此者徑改。

[二] 親病常憂懼：常，文淵閣四庫本作「長」。

贈別浙省黑黑左丞國寶自常州移鎮徽州三十韻時歲癸巳[一]

武德興元運，文恬近百年。一隅初難作，四境遂兵連。斧扆朝元早，彤弓授命專。馮岑材竝濟，李郭駕争先。路入延陵邑，星分左轄躔。著名黄閣上，虚位紫宫前。汗血駒千匹，跿跔士兩甄。帳寒龍守劍，城曙虎飛旃。跡掃齊門瑟，身親楚醴筵。慧山屏列野[二]，震澤鏡涵天。刁斗軍中堠，鉏犂亂後田。白無遺朽骨，青有續炊煙。插羽書間署，封泥詔撫邊。陣容催畫鼓，蠭氣動樓船。舊政猶霜肅，新安素地偏。蜄精嘗感夢，帝子或逢仙。漆葉雲羞密，茶花雪妒妍。誦弦家櫛比，冠蓋里班聯。鄒魯流風洽，甌蠻習俗遷。比來疲賦斂，况復值戈鋋。饘稍官曹待，謳歌父老傳。挽屯吴幼節，總體漢文淵。裴度歸休近，羊公卧治便。鼎彝今燀赫，韋布數周旋。小閤牛行炙，長楸鶻試拳。王融五雜俎，孫武十三篇。華夏殘河汴，神州歸薊燕。殄除纔蝻蠓，睥睨滿鯨鱣。狂斐言姑及，高明義莫捐。憂君尚有疏，儻寄麥光牋。

[一] 詩題：「癸巳」下珍本叢刊本、文淵閣四庫本有小字：「查係至正十三年」。

[二] 慧山屏列野：慧，文淵閣四庫本作「惠」。

寄題汪尚書堪老園

夫子功名遂，何人位望如。漢朝疏太傅，唐日孔尚書。山遶玄暉閣，門懸廣德車。青箱家乘在，白髮世情疎。衆訝逃空谷，吾知厭直廬。甕餘天賜酒，盤盛圃栽蔬。野鶴隨鳩杖，宫鶯隔燕居。行春花信裏，占雨藥苗初。古傳時眠讀，長竿或坐漁。溪毛頻自薦，庭草不教除。洛社今司馬，經帷昔仲舒。短檠簾幙護，甑石斗升儲。首闡宣尼學，尋傳乙第臚。渥生周騄駬，崑出魯璠璵。焜耀三階列，清明一氣嘘。史編尊宋統，子訓屬倪鉏。晚食師顔蠋，狂歌陋接輿。俸仍官侍從，閒似老村墟。故吏金鑪鵲，諸生玉珮魚。候安連禮餽，奉教及菑畬。朋舊歡彌洽，君王席遂虛。乾坤方用武，江海獨愁予。大手煩詩序，私心式巷閭。行應赴三老，爲國補遺餘。

梧溪有懷二首

薄雲天欲晚，微雨水先涼。燕子交飛處，梧花滿樹香。懷人路非永，對酒世相忘。不怪衣裳濕，中宵延露光。

虛館涼氣集，方池白水生。幽花含晚艷，嘉木有餘清。酒緑尊中瀉，琴絲膝上横。疎簾映微雨，益起故人情。

題沈氏别墅

小築洄塘上，春陰水暫寒。柳遮蓮葉艇，花礙竹皮冠。生理尋常足，閑心一寸寬。知予厭奔走，絶口不言官。

寄何憲幕

令弟來吴下，從容問起居。客來籠放鶴，官在釜生魚。江漢心同向，風塵跡自疎。冀州十萬户，誰引魏文裾〔一〕。

簡任子良縣尹

儒雅南陵尹，歸吴賦遂初。畫傳韓幹馬，羹煮季鷹魚。柳暗凝香閤，花交織翠裾。能令兩童子，爲我導行車。

〔一〕詩末珍本叢刊本有小字：「《魏志》：文帝欲徙冀州十萬户，辛毗諫，不合而起，毗隨而引帝裾。」

杭城陳德全架閣録示至正十一年大小死節臣屬其禿公以下凡十三人王侯以下凡九人徵詩二首并後序

累朝承泰運，四海搆兵屯。報國誰謀主，輸忠獨遠臣。蒼梧愁思竭，青竹汗痕新。少賜當時姓，華風接後塵。

是年盜麻起，二月，山東副都元帥禿堅里師出鄒平縣，中流矢死。五月，徐州兵馬指揮使禿魯亳州陷陣死。六月，廣德翼萬户關住石洋塘水戰死，汴梁路同知黄頭項城縣被執不屈死。時尚乘卿那海戍項城，謂子伯忽都、姪阿刺不花等曰[一]：「彼虜新執黄頭，勢駻突甚，與其應敵，孰若進討。苟天未厭亂，吾一門不忝卞尚書矣。」伯、阿等曰：「大人誓許國，兒輩何愛死。」遂戮力戰，多所殺獲[二]。卒以援絶，咸死之。七月，廣東奏差發兒率白徒拒周塘，或勸之走，發曰：「禄位無大小[三]，見危則致死焉。」亦死之。安東萬户朵哥、千户高安童，竝中流矢死潁州。九月，汝寧知

[一] 謂子伯忽都姪阿刺不花等曰：謂，文淵閣四庫本作「語」。
[二] 多所殺獲：殺，文淵閣四庫本作「斬」。
[三] 禄位無大小：大小，珍本叢刊本、文淵閣四庫本作「小大」。

府完哲、府判福禄護圖連抗十日，城垂陷，仰天呼曰：「臣等義不辱。」竟投水中〔一〕。西城司副使塔海守徐州，大捷〔二〕。轉戰，死東盤〔三〕。十二月，宣徽院使帖木兒、河南萬户察罕相繼鏖戰〔四〕，死南陽臥龍岡下。秃堅贈遼陽左丞，謚襄愍。秃魯贈河南參政，謚忠勇。闢住贈浙東宣慰使，謚遂愍。黄頭贈兵部尚書，謚忠介。那海贈河南右丞，謚壯勇。發兒贈南海縣簿尉，朵哥贈淮東宣慰使，謚壯愍〔五〕。安童贈淮東宣慰司同知，謚介愍。完哲贈淮東宣慰使，謚忠果。福禄贈兵部尚書，謚忠遂。塔海贈遼陽參政，謚忠勇。帖木兒贈河南平章，謚桓愍。察罕贈山東宣慰使，謚恪愍。

王臣名在目，野史淚沾襟。榛棘生周道，楩楠減鄧林〔六〕。乾坤英氣合，河海湛恩深。尚有諸新鬼，瞻天嗣玉音。

〔一〕竟投水中：中，文淵閣四庫本作「死」。
〔二〕大捷：文淵閣四庫本作「既捷」。
〔三〕死東盤：盤，文淵閣四庫本作「壁」。
〔四〕宣徽院使帖木兒河南萬户察罕相繼鏖戰：戰，底本脱，據珍本叢刊本、文淵閣四庫本補。
〔五〕謚壯愍：文淵閣四庫本作「謚忠果」；下句完哲「謚忠果」，文淵閣四庫本作「謚壯愍」。
〔六〕楩楠減鄧林：減，文淵閣四庫本作「滅」。

二月，廣州推官王宗顯、香山寨巡檢曾元吉，戮力死石岐。六月，沿海奕百户尹宗澤戰死黄巖〔一〕。八月，封州吏目唐國寶俘虜中，卒死不屈。西臺御史張桓，謝職居確山縣，被執大罵。逆黨怒，縛妻孥脅之降，桓罵益厲。囚旬日，妻孥九人併遇害〔二〕。九月，刺場嶺義兵千户宋如玉，迎敵於西大嶺，死。蘄州總管李孝先分守蘄水縣，亦死之〔三〕。十月，雅州司吏劉處巖守南關，巷戰死。十二月，權香山巡檢張德興，以不從叛亦死之。宗顯贈廣州總管謚良愍，元吉贈香山縣尹，宗澤贈松江府判官，國寶贈南海縣簿尉，桓贈禮部尚書謚忠潔，如玉贈平樂府判官，孝先贈河南參政謚義愍，處巖贈睢陽縣尉，德興贈奉元府判官。右前後二十二人。嗚呼！殉死者大傳，偷生者大愧也〔四〕。

送譚仲張知事

儒官登幕府，勝地數郴州。五嶺深開壁，三湘遠合流。文興由孟瑄，城築始楊璆。雪普民豐樂，祇應坐歉秋。

〔一〕沿海奕百户尹宗澤戰死黄巖：奕，文淵閣四庫本作「弈」。以下同此者不再出校。

〔二〕妻孥九人併遇害：併，文淵閣四庫本作「俱」。

〔三〕亦死之：亦，底本脱，據文淵閣四庫本補。

〔四〕偷生者大愧也：文淵閣四庫本作「偷生者不大愧耶」。

題静安寺雲漢昭回之閣 有引

閣本光宗皇帝在潛邸時書賜安撫使錢良臣。後閣廢，子孫捨石刻置寺閣，曇、琛二上人徵題詩云。

雲漢昭回夜，新登最上頭。叢林幾度臘，片石百年秋。爽氣隨天盡，疎星帶月流。身今在析木，無暇顧牽牛。

句容縣望三茅峯

斗邑抱重岡，三茅峯頡頏。地呈青玉案，雲羃翠瓔房。靈籟殷天樂，大丹流月光。神遊猛虎外，身與意都忘。

衢州華豐樓望柯山江郎石

華豐樓信美，登望久踟躕。木落偃王廟，天寒姑蔑墟。屏開山石遠，青鎖洞霞虚。不有從親役，乘風振珮琚。

送張子恭憲史還鄉遷母葬復之婺州

張仲霜臺彦，還鄉妥母靈。山人攜絮酒，太史謂黄先生溍。撰埋銘。佳氣雲霞色，芳羞沼沚馨。慈烏感孝行，飛候最高亭。

送鄧伯林判官還江西

黄田寒浪稀，衣錦上船歸。天上梅開徧，山中桂合圍。鄰侯書具在，孺子宅相依。便好全高節，東湖玩夕暉。

壬辰冬十一月避亂綺山簡丘文中貢原甫二教授

雲掩金戈日，風生鐵馬塵。亂離誰是主〔一〕，貧賤獨爲民。雞犬人煙絶，鼪鼯木石鄰〔二〕。喜聞同舍語，天已厭荆榛〔三〕。

〔一〕亂離誰是主：是，底本作「事」，據珍本叢刊本改。

〔二〕鼪鼯木石鄰：木石，文淵閣四庫本、《元詩選》本作「草木」。

〔三〕詩末珍本叢刊本、文淵閣四庫本有小字：「至正十二年」。

題内兄李四彦梁所遺温日觀蒲萄 有序

逢與内兄遭乙未亂相失，五年來始解后妻上〔一〕。勞問間見僧温蒲萄圖，益爲愴惕。嘗記垂髫至十五六時，侍大母徐氏諱潤芳。側〔二〕，累聞之曰：「吾舍西舊有蒲萄，因樹爲架。凉天佳月，而祖諱亮，字濳昭。偕四三友朋歌樂其下，醉乃休。而祖歿，蒲萄從而枯〔三〕，殆二紀矣。」間又誨曰：「而祖上自高、曾逮而父，咸獨植門户。汝僅有弟唐寶，又蚤喪〔四〕。使汝苟富而玷宗，不若素貧而承祀，薄田敝廬，可粗守也。汝其毋忘。」大母壽八十六卒，且二十稔。内兄久辭閫曹，年已六十。逢竄伏江海，亦四十餘矣。觸物感心，不自覺涕泗泫然也。内兄以圖遺逢，因序而詩之。是年至正己亥〔五〕。

〔一〕五年來始解后妻上：五年來，文淵閣四庫本作「又五年」。解后，文淵閣四庫本作「邂逅」。以下同此者不再出校。

〔二〕侍大母徐氏諱潤芳側：潤，珍本叢刊本、文淵閣四庫本作「閏」。

〔三〕蒲萄從而枯：從而，文淵閣四庫本作「亦」。

〔四〕又蚤喪：蚤，文淵閣四庫本作「早」。以下同此者不再出校。

〔五〕是年至正己亥：此句末文淵閣四庫本有小字：「乙未至正十五年，己亥十九年」。

吾家先大父，嘗愛草龍珠。一樹紫煙濕，八窗清露濡[一]。干戈形遠夢，江海見斯圖。歷歷重闈訓，終身誓不渝。

台州吴子中過侍郎橋客樓夜話爲贈八句

主簿別來久，挂名材傑間。挑燈且説劍，憂世未歸山。石櫃波上閣，玉門天外關。心期遂雄覽，華頂厠仙班。

仙茅塢

夜宿仙茅塢，金鼇湧亂山。天風來海外，煙火落人間。白石思同煮，青蘿喜獨攀。絺衣弄華月，公子亦忘還。

韓蘄王墓

道過韓王墓，停驂淚滿巾。中興無輔相，恢復有勛臣。碑冷靈巖月，山還古寺春。雲仍尚詩禮，時薦碧溪蘋。

[一] 八窗清露濡：窗，底本作「囱」，生僻字，據文淵閣四庫本改。以下同此者徑改。

題賈性之市隱卷

簾户隔塵闤，幽花坐可攀。題詩江令宅，採藥越王山。日覺雲林隘，春餘漏水閒。龐公謝劉表，何事不知還。

題沈龢齋尊師水西亭

高人沈東老，亭在水西頭。光湧金波月，凉分白帝秋。芙蓉連桂館，翡翠立蓮舟。獨許浣花客，時來同釣遊。

題畢天池道士太霞樓

畢卓太霞樓，霜晴錦樹稠[一]。天光開日觀，海色動崑丘。織女機横夜，仙人坐對秋。時將玉尺八[二]，醉擁翠雲裘。

[一] 霜晴錦樹稠：晴，文淵閣四庫本作「清」。

[二] 時將玉尺八：玉尺八，文淵閣四庫本作「白玉尺」。

常州分省席上二首

玉帳虎文茵，弓旌左右陳。鸞刀分臠炙，龍勺灩浮春。舞困珠瓔脱，歌深翠黛顰。心存大臣體，授簡屬嘉賓。

兵戈時事改，貧賤道心同。泥飲悲長夜，高歌憶大風。龍銜劍花白，鳳遶燭蓮紅。猶得斯須間，賓僚語即戎。

題西施洞響屧廊二首

石扇天開蔓草平，斷雲殘雨古今情。洞靈抱月長幽泣[一]，不與西施受惡名。

金蓮步冷草啼螿，羅襪塵空葉滿廊。獨憶愛姬爲隊長，一雙鸞血釁干將。

乾封西山狀神秀予名曰青猊書絶句厓石上

青猊猙獰孕金精，爲王爪牙足扞城。我豈龍蟠鳳逸士，醉來背上躡雲行。

[一] 洞靈抱月長幽泣：抱，文淵閣四庫本作「花」。

溪山第一亭望靈山兼寄聞雲芨道士

天高亭空雙鶴盤，烏柏落子楓香乾。千六百里斷鄉信，七十二峯來翠寒。靈山道者碧瞳方，抱琴一童如鶴長。雲根羊卧水精璞[一]，木杪磬懸蜂蜜房。

贈龍虎山人鄭良楚 有引

良楚，修潔士也。癸未春來乾封，及還，教諭許仲宣偕儒先鄭叔芳、韓養正、徐明立、徐明善、韓積之、施國楨、韓大正、黄以道，飲餞鸊鵜陂上，咸詠歌之。予姑贅絶句二首[二]。

太行黄河快壯遊，歸田無復夢神州。蒼龍朱鳥挂庭户，詩罷滿林風露秋。

百藥籠頭餘一琴，病夫不拒愛知音。石田歲稔茅屋好，種菊乞詩虞翰林。

[一] 雲根羊卧水精璞：精，文淵閣四庫本作「晶」。

[二] 予姑贅絶句二首：姑，文淵閣四庫本作「亦」。

謝睢陽朱澤民提學爲畫六和塔前放船圖 有後序

青城丹丘舊所賢，畫圖曾惹御爐煙。一官歸老天宮裏，爲寫浙江秋放船〔一〕。

六和塔前江水流，天清無雲風始秋。夕陽半落錦萬頃，著我一箇登仙舟。舟行兩岸蕡花供〔二〕，吴山越山作騶從。乘壺美酒鱸十頭，只少桓伊笛三弄。右是歌，逢丁亥秋所作也〔三〕。越一紀，君訪逢吴門，偶見而歎詠久之。翼日〔四〕，逢謁君天宮坊寓隱，案間筆研瀋瀋然〔五〕，徐示圖曰：「烽煙良阻，子其意遊乎？」逢喜而持歸，敬題絶句。青城、丹丘，謂虞、柯二公，舊推重君者。君名德潤，嘗受知英宗，尋遠引云〔六〕。

〔一〕爲寫浙江秋放船：放，文淵閣四庫本作「水」。
〔二〕舟行兩岸蕡花供：珍本叢刊本、文淵閣四庫本作「行行緑水鶯花供」。
〔三〕逢丁亥秋所作也：秋，珍本叢刊本、文淵閣四庫本作「歲」。
〔四〕翼日：翼，珍本叢刊本、文淵閣四庫本作「翌」。以下同此者不再出校。
〔五〕案間筆研瀋瀋然：瀋瀋，文淵閣四庫本作「楚楚」。
〔六〕尋遠引云：云，文淵閣四庫本作「去」。

題鮮于太常食膾詩後

白鷺羣聚碧溪潯，青李來禽滿院陰。臨罷太常鱸膾帖，日斜無限故園心。

題李陵泣别圖

節旄風動馬騑騑〔一〕，塞日無光漢月輝。不謂家聲竟隤落，壯心曾待斬關歸。

登越城故基

吴王臺對越王城，歲歲春風燕麥生。一片范家湖上月，照人心事獨分明。

重裝黄筌雀哺雛卷題梁先生序贊後 序贊附

江陰王庫使，家藏黄筌《雀哺雛》，後有後村詩跋。嘗聞古院畫，率皆有名義，是三雀者，殆取《詩》、《禮》、《春秋傳》三爵之義歟？筌，蜀人，故云浣花溪耳。雖然，姑置老筌而論後村。

〔一〕節旄風動馬騑騑：旄，珍本叢刊本、文淵閣四庫本作「毛」。

方宋氏叔末時，王臞軒、劉後村，文章聲錚錚相頡頏。臞軒元宵詩，首押秤科，末押民膏。後村此雀詩和韻，乃竄入雛韻。王以詞賦高科第二人及第，劉以名臣子孫有文辭賜及第。真西山爲中舍，舉之自代。皆非不諳韻者，直狃於閩人語言，聲音不覺跌宕，當不以過。余既贅論，且贅贊云：「觀雀哺雛，可以知仁。仁于曷知，于雀之身。雀知有子，子知有母。飢焉思哺，食在母口。嗟彼雀矣，以鞠以育。矧伊人矣，孰無天屬。幼資於親，長養其親。天屬至親，勗哉世人。」庚辰三月，三山梁益。

黄筌三雀寓官規，劉筆梁文重秉彝。野浄草熏風日美，冥鴻亭上看多時。

和張率性經歷竹枝詞二首

溪上鷰兒柳色黄，溪邊花樹妾身長。浮蘋可是無根蒂〔一〕，采得歸來好遺郎。

道傍花發野薔薇，緑刺長條絆客衣。不及沙邊水楊柳，葉葉開眼望郎歸〔二〕。

〔一〕 浮蘋可是無根蒂：無根蒂，文淵閣四庫本、《元詩選》本作「無情物」。

〔二〕 葉葉開眼望郎歸：葉葉，文淵閣四庫本、《元詩選》本作「葉間」。

送盧希尹之金華兼簡其兄希閔憲郎[一]

路入蘭溪第一程，滿船月色聽灘聲。雍渠飛傍青驄馬，最愛君家好弟兄。

丙戌二月廿六日夜夢遊異境見碧玉樓三字爲賦二首

山開玉峽瀉清湍，風挾微霜灑面寒。春樹兩邊條怒發，一羣仙鶴從文鸞。

夢上仙家碧玉樓，靚桃纖柳帶春洲。天風微動簾齊捲，銀漢中間璧月流。

馬大沙獨遊

沙路泥乾信馬蹄，水村風静迥聞雞。春光摇蕩無人見，滿眼蒼煙竹樹齊。

題墨芙蕖

太華峯開玉井，未央殿立金莖。誰甘六郎風度，不愛君子令名。

〔一〕詩題：簡，底本脱，據珍本叢刊本、文淵閣四庫本補。

馬大沙陳氏席上走筆贈鎮南王府史府尉四首

騂騮白玉珂，蒲萄紫金椀。半醉卧花間，宮袍月華滿。

吹笳風動木，走馬雪盈谷[一]。笑拈金僕姑，射殺一白鹿。

鼓行沙漠風，鞍卧關山月。老矣歸去來，心神夜飛越。

貂襜狐白裘，蒼鷹錦臂韝。據鞍笑上馬，馳入長林楸。

[一] 走馬雪盈谷：雪，珍本叢刊本、文淵閣四庫本作「雷」。

梧溪集卷第二

江陰　王逢　原吉

題徐孺子小像

士何以居亂世兮，言欲遜而行危。苟背夫聖哲之明訓兮，離刑戮也固宜〔一〕。昔漢室猶大木將顛兮，非一繩之能維。故先生有見於斯兮，蓄瓊辟而悉辭。蚌以珠而腹披兮，孰若閟采於川坻。金不爲燥濕而變渝兮，常介然而自持。夫窮達之道同兮，樂天命而焉悲。矧高風軼節之不可攀兮，足以振頑懦而羞汙卑。像載拜酒載薦兮，微先生而吾誰師。

〔一〕離刑戮也固宜：離，珍本叢刊本、文淵閣四庫本作「罹」。

懷賢懷王光大 有引

光大，宣州太平縣人。世大族，從文節汪公明《春秋》。科舉罷，學古詩文於逢，有神交之道。因慕梁鴻之懷高恢也，作懷賢一章。

姓吾同兮道吾同，神相交兮見無從。孰謂今人兮，無國士之風。

懷德懷王先生〔一〕 有序

王先生諱森，字道山，建德人。性機警。夙喪父，得廢疾。母患其生業未植，聞有道士黄雲西自陝來，推人命若神，俾先生贄見之。白其故，黄慨然納爲弟子，盡傳其學。冠遊〔二〕，術大行，母賴以壽終。江西省達官側室被幽置數年，一日召先生推其命。先生曰：「是婦當因子而貴，且容德全，真賢媛也。」達官感悟，見其子，歡如初。内御史篤敬夫之父靖江公，居信州永豐。素無子，後得御史於其侍婢，母夫人嫉之。先生時挈家是邑，得所生辰，輒颺言曰：「異日狀元也。」夫人

〔一〕詩題：先生，文淵閣四庫本作「道山」。
〔二〕冠遊：文淵閣四庫本作「後」。

知，愛若己出。年十九，果及第。世服先生長者也。至正壬午，逢侍先君之永豐。首幣見，問所奥，喜謂曰：「子姑習儒，俟子旋里，當不辭千里行，以授所藴。」竟如其言。留江陰三閲月，逢送至錢塘。先生訣别曰：「吾瞑目有日，子行負大名，幸毋忘。」逢受命惟謹。先生抵家，大會親友，凡七日，無疾而卒，壽六十七。子三。先生貌古怪，明《洪範》、《易》、《素問》。名公卿道過信，率遣使致書饋，或即其廬禮焉，先生多本君平之言答之。始先生薄遊永豐，豐之人尊信恐後，爲築室娶婦，買田園畀之，或蹤躡出閭巷，人争候款間，留旬月而返〔一〕，猶洛人之事康節翁也。如是者三十年，特爲逢一出，及還，遂長逝。嗚呼哀哉！作懷德一章。

髪種種兮衣巾，道吾傳兮忘吾貧。來爲死别兮畢初志，山迢路修兮再見無因。於乎！孰謂先生兮，今世之人。

命婦詞二首

凉風灑魚軒，纖月照蛾眉。瑶琴歇清奏，更點何其遲。鯤鯨深跋浪，良人海中坻。不死盜賊手，爲是千金兒。隱忍就功名，末路將有爲。念昔從征日，堂堂天王師。星羅烏蜑船，雲布蚩尤旗。號令非己

〔一〕留旬月而返：月，珍本叢刊本、文淵閣四庫本作「日」。

出，三軍血流澌。秋高氣蒼然，蕭藿零露滋。河漢横閣道，孤雁鳴多時〔一〕。夜闌燈結花，試卜歸來期。寒月照象服，乃在深房櫳。蘭蕤馥甲帳，憂心獨沖沖。良人忠孝門，載筆明光宫。日賜水晶鹽，夜繼蓮炬紅。推恩到箕帚，雙闕亢穹隆。燕鴻天北南，牛女河西東。補衮無失遺，抱衾甘長終。兵戈寢蜂起，篁竹嘯悲風。山川路相繆，十信還一通。雲臺漢光業，石鼓周宣功。相望善終始，目冷青青松。

舊衣篇唁失位者

舊衣丘中麻，新衣陌上桑。桑蠶輸繭絲，染織雲錦章〔二〕。麻成布在軸，皎白如雪霜。皎白貧賤宜，妻著奉姑嫜。夫今位上公，紈綺魚貫行。身被龍五爪，賜自吾天王。既貴習乃移，舊衣棄固當。沐猴且冠帶，輿儓尚銀黄〔三〕。腐儒餘束書，芰製松桂航。薄遊滄江岸，事至涕忽滂。狐裘三十年，德盛國益强。青氈一微物，偷兒亦驚惶。願言收所棄，澣濯還暉光。顛倒慎雞鳴，厭浥防露瀼。椸笥復虚設，鼠樕卒壞傷〔四〕。春風花落時，盍記雙上堂。古來弊帷蓋〔五〕，猶備狗馬藏。新衣窄從短，舊衣寬較長。聞歌

〔一〕孤雁鳴多時：雁，文淵閣四庫本作「鴻」。
〔二〕染織雲錦章：章，文淵閣四庫本作「裳」。
〔三〕輿儓尚銀黄：儓，文淵閣四庫本作「臺」。以下同此者不再出校。
〔四〕鼠樕卒壞傷：樕，文淵閣四庫本作「蠹」。
〔五〕古來弊帷蓋：弊，文淵閣四庫本作「敝」。以下同此者不再出校。

舊衣篇，舊人詎終忘。

奉謝楊山居宣慰寄遺繭紙

明公枉珍遺，開緘霜雪色。自非玉女舂，必假天孫織。剡藤失浮薄，海苔無光澤。元是秘府藏，親向御手得。秋風柿葉館，筆研久荒寂。飛來一朵雲，列第厭金碧。如何上所賜，波及滄浪客。焚香再封裹，還坐翻太息。盜發唐昭陵，無復晉墨蹟。顧玆抱貞素，恬閲世代易。尚憐先代時，龍翰溢邦國。蠶繅盡輪征[一]，鵝結曾不惕。吾元本恭儉，世祖膺聖德。羊鞹代白麻，遂爾混區域。侈用幾何年，離亂亦以極。明星爛河嶽，雞叫扶桑白。當寫大寶箴，直上玉階側。詎敢輕點涴，令人卻湔滌。

無家燕

嗟嗟無家燕，飛上商人舟。商人南北心，舟影東西流。芹漂春雨外，花落暮雲頭。豈不懷故棲，烽暗黃鶴樓。樓有十二簾，一一誰見收。衆雛被焚蕩，雙翅亦斂揫。含情盼鬼蝶，失意依訓猴。茅茨固低小，理勢難久留。昔本烏衣君，今學南冠囚。燕燕何足道，重貽王孫憂[二]。

[一] 蠶繅盡輪征：繅，文淵閣四庫本作「絲」。

[二] 詩末《元詩選》本有小字：「此詩爲淮楚陷沒、諸藩王避難浮海而作。」

題天台陶宗儀母趙縣主德真墓志銘後趙系出汴宋至今人猶以縣主稱云

陶母趙宗室，貞静白雲姿。明璫秋水珮，幼小比光輝。自通良人姓，三星天一涯。孔雀金繡屏[一]，十年夢參差。手製丹霞帔，及嫁不稱時。造次井臼間，跬步必中規。良人既禄仕，婉娩黄髮期。落月鑒綺疏，春霜薄羅帷。生而賢且淑，焉用壽考爲。銘旌書縣號，琬琰瘞華辭。念昔岐山鸞，其德未云衰。王風遽淪變，撫卷嘅今斯[二]。烏鵲橋銀河，青鳥使瑶池。何如五采羽，來儀竹梧枝。梧竹日夜長，雨露深孝思。孝思人子慕，爲述二南詩。

古孝篇贈軍曹陳貞

軍曹例視爲軍役，不丁憂，而貞獨能行之[三]。貞讀書，睦人。

走有跪乳羝，飛有反哺烏。誰使人無親，不以喪制拘。卓哉軍曹掾，嘗事鄉大儒。親老得抱關，尚敢辭卑污。寒城落葉暮，聞訃即就途。公侯苦遮留，泣告奚他圖。孝居百行首，違孝忠焉輸。三軍各縞素，送别恐踟躕。我適遇諸野，感動復歎吁。國家猶大木，百世雨露濡。不知衞本根，立見枝悴枯。吾元敦孝治，王風諒交孚。苟能外夷俗，悖犯無足誅。著兹古孝篇，何當鑒狂愚。

[一] 孔雀金繡屏：屏，文淵閣四庫本作「褥」。

[二] 撫卷嘅今斯：嘅，文淵閣四庫本作「慨」。以下同此者不再出校。今，文淵閣四庫本作「如」。

[三] 副題：獨，底本脱，據文淵閣四庫本補。

秋夜歎

大星芒鬛張，小星光華開。皇天示兵象，勝地今蒿萊。河岳氣不分，燭龍安在哉。參贊道豈謬，積陰故遲回。疎風夜蕭蕭，野燐紛往來。安知非游魂，相視白骨哀。汩汩飲馬窟，冥冥望鄉臺。於時負肝膽，慷慨思雄材。

積雨齋居

積雨生夏寒，盛陰失朝景〔一〕。白鳥巢依閣，青梧葉垂井。幽觀知候變，遠引忘世梗。淮水方浸淫，吾甘繫煙艇。

獨　夜

獨夜卧齋館，斜月半窗白。露草濕熒熒，水禽啼嘖嘖。神超赴清漏，慾寡忘久客。蓬萊在市朝，弱水非所隔。

〔一〕盛陰失朝景：失，底本闕，據珍本叢刊本、文淵閣四庫本、《元詩選》本補。

帖侯歌 有引

昌國州達魯花赤高昌帖木兒，平章買住之猶子也。海寇犯境，侯連與戰，破之。衆寡不敵，或勸侯遁去，侯曰：「是吾死所也。」遂死之。江浙省參政樊執敬，爲文遣使致祭，請謚於朝。逢爲作歌云：

仙居縣丞寇海邦，白晝突入千矛鏦。帖侯親騎大宛馬，快劍躍出蒼龍雙。須張眥裂赫如虎〔一〕，殺氣雄風助虓武。髑髏擲地血飛雨，短兵未接寇偃鼓。天南弧矢夜掩光，狼角赭赤雲玄黃。洪濤鯨鯢去咫尺，再戰身與城存亡。艨艟千百水犀手，主者誰歟仆旗走。岳立不轉鏦殺之，殉忠國家良亦厚。君不見，台州牧長金兜鍪，氣節自是名臣流。情鍾兒女挫堅鋭，卒墮賊計空貽羞。男兒真僞那料得，長松古柏寒增色。鴻飛冥冥我何及，落日荒山淚横臆。

孝僧行

天姥山中好慈竹，竹上慈烏雛竝宿。小雛飛隨白鸜鵒，學念觀音淞水曲。觀音念得孝感生，一啄一

〔一〕 須張眥裂赫如虎：須，文淵閣四庫本、《元詩選》本作「鬚」。以下同此者不再出校。

飲難爲情。故園花滿紫荆樹，春雨春風啼野鸎。僧康辭親今十載，堂上手縫衣帶在。關梁阻絶音問疎，霜露侵尋鬢根改。鬢根改，兒身長。兒身徒長無羽翼，兒心不定空飄揚。祇殘瞻雲雙眼淚[一]，夜灑黄金獅座傍。

孟郡王印歌　有引

宋太師信安郡王諱忠厚六世孫崇明同知集，復得王所佩印於中吴里第古牆下。逢歌曰：

黄葉道左秋風前，故人解后何愴然。手持古印不敢釋，卻立載拜徵詩篇。印銅空青幾風雨，近出故居牆下土。堂燕頻移百姓家，官物猶存郡王府。宋朝前後十六主，外戚功臣三四數。至今孟氏孫獨賢，爲有詩書繼鄒魯。我試拂拭生耿光，篆文蔚然龍鳳驤。歸而寶之金玉相，公侯復始世其昌。

則天皇后玉璽歌楊山居宣慰徵賦

皇朝内府多舊璽，盡畀太師後至元伯顔丞相。作鷹墜。黨臣勢焰同薰天，亦得分爲玉押字。武后佩璽

[一] 祇殘瞻雲雙眼淚：殘，文淵閣四庫本作「有」。

雪瑩如，璞薄文深難改圖。當時還收藝文監，此獨善後咸驚吁〔一〕。唐家諸陵寶氣息，后墓至今華表直。天遺尤物鑒來者，我歌君聞秋四壁，月落雞鳴大江白。

松石歌壽劉澹齋總管

吾聞丣山在處州。之上松林稠，樛枝連蜷陰蔽牛。儲英孕秀三千秋，精靈夜逐仙人遊。仙人氏葉喬松僑，棲神鍊魄道竝修。功成朝帝白玉樓，雞犬亦得沾餘休。彼辭斧斤謝薪櫵〔二〕，化爲異石森琳球。好事深入窮冥搜，不遠千里貢劉侯。劉侯置之軒檻側，波濤之痕雲霧色。盤根錯節不肯直，戴癭銜瘤裁咫尺。瓌奇合有神護惜，偃蹇欲與天終極。閶闔風來翠成滴〔三〕，昆侖日下光相射。春生寒盡土花蝕，驤伏龍驤勢俱敵。時時青嵐紫煙羃，沆瀣淋漓收不得。翻愁雷公鞭霹靂，取向鴻濛女媧國。劉侯自是天門客，大手真能補天坼。乘槎路遠銀潢隔，老卧江南一區宅。賓筵大開浮大白，香重光寒凝琥珀。霓裳曲停第三拍，聽我狂歌墮巾幘，松兮石兮壽千百。

〔一〕此獨善後咸驚吁：吁，文淵閣四庫本作「呼」。
〔二〕彼辭斧斤謝薪櫵：櫵，底本作「樵」，據珍本叢刊本、文淵閣四庫本改。
〔三〕閶闔風來翠成滴：成，文淵閣四庫本作「欲」。

故將軍歌 有引

《故將軍歌》，哀上萬户蒙古氏丑廝侯也。侯字静如，以世勛，佩三珠金虎符，官昭勇大將軍，鎮江陰。謙恪尚義，人悦慕之。至正十一年，淮西亂，督軍九江，取道安慶。時湖廣威順王在道，王聞侯，頓兵即帳下以退。守地虚弱，强侯爲張飲之會。宣讓王遣使諭旨，曰「安慶控淮江要衝〔一〕」，命侯就鎮。前後出師，凡二十九捷。十二年冬十一月，寇悉衆水陸竝進，侯連破之。翌日復大破，輕舟追，後中流矢卒，是月二十九日也。二王哭之哀，給白銀五十兩賻其葬。先是，逢與宴侯第，時海内無事，嘗謂侯曰：「太歲在辰，侯當保障一方，戰勝恐後不利，盍慎諸？」侯答曰：「大丈夫戮力王室，死無憾也。」侯事親孝，征閩寇，衛海漕，咸有功云。

將軍舊乘青驌驦，蒼龍金虎雙輝光。揚旌伐鼓靖閩徼，山鬼迸落黄茅岡。長鯨喊呀欲東噬，以身扞海民樂康。十年楊柳蔭環堵，一夜苜蓿空沙場。淮江蕭條咽流水，殺氣妖氛亘彭蠡〔二〕。提兵假道古舒

〔一〕安慶控淮江要衝：淮江，文淵閣四庫本作「江淮」。

〔二〕殺氣妖氛亘彭蠡：殺，珍本叢刊本作「疫」。

州，親王遮留勞玉趾。王言三邊賊緣蟻〔一〕，將軍不止我其死。月氏髑髏酒數升，諸重泰華輕丘陵。儲胥孤懸使雜守，睥睨危急期先登。萑蒲獵獵開金翅，篁竹深深攢鐵菱。長驅大捷二十九，生俘千人梟萬首。狰獰健兒駿奔走，電掣雷訇若神授。東南瘡痍合未蘇，終焉性命豺狼有。仲冬炎風動地吹，太陽血赤芒星垂。將軍百射百中之，弓撥矢鉤天爾爲。黄蕉丹荔芳菲菲，保障千里今誰祠，霜繁雪稠俟我思。

送宋宗道歸洛陽

選郎分手楚天涯，萬里春明穩到家。庭下已生書帶草，馬頭初見米囊花。汴淮湠漫經梁苑，星斗參差犯漢槎。中國未應風俗異〔二〕，舊京寧覺路途賒。鮫宫獻珮當明月，鶴馭吹笙隱太霞〔三〕。貂弊世憐蘇季子，賦成人哭賈長沙。若爲撫事傷遺跡，正用懷才待物華。聞道鄉閭諸父老，杖藜期看馬卿車〔四〕。

寄謝靳士達分憲過舉遺逸

朱紱銀魚古諫臣，紫髯驄馬異常倫。百司揚厲風霜節，一道涵濡雨露辰。幕静柏陰高轉午，庭深花

〔一〕王言三邊賊緣蟻：賊，文淵閣四庫本作「盗」。
〔二〕中國未應風俗異：未、異，文淵閣四庫本分别作「正」、「美」。
〔三〕鶴馭吹笙隱太霞：鶴馭，文淵閣四庫本、《元詩選》本作「鵠殿」。
〔四〕詩末珍本叢刊本有小字：「湠音炭。湠漫，水廣貌。」

蓴暖輝春。臺評屢動天朝聽，社署曾聯宰相裀。雲路久隨鵬直上，泥塗今見蠖初伸。行囊何有惟書劍，歲晚相攜願卜鄰。

毗陵秋懷 有後序

老兵爲説劉都統，起坐舟中思滿襟。玄武城危寒日短，紫駝塵暗朔風臨。江山不盡新亭淚，天地長懸即墨心。宋祚未移中道死，至今劍井蟄龍吟。

至正甲申秋八月，逢金陵歸，泊常城下〔一〕，有老兵能道劉都統事。劉名師勇，山東文安縣人也。少英鋭，涉獵經史。包恢平長興盜，師勇與有功，授都統制，守濠。至元之十一年，王師渡江逼常州〔二〕，時宋德祐元年也。春三月，知州趙汝鑒遁，通判錢彬以城降。與《宋鑑》少異。師勇前已入衞，至是與都統王安節、殿帥張彥，受命克復之。以姚訔知州事，因共樹柵鑿濠爲扞禦計。夏五月，安節自呂城出迎王師，戰不利。彥尋以衆降，且迫彥招訔。訔駡曰：「若食國厚禄，不能死

〔一〕泊常城下：常，《元詩選》本作「常州」。此後序《元詩選》本爲縮寫，僅個别異文出校。

〔二〕王師渡江逼常州：王，《元詩選》本作「元」。逼，文淵閣四庫本、《元詩選》本作「過」。

難，反説我耶？狗彘辱吾甚矣〔一〕。」唾之〔二〕。冬十月，大軍圍城數重。宋丞相文天祥發兵來援，連戰不利。降臣呂文煥射書入城，諭以禍福。流矢中之，文煥怒，白伯顏丞相，建鉤援之屬，晝夜力攻，餘五十日。師勇登埤〔三〕，裹創拒戰，且曰：「吾城即破，金山長矣。」丞相因識其語，命舁金山寺沙門問計。沙門實無計，誘言城狀如龜〔四〕，擊其尾，則四足披露矣。十一月，用牛馬革爲屋，以蔽矢石，趣死士相銜輦土填塹〔五〕，灌脂砲中，焱焰栝發，急攻南門，城遂陷。昔戰死，安節被執，終死不屈。師勇從八騎走〔六〕，手殺哨騎數十百人，易其衣甲，以混北軍。裨將張超墜馬，師勇斬其頭以紿衆曰：「亟追劉都統。」所向披靡，得從間道赴行在。扈二王入閩，至紹興，憤懣疽發背卒。江陰孫謨所傳亦然，特少異耳。師勇嘗經江陰悟空寺，時烈寒，冰血膠手，湯解之。射一箭於寺塔，意氣慷慨，復題詩於壁，乃去。孫能記誦之。或曰：國初，吴城外僧舍有一老僧，長七尺許，居十餘年未嘗面北坐。人詰其姓名，輒不答。死之日，僧開視其篋笥，有師勇官誥〔七〕。豈其

〔一〕狗彘辱吾甚矣：甚矣，底本脱，據珍本叢刊本、文淵閣四庫本補。
〔二〕唾之：之，底本脱，據珍本叢刊本、文淵閣四庫本補。
〔三〕師勇登埤：埤，珍本叢刊本、文淵閣四庫本作「陴」。
〔四〕誘言城狀如龜：誘，文淵閣四庫本作「猥」。
〔五〕趣死士相銜輦土填塹：趣，文淵閣四庫本作「趨」。以下同此者不再出校。
〔六〕師勇從八騎走：走，底本脱，據《元詩選》本補。
〔七〕有師勇官誥：有，文淵閣四庫本、《元詩選》本作「得」。

人耶？抑其騎士耶？不可考矣。逢論曰：趙宋苟安吴會，姦臣擅權，國以殄瘁。天兵所臨，望風渙散〔一〕。襄陽一文焕，以孤軍抗守六年，卒以援兵不至而降。失江漢蔽，因以危亡。師勇與訔，智勇足以濟難，職分所寄，僅得收復一城。率創殘之卒，以禦百萬之師，雖古雄烈，蔑以加此。訔之死綏，亦足愧死汝鑾、彬、彦之徒矣。師勇智略絶人，其軼出重圍，可謂驍將。戰之不利，天也。扈王入閩，猶昔人即墨之志。事之成敗，君子有不論焉。文丞相嘗謂滿城皆忠義鬼，是誠德化所致。若安節出處大略，視强毅不屈〔二〕，凜然有烈士之風。嗚呼偉哉！

送任子羽赴太醫院辟

天醫臺院五雲深，曳紫腰犀雜珮音。中使日供駝背酒，六宫時賜褭蹏金。丹砂鍾乳來南國，赤箭青芝滿上林。知爾去鄉承薦剡，贈言慚比太和箴。

〔一〕望風渙散：渙，文淵閣四庫本作「潰」。
〔二〕視强毅不屈：視，文淵閣四庫本作「更」。

寄謝貢司業枉訪

碧雞坊裏皇華使，沈香亭前宮錦袍。五月江城駐車轍，百歲野翁觀節毛〔一〕。不及將迎具茶果，應訝環堵翳蓬蒿。至今驪珠照篋笥，夜夜令人魂夢勞。

贈顯上人

陰陰萬木蔭孤村，雞犬無聲日閉門。河海自隨儒化遠，山林惟識梵王尊。石潭龜上青蓮徧，玉笈蟲書貝葉昏。偶説漢家來白馬，欲從蔥嶺訪昆侖〔二〕。

夜宴葉氏莊曉登悠然樓作

百尺飛樓俯碧湍，六峯秀色遶闌干。杏花落盡東風惡，燕子歸來社雨寒。夢裏香煙生繡幌，酒醒紅蠟膩銅盤。一春樂意朝來好，千里家書席上看。

〔一〕百歲野翁觀節毛：野、毛，文淵閣四庫本分別作「老」、「旄」。

〔二〕欲從蔥嶺訪昆侖：蔥，文淵閣四庫本作「葱」。以下同此者不再出校。

送朱自明辟閩憲奏差

閩中烏府小清都，列郡山巒紫翠紆。王化直來天北極，文星多聚海南隅。暖塵花氣隨驄馬，春日榕陰滿鷓鴣。況有翰林持使節，時歐陽學士除閩使〔一〕。憲郎應得效馳驅。

奉簡劉澹齋總管

南極天高動壁奎〔二〕，青山落日夢金閨。花間春竝連錢馬，竹下晴看吐綬雞。漢室二疏遺跡在，建安諸子大名齊。闌干角畔梧桐葉，吟得宮詞細細題。

送吴伯顒遊武當山得試心石命題

紫霄之巖千仞高，上有一石懸根牢。劍客無地露肝膽，肉身昔年生羽毛。北極虛危夜氣肅，中州豫雍風物豪。送君此去攬神秀，應鄙望夫雙眼勞。

〔一〕時歐陽學士除閩使：文淵閣四庫本、《元詩選》本作「翰林指歐陽學士，時除閩使」，置於詩末。

〔二〕南極天高動壁奎：天高，珍本叢刊本、文淵閣四庫本作「高天」。

夜宿宗陽宫簡俞明元縣尹時自德興棄官將歸吴門

六月仙家冰雪壺，一簾荷氣簟紋鋪。圖書天府占東壁，道德清光揖老儒。五柳傳成超晉宋，三苗民化樂唐虞。公嘗爲荆湖帥幕。歸舟誰盡傳經禮，玉珮金魚擁道隅。

奉題先世所藏嚴子陵小像 有後跋

千仞臺臨七里灘，羊裘鶴髮老魚竿。客星帝座分天象，潁水箕山竝曉寒。遂起後塵甘黨錮，尚存餘烈愧南冠。桂叢苯䔿蘋花薄，悵望高風一羽翰。

客星犯帝座，當時天象已示光武之爲帝座，子陵之爲客星。太史又奏如此，雖讓萬乘位與之，不屑也。博士范升之奏固謬，拜子陵諫議大夫，不大失歟〔一〕？然則子陵，蓋巢許其人也。

〔一〕不大失歟：不，底本作「其」，據文淵閣四庫本改。

題馬洲書院 有序

馬洲書院者，孔聖五十二代孫元虔昆季之所建也。元虔五世祖若罕〔一〕，高抗不羣，長於《春秋》。當宋南渡，自闕里將之衢，留滯泰興。見河流達南江，詢之老人，曰：「此龍開河也，西北通淮泗。」因歎曰：「吾洙泗龍泉之支流，其在兹乎？」遂築室河上，與其子端志，各授弟子業。從遊日衆，乃有菑田百畝，人助以力，官復其税。戒子孫，治生勿求富，讀書勿干榮〔二〕。邑大夫嘉之，易名龍開河曰「斅教」，示崇化也。年六十卒，葬河之陽。端志克守父道，薦辟悉不就〔三〕。淳祐元年冬，邑燬於北兵，元虔避地是洲〔四〕。咸淳間，書院落成，教授復如初。然皆無後，今崇聖寺旁，惟破屋蔓草、遺像瓦爐而已。逢懼變遷殆盡，故叙其概於壁間，庶望後之起廢者，得以考焉。詩曰：

日老乾坤。德化三王竝，威儀百代尊。郊麟初隱遁，野兕遂崩奔。先輩俱冥漠，諸生罷講論。斷編塵榭科斗秦皆廢，靈光魯獨存。豆籩漂海國，丹臒暗淮村。苔蘚花侵礎，蒲蘆葉擁門。青春深霧潦，白

〔一〕元虔五世祖若罕：元虔，文淵閣四庫本、《元詩選》本作「其」。
〔二〕讀書勿干榮：干，文淵閣四庫本、《元詩選》本作「求」。
〔三〕薦辟悉不就：悉不就，文淵閣四庫本作「不起」，《元詩選》本無「悉」字。
〔四〕元虔避地是洲：洲，文淵閣四庫本作「州」。

冷，遺像網蟲昏。盡變衣冠俗〔一〕，終歸禮義源。江南游學士，瞻拜敢忘言。

送郡知事李仲常還金華

列郡歌岑晊，孤城頌李膺。文華仙掌露，人品玉壺冰。畫本黄筌學，詩兼畢曜能。關河千里道，風雨十年燈。薦鶚知無忝，登龍貴早承。朔雲低紫禁，東壁映青綾。郎署新帷幄，儒門古豆登。鼉梁初隱見，羽檄遂飛騰。軍事諸曹服，元僚太守稱。芙蓉秋獨卧，驃騎日同興。衆仰寬民力，誰堪作帝肱。掃除塵澒洞，屏蔽雪侵陵。野戍銷鋒鏑，田家罷棘矜。昆侖天柱正，宸極泰階升。顧此心常切，多君興遠乘。崇桃紅霧斂，豐草緑波增。諭蜀漢司馬，歸吴張季鷹。宦情輕比蜕，行色澹於僧。三洞金晶發，雙溪白練澂。過家饒賞咏，來紙細緘縢。

奉題薛茂弘所示張仲舉承旨藏經序銘後〔二〕 序銘附

《北斗道經》一卷，故太史清江范梈所書，貴溪薛毅夫奉而藏諸禹穴，承母命也。母倪姓，諱

〔一〕盡變衣冠俗：文淵閣四庫本作「不改絃歌俗」。

〔二〕詩題：弘，底本因避諱作「宏」，據珍本叢刊本、文淵閣四庫本改。以下同此者徑改。

瑞真〔一〕，世大族。生於至元之庚寅。生之夕，父母覩北斗光燭於庭，故長而事斗極虔，日誦其經。年十九，歸薛昶氏。昶蚤卒，時甫三十〔二〕，孀節卓偉。訓毅夫詩禮，爲名士。毅夫一日過清江，謁太史，告以故。太史爲書經，俾之歸遺母。母得之喜曰：「比夜夢汝執經我側，今致此，非偶然也。吾百年後〔三〕，可藏諸名山，慎毋忘。」曁毅夫終母喪，乃上會稽，詣禹穴藏經。已而屬太史氏襄陵張翥爲之銘，銘曰：「禹陵之洞陽明虚，中閟玉匱遁甲圖，孰敢窺之神所徂。有孝子毅精誠孚，斗七宿經史椁書，玄默攝提月在如。翥也作銘古作謨，歷厥世百文弗渝，後有道者其徵且。」

薛母高門女，生時斗燭庭。紅顔斑竹淚，白首蕊珠經。鶴遶香千匝，龍辭海獨聽。妙音遺杳眇，陰德著幽冥。月墜朝朝鏡〔四〕，雲生夜夜軿。翰林留製作，禹穴護精靈。地接曹娥廟，天低婺女星。輝光同百世，事跡有餘馨。

〔一〕諱瑞真：真，文淵閣四庫本作「貞」。
〔二〕時甫三十：三十，文淵閣四庫本作「二十」。
〔三〕吾百年後：年，文淵閣四庫本作「歲」。
〔四〕月墜朝朝鏡：墜，珍本叢刊本、文淵閣四庫本作「墮」。

送太常奉禮郎劉仲庸以二宫命使南省織金段龍帳還京師二首

澤國李膺舟，風霜季子裘。家依南越鳥，身適大宛騮。甲乙帷虚夜，蓬萊殿敞秋。到京王母喜，休語萬方憂。

秋風吹蕨薇，宫使别鄉闈。中夏蒼黄色，孤舟錦繡輝。句驪龍晝偃，瑶水鳥雲飛。萬一回天睠，均裁大布衣。

辛卯仲冬廿四日吴山游望

虹霓生海國，薄暮太陽通。徑掩廣寒殿，横經長樂宫。暈浮蛾黛緑，氣雜蜃樓紅。願得爲龍衮，端垂我聖躬。

鷊

蒼莽炎州地，生成五色文。不司天上曉，常吐日邊雲。孔翠名雙重，鵷鸞類孰分。祇宜駭巨室，切莫誑明君。

藤

詰曲紫藤樹，檀欒蒼葉敷。時時上蝘蜓，夜夜走鼪鼯。雨露不偏沐，風霜先自枯。深求造化理，重笑水中蒲。

送靳利安之常州同知經横林洛社舟中二首[一]

金湯遲建節，班白半爲魚。煙冷魚商市[二]，霜晴鳥雀墟。丹心憂國徧，畫舫上官初。素著循良蹟，綏民早駕車。

敗冰流滿川，茅舍啄烏鳶。垂喪期頤老，猶傷乙亥年。亂離今日繼，風俗幾時遷。洛下衣冠族，宜先解倒懸。

[一] 詩題：「中」下珍本叢刊本、文淵閣四庫本有一「作」字。

[二] 煙冷魚商市：魚，珍本叢刊本、文淵閣四庫本作「漁」。

感宋遺事二首　有引

支漸，資陽縣民。元豐間母喪，躬負土葬賴錫山中，廬於墓側，布素糲食而已。日三時號慟，有白、黑雀各雙，巢墳松間。斑狸、白蛇、兔，每自山下來顧視漸，久之方去〔一〕。又有白鴉及五色雀千萬餘圍繞飛鳴〔二〕。縣令以聞，敕特賜粟帛。

支漸元豐士，浮沈四百年。孝曾蒙帝寵，名復待予傳。白兔歸蟾窟，青松合墓田。感懷龐禮部，不忍釋遺編。

高處士名繹，長安人，有古人絶行。慶曆中召至京師〔三〕，欲命以官，固辭歸山，特賜安素處士。家貧，妻子寒餒，鄉人或饋以財，終不以困受，閉門讀書而已。昔王霸憐其子蓬髮投耒，愧卧不起。前賢之所難，處士蹈之有餘裕也〔四〕。嘗見古老説，种放隱終南山，召拜起居舍人，賜告西

〔一〕久之方去：方，文淵閣四庫本作「乃」。

〔二〕又有白鴉及五色雀千萬餘圍繞飛鳴：飛鳴，底本脱，據文淵閣四庫本補。

〔三〕慶曆中召至京師：慶曆，底本作「慶歷」，據珍本叢刊本、文淵閣四庫本改。以下同此者徑改。

〔四〕處士蹈之有餘裕也：有餘裕也，文淵閣四庫本作「裕如也」。

歸。有一高士，隱居三世，以野蔌一盤、詩一篇贈放云：「接得山人號舍人，朱衣前引到蓬門。莫嫌野菜無多味，我是三追處士孫。」放，國史有傳。若夫志意修則忘富貴，惟安素可以無慙矣[一]。南安龐元英《文昌録》中所紀如此。英嘗爲神宗儀曹官。

長安高處士，氣得伯夷清。安素承殊渥，歸來遂隱名。雪寒深屋卧，雨夜一經横。太白鴻飛闊，思瞻紫翠晴。

塞上曲五首

木葉滿關河，轅門肅珮珂。將軍提劍舞，烈士擊壺歌。月黑輝銅獸，風高嘯紫駝。不堪城上角，五夜落梅多。

將令傳中閫，交驩浹兩軍。地形龍虎踞，陣伍鳥蛇分。清野輝燕日，黄河瀉岱雲。生靈如有賴，絳灌不無文。

月照小長安，風生大將壇。虎皮開玉帳，牛耳割銅盤。霸氣寒逾肅[二]，軍聲夜不驩。皇天眷西顧，

[一] 惟安素可以無慙矣：慙，文淵閣四庫本作「愧」。

[二] 霸氣寒逾肅：霸，文淵閣四庫本作「伯」。以下同此者不再出校。

慎取一泥丸。

絛革帶鉤膺，聯鑣獵楚陵。白肥霜後兔，青没海東鷹。千里榛蕪闢，三年稆穀登。中郎示閑暇，呼酒出房烝。

諸夏皇威立，三邊虜氣衰。角弓分虎圈，乳酒下龍墀。鼚午歆氛遠，鼉更窟宅移。輿圖欲盡入，中道勿頒師[一]。

聞武昌廬州二藩王渡海歸朝

茅土分封在，金章渡海歸。事殊生馬角，心愧著戎衣。星月晶光竝，山河帶礪非。秋風紫塞上，依舊雁南飛。

贈李宣使

秋水浄菰蒲，天風送舳艫。海雲紅日近，江國使星孤。帝運無盆子，戎行有亞夫。傷時恨離别，林下重咨諏。

[一] 中道勿頒師：頒，文淵閣四庫本作「班」。

和張率性推官小遊仙詞四首

西王春宴百娉婷，玉碧桃花滿洞扃。自飲一杯璚屑露〔一〕，東風吹夢不曾醒。

銀河澹澹月輝輝，洞草巖花夕露微。笑踏青鸞作龍馬，九天涼動五銖衣。

雲幢煙節紫霞裾，齊御泠風集步虛。若受人間塵一點，長門又屬漢相如。

雙成今是五雲仙，得捧長書玉帝前。天上星河春似海，人間風雨夜如年。

登雙鳳普福宮東樓贈吴道傳時周境存隱君同席 二首〔二〕

道人獨坐覽輝樓，海底青天入座流。燕子飛來又飛去，游絲挂在玉簾鉤。

樓殿岧嶢上赤霞，水紋蟠鳳卧靈槎。石棊盤静香煙直，簾下雙頭百合花。

題王若水墨鳩

澹竹花開碧草叢，日暄風静見沙蟲。鵓鳩不忘相呼逐，偶與孤臣飲啄同。

〔一〕自飲一杯璚屑露：璚，文淵閣四庫本作「瓊」。以下同此者不再出校。

〔二〕副題：二首，此二小字底本無，據《元詩選》本補。

送堅上人歸省

高堂鶴髮不勝簪[一]，大地叢林已徧參。好去雕闌認春草，草中萱是舊宜男。

題焦白所畫其父奉禮府君夜直詩意圖 有引

「憶昨停驂便殿西，柳溝風軟絮霑泥。一彎月子梨花上，冷浸香雲伴鳥棲。」右，社稷署奉禮郎焦君，追念先朝眷遇之隆而作也。君諱文炯，字仲明，淮揚人也。少通敏，由文皇東宮時説書爲前職而卒。白，君之次子也。日誦其詩，尤拳拳孝思不忘於心，乃手寫詩意圖，屬予和其上。詩曰：

露濕金莖月轉西，披香太液净無泥。梨雲散盡千官影，獨見桐花小鳳棲。

題林芝隱所藏龔翠巖臨昭陵什伐赤馬圖 龔詩附

翠巖名開[二]，宋季淮陰人。自題云：「赤驥駄僧去玉關，换他白馬載經還。誰憐什伐蜚龍子，

[一] 高堂鶴髮不勝簪：鶴，文淵閣四庫本作「白」。
[二] 翠巖名開：翠巖，文淵閣四庫本作「龔」。

羸得金創卧帝閑。」

風雨昭陵戰伐秋，赤流汗血尚成溝。畫工解貌千金骨，不抵東家牛戴牛。

題馬和之園有桃詩意圖

華髮無情賦黍離，何堪畫託衛風詩。漢皇日宴西王母，合賜東方酒一卮。

避地梁鴻山六言四首

舍邊新花夜合，井上老樹冬青。孟光齊眉舉案，倪寬攜鋤帶經。

三百銅錢斗酒，一雙蠟屐千山。莫問雲浮富貴，且消天與清閑。

北里戎衣袴褶，南鄰墨勅斜封。多我幽居水竹，有誰高卧雲松。

風塵涉五六載，忠孝録數十人。已判詩移白日，更須藥駐青春。

重題余常清雲林四首

花搖暖溪雲，蘿褭春嶂月。高坐無來人[一]，清琴數聲發。
葛巾灑風凉，桃笙卧月色。意行嘉樹林，濃露如雨滴。
鶴鳴山館晨，魚跳野塘午。如何凉已深，菰蒲數聲雨。
積雪欹巖松，回風簸溪篠。道人不知寒，焚香坐來曉。

秦孝友先生迎享送神辭 有引

先生諱玉，字德卿，少游之裔。受學於蛟峯方公，隱居崇明，淑門弟子若干人。先生卒，門弟子以行業私謚「孝友」，請祠於州庠。其子崇德儒學教授約，徵迎享送神辭於逢。辭曰：

海東隅兮三洲，宅黿鼉兮蛟龍湫。羌聲教兮邈悠，靈斯藏兮道斯修。道不行兮長邁，祠學宫兮子孫

[一] 高坐無來人：來人，文淵閣四庫本作「人來」。

永賴〔一〕。日薄渚兮風林鳴，如聞音之聲欸〔二〕。楚葵青兮靡靡，牲甚肥兮酒甚旨。皎白駒兮猋馳，儼衣冠兮戾止。有聖賢兮依歸，川魚泳兮鳥雲飛。靡潛伏兮弗昭著，靈自今兮欽孰違。

維杭美沈省掾從董參政出師有功 沈名兼善

維杭大藩，阻江負山。千秋獨松，昱嶺其關。草風則塵，潦水則瀾。帝十二載，民脅寇蠻。遂據天險，遂肆冥頑。相命董公，以靖以安。公威巖巖，公師桓桓。公佐孔文，弗猛而寬。曰彼霜露，天用戒寒。非寇倒戈，胡寧野丹。民信不疑，駢壺聯簞。市如其歸，堵如其觀。既肉我骨，復完我殘。昔顛而飢，今坐而餐。羊牛雞豚，亦充於闌。社賽廟享，鬼神具歡。佐我父母，公我王官。匪父母私，佐才實難。溪激其湍，嶺嶪其盤。陵夷谷湮，德功不刊。

復三關美沈都事

帝十六載，盜起昱嶺。蛟蚋坌入，蟭螟附逞。黔黎煽變，郡縣傳警。相臣先見，兵且徐整。乃詢於塗，乃咨於省。僉謂沈公，遺愛是境。俾佐廟謨，往則綏靖。公勇承命，星駕露舍。有單其童，有隻其

〔一〕祠學宮兮子孫永賴：祠，文淵閣四庫本作「祀」。
〔二〕如聞音之聲欸：音，文淵閣四庫本作「聲」。

馬。扶攜偶旅，叩首馬下。始公未來，龍蛇草野。及公復來，雞豚井社。冥頑不靈，陶之坯冶。顛連無愬，庇之大廈。摧輪於欹，蹶蹍於危。王良韓哀，安乎驅馳。既貸以生，又訓以辭。常人之恩，僅止父師。鯤魚躍矣，必遨天池。欲祝之福，有詔在逵。重關峻厓，含精曜曦。勒茲頌言，永我去思。

望江郎石

仲春天氣佳，萬象忻改色[一]。我行六峯外，遥見江郎石。二儀闢混沌，牽牛委晶魄。鼎列台輔姿[二]，玉藴珪璋德。三神浮瀛海，噴薄東一極。鉅鼇因戴之，仙宮晃金碧。斯連厚坤軸，乃棄姑蔑域。直上青蓮花，或隕樵舍側。安知非異境，自與三神敵。於時攬深秀，雲霧忽巾羃。微風稍飄飆，空翠疑亂滴。雜英敷陽艷，嘉木生午寂。交交黄鳥音，好在千丈壁。三年思晤對[三]，百里今咫尺。煙波動落照，道路陰已夕。尚戀女媧功，躊躇望西北。

周處讀書臺

偶遊鹿苑寺，遂登孝侯臺。當時斬蛟虎，折節事賢材。詩書夜繼日，奥義旋兼該。篝燈委紅炮，挂

[一] 萬象忻改色：忻，文淵閣四庫本、《元詩選》本作「欣」。
[二] 鼎列台輔姿：列，文淵閣四庫本作「立」。
[三] 三年思晤對：三，《元詩選》本作「二」。

劍蝕青苔。默語三十篇，若出造化裁。純誠被幽魄，勁氣躡上台。翹翹母望深，急急將命催。孟明哭蹇叔，子路死孔悝。天不卹忠良，寧馨真禍胎。吾儕千載下，野衲相徘徊。秋原風藿慘，夕殿蘼花開。白馬從素車，恍渡秦淮來。故都凡幾姓，醜地餘劫灰。此臺異呼鷹，靈光共崔嵬。私傷過英武，不得盡奇才。

送篤御史自永豐遷生母葬北還〔一〕

春城澹欲秋，晝日黯不輝。諫官素車馬，南州護喪歸。歸程數千里，居庸山光紫。野桑鳴雉㲉，津柳巢烏子。時清無虎豺，薤露歌徘徊。生芻豈無人，親戚羅上台。淑魂久鬱鬱，今得歡從匹。牲碑淩雲霄〔二〕，墓道臨警蹕。爲母有此郎，百世餘耿光。願言移孝節，終始奉君王。

題程員外撰汪夫人傳後　傳附

弱齡身服苴，盛年髻束髽。孤生況新寡，不謂壽命遐。牆陰斷腸草，牆外合歡花。衰榮異本根，且復藝桑麻。桑麻日以長，雨露日以養。夫幸從弟賢，命子承祭享〔三〕。洋洋靈在天，蒼蒼天在上。忍爲奔

〔一〕詩題：「母」下珍本叢刊本有「縣君」二字。

〔二〕牲碑淩雲霄：牲，文淵閣四庫本作「豐」。

〔三〕命子承祭享：享，珍本叢刊本、文淵閣四庫本作「饗」。以下同此者不再出校。

月娥，冥心共泉壤。

夫人名悌，婺源下港里程昌文女也。四歲，父死於兵，事母汪，以孝聞。伯父草庭先生憐之〔一〕，選嫁名家子汪德裕，生一女而寡。公姑懼其不能安也，使問之，對曰：「妾不幸夫亡，尚幸公姑在，得備奉養，何忍更適人？」或勸之曰：「夫人年少無子，不以此時從良人，後將何悔。」夫人曰：「吾聞女不事二夫。夫，天也。天一而已。夫死而遂去之，是背天也。背天不祥。」或又曰：「夫人今嫁，幸而有子，不猶愈於持孤身託冷室乎？公姑固不汝望也，何乃自苦？」夫人泣曰：「雖然，吾父蚤世，吾母守志數十年至今。吾身一爲汪家婦也，知死汪家而已，奚恤其他？」里之富人，因媒妁具聘幣，伺間以請者數輩，夫人卒不許。家貧紡績自給，課童奴樹藝，歲時奉祭祀，如夫在時。公姑卒〔二〕，喪葬盡禮。今年七十餘矣，老猶執女工不倦。閭里姻戚，稱夫人之德無間言。初，德裕從弟澤民，幼附夫人，夫人子畜之。及澤民長，乃立其子梓爲裕後，以奉夫人。梓事夫人益孝謹，如實生己。程文曰：予從閣老著書，睹春官旌表節義事甚悉，率多京畿内郡之民，閭閻幽遠蓋罕焉。及讀陳助教繹曾作夏侯玉珍傳，許汴卿善録載許伯冬妻，頗與汪夫人類，皆節義

〔一〕伯父草庭先生憐之：庭，文淵閣四庫本作「亭」。

〔二〕公姑卒：卒，文淵閣四庫本作「殁」。

卓卓，羽翼名教〔一〕。朝廷著旌表之令，以風勸天下，而有司莫之省，使志行湮鬱，不顯白於世。悲夫！予弟爲平江幕官，嘗言某帥妻詣官自陳，願上所受封比齊民，得再嫁。嗚呼！以禮防民，民猶有踰者若是哉〔二〕！予故論著汪夫人之事，以俟察民風者覽焉。

題華亭呂氏伯仲德恒德厚市義卷〔三〕

百里不販樵，千里不販糴。君家獨市義，人用羞貨殖。璜溪流湯湯，合境咸飲德。頎然先處士，首倡扞寇敵。生死肉骨餘，老稚仍仰食。時平倏倐逝〔四〕，二子承世澤。焚券責報天，焉計鉅萬石。田文昔舉此，史稱多賢客。豈若伯仲間，惠施本心臆。我浮五湖舸，撫卷增歎息。日青野蒼涼，靡靡新煙白〔五〕。昔如鹿犄角，今比鳥戢翼。襁負歸流亡，來遊復阡陌。官曹得公輩，自足蘇民力。重懷吴泰伯，三以讓去國。淮南尺布謡，同氣有遺戚。贈言廣孝愛，福禄將永錫。

〔一〕羽翼名教：「羽」上文淵閣四庫本有「可以」二字。
〔二〕民猶有踰者若是哉：民，底本脱，據文淵閣四庫本補。
〔三〕詩題：文淵閣四庫本作「呂德恒德厚伯仲市義卷」。
〔四〕時平倏倐逝：倐，文淵閣四庫本作「淹」。
〔五〕靡靡新煙白：新，文淵閣四庫本作「漸」。

贈錢掾衮

錢塘錢慶餘，系出吴越後。眉豐目秀廣，質礦氣沖厚。家乘久壙僚，青氊遵世守。放膽論道義，小心取升斗。晨昏曲奉養，及親未白首。親終表其墓，翠琰照林藪。宗弟爲人奴，恐辱大父母。贖歸故閭里，甘苦願同受。孝誠出天性，薄俗所未有。兒也弄文墨，婦也躬井臼。衣冠俎豆間，揖遜動曰某。千年不平事〔一〕，醒醉嘗在口〔二〕。鎮西陸將軍，遜。廟食采地久。淞人媚淫祀，加置神木偶。上疏乞去之，以時致牲酒。豺狼恣跋扈，鷹犬迫飛走。衆方立殊勛，而甘伏田畝。行藏悉無愧，所愧寡知友。竹光青連榻，蘭艷緑當牖。篇詩涉教化，每諷賓客右。我嘗駛風帆，卧數峯過九。罏蓴一水外，念子非狗苟。遭亂顛躓餘，始得屢握手。高盟沮金石，雅興謝塵垢。偃蹇七尺軀，相視覺老醜。春芳到鶗鴂，生意付蒲柳。勗哉令善名，是則窮谷叟。

觀錢塘江潮時教化平章大讌江上

蒼蒼吴越山，對峙東江腹。江開白銀甕，一浪天四蹴。金晶王高秋，風露氣轉肅。常年駭壯觀〔三〕，

〔一〕千年不平事：年，文淵閣四庫本作「載」。
〔二〕醒醉嘗在口：嘗，珍本叢刊本、文淵閣四庫本作「常」。以下同此者不再出校。
〔三〕常年駭壯觀：常，文淵閣四庫本作「嘗」。

委巷雷擊轂。今年官增威，旌麾被川陸。羅衣繡龍鳳，玉帶瑑蠶粟。牙牀錦屏帷，鑾毯隨步蹙。温温香卷陣，婉婉眉鬬緑。微聞伊凉音〔一〕，滌酒光動縠。鮮醲片餉盡，望姓空側目。懼成庾郎哀，竊效杜陵哭。冥頑鱷魚彙，屢覆舟萬斛。梟雄扈將軍，謂福建扈海元帥。竟作机上肉。大侵交烽火〔二〕，血觜腥草木。地媪爲之愁，兼恐河源縮。熟聞靈胥廟，歲祭莫敢黷。三叫三酹觴，願與赤水族。錢王射强弩，至今有遺鏃。何當起英魂，少助八州督。時汝、潁等州陷。中原日無事，海寓蒙景福。尚虞多戕殘，灑淚逃亡屋。

月夜醉歸舟中二首

推篷滿船霜，長嘯仰見月。清光溢懷袖，披拂青燐滅。身不在隴頭，無救水嗚咽。

冰田一萬頃〔三〕，龍魚舞空明。醉坐大蓮葉，水底招台衡。台衡光遠卻，散髮自吹笙。

題觀瀑圖

中天瀉雪瀑，清氣涵澗谷。餘濺落人間，猶作珠萬斛。負手者誰子，於焉送遐矚。

〔一〕微聞伊凉音：凉，底本作「梁」，據文淵閣四庫本改。

〔二〕大侵交烽火：侵，文淵閣四庫本、《元詩選》本作「浸」。

〔三〕冰田一萬頃：冰，文淵閣四庫本作「水」。

天池石壁

翠微蓄天池，白晝積水黑。窪涵南斗天，峽束太古石。初月猿下飲，先雷龍起蟄。濯足者何人，袖中有溟渤。

鶴山下厲老人餉墨蕈

老人餉墨蕈，殷勤貴適口。形微桑上鵟，味勝杞下狗。山肴雜粔籹[一]，瓦盆注醇酎[二]。問我兵興來，此樂可曾有。

觀兵婁城

震雷過高城，草木咸甹榮[三]。大江流春氣，一雨暢民情。靡靡冠蓋會，蕭蕭車馬鳴。無勞漢天子，係虜賜長纓。

[一] 山肴雜粔籹：粔籹，文淵閣四庫本作「秬黍」。

[二] 瓦盆注醇酎：酎，文淵閣四庫本作「酒」。

[三] 草木咸甹榮：甹，文淵閣四庫本作「敷」。

古從軍行七首

少年快恩讎，辭家建邊勛。手中弄銑鋧，目空萬馬羣。轉壁入不毛，水咽山留雲。槥還親撫哭，悔識李將軍。

義結豪俠場，日趨燕趙風。攻城數掠地，帝賚主將功。玉帶十毬馬，金鏑雙觧弓[一]。弓馬分賜誰，赤脈千緑瞳。

大旗蕭蕭寒，長槊列萬夫。令下簸邏鳴，鐵騎分四驅。塵黄日黑慘，相視人色無。鋒交血濺野，首將方援枹。

白月流銀河，三五星芒寒。牛馬卧草上，帳幙羅雲端[二]。錞鼓舂容鳴，衆饗獨鮮驩。羣虜在吾目，九地攢吾肝。

彼虜或有人，我師豈無名。上計貴伐謀，掩襲非示征。草塞狼反顧，一水西流聲。寇恂斬皇甫，餘子烏足程。

郤縠敦詩書，祭遵事雅歌。非才銜空名，覆敗誠不多。小范真我師，匹馬雙導戈。笑擁兵十萬，夜

[一] 金鏑雙觧弓：觧，文淵閣四庫本作「騂」。

[二] 帳幙羅雲端：幙，文淵閣四庫本作「幔」。

下白鹿坡。

大鈞播萬物，無言自功成。酈生掉寸舌，不智遭鼎烹。非熊爲王師，飯牛慙客卿。轅門鼓角動，整駕河漢横。

攄懷六首

陰風動長淮，噴奮三江湑。羈人滯中谷，鬱鬱憂彌臻。躑躅就長道，延企望清塵。吴天回銀河，魏闕直鉤陳。西來一黄鵠，翼欲覆八垠。中焉離矰繳，孝鳥共悲辛。南服奠會稽，西江導峨岷。休明始華夏，攬轡諒有人。

促織嘖嘖啼，布穀交交鳴。士無濟世念，品庶同每生。陰陽運四時，日月麗太清。如何流離鳥，卒不反善名。滄江增深波，黄葉委前榮。漏半笳始寂，嘒彼星東横。天命自阸窮，民情何怔營。懷哉古大聖，待旦整朝纓。

大星動欲落，草木氣含霜。驚風薄前營，步騎勢翕張。美哉同心友，劍佩相徊徨。游鴻噭荒徼，毚兔竄崇岡。旁顧阻太湖，不見舟與梁。苟容諒非道，單居念流光。寒菊已復花，蟋蟀鳴我牀。結交兩憂患，夙好終不忘。

征塵一何黄，征衣一何素。衣素易染塵，况復冠帶具。忽忽葉變秋，瀼瀼草溥露。莽莽關山長，悒悒歲月度。豈無新相知，戀戀情如故。范叔未至寒，綈袍受良難。

曜靈升扶桑，萬彙希朝采。故山互蔽虧，新陰復晻靄。楚楚園葵花，傾心若爲待。凱風幸時拂，天道從小改。客有採珠人，遠渡鴨緑海。歸懸雙明月，家喪踰十載。兵烽何日息，素念無時怠。引領望反照，桑榆四三在。

猗蘭生窮谷，偶與惡木鄰。惡木集鴞鵂，一旦摧斧斤。歸人白日晚，躡履盼餘春。滋露留古艷，好風薦幽芬。東君義相望，大夫惡得紉。大夫紉秋佩，卒染清路塵。九節石上蒲，服食足葆真〔一〕。蒲也真自葆，蘭甘谷中老。

題梅花士女

彼美空谷人，梅花是前身。手披先天易，心融大地春。素衣杲霜雪，孤根堅石鐵。不夢趙師雄，長終抱明月。

往歙名開化二鄉掩骼

分藩多賢勞，不敏忝賓客。雖無官守縻，亦復與言責。二鄉虔劉禍，慘甚長平厄。先王制禮經，孟春當掩骼。僕夫有難色，款段纔任策。駸駸度岡坂，眇眇循藪澤。稍稍煙微青，歷歷野四白。游魂行草

〔一〕服食足葆真：足，文淵閣四庫本作「良」。

上，遺老候道側。我豈物役徒，玆來出心臆。皇天久下憫，赤子非寇敵。鴟鳥何不仁，銜啄血更瀝。因歌戰城南，風悲淚狼藉。

題沈氏死節卷 有引

沈，苕溪邵婦，艾而美。至正十六年，爲淮兵所逼，投水垂死。今浙省都事張英適過之[一]，命其下拯救得活，且諭曰：「汝配張官人，不榮幸乎？」沈謝曰：「幸諸君活我。我以夫遇害，知殉夫而已，他忍聞也。」既置舟中，夜四鼓，陰納束筋口中，面舟木觸喉而死。張葬焉。

黃金無留礦，白璧難混瑕。坤裳義安貞，適然暗塵沙。寧死嗚咽水，不望昌蒲花[二]。感君固存妾，妾命薄如葉。此心許所天，羅帶難再合。君殊野鴛鴦，妾非鬼蝴蝶。清風何搖搖，吹彼溪上苕。山光浮茝佩，空響度瓊簫。至今一坏土[三]，民自戒芻樵。

[一] 今浙省都事張英適過之：文淵閣四庫本無「適」字，今，作「適」。

[二] 不望昌蒲花：昌，文淵閣四庫本作「菖」。

[三] 至今一坏土：坏，珍本叢刊本作「抔」。

題福天然開士水木軒

軒榮彌清華，一水帶嘉木。幽光湛深黝，餘潤裛高緑。名緇結長夏，居然媚孤獨。春辭灼灼芳，日冷疎疎煜。雲行天體卧，境静物理燭。時諷霞上篇，遠縱林下躅。本源苟途舛，文字徒形梏。我來兩忘言，山童報茶熟。

題鄒伯常雲文閣

齋閣嘉樹寂，幽徑緑苔滋。美人琴尊暇，焚香聊自怡。天書譎詭篆，峯回裊窕姿。因花紅變霧，度草碧縈絲。鵲尾黄金鑄，螭頭紫袖攜。神徂榮願俱，意適清賞隨。疎漏下深迥，餘馥尚委蛇。宴安諒加儆，移以奉親知。

題黄常叔彝友古齋

彼美特立士，素爲鄉里欽。蟬蜕謝汙濁，鳳歌邁遐深。宿雲曉承宇，洄溪日循林。囊餘不瑑玉〔一〕，壁有無弦琴。琴貴長藴古，玉貴弗售今。羲皇陶所慕，管樂葛同心。是山出地中，來者仰崟岑。聖緒存

〔一〕囊餘不瑑玉：瑑，文淵閣四庫本作「琢」。

著述，試扣洪鐘音。

過楊員外別業　有序[一]

至正十六年，今大府開中吴。時公先以杭州陷非罪被黜，依故人彰德路同知上海章元澤居。或傳大府將起公，笑曰：「吾豈事二姓？」使果至，公知不免，往辭章曰：「某行矣，敢以家累君。」章曰：「友責當爾也。」既歸，誨二子卣、卓事君立身之道，乃就寢。久之，卣、卓入見，則縊死矣。案上得遺訓云：「死生如晝必有夜，何足介懷。吾老矣，獲全臣節，死固甘心。卣、卓其以麻衣屨爲斂，歲時祭止蔬食，此蓋晚年至願。卣、卓益宜修省，勿遺人誚也。」章殯之。公名乘，字文載，濟南人。少負氣，博涉經史。由參議府掾累官拜監察御史，遷浙省員外郎。十八年，中外臺臣昭雪其前後事，贈某謚某。卣，蔭山東宣慰司都事[二]。卓，清忠書院山長。

翠羽無深巢，麝香無隱穴。由來老蚌珠，淚泣滄海月。於乎楊員外，竟類膏自爇。憶昨佐南省，四

[一] 副題：有序，《元詩選》本作：「員外名乘，字文載，濟南人。官浙省員外郎，以累斥。至正十六年淮張之辟，乃遺訓二子卣、卓，自經。」無下面序文。

[二] 蔭山東宣慰司都事：蔭，珍本叢刊本、文淵閣四庫本作「廕」。以下同此者不再出校。

境正騷屑。朝廷忌漢人，軍事莫敢説。遂罹池魚禍〔一〕，耑被柳惠黜。寄身傍江潭，乃心在王室。星躔錯吳分，氣候乖鄒律。天風摇青蕢，徒步空短髮。譙玄初謝遣，龔勝終守節。譬如百鍊鋼，不撓從寸折。又如合抱松，豈藉澗底孽〔二〕。我時浮扁舟，鷗外候朝日。荒郊無留景，别業自深鬱。時清議勸忠，公寃果昭晰。大名流天地，當與河水竭。結交卣卓間，遺言見餘烈。

三孀辭書陳衆仲監丞傳後　有引

相人李柔母陳、兄嫂王、王之女，咸早寡守節〔三〕，里稱三孀云。

相州城中三鸛雌，相依相呼李樹枝。青春雪白花照帷，淚痕點點鬢絲絲。鬢絲日夜短，淚痕無時斷。將影對孤月，同虧不同滿。鸞分忍聞膠可煎〔四〕，舊御尚挂鴛央弦。一門孀居天使然，辱天何敢况辱先。生當同室死同穴，史筆遂屬陳莆田。嗚呼歲暮空谷裏，佳人無媒垂老矣。

〔一〕遂罹池魚禍：禍，文淵閣四庫本、《元詩選》本作「殃」。

〔二〕豈藉澗底孽：孽，文淵閣四庫本、《元詩選》本作「蘖」。以下同此者不再出校。

〔三〕咸早寡守節：「咸」上文淵閣四庫本有「三婦」二字。

〔四〕鸞分忍聞膠可煎：分，底本作「兮」，文淵閣四庫本有小字「一作分」，據改。

徐本童權陳濂三友陪游飛來峯還宴濂面峯溪堂

東南名都萃炳靈，山出萬朵芙蓉青。其峯飛來最嶄絶，見之身欲生羽翎。金晶蘊結天地秀，石樓盤困巖洞扃。風高力鬼負鼇極，月黑毛女捫牛星。時維奔雷急雨歇，澗合源泉魚藻活。數聲清磬猿嘯外，百尺浮圖鸖巢末。重江複湖氣溟涬，陰嵐晴霏翠轇轕。挺拔多異材，可望不可識。得非共命鳥，銜種自西域。古松曾經尊宿坐，怪藤一似蛟龍踣。三友今日無凡憂，探奇覽勝忘少休。鏘然衿佩崖壁面，咳唾散落空中漚[一]。傳車官馬素不到，到此乃是高人儔。牧樵往往説題誌，焉用某職煩雕鎪。人生貴富如雲浮，乘興再登雲上頭。桂香載道酒波瀉，還坐大牀酣宴秋。於乎！安得三友爲我常追遊。

北丘耕隱歌贈簳山謝逸人

九山西南來，簳爲北道主。鬱積氣饙餾，盤薄秀鍾聚。神丁刲卻蓬萊腹[二]，一鼇首戴奠茲土。平原內史曾未睹，崑陰谷陽僅容與。謝逸人者晉相孫，玉樹其皎天球温。素歆李渤棲少室，近比杜甫居東屯。大田穲稏横跨泖，高埭楊柳全遮門。有作古詩好，有釀新酒渾。酒從席帽醉，詩對鐵笛論。鐵笛謂

[一] 咳唾散落空中漚：唾，文淵閣四庫本作「吐」。

[二] 神丁刲卻蓬萊腹：腹，珍本叢刊本、文淵閣四庫本作「股」。

楊廉夫提舉〔一〕。月下蘿蔦嘗同捫，風露響落秋林根。崖顛夷曠擬築卧遊閣，泉竇寒洌願鑿抔飲尊。頻年目苦兵塵昏，長材美箭無幾存。雨花洞鎖白蝠舞，試劍石泐蒼精奔。蘇吴爲沼亦復見，龐公遺安良可羨。自今三老雲霞交，他日無勞真隱傳。

新舊庵辭

新庵丹堊輝庭户，舊庵四壁穿風雨。新舊庵僧自相語，新者父葬舊者祖。詵詵玉珮紫金魚，青松花開笑殺渠。

連環歌 有序

《連環歌》，爲杜先生夫婦而作也。先生諱友開，字陽父，世居江陰之君山。教授數十年，資束修自奉，妻吴辟纑以助之。天曆間菑荒〔二〕，學徒散去，先生竟餓死。初，吴昆弟屢勸斬丘木，粥墓地〔三〕，可少延性命。先生在羸憊中，堅持不可。繼欲挈吴以歸，吴曰：「夫既盡孝，妾獨不以義自

〔一〕鐵笛謂楊廉夫提舉：文淵閣四庫本作「指楊廉夫號鐵笛翁」。

〔二〕天曆間菑荒：天曆，底本作「天歷」，據珍本叢刊本、文淵閣四庫本改。以下同此者徑改。

〔三〕粥墓地：粥，文淵閣四庫本作「鬻」。以下同此者不再出校。

處[一]，寧不食若粟。」遂相枕籍而卒。後十一年，逢過其里，獲見一古研，乃先生故物。其銘曰：「置之而水凝，凄然其似秋；嘘之而露泫，熙然其似春。惟有德以自潤，能不言而詔人。何以觀之，吐墨如雲。」觀此，益信其行。噫！先生之計善矣。當是時，穀價踴貴，人食樹皮糠覈，非困於飢，則殆乎沴，矧二者罹於垂老待盡之日。必料丘木與墓地不過易斗斛粟，活旬日，而死寄客土，且身受不孝之名，尚從父母爲地下遊乎？先生卓然先見者以此。吴生爲士妻，共患難，同貧賤，道也。夫既委順於正，又肯愛餘齡、就食昆弟哉[二]？抑以昆弟之言，非導人歸於義者也。吴判然不移，下從良人者以此。噫，亦義矣哉！使二人有裹飯一君子[三]，則天理人倫，未必章章鄉里，況天下耶[四]！逢懼歲遠而事泯也，故序而歌之。歌曰：

白玉雙連環，瘞在春申山。山前夫婦義同死，心與連環鎮相似。日月合照無欠虧，天地相依共終始。天地日月非彈丸，環兮環兮冰雪寒。

[一] 妾獨不以義自處：「不」下文淵閣四庫本有一「能」字。

[二] 又肯愛餘齡就食昆弟哉：就食昆弟，文淵閣四庫本作「就昆弟食」。

[三] 使二人有裹飯一君子：裹飯一，文淵閣四庫本作「一裹飯」。

[四] 未必章章鄉里況天下耶：文淵閣四庫本作「反未必章章如此」。

張春兒 有引

張春兒，葉縣軍士李青之妻也。至正戊子，青病革，時年甫二十。青曰：「吾殆矣，汝善事後人。」張截髮示信曰：「妾生寒門，頗曉夫婦大義。萬一不諱，惟有死耳。」青卒，哭之垢面流血。且喻匠者造大棺〔一〕，將盡納其衣服劍器。匠如其言〔二〕。既斂，張自經庭樹下〔三〕，閭里遂同葬之。有司上於省，旌其墓，復其家，獨未有形容其心者，故予補歌一章。

紅顏夫壻羽林兒，汗馬未騎身早萎。娶時衣裝不忍見，及將殉葬心思徧。衣裝憑妾得歸土，妾今無從苦復苦。誓爲月魄入九泉，長與地下夫團圓。

憂傷四首上樊時中參政蘇伯修運使

古青徐，十連五屬桑棗墟。黄河失經人化魚，吕梁設險豺爲徒。船多纔通玉帛貢，車多始登牛馬

〔一〕且喻匠者造大棺：喻，文淵閣四庫本作「諭」。
〔二〕匠如其言：言，文淵閣四庫本作「旨」。
〔三〕張自經庭樹下：經，文淵閣四庫本作「縊」。

途。守無官軍法度疎，居無鉅室城隍虛，欲去鹵掠當何如〔一〕。合置官軍，合實郡縣。古青徐，歲久致君心煩紆。

竹笠黄，時海寇戴竹笠以拒官軍〔二〕。黄金兜鍪勢相當。兜鍪本居大將壇，左劍右印增威光。邊隅將校望塵拜，州縣曹佐聞風僵。況從元首授元柄，稍忤言意違軍令。不因菑疫自焚船，那致生靈輕隕命。竹笠黄，兜鍪相當難走藏，兜鍪旦晚先戎行。

官柳場，青茫茫，野鷹交飛樸馬驤。年年十月轅門張，元戎始來坐虎牀。翼舒箕哆魚麗行，鼓進金退兵家常。起伏見譏孫武子，勾卒貽笑曹成王。千夫散盡旌旗定，偏裨隊伍相呼應。幾處私恩誤主恩，一回酒令行軍令。酒醉邊隅事不聞，邊隅擾擾多煙氛。

江海壖，家家浮生多在船。船居無租出無禁，競賣田宅行鹽錢。私鹽漸多法漸密，隩裏干戈攘白日。尋常惡孽不肯除，本固枝蕃禍非一。虎符龍節王者師，赦過録功先自欺。諫臣上疏劾已晚，蔓延及今歸咎誰。地官合爲弘遠計，鹽價減徵同賦税。盜源既清民瘼除，五風十雨歌康衢。

〔一〕欲去鹵掠當何如：鹵，文淵閣四庫本作「擄」。
〔二〕時海寇戴竹笠以拒官軍：海寇，文淵閣四庫本、《元詩選》本作「有盜」，無「以」字。

送童子陽北上

中天繁星如撒沙，婺女獨與金争華。金華山人應星象，閉户讀書湌紫霞。銅盤沆瀣碧於水，瑶草石芝香薿薿。袖藏明月雙驪珠，願獻元臣作充耳。今年手分五朵雲，染成五色組繡文。上期黼黻聖明帝，下欲覆幬窮荒民。風寒雪暮陰曀昏，梅花江國留兼旬。春潮一夜上沙尾，拂劍笑問黄河津。黄河動地翻海渾，銀漢滉瀁通昆侖。太行羊腸路九折，不有壯志俱消魂。吾王之門虎豹蹲，舔啖矆睒毛牲牲。楯郎戟士露肝膽，不有意氣難爲倫。君才具美合致身，少壯易老毋逡巡。商翁佐漢還遁去，魯連卻秦終隱淪。功成名遂信有在，贈言聊識平生親。

小匕首歌

水精生苗月牙直，彗芒披雲電流隟〔一〕。蟄蛇斷尾短草間，海鶻褪翎霜雪色。宋斤魯削讓陗刻，金錯錐刀豈其敵。吴鴻扈稽飛著體，不曾爲主開邊鄙。嗟兹神物久泥滓，用之可以報國士。簷冰卓筋日黯空，稍玩股掌生雄風。鮫魚室卧縞帶影，長鈹辟易萬雉墉。古昔客揕秦王胸，幾仆翠鳳咸陽宫。由來意氣泰山重，命甘燎毛不旋踵。誰隳古制鑄小之，佩稱衣冠加珌琫。我歌三歎淚滿裾，曹鱄豫聶無時無。

〔一〕彗芒披雲電流隟：隟，文淵閣四庫本、《元詩選》本作「隙」。以下同此者不再出校。

孫道絢 有引

龍江曾見可家藏宋樂府，中載縉華鬼仙、汝州官妓，詞皆淫靡。後讀建安黄雲軒知縣妻孫夫人《醉思仙》[一]，調曰：「霽霞紅。看山凝暮紫，煙暗孤松。動霓裾風袂，翩若驚鴻。心似鑒，鬢如蓬，弄清影，月明中。謾悲涼，歲冉冉，蕣花潛改衰容。前事消凝久，十年光景忩忩[二]。念雲軒一夢，回首春空。采鳳遠，玉簫寒，夜悄悄，恨無窮。歎黄塵，久埋玉，斷腸揮淚東風。」殆見孤凰於百鳥羣也，因表出之[三]。孫名道絢，中原人，能文詞。盛年孀節卓偉，鄉族尊之云。

白鶴山中雪衣女，花静春移綺窗户。夢逐雙鳧天外飛，影作孤鸞鏡中舞。鏡中舞，嗚聲悲，殘編留得斷腸詞。天寒翠袖渺何所，日暮碧雲無限思。

[一] 後讀建安黄雲軒知縣妻孫夫人醉思仙：夫人，文淵閣四庫本作「氏」。
[二] 十年光景忩忩：忩忩，文淵閣四庫本作「匆匆」。
[三] 因表出之：「表」下文淵閣四庫本有一「而」字。

丁清風　有序

余作《衞女引》之明日，於宋樂府復得一婦人焉，曰蜀士大夫妻丁氏。美姿色，善詩文，自號清風居士。宣和間，夫浮家赴闕求調，王黼薦丁姓名於禁中。時尚文，女郎才慧者多得進，於是有旨召見。丁曰：「吾夫庶官，吾非命婦，安有入内見君之理？不敢拜命。」且謂夫曰：「君素非貪冒富貴者，何苦自辱。」題詩汴邸，竟不知所如往。詩曰：「西嶺雌雄鳥，雙雙覽德輝。陽臺遲雨散，滄海會塵飛。夜月參差玉，春雲窈窕衣。君王宴阿母，卻寄碧桃歸。」是日，客有語都城事者〔一〕，有感，併補一章。

河洲冰膠雲塞野，林棲雎鳩歸牝馬。收書驚見雙青鸞，蕭郎弄玉風斯下。金水暗侵燕地氛，明月長挂真珠裙。靚桃花碧宴紫府，雙星在天靈夜語，宣和皇帝何如主。

投贈柯博士　名九思，字敬仲。

鍾阜天回王氣新，憶君扈從入楓宸。旋平内難櫜弓矢，遂沐殊恩列搢紳。元宰或同司雨露，史官曾

〔一〕客有語都城事者：語，文淵閣四庫本作「談」。者，底本脱，據文淵閣四庫本補。

擬奏星辰。羽旌影動宮花日，龍鼎香傳禁樹春。白馬獨遊絲鞚好，縹醪雙賜玉壺醇。委蛇退食收金鑰，怵惕存心表翠珉。文皇常賜其父江西提學謙《訓忠碑》。三絶鄭虔親帝許，四愁平子舊誰倫。僑居塹作東吳客，奉引依然上國賓。稔歲葑田饒蝌稻，高秋松水長鱸蒓。神馳紫塞風生角，夢隔瑶池月照裀。白首馮唐仍晚遇，青袍杜甫豈長貧。明河近望清如洗，行駕仙槎復問津。

客金陵遇有以茂才異等爲薦者以病歸泊龍灣二首寄丁仲容婁行所二先輩

梔樓釃酒出金陵，病後衣裳體不勝。風雨滿江寒贔屭，庭闈何處髮鬅鬙。周璆賓下諸侯榻，王式虛蒙博士徵。一曲離歌凝客思，幾行疎樹隔漁燈。

鳳皇臺上酒如川，醉擬題詩李謫仙。鑿齒已成耆舊傳，真長空覓孝廉船。十年螢案書連屋，八月龍灣浪拍天。無那病懷兼旅思，白雲遥望夕陽邊。

遊永壽宮 文皇帝潛邸，時幸臨。

六朝龍虎氣回春，草木均沾雨露新。羽葆蓋車雄萬乘，金銀觀闕現三神。樓船不見歸童女，桂館徒勞立從臣。深幸先皇潛邸日，祝釐無乃爲生民。

簡謝性源

同是風流王謝家，雲萍漂轉各天涯。忽逢落日烏衣巷，竝立東風白鼻騧。蕉葉深杯情潦倒，桃花團扇墨橫斜。賢人在位親無恙，八月須乘奉使槎。

題下砂場丞韓景陽世綵堂時親年八十

桐木韓家世綵堂，五更環立珮蒼蒼。晚年夢與雞聲遠，春日情無鶴髮長。風細弦歌生暖響，花交簾幙散清香。聖朝孝治恩尤洽，兒得焚魚進壽觴。

敬題直學士周公書贊先君庫使遺訓後 贊附

「吾平生持畏，遇小事如大事。面欺人，不忍爲；心欺神明，尤不忍爲也。」右，庫使江陰王君惠之，常以是言自警，其子逢求予書以爲家訓。既爲作篆，又爲贊曰：「人心即天，天即神明。一欺吾心，天罰是懲。允矣王君，持心孔平。戒慎於微，弗歉弗盈。有子克紹，學古行清。銘其庭訓，終底於成。」番陽周伯琦書。

先君遺訓幾經時，大篆新承閣老爲。三代鼎彝宗史籀，泰山銘刻陋秦斯。雲霄上日瞻文藻，雨露濡春起孝思。鄉里未歸身粗立〔一〕，摇摇寸草獨天知。

題鄒旅雲青山老隱圖 有引

《青山老隱圖》者，予友鄒君時昌追慕其先道鄉先生而作也。先生有墓有祠，在毘陵青山門外。中書左丞吕公思誠爲浙憲時，嘗展拜祠下，命有司禁樵採。後毘陵失守，時昌避地海上，欲歸省不可得，乃繪是圖。復自號曰青山老隱，以示不忘首丘之義。予敬題以詩。

青山郭外道鄉祠，宰木溪毛幾歲時。繡史罷伸芻牧禁，畫圖深寓釣游思。疎星皓月飛烏鵲〔二〕，細雨東風過子規。更有張翰首丘賦，倩予盥露寫烏絲。

送何伯大判官辟中書掾從丞相出師

丞相興師出薊丘，萬蹄千乘壓中州。旌旗露濕星河曉，鼓角風高草木秋。號令不聞鵞鸛列，謀謨初

〔一〕鄉里未歸身粗立：粗，文淵閣四庫本作「骨」。
〔二〕疎星皓月飛烏鵲：皓，珍本叢刊本作「皎」。

定鬼神愁。獻俘太廟陳歌頌，獨有儒曹業最優。

送于子實辟淮閫掾

淮海風高急鼓鼙，潁州烽起照淮西[一]。餱粻幾道通流馬，樓櫓重城望火雞。星入夜寒芒角動，地連秋暝瘴氛低。君今掉鞅元戎幕，肯慰流亡父老啼。

寄鄧筠谷鍊師

別後雷巖結搆成，靈風灑掃四時清。經繙白石天人下，屐響青林木客迎。萬葉動星幽氣合，三花垂露薄寒生。鶴雛長就車輪羽，好在高秋載玉笙。

題衛叔静樂静山房

名仁復。七世從祖膚敏，宋參政。七世祖上達，禮部尚書。

新營別業遠風埃，山緑湖光故故來。四壁有時聞葉墜，一門無事看花開。圖傳龍馬尊家學，冠護貂蟬憶相才。巢燕不隨浮世變，將雛依舊拂蒼苔。

[一] 潁州烽起照淮西：州，文淵閣四庫本作「川」。

寄題瑣憲臣萬户星湖釣隱圖

笳鼓歸來理釣絲，星連文石漾淪漪。征袍漸喜團花暗，小艇還從細柳維。邊地雪霜憐馬革，五湖煙雨夢鴟夷。野人不待傳雙鯉，釣出珊瑚寄一枝〔一〕。

和沈掾中秋月

月入高天更漏遲，天香消盡桂花枝。金晶氣爽飄風露，銀漢波翻動鼓旗。二星名。蟋蟀滿林羅袖濕，駱駝千帳笛聲悲。柴門此夜光如練，喜與休文一詠詩。

送陳昌道北上

江海才名二十年，振衣吴楚上幽燕。交游豈在夔龍後，夢寐常居虎豹前。天入紫微瞻爽氣，野空黄落見疎煙。從征早下陳琳檄，遂使三軍樂晏眠。

〔一〕釣出珊瑚寄一枝：釣，底本作「鉤」，據文淵閣四庫本改。

題葉子澄雪篷軒

歲晚天寒雪一蓑，滿船書畫壓銀河。鮫人室露雙冰鯉，神女峰沈幾翠螺。夢裏客星辭帝座，尊前小海度漁歌。高明益進中庸學，日看東家緑樹多。

清碧軒宴坐簡汪文裕學正

萬竹無聲風露微，野夫相對遂忘歸。琴彈流水神魚出，目送遥天鸛雀飛。自煮蓴絲同晚飯，肯分苔色上春衣。廣文盛説休官好，更覺閑情與世違。

題夏士文書聲齋

璜溪溪上魯東家，四壁無塵護絳紗。春水研池窺乳燕，午香簾幙度飛花。賓筵優禮同三釜，秘閣遺書共五車。總羨韋賢家教美，滿籯金碧視泥沙。

題松江府學訓導胡師善遺跡後 有後序

春回澤國草青青，不見斯人舊典刑。守廟義同全趙璧，禦灾心似哭秦庭。蝸行蘚壁留題字，燕入芸帷罷講經。百世祀從先哲後，可能無憾久沈冥。

師善名存道，越人，通《春秋》、《禮》。遊吴三十年〔一〕，無知之者。晚益奇頓，意晏如也。至正乙未冬，僉憲趙承禧廉問松江，知其賢，命知府崔思誠延之於學。善慨然曰：「吾不得用於世〔二〕，亦庶幾淑諸人。」明年春二月，叛將燔城，善親冒煙焰，籲天呼地，願捐生衞廟學。俄大風返火。未幾，參政楊完者調苗丁來守，墮掠尤甚。善語同舍林以莊、宋處元曰：「諸侯死社稷，吾儒視學校毁於兵，可乎？」既矢石聲迫近，善出與苗言，學校不可毁，於是遇害。明年，逢避地海上，謁先聖廟，見善誌救火於廡壁，得臨死事實於進士潘元慶。洎見予友孫作，而又聞嘗謂作曰：「城池多艱，君有親，可亟去。吾以死扞廟學，廟學不存，士日不競。」因感泣而别。於乎！善之死，蓋不待決於倉卒患難之間。或者乃弗是之，過矣。夫朱泚之亂，何蕃一叱叛者，遂爲儒宗。今苗闖廟學，士於其時，如禮所謂朝不坐〔三〕，燕不與，潔身引去，固無可罪。若胡先生，不徒然其死，其志蓋可哀也。逢以其生既不偶，死復泯泯，乃爲賦詩，且論列於左。

〔一〕遊吴三十年：三，文淵閣四庫本作「二」。
〔二〕吾不得用於世：得，底本脱，據文淵閣四庫本補。
〔三〕如禮所謂朝不坐：如，底本脱，據文淵閣四庫本補。

和吉州何節婦詩韻 有序

何婦賀，永新人。至正十三年〔一〕，蘄兵殺其夫，將污之。賀曰：「竊聞帥令嚴，淫虐者斬以徇。若獨不懼徇乎〔二〕？」兵退言諸帥，帥議聘焉〔三〕。賀曰：「彼禁淫虐，自欲委禽未亡人耶〔四〕？」未幾聘至，賀閉户不納，齧指血題詩曰：「涇渭難分清與濁，妾身不幸厄紅巾。孤兒尚忍更他姓，烈女何曾嫁二人。白刃自揮心似鐵，黄泉欲到骨如銀。荒村日落猿啼處，過客聞之亦愴神。」遂自刎死〔五〕。東海徐蹇、趙郡趙鎮先賦古風〔六〕，予和韻云：

風塵旦暮未亡身，厖吠何堪動帨巾。斗血倒流三尺劍，九泉下見一心人。竹祠長夏飛蒼雪，月闕中天爛白銀。聞道琵琶亭在望，賣降舊鬼獨傷神。

〔一〕至正十三年：三，文淵閣四庫本作「二」。
〔二〕若獨不懼徇乎：若，文淵閣四庫本作「汝」。
〔三〕帥議聘焉：帥，底本脱，據文淵閣四庫本補。
〔四〕自欲委禽未亡人耶：自，文淵閣四庫本作「乃」。
〔五〕遂自刎死：自，底本脱，據文淵閣四庫本補。
〔六〕東海徐蹇趙郡趙鎮先賦古風：鎮、先，文淵閣四庫本分别作「錫」、「各」。

題張會嘉桶底圖 有後序

道者深藏玉斧才，罷修明月下蓬萊。笑隨流水天台去，袖裏登州海市來。霧幌雲窗開翠壁，巽薌靈響接瑶臺。神遊萬里愁回首，故國蒼涼獨雁哀。

右圖出吾鄉葛氏〔一〕。葛氏世居青暘鄉，宋名臣邲之後。内附初，家貧，惟母在，夫婦資賣酒以養。凡爲具，務罄利之入，極母所嗜好。或雨雪晦暮，庭户掃迹，屢傾貲如其奉〔二〕。一夕，有老道士酤百錢已，宿焉。明日，夫婦蚤作，候道士不見，問諸保者，曰道士酣寢，時見一彈丸，丹光奕奕，射木榻外。既聞爪甲聲，若蟲食桑藿然，餘不知也。夫婦驚惋，熟視卧内，惟有所刻畫桶底耳。當是時，好事者購墨本惟恐後，而母氏卒賴以壽終，君子謂葛夫婦孝感所致云。

送陳檢校從藩臣分鎮淮安

闔閭城外陣雲興，草木依微殺氣凝。雪霽長淮齊飲馬，煙消清野疾飛鷹。羽林密號傳符刻，幙府初

〔一〕右圖出吾鄉葛氏：「右」下底本衍一「是」字，據文淵閣四庫本删。

〔二〕屢傾貲如其奉：其，文淵閣四庫本作「所」。

筵列豆登。有道折衝千里外，牙旗小隊看春燈。

題天竺妙侍者所藏訢笑隱張伯雨倡和什後

湯休麗藻世無多，修静清名孰有過。赤水玄珠歸象罔，寶花丈室散維摩。日邊竝倚淩雲作，林下新傳擊壤歌。句曲長干舊游地，鵲飛無奈月明何。

山行二首 有序

庚子十月二日，董竹林居士邀予出吴城。西遊十餘里，捨舟循花鹿、白鶴等山，度鳳凰峴，觀紫牛洞，遂登宋張監遐觀亭故基。斷岡殘隴，四顧蔓草。五世孫天祐，讀書力穡其下，忻然接予曰：「自兵興來，學士大夫罕有至此者〔一〕。」因題詩壁間：

水送山迎風滿衣，蕣花梔子散林扉。紫牛一去洞雲合，白鶴重來人世非。亭倚高寒瓴甋在，仙游長夜珮環輝。諸孫爲具蒸藜餉，自笑登臨不當歸。

〔一〕學士大夫罕有至此者：罕，珍本叢刊本作「少」。

是午，由牛圈塢南行數里，得覺林院，少憩。既西折，登□□百餘步，林楚就暝，遂止興教寺。僧源、肅吾二人具酒饌，沾醉乃寢。五夜驚聞雨點聲甚繁，載聽之，蓋鐘振木葉墜露耳。徐起盥櫛，源備湯供，延坐小軒。軒面蒼峭壁，泉玉色，瀦壁下僅尋墨許，指笑曰：「是足供千百衆，然未有名。」予名曰「咸泉」，取澤在山也。移時過竹院飯，偕眺尤美亭。巇崿斗絶，捫蘿蔦而上，仰蓮華峰，殊神秀。亂石虎搏人立，杉楠榆楓相參錯，爲丹厓翠壑。天風泠泠，迥見鳥背，使人作淩虛想。源云：「亭右垂有石扉，側開，陿隘纔容身，中則寬廣。」時雲氣上齊，若葆蓋羽車然，意必靈異所宮。欲下燭幽隱，辭，姑名曰「靈雲之洞」。又言峰絶頂俯太湖洞庭，光爽滿面，宜吾二人者老此，或與飛仙接。二人者，董竹林居士其一也。居士吴産，累遷儒官。晚慕晉七賢，用是號潛其名云。源愛儒文章，因居士首倡四韻，懇懇求和，并紀泉洞得名自予始。詩曰：

袖中詩卷杖頭錢，十里雲山一宿緣。曙鐘響振珠林露，天供香分石壁泉。葆蓋羽車靈岫出，丹厓翠壑小亭連。擬吸具區三萬頃，頡頏飛上大青蓮。

題程達觀外史洞雲深處

洞雲深處神仙宅，空翠不收常晝冥〔一〕。金鵲尾横香案静，青蛇影卧土花腥。天壇瑞草敷雷雨，石竇寒泉注月星。更闢一氊高爽地，遲予來守内黄庭。

同鄭遂昌山人張谷賢俞樵夫艤舟石湖登拜郊臺留題上方寺

高秋木落紫嵐開，載酒登臨第一回。亡國不無西子恨，拜郊猶有僭王臺〔二〕。上方樓閣中天倚，直北風雲幾日來。三老班荆話閒樂，石湖魚鳥莫驚猜。

故封安陸府同知飛騎尉華亭縣男謝公德嘉挽詞

執友懷材德，人皆長者呼。官封安陸府，宅抱瀫山湖。華胄遥通晉，榮光近接吴。書詩陳典雅，環珥侍瑶瑜。襟量黄生匹，交情鮑叔俱。墓山依客鬼，有義山，葬寓公死者。金帑貸家奴。奴嘗盗金，置不問。鱸釣蒓波闊，池鶩草露濡。兵戈十年内，不忘禮王符。

〔一〕空翠不收常晝冥：冥，文淵閣四庫本作「暝」。
〔二〕拜郊猶有僭王臺：僭，文淵閣四庫本作「借」。

龍江治圃

原憲安貧久，樊遲學圃初。總名江泌菜，不是鮑焦蔬。甲坼烽燒外，心承雨澤餘。酒香兼果蓏，羹美帶蝦魚。華髮冰壺傳，茅齋種樹書。鶉衣分晚摘，肉食鄙春鋤。嗜欲情除妄，逍遥道集虚。妻孥防歲饉，甕盎備冬儲。

洛陽靳惟正信州總管利安公之子太平總管處宜公之從子太平先殉節死丞相達公以惟正廕太平同知今將有事中朝枉顧海上時予病聊短述以贈

梧竹鵷鸞羽，蘭苕翡翠衿。舲船淞泖入，圭竇草萊深。藥鍛夫容火〔一〕，冠投玳瑁簪。山人非索價，公子素存心。天府周南國，霓旌漢上林。高秋使命返，金玉俟徽音。

送僧蘭古春亂後還省先塋

儒行蘭開士，先塋在富春。摸金無校尉，挂劍有行人。薤露傷歌早，松風入夢頻。杯浮羅刹渡，酒酹客星鄰。天地啼鵑血，庭闈戰馬塵。式瞻追遠義，孝治若爲臻。

〔一〕藥鍛夫容火：夫容，文淵閣四庫本作「芙蓉」。以下同此者不再出校。

哭吕貞惠處士

南國長林楚，西崑片玉英。周旋鄉里難，終始歲寒盟。甲第風塵合，璜溪月露清。義聲驩勇弁，私試集文衡。屢散千金積，還辭七品榮。性中天爵重，身外野袍輕。柳送浮春鷁，花邀囀曙鶯。深期陪几杖，俄報舉銘旌。世亂嗟新俊，秋高哭老成。名公題翠石，來裔照華纓。

節婦謝淑秀詩 有序

謝淑秀，宋太學上舍國光孫、隱居教授進修女。淑性閫敏，年廿贅里中許楙，室家雍穆。逾十年，楙蚤世，有女孟柔，子龍囦，皆幼。或者諷使再適，圖終養計。淑曰：「吾不幸蚤寡，猶幸生詩禮家，不見奪於共姜之父母，又幸不見迫於嬀覽、吕超之權勢。矧有母恃養[一]，無足憂者。吾惟志是守、子是鞠、承乃宗祀而已。尚何言！」諷者赧而退。淑清苦自持，及終母制，孟柔歸某氏，龍囦知樹立。亟命學醫，因誨曰：「夫醫，治亂不廢之業，且樹德莫醫若。汝其毋怠。」後果亂，龍囦以醫，母獨優裕，今六十餘歲矣，人又以許賢母稱云。

〔一〕矧有母恃養：矧，文淵閣四庫本作「況」。

貞居婦謝氏，名重陸雲鄉。頭雪機猶織，眉青瑟罷張。野霜遺秉净，池雨漚麻香。團鏡收來匣，長縶棄在牆。壺闈恬布素，家廟肅珩璜。祖澤詩書遠，兒醫德業昌。柏舟多後勸，柳絮有餘芳。水落新魚罶，春回舊燕堂。中庭孀月白，四野戰塵黃。倍感陶嬰操，因之補一章。

趙長者詩 有序

趙長者名禮，字信父，泰州之丁溪人。生而寬厚。未冠，父聞同里孟翁女有容德，爲聘之，時女年十四矣。初，翁有子女輒殤夭，晚得是女，鍾愛之。及笄，以目疾瞽，翁病焉，辭婚於其父。父以語長者，長者曰：「不可。始孟氏許我時，目固明，非誑我也。今不幸致此，而悖常渝盟，遠近知其爲瞽女，誰乎娶？翁夫婦老且死，女無適從，人必責我大義，不若堅前好焉。」父喜，謂其母曰：「吾兒直有華陰吕氏之風，後其昌乎？」既娶，相敬如賓，生子女十一人，玉其中子也。中年家益饒，迎翁夫婦就養。翁殁，葬猶父，鄉大夫士咸稱趙長者、趙長者云。長者事親孝，與兄裕、弟璧無間言[一]，以壽終於家。玉之外祖母，嘗以子撫育之。長而知讀書，奉外祖母如其父母[二]。卒，服衰三年，歲時不絶其祀。今爲水軍都萬户。

[一] 與兄裕弟璧無間言：璧，底本作「壁」，據珍本叢刊本、文淵閣四庫本改。

[二] 奉外祖母如其父母：下一「母」字，底本脱，據文淵閣四庫本補。

淑女春蘭秀，仙郎玉樹姿。目從何日瞽，義守百年期。團月開紈扇，雙星結綵褵。韶輝唐鏡匣，流響蜀琴絲。遂叶熊占夢，旋生燕頷兒。德齊中饋禮，恩出外家慈。蒿薤俄霜露，蘋蘩數歲時。留題長者傳，庶望厚民彝。

宮中行樂詞六首

羽獵罷長楊，宸遊入未央。鸞開雙畫扇，鶴舞百霓裳。玉盞瓊花露，金盤紫蔗霜。長門誰閉月，流影在倉琅。

望幸影娥池，微吟紈扇詞。露盤迎月早，宮漏出花遲。珮雜鑾和響，雲連雉尾移。君王肯時顧，從愛趙昭儀。

明月窺彤管，雙星直罽輧。宴分王母樂，詔授薛濤箋〔一〕。穀雨親蠶近，花朝拾翠連。魚龍曼衍戲，次進玉階前。

積翠瀓波閫〔二〕，披香暖殿開。天低烽火樹，日動蔓金苔。獺髓勻猶濕，羊車過不回。媵陳列女史〔三〕，萬一漢皇來。

〔一〕詔授薛濤箋：授，文淵閣四庫本、《元詩選》本作「擬」。
〔二〕積翠瀓波閫：瀓，文淵閣四庫本作「微」。
〔三〕媵陳列女史：列，底本作「烈」，據文淵閣四庫本、《元詩選》本改。

芍藥爲離草，鴛鴦是匹禽。君無神女夢，妾有楚王心。日短黄金屋，宵長緑綺琴。相將戒霜露，拜月繡簾陰。金鑰魚司夜，瑶箏雁列春。後庭通綺閣，清路接芳塵。同備三千數，誰辭第一人。君王壽萬歲，行樂此時均。

聽葉琴師觀光操 有序

《觀光操》者，三衢毛敏仲所作也。至元間，仲偕武林葉蘭坡、徐秋山遊京師。三人者，咸能琴，受知宰執，薦名世祖皇帝。仲以爲，士之道，莫尚於賓王；先王之化，尤莫尚有虞氏之教。故緣徵度聲，作是操以應制。比召，客死館舍。予聞其音，激越悽惋，不純乎徵。《傳》曰「徵亂則哀」，仲其自哀也夫！雖然，仲之心至矣。是時海内外羣生萬物方旁達交暢，仲首擬南薰之歌，用啓聖聰，比隆有虞，中道而止，豈先王之樂未當復歟？於乎！先王之樂，不見復於世皇制作之日，畢竟何時興耶？使後有吴季子，必曰樂有在也。蘭坡孫惟一彈是操，且語是言，因序其事，而系以詩。

夜聽觀光操，心神四座開。馬駝千里道，龍虎五雲臺。長養南薰入，紆餘白雪來〔一〕。世皇虛席待，竟起伯牙哀。

觀楊一枝外史鳴球琴 元贊附

温潤而實，玉其質也；清越不淫，磬其音也。朝陽之桐，弦徽被之；彼美天球，維其似之。

驪龍珠四八，共爾久浮沈。造化深藏器，神明密賞音。水蒼寒軫玉，星緯暗徽金。拂拭煩君手，朝陽作鳳吟。

得尚書汪公凶問

凶問落江邊，儒林氣愴然。亂中天未定，身後日同懸。孝甚曾三釜，廉殊寵一錢。樗材荷推奬，思報輯遺編。

〔一〕紆餘白雪來：餘，文淵閣四庫本作「徐」。

錢公義舟中同賦

薄暮扁舟發，春陰生野寒。赤莖看水柳，清響送風湍。詩好頻分札，篷低屢整冠。松爐九峯酒，爛漫罄餘歡。

娼婦徐

至正壬辰冬，徽人寇常，召其婦佐燕[一]。憤罵弗聽，寇胣殺之。龍江章琬孟文詩附。

妾非花月舊時妖，曾事忠良樂聖朝。今日黃巾刀下死，陽城下蔡莫魂消。

束帶朝衣供奉孫，虜庭歡死報皇恩。妾今一唱貞元曲，孰濺西風碧血痕。

平康巷裏掌中身，翠舞珠歌玉樹春。不得籍除今義死，天容娼婦愧降臣。

和戍婦陳聞雁有感四首 有引

「浪喜燈花落又生，夜寒頻放翦刀聲[二]。游鴻不寄征夫信，顧影娉婷無限情。」右，婦陳聞雁而

[一] 召其婦佐燕：燕，文淵閣四庫本作「飲」。

[二] 夜寒頻放翦刀聲：翦，珍本叢刊本、文淵閣四庫本作「剪」。以下同此者不再出校。

作，題於華亭戍壁。逢友張洙宗魯和一首〔一〕：「青蘋風起別鴻生，寒盡春來不寄聲。多少離羣歸欲盡，天涯抛棄獨何情。」謝嘉維則擬答陳二首：「軍裏何曾髀肉生，隴頭日夜血流聲。内人莫怨孤征雁，縱寄安書莫寄情。」「缺月微明瘴霧生，兩鄉夢斷玉簫聲。無由竝跨秦臺鳳，夜夜離鴻別鶴情。」宗魯曰：「陳，錢塘儒家女。夫本縣曹吏，因兵亂隸軍籍，久在外。或勸曰：『若質美性慧，往富室爲女紅，不猶愈守空戍、忍寒飢乎〔二〕？』陳答曰：『寒飢小事耳，不已察而汝聽，失節莫大焉。』或者慚而退。未幾，夫挈歸，里人至今稱之。」

海宴軒前雙鴛鴦歌爲曹涇分鎮朱芹湖作

羈雌見月可憐生，月落江昏過雁聲。不特題詩想夫壻，漢家多少玉關情。
介胄多年蟣虱生，客窗今夜落邊聲。螭頭釵子鴛央股，獨自挑燈萬里情。
兩地何知死與生，雁來愁聽月邊聲。多應萬里孤飛影，只抵長門一片情。
江南江北荻花生，妾處君邊第一聲。何似春風湖上宅，銀箏玉柱白頭情。

盛明天子狩有期，鴐鵞若有神靈司。剛風高寒翅盡直，鷹師縱鷹雲眼碧。斯須毛血灑行輦，太官親

〔一〕逢友張洙宗魯和一首：一首，文淵閣四庫本作「云」。

〔二〕不猶愈守空戍忍寒飢乎：寒飢，文淵閣四庫本作「飢寒」。下「寒飢小事」句異文同。

庖奉玉膳。當時畿甸禁罟嚴，此日江淮矰弋滿。朱然將軍興義風，雌雄養之庭苑中。文王沼上古月白，房相池頭春草豐。飲泉啄穀觀者美，願爾雙飛上筵几。亂離無復鳳來儀，雄多被殺留其雌。將軍必也放歸北，天子厭兵今節食。

題楊元誠太史宫詞後 有後序

玉珮瓊琚雅頌詞，流傳中禁萬方知。獨憐夜草除姦詔，親奉綸音改到時。

公嘗與范匯同草黜逐伯顔太師之詔。草文云「詔書到日」，上曰：「自早至暮，皆一日也。可改作『到時』。」結句故云。

題謝太傅小像

一起扶維半壁天，未應絲竹醉嬋娟。八公北下風雲冷，想見山河月影全。

吴江書所見

虬髯使者銀貂裘，胡牀醉酒芙蓉舟。文章太守不敢近，一聲水調勤回頭。

撅頭船兒葉不如〔一〕，漁郎銜風暮打魚。傍人心怖自歌笑，老龍正在江潭居。

題郡守翟仲直太白問月圖

玉醪和露瀉頗黎，鯨吸秋空萬象低。奈爾浮雲翳明月，清光不照夜郎西。

景陽井

踏臂歌殘璧月昏，驕龍猶藉井生存〔二〕。石闌漫涴臙脂色，不似湘筠淚灑痕〔三〕。

簡任伯温檢校

旌旗交影鳳池邊，退食微聞午漏傳。猶比至元無事日，印文銅緑長苔錢。官廚日送葡萄酒，畫省春看芍藥闌。不忘舊爲丞相掾，手圖天馬獻金鑾。

〔一〕撅頭船兒葉不如：撅，底本作「橛」，據珍本叢刊本、文淵閣四庫本改。
〔二〕驕龍猶藉井生存：驕，文淵閣四庫本、《元詩選》本作「驪」。
〔三〕不似湘筠淚灑痕：淚灑，文淵閣四庫本、《元詩選》本作「染淚」。

丙申正月十八夜吴門雨黑雨廿二日午見日中黑子劉都漕貢總管留不果既出舟次口號

始憂黑雨夜傾城，又駭無雲日晦明。百口親鄰船倚著，仲宣去住獨含情。

仲雍墓側晚烽青，頭白烏啼滿驛亭。太守心旌懸大樹，故人書劍逐浮萍。

静安招提八詠爲寧無爲上人作

碑存赤烏年，僧指青燈夜。風雨寒蕭蕭，黄旗儼來下。赤烏碑〔一〕。

水怪移象罔，野火飛熠燿。丈夫殉節榮，足免行殯誚。滬瀆壘。

故國空蚯蚓，老檜餘瓔珞。根地終系陳，不與庭花落。陳朝檜。

神僧聊示現，肉眼爲驚睅。水净天空雲，何緣同一筦。鰕子禪。

縹帙白象韈，金書貝多葉。稍披四句偈，已斷七支業。金經臺。

甘香蟻丘漿，清凉楊枝露。一勺徧大千，天龍不敢吐。湧泉亭。

秋風兩岸著，野水千家遶。隻履自東歸，零亂霜天曉。蘆子渡。

龍歸驟覺寒，雞遠不知午。長年四簷陰，颸颸竹疑雨。緑雲洞。

〔一〕赤烏碑：「赤」上文淵閣四庫本有一「右」字。以下七首詩末小字同此。

梧溪集卷第三

江陰　王逢　原吉

菜亭四詠　有引

菜亭者，先君庫使之所作也。賜進士及第内御史篤列圖敬夫書扁，江陰儒學教授閩中邢泰亨翁爲記。先君年六十，輒不仕。日課童治圃，爲徑必直，蓺蔬必方。嘗指謂逢曰：「小子識之，此類吾性也。」先君没之二年，逢忝部使者薦。又明年，江南務殷，由是無仕進意，而以先志是守，并賦四詩揭亭間。或尋聲於琴，或倚歌於缶，退然自樂，殆相遺於人世也。

其黄獨曰：猗歟黄獨，質土德玉。惟德惟質，是以有葉有實。凱風至矣，青青始蔓。雨雪既雱，爛其几桉。富貴無常，人或汝忘。予敢食言，長鑱在傍。長鑱在傍，貧賤之光。匪貧賤之光，隱淪之慶。

其蕨曰：彼美者蕨，歧蹄而茁。齊魯之人，謂菜之鼈。雷風發春，競擷於山。久獨不食，神往來於山間。慨昔君子，夷齊園綺。壽考以終，猶愈飢死。飢弗忍師，考終是期。衣薜帶蘿，聊從而嬉兮。

其黄精曰：葉之菁菁，如竹葉之青。厥根孔美，食之可以長生。朝陽之燠，時雨之沃。君子有之，以備旨蓄。吴之野，土力貧；培隱德，樂彌臻。孰謂芝也，不如薇也。

其蓴曰：蓴之潔貞，薀藻其朋。蓴之芳烈，蘋蘩其列。曰絲曰瑰，可羮可菹。君子素貧，念不到鱸。五侯之鯖，太官之羊。鼎折餗覆，溪毛無傷。登我籩矣，薦我先矣。載被我弦，永弗諼矣。

黄河一首贈胡璉師貢

黄河濁流，其源自天。四方交亂，莫知誰愆。靡亂弗寧，靡濁弗清。小人之亨，君子之貞。君子之貞，惟道是友。小人之亨，乃罪之首。雖曰無家，有琴有書。朝誦暮弦，何樂之如。鸝黄其羽，集於嘉林。願言似之，永懷德音。

小山招隱辭 有引

小山招隱者，雲間孫稷長慶别業之名，義則左太沖反招隱也。長慶言行謹飭，嘗爲文學官。兵興，遂不復仕，讀書賣藥於横雲山之支隴。有壁峭立，泉涓然出壁下。有石空中，擊之有聲。日歌樂於是，蓋期與明哲士終老焉。辭曰：

橫雲分兮一股，壁鐵立兮石奏鼓。桂樛枝兮荃有芳，吟玄狖兮白鶴舞。君胡爲兮塵土，弦我琴兮歌我招。泉冽寒兮天窖寥〔一〕，月高露瀼兮車音遠迢。心悵惘兮不成消摇，君之盟兮孔昭。言採兮可菹，言釣兮維鱸。渭濱商顔兮其道匪殊，治亂使然兮出處異趨。載弦載歌兮茲山之砠，君之來兮毋遲其驅。

故内御史揑古氏篤公挽詞　有序

公，揑古氏，名篤列圖，字敬夫，燕山人。國初，大父長信州永豐縣，因家焉。父卜里也秃思，從文皇帝潛邸，官至靖江路總管。素無子，至是滕㢧公，有異。年甫冠，及第，上親覽策，曰：「必世臣佳子弟也，何以知吾家事若是其詳耶？」授集賢修撰。中丞馬公伯庸妻以妹，累遷南臺御史。按治湖廣江浙，咸有聲。威順王素不法，漁奪山澤之利尤甚，民苦之。出數百里，告漁奪狀。公一無所貸，還之民。論奏王罪，例降爵土，王憂悸不知所爲，會赦免。福建廉訪司凡御史至，堂幄地衣，盛餙金繡〔二〕，公命撤去。及視事，莫不震懾，曰「慎毋犯狀元御史」。比還，内御史某挾私劾某官，公以失糾察去職。尋三臺辨明，除湖廣省副理問。不赴，遷生母潘氏縣君葬。北上，拜内御史，以疽卒，壽三十七。公短小凝重，眉目秀朗，官居巷處，言行一致。愛豫章山水，

〔一〕泉冽寒兮天窖寥：窖，文淵閣四庫本作「泬」。
〔二〕盛餙金繡：餙，珍本叢刊本、文淵閣四庫本作「設」。

留寓頗久。歲一至豐，爲女兄壽。女兄誓不嫁，悉以己租贍之。異母弟早孤，長以廕讓。族弟帖哥亦依公學，登乙酉進士第，朔州同知。子某。

篤公産南州，胞有紫白異。襁褓未勝觿，生母痛先逝。操危慮也深，十九面廷試。詞旨極懇切，奏牘驚侍衛。文皇至親覽，天眷邁恩例。瓊林宴狀元，銀屏會佳婿。花交歸香署，草偃迂絲繕。要職尋屢遷，中朝適無事。南臺按三省，文物紀綱地。御史象執法，獨見公不愧。先時威順王，畋漁盡民利。首縱魚鳥樂，復奪士馬氣。閩部俯交廣，蠙犀蔭榕荔。從容撤堂幄，蜑海肅秋霽。譽重謗由興，才大衆所忌。繙然遂孝思，遷葬返北冀。女兄老閨閣，誓不通采幣。歲展骨肉歡，均財及諸季。最幼陟龍門，家學益名世。顧予駑鈍姿，激越千里志。還鄉理書劍，承拜内驄使。將依東道光，竟灑西州淚。修文得顏回，前席失賈誼。山房懸蘿月，公嘗爲予書蘿月山房扁。神采形夢寐。盛蹟在董狐，茲焉述交義。

故東流尹陳公挽詞 有序

公諱文杰，字漢卿，號默齋，毘陵人也。父業醫。母張氏憐其好學[一]，每質簪珥奉師。會宜興

[一] 母張氏憐其好學：氏，底本脱，據文淵閣四庫本補。

鉅室蔣竹徑病，公侍父往，就留其塾卒業[一]。久之，客有寓公過蔣，一見納爲友。寓公赴浙憲使，遂薦授慶元儒學正。至則浙東帥重之，俾二子從。二子挾貴冑，無弟子禮。又輦蒼頭臂鷹鷂，日躪躪無度。公麾蒼頭去，弗聽，乃朴。教二子曰：「吾授堂帖，一通班官耳，義猶受天子命。天子有聖旨，諸王駙馬不得擾學校，汝敢是乎？」因奪一大鷹縱之。蒼頭走白其帥，帥怒喚公，衆爲公懼，止之。公曰：「吾有聖旨在。」竟往。帥詰曰：「縱鷹有之乎？」公曰：「鷹不縱，帥有罪。」具言云云。帥竦立曰：「是愛我也。」遣蒼頭出謝，仍護公歸[二]。既辟爲其掾，一郡大驚。滿考，除本學教授。再辟掾淮東，陞兩浙運司知事。丁母艱。服闋，改江陰知事。三載，擢東流尹。推贈父宜興判官，母宜人。即謝病歸，逾年卒，壽六十九。先是，公長郡幕，里人殷數請託先君，拒絶之。殷銜恨，誣行賂告分憲，屬公逮繫。公復憲官曰：「典史王某者，清謹人也。杰交其子逢，亦未始識一面。萬萬無是事，惟體察之。」憲官韙公言，獨不問。後逢見公於家，無一言及之。其平生行義率類此。公負詩名，監丞陳公旅，以兄弟禮最親善，嘗誌其母宜人墓。子在，有文學，遭亂憂悸死。孫一。

[一] 就留其塾卒業：就，珍本叢刊本作「遂」。
[二] 仍護公歸：仍，文淵閣四庫本作「竟」。

東流家本醫，少貧困閭伍。賣藥粗給身，力學忍刺股。祖塋良苦志，黄憲早稱許。參朮收狄籠，芝蘭羞謝墅。繡衣驄馬郎，遂有茂才舉。尋典四明教，弦誦喧兩廡。元帥勛舊臣，遣兒授訓詁。其奴臂鷹鷂，躪躪聖宮宇。毅然掣錦絛，麾去莫敢侮。同舍爲公懼，公且白大府。帥歎禮遇加，擢掾器三語。再遷東淮閫，參贊妙材諝。郗超幙兩登，單父琴一鼓。先塋罷焚黄，長嘯即解組。桑榆晚留景，奄忽悴風雨。送喪阻范式，能詩失阮瑀。憶昔忘年交，瓦缶視鐘吕。虞揭歐黄輩，恨不與披覩。閒話良天時，盆繅罄餘緒。况於魯連義，歷歷在肺腑。遺孤喪亂中，揆分合予撫。嗚呼同漂零，清秋益愁佇。

故空谷俞先生挽詞 有序

先生諱遠，字之近，號空谷，江陰鳳歌鄉人也。其先儒起家，至先生，貧，隱居教授，能行古道。毘陵孫岵，以先世舊依先生，待如新知，卒殯焉。頃年疫，傭奴病乞歸，先生曰：「慎毋疑。疫氣相染，其善調護。」踰旬死。時兵興，山林盡赭，人死多委之壑。或以是請先生，曰：「生盡其力，死棄之溝中，不義也。」單出爲棺窆。歲暮春，里萌舁木偶神遨井落間〔一〕。至先生門，適所舁重而止。舁夫告家姥曰：「神靈報施影響捷，宜急祭燎旗下，否則殃及矣。」姥笑曰：「木偶何

〔一〕里萌舁木偶神遨井落間：萌，文淵閣四庫本作「氓」。神，珍本叢刊本作「人」。

能爲主人，歸吾家爨下物耳。」衆睚眙去。族姪裕親殁，有佛者以佛事爲解。裕毅然曰：「吾諸父嘗謂，形神既離，地獄何有？今乃自誣親，有罪不孝孰甚？」佛者慙而退。其善行及人率類此。先生骨貌清卓，類有道者。長於古文，尤嗜詩，亂中吟詠不輟。嘗自叙詩曰：「蟲之薨薨，鳥之嚶嚶，機動籟鳴，豈得已而不已乎？不得已乎耳。」於以見其出乎性也。壽七十二。子樵，孫庠、序。

空谷俞先生，言行慥慥爾。襄陽一耆舊，東魯古君子。奕葉蘭桂芳，晚見長松倚。野鶴夕警露，天雞晴影水。神清凝高寒，眼碧照烏几。州閭薫善良，土俗變淳美。削跡門徒僧，罷迎蘘祠鬼。貧交有孫岵，推食養没齒。義聲及耕奴，亦免溝壑委。遭亂接淅行，帶索竝萑葦。兒樵性至孝，承順若居里。先生但微吟，落句益奇詭。玄洲摘芝秀，翠嶽決石髓。咸瞻星應庚，忽夢歲在巳。栝羽鏃礪道，鼉勿甚提耳。忘年感孔融，赴弔愧徐穉。霜晨高鴻邁，獨櫂五湖涘。爲歌雙梧歌，先生作此，嘗挽先君，後附。林哀朔風起。

客行天下半，波流日滔滔。卓然王慔長，獨詣見所操。西風吹黄鵠，瞥眼雲中翱。無彼升天翼，欲飛詎能高。讀律三十年，弗離州縣勞。歸休青山郭，緣溪置屋牢。種瓜以爲業，不復求其曹。饌甘盤有魚，飲旨尊有醪。兒賢曲奉養，末暮樂陶陶。奈何百年期，懽忻變號咷。望見雙梧樹，我每涕沾袍。梧樹奚足悲，迴躅於焉韜。

故贈江西省左丞謚文節汪公挽詞 有序

公諱澤民，字叔志，號堪老真逸。以《春秋》登戊午進士第，累官致仕禮部尚書，歸宣城。淮人闖境，公倡鄉子弟保里閈。會城陷，遂遇害。越七年，詔贈江西省左丞，謚文節。逢見大夫士每稱公性廉孝，尤慎許可。嘗推官平江，任法恕允，獄多平反。垂代，題春帖云：「及瓜當此日，行李似來時。」迨今爲實録。再推信州。太夫人道病，公扉屨扶篋輿以行。比至，總管秦從龍謁，謂曰：「今晚可就職。脱太夫人不諱，吾能率僚屬賻襚之。不然，喪誰與舉？」公曰：「匿親疾而上官〔一〕，是遺親也，遺親不孝；覬官斂而私親，是貨官也，貨官不忠。不敢惟命。太守苟推仁，湯藥是饋，則母氏更生是望，某拜德侈矣。」秦覥而退。太夫人卒。服闋，起知兗州，文教大行，僦盧問學者數十百人。流民過其治，勸義賑之。能聞，召待制翰林，與修三史〔二〕。當時大臣有傳旨奉金幣鞍馬求撰其勛功之碑者，卒辭。既大臣罪謫，傾朝服公先知。陞國子司業、集賢直學士，尋告老云。逢於公無半面雅，苟不鄙夷，嘗賜詩序。竊愧蔑以報稱也，姑述其槩，系以挽詞。

〔一〕匿親疾而上官：疾，珍本叢刊本、文淵閣四庫本作「病」。
〔二〕與修三史：三，文淵閣四庫本作「國」。

嵇康貴神交，梁鴻重懷賢。古來知己遇，詎在相摩肩。仰惟文節公，清白忠孝全。天禧光禄後，五世衣冠緜。讀書敬亭裏，射策香桉前。半刺久鳳棲，一麾遂鵬騫。宫壺酒賜縹，太乙杖吹煙。鬼泣修史筆，門泊問字船。疏廣忽引去，傾都望如仙。浼浼宛溪水，畇畇溪上田。鰕菜薦嘉豆，鶯花照堂筵。至正乙未間，星狗光孛然。首倡扞鄉井〔一〕，淮人竟扼咽。侯伯竄草間，丁壯死墓邊。執公義不屈，子姪尚控拳。詈言今顔杲，勁氣昔鄭畋。臣素奏我皇，褒贈著史編。憶昔太平日，高名南斗懸。忘我襪綫才，贈我瓊琚篇。陋鼎餙金鉉，爨桐被朱弦。鼠璞免售鄭，駿骨期市燕。空谷一蛾眉，衣袖馥蘭荃。思君限楚水，日夕魚風顛。青燈耿漆室，裋褐望杞天。老成嗟已矣，客淚雙迸泉。再歌宋玉些，黄鵠高迴旋。

寄丘都事

曩僑西湖西，遂識東家丘。平生五經笥，聲價千金裘。借地營茅堂，湫隘不容輈。文犀水蒼珮，無時顧巖幽。畦蔬何青青，一飯常苦留。推論當世事，過許倜儻儔。别經喪亂年，廬墓兼百憂。上馬即擊賊，恐貽孝子羞。伏承從大軍，烽火空三州。生還總劵面，望拜多白頭。荒原露草根，舉鞭枯骨收。捷聞詔東討，朱夏行清秋。黄池正觀兵，移戍浙上流。觸輪避螳螂，撼樹憐蜉蝣。祭遵日雅歌，道濟夜唱籌。所在成相業，正自出軍謀。月落江蒼莽，熒惑光射牛。白蛇橋長淮，睥睨龍驤舟。君懷靖四海，且

〔一〕首倡扞鄉井：扞，文淵閣四庫本作「捍」。以下同此者不再出校。

復挂吴鉤。機務信有暇，緘詩寄滄洲。

寄李守道 有後引

西湖有奇士，少負不羈才。酒外嗜八分，席地畫青苔。妻憂缾儲罄，虀甕手自開。煮雪白石窩，捫腹視三台。久安素貧賤，惟恐富貴來。風塵澒東南，衣冠就衰隤。慟哭岳王墓，北走燕昭臺。平章造次見，符檄隨所裁。徵兵復三州，疾如破山雷。無辜起塗炭，寸管萬牛回。釋褐慕董生，玉帛讓輿儓。丈夫誓行志，竊位良可哀。時予客左丞，遠愧鄒與枚。禦寇書再上，翩然返蒿萊。簫雲仰驊騮，失道甘駑駘。天風蕣花落，離思浩江淮。願言輟予想，曠野多賢材。

守道諱介石，性爽邁，能書詩，困約無所遇。徽寇陷杭，以書見省臣。命草符檄，遂器重之。授松江府提控桉牘，從守鎮江。後鎮江失守，以不屈辱而死。煮雪、虀甕、白石窩，皆其齋居室名。

三貞篇寄納麟哈剌參政幕下僚友

梧西女陳氏，顏色絶勝玉。阿耶燈窗下，古傳常暗讀。義須嫁官人，麻枲心所足。兵麾忽東指，烽火蔓平陸。魚鼈遭顛連，雞狗同迫逐。猰貐哆其口，反噬机上肉。母子泣相誓，寧死不汝辱。春輝黯門楣，寒日照鬼録。皇天實鑒臨，家廟爲慘肅。陳氏母曾，宋直講確之七世孫女。髽婦惠婦吴，俱里人[一]。亦在難，自判受命獨。臂血濺賊袵，賊歎爲斂縮。差差白刃間，偉節驚耳目。荒野雲雪暮，緬想會深竹。水流風悲鳴，星迸萬羽鏃。回首陷没地，何限委溝瀆。大參行當來，卹典具簡櫝[二]。前湖百世祀，謂五代時烈女何氏。明妝儼車服。從以雙素鸞，配享疇敢黷。孤蓬任漂轉，餘齒寄草木。倡兹三貞篇，庶用矯浮俗。

奉陪黑左丞觀射石幢門外

前徒驅干旄，後乘咽短簫。君侯美裘帶，白馬金轡摇。道出石幢門，春始轉柳條。公堂俯平曠，武士集英翹。離立控角弓，百步建錦幖[三]。眼空熊渠虎，臂落李廣鵰。登降禮數新，賞罰號令饒。忘歸迸寒星，決拾迎鮮飈。失鵠固自恥，破的奚庸驕。先王用觀德，今此樂賓僚。龍勺映彝尊，玉帳臨青霄。客卿忝末至，屬賦軍中謡。川澤魚上冰，野煙尚蕭蕭。於焉詢幽隱，聊以示逍遥。民情自兹得，無復慮三苗。

[一] 俱里人：里，文淵閣四庫本、《元詩選》本作「縣」。
[二] 卹典具簡櫝：櫝，文淵閣四庫本作「牘」。
[三] 百步建錦幖：幖，文淵閣四庫本作「標」。

送楊子明知事從觀孫元帥分制沿江州郡

寒日動大江，鞍馬散滄洲。漚光滅没外，迥見冰梁浮[一]。壯士無人色，旗羽風飋飋。楊君志弧矢，笑被黑貂裘。祭軷千仞岡，掉鞅萬斛舟。先聲掠淮甸，遥制三邊州。元帥統將權，言責在軍謀。一言關興喪，跬步分陽秋。天地屬閉塞，波伏蛟龍湫。孤煙起天際，薄暮青轉幽。百里静雞犬，豈但窮兵由。雪貿薺麥生，猶聞鑄戈矛。頻年竭土壤，經時委川溝。行其所無事，凋瘵或少瘳。耀德不觀兵，當今第一儔[二]。君昔甚惻隱，曲宥千俘囚。歸裝輕於葉，廉價重琳球。敝邑蒙荐臨，多暇獲讌游。鳳凰巢阿閣，黄鵠宜遠投。菉竹霜實繁，知止疇與侔。蘆根短刺水，鶖斯空啾啾。顧予麇鹿姿，蓬藋翳林丘。行藏任本性，道義期加修。

雨坐梧溪精舍

青梧陰四合，長夏含秋清。及兹積雨晦，甄瓸水衣生。别巷鶯聲歇，香煙鵲尾横。雞言溪上思，千載一時并。

[一] 迥見冰梁浮：迥，《元詩選》本作「回」。

[二] 當今第一儔：儔，文淵閣四庫本、《元詩選》本作「籌」。

夜坐

落日秋氣昏，回溪夜涼薄。幽花歆露榭，孤螢隕風閣。沖襟謝煩歊，廣簟生離索。躧履望明河，南天正飛鵲。

繆孝子 有引

孝子名倫，字叔彝。年甫冠，博識能文。本東平人，侍父宦游於杭。至正十六年，淮兵執其父，將殺之。倫哀號乞免，弗聽。傾家貲贖父命，又弗聽。乃自縛，請以身代，於是父見釋而殺倫。前鄉貢進士樊浚言之。予悲倫之志行不大顯也，爲作琴操一首，期聲傳無窮焉。

父存兒死兮，兒可再得；父死兒存兮，兒其天殛。聽代父死，全兒職。於乎！人心不泯兮，亂有厎極〔一〕。

〔一〕亂有厎極：厎，文淵閣四庫本作「底」。

葵蘭贈孫孝子彬 有引

彬值揚州兵變，負母而逃，兒女散失。頌者美其有慈烏之義，而未及舐犢之愛焉，故予賦《葵蘭》一章。

葵衛其根，日月燭之。蘭茁其芽，雨露沃之。兵變倉卒兮，負親而逃。山川險阻兮，無乃親勞。上天孔仁兮，命也兒遭。

義僧行

世降道淪喪，盛事罕見之。我歌義僧行，蘄取國士知。僧臻生夏浦，俗號徐大師。勇敢重意氣，赤手可獵麋。張忠郭解流，任俠不計貲。臻願出門下，效死誓不移〔一〕。盜尋寇馬洲，魚肉乎蒸黎。元戎堅營壁，大姓深溝池。壯哉張父子，分率脱項兒。父擒子死難，家不得斂屍。臻聞切齒恨，恨死不同時。夜即操斧刀，奮身斫籓籬。徑入牛宫内，斧斷張縶維。手殺盜六人，力挽間道歸。妻孥拜堂下，金幣謝

〔一〕效死誓不移：效，文淵閣四庫本、《元詩選》本作「致」。

所私。上公賜巾裳，欲以好爵縻。幡然掉臂辭，還山弄摩尼。方今國步艱，中外罹瘡痍。銅虎盡懸綬，鐵馬誰搴旗。嗟爾匹夫臻，足張三軍威。何不食君禄，爲君靖淮夷。收名魯仲連，千載爲等期。天秋黄葉脱，日暮玄雲馳。歌詩節鼓吹，用壯吾熊羆。

壯士歌

明月皎皎白玉盤，大星煌煌黄金丸。壯士解甲投馬鞍，蒺藜草深衣夜寒，劍頭飲血何時乾。

義兵謡

春虹白，冬草碧，八月黄河火雲赤。將衣我衣，吏食我食，望塵走馬當殺賊。

寒機女辭

鴛鴦機滿東西舍，雪繭繅來日相射。世俗競染紅藍花，妾心鍾愛金絲柘。君王錦繡焚殿前，天孫鳳梭蛛網懸。織成雲霧製龍衮，萬一熏香分御筵。

朱夫人 有序

夫人諱元琇，江陰知事朱道存之妻，都漕萬户費雄之女也。至正十六年，江陰亂，夫人依其父，居松江之上海。未幾，上海縣陷。苗軍復縣，大掠。夫人驚遽出卧内，時苗手刃以入，將犯之。夫人怒叱曰：「吾貴家女，貴家婦，夫君見勤王。汝本官兵，奚爲犯我？」投釵珥於地，苗攫之去。既苗沓至，索貲無有，遂驅迫就道。夫人揆不免，乃攀堂楹，厲聲曰：「吾義不辱，苗狗忍辱我耶？」比遇害，爪入楹木，血沁於指。哀哉！始先君庫使解官歸里，逢適主於其家。每與盛宴，輒缺然若不甘者。知事言其故於夫人。他日復宴，夫人親爲别具饌，命子文博、文禮舁示逢曰：「此奉尊翁。」自是以爲常。明年，逢過其地，嗟夫人之生也柔惠，足以德於人；殁也貞烈，足以表於世。謹爲辭以弔之，辭曰：

青蕡花，白浦水，黄雲日黤，慘風悲涼。停轤西向三酹觴，旗旌葆幢來混茫[一]。若有人兮凜如霜，星流電馳惟可望。微言夙習大洞章，功成拔宅居帝鄉。鵲河蟾窟肆翺翔，笑援北斗挹酒漿。帝曰欽哉無太康，下爲叔世扶綱常。進規退矩禮自防，釵荆裙布今孟光。尊姑養之植德堂，朱氏堂名。堂階珠樹聯

[一] 旗旌葆幢來混茫：旗，文淵閣四庫本作「旂」。以下同此者不再出校。

瑶芳。明璫蒼珮森琳琅，撾鐘考鼓樂未央。楚氛遮天耀天狼，飄然歸寧父母傍。正坐漆室憂葵傷，官兵寇我加劍鋩。昊天倚杵海變桑，身有濺血無回腸。烈婦殉節死固當，名與黄浦流俱長。稽首再拜淚雨滂，輾焉直上驂鸞凰。

張武略 有序

侯諱珍，字元諒，堂邑人。以廕受武略將軍、潁川翼萬户，鎮杭。至正十二年冬，徽寇陷常。侯引兵伏横林，偵得其狀，連敗之，乘勝深入，常悉平。明年春，移戍婁江，海漕罷警。夏六月，江陰儉民江、牟二人作耗，太尉納麟檄侯討之。父老上謁，必親慰曰：「某義不與賊俱存，須蜂蠆掃跡，郊鄙輸賦，流移歸業，以谢父老。苟不幸先士卒死，亦无憾也。」父老感泣。未幾，俘若干人，射死其手旗者。秋八月，浙東元帥野先合侯進屯胡村。賊縱火迫胡村，各分地出戰。賊蔑以當侯，潰去，輒勒兵助野。時野與裨校鄭溥賢死矣，侯機發弩彍，復大敗之以返。失二部將，侯奮激曰：「將陷而獨全，恥。」急追之，冒圍以入。江中三矢，牟被創甚。其黨度擒江、牟將魚肉其類，因並力來抗。侯矢盡馬蹶，精鋭傷者過半，乃拔所佩刀，蹂殺數十百人以死。先是，浙省參政買朮丁分制常，侯嘗直言忤之，故其臨敵也按不之援，以至不利云。

張武略，馬中驃，鷙中鶚。神清氣完志落落，決眥萬里空沙漠。紅巾據有南蘭陵，無人先執蝥弧登。角弓朝分雲漢月，血刃暮洗官壕冰。黃金璅甲鎮江傲，食簞漿壺騈父嫗。刁斗嚴城令密傳，菜果漫村跡如掃。睦州方臘絶鑛道，素服威名罷侵擾。陋邦寇劫誰使然，令我諸君師盡老。孟勞寶刀龜甲文，繙然佩之星入氛。虎賁千百濟彪猛，禽獮草薙收奇勛。浙東元帥亦不群，羅閩狗附聯陣雲。兩軍鼓行屋瓦墜，殺聲直上蒼天聞。牙張距趯開復合，左敵右胠煙坌接。勢如驚飈振槁葉，冒圍蹂賊賊膽讋。賀蘭陰拱僅自守，檀公上計無乃走。王琳遺愛壽陽閒，袁崧殉名扈瀆口。妖星黨現秋日微，英雄命薄將安歸。連營陷敵泯功業，別部抱憤無晶輝。殘兵故吏望鄉哭，偷生可誅死可録。我招其魂歌楚曲，高寒吹下雙鴻鵠。

盡室歎讀東魏史高驩語鮮卑一事有感

女爲驅，子爲奴，父耕母織絹税輸。坐君高堂我向隅，奉君細饌我食麤。憶昨上官我前趨，及今敗績我後徒。君不見殺君之餘，春風紫燕停紫衢。錦纏繡絡舞鸜鵒，胡琴秦筝間吴歈。酒面花影紅扶疎，君樂滿座容顔舒。再拜壽君明月珠，願君世世金虎符，縣籍無我甘樵漁。

君家柳

君家柳，萬株一色鵝黃酒。龍鱗波煖裊翠煙，飛花直渡江南天。倉庚立曉燕穿午，薄暮啄木聲丁然。腹中蠱蝕皮鬣馬，舊陰半減金城下。長條短條屬行人，猶有持斤睨之者。秋來大地落葉鳴，心憶陽春泪如瀉。

趙氏雙珠辭[一]

遊鯉山石高孱顔，遊鯉溪水清洄灣。中有峩峩青結鬟，望如春雲不可攀。壬辰仲冬寇蜂起，乳臭將軍先披靡。民人顛連社稷圮，我固當爲貞白鬼。後來謂乙未年。小妹復被驅，亦葬魚腹全其軀。山高水清幾千載，虹月夜貫雙驪珠。夜深鮫宮屏機杼，風吹草寒髑髏語。何由生長江沱間，及見王雎鼓衣羽。願回堯天行化日，女子有家男有室，地下甘心燈似漆。

夜何長三疊寄周參政伯温鄔僉院本初

夜何長，日苦短，夜長復寒日不暖。深林大薄鶡鴠滿，尾頳魴魚遊纂纂。千年古鐵紫氣纏，赤帝當之白虵斷。中朝老臣雙珮蒼，憂心鬱紆寢息忘。鳳皇在笯驥服箱，雪埋石棧冰河梁。夜何長，六龍回轡東扶桑。

夜何長，日苦短，夜長復寒日不暖。蒼梧九疑雲思遠，驚鴻亂落夫差苑。漢家騎尉雙龍蒼，酒酣起

[一] 詩題，賴良《大雅集》卷二作《趙氏二女辭》。有詩序：「女，山陰游鯉山人。至正十二年冬，寇至懼辱，投溪水中死之。」

舞隘八荒。疾風吹沙百草霜，玉釭朱火青凝光。夜何長，帝車高轉天中央。

夜何長，日苦短，夜長復寒日不暖。欃槍參旗燭雲罕，樹樹梅花落羌管。江南布衣雙鬢蒼，歲闌獨立氣慨慷。衣冠禮樂制孔良，路迢無由貢明堂。夜何長，啟明耿耿天東方。

梁溪行贈嚴子魯參政

梁溪之陰太湖陽，錫麓西下盤羊腸。土俗鷙悍民鴟張，負固不貢亂典常。明公是時騎飛黃，三尺白練揮冰霜。西定汝潁南保杭，復來觀兵周處鄉。方將增陴深浚隍，楚氛一夜掩斗芒。奉頭鼠竄道相望，獨有殉節臣姓楊。謂文載員外。明公退此招散亡，昔我仇寇今顏行。千百之衆尺寸疆，日食蒲蜾草塞創。戰十六月莫禦當，誓欲手舉東南綱。赤葉楓落鴻雁翔，淮闔共戴昊天蒼。金戈煌煌旆央央，旋師城闕從鼓簧。父老羅拜勸酒漿，武惠厚德宜爾昌。龍衣封錦來尚方，璽書錫命登巖廊。吾君論功邁漢皇，屬國肯負蘇中郎[一]。事業益大身益强，不忝異姓汾淮王。

[一] 屬國肯負蘇中郎：肯，底本作「負」，據文淵閣四庫本改。

奉陪神保大王宴朱將軍第聞彈白翎雀引 有序

白翎雀，燕漠間鳥也。初，世皇命伶官石德閭製《白翎雀》曲。及進，曰：「何其末有孤嫠怨悲之音？」石德閭未之改，而已傳焉。戊戌冬，淮藩朱將軍宴大王於私第，逢忝座末。時夜雹霰交下，衆賓相次執盞，起爲王壽。逢亦起。王命左右鼓是曲，且語製曲之始，俾歌詠之。逢謂，纘事本實，左氏所先。故鋪陳興龍大略，而不暇他及也。

玄陰亘天雪欲作，將軍西第夜張幕。銅盤蠟光紅照灼，四座傾聽白翎雀。雀生烏桓朔部落，大朴之氣元磅礴。地椒野穄極廣莫，穹廬離離散駝駱。黃羊蘆酒雜湩酪，鷹狗畋獵代耕穫。大王肇基不城郭，青春建櫜宵罷柝。聖澤滂沛蔓緜絡，風淳俗厖法度約。乾端坤倪露沖漠，羽毛鱗介竝飛躍。庭祠歲饗咽管籥，雄雌和鳴莫我樂。帝皇赫然太陽若，八表晃蕩氛盡卻。前驅屈盧從繁弱，睢盱嘔咿萬狀錯。遂朝玉帛解組縛，大明宮開夾花萼。文監武衞盛材略，葱珩穀璧映霜鍔。五雲夔龍奏韶濩，九苞鳳凰降寥廓。德音威儀匪予度，萬姓拭目瞻阿閣。軒轅伶倫兩冥寞，八十年來事非昨。玃麀雜亂人道削，咬哇哀淫頌聲鑠。皇孫讓賢執鼓鐸，巾羃鵲尾黃金杓[一]。殽烝體薦嚼復嚼，巴渝舞隊驩回薄。供奉革鞜衣狐

〔一〕巾羃鵲尾黃金杓：鵲，底本作「䧿」，生僻字，據文淵閣四庫本、《元詩選》本改。以下同此者徑改。

狢，銀箏載前酒載酌。延秋門深魚守鑰，緱山遠度吹笙鶴。淮南昔者鷄舐藥，千乘之國棄敝蹻。方今羣雄自開拓，拔刀把矟争刺斫。爲臣義同葵與藿，將軍固合鞭先著。蓮壺漏沈薇露涸，枯梢號寒風隕籜。百禽啁噍雹霰霍，冰花亂點真珠箔。箔中呱呱情陡惡，供奉耆爾停弦索。吁嗟白翎將焉託，有客淚下甘丘壑。

奉陪杭右丞程禮部以文宇文憲僉子貞魯縣丞道原宴周左丞伯温館舍時聞河南李平章恢復中原

西湖館舍開新秋，三峰倒影紫翠流。白馬彤戈駐逵道，金魚玉佩羅林丘。二孤五老獨神往，八公六逸同天遊。時維小康况大比，萬乘少紓東南憂。如澠之酒官寺送，風生酒波鱗甲動。荔子漿凝赤露香，鵝肪炙作黄冰凍。歌袖頻熏婆律膏，渴羌解奏參差鳳。右丞閥閲霄漢逼，諸叟文章臺閣重。罘罳髣髴落日凉，菱花薖葉掩冉光。鷺飛先自有鳥鵲，寡宿未必無鴛鴦。堯封禹跡煙莽蒼，宣髮固短憂心長。側聞汴破濟欲下，百姓亦望臨淮王。山人厭亂喜莫量，笑整冠帶爲舉觴，醉後不登嚴武牀。

惠孝子行 有序

惠孝子名連，字子及。曾大父疇，累遷寶章閣待制、常德知府，致仕司農少卿卒。翰林池聖夫銘其墓曰：「金玉其相，表裏無僞。」槩可見矣。子及受學於陸子方先生，嘗述江革、郗鑒二贊。其贊江有曰：「兒力甚武，母安勿怖。兒身既豫，養不可窶。前行弗獲，後顧則逼。我心欽欽，卒與盜即。母兒一身，安能異塗。兒亡母亡，將焉用俘。」其贊郗有曰：「民儉於食，累累爲瘠。推活君子，職敬惟德。君不苟活，念我二兒。骨肉之恩，生死共之。弗卹爾生，胡後而死。氏志勿獲〔一〕，全是口體。」士矜誦之。後江陰亂，挈母俞及諸甥姓，間關百罹，避地吴下。逢嘉其言行，贈之以詩。

吾邦有，龍虎村，中有宋朝司農惠公之曾孫。司農三登巍科蚤選衛王婿，兩作茂宰一出漢朱轓。百年雲散金碧氣，衣冠禮樂八九存。曾孫自號轣轆生，又號蹇連子，負材弗施甘與世相忤，未嘗入城見州尊。或逢夸毗徒，掉臂決去如林猿，日但讀書蓬蓽門。講畫授弟子，愉婉問清温〔二〕。堂前植橘，堂後樹萱，百畝之田五畝園。征夫道暍馬汗赤，抱膝方看高鳶鶱，優哉游哉樂難諼。柔兆涒灘歲，天狗闞丘樊。達官大家驚潰奔，水鯆陸麞盡啗吞。是時轣轆生，悒僾膺屢捫。非不能，持梃刃，佩猳肫，靖鄉國，清札昏。母年八袠罔極恩，外甥在侍傍無援。誓全古孝義，坐使薄俗敦。攜扶於野，褰涉於亹。慘

〔一〕氏志勿獲：勿，文淵閣四庫本作「弗」。

〔二〕愉婉問清温：清，底本作「清」，據文淵閣四庫本、叢書集成初編本改。

冒霧露，飢採稆蘡。妻孥梟兀兵火際，亦解委曲奉壺飧。天道昭著神佑護，卒得命脱蟻聚并蜂屯。蹇連子，蓋嘗口撰江革郗鑒二贊累百言[一]，文焰炳若星斗繁。聞諸人梟者褫魄，示諸人獍者喪魂。江郗名與垂乾坤，乾坤蕩蕩敞帝閽。我歌三反烏滿原，春風一夜回孤根。

題二馬圖[二]

卷開二馬風雲起，誰其畫者趙學士。渥洼舊感驪龍精，禹門曾浴桃花水。竝馳定是不契需，合與周王八駿俱。烏騅赤兔售非主，千金之骨成泥土，丈夫懷材莫愁佇。

鶴招 有序

予友曹炳氏，畜雙鶴於皆春園。露昕月夕，巾烏紗，被氅衣，與之弄影，接武林壑間，若超出世壒、物我相忘者數年。辛丑秋，一日，雄喈然悲鳴，驚視之，雌折足斃石崎下。心甚悼焉，爲援華陽故事，用玄黄幣瘞所居貞溪傍。既封其土，屬逢賦《鶴招》誌諸石。

[一] 蓋嘗口撰江革郗鑒二贊累百言：郗，底本作「欷」，據文淵閣四庫本及序文改。

[二] 詩題：二，文淵閣四庫本作「三」。正文「卷開」句同。

馬之死也埋弊帷，鶴之化也招予辭。啄青田芝飲瑶池，冠朱衣縞玄裳垂。神仙中人受以羈，日遨寥天驂鳳螭。良苦未若歸來兮，風塵軒嚣波浪瀰。鶀雁羅鷺弓繳悲，主家天開林壑姿。石矼魚影布參差，露昕月夕苔莎滋。引吭和鳴舞僛僛，關雎之樂不可支。胡然孤雄怨仳離，主亦爲爾意凄其。蕙帳燈灺香倭遲，臨臯道士夢經時，不信視此冢纍纍。

歎病駝

狂夫東遊乘白騾，道路適遇病槖駝。紫毛無復好容色，肉鞍尚聳雙坡陀。南人從來不夢此，私怪目擊臨干戈。泉渠元自控蕃落，天苑畢竟連銀河。吴郊楚甸水草淺，任重卻欲千斤過。青袍朝士爲起立，茜帽番僧時撫摩。熱風吹塵鼻出火，積雨成潦瘡生窠。牛虻狗蝨苦嘬血，末由驅除知奈何。頻年出師數百萬，熊羆獅豹相奔波。豈期獨後死溝壑，餘光所及良已多。老奚首帕短袴靴，手持鞭策涕泗沱。憶昔灤京避暑日，氣骨礌硌從鑾和。沈沈金甕夾銅馬[一]，裊裊錦帶懸靈鼉。服勞輦下藉翳刷，屈跡澤畔甘蹉跎。疇能推廣愛烏義，没齒仰飼公田禾。

[一] 沈沈金甕夾銅馬：銅，底本作「挏」，據文淵閣四庫本改。

悼炎洲翠

炎洲翠，美羽衣，穿花掠藻鳴春暉。讓王城頭燕分飛，淮陰祠下梟相依。梟不孝，翠先死，能言鸚䳇亦已矣，吁嗟方郎不吾起。

俞丞獲印辭

己亥七月城錢塘，四十萬夫翻汗漿。九旬塵沙霾日黄，幾夜草上生輝光。淩晨夫長賀得印，壇紐瓛文玉澤潤。官曹傳看連六郡，丞名適同丞有分。君不見，侯王昔者親佩之，功業弗建終棄遺。城今百雉高巍巍，呻吟盡化爲歌詩，時來更取左顧龜。

烏啄啄啨無錫吕志學

烏啄啄，行踽踽，朝啼暮號，反哺無所。夔龍在朝虎在邊，孝子之心若荼苦。天高蒼蒼下厚土，耳若無聞目無覩。虚簷雨懸燈火青，頭白生離夢中聚。夢中聚，今六霜，明年作歌歌壽昌。

張參政手植榆歌　有引

榆本高出羣木上，會兵興，山盡童。曾孫守中，去其半，蔽以蘗篠，然生意秀菀，廊廟具固無恙。逢一日獲讌樹下，既醉歌之。非但歌榆也，泄參政忠憤，嘉守中孝敬云耳。參政名瑄，開海漕，征瓜哇，有大功於朝。中當廕祖文龍都水監職，得七品官，隱居讀書，尤善畫。歌曰：

春光堂前蘭坂側，孤榆根固如磐石〔一〕。翦截猶全大厦具，培封敢忘前人德。至今蘢蔥陰四合〔二〕，在昔昂藏枝百尺〔三〕。海窺黑水龍伯宫，地瞰炎風瓜哇國。棘槐竝去天尺五〔四〕，披拂星辰長雷雨。寶樹方圍錦絲障，靈槎忽斷黄姑渚〔五〕。野雉由來是鴆媒，樓船悔不將童女。萬程饟道歸帝業〔六〕，半頃苔基系民

〔一〕孤榆根固如磐石：如磐石，文淵閣四庫本作「亭亭立」。
〔二〕至今蘢蔥陰四合：四合，文淵閣四庫本作「滿庭」。
〔三〕在昔昂藏枝百尺：昂，底本作「印」，據珍本叢刊本、文淵閣四庫本改。
〔四〕棘槐竝去天尺五：棘，文淵閣四庫本作「老」。
〔五〕靈槎忽斷黄姑渚：靈槎，文淵閣四庫本作「虬枝」。
〔六〕萬程饟道歸帝業：萬程饟道，文淵閣四庫本作「萬國蛢幪」。

土。茲辰客箎鵷鷺羣〔一〕，麟趾公族騶然文〔二〕。蓺邊膾落鑾刀雪，花下酒灩紅矼雲。地有躡虹矼。新煙迢遞近臣火，餘景低徊西晻曛。興酣墨汁飲一斗，弗記書涴羊欣裙〔三〕。

謝沈奐有章素段 有引

奐，檇李人。大父烈，字秋田。明《尚書》，善琴。大德間由郡學録累遷常州推官，所在著美績。奐乞逢誌其墓，而銘曰：「有學有文，有社有民。出際盛明，考終厥身。子孫繩繩，天厚孔仁。維秀之鄙，維泖之涯。德不稱位，何百十人。公位通顯，公德雅馴。我作銘詩，過者惟寅。」既持謝素雲官段，上存宗師吳全節題封，蓋文宗所賜分遺大父者也。至是逢貽壽女兄張婦，復歌詩謝奐。

黄姑舊織機中段，題封進入通明殿。石硤平鋪月下冰，銀潢倒瀉天邊練。上卿適侍玉皇案，賜歸仙界訶雷電。法曹得之三世藏，未嘗涴點時争羡。山人近宴采藻亭，奐也求撰墓碣銘。蠨蛸蛜蝛滿秋思，

〔一〕茲辰客箎鵷鷺羣：箎，文淵閣四庫本作「會」。
〔二〕麟趾公族騶然文：趾，底本作「兮」，據文淵閣四庫本改。騶然，文淵閣四庫本作「皆能」。
〔三〕弗記書涴羊欣裙：記，文淵閣四庫本作「嗔」。

篋笥出此驚爽靈。碧桃色染東極露，白虹影貫長庚星。吳都藺絲紓皓彩，漢苑芸草留餘馨。雲聯朵朵不斷脚，怳惚駢飛萬瑶雀。方空吹綸何足數，竇幪火毳宜高閣。用裁朝服佩龜魚，用製道氅騎鸞鶴。以予貧賤合鯨卷，多爾孝敬難馬卻。女兒日誦大洞文，十年著破玄霜裙。到家貤壽非矯譽，所貴來自先帝君。風塵盡室幸苟活，江海故交能致勤。興至援筆報萬一，或者盛事相傳聞。

華韡堂

邵棠大父遭兵驅，髫稚北行形影孤。湩飲肉食調狗馬，白晝快樂夜憂虞。曾冰塞磧際草莽，行摇飛嗚嗟雪姑。遥知親老兄侍側，贖子購弟金不惜。卅年目斷苦煙霧，一日書通返鄉國。殺雞上冢木已拱，對花吹塤春盛昔。棠也與棣永孝思，華韡堂開胥浦湄。亂離復見田氏樂，急難無愧周公詩。今者魯衛政教衰，有甚煮豆然萁時[一]。願保嘉樹長華滋，雪姑竝巢連理枝。

同曹傅幼巖承平文允宿張會嘉西齋

鄉中三人清似鵠[二]，異縣相逢宿茅屋。八窗金波地流月[三]，連榻翠寒霜入竹。一人袖攜詩一束，同

[一] 有甚煮豆然萁時：然，珍本叢刊本作「燃」。

[二] 鄉中三人清似鵠：鵠，珍本叢刊本、文淵閣四庫本作「鶴」。

[三] 八窗金波地流月：八，文淵閣四庫本作「疎」。

有女兒身亦獨。一人舉室葬魚腹，不欲云云淚盈掬。長松樹倒哭杜鵑，摇摇寸草春風前。春風尚許草報荅，過江上冢知何年。過江上冢待兵戢，登堂互拜親無及。亂離孝友莫我期，雲霄事業須汝立。東家枇杷花滿林，遠山秀列九青簪。甕頭濁酒蛆浮白，天外徵書鶴送音。

黃道婆祠 有序

黃道婆，松之烏涇人。少淪落厓州，元貞間始遇海舶以歸。躬紡木綿花，織厓州被自給。教他姓婦不少倦。未幾，被更烏涇名，天下仰食者千餘家。及卒，鄉長者趙如珪爲立祠香火菴。後兵燬〔一〕。至正壬寅，張君守中遷祠於其祖都水公神道南隙地，俾復祀享，且徵逢詩傳將來。辭曰：

前聞黃四孃，後稱宋五嫂。道婆異流輩，不肯厓州老。厓州布被五色繅，組霧紃雲粲花草。片帆鯨海得風歸，千柚烏涇奪天造。天孫漫司巧，僅解製牛衣。鄒母真乃賢，訓兒喻斷機。道婆遺愛在桑梓，道婆有志覆赤子。荒哉唐玄萬乘君，終醜長衾共昆弟。趙翁立祠兵久燬，張君慨然繼絶祀。我歌落葉秋聲裏，薄功厚饗當愧死。

〔一〕後兵燬：燬，珍本叢刊本、文淵閣四庫本作「廢」。

長樂未央玉璽歌爲秦景容總管賦

赤龍銜日照赤子，白蛇横斃烏騅死。東風吹冷咸陽灰，長樂未央連闕起。昆吾寶刃截瓊肪，陰文小篆雲漢章。盤螭作紐徑二寸，歷歲四百傳天王。黄星孛明銅爵舞，銅仙淚泣如絲雨。盜將神器竟不歸，璽亦漂淪頻易主，使君購得心良苦。君不見，豐城有劍氣上衝，米船也貫滄江虹，陋歌先附蘇卿鴻。

題余道本所藏大父元善號竹所卷 有序

元善諱有慶，本韶人。十二世祖靖仕宋，謚曰襄。有七世孫哲通判嘉興，幼子昇贅華亭朱氏，遂占華亭籍。又五世，至元善，讀書慕義。粟補司征官。既不樂仕，以隱德終。蚤歲，提刑陵陽牟巘雅重之〔一〕。後浙憲使薊丘張雲鵬、宣州推官浦城楊載、鄉貢進士江陰陸庸、四明陳沉咸交焉，題誌具在。子允中繼殁，竹所亦廢爲煙墟露莽。道本敦儒行，情有不勝言者，屬予序卷末，且徵詩云。

〔一〕 提刑陵陽牟巘雅重之：巘，當作「𪩘」。牟𪩘，籍貫陵陽，宋末官浙東提刑。

丹霜羽人粹且温，系出慶曆名臣門。戚然袖出竹所卷，前輩留題今具存。竹所當時棄官日，箖箊⿱竹猶箁氣深密。大中參差鳳叶鳴，小宜扶老鳩爲匹。嘉魚有羹尊有醑，何者是賓何者主。一碧寒光谷水潭，萬玉秋聲石窗雨。喪亂相尋廿載間，斬竿採箭不曾閒。花羅珍護陀尼錦，月朗天空飛珮還。

敬題汪氏天馬圖

世皇勃起燕雲開，網羅六合蒐英才。許公劉公駕萬乘，奔走扈從皆龍駷。流傳駿骨八十載，始見拂郎天馬來。天馬來，光昭回，卻追電殿奔雷周，圖揭贊漫汗九垓。星房元精降恢台，鍾毓水德真休哉。金溝柳拂青毾㲪，弄影路寢鳴義臺。今或以之靖氛埃，三衛七校紛後陪。芻豆莫漫肥駑駘，芻豆莫漫肥駑駘。

歲星漸高贈王伯純進士

歲星漸高辰星光，鎮星不動天中央。熒惑退舍太白斂晝芒，南斗尚爾雲微茫。有美一人被褐裳，思君思鄉垂十霜，馺娑駘盪氣鬱蒼。王屋石室岌相望，願陪先驅弧四張[一]。歲星輔日照八極，還種祭田汾水陽。

[一] 願陪先驅弧四張：陪，底本作「棓」，據珍本叢刊本、文淵閣四庫本、《元詩選》本改。

喜聞整飭臺綱詔至是日雷雨因感時事寄何憲幕

幾年十月百蟄驚，今年二月雷發聲。陽和一氣轉大地，忽忽草木回勾萌。白頭傴僂賀新雨，惟恐天威咫尺收。砯訇綱常錯亂雅道壞，誰本王度加修明。何物梟獍徒，遂害烏鳥情。謂盗殺越守臣邁里古思。烏鳥昔日辭，桂枝集枳荆，超遷柏樹朝陽鳴。啾啾衆黄口，寒煦飢飫賴生成。颶風翻檜巢，銜枯復經營。其雛寖長大，不但反哺報所誠。梟剖腦，獍磔腹，嗚呼烏鳥卒存孝令名。我有三尺蒼龍精，亦欲爲帝擊不義，除不平。况君揚翹舒英如鳳翔九仞，如玉價連城。君奚不進臺中評，令人思之涕泗横。蘇堤柳青驄轡輕，暖紅花霧撲野鷺。黄縢官酒瀉山緑，而乃醉踏湖上晴，碧雲裔裔東南征。

題紅女二圖

春閨寂寂春漏長，美人梭度金鴛鴦。緑雲蔽地柳陰合，紅露撲簾花氣香。游蜂釀蜜燕將乳，準擬郎來裁白苧。衣成稱體復稱心，不惜尊前爲歌舞。

疎星不流孤月耿，銀河散落霜花影。翡翠巢虚小閣寒，蝦蟇更斷重門静。沈水微煙戀舊熏，停鍼欲繡錦回文〔一〕。郎作長安一輪日，妾化巫山小朵雲〔二〕。

冥鴻亭詩 有序

逢早游金陵，臺臣有以茂才異等薦，以病辭。浙西分憲繼以晦跡丘園薦，不報。兵興，大府辟佐戎行，又以材不勝任辭。客公侯間，倏回鄉里，而又不可得。避地青龍江上，扁亭曰「冥鴻」。非敢自廣，姑志所存。詩曰：

冥冥飛鴻，八荒一宇。三光竝明，周視下土。下土之人，徒弊罔罟。鴻飛冥冥，萬里一息。與造物遊，邈見其跡。蒙莊大鵬，秪掩溟北。彼啄者烏，彼唼者鳧。彼甘區區，粱藻是圖。鳳凰來儀，斯德之符。山有灌木，木有深枝。無枝無巢，鴻生連蹄。鴻生連蹄，天其汝爲。天其汝爲，而我無造。作亭名鴻，是則是傚。惟傚伊何，高舉遠蹈。

〔一〕停鍼欲繡錦回文：鍼，珍本叢刊本、文淵閣四庫本作「針」。以下同此者不再出校。

〔二〕妾化巫山小朵雲：小，文淵閣四庫本作「一」。

小草軒詩　有引

或者病予冥鴻亭，因别闢一室，名曰「小草」。復賦四言一首。

茁彼小草，於山之岑。溉以流泉，蔭以嘉林。雪霜相尋，雨露亦深。根撥既固，緑葉靡歇。沅芷澧蘭，同是芳烈。伊人王孫，斯曾傷别。不曰遠志，奚小名之。在山莫尊，出山莫卑。卑以自牧，君子謙撝。天地沍寒，朔風孔棘。衆就枯落，蒼蒼其色。色焉蒼蒼，不回厥德。春陽潛復，勾萌蹶張。長養泰和，衣被景光。子忍佩之，爰樹之堂。爰樹之堂，爰獻之國。忠君敬親，匪頌維則。則之維何，小心翼翼。

送貢泰父尚書整治福建鹽法

雷雨從天起涸鱗，吳刀光彩照南閩。不惟鹽議張林得，况乃邊籌杜預親。穴渡尾閭偏少瘴，星分喉舌早移春。青煙亭竈鄰蛟室，赤汗丁夫類鬼薪。寬減一分存草奏，貢聯諸物上楓宸。乘驄使者交游數，豺虎何由感化馴。

寄柏希顏憲僉

春申山上駐旌旗，千騎中間識漢儀。公嘗以常州同知總兵江陰。嚴警正當傳箭日，清談曾到結繩時。車前軾畫熊羆象，柱後冠存獬廌姿。杕杜葉青陳宴饗，甘棠陰合被歌詩。法星一夜臨丹極，爽氣崇朝轉赤墀。遂奉綸音司奏劾，再持使節寄安危。霜飛五月無朱夏，天入三吴有釣絲。蒼莽城池餘燕麥，淼茫煙水接凫茈。民生轉徙家何在，道殣相望命若遺。河内便宜須汲黯，宫中直諫憶辛毗。邇聞行部收殊蹟，不忘斯文忝故知。七載兵興無限事，願趨鈴閣共論思。

寄趙仲穆待制

天朝遺老故王孫，暇日湖山接討論。萬雉金城猶遶汴，六龍雲氣總歸元。士林冠蓋交中國，黄閣絲綸萃一門。緒業遠宗虞祕監，風流曾似馬文園。歌殘白苧花圍席〔一〕，書罷烏絲月滿軒。回首風塵重懷想，爾家餘澤在乾坤。

〔一〕歌殘白苧花圍席：苧，文淵閣四庫本作「紵」。以下同此者不再出校。

題息齋李公墨竹 有引

公爲婺州路同知時，先君獲會於杭。大蒙友重〔一〕，嘗作風晴雨嫩四竹以贈。其嫩竹中一古樹，尤蒼潤秀特，因指謂曰：「此類若英妙中氣幹耳。」先君每佩感其言，倏已四十餘年矣。兵後展玩，爲之惘然，敬述四韻。

東南文物萃時康，先子曾瞻太白光。湖上薰風歌緑水，袖中霖雨作蒼篔。零陵目冷湘君淚，淇澳詩存衛武章。猶有佳人在空谷，天寒愁思碧雲長。

寄賈静安靳利安二樞幕

宥府分兵建羽林，芙蓉帷幄静沈沈。風塵地迥陰靈泣，霜月城高紫氣臨。一飯不忘當世事，百年誰識遠臣心。别來豈但懷思切，卧聽關河過雁音。

〔一〕大蒙友重：大，文淵閣四庫本作「深」。

送省架閣張彦升使淮府慶宴還省兼簡張夢祥樞掾

江南江北地全歸，弧矢星明燧火稀。丞相天寒青建幕，使臣春日繡爲衣。殽烝體薦殊恩禮，金券丹書焕德輝。好約鄒陽同倚馬，梁園醉賦雪花飛。

陪宴周伯温左丞劉君楚侍郎是日席上出汝瓷鴨爐焚香因賦以簡二公

堂啓芸暉宴相君，鷓斑鸜緑鬬清芬[一]。一絲欲染花間露，五色微生日下雲。袖惹氤氲思漢閣，詔頒綸綍擬皇墳。時劉開詔吴中。東吴二月無塵事，看劍攤書任酒醺。

簡鄔同僉

南粤稱臣陸賈勞，漢廷何愛璽書褒。恩波遂與三吴闊，爽氣真連北斗高。鶯囀羽林交杕杜，馬閑沙苑暗蒲萄。天心厭亂民懷德，未説關河恃虎牢。

[一] 鷓斑鸜緑鬬清芬：清，底本作「青」，據珍本叢刊本、文淵閣四庫本改。

送觀可道員外祠南鎮使淮府還京二首

親奉天香祀會稽，黄封玉檢爛金泥。地同南嶽臨朱鳥，祠俯名藩異碧雞。三秀乘春沾雨露，五雲披曉見端倪。好祈神化資神武，縹緲前旌舉白霓。

南鎮春回草木青，溪毛猶帶舊時馨。黄塵荏苒民誰賴，黑海滄茫使有星。爲愛寶書探禹穴，豈揮清淚向秦庭。萬艘轉餉成山道，想見風雲護百靈。

送王季德主事祠南鎮還京

干羽春明玉扆間，皇華躬遣祀稽山。蓬萊雲霧隨封檢，敷落仙曹降珮環。宣室舊承前席問，樓船今駕海濤還。東南父老憂時切，落日扶藜得重攀。

送曹德基尚書督海運還京

公府頻年集大勛，使傳天語勞憂勤。太官酒注芙蓉露，上使衣開錦繡雲〔一〕。舶趠風清通瀚海，招摇光澮静妖氛。還朝有道扶王室，首奏何人策冠軍。

〔一〕上使衣開錦繡雲：使，底本作「渚」，據珍本叢刊本、文淵閣四庫本改。

吴江第四橋阻風

虹梁雪灘光滅明，風著岸脅冰鱗生。空郵天晚亂木葉，太湖日寒多雁聲。馬周斗酒足自慰，龜蒙扁舟有餘清。囊中青錢不滿百，聊買小鮮來就烹。

風雨獨坐

先生閉户坐連朝，春雨破塊風鳴條。九峰三泖野陰合，五城十樓雲思遥。蝸牛戴角上金井，蝦虎成羣迎白潮。桃花底事苦爛漫，幸有尊酒慰無聊。

秋感六首

吴門葉落季鷹船，朔野霜横白雁天。三楚樓臺餘夢澤，兩京形勢自甘泉。采雲帳幄泠風滿，瓊樹花枝璧月圓。本是宣光中興日，腐儒長夜泣遺編。

紛紛攘攘厭黄巾，妖血徒膏草野塵。馬化一龍猶王晉，楚存三户未亡秦。颶風天静浮青海，朔漠山高直紫宸。莫爲鬼方勞外伐，檿弧箕服最愁人。

豆苗瓜蔓未應稀，菰米蓴絲積漸肥。南極有星天半隱，東維無地海全歸。連城不换相如璧，百結何妨子夏衣。回首故山荆棘外，幾年空翠鎖煙霏。

茗花蕢葉繞林扉，獨立蒼寒見紫微。夜久長庚隨月上，天清高鳥帶霜飛。東南吴會三江入，百二秦封六國歸。烈士暮年心未已，無言思解白登圍。

南越東吴帶楚臯，頻年醉眼送飛毛。滄洲露白蒹葭滿，甲第秋聲蟋蟀高。九日天涯桑落酒，三軍城上柘黄袍。試觀漢後詩人作，獨覺遺風屬阮陶。

鮁魚風息净江波，軋軋機絲響薜蘿。華髮道途秋日短，曠懷樓閣暮陰多。浮査受宿炎洲翠，細草從眠墨沼鵞。心自隱憂身自逸，幾時天馬渡滹沱。

聞鐘

苜蓿胡桃霜露濃，衣冠文物歎塵容。皇天老去非無姓，衆水東朝自有宗。荆楚舊煩殷奮伐，越陀新拜漢官封。狂夫待旦心良苦，喜聽寒山半夜鐘。

奉謝嚴子魯左丞枉顧

畫省春閒退自公，草堂枉駕走鄰童[一]。兩川使節瞻嚴武，五郡民心憶竇融。其祖武惠公，以山東五十四州歸附。簪履百年門客盛，詩書今日野人同。高秋擬踐論邊約，絳蠟光揺虎帳風。

[一] 草堂枉駕走鄰童：鄰，珍本叢刊本作「兒」。

寄倪元鎮

笠澤雨晴煙霧除，放船適逢倪隱居。黄河泰華意氣若，金薤琳琅書畫如〔一〕。露浮箬葉熟春酒，水落桃花炊鱖魚。莫嫌忘形禮法外，難得合并憂患餘。

題包旂彦招管溪別業

夷吾溪上草堂成，江月浦風相與清。蒼苔白石琅玕長，積水疎簾翡翠鳴。鮫女賣綃新識主，家人舉案笑呼卿。膝前况有兒如玉，收拾餘金鑄短檠。

送葛玄素住持普福宫

海虞山色秀屏開，紫氣丹光湧玉臺。父老舊瞻雙鳳下，神仙今跨五羊來。緑林烽火沈虚壁，蔓草春風轉上臺。聞有子規栖未穩，長松宜傍井邊栽。

〔一〕金薤琳琅書畫如：書，珍本叢刊本作「詩」。

簡林叔大都事[一]

省闈無事日盤桓，猶是中朝供奉官。半臂縹綾披月下，三神珠闕望雲端。茳蘺草變鯨波落，苜蓿花開雁塞寒。因話朔南聲教在，一回相對客懷寬。

贈呂醫師 有後序

橘花開處杏陰青，百草吹香覺地靈。貧士願留賒藥券[二]，故人思續衛生經。玄霜玉臼晴猶濕，華月丹房夜不扃。張叙苦吟仍病肺，好和熊膽護脩齡。

叙字彦倫，吾鄉黄田人也。家甚貧，日往返十里從予讀《尚書》。鄉之大夫士，咸愛其才志篤敏，將進乎學，予獨懼其神氣不充、久而殆病也。未幾，果病。予深憂之，遂用宋清故事，具券即醫師呂如心氏。如心曰：「吾道本乎施濟，竊計清所獲，特市道之雄耳，奚券爲哉？且夫人之常情，孰不願賢而利達、富而壽考？幸生而賢，賢而苦貧，貧而苦病，病而不能藥，我是何心哉？」

[一] 詩題：都，珍本叢刊本作「僉」。

[二] 貧士願留賒藥券：賒，底本作「賖」，據叢書集成初編本改。

遂反其券。命日服藥一裹，至數十裹而愈。愈之日，予詩之而復序之，蓋所以旌如心之德，而爲彦倫慶也。

訓夏仲寶府判包德文提學德立縣尹

春日頻承鄉里書，鴻山別業問何如。風煙不異王官谷，馬幣曾過處士廬。豈避浮名終遠去，祇緣多難數移居。使還爲報諸先德，黄獨苗長一尺餘。

簡趙茂叔山長

木槿花開落日邊，感時興歎撫遺編。何蕃仁勇真難及，江總才名不大傳。邛笮舊通秦道路，柴桑猶屬晉山川。嗟予鞅掌風塵世，頭白終師魯仲連。

簡張光弼員外

瘦馬羸童退食遲，倒衣相見即相知。風流不減張京兆，心蹟無慚柳士師。枕上燕鶯鳴曙日，道旁花絮罥游絲。天機人事觀多遍[一]，笑約西山賸采芝。

[一] 天機人事觀多遍：多，珍本叢刊本、文淵閣四庫本作「都」。

簡陳韋羌員外〔一〕

幕府深嚴午漏遲，簟文簾影碧參差。總傳白馬陳從事，每念青袍杜拾遺。大地風塵憂未解，扁舟江海去無期。凉天雁叫芙蓉發，許奏軍中鼓吹辭。

陪淮南僚友汎舟吴江城下

波伏魚龍夜不驚，菱花千頃湛虚明。吴儂似怪青絲馬，漢月重臨白帝城。世説竇融功第一，獨憐阮籍醉平生。樓船簫鼓中流發，喜及東南早罷兵。

送何憲幕北上

千里妖氛百戰空，送君先謁建章宫。吴牛漫喘雲間月，天馬終依冀北風。仙掌向秋清露滿，銀潢疏派大河通。至尊宵旰仍多闕，臺諫何由得數公。

〔一〕詩題：題下《元詩選》本有「陳基敬初」四字。

送毛弘道赴内察掾兼簡任子羽憲幕

越王臺端驄馬青，憲郎一鶚上青冥。二儀開闔車書正，中夏清寧草木醒。都邑載瞻春有象，東南私喜客無星。鄉人解后詢消息，十載鵾啼少脊令〔一〕。

憶程禮部宇文憲僉二先輩

憶陪清宴嫩涼天，南北雙峰几杖前。文行竝優耆舊傳，笑談曾及汶陽田。高風鴻鵠歸三島，明月蘭苕在一川。私歎衣冠就淪落，東南誰頌中興年。

送薛鶴齋真人代祀天妃還京

蓬萊宮裏上卿班〔二〕，代祀天妃隔歲還。日邊五文皆御氣，海浮一髮是成山。風霆夜護龍鸞節，雲霧朝披玉雪顏。聖渥既隆玄化盛，轉輸應盡入秦關。

〔一〕十載鵾啼少脊令：脊令，珍本叢刊本作「鶺鴒」。以下同此者不再出校。

〔二〕蓬萊宮裏上卿班：裏，珍本叢刊本作「殿」。

龍江齋居簡許怡軒江城南王至訥瞿間野王晚翠

投閒田野罷從軍，孟夏齋居樂可云。銅滴水寒蘭葉露，緗簾風颺柳花雲。門生載酒還多酌，道士籠鵞或一羣。近種黃精三百本，秋高分寄許徵君。

鸎粟花開蠶豆肥，梓梧陰合乳禽飛。一庭生意何曾歇，四月青春不見歸。只爲身閒家有此，尚論心壯事多違。鄰翁也道山人樂，顛倒烏巾鶴氅衣。

題松隱菴

第二名泉瀉玉虹〔一〕，九龍分遶梵王宮。雨餘清氣來天上，風定鳴聲落座中。松葉晝昏山欲合，藤花雪白徑微通。老僧異我君親念，一卷琅函答太空。

留別陸芳潤張孟膚田仲耘王孟翼

楓葉殷紅枳實肥，蘋風蕭颯芰荷衣。自甘許汜求田去，不擬劉蕡下第歸。日落大荒猿夜哭，天含積水鶴雲飛。諸君有待乘槎使，直犯星河織女機。

〔一〕第二名泉瀉玉虹：第二名，珍本叢刊本作「一片流」。

故湖口縣主簿蔡君挽辭 有序

君名德榮，字景華，揚州人也。至正十五年，從淮南省臣出征，累勞授將仕佐郎、湖口縣主簿。明年春三月，揚失守，將扈鎮南王北奔。淮兵執之，見其將，命以官，力辭。既羈縻於吴，卒。君之子平江録判徹，友於予。一日泣拜曰：「徹先君家素饒，好濟賢士之貧者，卒不望報。好飲酒，客或沈湎廢禮，亦不之退。鄉里用是稱長者。然不幸遭亂死，尚幸節不失。徹陷草澤，得生還，忝斗升禄，爲老母養，實先君遺靈是祐。先君久鬱鬱地下，惟先生垂一言而顯白於世，則幽潛之榮，徹之至願也。」予嘉徹孝，乃叙而詩之。詩曰：

不識中郎裔，咸稱長者風。渌尊容潦倒，金帑濟途窮。楊柳平山外，瓊花后土中。亂離霑一命，慷慨抱孤忠。驥子飄零隔，荆釵患難同。劍虹衝夜斗，書帛斷春鴻。命也貧甘節，天其夢告終。山人追作誄，應感九泉通。

題僧教求傳先世姚氏遺事 有序

嘉定姚舜元，字景瑞。少拳勇，以武功授宋保義郎、平江府東南副將，守吴淞。德祐改元，爲元至元十二年。其冬，王師下平江。君邑大族，民樂胇附。有弟舜賓、子應龍、興龍。應龍登咸淳間第，太學上舍。相感奮曰：「國家厚澤在人，大本未去，收合散亡，應内援外，事可濟也。」未幾，王師偏將東徇，莫敢犯境。十二月十六日，會天霧四塞，襲兵卒至，咸死之。上舍子復，明《易》，侍讀學士北庭貫公最友善，嘗叙其詩集。今靈隱書記僧祖教，復之中子，於君爲曾孫，謁予以遺烈告。予謂其先，爲臣能忠死，爲弟能義死，爲子能孝死。忠、義、孝萃於一門，而可使之無傳乎？教泣載拜曰：「願有傳也。」乃述其槩，繫以詩。詩曰：

賈勇收餘燼，驚心壓大兵。蚍蜉曾少援，葵藿本同誠。尺伍開符籍，孤虚識陣營。青烽寒入望，銅斗夜傳聲。朔吹刀如割，南天蓋未傾。小臣甘效死，同氣忍偷生。江洶濤沙合，星流霧帳横。一門忠孝行，春草尚含情。

題邵氏家譜 有引

邵自康公至東陵侯平，凡五十世。又八世，至東漢左中郎馴，召始加邑。又四十世，至唐名旺者，爲濛源府君，從睦州遷居淳安之諫村，支派最蕃衍。宋有吴越，邵子孫以先世唐尚書左僕射易直、刺史若虔州思括、滑州行封、歙州裕期、湖州叶、丹徒尉符、并州刺史强、右武衛兵曹肅、會稽令顒、濮州刺史儒官誥，詣有司帖授衣冠户，時開寳八年。又十三世，名桂子，爲宋處州教授，有別業在華亭。處州孫亨貞出示族譜，逢敬題是詩。

宋日衣冠户，唐朝德澤門。變遷支派異，貧賤典刑存。瓜盛青雲合，棠高玉露繁。蜜房蜂祝子，香壘燕生孫。誥護先王勑，車留太守幡。一家天與貴，百世海涵恩。歲有團欒樂，春多語笑温。齒非論犬馬，祭每課羔豚。服任緦麻盡，心期禮義敦。國風詩在魯，山脈氣朝崑。伊吕曾爲匹，朱陳近結昏。公侯必復始，尚憶諫名村。

和朱理問見貽韻〔一〕

風雨懷賢夕，東南厭亂時。湖翻波自洶，天聳聽還卑。倦塌鷹鸇翼，紛張蜃鱷頤。終童繻早棄，直使斧先持。晁錯兵三策，陳平計六奇。金銜龍口劍，青絡馬頭絲。草接春程闊，花穿午漏遲。明珠還甓社，白兔獲符離。方物通諸貢，民生免百罹。偶存丘壑想，遂保棟梁姿。寵利從争敚，才名任詆嗤。由來五色賦，甘後兩錢錐。跡異商歌綺，功收蜀將維。武經閒虎略，恩帶卧犀毗。此日猗玗洞，明年赤玉墀。五雲瞻繚繞，湛露挹華滋。車笠盟誰望，煙霞疾我私。紫垣星北極，茅屋地西枝。嗜酒全元亮，吹

〔一〕詩題：朱，文淵閣四庫本作「宋」。

竽退子綦。鄉山瞰蓬海，黃髮候安期。

謝嚴院使枉顧旅次

漢節驅前隊，吴驂夾兩轅。肯來詢白屋，迥異過高軒。葛亮煩三顧，殷明契一言。君王憂社稷，臣子瘁藩垣。碣石深淪海，黃河不改源。日知陳俎豆，夜想屬櫜鞬。客忝游從數，家承禮義敦。風流賢謝傅，尊大鄙公孫。鈴響花連閣，舟横柳映門。春來足清暇，誰與看雲騫。

送兵部使賈彦彬北還二首 有引

彦彬名文質，晉寧人。嘗以都水監奏差，押兵部馬赴安豐。還次全椒，遇亂，幸不死，側身草野凡數年，始獲奔浙省。省臣嘉其鋪馬聖旨在，上之中書。逢勞以詩云：

天上小行人，全椒犯虜塵。九年君入望，萬死鬼爲鄰。星轉蒼龍近，船歸綵鷁新。殊恩酬苦節，悲喜集楓宸[一]。

[一] 悲喜集楓宸：楓宸，文淵閣四庫本作「兹辰」。

使臣全璧返，行色澹婁阜。毛落蘇卿節，綈寒范叔袍。柴桑空月冷，桐柏尚烽高。有問征東策，天兵勿自鏖。

哭沈先生 有序

先生諱蒙，字伯亨，西秦人。從子方陸公學。既侍父官於潛，因游天目山，作記累千言，復唱古詩百韻。一時座客咸襝衽[一]，謂才足追配海粟馮公之賦，時年十九耳。平生明《春秋》、《尚書》，淹貫子史百氏學，氣節踔厲。累應試不中，拓落江淮間二十年。日寄傲於酒，貴富人莫能下。後江陰亂，偕友趙乾宗往依馬州鉅室[二]。未幾，亂兵執先生，索鉅室主。卒不言，遂與趙遇害。哀哉！逢避地暇[三]，命兒掖録先君庫使行狀、妣李氏傳，感先生大手筆，足以發揮潛德。嗟先生不幸死，而言行之懿則，非逢所能述也，姑哭以詩。

三楚皆兵祲，中洲自樂郊。不虞烏啄屋，竟作燕焚巢。氣節摧强虜，文章哭故交。家山限天塹，瞻

[一] 一時座客咸襝衽：襝，文淵閣四庫本作「歛」。
[二] 偕友趙乾宗往依馬州鉅室：州，珍本叢刊本、文淵閣四庫本作「洲」。
[三] 逢避地暇：暇，珍本叢刊本、文淵閣四庫本作「遐」。

拜奠蘭肴。

寄汪用敬劉彦肅二憲郎

太尉新開府，諸曹舊直臺。節毛通萬乘〔一〕，旗羽拂三台。路遶青州入，烽從赤壁來。英雄滿麾下，參贊屬奇才。

題堅上人石林圖

石林禪隱地，萬木擁巖礅。風露蒼寒闊，雲霞玉氣高。採花猿效供，銜果鹿忘勞。亦有清吟客，時同步紫鼇。

何禮部國器留晚酌得飛字

晚酌尚書第，杯光照客衣。錦牋魚竝躍，銀燭鳳交飛。疎樹風凉進，幽蘭露氣微。喜聞謙退語，不減在郊扉。

〔一〕節毛通萬乘：毛，珍本叢刊本作「旄」。

贈啜霤進士

分攜十六載，兵後見殊鄉。道在衣從短，時來面覺方。苑花鶯囀日，邊草雁啼霜。出處關文運，燈前且盡觴。

贈王菊鄰

白露秋香外，君家若箇邊。神交陶靖節，地主傅延年。採對蒲城酒，餐同橘井泉。宗人有王翰，行咏卜鄰篇。

寄邁善卿憲幕時總戎越中

憶同沙進士，訪我大江濆。座酌烏程酒，篇連賈董文。瓊林依日月，禹穴會風雲。極目窮南紀，書生將一軍。

貢玩齋尚書邀往西山觀程以文員外葬地值雨作

旌棨澹秋色，衣沾疎雨涼。身忘侍從貴，義急故人喪。地隱牛眠穴，山回鳳舞岡。河南先墓表〔一〕，百世耿相望。

哭信州總管靳公二首 有引

公諱仁，字利安。弟二人，義字處宜，太平路總管，守節死，贈河南省左丞。智字士達，浙憲知事，卒。竝有材德。

世重憐才義，人趨讓蔭風。鯉庭承孝友，鶴髮佩公忠。日月迂花萼，嵩邙隔桂叢。一門三采鳳，無愧薛河東。

令弟皆知己，巖廊兩薦名。乾坤離亂日，金石死生情。牛渚孤忠耿，烏臺爽氣平。高天鴻雁合，好在洛陽城。

〔一〕河南先墓表：南，文淵閣四庫本作「干」。

題虎樹亭 有引

趙宋聰禪師住華亭佘山〔一〕。時有二虎噬人〔二〕，師降服之〔三〕，命名曰大青、小青。師卒，虎亦死，弟子瘞之塔傍。踰年，生銀杏樹二，今尚存。主僧隱公闢亭樹間，扁曰「虎樹」，徵逢題是詩〔四〕。

舟泊東西客，詩招大小青。山高白月墮，草偃黑風腥。植物鍾英爽，精藍被寵靈。涼陰慎翦伐，留護石函經。

澱湖舟中懷謝府倅履菴

月破山河影，天垂霧露陰。西風寒不競，東井夜空臨。獨櫂滄波闊，疎燈落木深。無官衈民隱，思爾細論心。

〔一〕趙宋聰禪師住華亭佘山：佘山，珍本叢刊本作「普照」。

〔二〕時有二虎噬人：時，珍本叢刊本作「寺」。

〔三〕師降服之：服，珍本叢刊本、文淵閣四庫本作「伏」。

〔四〕引文末：《元詩選》本小序部分置於詩題後，有省略。

寄衡良佐御史

昔忝左丞客，屢陪賢佐遊。論兵雪驛夜，觀稼石門秋。大器已驄馬，不才還敝裘。天風動書劍，思載剡溪舟。

寄南臺經歷察士安

傾蓋庾冰宅，賡歌黄歇山。鹿麋任野性，鵷鷺老朝班。窆石亂雲裏，研池修竹間。遥知草奏暇，游馬夜深還。

登吴山三茅觀訪貢尚書留宿口號

湖光湧殿壁，石黛長巖根。散髮誰騎虎，披衣客聽猿。天經南海闊，斗輔北辰尊。竟夕風生座，溥溥竹露繁。

同楊鐵崖提學雨坐章園

野闊大溪横，苔梁翠碧明。二人終日坐，微雨四簷聲。爐裛庭花氣，衣含水木清。何當放樓艦，同上錦官城。

謝王季野馬東臯二鍊師枉顧

白馬摇雙轡，青童扣獨扉。汗揮雲火日，心在薜蘿衣。本爲吹笙過，無因待鶴歸。秋齋帶琳闕，清坐莫相違。

寄兀顔子忠廉使

詔開神策府，星麗太微垣。霜候深秋正，湖波舊日翻。鷹蒼拳玉立，驥伏志雲騫。亦有王通疏，三年望帝閽。

贈章彰德吉父

致仕章彰德，雲間負重名。義田春雉雊，書閣夜燈明。諸舅依妻子，孤臣謂楊乘員外。寄死生。黄金日圍帶，躬導板輿行。

寄魯道源提舉〔一〕

謝病儒臺客，從來結友生。達官辭板授，弟子賴經明。孔座尊常緑，雷津劍合鳴。嘉魚厭客邸，只少各歸耕。

簡黄心之同知

夜宿松陵館，湖開一鏡星。蛟潭積水黑，蟹屋亂燈青〔二〕。漂泊身垂老，疎慵酒復醒。慙君在官守，憑軾慰零丁。

題謝疊山先生所撰高士薛君墓誌銘後 有序

君名伯英，字俊夫，號秋潭，貴溪儒家子也。學老子於龍虎山。理宗朝，以術排潮，復驅旱魃，咸有徵。召見復古殿，甚異之。事父母孝，義於兄弟〔三〕。上清宫有古琴，善琴者以爲東南奇

〔一〕詩題：舉，珍本叢刊本、文淵閣四庫本作「學」。
〔二〕蟹屋亂燈青：屋，珍本叢刊本作「尾」。
〔三〕義於兄弟：義，文淵閣四庫本作「友」。

寶，流落塵人家四十年。君常曰〔一〕：「此山中舊物，人所共珍，何忍使同俗物乎？」謀厥弟，空囊中得錢千緡贖歸，與其徒共之。有弟爲游士，累貪吏因羅織之勢窮矣，君盡力以救。不足，則率兄弟爲士農者傾常産以脱急難。謝先生曰：「以君志誼持爲天下用〔二〕，豈肯聽祖宗神州赤縣淪没百三十年而不歸乎？豈肯視生靈怨愁、國步顛危而不出一策拯救乎？韓退之見當世無偉才，朝廷無忠臣義士，遂疑忠信材德之民迷溺於佛老之教而不出。一得廖道士，驚喜如見異人。吾嘗恨不見廖道士者矣，惜吾生同郡而不及與之言也。」其推重若此。君咸淳六年卒，族曾孫毅夫以詩請，故題四韻。

野服辭天子，山居味道真。力能歸舊物，義不外彝倫。雨協雲霓望，潮回白馬神。仙風高百世，讜論感孤臣。

寄黄仲瑱山長

三度貢春官，中年樂考槃。韋編百氏易，緇布古時冠。雲漢星疎曉，江淮日落寒〔三〕。高堂枕泖曲，

〔一〕君常曰：常，文淵閣四庫本作「見」。
〔二〕以君志誼持爲天下用：持，珍本叢刊本、文淵閣四庫本作「措」。
〔三〕江淮日落寒：日，文淵閣四庫本作「月」。

獨遺子孫安。

題張明叙安然堂

嘉遁張君子，安然扁野堂。一身離寵辱，六鑿罷搶攘。對酒鶯來下，看書筍過長。青山忘賓主，白髮任行藏。

避地養疾寄謝吴桂隱張清遠黄璟和張柳庄

落日愁無那，徂冬病不斟。杖藜疎木下，藥火閉門深。琴歇陽春曲，書親夜氣箴。朋游數餽問，益見子輿心。

題謝縣丞季初可竹軒[一]

明府深居竹，淇川不啻過。虚心待物久，素節守官多。雪影魚竿瘦，春聲鳳律和。更裁花滿縣[二]，相映瀲湖波。

[一] 詩題：可，文淵閣四庫本作「玩」。
[二] 更裁花滿縣：裁，珍本叢刊本、文淵閣四庫本作「栽」。

題余寅景晨雨濡亭

孝子亭何處，簳山蒼翠陰。簷花中夜滴，墓木百年心。肸蠁通冥遠，神龍澤物深。焚香肅冠珮，謦欬有遺音。

過姚孟麟元鱧佘山溪堂

堂依佘北澗，泥滓净毫纖。空翠潤侵幌，水衣光動簾。燕毛情每洽，薦鮪味時兼。一酌佳兄弟，家興讓與廉。

過馬天章水村居

嘉興馬録判，歸築水村居。土銼長腰米，蓴羹巨口魚。青衫沾露薄，華髮向秋疎。尚爾丹心壯，無時去玉除。

題謝頤素一勺軒

一勺源頭水，當軒晝夜渟。鑒心塵弗昧，育德藻同馨。玉匣開天象，冰壺泄地靈。山人研池渴，分得小龍腥。

題唐子雄照磨博雅堂秦景容郎中爲序

博雅堂高闢，君應慕古初。交龍座右鼎，科斗架頭書。性朴時多忤，居深跡自疎。少游大手筆，不啻重瓊琚。

登朱聽孟律海月樓

樓居延海月，人訝小冰壺。平地流銀漢，中天倒白榆。兔蟾秋竝浴，蚌鮚夜相濡。咫尺驪龍睡，無心摘頷珠。

哭成元章

諱廷珪，與丁仲容先後日生。李坦之、張仲舉咸至交好，有詩倡和。

淮海成遺逸，詩吟字字精。每稱盧八米，堪敵李長城。虹日銜雲赤，霜風落木清。訃聞張祭酒，涕淚想沾纓。

名後登龍李，生同化鶴丁。看花頻后土，裹茗或中灊。世事餘黄石，朋游半列星。何人謚貞曜，永爲賁泉扃。

近故二首

近故儒林老，於予起嘆嗟。清秋書柿葉，落日賦桃花。碑碣留吴滿，雲山向越賒。多情楚宫月，來照末棲鴉。

近故維揚老，威儀本漢官。才高三禮賦，心折一泥丸。露氣金盤濕，簫聲碧落寒。空餘茂苑樹，鵑血幾時乾〔一〕。

鄰飲

蠟炬遶紅鸞，盆花玉露漙。無家憎月色，多難薄春寒。毛穎時旌鬼，黄金少鑄官。西鄰濁酒熟，得罄一回歡。

趙待制木石爲張怡雲題

湖舫雪飛鷗，湖堂山倒流。雷風收夜雨，木石寫高秋。對酒忘新樂，披圖念昔遊。王孫久長邁，芳草思油油。

〔一〕詩末：《元詩選》本有小字：「成廷珪寓維揚，卒於至正末年。二詩爲成而作。」

武林道中

風雨孤舟客，乾坤一葉身。久憂龍戰野，翻作鳥依人。山赭嵐光薄，田萊水色新。忍言疇昔夢，歌舞送鸎辰。

舟中值雨寄廉清忠許澄江二山長

野艇人淹泊，湖天雨往來。草牽春緒亂，花倚暮寒開〔一〕。積水鮫鳴杼，長堤蟻潰臺。襄王限楚澤，宋玉漫多才。

題鍾氏亭子

愛爾亭如舫，繁陰滿四楹。月高聞露滴，春遠惜鸎聲。煙直香逾細，杯深酒益清。翻嫌衆緑暗，争賞一花明。

〔一〕花倚暮寒開：寒，珍本叢刊本作「雲」。

寄傅文博御史兼簡丁彦誠知事

微疾感霜露，客居驚歲寒。遥紆長者轍，還戴惠文冠。世亂窮途早，家貧一飯難。春來幸勿藥，思與奏猗蘭。

寄蘇上海彦祥兼簡李教諭

楓盡荻花乾，蒼茫海國蟠。莫窮三尺法，須貸一分寬。集吏朝鳴鼓，憂時夜整冠。高情繼蘇頲，應念廣文寒。

懷楊彦常編修

落月夢千里，故人天一隅。名高藝文傳，才大廟堂謨。申白舊賓楚，鄒枚終去吴。河冰泮新緑，應已賦三都。

寄溥鼇海掾郎兼簡宗燈二上人

省郎前進士，裔出素封家。畎畝寸心赤，風塵雙鬢華。玉衡低虎觀，金柳亘龍沙。寺壁詩千首，煩僧覆碧紗。

簡林仲寔主簿

休官林主簿，數數問幽居。野飯狼牙菜，山醪鹿角魚。刀圭知有術，光範喜無書。想見徵龐統，花迎別駕車。

簡陳野航主簿

畫舫古琴書，青袍雙珮琚。詩題梁紇廟，恩注白公渠。訪舊論心密，傷時任法疎。人傳飲淞水，不食四腮魚。

聞畿甸消息

白草生畿甸，黃沙走塞庭。直憂星入斗，兼畏雨霖鈴。殿閣餘龍氣，衣冠自鵠形。吴粳斷供餉，隴麥向人青。

辛丑四月朔西日下黑氣相盪久之口號八句

躍馬羣雄日，歸鴉薄暮時。正傷雙目短，又見太陽虧。野老相扶拜，天王豈宴私。金戈望南國，應似魯陽麾。

春寒

天水新歸蜀，齊城舊入燕。可憐羈旅士，重越亂離年。日晏還晞髮，春寒懶著緜。無情野桃李，風雨亦成妍。

題歲寒橋 有引

至正壬辰七月十日，徽寇犯杭。時樊時中執敬爲浙省參政，亟禦於橋，遂死之。

大參身死歲寒橋，忠血長流憤未消。一片王孫煙草色，岳墳松柏共蕭蕭。

奉題清碧杜隱君爲先子隸古西銘太極圖説後

武夷仙櫂泊溪雲，曾寫西銘太極文。參政謂周公伯温。留題猶六載，草堂新對一爐熏。

奉題文丞相小像 贊附

中齋鄧公光薦贊曰：「目煌煌兮疎星曉寒，氣英英兮晴雷殷山。頭碎柱兮璧完，血化碧兮心丹。嗚呼！孰謂斯人，不在世間。」虚谷方公回係贊曰：「始見可畏，再見可愧，三見出涕，噫千萬世。」

何代忠臣事二君，先生一死重斯文。後來故國多登相，傳説孤星燭暮雲。

奉題曹先生柏窗卷 有序

先生諱思順，字彦信，柏窗其號也。厥先自昇徙梅李，宋初復徙江陰。五世至文雅，生碩，咸隱居教授。碩以子璉湖南提刑貴，贈金紫。後有三昆弟聯登進士者，故所居坊名「叢桂」。先生蓋金紫十四世孫。嶷重謹言，明《易》，浙憲吕公思誠薦授儒學官。再除，以大母酈春秋高，遂弗仕。至正乙未，遭亂病卒，有遺藁十卷。子傅，美文行。女淑靖，蚤寡守節。淑清、淑寧，竝不辱死。逢僭嘗銘墓曰：「吴季子邑大江隅，曰大姓族曹莫踰。歷二十世家守儒，公兩典教光前模。桂百斯葉一葉敷，中復瘁只吾何吁，天其好還昌爾孥。」至是復題是卷云。詩曰：

叢桂坊西古柏青，韻含風露雜琴經。先生久作芙蓉主，喜有餘陰覆鯉庭。

春霜

天家青女試春霜，細藻微波凍野塘。茅屋布衾誰道薄，隗囂宫合瓦鴛鴦。

和惠子及雨中五首

草閣寒多帶水陰，雨餘江鳥自浮沈。鬢毛漸比吴絲白，春色都隨社酒深。

桃花昨夜愁盡發，燕子今春疑不來。雪衣鸚鵡亦可怪，錯唤主人非一回。

今春又值甲子雨，十年之前人日晴。東風誰家作花信，白水滿堦如雪明。

鵓鴣唤雲雲不開，紫菌生榻蝸行苔。五花誥身酒市賣，一葉野舟天際回。

小范宅前花霧開，正要惠子白驢來。春波鴨緑酒一色，飲酒對花須百杯。

和趙女謝世韻 有序

南臺掾趙晉女，生而秀慧，多病〔一〕，愛讀《列仙傳》。母怪問曰：「《列仙傳》何如《列女

〔一〕多病：文淵閣四庫本作「自幼」。

傳》?」女笑答曰：「某有夙習乃爾。」或聞人請婚，輒謂母曰：「凡求婦，爲養舅姑、承祭、續後也。不以實辭而聽其納采，脱物故其失三者之望，必母氏是尤。」遂辭之。年廿六，一夕，命婢使具紙筆題詩曰：「九重縹緲黄金闕，十二玲瓏白玉樓。明朝了卻人間夢，獨跨青鸞自在遊。」端坐至曙而逝。文學書院山長樊君浚傳其事，屬予與許椋各和一首。椋曰：「大地風塵連水國〔一〕，九天月露滿瓊樓。青鸞背穩星河近，先從西池阿母遊。」浚字文淵，廣信人。椋字友常，吾鄉佳子弟也。予曰：

珠樹三花開福地，采雲五鳳敞粧樓〔二〕。無情莫伴天孫織，有樂還同婺女遊。

題趙文敏馬

蕭蕭苜蓿起秋風，隱隱黄雲没塞鴻。可愛南朝趙公子，尚臨先世玉花驄〔三〕。

〔一〕大地風塵連水國：大，文淵閣四庫本作「遍」。
〔二〕采雲五鳳敞粧樓：粧，珍本叢刊本、文淵閣四庫本作「紅」。
〔三〕尚臨先世玉花驄：臨，文淵閣四庫本作「留」。

題陳希夷睡圖

華山松樹倚雲臺，五季龍争眼倦開。未必先天參妙理，墜驢一笑卻歸來。

題李唐江山煙雨圖

煙雨樓臺晻靄間，畫圖渾是浙江山。中原板蕩誰回首，只有春隨北雁還〔一〕。

齋居四首

野堂人遠晝深沈，風裊爐香度玉琴。黄耳卧當蕉葉下，畫眉啼傍石榴陰。

坡石幽花駐夕曛，研池飛絮弄春雲。故人書拆南窗下，多是稱呼作隱君。

有酒不煩人問字，無金仍望子收書。如何話得幽居好，一箇鸎啼春雨餘。

花嶼生寒雙袖露〔二〕，酒波動影滿瓢星〔三〕。女兄强健身閒樂，稚子時時過草庭。

〔一〕詩末：校點者按：四庫全書本《南宋院畫録》卷二收此詩，「晻靄」作「掩映」，「北雁」作「雁北」；詩末有字：「至正癸亥八月三日，題於破楚門之宴館。蓆帽山人王逢。」

〔二〕花嶼生寒雙袖露：袖，底本作「柚」，據珍本叢刊本改。

〔三〕酒波動影滿瓢星：瓢，文淵閣四庫本作「天」。

邵景誼席上醉題

五茸三泖水雲寬，幾處春移草亦寒。惟有種瓜門業盛，牡丹花到子孫看。

夜宿岳氏醉題

霧重魚生翼，山昏虎變文。列星如品字，知是羽林軍。

題瞿睿夫鉤勒竹

我嘗宴龍君，醉躡白鳳尾。都將蒼梧雲，零亂瀟湘水。

題猿圖

霜清月白時，冷挂長松枝。想愛玉澗水，弄影照須眉。

趙待制畫爲邵臺掾題 有序

丁酉仲夏，予自梁鴻山復辟地青龍鎮。遇風恬月霽，或木脱水落，輒命童拏小舟延緣黄浦淞泖間〔一〕，無以形容身閒心樂也。嘗擬櫂歌曰：「月明濯足龍江口，木落題名鳳山首。三泖天低一幅巾，五茸露瀉雙瓶酒。道逢船子歌載過，季鷹拍手龜蒙和。澱湖慘澹神姑迎，魚波鱗鱗鏡光破。」又曰：「靈胥潮落龍華步，少女風生蝦子渡。蒼葭兩岸船獨摇，紅葉千村塔微露。前峰四五先我揖，龜魚踴躍蛟起立。銀河滄海氣同流，頭戴青天如翦笠。」及己亥秋游杭，户部貢公泰甫，以予久屏城府之跡，夙狃泉石之好，乃一日邀集賢趙公仲穆，宴予湖山真館。於時境延虚清，座挹勝賞。偶舉是歌，趙曰：「斯氣象殆非有聲畫而已，然畫當屬之我也。」衆相顧大笑。未幾圖成，予詩謝曰：「魏國佳公子，煙波小釣徒。偶同觴詠樂，得寫櫂歌圖。林木巢春燕，叢祠嘯火狐。終焉隨蹈海，不敢嘆乘桴。」自後有以蕭山令薦予者。予還寓隱，既邊報急，聞趙亦歸霅上以卒。今年甲辰，彦文解后吴江，示趙所畫，綽有櫂歌景。予語以此，彦文俾歷叙詩左云。

天目凝神外，由拳望眼中。霜清下木葉，得與醉垂虹。

〔一〕 輒命童拏小舟延緣黄浦淞泖間：拏，底本作「拏」，據文淵閣四庫本改。

書宣妙春雨田上人宗山禪房 二首

鍾鳴林采曙，衣冷山氣夕。時復煮茶香，煙籠半簷白。
松風琴虛弦，雲磴屐落齒。坐來木榻穿，爐香一盂水。

吴中步雲洲道士事老寡女兄甚至爲贈絶句

看經得錢幣，置酒奉女兄。擬衣紫霞帔，同上青雲城。

題珉西崑開士冬筍軒

雪中筍斑斑，如兒在襁抱。兒參玉版師，親年如竹老。

馬頭曲 有引

馬頭者，大都名姬也。始爲黄禪太子寵。黄禪伏誅，没入，以賜太平王。王薨，子唐其勢留之。唐其勢被伯顏太師殺，復没，賜孛哥。孛哥，國語力士也。柯鑒書九思嘗賦曲，淮東憲史張彝言之。予擬小詩六章，適外甥俞董至，因命董與兒掖、攝足其意，亦止乎禮義云爾。

衛風紊無倫，春秋濫不止。鄙哉金谷園，綠珠乃肯死。
和戎漢明妃，亡吴越西子。鬼妾賜元臣，孰受盧弓矢。
前時楚襄夢，今夕伶玄妾。瓊斷藍橋漿，紅流御溝葉。
香熏舊繡衣，鏡改新粧面。只有夏姬情，不解湘妃怨。
珊瑚近没官，鸚鵡亦更主。一種拒霜花，年年自江浦。
君仁邁曹瞞，妾賤慙蔡琰。築臺有贏金，蘆笳不長掩。

春星復在隅，秋水仍含盼。本非東家蝶，失莫西階雁。董。
花飛漢宫燕，天遠秦臺鳳。載事駢脅郎，願同白頭夢。
鑾刀刲燔羊，官甕瀉挏馬。更衣蘭房中，弔影銀燈下。掖。
王門激楚曲，相府西凉調。愁中換宫商，郎母看妾笑。
蜥蜴飼丹砂，鴛鴦置金鎖。東風獨何情，楊花起還墮。攝。
妾身汩泥塗，妾心暴天日。後來未亡人，願似孤兒恤。

萱圖爲李恉題於茂清軒中〔一〕

暄風宜男花，凉日忘憂草。一種兩含情，親容夢中老。

〔一〕詩題：恉，珍本叢刊本、文淵閣四庫本、《元詩選》本作「恒」。

梧溪集卷第四上

江陰　王逢　原吉

雲山萬重辭　有引

雲山萬重者，廣平張氏思親之所也。氏侍父懋夫爲福寧時，承命還省祖壠。兵興道梗，莫克迎養，因扁是名於千山別業，以寓「陟岵」之懷。及福寧君歸，數年來而不忍易是扁，且徵福建省郎中魏郡秦景容氏鋪繹其事。秦復爲氏致書席帽山人王逢，以歌詩請。逢辭曰：

雲山兮萬重，山與雲兮不期而同。膠盭軋芴兮夢寐或通，陟彼岵兮焉從。親奚在兮，在閩王之故封。雲山兮千里，山與雲兮紆譎茈虒。干戈日尋兮日遠湣灩，瞻彼旻兮曷已。親奚在兮，在須女之遐鄙。始雲山兮越秦，兹雲山兮主賓。幸安全兮來歸，感孝念兮精純。鼎有爨兮盤有鮓，松之陰兮千之下〔一〕。嵐霏豁兮空翠晴〔二〕，流素輝兮堪攬把。庶頤神兮葆年，寄丹衷兮騷雅。

白雲一塢辭　有引

白雲一塢者，西域馬公文郁隨所寓之名也。公頎然，蒼儼秀潤。嘗爲潁州，著廉斷聲。拜南御史，會亂，遂變名雲林子，黄冠野服，超然物外，蓋十餘年矣。一日過海上〔三〕，逢心知其賢，敬美是辭〔四〕。辭曰：

白雲兮一塢，山之間兮林之下。氣鬱積兮常素寒，黯流泉兮憯終古。塢之人兮土苴紱組，顧潛有鱗兮瞻戢有羽。彼蒙塵兮顛隮，兹含光兮延佇。諒觸石兮有心，龍之不來兮曷滂其雨。

〔一〕松之陰兮干之下：干，文淵閣四庫本作「山」。
〔二〕嵐霏豁兮空翠晴：豁，底本作「⿰谷害」，生僻字，據珍本叢刊本改。
〔三〕一日過海上：過，珍本叢刊本、文淵閣四庫本作「遇」。
〔四〕敬美是辭：是，珍本叢刊本、文淵閣四庫本作「其」。

山舟辭　有引

山舟者，華亭干山周氏子鏞、鎬藏修之所也。鄉貢進士陸君宅之首爲序，江浙提學魯道源次爲詩，規美至矣。延平總管秦景容氏，乃爲楚音其言曰〔一〕：「人知兮山不可爲舟，曾不思水載地游。」又曰：「山有舟兮不可以濟，龍在野兮孰與治世。」逢讀而感焉疑焉〔二〕，因矯其意，復補一章〔三〕。辭曰：

天有船兮在河潢，檣析木兮柁扶桑。乘剛風兮元氣象，大地兮川梁。君之舟兮虛器，川弗涉兮山是憩。林空人兮積水白，龍森寒兮來下戲。自非聖哲兮莫濟亂危，維德載義兮姑俟其時。高宗傅說兮遠而，精誠感格兮夢或見之。玉芝兮石髮，爛騈生兮海月〔四〕。君採以遺兮慰我心渴，將送君析木之津兮扶桑之闕〔五〕。

〔一〕乃爲楚音其言曰：楚音其，文淵閣四庫本作「山舟之」。
〔二〕逢讀而感焉疑焉：疑焉，底本脱，據文淵閣四庫本補。
〔三〕復補一章：復，文淵閣四庫本作「更」，珍本叢刊本作「便」。
〔四〕爛騈生兮海月：爛，文淵閣四庫本、珍本叢刊本作「瀾」。海，文淵閣四庫本作「明」。
〔五〕將送君析木之津兮扶桑之闕：闕，文淵閣四庫本作「側」。

漪南草堂辭 有引

漪南草堂者，予友葉生杞鈞游之所也。杞先世京口宦族，有别業淞之吴匯。大父鋏、父以清，咸隱居好義。杞讀書負材諝，前太史楊瑀守建德，辟掾，辭。兵興，會進士及第李國鳳經略南土，杞密陳時事十條。李嘉納所言，遥授進義副尉、鎮江路丹徒縣主簿。將别任之，而柄移藩鎮矣。杞築草堂魚鱗涇上〔一〕，扁曰漪南，秘書卿貢師泰爲序，江西提學楊維楨、江浙副提學魯淵爲歌詩。予擬楚音二章，辭曰：

苔碕兮蓬屋，魚鱗之漪兮一曲。渦盤兮洑洄，風舒徐兮水波縠。巾青天兮琴滄浪，招白鷗兮送黄鵠。匪濯吾纓兮，匪濯吾足。懷賢其渴兮，誓將心沃。

紃屨兮布服，蓮葉其舟兮魚鱗其屋。雲净兮天開，蘋白花兮草豐緑。何曲曲兮鈎鉤，將恢恢兮網目。仁義是漁兮愴口腹，腹不人累兮人誰吾辱。

〔一〕杞築草堂魚鱗涇上：涇，珍本叢刊本、文淵閣四庫本作「江」。

秋堂風露琴辭 有引

至正己亥，得是琴於杭。名以表德，辭以寫志云耳。辭曰：

月明兮庭空，援琴兮堂中，耳濯濯兮泠風。風行兮凉度，月來兮堂阼，心湛湛兮零露。草緑歇兮鶗鴂，木黄落兮潦清。兒築埸兮婦葺笱，庶有享兮粢盛。

汎宅辭

滄浪兮獨客，自名其舟兮汎宅。身大地兮同浮，心靈源兮靡極。天高虚兮氣清灑，挹星月兮光上下。本不狎兮海鷗，素相違兮野馬。春一度兮桃花，醵漁蠻兮魚社。

將歸三首

梧桐生朝陽，鳳凰鳴高岡。嗟我羈旅人〔一〕，彌年獨徬徨。非不善走趨〔二〕，玉珮垂雙璜。君侯多車

〔一〕嗟我羈旅人：我，珍本叢刊本、文淵閣四庫本作「哉」。

〔二〕非不善走趨：走趨，文淵閣四庫本作「驅走」。

從，瞻者亦輝光。如何日同游，忽忽我鬢蒼。衡茅龍江上，兒耕妻蠶桑。夜來得家書，云當奉烝嘗。去去甘貧賤，菵露沾衣裳。

盡歡非全交，去國難潔名。中心默揆量，惟有歸爲榮。張翰不知幾，直待秋風生。陶潛懶束帶，千世莫與京。故邑變大荒，墳隧走狐麕。徘徊久幕下，荷殳得無情。天未厭亂離，且復寄傭耕。安得周處將，從之斬蛟鯨。

金洗必以鹽，錦濯必以魚。越石無晏嬰，寧免厄道途。我生千載下，乃讀先秦書。既非今所貴，盍不賦遂初。海鳥集魯門，風鷁退宋都。麻衣白皜皜，青山繞吾廬。醉從接輿歌，醒學甯武愚。尚愛湖水清，臨别更躊躕。

馬大沙館舍病後留别陳氏昆季三首時己丑歲

日脚浸深江，暮色先著樹。回風戀叢薄，幽響不蹔駐。羈人卧齋館，壹鬱秋已度。十口江之南，一飯屢外顧。冥冥烏領白，眇眇鶴髮素。夜久蛟龍移，沙洲莽煙霧。

開門風欲來，衆木斂寒色。蔓草緣歧路，零露秋向白〔一〕。千金生戚醮〔二〕，斗禄疲形役。倏同草木

〔一〕零露秋向白：秋向，文淵閣四庫本作「向秋」。
〔二〕千金生戚醮：戚醮，文淵閣四庫本作「焦勞」。

腐，何有名教益。參伐挂簷間〔一〕，絡緯秋四壁。兀坐燈復親，孤光委今夕。

天空無纖雲，銀漢鏡面瀉。芒星煜煜動，霜氣横萬瓦。尋常恨伊威，蟋蟀北牖下。青熒樵爨火，黄落壙垠野。絺綌淒以風，刀尺念當把。家山限一水，杭葦不待假。薄田庶有秋，雞酒會鄰社。

避亂綺山謁子方先生陸公墓 山舊名敵〔二〕

我經冷水灣，缺月照微服。景非度秦嶺，事類避同谷。松深闃無煙，狐兔紛竄伏。隆然四尺土，卷卷在東麓〔三〕。問是先生墳，感慨逾慟哭。洵書失歐陽，賁對多馮宿。許韓兩耆舊，許益之、韓明善二公。時論推鼎足。憶過先人廬，白駒駐脩竹。周情與孔思，小子幸私淑。天回晨星稀，世亂烽火屬。心言采芳藻，中宵不盈掬。太玄屬桓譚，九歌繼宋玉。抱膝獨長眠，披榛忍南逐。

遊鯉山 山舊名由里〔四〕

鄉山三十三，遊鯉奠郊南。巀然獨高大，秀擠東諸嵐。土剛蓄炎精，厓仄削劍鐔。我嘗挹飛翠，遠

〔一〕參伐挂簷間：伐，文淵閣四庫本作「旗」。

〔二〕山舊名敵：此四字底本脱，據珍本叢刊本、文淵閣四庫本補。

〔三〕卷卷在東麓：卷卷，珍本叢刊本作「眷眷」。

〔四〕山舊名由里：文淵閣四庫本、《元詩選》本作「舊名由里山」。

在滄江潭。波濤與伏興，雲霧相吐含。恍然穆王駕，八駿左右驂。又如琴高仙，脚踏朝蔚藍。久思更徽號，新喜遂幽探。太白賦九華，後來成美談。狂歌繼其武，林澗免愧慚。春風緑瑶草，秋霜紅石楠。行將倏月斤，爲鑿避世龕。蛟龍正格鬭，鯤化誰其堪。

次鰕妾岸[一]

朝辭鳳巢村，晚次鰕妾岸。起望大角間，太白光有爛。方罹杜陵苦，未已崔旰亂。鬢毛掠蝙蝠，竹裏鳴鶡鴠。同曹迫憂悸，相視名錯喚。前途非樂土，殊昧賢達算。誰家繚崇垣，轆轤卧井幹。餘歌久悽惋，酣宴同清晏。寧知楚幕烏，不痞吴宫燕。蕭晨理舟楫，回首重悲歎。

遊梁鴻山簡孟伯茂巡檢及其子爚

求田泰伯里，卜室梁鴻山。山雨微灑塵，清風滿柴關。竟夕上玉氣[二]，破曉開蒼顔。樹合陰畏佳[三]，磴緣石巑岏。桃花照春空，渌酒生紅瀾。鶴辭瑶池苑[四]，來遠青琅玕。本非神仙流，得盡霞外

[一] 詩題：《元詩選》本下有小字：「常熟州」。
[二] 竟夕上玉氣：玉，文淵閣四庫本作「山」。
[三] 樹合陰畏佳：畏佳，文淵閣四庫本作「蒙茸」。
[四] 鶴辭瑶池苑：辭，文淵閣四庫本作「去」。

觀。故鄉久蕪穢，頭白終生還〔一〕。當時歌五噫，聞者心鼻酸。晤言同遊士，伯鸞在人間。

望大小貢二山

大貢如大人，小貢如小臣。大人方正笏，小臣亦垂紳。太湖七十山，而此我所珍。清淑萃間氣，端厚凝風神。嶽露蓮一朵，海偃月半輪。遥分馬脊秀，近奪蛾眉真。岫幌敞素夕，雲蓋擁高晨。深容虎豹隱，幽絶狐兔鄰。將軍山名。雖相望，邈若越與秦。我行柯村外，紫翠忽鮮新。不無靈異棲，飛渡招隱淪。洶洶白水波，杳杳清路塵。芳尊被中沚，采之淚盈巾。父老昧鑒識，謂我諸侯賓。我豈諸侯賓，均是天王民。

同鄭本初基訪吴庠鄭明德教授元祐俞叔鉉學正鼎教授留飲齋中是夕雪因相與聯句以紀一時會盍

中吴泮宫古，廣文官舍敞。佩衿方休誦，逢。冠帶駢憩鞅。歲晏雲四合，祐。雪暮霰交響。飛簾勢簸揚，基。滕六影下上。汙邪畢潔凈，鼎。坱軋周滌蕩。若將混端倪，逢。無復别封壤。颯沓竹末俯，

〔一〕頭白終生還：頭白終，文淵閣四庫本作「何時得」。

祐。硉兀木本强。漏壺咽銅龍，基。城堞卧素蟒。冰澌静膠研，鼎。顥氣深達幌〔一〕。香乾芸散帙，逢。味永虀凍盎。擁褐肩獨聳，祐。擊鉢技争癢〔二〕。詩盟得寒郊，基。茗飲失粗党。路迷梁園邈，鼎。地去程門丈。殊憐跼驢背，逢。頗快衣鶴氅。泬寥度郢曲，祐。浩溔泛剡槳。流風注存心，基。叔世入紆想。戍遥皸瘃苦，鼎。野曠爪牙攘。好音懷鴟梟，逢。怪物絶魍魎〔三〕。願追文正躅，祐。不辭慶曆黨。層甍庋諸經，基。直道擴羣枉。新知春蘭藹，鼎。舊游曙星朗。謙虚側皐比，逢。欲寡賤熊掌。張燈初筵秩，祐。舉爵朋酒饗。黄羞登俎柑，基。白薦作羹鰲。叙齒先一飯，鼎。探錢罄餘帑。清宜禪僧分，逢。瑞許賢守賞。螟蠓殄無類，祐。來牟熟有象。陰褰天光發，基。陽復履道長。高視呑八九，鼎。獨立配參兩。幸敦君子交，再極尼丘仰，逢。

青青孤生麻

青青孤生麻，不假蔭松柏。貞莖瘁蓬藋〔四〕，物性還自直。汝州曹彦可，大字擅鄉國。蛟龍出笑談，雲煙濕牆壁。虜逼書旗號，怡然别親識。心正筆不回，骨冷血化碧。日落河岱迴，野史實我職。事傳奏

〔一〕顥氣深達幌：達，文淵閣四庫本作「刺」。
〔二〕擊鉢技争癢：争，文淵閣四庫本作「自」。
〔三〕怪物絶魍魎：魍，底本作「罔」，據文淵閣四庫本改。
〔四〕貞莖瘁蓬藋：藋，文淵閣四庫本作「藿」。

太常〔一〕，四座爲變色。瓦全一時幸，玉碎千古惜。端人何地無，安得環轍跡。

葛虛中丹房雨坐遲劉東道士

仙都十日雨，濕蒸致微疾。憑几問金丹，掃地焚蒼术。蝸行亂草上，鷽隱嘉樹密。不見劉崇虛，蕭齋坐捫虱〔二〕。

故禮部侍郎古括范公挽辭

諱霖〔三〕，字君澤，一字天碧。至治辛酉卒，年六十四〔四〕。

鳳凰無凡雛，騏驎無凡駒。鳴岐與産渥，必待天人乎。侍郎唐相履冰。後，括譜遠通蘇。與文正公同系。甫晬服斬衰，母孫訓以儒。長授父祕易，律曆百氏俱。宋亡邑弗靖，徒步謁唆都。元帥名。計聽魁就戮，田里釋千俘。世皇既召見，神采動玉壺。賈晁不世遇，京管竝駕驅。嘗謂國脩短，乃繫帝賢愚。暴虐亡嬴秦，仁義治有虞。衆貂製裘帽，八珍繼醍醐〔五〕。宫炬金鑄蓮，禁地青規蒲〔六〕。恩光去天咫，所

〔一〕事傳奏太常：奏，底本作「秦」，據文淵閣四庫本改。
〔二〕蕭齋坐捫虱：虱，底本作「膝」，據文淵閣四庫本改。
〔三〕諱霖：「諱」上文淵閣四庫本有一「公」字。
〔四〕年六十四：文淵閣四庫本作「年七十有四」。
〔五〕八珍繼醍醐：醐，珍本叢刊本作「酥」。
〔六〕禁地青規蒲：規，文淵閣四庫本作「爲」。

器嘉言謨。一薦十七人，乘遽將臨吴。夢母報已殁，侵星戒歸途〔一〕。抵門如其夢，孝感驚妻孥。江南范秀才，名自九重呼。大用本天意，小史謂除編修。應時需。鑿鑿正統論，歷歷編年圖。時相欲以本朝繼金爲正統，公言：「金興宋中而前亡，不可繼也。」娼者雖得沮〔二〕，士僾古董狐。成宗御六飛〔三〕，萬象新洪爐。超遷五品貴，兩省垂範模。謂除江浙、江西提學。屣倒張珪。中丞，手握徹理。大夫。儀曹試經濟，政府匿瑾瑜。遠引卧雲壑，獨潔辭潢汙。繭室客暮醉，鯉庭子謂公幼子成。朝趨。笑命説三禮，翛然竟長徂。北風日云凉，繞樹莫匪烏。屏營獸居野，盛德仰在予。族貧均家財，兵亂全姊軀。何幸覽遺槀，追挽爲操觚。

故南臺治書侍御史劉公挽辭

諱貞，字庭幹〔四〕，晚號知止翁。辛丑年卒，壽七十三〔五〕。

鄙夫昔避兵，船居虎丘畔。注懷臯伯通，受知劉公幹。賓禮甚倒屣，自享非大案。顧惟陋白茅，期以藉玉瓚。於時屬州謂常熟。陷，守將病無算。袂分裁信宿，城破及黎旦。承佩都漕章，躬先於越竄。

〔一〕夢母報已殁侵星戒歸途：殁、侵，珍本叢刊本、文淵閣四庫本分别作「烈」、「戴」。
〔二〕娼者雖得沮：娼，文淵閣四庫本作「倡」。
〔三〕成宗御六飛：飛，文淵閣四庫本作「龍」。
〔四〕諱貞字庭幹：諱，文淵閣四庫本作「公名」。庭，珍本叢刊本作「廷」。
〔五〕壽七十三：壽，底本脱，據珍本叢刊本、文淵閣四庫本補。

卻缺義救鄭，張耳尋降漢。載紆東浙籌，不忝宗臣晏。朝廷簡勛舊，省憲望改觀。始懲蝮螫手，終如羿脱絆〔一〕。公嘗任浙東廉使。既除江浙參政、南臺侍御，以病辭，隱居閩中〔二〕。八閩佳游遨，花明天機段。幔峰露浸浥，劍水雨徐漫。決老歸善里，翛逝神不亂。惟公家益都，先世彭城貫。冰櫱操清苦，厓壁氣魁岸。故吏記石畫，列郡服山判。鬖鬖蕭曹業，咄咄顔柳翰。歘歷四十年，進退符易彖。幾多固名位，桎梏死獄犴。少挹賢達風，足免赧疷汗。青徐隴尚隔，霜霰物屢換。蓬深仲蔚居，地冷中散鍛。安貧庶全生，酹酒重三歎。

故秘書卿宣城貢公挽辭　諱師泰〔三〕，字泰甫，號玩齋。壬寅年卒，壽六十五。

公爲天使時，弭節大江北。上以祝帝釐，下以訪幽側。邦侯首予薦，遂命屏棨戟。身先匹夫禮，義重三生石〔四〕。君山視吹臺，酣游小八極。許厠文翰場，涵泳堯舜澤。興言及親老〔五〕，臨別深惋惜。既自

〔一〕終如羿脱絆：終，底本作「絆」，據珍本叢刊本、文淵閣四庫本、叢書集成初編本改。

〔二〕「公嘗任」至「閩中」：此二十四小字文淵閣四庫本作「公嘗任浙東南臺侍御史，以剛直自見，因劾奏大臣爲朝廷所譴，故云」。

〔三〕諱師泰：諱，珍本叢刊本、文淵閣四庫本作「公名」。

〔四〕義重三生石：義，文淵閣四庫本作「緣」。

〔五〕「許厠」至「親老」：文淵閣四庫本作「詩厠李杜間，文入班揚列。家貧及親老」。

中銓曹，復拜裹行職。龍門競登進〔一〕，牛衣方偃息。熒惑犯歲星，時公守平江。聞去民社責。予亦浮私屬，相望烽火隔〔二〕。震澤定逾年，荐獲展良覿。恩加喉舌地，柄總甌閩役〔三〕。詩書化斥鹵，清慎奉王國。賤跡何足稱，常側丞相席〔四〕。阮籍任放曠，邴原病剛直。蠅驥信可依，鵬鷃各有適。豐城張華劍，柯亭蔡邕笛。此物甘棄材，志士感精識。青宮念師傅，宣室思討益。不意坼中台，榮光冷東壁〔五〕。南湖墓木拱，鹽海塒館闃。雲車從彪馭，來往旌慘色〔六〕。安得神降庭〔七〕，銘碑表先德。公嘗許撰先君庫使墓碣銘。

故遂昌先生鄭提學挽辭

諱元祐，字明德。以右臂疾，左書，號尚左生。

處士星夜明，先生生處州。六經胸淹貫，百氏目漁蒐。筆繡絲五色，花樣從購求。器大晚始成，兩辟東諸侯。謂太尉張公。蹇予謝通顯，客隱琳宮幽。傴僂杖履聲，枉過話舊游。幼遷西湖學，淳祐餘前

〔一〕「既自」至「登進」：文淵閣四庫本作「既自持節還，奔波殆如織。退然不求進」。

〔二〕「聞去」至「烽火隔」：文淵閣四庫本作「蝦蟆瞰明月。折箭河水清，揮戈烽火隔」。

〔三〕「荐獲」至「甌閩役」：文淵閣四庫本作「中原平一日。帝曰嘉汝勛，公辭不堪役」。

〔四〕常側丞相席：文淵閣四庫本作「常恐瘝厥職」。

〔五〕不意坼中台榮光冷東壁：文淵閣四庫本作「不意狂風加，圖書寂東壁」。

〔六〕雲車從彪馭來往旌慘色：文淵閣四庫本作「雲車從空來，鶴語聲惻惻」。

〔七〕安得神降庭：神，文淵閣四庫本作「公」。

修。薌林平章廉公。竹樓左丞管公。間，弦歌繼觥籌。甲科趙期頤，中書參政趙公。負笈衣躬摳。偶覽姑蘇臺，遂成賈胡留。克莊廉使幹公。幣遠至[一]，兼善狀元泰公。禮逾優。家立四壁寒，身視二頃秋。健兒俗尊貴，老儒時贅疣[二]。而父我所銘，倘死思我酬。涼日照銀杏，風鶴層雲頭。罷酒一笑別，仰俯歲忽周。起起鄭玄邁，咄咄殷浩休。緬憶分教日，示稾雪燈篝。聯軒孝義什，磊落數名流。梓行世未能，詩挽淚莫收。鬱鬱石門山，故隴曾祖克宗，西川經略使；祖開先，知道州永明縣。阻且悠。橘霜浄屋洞，劍虹光虎丘。好駿干尚書干公文傳。柳待制柳公貫。轡，遠拉虞文靖虞公集。黄文獻黄公溍。輈。超然地下樂，邈矣塵中憂。

故江淮財賦府副總管致仕彰德路同知章公挽辭

諱元澤[三]，字吉甫，晚號歸來翁。乙酉生，八十五卒。

大盈合吴淞，古鎮夾龍鶴。二江名。公承郇國裔，宋文簡公得象。甲舍聯里落。十七職將命，謂首擢中書宣使。萬里同納約。周王舊轍環，彷彿跡馬脚。稍遷和林部，争識炎方鶚。區脱罷章程，留犂撓醍酪。煌煌日月袞，岧岧絲綸閣。鳴鶯落花間，及兹壯遊樂。書從親所至，每句輒應諾。丞相以孝聞，三命日舞躍。千艘賁滬瀆，别乘過鄉郭。幰飛湖山雲，民蘇江淮瘼。庭闈累封郡，昆弟四僭爵。垂老告老歸，

[一] 克莊廉使幹公幣遠至：幹，底本作「韓」，據珍本叢刊本改。
[二] 老儒時贅疣：疣，文淵閣四庫本作「瘤」。
[三] 諱元澤：「諱」上文淵閣四庫本有一「公」字。

鞠躚奉如昨。五福世獨備，盛事天畀作。義莊羅檿檜，黌宮麗丹雘。公建清忠書院。孤臣楊文載，慷慨生死託。故侯踵青門，耆英尚東洛。急促弦衆斷，貞固金自若。憶予避地初，霖潦船久泊。曬書借場圃，田畯爲悚愕。感公遺使候，張具厚非薄。及見契一言，匣劍砥礪鍔。不圖援葭莩，予妻文簡公從父團練使文彬十一世孫女〔一〕，公爲文簡公十世從孫。遂忘羮藜藿。大兒娶甥女，兒掖娶任月山宣慰孫女，公之甥女也。奠雁殊中雀。嗚呼公云亡，客淚濺素幙。河陽遠巡狩，海上掀颶鱷。房杜遺後悲，榮名挂寥廓。

故南臺侍御史周公挽辭

諱伯琦〔二〕，字伯温，號玉雪坡真逸。七十一卒〔三〕。

周氏饒望族〔四〕，自宋世德茂。鶴林卧麟岡〔五〕，山脈萃芝秀。篤生侍御公，猶馳在天廄。襁抱器大父，梅山先生。青佩齒國胄。諸經内淪浹，百氏旁研究。鸞鳳暫枳棲，鴛鷺尋羽簉。冰銜十職館，相府六衣繡。薦掌西曹兵，兩聽南垣漏。灤京侈篇翰，海嶽肅籩豆。太子端本時，古傳躬口授。遂致問龍寢，罔或爽雞候。江東遭亂去，吴下爲時救。非同使尉佗，常存諭廷湊。時將臣寓公，垂白竟拂袖。朝

〔一〕予妻文簡公從父團練使文彬十一世孫女：妻，珍本叢刊本、文淵閣四庫本作「娶」。

〔二〕諱伯琦：「諱」上文淵閣四庫本有一「公」字。

〔三〕七十一卒：文淵閣四庫本作「壽七十一」。

〔四〕周氏饒望族：氏，文淵閣四庫本作「公」。

〔五〕鶴林卧麟岡：鶴，珍本叢刊本、文淵閣四庫本作「長」。

廷整風紀，堅志起不復。嘉魚兼蓴菰，小塢矗巖岫。短巾杖琅然，消摇幾心嘱。齊雲樓始燬，承露盤既仆[一]。新亭對泣暮，錦衣獨歸晝。禄賜無贏金，鄉飲惟醇酎。含凄歌黍離，委順正丘首。孔戣真伯仲，張綱孰先後。逢也楚狂人，頻年展良覯。拙詩序高文，家訓贊大籀。楷書河清頌，儼若臨九奏。興來赫蹏㞐，往往法急就。數謂麋鹿姿，合置文王囿。桑樞原憲貧，飯顆杜陵瘦。有懷感長笛，無才傳耆舊。玉雪梅花坡，寒盡想春透。翛翛豹尾車，昨夢過圭竇。朔庭煙草豐，靈其祐巡狩[二]。

送丘阜之江東省大姑匡節婦同上海廣福寺講主瑛石壁南阜道院姚草樓外史賦 二詩附

船頭柳條碧，船底魚尾赤。寡姑斷徽音，老父同胞憶。父扶五尺藜，姑垂雙鬢絲。何況乳養恩，在子年齔時。子行爲姑壽，烏轂期回首。毋使老萊衣，淹濕長干酒。

青絲驪色駒，秣陵慰長姑。姑孀三十年，於義母不殊。嚴君聽郎去，躬奉雙白苧。外表貞素姿，中紬離憂緒。姑感親親情，報之玉珮珩。遊子雅不好，前多狹邪道。右瑛賦。

丘郎一幅布帆風，云省大姑江水東。仙家二月碧桃滿，人世幾回青草豐。練衣如霜鬢顏好，見

[一] 承露盤既仆：仆，珍本叢刊本、文淵閣四庫本作「覆」。

[二] 靈其祐巡狩：祐，文淵閣四庫本作「祐」。

姪身長念兄老。千里書還墨未乾，三茅峰高雲可掃。右姚賦。

贈沈耕雲

佳士謝吏禄〔一〕，心耕九山雲。雨餘暗流泉，石田上絪緼。不與牛馬運，甘同麋鹿羣。千日酒春熟，黄鳥醉中聞。

題章鶴洲所藏瞿睿夫鉤勒蘭 有引

睿夫名智，婁江人。博學善詩，以書法鉤勒蘭尤妙絶，爲太史黄溍、提學段天祐、編修李孝光、外史張雨所友重。累遷文學官，攝紹興録判，尋棄去云。

我夢陪羣仙，尻輪神爲馬。咀秀蒼梧岑，集芳洞庭野。水雲秋澹泞，月露夜清灑。畫者何如人，沖心良獨寫。

〔一〕佳士謝吏禄：吏，文淵閣四庫本作「利」。

題虞奎章贈劉希孟先生琴序後 有引

先生諱世賢，宋丞相忠肅公四世孫，中書舍人朔齋之曾孫也。先生承世家流風遺澤，以琴專門著稱名公間。戊寅歲，留江陰，數過家君，欲以平生所得意《御風》、《騎氣》二曲授逢。逢時篤志讀書[一]，每告以授未晚也。今先生没已久矣。竊嘗怪嵇康之《廣陵散》靳而不傳，及瀕死，方自悔責。先生斯二曲，蓋不在《廣陵散》下，推其盛心，賢於康遠矣。辛丑秋，先生之子伯容、仲禮，會逢於雲間曹貞素故第。因謂先生過愛若此，伯、仲忻然取琴[二]，爲奏前曲各一行，且出奎章虞公琴序示之，曰願述序後，爲來者美談。逢述已，復請詩，詩曰：

蔥靈日披猖，章甫遂淪墜。聯翩忠肅後，相逢良深器。英瑤出瓊瑀，珠星見旒綴。橫琴貞素館，心神倏遺世。薄雲行蘭臯，清露落松吹。而翁久仙化，難忘二曲義。伏讀奎章文，如坐夔龍肆。廣陵無遺響，良冶有賢嗣。尚愧柳柳州，執筆先友記。

[一] 逢時篤志讀書：讀，珍本叢刊本作「詩」。
[二] 伯仲忻然取琴：忻，文淵閣四庫本作「欣」。

山中詞四首贈鄧筠谷鍊師

溪風過微雨，巖花裛幽芬。不意數聲磬，驚起半簷雲。龍虎嚴守關，天人真與羣。樂哉居山中，木石符篆文。

山升月數尺，水木弄妍光。適來清泠風，吹落沆瀣漿。石上瑶草氣，澗阿丹霞房。猿鶴不我猜，朗吟自成章。

碧寥含霜色，石林散秋清。羣峰金仙髻，一瀑玉女瓔。樵牧煙外語，雞犬雲中聲。冥心採芝茹，何辱復何榮。

五官謝紛拏，萬象歸鴻濛。烏帷瑶水上，兔浴暘谷中。永卻班白毛，飛步玉雪童。神功妙何測，林壑遺清風。

元夕夏老圃席上會全希言張如心沈伯修諸葛彦飛蔣蕃分韻予得馬字

華月照廣除，春寒薄生野。新歡念仳離，餘緒陶文雅。縈歌竹葉裏，顧影梅花下。大笑市童癡，風燈走人馬。

題竹石幽禽

霜禽啄梅花，片片亂香玉。鷩著乳鳩棲，飛下琅玕竹。畫得詩家妙，物趣方兩足。詩畫意俱忘，閒庭草交緑。

席帽山先隴圖詩 有引

山本黄山東峰之别名，距江陰城北六里，與馬鞍山相屬。曾祖昌誼先生、大父潛昭居士、大母徐氏、先君庫使、妣李氏諱靖真。墓，東西相望焉。至正乙未冬，不肖逢不幸避亂於外寖五年矣。顧烽煙遼隔，不得以時祭掃，因託江東提學睢陽朱澤民爲圖，江浙分省郎中天台陳基爲序，仍自賦一章，示兒掖、攝、拊，用永其孝思焉。

春林烏鳥啼，墓上開棠梨。清明寒食近，子孫各提攜。行行黄山道，山光明素縞。臠炙奠酒漿，羅泣紛拜掃。幸得緩緩歸，及此風日好〔一〕。頻年喪亂苦，莫甚我鄉土。連村十萬户，存者僅可數。石羊石

〔一〕及此風日好：日，文淵閣四庫本作「光」。

馬羣，亦已卧榛莽。於乎我先塋，目斷魂魄聚。木落氣返根，天寒水歸源。豹死義首山，狐死首丘原。汝曹昧斯理，苟全奚足論。作歌興孝思，不繫圖畫存。

得五妹消息因寄一首

階庭玉蘭樹，開花屬春莫[一]。雪艷曾幾何，風吹辭本處。玉蘭豈獨爾，有妹鍾陵去。生死誓同夫，路難不復顧。大江潮兩程，想到石頭城。團圓便是樂[二]，貧賤莫關情。汝嫂目新暗，汝兄病猶嬰。鄉村文史二村名。間，菟裘庶其營。爲妹向夫道，歸農小山好。班超萬里封，燕頷非草草。

喜長女孟芸至

女兄相繼亡，女弟復異鄉。長女忽歸寧，庶寬離思腸。去年中吴圍，錫城屹孤望。大勢臨叵測，薄命全彼蒼。二雛抱且攜，嫁餘素裙裳。淚添新啼痕，瘦減舊容光。爲父致桃茢，爲母具蘭湯。湯以沐香澤，茢以祓不祥。五暑風送音，今朝春滿堂[三]。彼美緑窗芸，蔓葉萃嚴霜。詎不欲終護，物性託東陽。良人固貧窶，老姑尚康强。桑青麥雲黄，燕燕雙回翔。

[一] 開花屬春莫：莫，珍本叢刊本、文淵閣四庫本作「暮」。以下同此者不再出校。

[二] 團圓便是樂：是，文淵閣四庫本作「足」。

[三] 今朝春滿堂：今，珍本叢刊本、文淵閣四庫本作「一」。

讀郭孝子傳 傳附

堂構務崇基，士瞻務峩冠〔一〕。文辭外風教，市娼衒春妍。有宋郭孝子，負母亂兵間。白刃加害母，懇拜淚漣漣。天地鑒素衷，里閭慶生還〔二〕。相望喬梓蔭，各終樗櫟年。守臣上厥事，卹典遑所敦。章公老太史，心惻嘗筆援〔三〕。迄今歷兩朝，讀之竦如存。浩浩元化流，忽忽世俗遷。襪雀巧織巢，安知鳳孤騫。興歌非爲郭，期與作者言〔四〕。

郭孝子名汴，字失其傳，臨江軍新淦縣人也。建炎間，狄人深入，盗煽起。汴居縣東南五十里，盗卒至〔五〕，劫汴母，責窖藏物。既脅以火，加慘酷焉。汴泣告，願以身代，盗義而釋之。郡以聞，會行在務殷，卹典未遑也。汴没，始有表其墓者，凡郊赦，縣令奉詔祠焉〔六〕。慶元史官南郡章

〔一〕堂構務崇基士瞻務峩冠：堂構、士瞻，珍本叢刊本分别作「高堂」、「俗士」。
〔二〕里閭慶生還：里閭，文淵閣四庫本作「閭里」。
〔三〕心惻嘗筆援：嘗筆，珍本叢刊本作「筆偶」。
〔四〕期與作者言：與，文淵閣四庫本作「共」。
〔五〕盗卒至：卒，文淵閣四庫本作「猝」。
〔六〕縣令奉詔祠焉：祠，文淵閣四庫本作「祀」。

穎撰〔一〕。

讀呂節婦傳 傳附

德人言足徵，文人言多靡。緋桃艷陽花，冬青歲寒柢〔二〕。孤藤萬歲名，所以松上倚。於乎呂節婦，喪亂全幼稚。馬不被二鞍，中心猶止水。長終復何言，見録顏樂胡所居齋名。士〔三〕。士貞婦潔立，金婺光有煒。荒園雪久濕，敗竈煙稍起。呼兒讀遺傳，清風生頰齒。晚來興彌高，聊歌續貂尾。

節婦呂氏，婺州永康何頎季長妻也。何爲郡著姓。呂氏名清，年二十九。季長逝去，有一子二女，子述生甫三月。時江南寇盜充斥，人死兵戈者十七八。呂氏能保育其子若女〔四〕，且全其家。人勸之再適，則自誓曰〔五〕：「馬不被二鞍，況人乎？死而後已〔六〕。」聞者疑笑，後卒遂其初志。郡邑

〔一〕慶元史官南郡章穎撰：史官，文淵閣四庫本作「中」。

〔二〕冬青歲寒柢：冬青，珍本叢刊本作「青松」。

〔三〕見録顏樂胡所居齋名士：胡所居齋名，文淵閣四庫本作「胡齋名顏樂」，置於「士」後；珍本叢刊本「名」下有「顏樂」二字。

〔四〕呂氏能保育其子若女：育，文淵閣四庫本作「有」。

〔五〕則自誓曰：則，文淵閣四庫本作「氏」。

〔六〕死而後已：文淵閣四庫本作「有死而已」。

長吏、文學博士，奉旨備醪籑禮幣表其門。同里胡長孺撰。

讀貞燕記有懷魯道原提學 記附

天涯老孤臣，想像賦貞燕。空梁泥屢落[一]，故渚自冰泮[二]。影託明鏡鸞，夢接長門雁。飛雲軒不歸，自語清商怨。

元貞二年，雙燕巢於燕人柳湯佐之宅[三]。一夕，家人以燈照蠍，其雄驚墜，猫食之。雌徬徨悲鳴不已，朝夕守巢，哺諸雛，成翼而去。明年，雌獨來，復巢其處。人視巢，生二卵，疑其更偶。徐伺之，則抱獨之殼爾。自是春去秋來凡六稔，觀者譁然，目爲貞燕云。長沙馮子振記。

[一] 空梁泥屢落：泥屢，珍本叢刊本作「屢泥」。
[二] 故渚自冰泮：自冰，文淵閣四庫本、《元詩選》本作「冰自」。
[三] 雙燕巢於燕人柳湯佐之宅：宅，文淵閣四庫本、《元詩選》本作「家」。

義鄧

吾鄉有鄧添，千里負主骨。晨夜竄草間，宛轉皆虜窟[一]。胼胝苦何辭，性命間一髮。日車昏盪祲，虹暈或抱月。魂氣相衝搪，鳥獸亦獝狘。經過百戰地，青春暗消歇。深幸主有靈，全生及城闕。主母悲喜集，流淚心激越。主妾事他人，空庭自花發。主昔爲龍蛇，公論不可没。但感衣食恩，疎戚均賞罰。在家爲義奴，在軍爲義卒。庶幾銜土烏，尚愧擊蛇鶻。淒淒薦霜露，皙皙上參伐。不見秦舞陽，悲風動天鉞。

贈黃將軍中奉其故主將邁里古思判樞母夫人歸吴分韵得煙字時歲戊戌

丈夫重知己，富貴浮雲然。壯君仗公義，歌詠擬古先。報仇韓張良，卻敵齊魯連。昨者邁判院[二]，樹羽塗山顛。三苗喪精魄，萬民歸陶甄。斬馬柳鄂州，餉客郭通泉。外蕃久側目，臺諫實搤咽。長城乃自壞，白氣貫南天。君輒討有罪，鴟鴉厭腥羶。賊圍亦潰散，畏君親披堅。黃金雙佩刀，福禍劃回旋。挂之祖道左，泣挽士五千。梅花映素衣，獨上東吴船。念彼鶴髮母，哭兒螢案前。萱草暮晷迫，薤葉春

〔一〕宛轉皆虜窟：皆，《元詩選》本作「時」。
〔二〕昨者邁判院：判院，珍本叢刊本、文淵閣四庫本作「院判」。

露懸。豈無一犁牛，躬耕石湖田。日惟勸加餐，樂以卒歲年。今兹喪亂際，俗壞教益朘。式瞻偉事業，前後何其賢。大澤冰已泮，舟鮫并珠蠙。我幸攬餘光，校讐圯上篇。贈君當載馳，爲國靖烽煙。

上黨有寡婦時後至元二年

上黨有寡婦，秉心義且貞。誓不暴夫惡，甘受殺夫名。頻年困縲絏，五府來公卿。惟中李柱史，哀矜得衷情。剖棺重驗屍，胸骨金珥横。故主認失物，茂宰崇門旌。太行脊中原，黄河流元精。仁風慶雲被，麟萃芝羅生。地秀鍾壼儀，四方揚頌聲。遒人儻鳴鐸，好自姚都城。

排難行贈王子中

相如全趙璧，子敬存家氈。臣子奉君父，由來義當然。我爲排難行，期播今後賢[一]。至正十六載，楚氛蔽吴天。南臺塔御史，盡室方顛連。風波萍浮寄，墟落匏孤懸。内無蚍蜉援，外絶鴻雁傳。縮地漫勞想，拔宅欲假仙。形勢轉倉皇，一日猶三年。君聞急友義，側身入烽煙。得子猛虎穴，摘珠驪龍淵。菱花奩影合，桂樹月魄圓。青青驄馬駒，環珥映後先。相看喜至骨，欲語翻淚漣。報之錦繡段，長謝賦歸田。遂令雞鳴客，遠愧齊魯連。我時載茶具，蕩漾五湖船。蕭蕭春陰暮，載歌伐木篇。

〔一〕期播今後賢：後，珍本叢刊本作「俊」。

弟子篇贈張大椿伯陽〔一〕

俯仰天地間，莫重君親師。民生事如一，世亂多乖離。近託采藥游，聊以觀俗嬉。張也吾愛友，盛事形歌詩。儒先金昌伯，授業羈貫時。相違三十年，再見忘老衰。下榻橘隱堂，開校蓮渚湄。青燈續舊夢，緑醴潔新卮。絶筆俄物化，啟牖爲輿尸。桐棺斂士服，丹旐表靈輀。鄉隔煙樹遠，帆上寒潮遲。長路衆執紼，悉借東風吹。其嫠泣呱呱，痛極感亦隨。紛紜馬上郎，結納帳下兒。卒死豺虎鬬，弗免蠅蚋悲。師道苟斯立，家國反掌治。緝成弟子篇，忠孝同少裨。

送中政院判買住昂霄使淮浙二藩還京

採珠極桂海，採玉窮冰天。志士取功名，盍走萬乘燕。偘偘玉節郎，匹馬雙龍泉。恩光赫徼外，德音承日邊。二府饟事畢，再拂珊瑚鞭。別我冥鴻亭，卻話三年前。煌煌金虎符，婉婉緑綺弦。當時苟顧戀，安得登祁連。河汴氣混融，嵩華青眇緜。陜輝隴頭月〔二〕，閩接潮陽煙〔三〕。非比漢中興，尚論周東遷。上無勞土木，下無媚胡祆。六宮親蠶桑，鈞軸秉化權。本齊源亦澂，四方自蕃宣。持爲使歸獻，庶

〔一〕詩題：大，文淵閣四庫本作「天」。
〔二〕陜輝隴頭月：陜輝，珍本叢刊本、文淵閣四庫本作「心馳」。
〔三〕閩接潮陽煙：閩接，珍本叢刊本、文淵閣四庫本作「目斷」。

慰心悁悁。緑竹吹粉香，野櫻紅露懸。翻翻鸝黄羽〔一〕，影落碧梧陰。醉灑北上行〔二〕，宿陰適高褰。壯遊豈不美，親老幸錦旋〔三〕。山林訪故舊，我種吴淞田。

贈高彦禾

有官貴全城，無官貴全身。賢哉愚全子，讀書宛溪濱。花開迎燕社，花落送鶯春。何心同谷叟，甘分葛天民。憶昨甲午秋，長鎗澒烽塵。鬼哭竄中夜，雞鳴度蕭晨。禾少農馬智〔四〕，實多造化仁。向來佻巧徒，各已腐荆榛。依依越南鳥，采采吴下蓴。丘嫂禮遇至，難兄衣食均。端居淑諸生，長揖辭憲臣。誓爲特立士，白首佩璚玟。與我林泉交〔五〕，視我肺腑親。寒郊陰風迴，日落雙醉巾。浩歌遂走筆，世亂無憂貧〔六〕。

〔一〕翻翻鸝黄羽：鸝黄，文淵閣四庫本作「黄鸝」。
〔二〕醉灑北上行：灑，珍本叢刊本、文淵閣四庫本作「歌」。
〔三〕親老幸錦旋：幸，珍本叢刊本、文淵閣四庫本作「晝」。
〔四〕禾少農馬智：禾，珍本叢刊本作「本」。
〔五〕與我林泉交：交，文淵閣四庫本作「友」。
〔六〕世亂無憂貧：無，珍本叢刊本、文淵閣四庫本作「毋」。

贈魯道原縣尹時客授璜溪呂氏大兒掖從讀春秋

河決多橫流，世亂無完家。由來鄜州月，照人生戚嗟。郎官有故鄉，宛在桐江涯。兩邊久荆棘，孤村自桑麻。慨想回文機，永夜燈垂花。殷勤王母使，時復降紫霞。佳兒侍元方，弟子進侯芭。鞶帶寒執經，綵衣日將車。竝期登龍虎，殊鄙註蟲蝦。諸侯不能臣，忠義抑爾嘉。北風健駟馬，南斗通靈查。再陳喻蜀檄，閭里被光華。

贈南臺掾普罕仲淵兼簡浙憲副察伋士安

騶虞謹踐履，鳳凰慎棲息。丈夫出處間，身名寶金石。維時戊戌秋，念君苦行役。體被襤縷衣，面帶嵐瘴色。義不事二姓，蓋是稽古力。白頭一心人，亂世成棄擲。空涼閶門邸，置酒寬愁臆。女牛限明河，年年會良夕。龍津雌雄劍，終焉如合璧。南垣視兒子〔一〕，願言加湌食。出糟鵝掌紅，登市茭筍白。長吟寄忠憤，短策探勝迹。部使問山人，因之道深憶。

〔一〕　南垣視兒子：視，文淵閣四庫本作「愧」。

贈張俊德教諭彥中録事

王陵一代英，徐庶百世士。功名繫遭逢，孝誠本天理。吾友兩孝張，其先西夏氏。衆方冒國姓，而獨變夷禮。兄猶困雞口，弟嘗躡龍尾。出處矢弗違，安危視同體。前年甌人横，窫窳越南鄙〔一〕。仰事惟君親，徬徨曷能已。挂帆藉風姨，扶輿拱山鬼。艱勞千百狀，息心飲谷水。登堂拜大賓，列帳坐弟子。鸛雀三銜鱣，春冰雙躍鯉。雖加晉楚富，未忍彼易此。緑林氣凋傷，玉雪見穠李。謂李忠襄〔二〕。殷勤報二難，安排書五始。

贈窮獨叟

窮陰結長寒，木介河生澌。曠野獨獸號，異鄉孤臣悲。薜衣帶胡繩，三年限朝儀。豈徒無炊火，顧有麻斬齊。身幸免汚辱，言之淚交頤。脱急藉朱家，弔古懷要離。遡風酒三酹，老氣吞畎夷〔三〕。誓郤梟獍肉，用塞烏鳥飢。漢酬張良志，吴乞伍員師。行歌獨禄篇〔四〕，以繼從軍詩。

〔一〕窫窳越南鄙：窫窳，文淵閣四庫本作「猰貐」。

〔二〕玉雪見穠李謂李忠襄：雪，珍本叢刊本作「璧」。「謂」上文淵閣四庫本有「穠李」二字，六小字置於詩末。

〔三〕老氣吞畎夷：畎夷，文淵閣四庫本作「郅支」。

〔四〕行歌獨禄篇：禄，文淵閣四庫本、《元詩選》本作「漉」。

歲旦未起宋安道稅使袖至倪元鎮書因述懷答倪

不食妾婦魚，寧飲廉讓水。善學柳下惠，魯有一男子。兹辰屬新正，高枕辭賀禮。忽得隱淪書，矍然攬衣起。隱淪盡散金，賤跡痛掃軌。薪炊竹根葉，盤具園中薺。貧病無一錢，老幼逾百指。寒雲下微雨，聊閱晉唐史。陶顔何如人，所慊飢乞米。寄言物外交，仙山餞瓊蘂。

曹生焕章爲畫席帽山人小像自題一首

我生太平時，濯濯春月柳。兵興數避地，短鬢若蓬蒿。本無萬年相，曷煩二毛手。粉墨妙且精，韋布老殊醜。九關去天杳，大林落葉厚。歸歟卧雲根，免夫哆箕口。赤腳躬煮藥，一力助耕畝。尚友復何人，樂志論一首。

題嘉定故朱禹敷妻徐氏卷

孤雁不再雙，飲啄南北野。彼美徐妙正，不離空閨下。簾帷度霜月，寒采流酒斝。歡樂儼夢寐，及覺淚横灑。大雛禮初習，小雛筆試把。誨教仰叔氏，庶期繩儒雅。鳩拂牆陰桑，鴞遠墓門檟。蘆溪寡婦笱，日復奉姑酢。亂離世未寧，福祐天所假。我歌大塊間，以愧二心者。

留姚泳元體山居題其所性齋

蒼蒼幬圓宇，盤盤載方儀。君子萃才美，莫不原秉彝。狂象貴有鉤，生馬貴有羈。跳踯林末猿，安得馴致之。老我儉德堂，仰頫每嘅斯。節義世大閑，我友躬踐持。敬親急兄難，矧敦古書詩。干戈久搶攘，習俗多變移。豐屋晝瞰鬼，重城暮號狸。艱阻同備嘗，堅白不磷緇。霜草萎四野，風葉鳴前墀。一燈照細酌，於焉寫沖思。漏長井絡高，大星角揚眉。聊題所性齋，皓首雲山期。

題烏涇夏孝婦葉氏妙真卷

翁姑視父母，孝敬無異轍。先王禮防微，復有男女別。吾鄰夏冢婦，姆媪争播説。翁初病重腿，既瘥七歲月。捧湯俯滌穢，操篹躬致潔。寒燠昏晨間，問候罔違缺。良人事巫祝，出胙晚笑割。婦也具酒漿，婉娩罄歡悦。庭莎泫零露，野芳亂啼鴂。西丘地下姑，及兹翁同穴。高桑八九樹，載念姑培蘖。青裙襞積衣，重溼新淚血。涇横泥自烏，井古泉自洌。詩亡聖悠遠，竊誦規世末。頌罷見孤雲，心神亦飛越。

常州軍幕中偶白免郡儒築城頓兵之擾凡百十户及還多士義請留不果因謝别一首

野青氣蕭條，花落被廣路。長河血流水，祲接淮楚暮。金鍾古名邦，强者今得據。重城萬工役，寸晷百洶懼。吾黨章句儒，奚堪畚鍤具。甑空四壁在，幸復罷兵戍。論交義咸敦，取别情獨遽。棲棲馬韉破，戚戚虎穴度。班彪西河閒，本爲生民故。一言寤竇融〔一〕，中心實歆慕。

遊昆山懷舊傷今一首

丈夫貴善後，事或失謀始。桓桓張楚國，挺生海陵鄙。一門蓄大志，羣雄適蜂起。玄珠探甓社，白馬飲浙水。三年車轍南，北向復同軌〔二〕。量容甘公説，情厚穆生醴。誓擊祖逖楫，竟折孫策箠。天王詔褒贈，守將躬歲祀。翼然東昆丘，蘭橑映疏綺。青蘩春薦豆，翠柏寒動棨。乾坤宥孤臣，風雨猖五鬼。銅駝使有覺，荐懼卧荆杞〔三〕。

登昆山寺謁劉龍洲墓

陰厓鱉裙披，蕭寺壓其左。前無容馬地，而公靈永妥。綽有高世風，荷臿誓埋我。懇懇中興論，汎汎岳陽舸。竹西旌佩閒，爲士非瑣瑣。我來行吟久，顧影歎復坐。下上百年餘，同遇時坎坷。踈嵐冒川暝，歸鷟跕跕墮。怒焉上孤舟，星流亂漁火。

〔一〕一言寤竇融：寤，文淵閣四庫本作「悟」。
〔二〕北向復同軌：向，文淵閣四庫本作「面」。
〔三〕詩末：文淵閣四庫本《宋元詩會》卷九十四此詩末有小字：「張士誠降元，元追封士德爲楚國公，廟祀昆山。楊廉夫詩所謂『先封楚國碑』也」。

遊卜將軍墓祠將軍名珍字文超唐西河人有功業在昆山民至今祠焉〔一〕

時危短吾裾〔二〕，薄游東昆野。有唐將軍塋，肅肅風露下。木葉金甲動，土花碧血灑。居然神兵棲，夜嘶石驎馬。二蛇顧首尾，勢若無禦者。當時陣或然，威福巫得假〔三〕。靈烏拂人首，疎火散村社。淤淤婁逝波〔四〕，壯懷託申寫。

讀僧惇樸菴松石稾爲其徒智升題 有序

惇，黃巖人，趙宋宗室裔，先輩胡石堂之門生也。性介潔，不樂茹腥血，因祝髮爲沙門。壯遊金陵，與五峰李孝光竝受知梁王〔五〕。一日，公引柯九思見，柯以寫竹遂親幸。王即位，獨召用柯。李後送公詩云：「月行天中央，天高如屋極。中有雪色兔，下土人不識。我曾摩其須，仙吏睨我側。世人乞毫光，密如霧雨塞。蹴踏河漢搖，洶湧若秋汐。是誰知此奇，南有彌天釋。去去不復

〔一〕詩題：祠，文淵閣四庫本作「祀」。
〔二〕時危短吾裾：短吾，珍本叢刊本、文淵閣四庫本作「曳短」。
〔三〕威福巫得假：得，珍本叢刊本、文淵閣四庫本作「暫」。
〔四〕淤淤婁逝波：逝，珍本叢刊本、文淵閣四庫本、《元詩選》本作「江」。
〔五〕與五峰李孝先竝受知梁王：先，疑爲「光」之誤。李孝光，隱居雁蕩山五峰下，有《五峰集》。

念，令人淚橫臆。」若不能無慨者。而公兩主名刹，退老雲間，心易筆史，有山林宿儒氣習。佛業師行，稱於名緇。以壽歿。今其徒升謁示公《松石稾》，凡如干篇。於金陵時事，無一及之[一]，縈念蓋灰如也。升，予鄉子弟也。有請爲公述大略[二]，兼和李一首。

世殊老復至，懷賢思彌極。靜觀惇公詩，巖姿悅曾識。蓋茅白雲奥，結軫彤邸側。酥酪味殊珍，葑茆飢可塞。倏倏隻履邁，古渡幾潮汐。松偃石泐泉，對月卷忍釋。大鵬才亦無，山雞衒文臆。

題伯顏守仁教授竹石 有序

守仁，蒙古氏。至正甲申，以《禮經》領江浙鄉薦。中書下第，例釋褐出身，守仁由是任宗晦書院山長，繼長二戴書院。復豪右占田二頃有奇[三]。代，流滯十年。再中壬寅鄉貢第，艱於北上，丞相達識公權授安定院長。平章張士信，尋改爲烏程教諭，累幣請不赴。明年，有大臣言之朝，始勑除平江教授。時士信柄政，守仁遂放游九峰三泖間，託寫竹石，以自見志節在寒苦内，士咸高

[一] 無一及之：「無」上珍本叢刊本有一「則」字；之，文淵閣四庫本作「者」。

[二] 有請爲公述大略：公述，珍本叢刊本作「述公」。

[三] 復豪右占田二頃有奇：右，底本脱，據文淵閣四庫本補。

之。予聲之詩云：

廣文窮益堅，竹石研池出。勢卻虞人旌，籟隱伶倫律。渭川春暗雨，淇園寒落日。鳳深蒼梧雲，茅簷花復實。

吴城破後門生羅育自睦走無錫遷母胡氏葬還書至海上寄唁一首育字得英

亭長屏前殳，州尊停羸馬。子負後母函，相送東門下。十年地瓜裂，飛翼恨難假。雌雄決甫聞，匍匐遑一舍。日新照歸旐，山舊餘老檟。幽闉永妥靈，明昊將錫嘏。葭長連霜海，草白慘風野。披書爲起立，亂久孝彌寡。予病莫致芻，西望酹三瀉。

岳鄂王墓木皆南向平江張師正知事命工圖之爲題一首

昔僑嘉會門，嘗謁鄂王墓。二樸儼喬梓，十八松夾護。一壁青天豁，半嶺靈籟度。席然卷旆頭，槊若列武庫。勢回退飛鷁，神悦獨屏樹。適來卉衣巫，載陟苔花阼。遺像雖土木，快覩猶披霧。還鄉驚草昧，臨衝乏材具。思得背嵬軍，少展常山步。憂長家從隱，髮短歲復暮。溪園黃落深，多爾特我顧。粲粲岳林圖，依依棲霞路。物性本莫齊，英氣實攸聚。月中劍精起，想像羆虎踞。以袖敬拂拭，老淚忽雨澍。成固謝妙工，壞或恐内楙。龍雲與魚水，艱哉君臣遇。益使澹蕩人，終身樂韋布。

過佘山聽禪師道場同曦南仲送昭晦巖上人遊五臺

　　踶齧神駿姿，一日千里馳。道林愛成癖，蓋抱才不羈。惟昭東佘士，十載蠅鑽紙。夜形駱駝夢，欲飲流沙水。兹爲五臺别，其山絶惱熱。鷲采照春冰，羊角搏夏雪。塞向鵙歇鳴，啟户緑暗樾。空中青猊駕，雲端寶花闕。地昔安坐具，石壁光發素。北朝旃裘君，無復荐遊豫〔一〕。凡所相屬妄，自見性乃悟。聽老望歸來，金精立雙樹。

留曦上人會海禪林送體用菴上座遊南嶽祝融峰

　　名緇五臺英，將登祝融峰。杯俯洞庭小，一螺媚山容。雲衲灑飛瀑，霜磬度疎松。扶桑既入望，老對夕陽春。

慈報寺長老南岳雲畫雲山圖松圖各有詩予次韻

　　空山不知春，白雲莽昏曙。幽磬迥已沈，詩禪憺自悟〔二〕。溪影流一花，月明在雙樹。

〔一〕　北朝旃裘君無復荐遊豫：文淵閣四庫本作「質多阿修羅，回回不敢侮」。
〔二〕　詩禪憺自悟：憺，文淵閣四庫本作「淡」。

石間孤生松，天涯特立士。相看雨滴翠，似聞風落子。駕言歸去來，白雲滿蒼苔。

題葛溪權以制所撰孟志剛夫婦誌後 有後序

亂世多橫途[一]，濁浪無清潯。匹夫與匹婦，終始良苦心。夫比一寸膠，婦比一寸鍼。物性禀自天，用去作指南[二]。莽莽陳鄭郊，切切桑濮音。康瓠瓦缶間，復見古瑟琴。霜飈颯短褐，寒雲閟窮陰。節義鎮相望，老矣梁父吟。

孟志剛者，陳人也。當忠襄王駐陝時，剛客授澠池。既汴平，圖東歸計，又授徒汴西門。無何，以疾卒。學徒殮未殯，妻衣氏，囑匠斧大棺。學徒舉疑之，曉夜更守。衣氏乃盡殺雞彘，祭畢慟哭，以割牲刀自刎死。鄰友薛方，合諸徒葬之西門外。初，剛挈衣氏自陳避兵來汴，病飢，行販彰德。而汴、彰相繼陷，不相聞二年。遂間關至洛，將趨汴訪求之。俄稠人中有呼剛者，剛顧，則衣氏也。泣謂曰：「妾曠違夫子，市丐廟舍，得不戮辱而復聚[三]，此天也。」剛亦泣，偕依鄉人河

[一] 亂世多橫途：文淵閣四庫本作「亂石生畏途」。
[二] 用去作指南：作，底本作「濁」，據文淵閣四庫本改。
[三] 得不戮辱而復聚：戮，底本作「戩」，據文淵閣四庫本改。

南判樞麻李公居焉。公嘗物色一妾，勸剛納之，曰：「平時我州南孟氏二百口〔一〕，今惟剛在，且久無子〔二〕。若不聽，卒老窮獨〔三〕，宗祀責誰歸？」剛辭曰：「有子無子，命也。匹夫匹婦，義也。守義俟命，尚他慕哉？」逾年歿。所性直方，每面折人，人不之怨。尚先生元素，蓋其師云。以制名衡，江西人，今隱居淇上。

笋無頭　有引

笋無頭，記夢也。己亥歲，予遊杭。丞相達識公用薦者言，擬擢爲蕭山尹。尋病還，而蕭山洊罹兵革。始悟笋無頭，蓋「尹」字也。因補是辭。

夜夢竹笋兮無頭，精神恍惚兮莫測其由。山川慘容兮，風雲爲愁〔四〕。若有人兮，告予不可留。苟貪禄兮，曷免悔尤。

〔一〕平時我州南孟氏二百口：我，珍本叢刊本、文淵閣四庫本作「吾」。

〔二〕且久無子：久，珍本叢刊本作「又」。

〔三〕卒老窮獨：文淵閣四庫本此四字作「我」，則歸上句；卒，珍本叢刊本作「予」。

〔四〕風雲爲愁：雲，文淵閣四庫本作「露」。

書儉德堂左斷石

使爲砧兮，孰配以杵。使爲砥兮，孰承以柱。使爲磬兮，孰編以簴〔一〕。厓斬壁絶兮〔二〕，志士獨與。飢渴可療兮，薇蕨同煮。

最閒園東復闢荒地藝以菜麥名曰青園作青園辭

園始荒兮草棘，園既闢兮菜麥。食新可望兮饉也云除，田弗潦兮甂亦有儲。賢者過兮蔬飯於舍，我無嗟兮無謝。

西霞一首書簳山石壁上

西霞在岑，慨日則沈。言息予心，薄燠我襟。西霞在麓，睠鳥則宿。言駐予足，薄暖我目。維聖學易，維賢知非。將泳道涯，卒依德輝。載引之領，載翹之首。願焉斯霞，以化春酒。

〔一〕 孰編以簴：簴，文淵閣四庫本作「虡」。
〔二〕 厓斬壁絶兮：斬，文淵閣四庫本作「斷」。

題商皓圖

紫芝爊爊，白石楚楚。風泉嵐霏，交寫互吐。於四老父，以延以佇。以歌以舞，爰宅幽阻。匪幽阻是宅，有誅偶語。青松渠渠，瑶草塗塗。簡出深居，麴麇鶴狙。於列仙癯，以譃以娱。以嘯以呼，爰友樵漁。匪樵漁是友，有適左閭。篤生於周，考終於劉。商不嬴豬，斯豈人謀。匪人伊天，其德之酬。歲逾邁矣，霜雪孔稠。我心雲鴻，曷日云休。

我田憂澇也予有田在横泖辰字圍雨甚憂形於辭焉〔二〕

繇上無聞兮，汶陽不治。我田孔卑兮，霖澇載罹。蛟鱓王兮，陸爲宫。天戴地履兮，曾饘飽弗充。噫！假使歲稔兮，孰愈道豐。

擷於晡

擷於晡，維蓼及荼。倚於旭，匪柏則竹。風撓林兮，露零坂。攻苦勵節兮，愀獨往返。天道不遠兮，汔歲之晚。

〔二〕　詩題：文淵閣四庫本題作「我田」，「憂澇」作「夏澇」，「夏澇」以下爲序文。

響石二曰豐鐘曰泗磬各刻之辭分置林泉

豐鐘曰：德瑀璜，音琳瑯。應素商，天迨霜。歌豳章，慶金穰。

泗磬曰：山儲英，水凝晶。戛球鳴，激以清。文運明，諧大成。

炎風辛亥五月作是年四月十三日得男孫

炎風兮赤日，載花兮木筆，榴一蔕兮三實。文翰兮是膺，簠簋兮是承，尚期兮來仍。

木客圖爲董竹林山長題

有柯者斧，有力者膂。孑孑荒寒，胡不歸處。阿房方作，鳥迴飛翰。大索工師，山木是刊。星奔霆驅〔一〕，血指背汗。從此逝兮，猶馬釋絆。其食杞楝，其衣蘿葛。甚雨疾風，匪巖伊穴。凉宵佳時，滿引流霞，鬻笑仰天，猩舞戴花。予意招之，頭若爲掉。程石載秦，雖倕罔效。蘖使入海，吏隱獷塵。風嚮景從，子非凡倫。非凡蓋仙，有道不死。式瞻遺容，庸敢追誅，尚弔爾坑鬼。

〔一〕星奔霆驅：霆，文淵閣四庫本作「電」。

登鐘賈山净行寺静初上人棲雲樓爲題辭一首

仰山兮樓間，秀吾飡兮雲吾攀。俯樓兮山上，雲層匝兮天樂殷。響緊高閈兮愴心迹，伊雲山兮自主客。羃蔦葛兮潤篠柏，寒清凝兮輝顥白。一氣籥兮上浮，八紘儵兮周流。邈與鶴歸兮弗應龍求，濁世翩翩兮富貴可羞[一]。將棄違兮筆研，杖往來兮蒼翠之幽。

莆溪蔣蕃季碩壽萱堂詩

有堂維茅，於莆之原。有棁弗藻，北維樹萱。厥義何居，味性滑温。母氏飡之，百憂用諼。子祝福母，由天賦善。我作歌詩，匪頌伊勉。維萱黄榮，維萱緑荑。孑孑芳蕤，日清風夷。柔嘉孔儀，實子之婉怡。維萱緑荑，維萱黄榮。中心惸惸，風夷日清。静閒孔貞，實子之孝誠。莆流云長，蓋浚於澤。堂基云崇，蓋土於積。學猶殖也，萱兮培德。萱兮培德，後葉昌奕奕[二]。

[一] 濁世翩翩兮富貴可羞：富貴，珍本叢刊本作「貴富」。

[二] 後葉昌奕奕：後，底本作「后」，據珍本叢刊本改。「葉」下文淵閣四庫本有一「之」字。

華西一曲辭題楊生士中別業[一]

巾脩脩兮鬌秋，步泠風兮歌游。睠華水兮洄脈，涇烏浦黃兮獨湛湜。田穜穋兮壠桑苧，喪膊耕助兮由義之府。返窮猿兮故林，脱孤鶩兮數罟。鑣聯軌方兮狹斜仆壞，子不徑竇兮有蕙其帶。野淒露兮天肇霜，誦且弦兮中堂。春載陽兮，相攜河梁。

有竹 有序

有竹，美雲間沈德輝煥卿也。德輝嘗從先人游，既吏禄於邑，多所平反。而退隱竹庭之下，以樂子易之孝養焉。

有竹青青，匪郊匪坰，君子之庭。庭不容馬，杖屨其下。風露清灑，於享壽嘏。有竹離離，匪巔匪湄，君子之墀。墀不容軥，簟枕其幽。炎歊遐悠，於樂燕休。欲穡之食，必歲其力。欲德之植，歲必其百。藐軀兩間，好生則均。嗟彼厚禄，遑保厥身。維竹有穉，維君子有嗣。尚歌衞詩，庸濟世美。

[一] 詩題，文淵閣四庫本題作「華西一曲辭」，「題」下爲序文。

鵲狐答一村張子政窮寒答天變之作

有靈曰鵲，營巢占風。曾謂吾人，靡鵲之同。有知曰狐，涉渡聽冰。曾謂吾人，靡狐之徵。吾人滔滔，乘馬丹轂。弗範而馳，致顛汔覆。嘉林之下，黝然寒泉。被褐於隱，時邁世遷。霜露霰雪，天其教也。貧賤憂惕，士胥儆也。士胥儆也，鵲狐是蹈也。

味易杯 有序

《易》惟四卦言酒，而皆當險難之時，予備嘗焉。幸老至矣，名杯曰「味易」，仍刻詩杯之槃曰：「憶昔月初生，踰關衆欲兵。黑風攖市虎，白浪掣湖鯨。石筏宵孤露，梁山暑病行。天其佚吾老，味易遲時清。」識其略耳，蓋未足歌樂之，乃載歌曰：

拘美兮易演，厄陳兮道闡，聖迹悠兮莫踐。未濟與坎兮困需，姑味酒兮吾生之餘，海月其亮兮天風其徐。

貪山歌聞門生薛復田廬其下懷歸感昔賦以寄之

鄉山東遮兮犬牙銜，屹神秀兮奚名爲貪。我嘗徑度兮加策鈍驂，義不留兮士之攸嫌。聖過盜泉兮忍渴弗取，墨舍朝歌兮孝去勝母。處獨絶嫠兮殉節死歐，飲犢上流兮尚推潔犢口，彼皆然兮德維其有。夫圭玷兮貴鏟，衣垢兮用瀚。愚莫愚兮怙惡，賢莫賢兮遷善。於兹山兮有隅，尤介若兮不污。顧依本兮美物，更曰廉兮匪踰。羣分兮彙聚，綺黄二山名。賓逆兮君山名。望江滸[一]。鯉山名。游龍兮前驟，䰠殿跑兮鹿旁乳。事竝見郡志。嵐曨晛兮含丹昕，峰高寒兮灑翠氛。乃儲雲蓄雨不屑澤下國兮，氣饋如兮孚尹[二]。草豐縟兮水潤液，猿鶴胥來兮豕蛇遑息。嗟神往兮夢歸，疇縲予兮藥石。紫芝燁兮商顔煒，客星隱兮富春美。璞玉剖兮荆岡塹，蕙帳虚兮鍾阜恥。誓將巖棲谷墾，以彷彿夷展之赳蹐兮，二三子兮操杖几。尚箋兮飛廉[三]，謝山靈兮躧履。

林泉民歌贈無錫張相夢辰樞明經修行累辟病辭

若有人兮西神顔，薜蘿屋兮松桂關。佩詩書兮服仁義，馨斯摯兮采是闕。穿虎穴兮攀鳶巢，洞扉呀兮泉響交。山鬼嘯兮木客跂，光曭曭兮來雲旓。琴白石兮自弦，衷壹鬱兮于宣[四]。楚狂去兮蒼姬衰，商綺隱兮羸炎煙。文與道兮就隕，孰千鈞兮一髮。引睠枯落兮弗畫，加斧斤兮曷忍。百實秋兮三秀春，老

[一] 綺黄二山名賓逆兮君山名望江滸：逆，文淵閣四庫本作「迎」。
[二] 氣饋如兮孚尹：「氣」上文淵閣四庫本有二空格。
[三] 尚箋兮飛廉：「尚」下文淵閣四庫本有一空格。
[四] 衷壹鬱兮于宣：于，文淵閣四庫本作「誰」。

益學兮亂能貧。信禮樂兮在野，天將啟兮遺民。

石林一首贈琴友劉仲禮

何山無石，何石無林。石崇林深，有我有琴。三代禮隳，遺音則雅。鳥百斯騫，樂莫知者。石氣上齊，林沐時雨。流液蔦蘿，被澤蘅杜。白露既滋，蒼峭黄萎。龍蛇伏坻，歲聿暮而。玉攻材蒐，我卒懷矣。無慍無悶，庶幾君子。

題戴崧先府君良才諱善行號蒼山處士小像　有序

歲己亥，兵薄括，處士命子崧挈母先入山。及返迎處士，兵大至，熸城。崧冒燹觸刃，瀕死者婁〔一〕，且哀告軍，物色父所在，害獲免。時弟洺，將處士竄溪南山。處士謂同難者曰：「吾一褐以老，未嘗垢，與其蔓草同穢，不如滄浪清之獨也。」徑投於溪。洺救不克，亦死。崧蒲伏與母葬之武溪原，以洺祔。躬廬墓餘十年，而慘怛之痛，思慕之切，猶一日也。復繪處士小像，託前進士顔守仁徵挽章。永嘉曹新民教授有曰：「菊帶晉愁香不改，松輕秦爵老猶青。」予曰：

〔一〕瀕死者婁：婁，文淵閣四庫本作「屢」。以下同此者不再出校。

兵貴戢兮不戢何爲，父蹈水兮聲餘嗚悲。由也盡思兮哀也廢詩，惓惓於圖兮孝亦庶而。霧雨除兮神魚揚鬐，魂騎上天兮涅無淄。

紫岡贈華亭徐克振書其邑丞魯淵道源序後 有序

克振名振，少孤哀，大父母保育誨字，底成立。振克敬克事，大父母歿，苫寢蔬食，廬墓六寒暑，猶一朝夕。逢謂盡禮盡思之道，振以孫行之大父母，孝矣。詩曰：

眷眷海濆，匪澤斯鹵。巋岡紫土，孝徐振所。伊孝云何，蚤背恃怙。維大父子撫，維大母子呴。襃而抱，鸝而膝。髫塾冠室，愛猶一日。乃絅乃文，乃玉乃質，侍靡頃失。大父母胥喪，毀瘠痛呻。蔬麻凷苦，義弗間親。閫閾罔踰，禮經是循，百六十旬。緜瓞有瓜，孫枝有桐。霜寒雨春，油油於衷。爰主維户，爰亢維宗。手口澤存，亦目觸涕從。山始崑，江源岷，鷹豺仁人曷不人。於昭者天，相在爾振，尚禄爾後雲。

懷歸

石林兮晝緑，池月兮夕縞[一]，將捫蘿兮采之藻。我心兮懷歸，人謂予兮娱老。

最閒園辭

園有木石，予從而景息。匪息也景，彼其予識。園有禽魚，予從而心娱。匪娱也心，彼其友予。豈曰車無脂，不良驅馳。豈曰馬無羈，及此阽危。尚慎之哉，草露之滋。

玄芝辭 有引

逢寓隱烏涇之三年，七月望，命兒拊薙後園灌莽，報有異草在椒之下。即而觀焉，蓋玄芝也，作《玄芝辭》。

有芝英英，在園之東。輪囷雲章，白郛玄相[二]，吾不知爲妖爲祥。於乎！猗蘭之芳，聖人之傷。

[一] 池月兮夕縞：池，文淵閣四庫本作「野」。

[二] 白郛玄相：郛，文淵閣四庫本作「郭」。

聖人之傷，小子之藏。

題留侯小像

漢高三尺劍，子房三寸舌。剛柔兩相濟，秦降楚隨滅〔一〕。君不見，乾坤狡兔飛鳥秋，脱使子房無世仇，箕棲潁飲老則休。

垂釣圖爲窮獨叟題

麾扇渡頭芳草多，投金瀨口水無波。非此水，不投釣；非此草，不製蓑。人心其如忠義何。

史騾兒 有引

騾，燕人，善琵琶，至治間蒙上愛幸。上使酒縱威福，無敢諫者。一日，御紫檀殿飲，命騾弦而歌之。騾以《殿前歡》曲應制，有「酒神仙」之句，怒叱左右殺之。後問騾不在，悔曰：「騾以酒諷我也。」前和州同知李澄言於逢，欲傳其事，逢爲賦一解〔二〕。澄字仲深，開州人，翰林承旨惟

〔一〕秦降楚隨滅：隨，文淵閣四庫本作「復」。
〔二〕逢爲賦一解：解，文淵閣四庫本、《元詩選》本作「辭」。

中先生從子也。

虎帖耳，豹俯首，青天白日雷電走。尚食黃羊光禄酒，史騕曲曲春風手。蕭王馬蹴滹沱冰，亞父玉碎鴻門斗。鳳凰鎩翮蚌珠剖，趙女舍瑟，秦娥罷缶。飲中八仙方下來，御溝濺赤花飛柳。君不見，龍生逆鱗海嶽寒，嗚呼史騕乃敢干。和州孤臣説舊語，梨園弟子更新譜。

送日本僧進得中遊廬山

嘗歌廬山謡，既誦廬山高。謫仙歐九氣兩鏖，後世邈見詩人豪。上人毛吞鯨海濤，崑蓬嵩華窺秋毫。香爐瀑布試一遨，五老離立同兒曹。三百六十龍象遭，天燈絡繹長林臯。我聞層巔聳峭壁，字畫慘淡古鳥跡。禹平水土紀功德，廬君以來人靡識。盍捫雲蘿梯磴石，摩娑摸索爲我惜。聖神洋洋酒三瀝，亂餘赤子甚墊溺〔一〕。安得再賴乘橇力，盡九州内爲化國，回首扶桑長咫尺。

〔一〕亂餘赤子甚墊溺：墊，珍本叢刊本、文淵閣四庫本作「饑」。

張節婦吴氏辭 有引

吴諱妙寧，松之上海人。性淑朗，年廿一，贅同里張氏子。越四載，邑大姓以事變坐連其父〔一〕，寧泣曰：「吾父苟無地爲解，族其赤矣。吾不遄死，禍延良人，悔孰甚。」一日，遂雉經死。未克葬，徵繫吏果至。聞寧死，唶異而去。時友生顧彧教授其里，乃攜寧幼子浩來拜逢請文〔二〕，逢因書此以歸之。辭曰：

紅羊年，黑鼠月。張婦吴，儼遺烈。九山風酸泖波血，二氣舛錯愁雲結。百里泥塗昏墊中，梅花一樹驚飄雪。我招數十節義魂，扁舟今過西新村。歲時堂上虛鳴珮，煙雨牆角餘繰盆。篇詩爲付孝子浩，四海薄俗何當敦。

題姚外史草樓

黄鶴搥碎江水聲，燕子空鏁苔衣生。齊雲一炬亦焦土，草樓寵辱何曾驚。草樓岑然玉局湧，月流大

〔一〕邑大姓以事變坐連其父：坐連，珍本叢刊本、文淵閣四庫本作「連坐」。

〔二〕乃攜寧幼子浩來拜逢請文：幼，底本脱，據珍本叢刊本、文淵閣四庫本補。

丹海流汞。九天浩氣神與游，大地八風吹不動。琅璈迴度鍾磬閒，空翠灑灑常清寒。青精分食野人飯，琪花獨對雷師壇。己公之屋杜陵賦，南陽之廬帝三顧。君之草樓百靈護，萬象森羅畢呈露。昨者邀醉中山醪，羡我脱略元龍豪。不知誰主復誰客，高枕東來午夜濤。

醉贈相子先 有引

子先名禮，素精弈。比學黄大癡畫，輒逼真。近登鳳山，睹予舊所題名，因作圖見寄。既解后旅次，乃飲之酒，贈之歌云：

老生不能臣諸侯，卻來題名鳳山頭。霜晴木脱壁峭立，鴉兒大字淋漓秋。於時陳肅。邵維翰。隱宗薛，遥睇中原心耳熱。兩人既仕李河南，雁斷鵑啼榮夢歇。邇承弈相游兹山，三復舊記松蘿間。野僧有待碧紗護，畫圖已自傳人寰。君本家西河，鍾秀西湖曲。龍城倚高寒，雁蕩濯深淥。華亭道阻汎雪船，乘鰓鱸買梅花前。青衣童保進斗酒，解后意氣淩昊天。好將金城圖略上天子，回首共訪巴園仙。

三月十二屬予初度時客舍承朱僉樞攜僚佐見過

我生三月之仲丁，長庚輔日當奎星。命居旄頭身驛馬，薄有抱負多飄零。鸕鶿嘗貰金陵酒[一]，蛟龍幸護錢塘輀。乙酉十二月，予護母櫬泊錢塘，鄰舟多爲風潮所覆。魯連海上隱行歌，吴王臺前辭下走。清齋庚杲廿七種，短疏劉蕡四三首。才名從知造物惡，心臟空夢神人剖。乙亥科舉罷，或勸予學律，因感異夢[二]，見心臟皆五色，遂止。茲辰客舍風雨俱，湯餅尚少囊中蚨。正冠試誦蓼莪什，銜泥適來櫻筍廚。帳士彈箏玉連瑣，盧兒執炙貂襜褕。落花蔌蔌香埽途，闔座氣作思馳驅。箕不以簸斗不斞，仰面大笑真吾徒。

辭帥幕後王左丞復以淮省都事過舉且送馬至以詩辭還

梁欐難銜城，干將難補履。歷塊過都百戰材，枉送懷鉛提槧士。左手控，紫游韁；右手執，青絲鞭；摟身試上文錦韉。吴臺越苑山浪湧，連城花暗摇紅煙。由來得意虞失脚，帥府元僚早辭卻。方圓安步傍林泉，敢許橫行向沙漠。野庭憩馬荒雞鳴，馬思故櫪雄風生。殷勤目送使上道，駕牛萬一至南平。

[一] 鸕鶿嘗貰金陵酒：貰，珍本叢刊本、文淵閣四庫本作「典」。

[二] 因感異夢：因，文淵閣四庫本作「曾」。

登君堂奉陪秦景容郎中太夫人唐氏八十壽席

登君堂，拜君母。坐君右，酌君酒。君冠切雲藻火綬，封腴割鮮會昆友。霞觴載稱載獻壽，兩行蛾眉小垂手。鼓吏蹀躞進軒牖，清歌裊裊絲縈藕。鳳蠟龍香上窈糾，極南老人星在斗。老人郡封福如阜，飲寒食生異白首。孤孽疏遠及奔走，陰煦春育同親厚。聖經賢傳萃淵藪，座間雍容不去口。妙年胎教君腹受，所以巍科談笑取。君言世運厄陽九，甲第紛紛没蒿莠，湖田二頃宫一畝。謝超宗兒孟光婦，賣金養志恐少後，孝行既至仍引咎。嗟予遭亂墓失守，貧賤鬱鬱此居久。伯符公瑾骨已朽，丈夫意氣誰不有。願堅道義莫背負，公沙昔得交杵臼。夜闌青鳥巢堦柳，微步淩波動魚笱。我歌跌宕君聽否，出門大笑霜鐘吼。

贈醉墨生徐貽

君不見，王勃醉墨腹稾成，張旭醉墨草聖鳴。生也醉墨心醉畫，落筆迥奪天人精。首法米南宫，繼習北苑董。試臨老閻職貢圖，頭飛鼻飲欲活動。去年傳，馬大夫，刺馬當文郁御史。黄冠野服賀監湖。今年寫，鍾進士，鍾律伯紀。絶行高名魯男子。不圖木落黄龍灣，寫我弄月扁舟間。醉墨生，復何有，胸中魚鳥在沼囿。所願淳風化日回，上爲至尊千萬壽。千萬壽，良有時。殷高舊貌版築相，漢顯曾草雲臺姿，匪生是望將誰期。生載拜〔一〕，生載舞。一尊來看最閒園，予爲涇寓隱。三花且對江珧柱。

秦筆妻 有序

筆，予里人也。乙未亂，挈妻依同郡朱判官璚，居吴中。筆病卒，貧無以斂。朱爲具棺衾，且思所以卹養其妻。其妻覺，泣謝曰：「良人筆，生以藝游搢紳間，詩書禮義之教，妾亦與聞之矣。妾以未亡，洊有累於鄉長者，在長者義，妾其於義何？」朱加慰之。夜漏半，哭益哀，遂自經筆死所。朱合葬焉〔二〕。

良人賣筆芙蓉市，交接無非大夫士。詩書禮義言熟聞，冰霜松柏操奚云。亂餘良人死君託，恤寡見君尤不惡。願君葬妾良人邊，夢中雙報筆如椽。

題楊紘孫仲桓芝泉亭

仲桓年友今儒者，雙親父約山先生，平陽人。母，華亭陸氏。遷葬神山下。厥土騂剛位巽乾，佳氣絪緼

〔一〕生載拜：載，文淵閣四庫本作「再」。下句同此。
〔二〕朱合葬焉：「朱」下文淵閣四庫本有一「爲」字。

騰紫煙。紫煙經宿未曾散，周産瑞芝旁涌泉。芝泉亭開但讀禮，地匝紅雲石流髓。中心一念十五霜，孝格上天方有此。君不見，道傍骼胔厭鳶螘，聞風或掩虆梩恥。

奉贈崔節軒同僉

崔侯昨者神與籌，黑晝兔脱雙溪樓。手持使節肘佩印，歸擁萬衆雄貔貅。丞相飛奏天動色，詔僉僧臺安禄食。思家遠在嵩少山，拂衣卻過機雲宅。機雲宅繞蓴菜碧，故吏門生候朝夕。珠樹三花一萼紅，華髮千莖寸心赤。寒波木落雁叫霜，山人鼓枻牛斗傍。好峰四五青在眼，獲共尊俎談興亡。世皇混一垂百載，遼金風習至今在。會須禮樂本三王，庶得兵戈清四海。今春三月黄河清，草澤正爾龍蛇横。袖中有頌未敢獻，且浮大白陶餘生。陶餘生，浮大白，醉裏狂言侯不責。杜陵晚遇張鎬知，謝安元是桓温客。朝廷念亂徵老臣，早濟斯世康斯民，慎勿便薦王山人[一]。

簡完杭州時久雨三邊有警

吴山十日雲晦冥，雨聲長驅如建瓴。慎郎闖市蚌鮚王[二]，羅刹錢塘江舊名。洶浪魭鱓腥[三]。枯株産蘖

[一] 慎勿便薦王山人：慎勿便薦，珍本叢刊本作「江湖自適」。

[二] 慎郎闖市蚌鮚王：王，珍本叢刊本、文淵閣四庫本作「生」。

[三] 羅刹錢塘江舊名洶浪魭鱓腥：江舊名，珍本叢刊本作「舊江名」。魭，文淵閣四庫本作「魠」。

詑芝菌，總爲燮理乖常經。黄童白叟病塗炭，仰首顒見台階星。朝廷分寄屬邦牧，况君牛刀新發硎。曩年步取雙珠虎，兹辰坐享五侯鯖。疎紅小翠集燕寢，長楊高槐連馬坰。南來獠氣一灑豁，萬室半起炊煙青。夫差茂苑已入楚，會稽孤鎮餘岩亭。烏龍山名。陸沈婺隕石，舍蓋堂奥棲流螢。重關借問竟誰守，幾夜急度軍中鈴。左車未少井陘計，孟堅不惜燕然銘。我居漏室漫憂擣[一]，天末殷殷收奔霆。聞君多在達相側，必也有道安生靈。嗚呼！亦必有道防邊庭。

聞淮安分省辟瞿睿夫録判劉澤民李叔防二幕長時睿夫居制先簡此詩

辛卯臣魯疏河時，混一形勢先崩離。甬東兒謡盧健健，潁上虹叫韓尸尸。張公鴻鵠志不小，繙然效順開藩維。吴粳十萬上燕薊，淮鹽千里通徐邳。珠還明月光四挹，車啟賢路塵交馳。士懷才諝遇知己，言聽便可身親爲。圍蔡諸道熊貔師，金鼓驩亮輝旌旗。斬所乘馬祭死卒，書生獨稱天下奇。側聞分省徵孝子，古有杖節辭苦帷。郡侯臨門合禮遣，野客撫心殊涕洟。籌邊樓深風雪遲，駕鵝拂天雲四披[二]。連城衣食仰蒲稆，鯢齒鮐背無孑遺。斗牛域分未全貴[三]，狼跋鹿掎憂吾私。君如整裝去鄉隴，必已注意先安危。夫差爭霸禍後躡，武穆保境名今垂。軍諮記室貴無忝，報政訪我龍江湄。爲炊江鱸洗酒巵，醉擬

[一] 我居漏室漫憂擣：室、擣，珍本叢刊本、文淵閣四庫本分别作「屋」、「搗」。

[二] 駕鵝拂天雲四披：駕，底本作「鴐」，據珍本叢刊本改。

[三] 斗牛域分未全貴：貴，珍本叢刊本作「貢」。

吏部元和詩。

奉贈秦郎中時卜鄰橫泖

我乘太乙舟，偶過袁崧宅。平生兩青眼，喜見有此客。客從冑監登桂籍，日下名齊雲五色。躡皃峩豸十年間，附鳳攀龍萬方赫。八閩郡縣苦兵革，老弱轉爲溝壑瘠。草中寇竊偵天險，閫外元勛勞石畫。斗南使星夜流白，獻可替否承帝責。花門卒就鈇鉞誅〔一〕，木灣薦貢珠琛舶。流亡復業軍給食，萱樹堂思茘枝陌。陳表情同李令伯，還家事異徐元直。江妃鑿冰躍鯉魚，橘包筍脯羅前除。雁行衣綵互勸酒，鶴髮垂珥猶觀書。奴躬耕稼婢織紝，座右章甫無時虛。王珪房杜早交結，愧我孤陋才空疎。丈夫生晚世曷補，墳墓亦已成榛墟。行歌考槃賦遂初，山妻操臼兒駕車，卜鄰老傍曾參廬。

題華亭趙氏雙慶堂

雙慶大字三尺餘，書學博士米老書。銀鉤鐵畫煥華扁，野鶩家雞隨墨豬。南垣從事寶藏久，題封遠寄趙隱居。隱居夫婦百有七十歲，慈顏童若道氣神仙如。雨燈的的夜猶績，霜髮蕭蕭晨自梳。平生種德還種樹，坐見蓋擁于公閭。大郎賣藥隱城市，小郎謝吏歸村墟。小郎奉觴跽進酒，大郎桊韝躬膾魚。今

〔一〕花門卒就鈇鉞誅：卒，底本作「平」，據珍本叢刊本、文淵閣四庫本改。

日何日席不虚，水蒼珮映青霞裾。鶩羣池散晴雪滿，燕子簾卷薰風初。膝前玉語蘭解笑，柳拂几杖花圍輿。一門四世咸在侍，衆賓屬我留瓊琚。我從去國至避地，目治多難常欷歔。乃翁全獲福善報，伯氏仲氏尚慎終名譽。伯仲載拜答頌禱，已聞帝夢遊華胥。

二胡節士 有後序

列仙之癯山澤儒，連璧迥映清冰壺。一寒太高黄道士，一貧不諂羅司徒。古來夷齊礪風節，元方季方方軌轍。祥麟威鳳不可招，斷霞落日鴉明滅。

二胡節士，婺之永康人。長穆仲，次汲仲，前後竝寓於杭。穆嘗風雪高卧，午未啟户。道士黄松瀑至，扣之曰：「得無飢乎？」穆曰「不飢」。「得無寒乎？」穆曰「不寒」。黄别去，見宗陽宫杜南谷真人，言其狀。急饋米酒緜炭，復慮不受，不敢過多。及饋臨，穆曰：「此殆松瀑與南谷言濟吾飢寒耶[一]？吾固不飢不寒也。」卒不受。汲一日，文敏趙公來，求撰羅司徒父墓銘，楮鏹百定，他物稱是。汲曰：「吾豈爲宦官父作墓銘？」辭之，時絶糧一日矣。後趙挽詩有云[二]：「淚濕

[一] 此殆松瀑與南谷言濟吾飢寒耶：殆，文淵閣四庫本作「必」；耶，文淵閣四庫本無。
[二] 後趙挽詩有云：「趙」下文淵閣四庫本有「文敏」二字。

黔婁被，心傷郭泰巾。」槩可徵矣。黃，台人；杜，當塗人；咸有儒文行〔一〕。前鄉貢進士錢塘錢惟善云。

目耕軒 有後序

身耕勞百骸，目耕勞兩瞳。身耕口體常不充，目耕奚止穀在中。所以金肅氏，目耕俞塘東。滿牀破書一畝宮，傍若萬頃秋雲空。菑畬經訓信有穫，鹵莽心地知無功。生徒下淑親上侍，束脩自足菽水供。邇來種學道且熟，蝦荒蟹兵歲荐逢〔二〕。稗官旁午稊説横，窗鬼出掌燈摇風。卓哉金肅心不動，卻訪謝病還山翁。翁嘗舌耨苦少助，忽驚巖電超吾戎。於時野浄啼飢鴻，江月臏照梅花篷。耕耶耨邪姑兩置〔三〕，暖腹試强新春紅。贈言緯象不久聚奎分，當與李公平章前後相輝隆。

李公諱好文〔四〕，字惟中，開州東明人也。幼力學，家苦貧，夜就鄰之磨坊燈讀書，凡十餘年靡

〔一〕咸有儒文行：儒文行，文淵閣四庫本作「高行兼儒雅」。
〔二〕蝦荒蟹兵歲荐逢：荐，文淵閣四庫本作「洊」。
〔三〕耕耶耨邪姑兩置：邪，珍本叢刊本、文淵閣四庫本作「耶」。
〔四〕李公諱好文：李，底本脱，據文淵閣四庫本補。

少懈。一日值雪，抵村舍媪貸斗黑菽[一]。媪卻曰：「子奚拙耕？」公曰：「吾目耕耳。」其意氣自若也，既諺曰「目耕夜分李好文」。後以明經登進士第，累遷太常博士。會至順皇帝祭太廟，乘馬至裹橋，無敢諫止者。公膝行阻橋，曰：「請皇帝下馬。」上如之，百官咸爲悚懼。上入問左右，特授禮儀使。明年，丁母王夫人憂。至正間，擢國子監祭酒。從容語上「宜躬祀孔子」，上敬納之。丞相奏重臣代，由是命丞相代。祀太牢仍以羊千角，他物稱是，用勉勵弟子員。未幾上丁夜，臺中丞耿，屏騶從入與觀禮，弟子員誤過之。翼日[二]，耿督刑部問所過者，一監騷然。公曰：「中丞弗原其誤，乃欲施鞭刑耶？」遂解印。丞相以聞，耿詣謝乃已。其拜御史，平反上黨義婦獄。在諭德，太子議拜如禮，始與之見。位省臺，輔贊以道，中外師重。嘗進所撰禮書若干卷。官至翰林承旨，致仕河南平章卒。從子澄爲予言之，故予録以爲肅勸，肅尚勉之哉！

奉寄兀顔子忠廉使

君侯昔守常郡時，九箭河頭喜相見。眼驚烽急未深語，城郭一夜寒暄變。壯哉陽山土著民，能爲君侯獨酣戰。春頒王正在田野，坐卧長對天北面。關梁既撤元氣回，赤日焜耀浮雲開。五花儀從紫色馬，

[一] 抵村舍媪貸斗黑菽：黑，文淵閣四庫本作「麥」。
[二] 翼日：文淵閣四庫本作「翌旦」，珍本叢刊本作「翌日」。

楬羅蓋擁吴門來。中朝大夫録殊績，南省丞相收遺材。方瞻福星照苕水，又報清霜飛柏臺。柏臺有詔新整飭，十道司存咸率職。似聞青宫急中興，尚恐巖廊事姑息。頻年淆亂甚隋季，在在諫官當任責。君侯素是骨鯁臣，麟角鳳毛爲世珍。國家涘闢舊言路，白簡實封宜上陳。西湖二月鶯花辰，畫船不移空緑蘋。幾時重逢下車揖，乞我湖陰垂釣緡。

烏涇書所聞

炫晝桃〔一〕，縞夜李，陽和薰蒸露華洗。託根上苑八十春，汎豔御溝三百里。香深影密覺漏遲，舞隊暗消雲氣紫。驚霜忽薄萬年樹，花神争隨北游豫。細草青粘南馬足，長楊雪眯征夫目。聞者不爲此歎吁，月姊赤脚驅長途，行丐尚有天黄姑。

范氏義夫賢婦辭 有序

范琦字子善。父竹坡居士，世杭人。妻瞿諱慧貞，嘗粥首飾奉師教子毅、宜、立。及歿，琦年四十，或勸再娶，曰：「娶爲宗祀禮也〔二〕，吾有宗祀矣。」既子森嶷儒儕間。丁時棘艱，毅恬守鄉

〔一〕炫晝桃：「桃」下文淵閣四庫本有一「花」字。
〔二〕娶爲宗祀禮也：禮，文淵閣四庫本作「計」。

隴。宜登至正己亥江浙省備榜進士，授華亭學諭。立隱居教授，數薦辟，疾辭。宜、立迎父養以卒。士至今多瞿之賢，而重琦果於行也，推爲義夫賢婦云。

竹坡范氏家湖曲，有子温良婦賢淑。春風于飛堂上燕，秋霜連理庭前木。三兒珠聯業章句，甫具釵環滈朝露。有琴永絶鸞膠弦，無衣更著蘆花絮。古不再娶華與曾，何幸到爾遺風興。始諧雎鳩卒孤雁，及見子顯孫繩繩，巨筆誌墓其吾徵。

楊女貞爲鐵厓提學作 有後序

一夕百年盟，鋭然東海寡婦清。高堂欲奪柏舟志，抔土浄觀貞木榮[一]。耿耿血書，岌岌孝塋。比境相望，異代齊名。盱江天涵白玉京，剡峰壁立青雲城，萬松仗夾千花迎。仙遊微落綷縩聲，竝樂不苦神如生。君不見，西施傾國辱越産，故妻求去羞漢卿。草玄閣上琴尊暇，授簡叨爲女史評。

女貞者，鐵厓公之從父女弟也，諱宜。既笄，許陸氏子，娶一夕卒[二]。後達官聘之，宜誓不

[一] 抔土浄觀貞木榮：浄，珍本叢刊本、文淵閣四庫本作「争」。
[二] 娶一夕卒：娶，文淵閣四庫本作「某」，則屬上句。

嫁。母逼之，閉重户自盡。公嘗植女貞木表墓上[一]。曹娥塋、天台王氏清風廟[二]，竝比境。

閻立本職貢圖爲章脩齊題

古先夏后塗山會，猶有防風氏不至。諸蕃朝唐何盛哉，臣閻躬圖毫末備。想當是時干羽收，日月耀衮星垂旒。曲拳屏足儶俛狀，被髪偏袒羔狐裘，蠕動喙息咸沾休。自天傳世知幾載，丹碧尚照昏眵眸。澄懷樓居清可掬，罷琴題詩臨水木。名園良疇繞柘湖，篤志好在豳風圖。

題蔡琰還漢圖

銅臺春深邊草緑，琰因名父千金贖。殘生既免氊裘鬼，哀衷莫盡蘆笳曲。舊時漢妝慵復理，感義懷慚歸董祀。入朝好語亂世雄，賤妾不爲天地容，爾其忠事山陽公。

右軍書扇圖爲郡守理熙伯雍題

老嫗蒲葵扇，道士白鵞羣。蘭亭一勝會，總未知右軍。桓温帖中一二語，坐令晉鼎安如堵，淝水之

[一] 公嘗植女貞木表墓上：表墓上，文淵閣四庫本作「以表其墓」。
[二] 曹娥塋天台王氏清風廟：清風，底本作「青峰」，文淵閣四庫本作「青風」，據《宋史》卷四六〇改。

陣烏足數。

趙仲穆待制山水爲余崑丘鍊師題

大山小山生翠寒，石瀨峽束流風湍。魚梁黿卧兩厓口，鳥道蛇折層雲端。一人白駒先紫馬，從者衣冠亦儒雅。回睇星槎直上天，茅堂卻在松林下。吴中霅川稱絶境，趙宋王孫畫誰竝。商家孫子多服周，禾黍離離見茗潁。我來題畫神仙都，城春草木稍稍蘇。懷哉王孫亦已無，懷哉王孫亦已無。

題朱澤民提學山水

英宗皇帝潛邸時，瀋王高麗國王。薦君坐講帷。天機復得畫肯綮，不但怪怪還奇奇。太山高寒竝王屋，細路縈紆入斜谷。卻分李靖鬆瓢漿，幻出匡廬水簾瀑。一時清氣千里會，兩賢中居古冠帶。篝暝微籠焙茗煙，溪聲遠合鳴秋籟。東西飛閣羣林皋，神往怳爾如生猱。何從今日老此境，便當上界官仙曹。君兮君兮吾舊識，青騾一去無消息。好在靈巖爽翠間，莽把冰綃潑酣墨。

合淝東遂菴學正爲畫君山酹月圖長歌奉謝

憶攜蓉城霞，吾鄉酒名。醉賞君山雪。興酣俯匡面，三酹大江月。靈奇祕怪不可説，回首十年塵土熱。東卿想像作此圖，如見當時眼爲豁。是山傑立氣皓鮮，四八賓從咸華顛。吾鄉有三十二山〔一〕，君山爲之主。銀濤絲縈料角地名，在通州。海〔二〕，玉臺鏡露峨眉煙。峨眉嘴即在君山下。槎枒亂樹拔虎窟，撇捩小艇吞龍淵。樵丁罷斧僧罷磬〔三〕，木瓢一箇滄茫前。君不見，江山元與天地闢，有月無人景虛擲。崑崘東來幾萬里，衣冠雲散三千客。三千客後世屢易，曉事僅有羅春伯。事見郡志。龜趺榴翳鬼照火，鼇背蒼涼獸交跡。君不見，采石紫綺裘，赤壁洞簫歌。樂者信曠達，齷齪將如何。歲云暮矣雙鬢皤，夢恍茅屋牽青蘿。廣寒白兔下相杵，貝闕鮫女趨鳴梭。卿聞大叫當就隱，指日莫問魯陽戈。

謝彥明宴予西墅姚濬如爲畫雙松平遠圖醉題圖左〔四〕

胥溪西堂雪壁立，徂徠雙松忽飛入。節角觩觶甲衣濕，白帝玄冥氣交襲。昂霄聳壑争長雄，下視棘樹嬰孩同〔五〕。陶鎔自出大匠手，點染不藉東皇功。彷彿子落苔澗響，慘澹影掃霜林空。靈根如蛇石面走，女蘿欲拂幽人首。千巒連雲驅陣馬，一舸乘仙上牛斗。洲情渚思殊未休，我贈之歌飲之酒。濬如早

〔一〕吾鄉有三十二山：三十二，《元詩選》本作「三十三」。
〔二〕銀濤絲縈料角地名在通州海：地名在通州，文淵閣四庫本、《元詩選》本作「料角地名遠在通州」，置於句末。
〔三〕樵丁罷斧僧罷磬：丁，《元詩選》本作「子」。
〔四〕詩題：上一「圖」字，底本脱，據文淵閣四庫本補。
〔五〕下視棘樹嬰孩同：棘樹，珍本叢刊本作「衆木」。

歲名家駒，其父子敬嘗與趙公倡和。學士趙公坐以隅。大曆詩指授，永和帖鉤摹。時康歲稔多在客，龍顛虎甃猶爲儒。酒酣笑吮老兔鬚，松下添我潦倒夫，明月滿袖春風扶。

題黄大癡山水

名公望〔一〕，字子久，杭人。嘗掾中臺察院，會張閭平章被誣，累之，得不死，遂入道云。

十年不見黄大癡，筆鋒墨瀋元氣垂。絶壁雙巑萬古鐵，長松離立五丈旗。蜀江巫峽動溟涬，陰嵐夜束魚龍冷。峨眉更插空青間，差似胸中之耿耿。大癡與我忘年交，高視河嶽同兒曹。天寒歲晚鴻鵠遠，風雨草樹餘蕭騷。風雨草樹餘蕭騷，大癡真是人中豪。

〔一〕名公望：「名」上文淵閣四庫本有「大癡」二字。

梧溪集卷第四下

江陰　王逢　原吉

浦東女

浦東鉅室多豪奢，浦東編户長咨嗟。丁男殉俗各出贅，紅女不暇親桑麻。鶉鳩呼雨楝花紫，大麥飯香勝小米。一方青布齊裹頭，赤脚踏車争捲水。水低岸高力易歇，反水上田愁漏缺。穀種看如瓜子金，野鴉不銜田鼠竊〔一〕。黄草衣薄風披披〔二〕，日色照面蒼煙姿。南鄰北伴更貧苦，糠籺麋粉隨朝虀〔三〕。阿孾送茶相向語，鉅室新爲州府主〔四〕。妻拜夫人婢亦榮，繡幰朱輪照鄉土。羊牛下來雞欲棲，汪汪淚眼數行啼。女自身長苦非一，歸路白楊斑竹西。

〔一〕野鴉不銜田鼠竊：鴉，文淵閣四庫本作「鳩」。

〔二〕黄草衣薄風披披：黄草，文淵閣四庫本作「草黄」。

〔三〕糠籺麋粉隨朝虀：麋，《元詩選》本作「糜」。

〔四〕鉅室新爲州府主：新，文淵閣四庫本作「今」。

胥門柳

今年胥門十一月，楊柳青青寒不脱。彫戈白馬黄須郎，朝朝忍見行人别。行人吴頭或楚尾，心趁飛花度黑水。避暑鑾輿狩未回，都人南望思投箠。都人泣向都官道，塞北江南柳還好。風纚露沐恩既殊，報答春光願終老。君不聞，虎狼之秦六國雄，可憐千丈泰山松，至今稱是大夫封。

君莫疑

日不偏照天無私，丈夫明目張膽爲。龍蛇大澤實同處，家富身榮君莫疑。亞父還鄉遂亡楚，魯連去國翻全齊。載拜載獻玉東西，疑多患成將噬臍。

今日何日四首留别龍江諸名貴士友時甲辰九月移居横泖〔一〕

今日何日白露晞，東家西鄰柿棗肥，紫蟹登罾魚上磯。大兒借舟女澣衣，載遷避地身莫歸。

黄獨未大黄精疎，瓠壺牽蔓滿前除，木犀花開陰覆書。我獨何心亟離居，感子載遺雙嘉魚。

今日何日天風凉，僕奴整齊車馬光，青衿玉珮鶴髪黄。雜然執酒跽道傍，與我面别心不忘。

〔一〕詩題：珍本叢刊本、文淵閣四庫本詩題下有小字：「甲辰爲明太祖吴元年」。

今日何日潮大來，天風送我帆當開，匪君之故重徘徊。人生所貴無嫌猜，春明再過江上臺。

避地無錫

武臣弄兵連西鄙，白馬東人火桑梓，婦女往往殉節死。扁舟載家南入吴，祭器之外貲無餘。寸心已逐越鄉鳥，十月暫食梁溪魚。濁醪泥濺好濡首[一]，金印斗大莫懸肘。

葉公政還金辭 有序

公政字克明，淮陰人，國初行宣政院都事季實之子，翰林直學士蟾心之從子也。至正甲午，政以浙省幕史奉卜顔平章檄[二]，轉餉鄂閫。時丹陽富民束子章先與是役，會飲於蘄。氣合，即以兄禮事政。未幾，起赴沔，束泣别曰：「弟今濟大江，涉重地，兄言行篤信，願以貲相託。」政謹藏之。越兩月，束之友朱率其奴來報曰：「束不幸入蓮臺湖，遇盜死矣。」政抆淚曰：「束已矣，家固無恙也，勞之去。」明年竣事[三]，還鎮江，要束氏啓囊緘，得鈔二百五十緡，黄金五十兩，銀三百兩，

[一] 濁醪泥濺好濡首：濺，底本作「賤」，據文淵閣四庫本改。
[二] 政以浙省幕史奉卜顔平章檄：史，珍本叢刊本、文淵閣四庫本作「吏」。
[三] 明年竣事：竣事，文淵閣四庫本作「事竣」。

珠八千枚，衣帛有差，歸之束氏。餘鈔五十緡，黄金五兩，銀五十兩，珠千枚，有朱題封，歸之朱。二氏盛醴饌以謝，辭之。前國史編修官膠西張復初嘉政義高，爲著《還金記》。且稱政幼知讀書，澹利禄。嘗從平章克池之諸縣，破蘭溪渠魁徐貞一，平蘄水寨。司輜糧四年，無纖芥譴。何平章凡七薦中書，不報。人謂公侯子孫必復其始，天道豈獨遠耶？至是逢播之詩曰：

蘄春肥羊采石酒，君爲玉昆我金友。夜談接膝晝握手，乾坤意氣同高厚。霜風吹蘆客衣薄，濕雲羈鴻飛漠漠。蓬窗篝燈照裝橐，嗟君遠行感君託。蓮臺湖深浪拍銀，鷓鴣杜若傷心神。天生禍亂有今日，誰謂交游無古人，葉郎還金何愧賨禹鈞。

題謝伯理同知義山卷

范公有義田，謝倅有義山。溪清土沃厚，什伍其冢横雲間。旁分畛域共神道，金銀無氣應長好。松根月冷鬼燈花，松上風吹女蘿草。禁煙時節争祭掃，多是遭兵去鄉保。散牲一任野鴉銜，焚帛還將心事禱〔一〕。舊魂既妥忻往回，新骨未掩母悲哀。子孫繩繩世種德，盡買九峰爲夜臺。

〔一〕焚帛還將心事禱：帛，珍本叢刊本、文淵閣四庫本作「白」。

題錢慶餘綾錦墩

華亭東有蟠龍塘，塘上姓錢人種桑。就陽避濕淺布子，畦分疃列如鍼秧。封培愛護長尺許，畚鍤争移春社雨。惰農報德也自奇，一本約輸雙簣土。土高過客相指語，千綾萬錦登城府。懷材莫救時斂徵，存心尚紓農辛苦。侍御周公伯温。題名綾錦墩，錢郎嘯歌墩樹根。但願一絲不到體，老著布袍青苧村。

題蕭翼賺蘭亭圖

右軍蘭亭書繭紙，五朝天王但聞耳。不謂虬髯龍鳳姿，密遣行人來賺己。嗟爾何必飲恨死，舊賺君親晉陽起。君不見，萬年弓劍橋山藏，玉柙曷爲温滔防。

孫皓城甎歌　甎左邊有「大吴寶鼎二年歲次丁亥造」十一字。

古甎一片莓苔質，傳自夫差臺下出。埏埴由來寶鼎年，字畫依稀皇象筆。當時民勞甚蒸土，鐵甓堅城堪比數，可憐不久歸典午。山人揮涕重摩挲〔一〕，天意天意將如何。

〔一〕山人揮涕重摩挲：涕，文淵閣四庫本作「淚」。

劉夫人

劉夫人，至正太尉吴王嬪。笄珈車服置弗御，淡煙常鎖雙眉春。中州援遠敵在目[一]，叔貴日驕疆日蹙。背城借一王本心，狐埋狐搰將軍欲。夫人勇決烈女義，百口樓居親舉燧。片時陰慘萬世生[二]，月明風清珮音至。君不見，男兒成敗古有之，孰以楚霸輕虞姬。蘇民安得夫人祠，烏棲白皀庶少衰。

挽梁先生 有引

先生名益，字友直，號庸齋，三山人。有《詩傳旁通》行於世。

燕入吴雲二月前，先生獨上馬洲船。方期花柳陪行樂，不意蘋蘩薦豆籩。萬里乾坤空老眼，半生風雨共寒氈。長沙鵩鳥悲王傅，滄海鯨魚歎謫仙。幸有官奴繼書法，何須驥子誦詩篇。有人願守三年墓，夜看文光直上天。

[一] 中州援遠敵在目：遠，文淵閣四庫本作「絶」。

[二] 片時陰慘萬世生：世，文淵閣四庫本、《元詩選》本作「古」。

寄陳昌道檢校時淮藩復濠泗徐邳等州

右轄揚兵髐社湖，淮東草木遂全蘇〔一〕。登萊海色浮樓艦，蒙羽山光落版圖。白獸遠瞻霄漢闕，玉麟頻剖廟堂符。煙青土銼遺民喜，月黑沙場舊鬼呼。漫説楚材多用晉〔二〕，從來郢曲盛傳吳。延陵君子初觀樂，南郭先生久廢竽。田野舊遊應不忘，風雲壯志合長驅。中原平定尋盟日，咸賀軍謀得漢儒。

奉寄楊宣慰

天王重紀至元初，視草金鑾異直廬。中夜前星懸虎穴，早時旭日駕龍車。兵還侍衛孤臣謂伯顏丞相。竄，詔下雲霄五色如。陸贄大才行倚馬，張褒長嘯遂焚魚。山居宸翰輝泉石，奎閣碑文重里閭。盛蹟有光楊少尹，内廷深憶鄭尚書。一麾出守桐江上，千室安全劫火餘。公守建德時，淳安盜起〔三〕，親諭以安。外閫思瞻新斧鉞，故園歸伴老樵漁〔四〕。白駒春静嘶高柳，黄鵠風清戾太虛〔五〕。丞相敦行上尊禮，時應葛嶺

〔一〕淮東草木遂全蘇：東，珍本叢刊本作「藩」。
〔二〕漫説楚材多用晉：漫，珍本叢刊本、文淵閣四庫本作「謾」。
〔三〕淳安盜起：起，文淵閣四庫本作「公」，則屬下句。
〔四〕故園歸伴老樵漁：老，文淵閣四庫本作「侶」。
〔五〕黄鵠風清戾太虛：鵠，文淵閣四庫本作「鵠」。

候仙裾。

酬謝杭州見簡

秋日高居樓上頭，倦抛書疏看雲浮。生涯自信孤蓬轉，好事還陪五馬遊。簞展竹深香噴鵲，詩成花底玉鳴球。人才孰與元暉竝，郡政羣推叔度優〔一〕。露泣銅盤卑漢武，潮回犀手壯錢鏐。觀君注意尊王室，豈但疲癃獲少瘳。

奉覽宋丘文定公江淮宣撫使加官誥命爲公六世孫嘉興主簿文海賦

長淮繚繞舊河山，五色花綾誥載頒。王室偏安劉岳後，人材深倚范韓間。重城月夜竦扃鑰，北騎風秋密轡環。宋後金亡爲善報，題詩忻對緑陰閒〔二〕。

寄聞雲芟道士

冰瀉清溪洞府真，別來二十五經春。人間忍見黃金雁，海上思乘赤玉鱗〔三〕。身自一閒猶是客，髓凡

〔一〕郡政羣推叔度優：羣，珍本叢刊本作「争」。

〔二〕題詩忻對緑陰閒：忻，文淵閣四庫本作「欣」。

〔三〕海上思乘赤玉鱗：玉，底本作「五」，據珍本叢刊本、文淵閣四庫本改。

三洗未離塵。琪花樹滿雲深處，頭白林宗儗挂巾。

奉題宋謝后之祖太師觀文殿大學士益國公深甫封衛王追封魯王二誥後王之六世孫鐸字振文有詩名黄巖秀嶺巡檢其子瑛以茂才薦授安仁縣諭不就隱居海上

當年后德配關雎，王後雲仍盡讀書。喬木家山烽燹外，五花官誥喪亡餘。源淇左右鸞鑣遠，蒙岱崇高鶴帳虚。豈藉椒風歌寵渥〔一〕，伏波勛業日星如。

贈王履道還江都　有引

履道名貞，乙未歲避地吴下。久之，太尉張公開藩，博采羣材，遂以湖州德清學諭辟之，不受。時予亦以承德郎行元帥府經歷辭。及予隱海上，而履道已客授於此。今年戊申，始過其醉琴之所，且聞先隴獨免兵禍，治行色、葺墓廬有日〔二〕。於是贈八句，以見履道出處同，而孝義非予所及也〔三〕。詩曰：

〔一〕豈藉椒風歌寵渥：歌，珍本叢刊本、文淵閣四庫本作「歆」。
〔二〕治行色葺墓廬有日：治行色，文淵閣四庫本作「行治裝歸里」。
〔三〕而孝義非予所及也：及，珍本叢刊本、文淵閣四庫本作「逮」。

斧鉞藩開任俊良，君辭儒校我辭郎。青燈淥酒同今雨，裋褐窮櫚度十霜。膾斫鱸魚初上水，樓焚燕子不歸梁。揚州月在簫何處，廬墓無殊衣錦光。

送郡萬户尹静如巡海漕[一]

元勛世胄濟時才，金虎三珠燭上台。鶻起野田旗影豎[二]，馬穿官柳珮聲來。伏波銅柱諸蠻讋，下瀨樓船萬弩開。饋餉漕通酺饗暇，巫門山築雅歌臺。

送郡守靳利安攝江浙理問

省臨吳越位崇高，西掖仍開大理曹。非比迎猫空雀鼠，竟須投犗掣鯨鼇。峰當南北無移筆，海入江淮有建旄。上相待參帷幄政，肯容偏郡獨賢勞。

[一] 詩題：尹，文淵閣四庫本作「甘」。

[二] 鶻起野田旗影豎：豎，珍本叢刊本、文淵閣四庫本作「動」。

讀閩僧謙牧隱所題雁宕大龍湫西瀑布常雲展旗天柱卓筆雙鸞峰諸詩神思爲之飛動槩括一首〔一〕

雁宕龍湫氣混濛，展旗卓筆勢争雄。翠翀霄漢雙鸞影，玉立東南一柱功。興入常雲飛夏雪，醉看高瀑挂晴虹。總慚尊者空諸有，萬木圍巖夜自風。

送梅判官子玉之昆山

白茅連港海風高，文筆嶄峰保障牢。萬舸待輸中國餉，千金争買外蕃刀。踈煙落日烏鳴巷，濁浪流冰馬飲壕。非復曩時歌舞窟，箳篂車駕莫徒勞。

觀大府除目盧宜興希文改知昆山奉寄四韻

使君紫馬被金鞿，七載宜興屢被圍。寸土曾無蜉蟻援，餘生終與雁鴻歸。寒留松菊風霜節，春斡東南造化機。喜有老成同在選，山人何厭薜蘿衣。

〔一〕 詩題：神思，文淵閣四庫本作「予」；飛，珍本叢刊本、文淵閣四庫本、《元詩選》本作「色」。

月夜宴上海馬千户敬常吟壘徵詩醉中走筆

露凉秋闊海涵天，酒湧金波月滿船。坐對龍光南斗下，意行魚復亂沙邊。長城李勣元無學，清嘯劉琨晚可憐。野樹烏翻垂漏盡，醉狂惟覺步兵賢。

冥鴻亭偶題二首時歲戊戌

春陰過卻幾番風，野杏山櫻霧雨中。新水緑塘鶱竝浴，嫩寒茆閣燕微通。大兒稍熟春秋例，幼女歡趨組繡功。四十今年渾意足〔二〕，酒炊香滿巷西東。

一家無事樂清寧，寄目冥鴻野外亭。江水未分南北限，月明常後畢箕星。子生猫櫟垂垂赤，蔓長鵶藤故故青。天意物情應有在，且須料理相牛經。

答偰嘉定公文遣書使請觀上丁禮

令兄御史未官時，數會金陵卞壼祠。箕尾上騎雲漢表，雁鴻南寄海天陲。三槎燈鼓春聲接，五桂鄉閭夜夢馳。祀典况修酤禁弛，扁舟穩赴上丁期。

〔二〕四十今年渾意足：意足，文淵閣四庫本作「足意」。

謝王茂修真人送蒲舄[一]

送來蒲舄絶輕柔，野服黄冠稱遠游。便欲天壇朝昧爽，更從華蓋立高秋。望中弱海平東瀉，脚底罡風直上浮[二]。卻過緱山立驂鶴，玉笙吹月鳳麟洲。

和楊文舉提學自壽及喜得孫詩韻

三鱣堂開宴佩紳，鳳凰枝長碧梧春。豈但陳羣稱大父，早應羊祜省前身。幾家暮雨千江隔，十載秋風萬國貧。獨有高門文脈盛，明珠重映白頭新。

題王好問進士松瓢齋虞奎章書扁

一瓢何在萬松間，閣老知名爲寫顔。貧窶素甘居陋巷，幽貞時復夢箕山。石花照夜青牛出，天籟鳴秋白鶴還。星有匏瓜爛雲漢，未應濩落遂投閒。

〔一〕詩題：茂修真人，文淵閣四庫本作「真人茂修」。

〔二〕脚底罡風直上浮：罡，珍本叢刊本作「剛」。

聞何上海子敬毀淫祠開鄉校因寄四韻 名緯，吴陵人。

魚米駢登橘柚垂，備聞佳政起深思。女巫罷進神弦曲，鄉校新陳魯頌詩。風葉晝埋公館靜，霜鐘寒度海雲遲。高天鴻鵠東回首，亦欲朝陽借一枝。

奉寄靳太平處宜

江東道院古名州，山卧蜿蜒渚伏牛。淮楚寒沙侵渡闊，湖荆春水入天流。登臨每起詩人想，保障新紆太守憂[一]。好弔允文英偉跡[二]，蔽雲犀甲從輕舟。

奉陪貢泰甫侍郎翟仲直州尹丘文中教授遊君山貢有詩屬逢和程儀可幕長爲序

山有春申墓

港入黄田似野壕，山横鷩鼻淨江濤。珠光夜冷三千履，金背晴浮第一鼇。太守政聲南斗逼，侍郎辭氣五雲高。吴帆楚鳥來無際，愧屬吾儕肆酒豪[三]。

[一] 保障新紆太守憂：新紆，珍本叢刊本、文淵閣四庫本作「頻分」。

[二] 好弔允文英偉跡：好弔，文淵閣四庫本作「仍繼」，珍本叢刊本作「好繼」。

[三] 愧屬吾儕肆酒豪：愧屬、肆，珍本叢刊本分别作「都付」、「對」。

奉寄翟池州 名諒。

清溪亭前五馬鳴，九峰樓上一琴横。蛟鼉夜静聞更漏，草木春深識姓名。上國驚心淮浸隔，故都回首亳雲平。篇詩不盡桐鄉愛，江雨江風白浪生。

謝李良臣趙芳仲二判官枉顧時歲甲午

江左歸來今十年[一]，一家八口在書田。已甘夜雨燈相共，豈料寒灰火始然[二]。白簡近煩驄馬使，錦袍時過玉堂仙。長才久慰州民望[三]，憂國何時奏一篇。

題乙酉冬信州諸名游所送逢護母櫬還鄉圖詠後

溪山漠漠樹號烏，老弱天寒總在扶。遂有致芻徐孺子，尚多送麥范堯夫。死生不變金蘭義，離亂猶存水墨圖。恨少停雲詩後續[四]，月明千里影同孤。

[一] 江左歸來今十年：江左，文淵閣四庫本作「辭闕」。
[二] 豈料寒灰火始然：料，文淵閣四庫本作「有」。
[三] 長才久慰州民望：久慰州，文淵閣四庫本作「自是爲」。
[四] 恨少停雲詩後續：少，珍本叢刊本、文淵閣四庫本作「坐」。

無錫寓隱謝王左丞彦熙攜酒饌遠過

玉帳旂旌拂紫冥，樓船神物護青蓱[一]。風雲密擁將軍樹，江海孤懸處士星。深愧草茅優簡拔，未忘蒲柳易飄零。竹西歌吹高陽酒，喜爲尋春過野亭。

贈孝翟道士 有引

翟字性存[二]，嘉定人。會兄弟相繼殁，母范衰，義挈以養。請於師孫一真，孫如其志焉。

孝翟道士名守常，結喉長鬣氣老蒼。諷經得錢低小屋，汲水煮菽玄元廊。席帽山人爲裹茗，天廚神丁當饋漿。似聞仙桃爛紅熟，王母昨離瑶池傍。

[一] 樓船神物護青蓱：蓱，文淵閣四庫本、《元詩選》本作「萍」。
[二] 翟字性存：性，文淵閣四庫本作「惟」。

送淮南王左丞分戍浙省

太尉新觀神策兵〔一〕，左丞分戍武林城。浪花曉夾龍驤動，邊草春隨馬足生。地仰粵蠻衣繡錯，天低牛斗劍光平〔二〕。遠柔鄰睦圖宜早〔三〕，別業青衣取次行。

奉和周大參伯温送還龍江寓隱韻

家寄青龍白鶴江，徘徊落日影成雙。賓筵久謝元王醴，親隴猶依季子邦。春老鳳梧瞻省掖，秋遺蟹稻接漁矼。君侯過譽慚何敢，未許雞鳴近宋窗。

壬寅夏兒掖自杭應鄉試回龍江寓隱得故人戚均玉書餽是日杜敏瞿度賈貫三友同飲冥鴻亭上〔四〕

太郎新觀場屋回，故人書對好懷開〔五〕。烏帽偏稱水晶佩，酪粉方進白蓮醅。高視橋頭月波湧，醉眠

〔一〕太尉新觀神策兵：新，文淵閣四庫本作「親」。
〔二〕天低牛斗劍光平：光，文淵閣四庫本作「花」。
〔三〕遠柔鄰睦圖宜早：柔，文淵閣四庫本作「來」。
〔四〕詩題：賈，珍本叢刊本作「曾」。
〔五〕故人書對好懷開：對，文淵閣四庫本作「到」。

亭下天風來。一時三友詩興發，老筆不知何所裁。

贈孫士能照磨 名恒，濮人。明《易》。

離離霜木聳蕭晨，海上棲遲亂後身。不忝杜陵歸白帝，復憐江革護慈親。文風地入雞豚社，雲漢天臨蟣蝨臣。猶有大麻書斷絶，東陽山水數凝神。

送祝洞天真人奉皇太子令旨降香名山川

羽駕春辭靈武城，東南雲起動心旌[一]。萬重山落炎荒野，十二樓開白玉京。周穆久應閒八駿，劉安何得問長生[二]。龍香願爲斯民祝，歲晚相期説治平[三]。

題馬季子懷静軒 有序

懷静軒者，居延馬季子之所創也。季子之先曰月哥，曰理朮，自雍古部族居静州天山。一傳爲

[一] 東南雲起動心旌：起，文淵閣四庫本作「氣」。
[二] 劉安何得問長生：劉安，珍本叢刊本作「子喬」。
[三] 歲晚相期説治平：説，珍本叢刊本作「慶」。

習禮吉斯，仕金死節，謚忠愍，血食汴之褒忠廟。二傳爲月忽那，北入見憲宗皇帝，以白衣官斷事。從世皇南征，以勞拜禮部尚書，謚忠懿。三傳爲世昌，尚書省郎中。四傳爲禮，宣政都事。五傳爲祖中，浙西監倉使。仲氏祖常，繇進士第一人，入官至翰林大學士。六傳爲季子，隨都事公居於淞之竹崗。軒以「懷静」名，示不忘本也。敬題詩曰〔一〕：

爾家世德肇居延，忠義勛名兩代傳。碧血濺波歸九地，白衣扶日上中天。鳳毛麟角聯青紫，春雨秋霜隔隴阡。惟有終身誠孝切，祁連如見氣蒼然。

十二月廿二日爲重陽王真人誕辰是日立春在松江長春道院瞻拜真人及七真像敬題薛一山丹房

寒盡東風破曉陰，真人遺像儼如臨。山中霞熟千年醖，海上蓮開七朵金。朔地興王資化力，鈞天朝帝動仙音。私忻泉石膏肓久，終日凝神紫氣深。

〔一〕敬題詩曰：「曰」下文淵閣四庫本有小字：「馬石田世系於此得詳」。

登鶴坡道院寥陽閣爲王雲岡外史題

咸淳地闢聳寥陽，丹碧曈曨照下方。海嶽夜朝笙鶴駕，星辰日侍袞龍章。太清玉境何高爽，九有黄埃苦混茫。螻螘小臣身草澤，寸心徒曳五雲鄉。

寄福建參政景福仲禎今削髮爲僧名福大全前南臺御史丑閭時中仲子也

一門忠孝世三傳，節鉞弓旌映後先。白業漫脩三竺境，丹心老戴八閩天。雁違寒雨菰連澤，魚上春冰瘴少煙。爲報舊遊王朴在，最閒林下亦逃禪。

奉題招討使台州石安撫雁蕩能仁寺遺詩後 詩附

嵐霧開明雁蕩山，元戎旌羽建禪關。五花吐筆天龍擁，三箭收功士馬閒。兒戴舊恩餘噍類〔二〕，孫全遺體幾憂患。一春風雨相將晚，醉覺眉間喜色還。

〔二〕 兒戴舊恩餘噍類：兒，底本作「鬼」，據文淵閣四庫本改。

我行天下山水半，側身西望長嗟嘆。山到蜀川方絶奇，世殊又被微官絆〔一〕。萬里提兵雁蕩來，高牙一展嵐霧開。松風吹騎聯鑣入，高日下照繙經臺。老僧振錫去何所，香篝寂寂佛無語。山鳴谷應應者誰，似有秦民宅幽阻。姑休爾旅枕爾鋋，雲深不得驚龍眠。冰簾一派瀉琤玉〔二〕，歲與清氣中洄沿。二三溪碓長林下，人力罷舂天所借。草香花凈太古春，虎嘯猿吟明月夜。幽尋静勝登嵯峨，鸞旗柱筆光影摩。詩成寫破峭壁翠，稽首巖前諾巨那。

右詩如此。公諱國英，號月澗，宿州靈壁縣人。金季時，居材官下僚。元初，用文武才仕至福建宣慰。曾孫宣武將軍松江萬户瓊，嘗乘遽道經寺，得是詩於老僧。且言公初入台，秋毫無犯，士民豫附。既移鎮，有告叛者，大將欲獮薙之。公請再行，叛者更生焉。瓊後欬崟戎行〔三〕，獲歸隴畎。今年春，偕倩曹生擕訪予風雨下，因出卷誦之，殆見公存心仁，律下嚴，悠然雅歌，而神采炳如也。祖作孫述，孝念抑可泯乎〔四〕？乃併序而歸之。

〔一〕世殊又被微官絆：又，文淵閣四庫本作「久」。
〔二〕冰簾一派瀉琤玉：冰，珍本叢刊本、文淵閣四庫本作「水」。
〔三〕瓊後欬崟戎行：後欬崟，文淵閣四庫本作「復棄」。
〔四〕孝念抑可泯乎：抑，文淵閣四庫本作「其」。

覽金應奉李獻可所撰參政遷平陽尹弘州魏公子平致仕誥及墓碑爲其九世從孫山東運司知事貫題

棟梁材具玉清温，禄養高年荷國恩。短蓋犢車臨緑野，御廚麛脯遞黄門。墓碑莫罄忠純蹟，誥墨猶含雨露痕。因話當時小堯舜〔一〕，不知溪上草煙昏。

讀白寓齋詩 有序

寓齋字君舉，金之隩人。登泰和三年詞賦第，累遷樞府，棄官隱居教授卒，名與元遺山、趙閒閒相頡頏。欒城李治序其詩曰：「龍韜雷厲於紛拏之頃，玉唾川流於談笑之餘〔二〕。」逢觀其題請節圖有云：「咄哉靈運輩，竟坐衣冠辱。誰知五柳家〔三〕，春雨東皋緑。」風節可槩見矣〔四〕。併録其訓元公八句云〔五〕：「夢裏薰風湛露歌，花開漢苑舊經過。拾遺老去青春暮，司馬歸來白髪多。横槊賦

〔一〕因話當時小堯舜：話，文淵閣四庫本作「誦」。
〔二〕玉唾川流於談笑之餘：餘，文淵閣四庫本作「間」。
〔三〕誰知五柳家：誰知，文淵閣四庫本作「何如」。
〔四〕風節可槩見矣：可槩見矣，文淵閣四庫本作「概可想見」。
〔五〕併録其訓元公八句云：其、云，底本脱，據珍本叢刊本、文淵閣四庫本補。

詩吾豈敢，短衣扣角夜如何。相逢未盡相思話，草色連雲水碧波。」弟文舉，亦登貞祐進士第。贊戎政，著功當時。馮西巖内翰，有「科第聯飛光白傳」之句稱擬云。

太白南流昴漸高，樂天退隱擅詩豪。中州河岳歸元魏，彭澤風煙入晉陶。茅屋不眠歌慷慨，金源回首髮髩騷[一]。當時耆舊皆陳迹，何處青青沼沚毛。

宋楊后翫月圖詠賜兄提舉王一太尉爲朱生孟清題

桂松交葉露光零，複道爐香引翠軿。雉尾扇開張樂地，鳳形山抱望江亭。一時萬里冰田白[二]，幾載中原野燐青。罷覽遺圖按遺調，寧皇應恨不曾聽。

將投海上自鴻山往泰伯瀆别王左丞以父老言言馬跡山漁商小船非攻守具得釋五百五十人數倍之及回舟八句寄左丞[三]

韋褐清游馬跡西，忍聞篁竹鷓鴣啼。雲昏赤地沈天狗，月落孤舟背水犀。小户漁商聊復業，深憂父

[一] 金源回首髮髩騷：髮髩騷，文淵閣四庫本作「意牢騷」。
[二] 一時萬里冰田白：冰，文淵閣四庫本作「水」。
[三] 詩題：投海，珍本叢刊本作「授淮」。「釋」下文淵閣四庫本有一「歸」字。

老不遑棲。釁連楚越非吴計，須是宗周與會齊。

宿馬跡山殷南山煉師道院既還鴻山留别八句

道士偶見苦竹灣，留我養高松桂關。龍蟠大澤雲水晦，馬跡巨石土花斑。緑章奏夜百靈集，素髮看春一鶴閒。忍上歸舟卻回首，裊裊清磬煙嵐間。

張孝子 有序

張孝子諱天麟，字仲祥，平江之嘉定人。祖瑄，江西參政。初從忠武王平江南[一]，既航杭城宋圖籍重器自海入朝[二]，復建策海漕江南粟。世皇特寵任之，由是與河南左丞崇明朱清貴富爲江南望。至元末，憸人姚衍誣二氏瀕海懷異志[三]，上不聽，詔丞相完澤曰：「朱、張有大勛勞，朕寄股肱，卿其卒保護之。」成宗嗣位，未幾疾，后專政。樞密斷事官曹拾得以隙踵前誣，后信，輒收之。丞相完澤奉先帝遺詔，諍莫解，參政竟獄死。籍其家没入，諸子女或竄之漠北。麟時年甫冠，諸王

[一] 初從忠武王平江南：平，文淵閣四庫本作「下」。

[二] 既航杭城宋圖籍重器自海入朝：杭城，底本脱，據珍本叢刊本、文淵閣四庫本補。

[三] 憸人姚衍誣二氏瀕海懷異志：懷，底本脱，據文淵閣四庫本補。

有欲奴朱、張後者，麟長喟曰：「吾先世戮力王室，一旦無罪廢，乃忍奴我族耶？」泣訴將作使忻都，爲奏占匠户，諸女亦入繡局。麟猶以寃，食不甘味，寢不安席。大德九年春，訟之省臺，弗理。夏四月，上清暑上京，麟拜輦道左，有命侍臣代問旨，未得。又伏東華門，欷歔流涕不輟，言甚哀婉，歷陳先朝顧遇爲讒佞搆陷狀。尋勅中書省遣使召還竄者，改父文龍董日本貫舶。武宗初，超遷都水監，仍俾治海漕。大司徒大順公奏免其匠役繡工家〔一〕，令星哈思的啟皇太子以麟直宿衛。至大三年，選授麟絳路坑冶提舉，弗就，曰：「背坑吾家，尚何坑爲？」仁宗御極，眷幸益隆。載念曾大父未有葬地，其上海之烏涇別業，參政尤樂之，即陳請於上。上曰〔二〕：「此孝順之道也。」詔中政院還其籍土，復爲議者沮〔三〕。延祐二年春請復感切〔四〕，始如其志。秋八月，撫藏，以祖妣太夫人趙祔。時王清獻公都中來會葬，以上所嘗語題其門曰「孝順之門」〔五〕。元統二年〔六〕，江浙平章牙不花薦舉，終不起。麟晚通《易》。子守中。前鄉貢進士嘉禾俞鎮爲著誌，逢括其槩系以詩。詩曰：

〔一〕大司徒大順公奏免其匠役繡工家：徒，文淵閣四庫本作「空」。其，底本脱，據文淵閣四庫本補。繡工，珍本叢刊本、文淵閣四庫本作「及繡局」。
〔二〕上曰：上，底本脱，據珍本叢刊本、文淵閣四庫本補。
〔三〕復爲議者沮：復，底本脱，據珍本叢刊本、文淵閣四庫本補。
〔四〕延祐二年春請復感切：請復，文淵閣四庫本作「再請」。
〔五〕以上所嘗語題其門曰孝順之門：所，底本脱；曰，底本闕；均據珍本叢刊本、文淵閣四庫本補。
〔六〕元統二年：二，珍本叢刊本作「三」。

三朝雪涕大明宫，咫尺威顔卒感通。百輛珠犀歸寶藏，千區松柏倚青空[一]。天妃罷燭滄溟火，野史追揚孝里風。誰謂奸臣終愧漢，石榴苜蓿也封功。

李司徒堅留不果既而送防護舟楫軍帖詩柬吕掾實[二]

上公折節禮殊優，復送軍符護野舟。鶩蕩遂專歌孺樂，鴻山寧負采真遊。亂雲石磴高垂蔦，落日煙坡下飲牛。席帽先塋青在望，幅巾行從萬貔貅。

遊孔宅寺題僧文宗魯房

九曲溪行地百尋，墩名宰我歸如岑。居僧幸淑詩書教，過客疑聞金石音。芝草鳳麟空日落，桃花雞犬自村深。一盃罷奠衣冠墓，試問衣冠元初爲盗所發[三]。淚灑襟。

[一] 千區松柏倚青空：千區，文淵閣四庫本作「十區」，珍本叢刊本作「十圍」。
[二] 詩題：而，底本脱，據文淵閣四庫本補。
[三] 元初爲盗所發：文淵閣四庫本作「墓已爲盗所發」，置於句末。

八月五日

八月端午天南風，痿卧輒起坐牀東。野堂掀茅見太白，庭樹落果走鄰童〔一〕。五湖浪高鱷族横，三山根浮鼈力窮。安得飛車訪列子，一瞬雲征萬里鴻。

和答張光弼判樞

湖上三峰一草堂，春風回首兔葵長。似聞平子愁機密，終使何人號最忙。西蜀櫻桃詩有在，東家胡蝶夢相忘。登樓詞賦工無益，頭白爲農二陸鄉。

和答孫大雅教授兼柬吴蔡二氏昆季二首〔二〕

梁紇祠荒磬罷編，東家書就幸逢年。階庭竝列封胡秀，故舊新承雅頌篇。桑外影長西崦日，研中光倒始青天。我家攝拊非戎比，姑傍旌陽種藥田。時兩兒從許太和習醫。

頻年歸盡首丘狐，兩地初休繞樹烏。伏勝終身秦博士，王符甘分漢潛夫。絳桃飛淚袁崧宅，翠荇牽

〔一〕庭樹落果走鄰童：鄰，文淵閣四庫本作「兒」。
〔二〕詩題：二首，底本無，據文淵閣四庫本補。

愁陸瑁湖。吴蔡慶門親且好，不知能爲秣驪駒。

聞吴門消息二首

百尺齊雲半壁開，陪臣猶進九霞杯。蓬星氣白干天棓，苕水烽青入露臺。盡擬田單收故土，不期高幹損雄材。淮魚信斷燕鴻隔〔一〕，吴樹蕭蕭葉下來。

承制除封八鉅州，士恬馬飽適逢秋〔二〕。三年弟傲羣情懈，十月城圍百戰休。海島何人歌爲挽，華容有女淚空流。脣亡遂使諸蕃蹙，板蕩將貽上國憂。

無題五首

五緯南行秋氣高，大河諸將走兒曹。投鞍尚得齊熊耳，捲甲何堪棄虎牢。汧隴馬肥青苜蓿，甘凉酒壓紫葡萄。神州比似仙山固〔三〕，誰料長風掣巨鼇。

天槍幾夜直鉤陳，車駕高秋重北巡。總謂羽林無猛士，不緣金屋有佳人。廣寒霓仗閒華月，太液龍舟動白蘋。雪滿上京勞大饗，西封華嶽弔秦民。

〔一〕淮魚信斷燕鴻隔：信斷，珍本叢刊本作「斷信」。
〔二〕士恬馬飽適逢秋：適，文淵閣四庫本作「正」。
〔三〕神州比似仙山固：比似，珍本叢刊本作「似比」。

白衣⿰舟冓⿰舟鹿渡吴兵，赤羽旌旗奪趙營。灤水天迴龍虎氣，榆林風逐馬駝聲。靚妝宮女愁啼竹，白髮祠官憶薦櫻。猶有海鷹神不王，駕鵞高去塞雲平。

五城月落静朝鷄，萬竈煙消入水犀。椒闥珮琚遺白草，木天圖籍冷青藜。北臣舊説齊王肅，南仕新聞漢日磾。天意人心竟何在，虎林還控雁門西。

廿載羣雄百戰疲〔一〕，金城萬雉自湯池。地分玉册盟俱在，露仄銅盤影不支。中夜馬羣風北向，當年車轍日南馳。獨憐石鼓眠秋草，猶是宣王頌美詞。

後無題五首〔二〕

一國三公狐貉衣，四郊多壘鳥蛇圍。天街不辨玄黄馬，宮漏稀傳日月闈。嵇紹可能留濺血，謝玄那及總戎機。祗應大駕鑾西楚，弗對虞歌北渡歸。

吐蕃回紇使何如，馮翊扶風守太疎。范蠡不辭句踐難，欒生何忍惠王書。銀河珠斗低沙幕，乳酒黄羊減拂廬。北陸漸寒冰雪早，六龍好扈五雲車。

回首崑崙五色天，疎風落日重佪儃。駕驂八駿非忘鎬，臺置千金舊慕燕。地限上林雲過雁，雪封西

〔一〕廿載羣雄百戰疲：廿，珍本叢刊本、文淵閣四庫本、《元詩選》本作「十」。

〔二〕詩題：珍本叢刊本、文淵閣四庫本題下有小字：「前后皆悼庚申北狩事。」

嶺樹啼鵑。遠塹行在周廬士，橫草無功日晏眠〔一〕。

險塞居庸未易劘，望鄉臺上望鄉多。君心不隔丹墀草，祖誓無忘黑水河。前後炎劉中運歇，東西元魏百年過。愁來莫較興衰理，只在當時德若何。

黃河清淺海塵揚，陝月關雲氣慘蒼。寧復明珠專甓社，尚論玉兔踞金牀。衣冠竝入梁園宴，簡冊潛回孔壁光。私幸老歸忘世事，梧桐朝影對溪堂〔二〕。

舟過吴門感懷二首

躍馬橫戈東楚陲，據吴連越萬熊羆。風雲首護平淮表，日月中昏鎮海旗。玉帳歌殘壺盡缺，天門夢覺翮雙垂。南州孺子爲民在，愧忝黄瓊太尉知。

强兵富境望賢豪，戴繼垂纓恨爾曹。一聚劫灰私屬盡，三邊陰雨國殤號。江光東際湯池闊，山勢西來甲觀高。形勝不殊人事改，扁舟誰酹月中醪〔三〕。

〔一〕橫草無功日晏眠：日，文淵閣四庫本作「自」。

〔二〕詩末《元詩選》本有小字：「錢牧齋曰：《無題》前後十首，皆感悼王師入燕、庚申北狩之事。」

〔三〕詩末《元詩選》本有小字：「張氏之據浙西也，原吉有功名之望焉，故首章末句如此。其《聞吴門消息》有云：盡擬田單收故土，不期高幹損雄才。又云：三年弟傲羣情懈，十月城圍百戰休。尤多痛惜之意。至於稱士德爲孤忠，謂東吴爲脣齒，是則書生之見而已矣。」

奉陪何禮部鏞蕭揚州琮二公皆前郡守劉總管若水侯治中邦郡判官鄧定知事陳文杰教授翁仁實赴理幕蔡廷秀澄江義塾率衆執事行鄉約禮逢次理幕韻

術序行鄉約，衣冠集寓公。駿奔多秀彥，瞻仰及愚蒙。化煦芹邊日，仁行草上風。盟卑齊相管，禮鄙漢臣通。義變延陵俗，心歸呂氏功。題詩重起廢，非敢衒雕蟲。

覽周左丞伯温壬辰歲拜御史扈從集感舊傷今敬題五十韻

華夷今代壹，畿甸上京遥。遊豫循常度，恬熙屬累朝。六飛龍夾日，獨角豸昂霄。御史箴何忝，賢臣頌早超。咨諏新境俗，觀采衆風謡。文用彌邦典，忠惟振憲條。執徐當景運，仲吕浸炎歊。愠解民心結，煩除聖念焦。雨工趨汛掃，市令薄征徭。大口讙移蹕，庸關肅衛刁。縉雲峰立曉，薌月水涵宵。徼道臣臣俊，清塵騎騎驍。豹軀嚴御靮，駝象妥鑾鑣。儀仗真如畫，車徒不敢囂。侏言來部落，皮幣贄荒要。岳牧恭迎舜，封人願祝堯。六宫程緩緩，列寺思飄飄。絲裊雙行鞚，璆鳴雜佩瑶。寶鈿榆莢小，錦罽草花嬌。繡襖珠鞲絡，香鬟玉步摇。婕妤辭竝載，王母會頻邀。拾翠深沙嶺，梯虹複澗橋。天長鑪北日，斗近建南杓。珍味高陀鼠，丹馨散地椒。廬兒分逐兔，土屋競停鵰。白貉衣温座，黄羊酪凍瓢。桓城金合沓，灤闕紫嶕嶢。社稷尊王統，山河固廟祧。明明神爽降，秩秩禮文饒。寵遂光幽朔，畋同閱獮苗。蹕林酺已畢，款塞福皆徼。椶殿三呼歲，楓墀九奏簫。祝融回酷暑，少昊戒靈飈。舊制先回輅，良辰次起軺。謝恩多帝胄，紀實得臺僚。至治音俱雅，於皇德孔昭。相如慚禪議，謀父感祈招。蕞爾蘄興祲，紛然潁煽妖。漕輸横蜃鱷，衡祀缺膋蕭。邊警初傳箭，軍容半珥貂。荐添烽堠迫〔一〕，有甚火雲驕。衮服中垂拱，微垣外寂寥〔二〕。幾多遺鶴髮，曾共望雞翹。二洛嵩通晉，三韓復入遼。不無雙國士，正賴一嫖姚〔三〕。求劍舟難刻，更弦瑟好調。扶顛須砥柱，撥亂豈芻蕘。戎幕辭巢父，詩壇老伍喬。式瞻阿閣鳳，馴止泮林鴞。併論公殊蹟，吾知邁董晁。

寄偰正字

君遷正字職，秩視校書郎。太乙藜分焰，銅仙露湛光〔四〕。鵷班清漏裏，鶴駕靄雲傍。署轉宫花密，溝迂御柳長。芸窗填竹素，蓬觀啟銀鐺。魚豕知譌舛，鉛黄屬訂詳。聖王經貫道，家世桂名坊。一氣根幽朔，羣英萃豫章。比蒙青眼待，益見白眉良。傳癖稱元凱，文宗得子昂。冠將戕獬廌，豺已避康莊。大器遭斯運，凡材信彼蒼。哭親嵐瘴邑，懷友月蘿房。病謝臺臣薦，書煩驛使將。暖餘牛背日，寒遠馬蹄霜。野褐方山帽，畦蔬德操桑。策陳憐賈誼，裾曳恥鄒陽。任性何孤僻，傷時或慨慷。圜丘虚壇壝，

〔一〕荐添烽堠迫：堠，文淵閣四庫本作「燧」。
〔二〕微垣外寂寥：微，珍本叢刊本、文淵閣四庫本作「薇」。
〔三〕正賴一嫖姚：正，文淵閣四庫本作「止」。
〔四〕銅仙露湛光：仙，底本作「山」，據珍本叢刊本、文淵閣四庫本、《元詩選》本改。

太廟攝烝嘗。珥筆誰丹扆，紆金盡玉堂。海涵恩靡極，衮補責宜償。十樣牋霞粲，雙壺酒雪香。珠璣新傑作，龍虎古雄疆。好約重觴詠，秦淮夜對牀。

哭中書兵馬都指揮使邵維翰可大

有偉睢陽彦，嘗歌北上行。禮羅賓相邸，板授倅山城。既察淮陰叛，旋趨洛下營。鳳池臨節鉞，虎衛掌農兵。編户牛千具，圭田黍一成。孔明興漢室，管仲會齊盟。盛業期王輔，良圖寓雜耕。癸庚呼密邇，戊己寄非輕。赤汗屯中饁，髡髦馬首纓。春醑朱鷺翿，霜獵阜鵰横。望眼空梅子，剛腸厭蔓菁。坐談機孰失，憂憤疾先嬰。泣血孤兒淚，扶喪外弟情。雲黄低畫翣，雨黑暗丹旌。越霸傷吴沼，秦雄駭趙坑。荒凉嵩短氣，嗚咽隴流聲。誰料餘生辱，君爲蚤死榮。美詩樓舊倚，高論座曾驚。薦菊寒泉洌，懸芻古木清。仙游費公院，尚覽我題名。

同工部觀員外飲錢治中第

山人籠席帽，星使屏旌旄。樂共鴛鴻序，身殊犬馬勞。輕裝空薏苡，大杓灎蒲萄。雪落鑾刀鱠，雲開碧海鼇。北頌書尺一，南餉粟千艘。傾蓋忘分手，天清斗正高。

遊簳山 有序

簳山距華亭卅六里〔一〕，土宜美箭，故名。横泖襟帶，流石參錯。東向壁内一石，斬斬中斷，俗傳南有干山，此則干將試劍石云。宋張頭陀雨華洞久塞，玉竇泉殊冽寒可味〔二〕。逢交謝逸人守真，始獲盡觀山之秀藴。其不羣不附，殆類古特立獨行之士卓卓物表者。蓋九山之宗，庸衆固弗識也。逸人自九世祖二十進士仲華韜德於是〔三〕，至今詩書仁義之澤未艾。又居民率多壽耇，詎非風氣淳厚所致耶？逢既遺逸人《北丘耕隱歌》，復表出是山，書置山僧德誠菴壁。後有青鳥者流過焉，庶逢之言有質也。時至正甲辰仲春望，同遊詠者，謝守真、陸絅、余寅、釋德慧、鄭里、謝椿。詩曰：

地主多儒雅，居僧亦不羣。泖横孤嶂立，野闊九山分。石裂蒼龍氣，泉渟玉竇雲。燕巢猶舊月〔四〕，馬鬣幾斜曛。久亂殊風景，兹遊隔世氛。天邊詩趣得〔五〕，谷口足音聞。童孺摳趨慣，朋儕倡詠勤。桃花

〔一〕簳山距華亭卅六里：卅，底本作「州」，據珍本叢刊本改。
〔二〕玉竇泉殊冽寒可味：冽寒，文淵閣四庫本作「寒冽」。
〔三〕逸人自九世祖二十進士仲華韜德於是：是，文淵閣四庫本作「此山」。
〔四〕燕巢猶舊月：月，珍本叢刊本作「壁」。
〔五〕天邊詩趣得：趣得，珍本叢刊本作「思起」。

吹酒煖，草色上衣薰。畫俯金銀界，枰觀隴畝文。芳鄰行可接，芰製莫輕焚。

簡夏嘉定

百里繞吴煙，重過喜地偏。深城遲閉户，細港倒回船。暮汐蜫開甲，秋原木放棉。民風返淳厚，正賴使君賢。

扁舟

扁舟何所好，日夜不相離。風雨情難測，山河影暗移。采蘋游女慣，載鶴去官宜。一任無依著，黄頭莫漫維。

題日本鼒大徹上人眇海軒

地極東三島，天旋外九州。羽車仙或到，龍藏叟同遊。赤岸銀河合，珠星璧月流。高居任清淺，不暇數添籌。

題章叔敬詩稾 誌銘後附

同舍生長往，平居詩思閒。疎星澹瓊樹，高閣遶青山。謝吏楚氛下，哭親吴苑間。山人誌墓碣，應解舊愁顔。

君諱齊，字叔敬，姓章氏。少喪母趙，鄉貢進士子方陸公器其侍父文，殊孝謹，許妻以孫女。長善詩，尤好琴。有田膏腴，有宅静邃。暄晨涼夕，藥闌竹嶼，俎腏豆胰，奉巵壽樂，婉愉也〔一〕。至正十五年八月，守臣搆亂，遂謝吏禄，奉父隱淞上。亂定歸，踰年城復陷。時父外往，齊草舍露行，間道訪候。兵後，躡奔吴門，且物色諸昆季姪姓之流散者。而父終不見，乃哀毁致疾。七日，呼子庠具紙筆，書《蓼莪》詩首四句，卒，壽三十七。子一，即庠也。女瑄，尚幼。庠以鄉里梗隔，姑葬上海之奥原。明年，衷衰，持徐嶧狀來拜請銘。逢以齊生同里、學同舍，於庠荐有師友之好，因不辭。銘曰：始焉同歸，終焉分攜。孝乖慈睽，秖繫亂離。死可以無悲。

劉節婦 有序

劉，冀之衡水人。十二歲〔二〕，通古文《孝經》。見小學書，固請讀之，母不許。一日，聞諸兄

〔一〕婉愉也：婉，文淵閣四庫本作「甚」。
〔二〕十二歲：文淵閣四庫本作「年十二」。

誦至「姆教婉娩聽從」，復請於母曰：「此亦女子事。」遂通内外篇。及笄，適同郡曹泰財〔一〕。五月，紅巾陷河朔，曹故大家，避兵縣西聊城村。賊掩至，大掠，見劉居羣人中殊美，持刃輒驅之。劉曰：「吾婦人，惟知從夫而已，不賊從也〔二〕。」賊冀其悦己，乃出金珠寘前，以綺衣被劉。劉裂碎之〔三〕。賊擁上馬〔四〕，墮地者數四。賊怒，繩其項，係馬後曳之。劉以爪據地，頭觸石，流血罵賊死。江西權衡、吴興錢震，竝贊述其事。逢詩曰：

芳氣飄蘭茝，和音節珮琚。遂聞兵死際，不失禮防初。野白冰霜骨，塵黄鳥獸墟。滹沱血淨洗，好過洛神居。

紅紙帳奉送朱知事太夫人

溪藤百杵成，桃浪縠紋生。日氣虚湯谷〔五〕，霞光護赤城。暖添顔面盎，寒隔夢魂清。正爲夫人壽，

〔一〕適同郡曹泰財：財，文淵閣四庫本作「才」。
〔二〕不賊從也：文淵閣四庫本作「豈從汝賊也」。
〔三〕劉裂碎之：裂碎，文淵閣四庫本作「手裂」。
〔四〕賊擁上馬：賊，底本脱，據珍本叢刊本、文淵閣四庫本補。
〔五〕日氣虚湯谷：湯，文淵閣四庫本作「暘」。

高堂快雪晴[一]。

簡察士安御史時過江陰物色太夫人壽藏之地

山龍到江盡，士馬爲親留[二]。草木黄催暮，巖巒碧露秋。虞衡忻伏謁，夔魍避冥搜。瓠子崗伊邇，陰功自可求。

送靳奉使妻馬氏夫人葬無錫璨山雨宿山中道院

一磬聞朱閣，重岡亘璨山。美人猿化去，弔客鶴飛還。蕨菜叢生石，梅花半掩關。雨來氣清迥，高枕夢俱閒。

乙未八月避地前湖三首

兩地初讐殺，全家屢死生。守臣無大過，雄長自相争。魑魅闞當屋，鵂鶹啼過城。前湖落木外，排難愧齊卿。

[一] 正爲夫人壽高堂快雪晴：夫人、高堂，文淵閣四庫本分别作「高堂」、「怡然」。

[二] 士馬爲親留：士，珍本叢刊本、文淵閣四庫本作「使」。

借地安樵爨，秋煙滿桂叢。禍因貧賤少，詩到亂離工。有妹音徽隔，諸兒起卧同。數畦烏口稻，滿待熟天風。

竹底秋光薄，牆根朝日暄。稍通鄰曲好，深荷野人恩。細雨菰生米，新霜芋長孫。加餐向茅屋，醒眼看乾坤。

九月十三日鄉兵盡燬丘文定公故第逢自前湖往白分帥鐵迭公義挈妻子親屬及鄰廿二家承遣掾閔景行護送出南郭復得人船先抵鳳村詩簡鄰友

鉅室俄焦土，比鄰弗定居。死生今日託，殘暴幾時除。過望潮偏大，迎寒木[木頁]疏。姑期鳳村隱，行止報來書。

鳳村黃氏菴書壁二首

倉卒投田里，崎嶔閱歲時。簞瓢不改樂，風化頗關詩。迥野垂星大，高天上月遲。本非枕戈者，待旦亦何辭。

舊宅驚煨燼，危城入變遷。血殷鑾觸野，虹白斗牛天。生理艱難徧，憂心斲喪全。祇應與妻子，長載五湖船。

老夫

兵火餘旁舍，天災剩老夫。復愁瀕草澤，翻喜罷苛需。白髮心隨短，青燈影自孤。時清重賜帛，能衣一絲無。

十月六日見近地起白虹既烽煙亘東北望者謂是州城未午聞城陷無錫華彦清人船適至遂行一首

冠帶迎寒旭，茅簷見白虹。非時乖氣異，多暴歲華凶。吴水聯南鷁，淮烽斷北鴻。去鄉千百指，悲喜集私衷。

陽山寇猖甚移剌元帥留不果遂入吴泊梅林一首

舟泊梅林寺，鐘清欲下霜。無家重適國，多累獨縈腸。野水相呼雁，天衢直上狼。貴游旄鉞擁，何道致平康。

自虎丘復還華氏館二月六日無錫陷親鄰幸全一首

將校知何去，親鄰喜再生。手停杯屢暖，慮遠事堪驚。世歇虞薰曲，雲連蜀斗城。自慙非鄭子，谷口只躬耕。

密聞貢平江詭姓張平軒遁海上傷懷一首

聞道今張禄，羈棲滄海村。微吟在野兕，暫託避風鶢。積雨吴天缺，浮雲漢月昏。伍符柄不與，千石貴休論。

丙申八月紀事時自鄉里入吴還華館遂卜隱鴻山

寸舌解重圍，長歌振短衣。不成巢父去，空似魯連歸。蔡港沙田薄，黄山宰木稀。伯鸞吾所慕，梅李况魚肥。

常州江陰再失無錫告警病中自鴻山將遷海上一首

病就山中隱，烽催海上舟。連城新鬼哭，深壁大臣羞。赤眚纏金火，炎風汗馬牛。遥占女兄弟，先已下長洲。

次婁門喜姊妹家屬竝至遂同舟由巴城湖東下一首

不盡朋游義，深鍾姊妹情。小康煙異爨，重亂月同行。軹井寒泉咽，鍾離殺氣平。謂言江海上，桑稼待時清。

净土寺天鏡講主母蘇氏歿送葬不及挽之以詩

鄉里稱孀節，家庭服姆儀。兒修黄蘗行，身踐柏舟詩。梧露鳴胥井，蘭風遶故楎。南州送葬客，漬酒獨來遲[一]。

哭鄉友承理文簡濯纓其軒名逢嘗爲作賦

性地敦天秩，生涯託化居。遇兵渾棄帑，爲友獨存書。夜枕長聞鶴，朝羹忽厭魚。傷懷濯纓下，賦昔擬相如[二]。

寄慧朗元白[三] 有引

至正二十五年冬[四]，丞相張士信重徵僧度牒錢，僧苦之。時朗住持杭之天華寺，因斷一臂，説

[一] 漬酒獨來遲：漬，底本作「清」，據珍本叢刊本、文淵閣四庫本改。
[二] 詩末文淵閣四庫本有小字：「濯纓，軒名，逢嘗爲作賦。」
[三] 詩題：「寄」下文淵閣四庫本有一「僧」字。
[四] 至正二十五年冬：正，底本作「元」，據珍本叢刊本改。

四句偈以獻，於是賴免者衆。明年春，有自赭石來者，爲求贈言，且云：「朗，鄉之毘山人，有道行。」乃寄詩曰：

時宰徵錢急，山僧斷臂歸。寸心塵不昧，全體月還輝〔一〕。赭石高風振，金城霸業非。似聞寒壑底，虎子尚號飢。

哀公顯道憲史　有引

顯道諱大有〔二〕，歸德之寧陵人。至正辛巳，以《書經》中河南鄉試，授廬州儒學正。甲午，辟淮西憲史。明年，從分憲按蘄黄。紅巾陷廬，母妻女姪舉莫知所向，乃客授吴中。既病學者於朱子四書有所未通，著《思問録》四卷，學者便焉。張太尉凡兩聘擢，竝辭。甲辰春，有自廬以母喪來告者。顯道北望長號，日夜痛心，遂致疾卒，葬吴縣筆鎗塢。子某，甫六月。於乎！可哀也已。詩曰：

〔一〕全體月還輝：還，文淵閣四庫本作「同」。

〔二〕顯道諱大有：大，珍本叢刊本、文淵閣四庫本作「天」。

壯日鄉書薦，中年憲幕趨。親容千里隔，世亂一朝俱。醴酒醲辭楚，蓴羹美厭吳。私憐鵬臆對，誰卹鳳毛殊。

日本進上人將還鄉國爲録予所註杜詩本義留旬日贈以八句藤其國中著姓

重譯歸看母，僧中獨爾能〔一〕。上方雲一鉢，滄海月千燈。雀舳蒙衝艦，龍函最上乘。杜詩書法隱，毋惜授諸藤。

寓隱鴻山承無錫張倅罷一境搜粟之擾既李司徒命僚佐物色戰艦鄉鄰徐氏船在拘籍中予以家船代之口號謝張及司徒僚佐

舊亂經重坎，新僑感二天。境無搜粟尉，鄰有載家船。勸趙嗟夷甫，宗周仰仲連。鴻山爛白石，容臥紫蘿煙。

〔一〕重譯歸看母僧中獨爾能：珍本叢刊本作「異域頻來往，隨緣獨爾能」。

中吴採蓮巷重會前州牧 有引

州牧，西域人氏，江陰達魯花赤也。比任，屬城破，聽調無錫軍中。無錫亦破，被縶九月。予偶聞，言於今左丞王晟，得釋焉[一]。且自具人船餼飲，送其還。牧德予，以奴奴於予爲謝，予辭不受。至是重會徵詩，詩曰：

故侯囚楚日，予客亂兵間。片舌非圖報，長須遂卻還。荒煙深井臼，大雪幾關山。偶會愁長別，吟鞍荷再攀。

題余忠愍公所撰兩伍張氏阡表 有序

張昆弟二人，景星諱共辰，景山諱竑，竝以儒學官累遷。景星，霍丘主簿；景山，滁州判官。天永仕淮省員外郎，謝病隱居，教授埭上，景山孫也。

〔一〕得釋焉：得，底本脱，據珍本叢刊本、文淵閣四庫本補。

東淮海王國，兩伍世儒家。鸑鷟春聯瑞，龍蛇歲起嗟。天文新日月，阡表古煙霞。賢後承餘慶，辭官喜鬢華。

懷唐伯剛 有引

伯剛名志大〔一〕，如皋人。嘗爲淮藩統兵。無錫裨將擄巨室甥女，以予言徵還之。

最憶吴興守，當時義莫湮。軍中歸虜婦，堂上舍詩人。野飯雕胡滑，山齋寶晉新。文蘇美風韻，想見霅苕濱。

聞中書平章丁公死節其子伯堅嘗從予遊

明公冠豸日，獨客病蛇秋。幸得爲儒老，承聞殉國休。青城無化鶴，函谷斷歸牛。惟有南俘鬼，陰風面北羞。

〔一〕 伯剛名志大：伯剛，底本脱，據文淵閣四庫本補。

哀故淮省郎中海陵俞忠夫 有引

忠夫諱齊賢，本陰陽家者流。張太尉開藩，忠夫與有功，達識丞相奏除前職。及太尉稱吴王，累犯顔諫止，不聽，且板授淮省參政，遂杜門謝病以卒。

太尉稱王號，郎中謝病軀。孤猿霜月淚，羣雁稻粱圖。初志宗周鼎，餘生待屬鏤。全歸至正末，足愧楚鉗徒。

題余廷心參政爲霍丘傅古山尊師撰遇仙觀記後〔一〕

蓼西琳館闢，淮省大參銘。地泄煙霞氣，山潛木石靈。荒茅無盡白，汗簡有餘青。黄髮吴陵叟，癯然鶴姓丁。

〔一〕詩題：傅，珍本叢刊本、文淵閣四庫本作「博」。

邵彦文臺掾使吴藩承過旅次問所擬河清頌槀欲歸呈大夫普公時予病不果録姑詩以謝彦文善醫

一騎南臺使，知予頌陸沈。欲塵天子目，少露野人心。茅屋秋從破，雲山日向深。裁詩謝高義，所願紫團參[一]。

謝周侍御伯温書跋二十三年所擬河清頌

近者山人作，新承侍御書。分甘終草野，辭敢達椒除。晉帖唐臨盡，秦碑漢校餘。時應對朝日，光動壁中魚。

題長春道院許玄逸所藏桂風子與朱貞一真人詩後

仙人桂風子，勇别上清君。晞髮三神日，巢松五老雲。桃椎今問訊，奎閣謂虞文靖。舊論文。遊幔峰青疊，蓬頭謂金尊師。竝鶴羣。

〔一〕所願紫團參：詩末文淵閣四庫本有小字：「彦文善醫。」

題朱暈遠鳳山丹房圖相子先所畫

子先中國士，棊罷畫雲間。黑斡蜿蜒水，青分鷲鷲山。客捫蘿蔦入，童採朮芝還。覽卷神爲往，鮮飈灑珮環。

送崔則明同僉之紹興總管

風氣通藩郡，朝儀聳柏臺。溪山當鏡入，鼓角自天來。凋弊嗟多故，承宣屬大才。春耕貴早省，先雪剡梅開。

題南翔寺僧璝宗璞西房

重過梁朝寺，詩僧失瘦權。閉門雙樹月，煮藥半牆煙。流落驚人語，消摇出世緣。自今可無憾，名賴老夫傳。

柯博士臨文湖州墨竹爲頓悟寺堅虎石上人題

官罷奎章閣，竹臨文使君。似將湘女淚，痛灑鼎湖雲。雉扇梢堪挹[一]，鸞笙葉忍聞。山僧置巖塢，佳氣若絪緼。

贈董仲仁府判

府判身强健，銀魚映故貂。低頭居矮屋，扶杖説中朝。夜鵲南枝冷，春鴻北路遥。好同商皓隱，莫赴子房招。

至正丙午三月廿八日自横泖遷居烏涇宋張驥院故居有林塘竹石因扁堂曰儉德園曰最閒得六首[二]

卜宅賓賢里，生涯始有涯。憂緣常念亂，貧爲數移家。徑合交枝果，簾當獨樹花。池臺幾峰石，相友卧煙霞。

[一] 雉扇梢堪挹：挹，文淵閣四庫本作「把」。

[二] 詩題：「得」下文淵閣四庫本、《元詩選》本有「詩凡」二字。

平生一丘壑，今住小林泉。樹古走藤蔓，沙虚行竹鞭。紅蛛網石罅，白燕下琴邊。不有故山憶，溪南買祭田。

鄰曲敦新好，園林恍昔遊。衣冠時徑入，棊槊夜忘收。已遂蓴羹興，何煩杞國憂。人生貴行樂，兩鬢颯先秋。

地深雛鳳穴，池浸小龍泓〔一〕。白石垂綸影，蒼苔拄杖聲。人心常澹泊，風物自虚清。多卻詩千首，無由避隱名。

丘園宜養病，薄暮一徘徊。倦蝶投煙草，潛魚樂水苔。尊中天影落，巾上月明來。家政傳兒子，惟須藥籠材。

無才甘在野，多懶愜行園。石露溥雲氣，池風損水痕。草深眠雉子，林静習鴉孫。擬著幽居録，漁樵共討論。

過廣浦林洪聰上人承示湖廣郎中余闕書撰舊主滐河化城禪寺碑記淮西憲僉王士點篆額爲題左方

舒州余柱國，百戰死酬君。天地留元氣，山林被慶雲。世無哀九辯，吾及頌斯文。僉憲俱陳跡，爐

〔一〕地深雛鳳穴池浸小龍泓：地、池，底本位置顛倒，據珍本叢刊本乙正。

香爲一焚。

奉題車玉峰先生世運録後 有引

車氏世居永嘉，由唐末徙黄巖，始盛大。一家師學淵源，實肇敬齋先生。敬齋曾孫隘軒，有《五經論》、《平居録》。隘軒孫是爲玉峰，諱若水，字清臣。賈似道三聘入史館[一]，辭不受。夙承父某《春秋》學，復師杜清獻公範。清獻學於從父諱曄，字良仲。南湖公，南湖學於朱子。玉峰巋然諸先輩後，所著述曰《宇宙略紀》，曰《世運録》。清獻嘗序之曰：「《重證大學章句》，則魯齋王先生爲沿革論以實之，曰『得車君書言致知格物，傳未嘗亡也』。自『知止而後有定』以下，合《聽訟》一章，儼然爲格物一傳。使朱子聞之，當莞爾一笑云。」玉峰孫浚，浚之子程，咸與予交。因示《世運録》，讀之大有裨於《通鑒綱目》，然未板行於時。慨嘆不足，姑叙世系大略於左，并頌以詩曰：

有宋車先德，生成道學資。義辭丞相聘，經證大賢遺。泮水涵魚藻，高岡老鳳枝。再覩世運録，仰企不勝思。

[一] 賈似道三聘入史館：三，文淵閣四庫本作「再」。

游澧湖遂過鷲蕩登梁鴻山北望感時懷歸二首

家寄寬閒野，身逢大有年。羣龍西北極，斗酒水雲天。二老歸來晚，狂奴故態賢。殊悲鸚鵡賦，重讀馬蹄篇。

捨櫂舒高目，鄉山落彀中。因聞吴賜劍，懶問楚亡弓。殘日羣鴉路，危城一鶴籠。何時復舊業，牛女對疎桐。

陳子章出示吴藩馬參政誄文因哭以詩諱玉麟海陵人

道義雙金重，風神片璧輝。榮親華睆簀，迎客倒顛衣。百戰城頭破，全軀地下歸。論詩憶傾耳，香閣漏聲微。

掖還鄉

冢嗣還鄉籍[一]，予心獲少安。亂離爲客倦，衰病過家難。霜月烏啼苦，河冰獺影寒。發春忻在望，薦祖五辛盤。

[一] 冢嗣還鄉籍：嗣，珍本叢刊本、文淵閣四庫本作「子」。

夢靳公信州利安諱仁 有後序

昨夢過朱輪，衣冠儼主賓。清齋三月守，厚德八鄉民。山鎖薔薇洞，天低杜宇津。論心復道舊，分首悅超塵。

公由中書通事出長道州幕，陞江西省檢校，遷知諸暨。考最，代浙相版授江陰尹。三月，復授理問。其年徽人迫江陰境，舉家合仲季弟百餘口，蒼黄無依。予爲覓舟挈避蘇。既浙東帥觀孫復州城，而公奉相檄，撫綏軍庶。時東八鄉巨室細氓多脅從者〔一〕，帥請加兵。公從子師於予，又感予義，因問八鄉故。予曰：「民非樂亂，無父母耳〔二〕。父母寄舊在公，今公來，不其子乎？帥惟公命，其有不矜宥乎？」遂具語帥止之〔三〕。轉同知常州，道憫骼胔，亟移文掩焉。及任左丞黑黑獎公諳大體，公曰：「草文則布衣王某也。」逢用受左丞知〔四〕。尋辭歸，公亦退隱杭，致仕信州總管卒。平生清儉詳恕，所至布善政云。

〔一〕時東八鄉巨室細氓多脅從者：氓，文淵閣四庫本作「民」。
〔二〕無父母耳：無，文淵閣四庫本作「以失」。
〔三〕遂具語帥止之：之，底本脱，據珍本叢刊本、文淵閣四庫本補。
〔四〕逢用受左丞知：用，文淵閣四庫本作「因」。

題宋丞相董公致仕誥後 有後序〔一〕

兵籌間葛亮，經術老韋賢。正氣風霆協，清名斗嶽懸。墓無金下殉，家有誥今傳。載拜書遺蹟，英靈儼在前。

公嘗帥潭，凡民居火，例以軍救，已則有賞。軍往往俟火烈，覬徼厚賞。一夕火，公至，立皁纛下，令曰：「火到聚星門，先斬蘇統制。」軍遂力救以息。壽六十九薨〔二〕，謚文清，葬當塗石城山。元僧總統楊璉真伽發公墓，一無所殉，嘉歎，掩如初。公配張，累贈衛國夫人。生叔度，知婺州。生儁壽，古田縣丞。生祥發，廕承務郎，徙居松，省憲交薦，辭。或問故，曰：「世禄宋，忍他食耶？」生天麒，天麒生士方，咸隱居教授。士方會予朱生弦家。既示誥，且語公逸事及家乘，願有述。予以公勛業筆諸史矣，而誥有云：「伊洛之書盛行，獨以身而體蹈；莘渭之事雖遠，常望古而慨慷。孔明如秤之心，居然服衆；儀休拔葵之操，端可矯貪。」併摭附云。

〔一〕有後序：此三字底本脱，據珍本叢刊本、文淵閣四庫本補。
〔二〕壽六十九薨：六，珍本叢刊本、文淵閣四庫本作「七」，似是。

得兒掖書時戊申歲〔一〕

客夢躬耕隴，兒書報過家。月明山怨鶴，天黑道橫蛇。寶氣空遺水，春程不見花。衰容愧耆舊，猶語玉人車〔二〕。

饒士程式以謙山長卒其友趙謨捐地葬之予哭以詩

憶過桃花塢，言隨伯雅深。欲披弘演腹，爲納比干心。世守祠先禮，時傾侍客金〔三〕。龍江墓草碧，還倚望鄉襟。

憶朱芹湖 有序

公諱顯忠，字彥良，如皋之芹湖人。昆弟五，同居協雍。公身長七尺，負氣謹行。太尉開藩，

〔一〕詩題：詩題下珍本叢刊本、文淵閣四庫本有小字：「是年爲洪武元年。」

〔二〕詩末文淵閣四庫本有小字：「李東陽謂此詩幾於悖謬，亦各行其志也。視迎降恐後者，畢竟何如。」李東陽，珍本叢刊本作「錢牧齋」，此數句置於詩題小序下。《元詩選》本有小字：「此詩記戊申歲，正明太祖改元之年也。」

〔三〕時傾侍客金：侍，珍本叢刊本、文淵閣四庫本作「待」。

掄公分帥曹涇。三考義兵長，多素封家，罔敢餌以利。有孝女盜樵鹵毛，兵執獻。既知爲母病用市藥〔一〕，即慰釋之。陳、徐二憸人潛掠商貨〔二〕，杖而徙其鄉。前進士楊維禎蹇且老，歲周禄米，他物稱是。予嘗客隱吴下，每過，聽言論無倦色。及戍曹，遣千户史岳邏徼就饋問，予再躬往餉焉。席上徐謂曰：「竊審子製作率節義事，私錢四萬，敬爲壽梓助。」予辭文不稱事，公曰：「事非文不傳，幸毋讓。」今節義事盛行，公力太半焉。公今歿矣，姑憶八句，非簡公也，示不以恩於己而繫於辭云〔三〕。詩曰：

樓櫓海天垂，彫弓韔虎皮。錦鮮清暑宴，白馬上春旗。人感官刑弛，塗歌盜跡移。壽文錢四萬，時往致予思。

寄任子良府判兼簡元朴鎮撫伯温都事伯璋縣丞

龍江羣玉樹，曾不外葭莩。抱病三年獨，全生兩地俱。巢頻移社燕，味弗改秋鱸。擬過還鄉楫，童孫從紫襦。

〔一〕既知爲母病用市藥：爲，底本脱，據珍本叢刊本、文淵閣四庫本補。
〔二〕陳徐二憸人潛掠商貨：憸，文淵閣四庫本作「偷」。
〔三〕示不以恩於己而繫於辭云：繫，文淵閣四庫本作「繫」。

夢左丞呂公仲實乙亥歲以浙憲僉按江陰予拜識焉

漢盛登安國，唐衰擯九齡。人間猶望雨，天上忽騎星。故郡瞻風裁[一]，端居接爽靈。孤松倚喬岳，想像北柯青。

贈買閭教授 有序

買閭字兼善，西域人。元初，祖哈只仕江南，遂家上虞。父亦不剌金，力資兼善學，以《禮經》領至正壬寅鄉貢。浙省臣因北向途梗[二]，權擢尹和靖書院山長[三]。既航海赴會試，而後期不果。禮部尚書李公尚絅特言之朝，敕授嘉興儒學教授。及還，會政屬淮閫，屏居幽遐，且十餘年，曲奉二親甚至。今春訪予最閒園，風雨花落，離索滿目，觀其志尚孤卓，殆忘世之荐變、身之益貧也[四]。乃酌之酒，贈之詩云：

[一] 故郡瞻風裁：裁，文淵閣四庫本作「采」。
[二] 浙省臣因北向途梗：因、途，文淵閣四庫本分別作「以」、「道」。
[三] 權擢尹和靖書院山長：擢，文淵閣四庫本作「授」。
[四] 殆忘世之荐變身之益貧也：荐，文淵閣四庫本作「洊」。

顒卬西域士，鄉薦十年前。隴畝心中越，山河枕上燕。尊同漂梗地，門掃落花天。慕殺柴桑老，詩題甲子編。

哭門生朱文禮 有序

文禮字彦則，朱徽州自齋公之曾孫也。父道存，長江陰幕，首延予西第。禮於兄弟間，風裁清邁，言往往如老成。會紅巾亂，舉家還上海。居無何，上海陷。既苗帥復地，大掠，祖妣縣君與母氏諸父季弟相枕兵死。禮同兄被虜，得不葅醢以逃，重見父於中吴。而父復旅死，兄弟相弔，人多念者。不幸禮又短命死，哀哉！前是上海巨姓有女，許倩其弟。弟歿，欲遂倩禮，重賂媒善説之，且遣家僮盛致儀物器玩。禮一無動心，竝謝曰：「昔者孔圉以姞繼妻太叔疾之弟，唐太宗、玄宗率納弟妃，斁倫遺臭莫甚焉。禮奉教於君子稔矣，奚忍爲此[一]？」議乃寢。嗚呼！使禮生國初時，膺爵位，建法令，則水草畜牧之野[二]，其肯聽依本俗婚醮[三]，而陷大有爲之君于不義乎？翹楚秀茁，風雨奄萃[四]，天其爲哉！禮素性孝友，多可稱者。予因録其尤，哭之詩云：

[一] 奚忍爲此：此四字底本脱，據文淵閣四庫本補。
[二] 則水草畜牧之野：此七字文淵閣四庫本作「則凡在覆燾之中」。
[三] 其肯聽依本俗婚醮：本，文淵閣四庫本作「末」。
[四] 風雨奄萃：萃，珍本叢刊本、文淵閣四庫本作「瘁」。

春日果投車，秋風茅捲廬。不爲夔雜行，曾讀世遺書。關度鷄鳴早，鄉還鶴唳餘。黃泉二親見，悲感謂何如。

同前進士鐵公毅張林泉夜宿朱良佐梅雪齋

香動暮寒輕，窗含月迴明。寸心游太素，萬物讓雙清。半樹苔偏濕，中庭鶴不驚。孤山剡溪興，異代一時并。

莫月鼎法師道行録爲海虞山致道觀周元初題 有序

法師吴興人，宋莫公提刑之後也，諱起炎，字月鼎。生寶慶丙戌。儀觀魁梧，神精爽拔〔一〕。幼習舉子業，嘗三試弗利，遂究心玄學。放浪江湖間，縱狂任酒〔二〕。往往作字類霞儞雲佹，靈異惚怳，使人莫測所爲。寶祐戊午秋，紹興旱，馬守裕齋迎禱雨，雨大澍，理宗、三十五代觀妙天師咸贈言。有元至元戊子，世皇徵如上京祈雪，驗輒止。師陛陳曰：「天氣中和，萬彙順暢，不宜抑也。」上悦，賜上尊，命典其教。固辭，歸吴。癸巳冬微疾，弟子王繼華奉湯藥殊謹，因覼曰：

〔一〕神精爽拔：精，文淵閣四庫本作「情」。
〔二〕縱狂任酒：文淵閣四庫本作「縱酒任狂」。

「明年正月二十六日，非爾所能療也。」至日，浴更衣，書《辭世》一章。問繼華何時殮，曰「棺衾已具」。端坐曰：「俟五事備[一]。」既逝，夜三鼓，天洶洶，雲風雷雨雹俱。時未驚蟄，繼華愕然悟，乃斂葬長洲陳公鄉，實三十一年也[二]。始師抵青城山丈人觀，禮徐無極。及聞建昌鄒鐵壁得王侍宸道妙，即往備僮役。鄒病且革，欲厚遺。師泣以實告，特授張星一符訣，自是行四十年若響影。予惟師能雪夏雨暵者，其術也。憤世託狂遠蹈之操，則君子有取焉[三]。序而詩曰：

南北動君王，風霆雨雪將。金花牋寵錦，紫柘盌封黃。叔世儒無效，先天道大光。何當閔焦涸，陰殛幾弘羊[四]。

題元故參政張公畫像 有序

公諱文虎，字山雲，江西參政瑄中子也[五]。生而魁壘，面如滿月，善左右射。至元十三年，賊

[一] 俟五事備：「俟」上珍本叢刊本、文淵閣四庫本有一「當」字。
[二] 實三十一年也：實，文淵閣四庫本作「元世皇」。
[三] 則君子有取焉：有，底本脱，據文淵閣四庫本補。
[四] 陰殛幾弘羊：弘，文淵閣四庫本作「桑」。
[五] 江西參政瑄中子也：中，文淵閣四庫本作「仲」。

横海，侍瑄擊獲之。賊黨立季父背，將縋縛覆害。公覺，拔刀斫賊踵，仆，一軍震驚。十五年南征，遂以勞授忠顯校尉、管軍總把，佩銀符。明年，征日本。十九年，宣力海道。二十一年，遷武略將軍、管軍千户，佩金符。督餉輸京師，丞相引見，上嘉歎公異吴産，詔去帽，親撫公顱曰〔一〕：「真我國臣。」二十二年，敗婺州楊先生。二十四年，鎮南王脱歡征交趾，陞定武將軍、交趾海船萬户，佩虎符。轉粟從至松柏灣，遇賊逆戰〔二〕，擊敗之。既暑疫，王議罷兵，以後躡懼。公屯巨艦于隘口〔三〕，約戰，趾不爲寤〔四〕，竟全師還。二十五年，超懷遠大將軍、慶元總管，兼領海船萬户，佩三珠虎符，民庶乂安。二十八年，擢嘉議大夫、行户部尚書、海漕都漕運府事。開便道有功，二十九年，拜中奉大夫、湖廣參政，賜翎根甲兜鍪弓矢刀劍，將兵復征交趾。成宗即位，徵還。大德三年冬，移京畿漕運使，尋改江浙參政。五年，領江淮財賦都總管。七年家覆，臨刑色不變，有白氣上干，識者冤之。公性尤孝友。太夫人疾，侍藥不出户限者三月。與宋處士陳雲巖爲布衣交，敬不少衰。平章高霸都素壯公，聞其死〔五〕，太息曰：「水無張朱，陸無劉二霸都，則我亦死矣。」因哭

〔一〕親撫公顱曰：親，文淵閣四庫本作「手」。公，底本脱，據珍本叢刊本、文淵閣四庫本補。
〔二〕遇賊逆戰：遇賊，底本脱，據文淵閣四庫本補。
〔三〕公屯巨艦于隘口：于，底本脱，據文淵閣四庫本補。
〔四〕趾不爲寤：文淵閣四庫本作「賊不能悟」。
〔五〕聞其死：其，文淵閣四庫本作「公」。

喪明。延祐二年，姪天麟護喪歸葬。妻夫人高氏，祝髮守志。逢獲交公從孫守中，式瞻畫像，既題以詩，且爲序勖行如左云。

目電氣淩虹，烏號左右弓。家財金谷夢，餉道鄭侯功。畫像高堂上，皇圖落照中。玄孫守韋訓，喬木耐飄風。

朱秦仲僉樞趙仲德水軍婁江舟中夜宴席上二首

大幕分開闔，三邊罷枕戈。春寒留水國，天影落銀河。年少孫征虜，威名馬伏波。樓船恨淹泊，清話及陰何〔一〕。

澤腹解春冰，方舟静宴朋。大魚跳白月，馴鷺狎華燈。漢有鴻門會，齊多狗盜能。清風滿揮麈，不計酒如澠。

讀俞建德詩槀 有後序

白苧紛吴語，芳蘭歇楚聲。斯文天未喪，諸老氣猶生。煙火孤村僻，江山故國横。誰甘草同腐，杯

〔一〕清話及陰何：及陰，珍本叢刊本作「夜如」。

酒汙脩名。

公鎮名，伯貞字，崇德人。登鄉貢進士第，累遷建德路建德縣尹卒。其所遺詩稾凡百餘篇，予盡讀之，得文學行義尤著者八人。其一曰礲峰曹先生，江西人。負碩學。當宋末屏居講授，士多歸之。有《春秋凡例》、《大學演正》藏於家。其二曰顧辰伯，嘉禾人。爲國子生。時淮荊多虞，閫府檄屢辟，卒隱德終。其三曰忠惠蔡公襄六世孫伯可，師劉後村，廕父官爲郎[一]。既歸附，即不仕。其四曰禮部尚書衛公上達五世孫謙，號山齋，松江人。明《易》。元初，忠武王版授温州路治中，亦堅辭。其五曰徐成仲，善詩。建德巨族，昆弟九人同井爨。歲饑，輒捐廩賑之。鄉鄰火，延燎若干户，伐山木繕完以居。朝廷榜其門曰「義門」。其六曰張彬之，茅山人。素泊於利，一毫不競。里有兵難，冒鋒刃救止焉。其七曰揚州蔡應祥，事二親盡禮。二親殁，刻木肖像，祠益謹[二]。其八曰歙女張，適同郡汪三桂。甫五旬，而汪蚤世。張誓守節孝，奉舅姑，嗣同姓子逢辰爲後[三]，詔表其閭。於乎！采詩觀風之政，竝廢久矣。而職太史者，又多缺遺。教弗復興，俗愈大壞[四]。間有材

[一] 廕父官爲郎：廕父，文淵閣四庫本作「襲父廕」。
[二] 祠益謹：祠，文淵閣四庫本作「祀」。
[三] 嗣同姓子逢辰爲後：嗣，底本作「祝」，據文淵閣四庫本改。
[四] 俗愈大壞：愈，文淵閣四庫本作「益」。

德士幸或見於野史〔一〕，又不必傳將來，卒同澌滅草腐。於乎！天高地遠，瞻望無及。變遷離索，吾誰與歸也〔二〕。

梅東隱居士寄跡南山道院以其高志因美二首〔三〕

飽更世故勇投閒，自補仙曹洞府班。赤汗黃塵雲火下，翠瓜紅酒石林間。滿山怪石卧羊羣，一水寒沙浸竹雲。仙鶴似知新有主，天風零亂羽衣裠。

題龔行可逃荒別後 有序

丁未大侵〔四〕，殍殣蔽野。當斯時，雖抱道之君子、礪志之丈夫，靡有不困厄者。若予里胡氏婦，舉室危亡之際，情有可矜者，因紀以詩曰：「妾身雪中竹，雪虐竹自持。妾心水中石，水流石

〔一〕間有材德士幸或見於野史：士，文淵閣四庫本作「節義」，無「幸」字。
〔二〕詩末文淵閣四庫本有字：「按：先生黍離之感，慷慨激昂，往往見諸篇什。而於忠孝節烈大致，尤三致意焉。讀此序至末幅，吾尤竦然起敬。」
〔三〕詩題：梅，珍本叢刊本作「楊」。
〔四〕丁未大侵：侵，文淵閣四庫本作「祲」。

不移。自與郎合巹，恩愛靡少衰。賓桉誓偕老，豈料遭年饑。山田無稆採〔一〕，土銼斷煙炊。索飯兒啼號，垂白姑尫羸。不見東家伯，逆子獸獍爲。不見西舍叔，尸蟲潰牀帷。地赤草木殫，云胡弗思惟。五口相枕餓，一口寧生離。一口不生離，五口死有期。孰若鬻妾身，倉卒乃得資。得資糴官米，可救姑兒飢。董永尚自賣，郭巨亦埋兒。失節事極大，疇昔已粗知。計出不獲已，舍此將安之。姑兒命苟活，臧獲役何辭。姑健郎有恃，兒長郎有依。願郎篤慈孝，天當相陳遺。錦鴛兩分飛，各免肝腸悲。妾有贖歸日，鏡有重圓時。」

右《逃荒別》，龔行可所作也〔二〕。行可，越人，名轍。有《冷淡生活詩》一帙，烏涇王處野藏之久。逢一日與鄰父老王壽櫟、顧心月、郭壽樗、徐静頤、夏奇峰、秀巖昆季過焉〔三〕，處野延憩茂樹下。偶出帙，共覽之，皆幽人逸士語。後得是詩紀胡氏婦，予嘉歎曰：「行可庶仁者之存心也。」遂題二詩〔四〕，期以竝傳焉〔五〕。

困厄凶荒古有之，詘身殉養婦堪悲。將心若置良人腹，坤道乾綱兩不虧。

〔一〕山田無稆採：稆，底本作「耜」，據珍本叢刊本、文淵閣四庫本改。
〔二〕龔行可所作也：龔，底本脱，據文淵閣四庫本補。
〔三〕逢一日與鄰父老王壽櫟顧心月郭壽樗徐静頤夏奇峰秀巖昆季過焉：父老，文淵閣四庫本作「友」。
〔四〕遂題二詩：遂，文淵閣四庫本作「因」。
〔五〕期以竝傳焉：以，文淵閣四庫本作「與詩事」。

奉粥黔敖絶後塵，開倉汲黯愧今臣。天王旰食朝元閣，不道佳人自鬻身。

簡烏涇重陽道院儲無極鍊師

風露高天夜氣分[一]，神游爲謁紀星君。酒材藥料凡三品，付與山人老卧雲。

王處士袖四六啓謝製壽藏序銘因出示静習稾爲題絶句 序銘後附

露盥薔薇細細披，朱弦疏越大音遺。不同司馬論封禪，尚少柴桑擬祭辭。

處士，上海人，名泳，字季深，姓王氏，宋進士日輝之曾孫，元故鎮江儒學教授遷衡山主簿鏞之子也。性愛《易》，自號静習。或問静何習，輒對曰：「習不由静，未會學也。」先是，衡山君卒，遺命以庶弟奉其生母。處士悉畀舊田宅，而所居地僅數弓，廬十尺，冬夏一裘葛，日蔬飯，晏如也。配沈，丹徒尹烈孫女。生一女，適邑儒吴莱。一子上，殤。門生劉縜冠履昆季爲買龍華之原[二]，營壽藏。處士角巾藜杖，消揺青松間而歌曰：「蠶何物兮，繭是室兮。吾其願畢兮，抑亦二

〔一〕風露高天夜氣分：露高天，文淵閣四庫本作「落天高」。

〔二〕門生劉縜冠履昆季爲買龍華之原：買，文淵閣四庫本作「置」。

三子之力兮。」歌闋，長嘯而返。間謂沈曰：「吾死，貧無以斂，特汝得爲黔婁妻〔一〕，不既賢乎？」沈曰：「妾老尚績，圖夫子暖老計，妾不願賢如黔婁氏之妻也。」聞者多之。至是請予壽藏銘。予以高朗令終，處士其庶幾哉！銘曰：

生斯游，死斯藏。古賢達是方，雖晦也孔光。

經楊節婦故居 有序

龍華雨晴，劉松屋老人同野步，道經一故第，謂楊節婦家也〔二〕。丁丑夏，彗星現，天下童男女，譌惑皆成配。時楊年十三，贅張都水子裕。十五生一女，十七裕早世。楊誓守節，今幾五十矣。昔蘇文忠有林氏媪詩，請繼後響。詩曰：

日度虀鹽歲枲麻，望中脩竹帶叢葭。老人爲説眉山叟，詩紀青裙紫笑花。
十七孀居亂幾更，隔溪聞得紡車聲。卻思臣妾書降表，不獨南朝謝道清。

〔一〕特汝得爲黔婁妻：汝，底本脱，據珍本叢刊本、文淵閣四庫本補。
〔二〕謂楊節婦家也：謂，文淵閣四庫本作「曰」。

題張守中所藏祖父洎母陳夫人三器圖銘烏涇楊生士中一首後附〔一〕

守道非難守器難，圖銘復遺子孫看。銅仙滴盡劉郎淚，一夜秋風折露盤。
一目圖銘意也消，孝承先世自前朝。衣冠不似杯棬舊，誰在羹牆復見堯。

仁廟曾稱孝順孫，盤盂復保後來昆。杜陵文焰輝星斗，枉記田家老瓦盆。

李哥　有序

哥，灞州倡女。年甫十二三，母教之歌舞。哥泣曰：「女率有紅，緊我獨爲此乎？」母告以倡業不可廢。哥曰：「若此聽媪，媪亦當從我好。」母陽許之。自是不粉澤茹葷，所歌多仙曲道情。有召者，必詢客主姓名乃往。人亦預相戒無戲狎。哥凝立座間，酒行歌闋，賜之酒，不飲。灞州判官嘗忤哥，徑還，誓不與見。孟津縣監賂哥母，夜抵舍。哥懷利刃閉卧内，罵監曰：「汝職風化首，而狗彘行。不去，血汙吾刃。」監慚去。明日，知州事者聞之，歎曰：「州有貞女不知，吾失

〔一〕詩題：一首，文淵閣四庫本作「詩」。

也。吾次子明經舉秀才，真若配也。」以禮聘娶之。未幾紅巾入寇，夫婦被執，以哥美將殺其夫。哥走前抱夫項，大呼曰：「吾斷不從汝求活。」寇并殺之。河南理幕沈易云。

題讀碑圖

蟬蜕汙塵配鳳鸞，亂中同死義尤安。灞津落盡垂楊葉，月魄清遊奈薄寒。
女長倡優解愛身，士遭離亂合安貧。艾蕭荆棘蘭參伍，畢竟幽香獨占春。
銅臺花柳暖雲迷，天塹雲山白浪齊。若也孝娥碑果讀，終身無愧漢征西。

寄題日本國飛梅 有序

國相管北野者，剛正有爲。庭有紅梅，雅好之。一日，被誣，謫宰府。未幾，梅夜飛至，北野卒死謫所。國人立祠梅側。僧進得中云。

瘴日雲霾不放歸，精神解感禹梁飛。水香霞豔渾無恙，瘦比纍臣帶減圍。

陳生尚秋容軒中醉題芙蓉便面

露莖月朵玉河干，莫作仙人掌上看。三十三天秋似洗，通明前殿薄生寒。

白塔行 有後引

塔成始刺天，塔壞漸平地。一曲冬青花，江山肅秋思。

「冬青花，不堪折，南風吹涼積香雪。摇摇華蓋萬年枝，上有鳳巢下龍穴。羊兒年，犬兒月，霹靂一聲天地裂。」右雷門唐珏玉潛先生感雷震白塔而作也。始宋諸陵被總統楊璉真伽遷置，故内鎮以白塔。先生嘗與尚書省架閣林景熙，躬拾不盡遺骨，别葬山中。既先生植冬青爲識〔一〕，遇寒食，則密祭之。一夕，夢黄袍者數人，率一嬰兒狀玉雪，指示曰：「以此報掩埋之德。」先生後得子，因名珙。珙字温如，豪於詩。至正己亥，予游錢塘。會平章張士信壞塔甃城〔二〕，且聞松江積慶講主道宣傳誦是詩。宣幼從珙學，有請，乃爲賦《白塔行》，并系前後事歸之宣云〔三〕。

〔一〕既先生植冬青爲識：文淵閣四庫本作「植冬青爲識既先生」。
〔二〕會平章張士信壞塔甃城：此句下文淵閣四庫本有小字：「人知恨楊璉真伽，不知恨士信。楊猶造塔，張乃忍壞塔耶？」
〔三〕詩末文淵閣四庫本有字：「先生極惋惜張楚公，而不諱其弟之惡，尤見公道。」

題費長文所藏徽廟暮雪寒鴉

寒烏立枯槎，翾鍛深噤舌。似顧夷門雲，卻帶燕山雪。

梧溪集卷第五

江陰　王逢　原吉

哀尹伯奇一首寄楊鐵厓 有序

鐵厓楊先生，嘗録寄《擬古操》十[一]，且徵同賦。逢豈敢當，姑擬《哀尹伯奇一首》答之[二]。今附其四操。其《箕山操》擬巢父作曰：「箕之山兮，可耕而樵。叶囚。箕之水兮，可飲而游。牽牛何來兮，飲吾上流。彼以天下讓兮，我以之逃。叶投。世豈無堯兮，應堯之求。吾與堯友兮，不與堯憂。」其《前旌操》擬衛壽伋作曰：「爾乘舟兮，河水濁且深。我同舟兮，誓與爾同沈。母有命兮，諫不我聽。示旌以盜兮，我先以旌。衛有國兮，國在兄。殺兄及我兮，我不如無生。」其《履霜操》擬尹伯奇作曰：「霜鮮鮮兮，草戔戔。兒有罪兮，兒宿野田。衣荷之葉兮，葉易穿。采

[一] 嘗録寄擬古操十：文淵閣四庫本作「嘗擬古操十見寄」。
[二] 姑擬哀尹伯奇一首答之：擬，底本脱，據文淵閣四庫本補。

桲花以食兮，食不下咽。天吾父兮，天胡有偏。我不父順兮，父寧不兒憐。履晨霜兮，泣吾天。」

其《殘形操》擬曾子作曰：「我夢有獸兮，其獸曰貍。貍有怪兮，身首異。而告我以凶兮，戒而戒而。我丘有首兮，誓死完以歸。」逢辭曰：

比屋可封兮，孝微稱。重華大孝兮，後莫有承。孝後母兮，伯奇權輿。彼桲荷兮，天將用符。晨霜涉兮，尚俾寧遺軀。

擬古二首寄題金陵林氏永思堂

春陽熙熙，從侯於淇。祿積萬鍾，車服是維。彼淇有源，伊誰無親。負米爲養，曾不滿豆殽。淇水委委，霜露亹亹。載望故丘，心曷能已。右擬子路作。

秋日杲杲，有培者棗。載見之華，及實之老。言采於庭，於粲於筐。參也可嗜，考也可忘。口奉惟薄，體愛惟厚。庶幾全歸，狐正丘首。右擬曾子作。

張氏通波阡表辭 有序

張氏，宋丞相商英裔也。高宗渡南，子孫遂居杭之菜市。八世祖某遊松，愛干山櫻珠灣，遂家焉〔一〕。六世祖八七居士，又自灣遷鳳山陽祥澤匯。躬職農畝，奉親孝。生通，儉朴恬慎，事繼母猶所生子。遇冬雪，掃隙地撒粟，以食凍禽，翔集者千數〔二〕。通往來，慈烏或有翼而隨者。壽九十三。生顯，博閱書傳，尤精梵典及星曆山經地誌之學。攻苦磬澹〔三〕，如父風。與儒釋唱和詩偈若干首，傳於鄉。壽八十四。生俊，廣顙豐耳，美鬚鬒，音吐如鐘。涉子史學，長於刑書。中慈而外剛，見善若嗜欲，惡則視如仇〔四〕。然鄉閭共以其咈諾爲曲直〔五〕，人負不平，不之邑而之俊，咸稱之曰「張片言」。尤好施，振貧救難〔六〕，鑿義井，造義舟，建大石梁者三。壽七十。生三子，愷、悌、珫〔七〕。愷生子曰龍，曰鳳。悌生子曰興，曰睢。珫，謙厚長者，卹護一方。生子曰麒。女曰妙齡，適盧祥。龍生宗仁、宗禮，鳳生宗義，興生英，麒生斌、桓。麒讀書好禮，以宗譜未脩，懼喪亂之餘彌遠彌失，乃即祖冢通波之原，徵前進士會稽楊公維禎爲阡表，復徵逢撰家廟辭，勒之碑陰，可謂知所本也。夫積善慶澤，流衍五世。迨麒緒業益脩，華聞益著，公侯復始，於是乎在。辭曰：

〔一〕遂家焉：遂，底本脱，據文淵閣四庫本補。
〔二〕翔集者千數：「者」下文淵閣四庫本有一「以」字。
〔三〕攻苦磬澹：磬澹，文淵閣四庫本作「恬淡」。
〔四〕惡則視如仇：視，文淵閣四庫本作「疾」。
〔五〕然鄉閭共以其咈諾爲曲直：共，底本脱，據文淵閣四庫本補。
〔六〕振貧救難：振，文淵閣四庫本作「賑」。
〔七〕愷悌珫：珫，文淵閣四庫本作「瑶」。下文同。

鳳之秀兮維陽，盤渦洑兮萃嘉祥。田膏壤沃兮物無疵癘，天秘地藏兮鬱鬱吉岡。暑寒兮露雨，甘有醴兮肥有羜。紛頒白兮降登，藺忻忻兮玉語語。雲陰凝兮風凄色，悅凍禽兮下粒食。伐石刳木兮以梁以舟，民免揭厲兮鱷擾馴安流。眷門閥兮宋相裔，德深植兮善廣藝。顧無往兮不復，被服褸裒兮再世其世〔一〕。

荒寒寂寞圖爲分湖陸緒端叔題

風捲藿，水返壑，天同雲兮雪雰落。彼何人兮斯旅泊，樂夫荒寒寂寞。惟寂寞，遠囂郭。惟荒寒，謝朝冠，于以終盤桓。

濯足小像辭 有序

天台陶氏九成宗儀〔二〕，號南村居士。明經博學，養高雲間。予甚友善〔三〕，嘗爲贊騎牛像曰：「望一男子，冠裳清灑。有青其犍，騎之林下。於時白雲冒嶺，黃落被野。後則加鞭，前則執靶。

〔一〕被服褸裒兮再世其世：褸，珍本叢刊本作「縷」。
〔二〕天台陶氏九成宗儀：「成」下文淵閣四庫本有一「名」字。
〔三〕予甚友善：予甚，文淵閣四庫本作「與予」。

雖心乎甯田官，而於齊小白爲曠世之交。雖跡乎梁進士，而於高无賴無半面之雅。蓋將德業丘山，富貴土苴，尚友飲水上流之樊父、度關西游之老者也歟？」今是像復題辭云〔一〕：

水漉漉，其流爲谷，爾濯爾足。載捫爾跗兮，無朔漠之瘃。谷沇沇，其水則淺，爾足爾瀞。載撫爾踵兮，無關山之趼。維沐彈冠兮，維浴振衣。敝屣忍棄兮，疇知幾微。孺子設作兮，滄浪同歸。

審安齋二首 有序

顧彧孔文扁齋廬曰「審安」，予爲賦詩，揭座左右以儆焉。

有皎者駒，刷朝秣哺。置之通衢，弗蹶弗瘏。子其驅。有華者衣，長珮帶垂。蒙犯煙壂，以垢以緇。子其辭。噫！富貴儻來，尚相夫宜兮。

有圭者窬，蒿蓬其居。風雨攸俱，四壁以虛。而子晏如。有磽者田，勞力其千。兵荒無年，甑石以眠。而子恬然。噫！貧賤不遷，斯樂夫天兮。

〔一〕今是像復題辭云：文淵閣四庫本作「今復爲題是像云」。

知愧吟一首

日吾齋兮書琴，夕吾園兮冠衿。冬洊熱兮春載陰，薜絡垝垣兮菌彌中林。弧無弦鏑兮，天狼角岑屯。泣旅瑣瑣兮，楚音越吟。啜醨於觩兮，作麋于鬻。奚弗知愧兮，猶有蓬心。

後最閒園辭 園中雜題附

天工覆兮地工載，予最閒兮皐之大。喪亂仍兮婁栽悔，才力耗兮壯志怠。霜露氣變陰，草木流哀音。淵逃赬尾魚，野啄毻毛禽。弗嘅以慷兮，而歔且吟。斯吟歔兮，樂哉恒心。

有藻兮緑池，類鷄蘇兮葉華滋。彼哀擒兮棿施，予芼湘兮祖禰其祠。月中天兮夜何其[一]，尚日新兮致思。　右藻德池

蛾眉兮曼睩，聯翠袖兮湘澳。有夫君兮配天，泪奚必兮染竹。水落兮歲晚，予倚石兮茲坂[二]。手參差兮長年，鳳不回兮愈遠。　右懷湘坂

[一] 月中天兮夜何其：天，文淵閣四庫本作「人」。

[二] 予倚石兮茲坂：予，底本作「孑」，據文淵閣四庫本改。

鳥下上兮和鳴，花醖醕兮交榮。日奄忽兮曾幾，花就實兮鳥鷇鵠，鳥鷇鵠兮魚亦有鰤。幽草芳氣兮〔一〕，嘉藻緑滋。世有殷周兮，麥秀黍離。墟傷道閔兮，繼者其誰。白駒考槃兮，予淑諸私。

右樂意生香臺

谷之小兮不量駝馬，谷之卑兮不樹梧檟，谷之僻兮庸衆攸舍。散木薈蔚兮，亂石甜問。庶全幽貞兮，日尚羊其下。　右幽貞谷

鑠石兮金流，汗與喘兮莫匪馬牛。古苔畝青兮，岡木挺脩。涼飈沃如兮，心神天游。天無獨私兮，馬牛其休。　右濯風所

雲結兮歲殘，木脱兮草乾。天地坯塞兮，冰雪沍寒。閉關而卧兮，莫敢士干。莫敢干兮，安所守也。士之周兮，亦可受也。　右卧雪窩

中園兮溝斷，跨石梁兮入竹坂。春雨歇兮緑苔滿，桃暐霞兮蒲刺水短〔二〕。忍濯足兮，釣言消憂。翠碧交飛兮，天宇净流。境則勝兮，終不如故丘。　右流春矼

石巖若兮嵌蒼〔三〕，勢迴瞰兮扶桑。脱神鞭兮既驅，將與延兮朝光。霧祲維朝兮，欃熒維夜。草春怒長兮，陰木翳夏。穹日觀兮東岱，邈雲臺兮西華。天風泠泠兮，空翠吹下。靈或胥降兮，攝衣

〔一〕幽草芳氣兮：芳氣，文淵閣四庫本作「氣芳」。
〔二〕桃暐霞兮蒲刺水短：刺，文淵閣四庫本作「刺」。
〔三〕石巖若兮嵌蒼：若，文淵閣四庫本作「碧」。

擬謝。金鷄鳴兮，於焉夙駕。 右海曙巖

潡懷三疊 有序

柘湖章仁正氏，敦善禮士。有琴一，其陰贊曰：「淳風雖邈，正聲可招。潡懷而作，太古非遥。」予嘗掇「潡懷」顔其樓居〔一〕，前進士錢公思復記之，且屬予爲三疊辭〔二〕，俾弦而歌云。辭曰：

伊美人兮好脩，表嘉名兮兹樓。謝璇題兮蘭橑，帶蔬畦兮稼疇。虹霓飲兮柘津，魚鱉安兮横湫。山迢迆兮屏列，木翹秀兮幄周。琴一疊兮旭旦，神超然兮天游。

惟高明兮樓棲，惟善良兮德躋。充璆琳兮圖史，遠壒囂兮輪蹄。酒介壽兮伯氏，古愚。縠綢直兮編黎〔三〕。魚影行兮藻囦，雞聲梢兮桃溪。琴再疊兮晝寂，豁然呈兮端倪。

懷之潡兮樓矗，本漸義兮澹慾。煙千突兮彌繚，雨一成兮旁沃。開北海兮碩尊，送中散兮遐目。龜

〔一〕予嘗掇潡懷顔其樓居：掇，文淵閣四庫本作「取」。

〔二〕且屬予爲三疊辭：爲，底本脱，據珍本叢刊本、文淵閣四庫本補。

〔三〕縠綢直兮編黎：綢，文淵閣四庫本作「稠」。

何曳兮泥尾，馬胡跋兮塵足。諒勞生兮焉休，庸詠歌兮於勗。琴疊三兮斯夕[一]，月入窗兮露肅。

懷哲操　有序

懷哲，美買閭教授敬親愛弟也。惟敬愛也，不以禍亂窮羇少渝焉。搆堂名「一樂」，前朝儒公卿頌述備至，而琴操缺遺，故予補之云。

朝堂兮誦書，思君陳兮履絇。暮闈兮詠詩，思張仲兮履綦。天道兮人事，枘鑿兮齟齬。茲樂兮蓋難，匪人兮天與。孝友哉先哲兮是懷，弦琅琅兮允諧，樂安得兮众偕。

王吾有其先三世冒何姓吾有復之題復姓卷

莒人滅鄫兮，范母適朱。君子有不幸兮，奚獨是夫。王氏鬼餒兮，魂神罔徂。餘慶在孫兮，克孝克儒。吁！三世復兮一念乎[二]。

[一] 琴疊三兮斯夕：疊三，文淵閣四庫本作「三疊」。

[二] 三世復兮一念乎：「復」上文淵閣四庫本有一「克」字。

李廷重先隴詩 有序

李氏世居揚。曾大父汝楫墓，在江都常樂鄉漫鑿橋之原，大父邵棠祔焉。大母周遭亂，殯平山西金匱之原。考秀成，藏同軌鄉仙人溝之上。妣王歿於戊申秋七月，明年旅葬吴縣石湖山之北。汝楫子五，可知者邵棠也。邵棠子二，長秀實，次秀成。秀實子三，長璹，次瑛，次珍。璹子曰達道。秀成子四，長璧，次瑄，次瑞，次璋。璧子五，曰恒，曰錫，曰剛，曰貞，曰載。瑄子二，曰晉，曰升。璋子二，曰益，曰謙。璧過予，拜泣曰：「璧不幸荐罹兵變，自揚僑於蘇者十年，載僑松者五年。既未獲遷母櫬旋故丘，又懼世裔所自出、塋兆之所在歲遠茫昧。且犬馬齒衰，脱旦暮委道路，則弟姪散仕四方者無所考徵，願有請。」予聞李氏素富殷，薄有禄位，於槥殣飯飢、衣寒藥疾，義風行一門。三葉迨璧，廣問學，而敦本復若是，乃爲序其言。貽之詩曰：

蓬累轂食兮聖尼，墓始封兮識之。嗟世季兮，纍纍翳椔。人也弗忘兮，矧阡有表垂。鴻征無方，烏訛靡定。丘首謂仁，受命斯正。世治伊邇，天塹非限。宿草馴兔，孰云其晚。

皜皜客衣寄潁上康氏曹氏伯仲

二麥油油，淮圻如裯。若翟若獐，充庶士羞。伯也謂何，畂須於秋，弋亦匪我優。五穀貿貿，淮甸如綉。若兔若鶬，登百職豆。仲也謂何，須冬以狩，弓亦莫我彀。維物有殖，維心有惻。馳馬走狗，秖益狂癖。矧伯仲氏，皜皜客衣。賡歌月中，勸酬落暉。弗詭弗隨，樂哉忘歸。

壽晚潭一首時耆年作用自勉也

竹石洞左，潭水孔晦。繩蠙曳衣，蔦木旆旆。曜靈西駕，始大輝明。風休漪平，龜曝魚行。天其頃朝，降於晡暮。晬然飛霞，顏若爲駐。擁腫櫟樗，同一春秋。聖貴聞道，夷俟是尤[一]。維行維果，維德維育。言非自文，潭實予勖。

密室一首[二]

中林有室，小僅容膝。匪膝是容，于心于密。異彼馬牛，奔靮蹶韁。燕坐之頃，泰山毫芒。毫芒尚無，須靜學至。渾焉天真，泊然世味。聖人同仁，否生藩籬[三]。非予獨善，退藏維時。

[一] 夷俟是尤：是，文淵閣四庫本作「奚」。

[二] 詩題：密，底本作峹，生僻字，據文淵閣四庫本改。正文改正同此。

[三] 否生藩籬：否，文淵閣四庫本作「不」。

感衷四首

宋祖受周禪，規模邁漢唐。濂溪遡道統，廬陵應文昌。四嶽氣廓開，二南風丕揚。斯民躋壽域，昆蟲被餘光。禮容備毫髮，天用啟後王。奈何至元治，首繼金源亡。

乾坤秉陰陽，垂星竅山川。圖書肇人文，禮樂徐開宣。王霸迭興夏，夷獸紛横邊。琴製自有虞，遺響何眇緜。朔風日云涼，及此遂絶弦。卓哉元魏高，後世疇比肩。

獨立望大荒，白日淪照地。驕驕衆馬驤，恍惚流雲駟。施之青絲絡，被以黄金轡。或空冀北羣，間有河洛志。蓬蒿長益肥，苜蓿凋復稀。生氣殆消竭，何當馬知歸。

陸機賦狹斜，劉琨詠扶風。見幾詎不早，卒斃豺虎叢。私慕仲公理〔一〕，兼愛左太沖。樂志洎招隱，逸思邁雲鴻。乾坤亂常多，賢達命固窮。由來商顔飢，及見咸陽烽。

題俞東岡六有齋

隱居古善人，中歲稅塵鞅。座陳五經傳，楣揭六有榜。儼若上帝臨，於焉岱宗仰。昕曛貴循度，瞬息戒或罔。賓師臯比擁，兒孫蚌珠朗。將見一家學，鄉術春浹盎。世方騖虚遠，俗復競浮獎。不圖窺横

〔一〕私慕仲公理：公理，珍本叢刊本作「長統」。

渠，葦航排風上。予嗟清流輩，既悼八厨黨。何階名教間，浩然獨還往。月林函疎彩[一]，溪嶼臻灝爽。良覿匪後遲，朋酒置犧象。

素節堂詩 有序

《素節堂詩》，爲高州劉宏母夫人而作也。夫人廉姓，思蘭名。始良人克憲公，以父諱道中憲使廕，累遷西臺御史。遭亂，相望數千里外。而夫人自儀真涉大江，避地吴下。時宏甫六歲，冰檗自將[二]，教宏業詩書。吴藩不守，宏買田海鄉，舁夫人就養。予舊與宏之先兄判樞交最稔，至是以通家好邀予過焉。堂適成，庭梅盛花。酒半，拜而曰[三]：「堂未名，敢請。」予曰：「以夫人懿行，宜名素節之堂。」遂書置卷首，贅之詩云：

孤根上春梅，下有磥砢石。高堂道冠帔，徘徊暮雲碧。石含望夫情，梅結晚歲盟。冰花影石面，箇箇月華清。婉愉綵服郎，昔日錦褓嬰。郎筵客戾止，借問母姓氏。夫是劉西臺，祖稱廉孟子。試看南枝

〔一〕月林函疎彩：彩，文淵閣四庫本作「影」。
〔二〕冰檗自將：將，珍本叢刊本、文淵閣四庫本作「持」。
〔三〕拜而曰：而，文淵閣四庫本作「請」。

露，恰似初源水。二紀百劬艱，諸孫聯珮環。青驄北從狩，應過玉門關。

留別張員外彥升

虞棄百里奚，齊賴管夷吾。由來楚國材，實爲晉所需。世傳魏王寶，僅有徑寸珠。光照十二乘，何益邦家圖。客遊東吳間，行李筆研俱。登高日作賦，自比古大夫。青青榛棘蠅，或止几席隅。秋蒸露不霜，稚子候驪駒。少微芒色正，中天月同衢。長嘯謝徐庶，士元非鳳雛。

題心覺元觀露軒[一]

上人吾鄉人，趺坐中竺嶺。瀹然觀朝露，月落萬籟静。豐林始如沐，萎草颯以冷。石牀仰嵌竇，餘滴下微影。世皆汩塵勞，天或示短景。忘言理獨詣，收視妙孰領[二]。茂陵和玉屑[三]，有愐鶴知警。雲深粥魚鳴，盂鉢躬自整。

[一] 詩題：「元」下文淵閣四庫本、《元詩選》本有「上人」二字。
[二] 忘言理獨詣收視妙孰領：獨、孰，珍本叢刊本、文淵閣四庫本、《元詩選》本分別作「深」、「獨」。
[三] 茂陵和玉屑：珍本叢刊本作「凄清蟬暫吸」。

題姚實甫遷葬事後　有序

姚本汴巨室，屬靖康之難，徙於吴，咸復仕顯。至有元海鹽學諭君，少即孤，家始衰微，因贅華亭彭氏。實甫其冢子。既粗植門閥，而先隴歲悠略無聞，乃日夕惕厲，皇皇然，汲汲然，咨諸媚舊，而物色之。其延祐甲寅春抵越，首賴玄妙袁錬師指示下九里祖妣周氏墓。踰明年，於所廬載獲畫像五。泰定甲子，尋次餘杭之咸林丘地，則爲族黨粥，四顧榛篠。又幸山人施姓，質以曾祖承宣公、曾妣劉氏葬所在。繼叩古蕩僧舍，并得祖保義公之骼函。由是悉遷佘山之陰。元統初，考妣殁，遂祔藏焉。夫以先世諸遺靈散滯客土，莫之宗依，而十數年圖回經營，乃獲安妥於斯[一]，迄今四十餘載。實甫壽已八袠，尚懼來者弗克遵所志，而益惟先隴往轍之或蹈，故著訓，俾永戒儆。於乎！實甫可謂賢孝也已。承宣諱日起，保義諱鎔，學諭諱仁榮。實甫名碩，號西疇，負材猶弗仕。子二，禎、泳，咸讀書。兵後予過焉，徘徊霜厓風林之下，實甫泫然流涕，以紀詠請。義不得辭，因序其槩，綴以詩曰：

[一] 乃獲安妥於斯：獲，底本脱，據珍本叢刊本、文淵閣四庫本補。

郊畋弗射麛，野乳猶名虎。吁哉孰無生，生焉詎無祖。周基肇孔艱，大雅莫殫數。王風一淪變，民俗日呰窳。梟也前後巢，顧影徒踽踽。有美西疇翁，孝軌克循古。先隴曠隔世，雙涕痛零雨。蚤夜危寐興，乾坤跼仰俯。越水上輕舸，咸林艾叢莽。窮搜導癯仙，旁詢得覡父。遺骸幾孤露，寸心百勞苦。一旦暢幽鬱，羣陰翕和煦。巋巋四尺墓，秩秩佘北岵。劍佩儼丹青，牲羞苾鉶簠。凄其焄蒿達，允矣精爽聚。熸然既死灰，系延垂絶縷。實大聲必渢，氣蒸澤斯溥。翁用享期頤，子復膺福祜。於時多不弔，異物走旁午。巢焚蘇臺烏，凍羈紇干羽。爾松何丸丸，落日予爲撫。江天雲彌極，霜厓石森竪。

夢觀閭元賓 有序

元賓，乃丑閭御史之母弟也。始御史直衛英皇時，以父宣慰公廕讓，累官監杭郡。三年報政，而中外亂。雖累遷，仕意泊矣。至正丁未秋九月，吴藩爲明兵所破，故官例徵庸。元賓至，則歎曰：「國危身虜，尚有頭戴南冠耶！」遂經死。平生善書詩，治蹟多可稱焉。詩曰：

老存平生懷，數夢忠良士。大者爲列星，小者爲厲鬼。元賓高昌胄，氣幹岳褭靠。始如月闖門，既猶風行水。忘言異温序，諒亦思故里。陰陽剥西極，江漢洶南紀。乞憐毛羣中，拭目歎死雉。在官知苦晚，徇國歎曷已。鬱鬱春陵作，咄咄永和體。琴鶴就淪亡，高樓笛誰倚。

梵隆羅漢爲廣化寺道無二講師題

應真將相姿，云何與世遠。時命殆齟齬，冥棲遂忘返。麟洲水復淺，蟺磨日彌短。花鳥春長年，雲山不知晚。

題殊一原上人習靜禪房

霽虹跨飛梁，二水滙祥澤。僧堅菩薩行，食衆業脩白。松陰地十柯，三椽一菅席。其徒茲習靜，灰念榴立脊。肫肫鷄抱子，亹亹龜存息。徐徐月中庭，湛湛天四碧。大千入毫髪，非住尚何適。自得何可云，人胡苦蠅役。

送簳山立侍者遠遊

天台接雁蕩，佛髻羅千峰。萬石峭立壁，儼若四果容。青蓮出名藍，練瀑懸長松。樵漁與農賈，雜沓仙人蹤。子持尺木栝，欲盛百海龍。霜降水且落，中竺姑過冬[一]。冰解羅剎江，徑渡隻影從。深雲蕨

[一] 中竺姑過冬：姑，珍本叢刊本作「可」。

筍美〔一〕，前嵐巾衲重。暮棲忘虎鄰，曉劚避螘封。諾師導禪學，顗老指教宗。益母花錦香，回首東吴淞〔二〕。王播會載至，慎叩闍黎鐘。

二烈詩 有序

義烏童徽母吴貴，字良正，同縣儒家女。未笄，歸徽父師。姑嗜醇酎，家固貧，必思力致之盡驩。姑沾醉乃已，老而病滯下。戊戌亂，家人悉鼠竄，吴獨侍側。人呼曰：「汝不愛頭乎？」吴曰：「吾頭豈不愛！姑在，妾將何之〔三〕？」居無何姑没，瀕葬，會鄰邑兵搆變，四入殺人敓貨財，哀號聲相聞。人勸如前言，吴曰：「姑骸未入土，妾就刃下死不悔。」語畢，撫棺長慟，兵義釋之去，卒克葬。師瘵疾每發，輒欲絶。或丁盛寒，吴躬然松肪伐冰作湯飲，久不倦。越五年吴卒，同郡宋公濂爲誌墓。烏傷里賈善妻宋⿱斬女，金華人。性沈默，寡言笑，事舅姑無違禮。奉賈亦甚謹〔四〕，家政一切身之，不以煩賈，賈因得爲善士。己亥冬，兵駐蘭溪，賈攜⿱斬女避入浦陽城賓山中。鄉無賴

〔一〕深雲蕨筍美：珍本叢刊本作「雲深飛錫遠」。
〔二〕回首東吴淞：東，珍本叢刊本作「思」。
〔三〕妾將何之：何，文淵閣四庫本作「安」。
〔四〕奉賈亦甚謹：奉，文淵閣四庫本作「事」。

乘時肆掠〔一〕，俄突至，勢且迫。蹔懼侵己，擲袖銀於地，復紿曰〔二〕：「我有珠若干，藏近所。」乃脫身走，投絶磵以死。明年，郡守王宗顯爲表墓立傳云〔三〕。徽一日奉予書一通，連誌傳二，且曰：「徽娶宋氏女，庸乞詩文，併垂將來。」予惟徽辭情懇至，遂如其請。詩曰：

風柔春月輝，幾人百兩歸。麗譙傳清漏，芳園帶香闈。魚魚藻波泳，燕燕杏梁飛。緣情豢養樂，轉睇蔓露晞。深山故家女，釵荆澹衣苧。姑病躬致漿，兵臨命輕羽。貞珉表今守，遺墓式過旅。洞溪爽氣合，金婺耿光吐。奢泆母足嗤，名節千世儀。莽樹根裔壤，本性移輒萎。當階將離花，爲他媚韶姿。二烈歌道逵，奚翅規貿絲。

牡丹盛花因記蘄利安總管言賀丞相惟一春帖詩有一門生二相獨樹發千花蓋牡丹也酒間遂述一首

東風不成寒，輕雲澹晴陰。露朶曉殊重，天香午彌深。洛花大盈尺，唐玄獨盲心。迂思賀相第，父老小車臨。

〔一〕鄉無賴乘時肆掠：時，珍本叢刊本、文淵閣四庫本作「亂」。

〔二〕復紿曰：復，文淵閣四庫本作「且」。

〔三〕郡守王宗顯爲表墓立傳云：爲，底本脱，據珍本叢刊本、文淵閣四庫本補。

讀杭宋俞文蔚吹劍録一事有感 有序

《吹劍録》載〔一〕：括蒼梁民懷首倡民兵，捍禦方臘有功。郡縣議上聞，民懷不肯。既得子，名安世，年十九登科。民懷以壽卒〔二〕。鄉先生江朝宗挽曰〔三〕：「四郊多戰壘，一郡少儒家。氣槩劍三尺，義方書五車。野無人白骨，門有子青緺。陰德看桃李，無言春自華。」安世字次張，官至司農丞廣西漕。予竊感江陰東八鄉得免兵禍者再，一以壬辰冬，一以丙申秋。此人所共知出於予言，已略見周侍御《梧溪集序》。又秘書卿貢公《題楊提學梧溪子小傳後》云：「梧下忘年友，兵間著義名。片言回楚祲，千里系周正。奴返前州牧，金辭巨室甥。猶聞多士感，蘇學與常城。」蓋補書遺事，罕有聞者，今漫録民懷序後。非以安世望子，而家全亂餘，身老海上，用自慰幸焉耳。詩曰：

酒熟臘中水，叢梅春復深。池臺萃幽勝，泳飛自魚禽。偶覩吹劍録，遂賦懷梁吟。大功不受賞，清

〔一〕吹劍録載：此四字底本無，據文淵閣四庫本補。
〔二〕民懷以壽卒：卒，文淵閣四庫本作「終」。
〔三〕鄉先生江朝宗挽曰：生，文淵閣四庫本作「達」。

瑟有遺音。相如漢名儒，蜀檄甚秦金。崍嵐欝雲間[一]，桑梓餘蕭森。千載一魯連，全齊歸海潯[二]。

趙善長山水

畫師今趙原，東吴諒無雙。寸毫九鼎重，烏獲力靡扛。翠樹擁羽旗，深崦敞雲窗。參差見罍竾，不無酒盈缸。老山石黄色，插脚琉璃江。隱若赤壁壘，勢壓曹魏邦。何當柔猛虎，蛟鰐遂我降。欠伸列仙厓，噓咳漁蠻矼。

曹雲西山水

世治多福人，時危多貴人。貴人乃鬼朴，福人真天民。緬憶曹雲西，生死太平辰。高秋下孤鶴，想見英風神[三]。菀菀露櫸間，幽幽水石濵。槳打甫里船，角墊林宗巾。往訪趙松雪，滿載九峰春。酒名。斯圖作何年，援筆爲嘅呻。池廢餘野鴸[四]，井渫摇青蘋。

[一] 崍嵐欝雲間：欝，文淵閣四庫本作「廓」。

[二] 詩末珍本叢刊本、文淵閣四庫本有小字：「先生自傳，於此序此詩具見一斑，宜録置卷首。」

[三] 想見英風神：英，底本作「芺」，據文淵閣四庫本改。

[四] 池廢餘野鴸：鴸，文淵閣四庫本作「鴞」。

奉覽龍井倡和什爲曦南仲上人題 有後序

竺源龍象國，齊州鳳麟苑。千齡始彙應，匪惟晉陶遠。維杭萃秀靈，梅柳竝清婉。湖飲六綵虹，磬殷疊翠巘。悠然泳飛外，缾錫箟軒冕。藻章婉蘇黄〔一〕，泉思湧參辯。間含棘林香，勝味御廚雋〔二〕。遺珠信僧寶，了不見兵燹。蒼寒境四寂，手之忍釋卷〔三〕。藤花墜來深，松巢白雲偃。

右鄧匪石、虞道園二司業、俞觀光先輩，與澄湛堂、無極元、濟天岸、若季蘅四法師及匪石子衍，同遊龍井唱酬之什。後和者張晉公仲舉，時爲布衣未起，實出山邨仇先生門。徐則芝石，虚谷方先生弟子也。劉師魯，則鄜王後月心先生之子。顧仁甫、陳守中、王性存，竝石塘胡先生之門人。予聞之前進士錢唐錢思復云〔四〕，因附見焉。俾來者知當時朝野人物之盛〔五〕，蓋不減蘇黄、參辯諸公追從之樂也〔六〕。夫湖山自吴越迨宋元，數百年形勝，今鞠爲墟莽。緇素文墨，淪棄何限。曦尚

〔一〕藻章婉蘇黄：婉，珍本叢刊本作「媲」。
〔二〕勝味御廚雋：勝，文淵閣四庫本作「時」。
〔三〕手之忍釋卷：忍，珍本叢刊本、文淵閣四庫本作「不」。
〔四〕予聞之前進士錢唐錢思復云：錢唐，底本脱，據珍本叢刊本、文淵閣四庫本補。
〔五〕俾來者知當時朝野人物之盛：俾，珍本叢刊本、文淵閣四庫本作「使」。
〔六〕蓋不減蘇黄參辯諸公追從之樂也：追從，珍本叢刊本、文淵閣四庫本作「從遊」。

寶是卷哉！曦，湛堂曾孫裔。

信州靈山聞雲茇鍊師言石丈峯甚軒特因獻之謡

靈山七十峯，石丈壓中外。吐納日月華，傲兀風雨晦。瑶草春長髮〔一〕，蒼松寒蟠蓋。無時丁甲朝，空翠鏘劍珮。師還茇其下，引領增爽槩。倒影一壁陰〔二〕，魚鳥竝驚潰。今兹天悔禍，請爲王敵愾。東岱西青城，相望孰與大。坐令丫頭巖，辟易狐媚態。

静坐林屋餘清洞有懷旭元明長老郭梅巖尊師〔三〕

老惟一切澹，所恬静觀獨。團蒲躬夏擕，就石坐幽緑。銜荷魚拱立〔四〕，入草雉馴伏。雨露詎予私，物物幾竝育。鶴回繚山駕〔五〕，虎禁東林足。高蹤何當偕，及兹藜筍熟。

〔一〕瑶草春長髮：長，珍本叢刊本、文淵閣四庫本作「卷」。
〔二〕倒影一壁陰：倒，底本作「到」，據珍本叢刊本、文淵閣四庫本改。
〔三〕詩題：梅，文淵閣四庫本作「柏」。
〔四〕銜荷魚拱立：荷，珍本叢刊本、文淵閣四庫本作「波」。
〔五〕鶴回繚山駕：山，文淵閣四庫本作「嶺」。

題陳子章先世所居剡源九曲圖後 有序

陳氏爲奉化著姓。粤自初祖棠〔一〕，在季唐使吴越，遭中國亂，就吴越奉化尉，卜居剡源鄉。鄉介剡縣，東距奉化二舍。羣山夾嵩溪，嵩發源大雷巖谷中〔二〕。一曲曰六詔，王右軍嘗宅是。晉徵之凡六，遺廟石研尚存。二曲曰黄沙水合〔三〕。奉化子文雅，以潛學稱吴越。忠懿王枉駕顧之，地因名蹕駐。後文雅仕宋，至殿中監。三曲分兩湖，厓壁翠峭，林壑繡錯，有石幞頭狀。而淵潭靚湜，魚巨細畢見，號小盤谷焉。臼坑石怪狀不一，穴而深者井若，窪而露者臼若。此四曲也。五曲循蓮葉峰，峙三大石溪滸，既而三峰插雲〔四〕，一石室可坐數十百人，其上字二，曰丹霞，殆類朱書。中闢一洞〔五〕，尤冥窈莫測識，即《雲笈七籤》所云「丹霞赤水之天」者，下乃陳文簡公顯故第〔六〕。六曲茅渚，則奉化公始築之所。七曲會於班溪，八曲至於高嶼、於雪竇、於公棠。公棠者，由孫興公植

〔一〕粤自初祖棠：初，文淵閣四庫本作「始」。
〔二〕嵩發源大雷巖谷中：嵩，文淵閣四庫本作「溪」。
〔三〕二曲曰黄沙水合：曰，底本脱，據珍本叢刊本、文淵閣四庫本補。
〔四〕既而三峰插雲：而，底本脱，據珍本叢刊本、文淵閣四庫本補。
〔五〕中闢一洞：一，底本脱，據珍本叢刊本、文淵閣四庫本補。
〔六〕下乃陳文簡公顯故第：陳，底本脱，據文淵閣四庫本補。

棠而名。於是九曲盡矣。溪與山縣迤北東百餘里，直抵鄞江。其佳隴膴田，入陳氏十五六。陳歷廿世四百年，族蔓衍四方，實唐相夷行後至今，昆仍多才德，若朴其一也。朴，文簡六世孫[一]。祖祕監著，負直節，貫似道忌之，遂弗仕。伯父深、沆、洽，與父泌，竝仕元儒學官。詎非山川所鍾造，德澤所深厚，而得蕃且久耶？朴字子章，於逢最友善。遭世運屯，歸耕願沮[二]，因道地理家世特詳，俾序詠圖後，以攄孝衷云耳。詩曰：

慶門日滋德，後昆代承儒。匪惟守成緒，將以宏前模。三辰迭晦韜，羣雄相翦屠。始甘餅居井，中駭矢脱弧。矧復喪亂緜，常與憂患俱。葵葉衛本根，烏悲戀故都。東風幾變柳，落景尋照榆。青山在在佳，白雲悠悠孤。金石保遺體，詩書傳阿符。予交二十霜，情誼骨肉踰。思釀栗里秫，各厭松江菰。載拜剡源圖，重爲吾道吁。

覽安東俞郎中詞翰爲其子鎡鑑題

軒軒吾故人，不見十餘載。雖無田園歸，而有篇翰在。長星墮朔野，鉅水王淮海。杖策投青齊，郎

[一] 文簡六世孫：「簡」下文淵閣四庫本有一「公」字。
[二] 歸耕願沮：沮，文淵閣四庫本作「阻」。

署旦惟待。華亭唳鶴遠，終焉同一慨。草春還萋萋，雲午亦靄靄。雙駒幽林下，迥露五花采。何必山公託，孝行鑒真宰。

寄題歐陽文公所撰前侍御史周公伯琦曾妣方氏宋封安人元贈鄱陽縣君墓道碑銘 有序

方氏，浮梁素封之家也。縣君性夙慧，通書記，女紅皆不習而能。既笄擇對〔一〕，遂歸番陽周進士灼。克奉舅姑，謹宗事〔二〕，嚴饋職。進士以文聲多致賓客，好治具，用或不繼，縣君每質貸應所須〔三〕。嘉定中進士，年卅六，貢於鄉。尋卒，縣君三十餘。一子生五周星，一女又少其兄二齡。進士之父迪功府君尚在而耄，哭子，無復理家事。踰七年卒，先疇幾何不爲其强宗所牟敓。縣君清儉勤苦，堅自卓立。恒躬機織，子女飢啼，則下機乳之〔四〕，訖，又織如初。暑寒蚤暮，治生不輟。歷廿餘年，撙積贏羡，教子娶婦，且治其女歸。歲歉穀踊，視己所儲，可以旁及，即糶價并制其多寡，咸使沾飫，里人德焉。子垕，刻志問學，以才氣自奮。年壯，連舉明經，爲時巨公所推敬。淳

〔一〕既笄擇對：對，文淵閣四庫本作「配」。
〔二〕謹宗事：事，文淵閣四庫本作「祀」。
〔三〕縣君每質貸應所須：所，底本脱，據珍本叢刊本、文淵閣四庫本補。
〔四〕則下機乳之：乳之，文淵閣四庫本作「哺乳」。

祐丙午免解，遇明堂恩，封母安人。咸淳甲戌，登進士第。明年，爲德祐改元，宋事已亟。天兵圍饒，守臣唐公震偕江文忠公萬里城守，縣君母子入保郡城。俄疾卒，壽八十三[一]。倉卒不得棺[二]，文忠雅善垕，贈美櫝，又奠哭之。如母治命，毋用金玉斂。饒陷，環城墓皆發，獨縣君殯無恙。至元二十三年春，徙殯浮梁之湖田鳳池山。至正辛巳，以授經郎階六品曾孫伯琦請於朝，上特寵之，乃以孫集賢待制應極五品秩推恩，追封番陽縣君。是年翰林學士歐陽玄，銘其墓道碑曰：「縣君歿年宋已殆，揆厥初生迄聖代。其間一百五十載，有形斯世靡不壞。所不能壞節與槩，周氏不絶憖如帶。一婦人力俾昌大，蟬聯簪纓至未艾，祖父齎志日益邁。惟爾曾孫富脩能，天光下燭朗幽僾，造物章善不可蓋。太史勒銘紀其最，一言以蔽曰有待。」至是吴城破後，時公致仕五年矣。將盡室歸鄱也，以書連歐陽公所誌徵詩[三]，且曰「幸附《梧溪集》傳焉」。逢竊嘗感公贊先子庫使家訓、母氏李賢行，徵以效報[四]，今承玆命，義何敢辭？敬叙而詩曰：

嘗觀瀧岡表，西江月同耿。玆讀鳳山碑，番湖天與永。夫人夙秀慧，猶玉潔珠冏。琴瑟彌和樂，枕

[一] 壽八十三：三，文淵閣四庫本作「二」。
[二] 倉卒不得棺：得，文淵閣四庫本作「能」。
[三] 以書連歐陽公所誌徵詩：陽，底本脱，據文淵閣四庫本補。
[四] 徵以效報：效報，文淵閣四庫本作「報效」。

席遽孤泠。訓兒儒登第，奉姑孝稱境。勤勤寒機梭，嬛嬛露甃綆〔一〕。駸駸鬢雲變，斜日幾弔影。壽終殯吉壤，了不見兵梗。姜嫄昌有姬，宜爾後彪炳。恩榮兩朝被，操行百世景。曾孫古端公，五載謝朝請。金湯夢震慴，松櫝思悲哽。吴藩隳久戰，憖遺由天幸。尚荷揚淑靈，歸艎鰐風静〔二〕。

同楊道孚孫大年孫叔景遊龍江寺觀宋最法華碑〔三〕

潭泉滌煩悁，風凉灑絺服〔四〕。間持長柄麈，步繞東林竹。密含松蔦清〔五〕，迴帶川苔緑。蓮華古石座，昔者踞白足。義天日月朗，法席龍象蹴。烈士漢沈光，異事碑陰録。涣然兹冰釋，鬱矣久蝸縮。同鄉厭辟地，庶以縱遊矚。

尋李景元醉眠亭故基既觀米元章所書塔碑

落葉風日暮，驚鴻關河夕。聊託高世情，獨訪先賢跡。涓涓張翰酒，翛翛阮孚屐。還念避地朋〔六〕，

〔一〕嬛嬛露甃綆：嬛嬛，文淵閣四庫本作「縷縷」。
〔二〕歸艎鰐風静：艎、風，文淵閣四庫本分別作「帆」、「魚」。
〔三〕詩題：最，文淵閣四庫本作「家」。
〔四〕風凉灑絺服：風凉，文淵閣四庫本作「凉風」。
〔五〕密含松蔦清：清，文淵閣四庫本作「青」。
〔六〕還念避地朋：地，文淵閣四庫本作「世」。

投詩慰孤寂。

題方德玉提舉先隴瑞芝卷 有序

德玉名廷瑾。其先本河南人，以武入官，扈高宗渡江，遂家臨安。至六世祖茂榮，昭慶軍承宣使。生椿年，榮州防禦使。生待舉，恩州團練使。生好問，殿前都指揮使，判太醫局。生中，廣東提刑，亦判醫。生壽孫，仕元，廣平路醫學教授。咸葬龍井之方山。其地負金鐘靈石粹，淑氣實萃焉。至正二十三年夏四月，芝一本，産指揮墓，厲莫勉爲誌。廷瑾，廣平子也。由世業累遷江浙醫學提舉。過予客樓有請，因序而詩曰：

巃嵸金鍾山，迆靡靈石原。七世二百稔，一夕芝秀繁。恒心暢條葉，武德培本根。華滋承珠瀣，暖艷迎丹暾。高廕山上松，旁映石間蓀。泉闉久深閟，玉氣逾清温。盛事紀里儒，嘉祥萃雲孫。李陵謂闊疏，單師蹂戎蕃。敗降族致夷，實階秦將門。水樓動反照，風蒲翳漁村。京觀方塿然，靖言思岐軒[一]。斯民續命脉，萬古春乾坤。

[一] 靖言思岐軒：靖，文淵閣四庫本作「静」。

寄贈盧宜興希文名僧孺祖淇河南參政父景盤陽總管叔摯翰林待制

崑崙秀磅礴，厥産皆玉璧。孔林植材幹，後凋貴松柏。盧侯澶淵英，氣節金礦敵。累遷義興守，百里涵春澤。鄒魯聲教被，荆楚風俗易。中更國務殷，募壯親破賊。謂壬辰冬。蛟潭日澂碧，迢迢帶桑麥。後來二溧沸，具區先盪激。寸地銜犬牙，四顧心獨赤。夙駕放銜參，露香對紫極。蕭條土著户，効死仍戮力。復覩司隸章，遂謝廷尉客。野馬飛空廐，水鸛巢荒宅。解后傷亂離，慷慨數向昔。妙年直中書，天威違咫尺。花明太液午，月朗未央夕。鞘鳴慶雲擁，鶯歇清漏滴。后皇不愛賓，累若咸率職。大父與叔父，竹帛映翰墨。籍甚先府君，八郡收殊蹟。一門萃忠孝，三世遺清白。蹇予晚交好，盡室厓谷僻。跡忝王君公，夢遠劉玄德。依依尚方劍，戀戀陶侃甓。時當天心回，缾酒思對瀝。馮唐元晚遇，賈誼曾前席。熙陽釋沍寒，梅柳各有色。願言副深期，再舉扶摇翼。

讀余季女懷其夫水宗道詩 有序

予友賴良言，鄉人余季女，台州臨海儒家息也。有容德，善屬文。當元盛時，贅同郡水宗道。

甫踰月，水具見余才邁柳絮〔一〕，學不彼若，輒辭歸，閉門讀書，久不返。余取次裁九章招之，水卒不聽〔二〕。及余病且死，水夢余訣别曰：「某委蜕矣，子盍送我？」既訃至。今存五章。其首章曰：「妾誰怨兮薄命，一氣孔神兮化生若甑。春山娟兮秋水浄〔三〕，秉貞潔兮妾之性，聊復歌兮遣興。」二章曰：「夜夢兮食梨，命靈氛兮與予占之。曰行道兮遲遲，斂角枕兮粲如，風動帷兮心而悲。」三章曰：「雲黯黯兮雪飛棘，夫子介兮如石。苦復留兮不得，望平原兮太息，涕泗横兮沾臆。」四章曰：「送子去兮春樹青，望子來兮秋樹零。樹有枝兮枝有英，我胡爲兮煢煢，子在此兮山城。」五章曰：「織女兮牛郎，豈謂化兮爲參商。欲徑度兮河無梁〔四〕，霜露侵襲兮病偃在牀，嗟嗟夫子兮誰與縫裳。」良以余生而淑敏不得於夫，死而心聲託宣於世，不亦幸乎？因如良請，系以詩曰：

鳦鳥常分飛〔五〕，雎鳩無匹居。牛女相永望〔六〕，何但人間姝。郎情澹琴瑟，郎志敦詩書。期攬日月光，下照薄命軀。雲衢諒高遠，霜露歲忽除。思紉逢掖衣，數振將迎琚。豈謂朱陳邈，乃至秦越如。庭

〔一〕水具見余才邁柳絮：邁，文淵閣四庫本作「過」。

〔二〕水卒不聽：聽，文淵閣四庫本作「赴」。

〔三〕春山娟兮秋水浄：娟，文淵閣四庫本作「媚」。

〔四〕欲徑度兮河無梁：徑，文淵閣四庫本作「往」。

〔五〕鳦鳥常分飛：鳦，文淵閣四庫本作「鴻」。

〔六〕牛女相永望：相永，文淵閣四庫本作「永相」。

芳棲熠燿，堦苔上螔蝓。疾缺大丹起，神隨清漏徂。九章極擬騷，猶蜩蛻塵區。鄙哉白頭吟，文園歡若初。團扇詠信美，長信燈同孤。睽合數繫天，不繫才與愚。稾砧苟富貴，同穴義毋渝。

沈一中爲修秋堂風露琴先寄八句期過最閒園館

一日焦尾脱，十年孤鳳喑[一]。忻遭運斤手，妙得斲輪心。溪館茗煙薄，石牀蘿月深。攜之肯枉過，側耳陽春音。

贈雲外道者靈保治中 有序

予過吴江同里洞真觀黄碧巖丹房，會雲外道者曰朮真氏，名靈保，字佑之。嘗爲鎮南王長史，統騎兵五百人，征汝蔡妖黨。以功聞，賜金幣上尊，陞司馬。至正十六年三月，長鎗軍帥大小張鑑叛，據揚州，王退駐淮安。時憲使褚不花拒寇，趙負城、胡陳寨，首鼠兩間。靈保説胡，誘獲趙人畜千百計。既飢，軍民相食，數求老張平章援，不爲應。復將王命間道走京師，告危急狀。大臣嘉授濟南路治中，議督諸部救。十月城陷，不花抗敵死。王被執，逾月不屈。妃某，偕水死焉。靈保

〔一〕十年孤鳳喑：十，文淵閣四庫本作「千」。

得王凶聞，由海趨浙，遂寄跡老氏，蓋數年矣。與之交旬日，意氣殆欲相從於閬風之上者。因壯其前，高其後，序而詩曰：

菲衣麻屩今道者，元是親王右司馬。雪尾羔羊蒸瓠肥，金盤露酒明河瀉。主晝才優彤邸間，督戰功收霍丘下。濟南別駕本遥授，誓欲勤王膏草野〔一〕。先時張鑑叛揚州，孤軍退在籌邊樓。老張平章擁精鋭，間道蠟書躬遠投。近郊雖順等狼子，千里橫亘長淮鮪。鶻形徒志牛後爇，龍種竟逐鴟夷浮。申胥血淚霽雲鏃，落景荒寒影悽獨〔二〕。去燕留吴百朓朒，蘇臺又復遊麋鹿。三萬頃湖七十峯，一笻一篷娱老足。胎禽將雛桐白華，遇我黄石仙翁家。蘂珠真經口暗誦，滿月澹暈天東霞。來者玩迅電，往者歎逝水。擬招安期生，更拉偓佺子。閬風共揖長爪姑，試問蓬萊清淺還有幾。

覽宋幽嶺巡檢史公官誥爲其十世孫女懿題 有序

公諱襄，鄭州良家子也，勇而善騎射。初，川陝宣撫處置使司試守進義副尉，會金人深入，遂補職戍關隘，輒以能聞。川陝不守，公隨師單外，擢下班祇應。紹興二年，都肄著勞，改進義校

〔一〕誓欲勤王膏草野：膏，文淵閣四庫本作「清」。
〔二〕落景荒寒影悽獨：悽，文淵閣四庫本作「慘」。

尉。高宗駐蹕臨安，徽扈駕，遷進武校尉。劉猊起草竊，公討伏大黄殪所乘馬，將跡捕之。調役淮西，至則陷堅攖鋭，率先士伍，累陞敦武郎。時遐僻儉民胥煽暴掠，公引老乞自效朝廷，由是出爲湖州安吉縣幽嶺巡檢。凡數年，萑澤政修，夜户至不閉。乾道三年冬十一月，郊祀大赦，以恩，父宥贈忠訓郎。未幾卒，子姓遂家焉。後八世孫昭富饒，始徙松。生文德，讀書好義。子翔〔一〕。女即懿，配張守中，予友也。詩曰：

諸生張雷忽我造，恭呈十世外祖誥。且云母氏徽紀述，風來如哀竹如譟。一身是膽心匪粗，角弓二石丈二殳。掄材虎落假五百，注視鹿栅空千夫。陜氛障日川溢野，隨師單外與頓舍。殿前徽扈南渡龍，草間掩殺横行馬。金人踰淮數攖鋭，髮短宵長言輒涕。甫忻幽嶺長厖鼇，竟卧寒雲斂猿臂。君不見，安吉山開天兩目，瑩直龍驤劍光燭。梨花縞白薤葉青，杜鵑弗爲英魂哭。夏畦馬醫鬼有祭，幾多德不稱位昆無續。我招以歌酹以卮，魂久屈蠖伸維時。於乎！女孫亦足輝門楣，女孫亦足廣孝思。

題鳳山時思寺寧無爲講師所藏嘉定己巳曆後

前朝統天曆一本，寧師裝潢藏益謹。陵墟社屋垂百年，恩澤在人元未泯。當年君臣苟安計，士馬逡

〔一〕子翔：文淵閣四庫本作「生子翱」。

巡略無氣。讜言幸斥侂冑黨，儒林争覩文公謚。牢落乾坤又此時，衣冠不競曷勝悲。春頒鳳紀難再得，泚筆龍池寫秋色。

海陵袁智周佩刀歌 有序

智周字濟道，善醫，世爲丁溪鹵户。至正間，父不受户甲非辱，死。智誓復讐，陰佩刀，伺間便，凡六年，甲被人所害[一]。既亂，有司禁持兵者，刀棄之邗溝。其終天鉅痛，則無時釋焉。儒先争言以文，予作佩刀歌云。

鹵豪煮海地沸蒸，忽報孝子蒼天崩。披髮誓雲雨若膺，百金一片陰礱冰。六年泣血絳雪凝[二]，悲風凄凄常夜興。妖狐戴髏鬼物凴，含沙射干左右肱。陸阻罥坎度阻溯，歘歌獨漉氣填膺。刀亦汝知龍梭騰，神鋒寒芒鐔威稜。仰號彼蒼奚瞢瞢，斯須間隙不可乘。坐令骨立枯厓藤，墓廬青泠松明燈。矧有母老鬖鬅鬙[三]，破涕爲笑躬豆登。無何仇家死棘矜，臭肉厭飫蚋與蠅，天其假手俾世懲。人生五倫首父

[一] 甲被人所害：被，文淵閣四庫本作「爲」。

[二] 六年泣血絳雪凝：雪，文淵閣四庫本作「雲」。

[三] 矧有母老鬖鬅鬙：鬙，底本作「鬅」，據文淵閣四庫本改。

子，復讐義昭春秋禮。見遺刑書著諸史，宗元議足垂千祀。倒行逆施伍員恥，舞陽吉豝同轍軌。老涉遲鈍幼超偉，固關時命非偶爾。嗟卿避兵家轉徙，事往行存宜繕紀。酴醾花香鯉摇尾，矍然鶴行過客邸。欲言復吞鬢颯耳，婷婷猶嬰慕焉已。酒酣問刀首如匕，忍歸武庫投邗水。水收煙消浄霜葦，電光霍霍無時起。安得河伯以鐏授烈士，來丹積寃從一灑[一]。來丹出《列子》。

哀張生處道 有序

淮人陷松，生時營禄養於杭，還省不可得，行泣道左。適某帥戍嘉興，即馬下跪白故，帥納焉。從次茶院，夜遇襲兵害。

松江二月吹淮塵，彷徨道泣高堂親。側身以歸或得計，赤眉曾全蔡順志。託生寄死將軍義，襲兵卒臨孝子斃。一雌現妖蠆，羣雄鬬長蛇。羊棗隕實萱鏟芽，風驚雨啼白脰鴉。世罹亂殃，子無獨嗟[二]。

[一] 來丹積寃從一灑：從，文淵閣四庫本作「同」。
[二] 子無獨嗟：無獨，文淵閣四庫本作「獨無」。

申之水三章題季子廟 有序

廟在申港大阜上。去阜二十餘步，有田二畝，名池子區，相傳吕舍人花園也。吕氏，宋末官閤門舍人。方治園時，夜夢神人告曰：「吾吴季子也〔一〕。汝將鑿池處，吾實葬焉。汝能止鑿，吾令汝世世富貴。不然，將絶汝世。」吕不之信，明鑿池及土深，見巨首，圍五尺許。始驚焉〔二〕，亟移瘞今廟後。已而吕氏貧喪，果無後。地主王明老嘗記以詩。至正戊子歲，予躬謁廟下，因感其事，爲賦《申之水三章》，用追弔云。

申之水，黄瀰瀰。上流孔湜，言薦君子。城過百雉地千里，高視雲霄同弊屣，至德餘風振隤靡。嗚呼！殁也諒若休，惡戚戚髑髏，延陵露白黍載秋。

申之水，瀰瀰黄。言載薦之，采蘋盈筐。昔者奉使聘上國，腰下寒芒劍三尺，心許徐君終不易。嗚呼！殁也諒速朽，髑髏胡爲有，嬴博草淒燐夜走。

申之水，達於江。巵酒載祟，猋車來降。素王輸跡絶南紀，十大籀書日星暐，高名將同天壤毁。嗚

〔一〕吾吴季子也：吴，底本脱，據文淵閣四庫本補。
〔二〕始驚焉：焉，文淵閣四庫本作「絶」。

呼！達人道與徒，靈刻刻其俱，劍池水赤虎亦殂。

題邢三姑廟

祖龍之世邢三姑，事蹟缺載鬼董狐，相傳有功瀫山湖。百媼地有百婆橋。畚鍤當先驅，至今雕櫳映銅鋪，祈祥弭患無日無。我嘗舴艋駕眇軀，遡風遥禱輙感乎。幾年思報報欲殊[一]，身寢衰病詩澀枯[二]。茲夕天倒白玉壺，初月迥朗長庚孤。蒼蒼淡煙斂平蕪，冰夷水仙率啟途。異氛髴髴掠鷗潋，妙音殷殷來鸞衢。袿衣絳緣彷彿見，采旄桂旗恍惚俱。若將有意遺珮珠，儵焉而臨儵爾徂。坡陀肅入一傴巫，亦望文士如韓蘇。二公湘廬神匪誣，私恨不至吳東隅。汞池盜摸金雁鳧，馳道海嚙餘萑蒲。長城陰靈夜哭夫，毛女木客猶避趨。粲哉三姑應星須[三]，啖芝四皓隱德符。四皓一出名漢都，孰愈萬祀澤誕敷，邈與造化長爲徒。

贈李隱居廷重

李隱居，生不願，揚州鶴；老不願，傳舍魚。鳳凰崦西丈室廬，甕儲厚酒盤嘉葅。小宗避亂忍隳

[一] 幾年思報報欲殊：欲殊，文淵閣四庫本作「以詩」。

[二] 身寢衰病詩澀枯：詩，文淵閣四庫本作「思」。

[三] 粲哉三姑應星須：須，文淵閣四庫本作「漢」。

祭，義方教兒猶買書。耕存寸田藥在籠，杖策古道玫爲琚。長林送籟虎跡遠，澹雲涵澗鷗巢虚，奈何獨遊摇落餘。李隱居，小寒大雪歲且除，鶯辰好伺山人車，山人亦與世久疏。

完哲清卿宣慰寄玉珮環環後被盗追述一首

古人佩玉不去體，涵養性情非事靡。粟鬣名義本衣食，雲霞象文藻鑑德。將軍寄來玉三色，金源大臣曾寶惜。紫葡萄覆雙狻猊，宣齗露爪相狎嬉。黄猊下視威若怒，青猊仆仰如知懼。夷風流習制度疏，匠氏矜能毛髮具。我加帶束躬采薪，兒童笑倒父老嗔。雕螭盤繡珠飾巾，鵠鞘宫韡方稱珍。君不見，玉魚殉葬亦歸盗，歌詩永識將軍好。

唐昭儀李漸榮辭

日繫包桑地瓜剖，宫闈去尺非唐有。庭春草合車斷音，忝備昭儀奉巵酒。御香紫袖纖垂手，載拜載祝南山壽。龍須席展蓮炬移，狼角嶄天豨突牖。不辭隕命同君后，女三禍前妾忠後。無人爲語巢賊奴，莫使兒知環柱走。

宋婉容王氏辭 有引

徽宗北入，四太子請王婉容妻粘罕子。上遣之，婉容大哭曰〔一〕：「何忍一身事兩主！」就輿中奪刀自刎死〔二〕。太子歎異，擇地葬之，且爲立碑曰「貞婦冢」〔三〕。事載括蒼俞文豹《吹劍録》。

二宮有警無嚴蹕〔四〕，今妾徒爲虜雛匹〔五〕。假如青冢向黄昏，不若金刀昭白日。血濡一縷願隨終，煙沙漫漫霜雪容。令人想見旌貞石，氣敵雙高湖上峰〔六〕。

覽曹架閣祖平章畫像父河中府君死蹟 有序

平章諱立，大同懷仁縣人。材器剛方，獲侍武宗潛邸。既國族不靖，北征有功，帝即位，授浙

〔一〕婉容大哭曰：婉容，底本脱，據文淵閣四庫本、《元詩選》本補。
〔二〕就輿中奪刀自刎死：奪，底本作「奩」；自，底本脱；均據文淵閣四庫本、《元詩選》本改補。
〔三〕擇地葬之且爲立碑曰貞婦冢：之且爲，底本脱，據文淵閣四庫本、《元詩選》本補。
〔四〕二宮有警無嚴蹕：嚴，底本作「年」，據文淵閣四庫本、《元詩選》本改。
〔五〕今妾徒爲虜雛匹：今，文淵閣四庫本、《元詩選》本作「賤」。
〔六〕詩末《元詩選》本有小字：「原吉詩於忠孝節義之事，往往三致意焉。表微闡幽，美不勝記，兹特採其尤者録之云。」

省左丞。歷三臺中丞、中書平章、宣政院使，薨。府君諱觀，起身中書直舍内藏使，臺幕浮梁知州〔一〕。會徽寇入浮梁，率義壯巷戰死。詔贈中順大夫、河中府知府，爵譙國郡伯。架閣名莊，自中外亂，野處餘二十年。至是宴予别業，奉平章畫像、府君死蹟拜請文。予嘉莊孝謹，且聞客有木員外言〔二〕，天曆初東南饑，重臣恬樂燕安，民獨羅訴平章馬首，大發廩賑之。併録而系以詩曰：

前朝衛霍許史門，如市如沸今荒村。老夫散跡江海上，目豁心快平章孫。平章武宗潛邸日，灑掃月窟安天根。帳下虎牙嚴校尉，道周鵲狀荷生恩。劍鋒差差練光冷，畫像凛凛英氣存。中書直舍乃家子，精金美玉聯弟昆。雪消秀出北臺翠，雨過沙走長河渾。醉看暮獵縹半臂，躬扶春犂朱兩轓。浮梁力戰死民社，譙伯寵褒來帝閽。遂令賣國互郎等，喘汗俯愧聞風奔。傳云仁者必有後，况復忠節名乾坤。將軍曹霸舊爲庶，孫也毀冕甘丘園。菜無盜跡柳罷髠，鵓鷺咬咬桃花源。獨扉板白東瞰鹵，九關雲紫西浮崑。二雛犀角殊厖敦，所衣尚是繡芷蓀。騁燕鳴岐蓋未易量也，落日載舉雙犧尊。

〔一〕臺幕浮梁知州：臺幕，文淵閣四庫本作「出知」。
〔二〕且聞客有木員外言：有木，文淵閣四庫本作「朱」。

夜過蒼墩江隱居

白茅蕭蕭風色昏，歸人自語煙際村。我騎蹇驢童抱尊，記得君家忘卻門〔一〕。徑穿竹入背江路，傍是梁朝敬宗墓。月中對鶴吹洞簫，露水琤然落高樹〔二〕。

崔白百雁圖爲宣城黃宜之題

老愚離羣影久孤，客來笑示百雁圖。揩眵試數失兩个，莫喻畫意翻令吁。得非長門報秋使，或是大窖傳書奴。不然一舉千里高鴻俱，其餘澒汩碌瑣徒，且唼且息翔且呼。營營鄭圃田之稷，睢睢齊海隅之菰〔三〕。遑知爾更銜爾蘆，瓠肥卒至充人廚，小而曰鶀亦就笯。邇聞澤梁弛禁官罷虞，麋鹿魚鱉同少蘇，羽儀好在春雲衢。

金世宗太子允恭百駿圖爲舒德源題

金家武元靖燕徼，嘗誚徽宗癖花鳥。允恭不作大訓方，畫馬卻慕江都王。此圖遺脱前後幅，尚餘龍

〔一〕記得君家忘卻門：忘卻，珍本叢刊本作「墩向」。

〔二〕露水琤然落高樹：水，珍本叢刊本作「葉」。

〔三〕睢睢齊海隅之菰：睢睢，底本作「睢睢」，據珍本叢刊本、文淵閣四庫本、叢書集成初編本、《元詩選》本改。

媒羣角逐。息鷄草黄霜殺菽，王氣榮光等蕉鹿。山人塵迷朔南目，溪頭姑飲歸田犢。

高尚書墨竹爲何生性題　有引[一]

公嘗寫竹自題云：「子昂寫竹，神而不似；仲賓寫竹，似而不神。其神而似者，吾之兩此君也。」爲浙省郎中時，會經理田糧，致甌婺小梗，遂焚册罷免，民至今德之。

子昂寫竹，神而不似；仲賓寫竹，似而不神。兹觀房山雙墨君，素節抱霜臘，翠葆擁露晨，文蘇隔世同超倫。左司昔焚經理册，至今遺民手加額。使槎既泊桑落洲，仙仗頻隨柳林陌。大言非夸孰信之，布衣垂老神交客。維山有岳星有斗，若趙若李俱不朽。

朱澤民雙松圖爲夏老圃題於緑陰清晝堂

江東提學古韋偃，手寫落落雙樹松。深根本託夏氏社，高節肯受嬴人封。蒼然秀色入野闊，勢擘交龍欲飛活[二]。白日風雨從震淩，青陽造化先迴斡。散樗灌木不敢齊，怳有仙鶴時來棲。杜陵九原如可

〔一〕有引：此二字底本脱，據珍本叢刊本、文淵閣四庫本補。

〔二〕勢擘交龍欲飛活：交，文淵閣四庫本作「蛟」。

作，拭目清晨應重題。

題徐子脩爲陸德昭畫溪山風雨圖

羣山岋摇雲四襲，大木低回小松揖。陰舒陽翕神鬼交，潤淫谷濫蛟鼉立〔一〕。一人正涉險畏途，老馬旋濘僕且痛。垂堂遺體弗戒謹，卒跌禄利名貪愚〔二〕。泊舟者誰曲沙瀅〔三〕，怪雨盲風若知避。苟能六鑿同天遊，静觀大化真兒戲。徐脩徐脩雙鬢皤，盍爲別畫瓢春窩，老夫小車花外過。

葛稚川移居圖爲友生朱禹方仲矩題

典午三綱紊無紀，賊奴内向伯仁死。辭徵高蹈公以此，終託丹砂去朝市。千年盛事傳畫史，埜夫獲觀朱氏邸〔四〕。壯肩餱粻幼琴几〔五〕，杖懸藥瓢風靡靡。長孺老婢手執箠，躬驅其羊羊顧子。兩犍受牽頭角頗〔六〕，氅厖殿隨亦忻喜。公披仙經瞳炯水，琅琅餘音悦入耳。後驂夫人謝釵珥，膝上髫嬰玉雪美。勾漏

〔一〕潤淫谷濫蛟鼉立：濫，文淵閣四庫本作「溢」。
〔二〕卒跌禄利名貪愚：禄利，珍本叢刊本、文淵閣四庫本作「利禄」。
〔三〕泊舟者誰曲沙瀅：曲，文淵閣四庫本作「西」。
〔四〕埜夫獲觀朱氏邸：觀，文淵閣四庫本、《元詩選》本作「睹」。
〔五〕壯肩餱粻幼琴几：粻，文淵閣四庫本、《元詩選》本作「糧」。
〔六〕兩犍受牽頭角頗：頗，底本作「頬」，據珍本叢刊本、文淵閣四庫本、《元詩選》本改。

尚遠羅浮邇，若有函關氣騰紫。天丁山靈狀僑佹，開鑿空青洞扉啟。雲霞輸漿石供髓，二麗精華晨夜委。金光秀發三花蘂，飄飄上昇碧寥止。同時許邁行加砥，一門翁孫良可儗，彼散豆者顙遺泚。嗟今凡民苦流徙，落木空邨淚如洒。

唐子華知州山水爲王駿致遠題

天曆己巳庚午間，每從鄉執承公顔。公嘗任江陰校授。龍翔畫壁動宸聽，歸來官舍餘清閒。忽思霽雪溪山好，溪光不流山色老。懸厓怪石鬼呈面，號寒枯梢鵲僵爪。長途泥濺馬衣濕，鮫宫鱗潛漁罟入。攜琴伊誰興彌集，蜿蜒雙松夾而立。公乘白雲何所之，此幅乃是臨郭熙。亂中金玉軸焉有，能以善守方世奇。爲拂爾塵題我詩，我昔俊髦今老衰。

題光孝寺訥無言長老所藏畫龍柯敬仲博士題云道人畫龍龍絶奇何處人間曾見之上京清暑朝初退太液池邊看雨時〔一〕

宇南畫龍者。自是冀北驄，醉墨幻出朝天龍。奎章博士久家食〔二〕，一詩寓意懷文宗。鼎湖攀號不可

〔一〕詩題：文淵閣四庫本題下有小字：「畫龍者號宇南。」
〔二〕奎章博士久家食：久，珍本叢刊本、文淵閣四庫本作「既」。

得，虬髯倒影滄溟黑。似掀金陵之畫壁，反顧蒼生望雲霓。詩成倪覺龍點首[一]，霖雨化作山人酒。

趙文敏公山水爲董竹林山長題 有引

公於畫左題云：「至大三年六月望日，爲吴彦良畫并詩。」有「岸静樹陰合，溪晴雲氣流」之句，想在鷗波亭作也。彦良，嘉禾人。

何山弁山秀可掬，上若下若黄茗緑。翰林學士偶歸來，亭倚鷗波送飛鵠。鵠飛盡没滄茫境，衣上青天倒摇影。鹿頭舫子湖州歌，想帶南風覺悽冷。冰盤瓜李進仲姬，管夫人字。生綃畫就復題詩。鄭虔三絶世無有，於乎！何幸再見至大三年時。

題趙善長爲李原復所畫山水

日光青寒殺氣白，山童林髡水縮脈。城春墮指株送餒，莽蒼坤輿大宵宅。齋東趙原吴下客，辭榮養母韓康伯。酒狂忽憶雍熙時，畫法荆關海岳窄。魁峰傑嶺大將顔，秀厓峭壁仙卿班。雲嵐滃勃嵩華表，石棧犖确崤函間。翬飛樓閣深翠隱，獸羣遠跡人煙近。一瀑天垂雪練紳，萬松花落黄金粉。森蘿翳槲杳

[一] 詩成倪覺龍點首：點首，文淵閣四庫本作「能吼」。

莫盡，若聞行歌采芝菌。旁觀众攫攘，妙灑獨心苦。神工精會合，鬼物毛竦竪。炷爨扁舟露沙漵，磨輪新坊俯場圃。雌伏鷄窠懸在梁〔一〕，磬折田翁飼其牯。土膏不假酥雨潤，帘脚似逐東風順。貢聯包匭旅裹糧，驢驅馬馱力角奮。怛然閣筆淚滿腮，龍虎虚卧灤陽臺。累朝德澤百年運，短褐老去江南哀。我詩題罷春潑眼，又見他鄉鴻雁回。

宋制置彭大雅瑪瑙酒椀歌周伯温大參徵賦〔二〕 有序

今太尉開藩之三月，命部將王左丞晟書使踵海上，招至吴中。以予無錫避地説晟勸張楚公歸元，擢淮省都事，辭。時江浙參政周公適蒞分省，延飲齋閣，懽甚〔三〕。出瑪瑙酒椀曰〔四〕：「此宋彭大雅燕饗舊物〔五〕，子才器足以當之〔六〕。」遂引滿，酌之再。氣酣思湧，率爾走筆，以紀清賞〔七〕，非

〔一〕雌伏鷄窠懸在梁：窠，文淵閣四庫本作「巢」。

〔二〕詩題：大參，文淵閣四庫本、《元詩選》本作「參政」。

〔三〕「命部將」至「懽甚」：此五十三字文淵閣四庫本、《元詩選》本作「適江浙參政周公分省江淮，延飲齋閣歡甚。以予避地無錫説王左丞晟勸張楚公歸元」。

〔四〕出瑪瑙酒椀曰：「出」上文淵閣四庫本有一「特」字。

〔五〕此宋彭大雅燕饗舊物：宋，底本脱，據文淵閣四庫本、《元詩選》本補。

〔六〕子才器足以當之：以，底本脱，據文淵閣四庫本、《元詩選》本補。

〔七〕以紀清賞：以，底本脱，據文淵閣四庫本、《元詩選》本補。

求知他人焉。詩曰：

淮藩開吴豪俠滿，歌鐘地屬姑蘇館。相儒獨爲緩頰生，笑出彭公瑪瑙椀。血乾智伯髏不腥，黄玉瑩錯紅水晶。妖蟇蝕月魄半死，虹光霞氣歕且盈，隱若陣偃邊將營。彭公彭公古烈士，重慶孤城亦勞止。天忘西顧二十年，畝盡東南數千里。武侯祝文何乃偉，敗由宋祚民今祀。太湖底寧魚米豐，官廨喜與閭門同。酒波椀面動峽影，想見制置師犒飄風中，再酌庶沃磥磊胸。君不見，漢家將軍五郡封，班氏天與世史功。詩狂昭諫客吴越，存心唐室人憐忠。嗚呼尚友吾豈敢，醉墨慘澹雲飛鴻。

嚴子魯參政席上聞左丞楊君完者死事[一]

藏六者龜，窟三者兔。百鳥俛啄，既仰復顧。一雄由來不共居，楊也丞相防身殳。他心隴得又望蜀，遺鑑號亡危在虞。風霆大樹無幾緑，武公軒餘拂雲竹。私恨平生志士心，何方移置將軍腹[二]。將軍國封八十親，綵服行戴東山巾。白簡論事諒可採[三]，笑出黄羊觴碧醇。

[一] 詩題：左丞楊君，珍本叢刊本作「楊左丞」。
[二] 何方移置將軍腹：何，文淵閣四庫本作「今」。
[三] 白簡論事諒可採：簡，底本作「面」，據珍本叢刊本、文淵閣四庫本改。

七月聞河南平章凶問

六月妖星芒角白，幾夜徘徊天市側。尋聞盜殺李上公，羈旅孤臣淚沾臆。當時寬猛制萑澤，安得受降翻受敵。上公忠名垂竹帛，書生奚爲費禕惜。東南風動旗黃色，蒲梢天馬長依北〔一〕。

贈嘉定故吏尤鼎臣 有序

鼎臣少由海寧吏調鄉州嘉定，就親養。至正十三年閏三月，海寇犯婁。時寶哥參政頓兵崑不進，鼎從州倅率義壯守上游二年，謀效居多。十六年，淮張入吳，倅奉印降。鼎沮之，爲其將縶，且諭授以官。抗不受，杖百，錮於家。尋奔杭，浙省參政周伯琦，舉典義烏縣史〔二〕。詔使開吳藩，鼎復以勞遷桐廬典史。理吏目秩，即辭歸農。及吳隳，後會予中槎羌謙家。癯然類山澤儒，而言確行厲，殆有古節士風，去尋常筐篋器遠矣〔三〕。昔漢符璽郎事殊壯烈，然史失其名〔四〕。今鼎得予詩，

〔一〕詩末《元詩選》本有小字：「壬寅六月，田豐、王士誠刺殺李忠襄於濟南城下。先是，順帝見星變，歎曰：『當損大將。』馳使戒諭忠襄，正此詩所謂『妖星芒角』也。」

〔二〕舉典義烏縣史：典，底本作「興」，據珍本叢刊本改。

〔三〕去尋常筐篋器遠矣：篋，文淵閣四庫本作「篚」。

〔四〕然史失其名：史，珍本叢刊本、文淵閣四庫本作「惜」。

亦足暴其心矣。詩曰：

長貧故吏身姓尤，一刀筆擁千夫矛。南垣參政但醉酒，海若不敢東窺叟。淮張崛起連吴臺，屬臣買降恐後來。躐階沮獻嘉定印，杖錮非謫天全才。座中老氣虹霓吐，屋山亂葉吹黄雨。舊除今辟置弗數，鬼區冥冥蒿中柱，吁嗟猶思石礱鼓。

題顧謹中外祖魏洵子美妻丁氏祠堂卷 有序

魏夫婦竝吴興人。洵嘗吏獄〔一〕，松有某忤權貴下獄，賂白金五十兩。洵脱其械，封還金。上海巨室戚偪鄰父死，汚官欲抵罪其子。會部使者至，洵盡發巨室姦狀，遂伏辜。然由是見忌，調鉛山。及滿考歸，行李蕭然，惟餘一贈行卷〔二〕。既除仁和埸幕，謝免。夫婦日惟教謹中，若己出。而謹中爲今秀造，于其殁〔三〕，築别室祠之，且道所以〔四〕，拜請詩。詩曰：

〔一〕洵嘗吏獄：獄，底本作「禄」，據文淵閣四庫本改。
〔二〕惟餘一贈行卷：惟，底本脱，據文淵閣四庫本補。
〔三〕于其殁：此三字底本脱，據文淵閣四庫本補。
〔四〕且道所以：且，文淵閣四庫本作「具」。

義仲枉獄金卻還，寧忤豪貴遷鉛山。六年僅有贈行卷，秀髯皓白如霜菅。生憂敖氏鬼獨苦，今得外孫祠外祖。雞肥黍稌天風秋，鵑哭棠梨寒食雨。宅相魏舒良可敦，黑頭江總不須論〔一〕。力田讀書姑養母，莫賦遠遊勞倚門。

華劉二節婦 有序

華、劉二節婦，竝大同人。華妻武州守張思孝，生子亨，劉其配也。至正戊申秋閏七月，河南軍帥竹貞乘亂肆掠，二節婦匿複壁間。游卒闞得之，驅迫以前。華驚呼曰：「我命婦也，驅我第有死耳〔二〕。」且謂劉曰：「汝芳年，將何若？」劉對曰：「忠烈不二，宜聞之也審，忍垢辱耶？」華曰：「刎無刃，經無索，奈何？」劉復對曰：「當激賊怒以就死。」遂大罵極口，卒怒殺之。劉不爲動，聲氣益厲〔三〕，卒又殺之。華時年四十五，平生嚴介馭下，事或少枉弗貸。舅歿姑老，衣膳枕几，必身親焉〔四〕。思孝由衛學官至伯爵位，華累封雲中郡君。每曰：「被服褘翟，徒志狗馬耳。」訓亨機絲克承箕業，懿聲賢聞，穆然清風。劉年二十一，翰林待制翼之姪女，宜其諱也。莊重盛

〔一〕黑頭江總不須論：不須，文淵閣四庫本作「何足」。
〔二〕驅我第有死耳：第，文淵閣四庫本作「唯」。
〔三〕聲氣益厲：聲氣，文淵閣四庫本作「罵」。
〔四〕必身親焉：身，文淵閣四庫本作「躬」。

容，性尤慧爽，華愛甚。嘗索賦庭柏，應聲云〔一〕：「羣卉枯落時，挺節成孤秀。既保歲寒心，不在遐年壽。」殆先識也。郡士郝麟備紀行實。亨稔知予名，適司征烏涇也，乃介瘍醫山振走拜予寓隱，以哀挽請。予維華劉志節亨孝義，用序而詩曰：

雲中城無斫頭守，一門雙貞光井臼。黄河清淺渡淮泗〔二〕，雪峰巍峩掩星狗。君不見，釧金臂斷牙將辜，肅宗并罷崔成都。昨者寡人妻，鰥人夫，天不俾保家與孥〔三〕。望鄉臺霜磧草白，還亦思之心鬱紆。吾詩非爲此，特旌張婦姑。

陸縣尹時俊席上贈郭府判 有後序

袁州府判八十强，徒步海曲何踉蹡。世殊衣帽不肯改，意氣忿激言慨慷。天曆天王位九二，衆蛇隨龍一蛇棄。當年夙稱强項令，餘生獨念厖眉尉。蘄人崛然起桑樞，身急上馬蚤夜驅〔四〕。漕河風濤阻芻粟，雷塘城郭埋萑蒲。塞翁得失付大噱，主家林涵紫微箔。少時良晤別亦樂，勿效謝公重作惡。

〔一〕應聲云：應聲，底本脱，據文淵閣四庫本補。
〔二〕黄河清淺渡淮泗：泗，底本作「駟」，據文淵閣四庫本改。
〔三〕天不俾保家與孥：俾，底本作「彼」，據文淵閣四庫本改。
〔四〕身急上馬蚤夜驅：蚤，文淵閣四庫本作「一」。

公諱野仙不華，字彦楨，順德之内丘人也。性剛峭，有風義〔一〕。冠，以善國語聞。中書右丞相哈剌哈孫引見，成宗器之，俾事太子累年。以母王宜人齒邁告〔二〕，有旨江浙左丞相帖古迭兒禄之就養。丞相尋薨，公護喪還。時別不花新拜相，義壯之，屬左丞張士瞻爲娶名門鄧氏女，補省之怯里馬赤。怯里馬赤者，漢言通事也。調湖廣，秩滿，始官瓊山縣尹。會文宗潛邸，餼廩衣藥，躬備如儀。間以鯁戇，差多忤意。上每顧左右曰：「野仙不華昔寵遇先皇，今復竭勞效忠於我，茍得承祀纂統，當以金蒙之。」瓊婦風尤婾靡，帕胸褌髀，製自公始。黎聚蜑落，順令傚使。五年遷將樂尹，闢建龜山書院。洗寃鉏梗，痿起困醒，代民肖像祠之。文宗即位，使南者傳詔，公遂乘傳入。凡一時重臣，皆嘗約爲昆弟禮〔三〕。至則見，上掇賜所啜黑湯〔四〕。比退，重臣以御史薦。上曰：「彼居三日，朕亦劾矣。」他日復召，問曰：「卿宿别不花丞相家耶？」對曰「然」。上曰：「卿從其求進耶？」公曰：「丞相念臣舊，用館穀。臣惟進退在陛下。」諸重臣猶擬省遷公，公謝曰〔五〕：「非出聖意。」竟不陛辭返。上怒，欲罪給傳。内外官屬大夫力諫曰：「陛下獨不記金蒙之旨乎？」上由

〔一〕有風義：義，文淵閣四庫本作「槩」。

〔二〕以母王宜人齒邁告：以，底本脱，據珍本叢刊本、文淵閣四庫本補。

〔三〕皆嘗約爲昆弟禮：爲，底本脱，據文淵閣四庫本補。

〔四〕至則見上掇賜所啜黑湯：至則，文淵閣四庫本作「既入」。掇，底本作「車」，據珍本叢刊本、文淵閣四庫本改。

〔五〕公謝曰：公，底本闕，據珍本叢刊本、文淵閣四庫本補。

是齎威，因賜闒醝引若干該，楮鏹萬錠。公損半受之，沾丐親舊。代野處武昌，適鎮南王世子封威順王出鎮，王物色得之。日聆讜言恐後，贈襲衣鞍馬。文宗崩，嗣君入繼。召除湖廣省員外郎，旋改華亭尹。民有以僞鈔告償其物價，公曰：「彼偶誤耳〔一〕。」付諸火，易真償之〔二〕。他類此，一縣傾嚮。而府倅忌焉，誣事叱去帽。公自投帽仆地對，了不爲絀。是日移文，遷父贈内丘尹諱善葬祔先塋。及還，政聞大馳，代士民羣拜馬首，取鞾懸東門，以存遺愛。轉杭州宣課提舉，地當要衝，歲課鈔十餘萬，逋負箠械，率視常職。公剔蝅剗弊〔三〕，廉己寬稅，商不忍欺，吏莫敢私。能聞，擢郴州路判官〔四〕。行省檄總湖南一路軍餉，先期而竣。臨武、宜章二縣猺作耗〔五〕，官兵進討不克。公單騎將命入〔六〕，開諭福禍，猺悉歸農。移袁州路判官。時蘄人叛僭，由儲徛來江浙。不久袁陷，而公年當致仕，慨然長嘯曰：「華亭禽魚草木，不吾怪也。」遂隱跡凡二十載而卒。子忠，奉葬縣之横雲山，從鄧宜人兆。其先有諱瑞者，仕金邢州節度使。生震，元初内丘主簿，因占籍。生定。定生興，興以從軍攻西川，戰死。興生善，夔路招討使司經歷，出鎮思播田楊定遠等處，以王事歿。

〔一〕彼偶誤耳：彼，底本脱，據文淵閣四庫本補。

〔二〕易真償之：償，文淵閣四庫本作「鈔予」。

〔三〕公剔蝅剗弊：蝅，文淵閣四庫本作「蝨」。

〔四〕擢郴州路判官：郴，底本作「彬」，據珍本叢刊本改。

〔五〕臨武宜章二縣猺作耗：猺作耗，文淵閣四庫本作「猺蠻作亂」。

〔六〕公單騎將命入：「單」下底本原衍一「童」字，據文淵閣四庫本删。

公，善之次子也。年甫十三，奔父喪。既抵漢陽殯所，取骸骨。有同姓者誤持函往，公直於官，咸稱孝云。逢僅與公有一日雅，今讀錢袞所著行狀，始得其細〔一〕。於乎！公四命爲郎，三命大夫，所至藉甚。雖材志不盡施，而保身叔世，登壽九袠，子孫安全，天厚俢矣〔二〕。袞於公爲門吏，有請。因摭其槩，并書前贈公詩以歸之。

寄題俞達敦義軒 有序

達，予里生也。辛亥春，兄牽車服賈數千里外〔三〕，他賈犯榷鹽禁，坐連。時達尚幼，憫兄孱弱，必客死，毅然代庯於濠〔四〕。凡三載，例構公廨完，乃放還。黄常氏既爲序〔五〕，復徵予詩曰：

我家延陵君子鄉，義讓遺俗户相望。亂中豈少趙與姜，耳目不逮泯莫彰，俞氏小弟今最良。竊旌載

〔一〕始得其細：細，文淵閣四庫本作「詳」。
〔二〕天厚俢矣：珍本叢刊本、文淵閣四庫本作「天之厚公俢矣」。
〔三〕兄牽車服賈數千里外：外，底本脱，據文淵閣四庫本補。
〔四〕毅然代庯於濠：「然」下文淵閣四庫本有一「請」字。
〔五〕黄常氏既爲序：氏，文淵閣四庫本作「民」。

車先死盜，剖棺起生事孔到，疫鬼弗染出天造。之三子者世爭道，浚井從掩吁象傲〔一〕。黄常名軒義是敦，我老作詩銘諸門。出入維德閑朝昏，春風頌篪叶雅塤，白頭毋忘鴒在原。

送花生還懷遠縣 有後序

爾爺屈跡簿書吏，众中會予輒師事。里稱黄童扇枕孝，士多賓十還金義。於乎不幸死連獄，寡妻孤兒徙荆麓。終天痛抱王哀心〔二〕，長夜哀聞杞梁哭。君不見，老夫避地烏泥邨〔三〕，豈徒親舊少生存。木落洞庭悲帝子，草凄南浦憶王孫。酸風暮閶愛日短，酒次贈言歸莫緩。驚鴻銜蘆雲與遠，大魚跳冰月應滿。

生之父貞，予鄉友也。性敦慎〔四〕，嘗典簿書浙省。大官有以白金數十斤託貞，世變後悉還之。居家奉八十母孝甚，扇枕温席，暑寒罔替，鄰里稱焉。今禮部凡三辟，辭不獲，起爲佐吏。未幾，以事連死。聞者咸歎惋曰：「使天定，貞豈有是耶？」有司没其産業，徙生荆山下。棲卑墾荒，母

〔一〕浚井從掩吁象傲：吁，文淵閣四庫本作「呼」。
〔二〕終天痛抱王哀心：痛，珍本叢刊本、文淵閣四庫本作「恨」。
〔三〕老夫避地烏泥邨：泥，文淵閣四庫本作「涇」。
〔四〕性敦慎：慎，文淵閣四庫本作「謹」。

子胥弔[一]。歲甲寅冬十月，始克還。謁予寓隱，且言復往有日。予因飲之酒，贈之詩，用慰勉生之心焉耳[二]。

題何婦黃氏卷 有序

黃氏，松之莆溪何某繼室也[三]。某家素饒，洪武初罣名欺隱，當没産。既上官至，某貨殖它郡，黃獨與老弱居。官怒其帑藏空匱，掠徵貲，抶累百，身無完膚，昏頓就斃者婁，言卒不紊。次掠姒，又次掠其姑，姑號呼婦。黃方呻吟，即狼狽起，蔽翼之，且告姑老不勝捶，力丐身代。辭氣款惻，官愍釋焉。翌日，黃復扶傷詣官泣請。某前室之子及姒之子若婦，凡在繫者少休私舍，贏糧以俟，遣里士范公亮誌焉。予謂昔鄭休妻石、鄭義宗妻盧，遺事竝著晉唐史，今何婦兼類之，可稱述也已。詩曰：

江南枳花開，妾當飛望災。孝義由中心，搒楚從百回。古嘗亡猿禍林木，今見青蠅憎白玉。破鐺盡

[一] 母子胥弔：胥，文淵閣四庫本作「相」。

[二] 詩末珍本叢刊本、文淵閣四庫本有小字：「查甲寅爲洪武七年，所云今禮部，亦指明朝言也。」

[三] 松之莆溪何某繼室也：室，珍本叢刊本作「妻」。

没氣若絲，官曹尚擬夫刑贖。君不聞，一鷹揚，百鳥亡；一犬走，百兔僵。騶虞麟趾周家祥〔一〕。

贈孝僧琳 有序

琳號西玉，予鄉人。至正乙未出遊名山川，會亂亟歸。遇寇數兵之〔二〕，告以故免。既聞父兄弟皆歿亂中，餘母高、嫂薛在錢墅庄。及見母〔三〕，創甚。嫂以不辱溺井死，琳躬負土掩之。匍匐乞食，奉母養彌年。母卒，窆葬善地，遂奔隱吴門。一日，攜血書《華嚴經》謁予海上。予嘉琳學佛氏教，而克孝克義〔四〕，贈之以詩曰：

華嚴内典釋中尊，書向吴臺獨樹村。十指滴枯遺體血，一心追報二親恩。琅函夜繞金光粲，黄壤春回淑氣温。卻怪亂離多死隔，獨能奉養及生存。江魚雪白思登饌，野椹霞紅夢倚門〔五〕。客舍題詩良有以，頻年少見孝兒孫。

〔一〕詩末珍本叢刊本、文淵閣四庫本有小字：「極言明初刻削，絶無忌諱。」
〔二〕遇寇數兵之：遇，底本作「覯」，據珍本叢刊本、文淵閣四庫本改。
〔三〕及見母：「及」下珍本叢刊本、文淵閣四庫本有一「至」字。
〔四〕而克孝克義：而，珍本叢刊本、文淵閣四庫本作「尤」。
〔五〕野椹霞紅夢倚門：霞，珍本叢刊本、文淵閣四庫本作「青」。

送吴藩錢郎中陞參政分鎮淮徐邳三州

公府疏恩近九天，復從苫次起籌邊。江黄慎與齊桓會，梁楚宜推宋就賢。出胯故墟山寂歷，露筋遺廟草芊眠。望中不盡英靈氣，徼上新疎警急煙。大雪弓刀千騎密，上元燈火萬星聯。機乘暮夜初無定，霸賤春秋夙有傳。他日大光吴越後[一]，白頭昭諫正歸田。

嚴壽間席上寄汀州同知曾文昭三忠謂福建平章陳有定僉樞白帖穆爾子壽漳州達魯花赤迭禮迷失子初也[二]

避地東來喜有兒，竹林無恙仲能篪。甌閩城郭三忠淚，吴楚雲山幾故知。老馬忍忘霜塞草，孤猿甘抱雪松枝。嚴家酒熟瑶池露[三]，且醉梅間藥玉巵。

寄劉小齋張溝南吴中洲夏師魯鄧毅夫丘宗大

鄉里遺賢軫念多，荐辭今聘守微痾。前途絶望楊宣雀，亂水嘗窺董養鵝。季子有碑時打字，莫王無

[一] 他日大光吴越後：大光，文淵閣四庫本作「若求」。

[二] 詩題：曾，珍本叢刊本、文淵閣四庫本作「曹」。

[三] 嚴家酒熟瑶池露：嚴家，文淵閣四庫本作「何時」。

鬼夜操戈。東風凍解醅新熟，試覺歸舟駛一梭。

奉懷集賢黑黑承旨

謝病徽州詔許還，五千部曲涕如潸。一帆風破三鯨浪，兩鬢霜明九豹關。西第月資全祿養，中官時出上尊頒。鳴笳滿地星牢落，應憶微言俎豆間。

任子良縣尹除奉訓大夫台州判官逢避地相鄰而又姻婭之好承聞大軍駐汴經略使已至浙東小康有日先詩奉賀子良名賢佐宣慰仁發之嫡子也[一]

天香夜染紫煙衣，喜氣春連白板扉。陶令山中初酒熟，劉郎溪上正花飛。使臨奎壁新分象，民望雲霓幾落暉。宜早上官思補報，大軍先破汴城圍。

謝中政院判買住昂霄枉過予龍江寓隱[二]

三年江館閉斜曛，一日星軺下紫氛。老我已非佳子弟，壯公曾是故將軍。未央雙闕雲端見，長樂疎鍾月下聞。還語中原糜絲盡，六宮知愛石榴裙。

[一] 詩題：奉，文淵閣四庫本作「致」。

[二] 詩題：予，底本脱，據文淵閣四庫本、《元詩選》本補。

送吳照磨赴李司徒幕兼簡張郎中

司徒分鎮越王臺，甌婺山光入望來。堂上修文閒將略，幕中求舊得賢才。鑑湖木落魚梁見，紫塞風高雁路開。莫禁白頭狂賀老，時禁酒。酒船仍蕩月明回〔一〕。

題何上海緝新修瞿雅州義塾卷

十畝宫圍數仞墻，雅州開建鶴沙陽。流風遠被弦歌樂，化日重輝黼黻章。衡縣有詩稱陸宰，魯城無宅壞恭王。春歸壇杏青陰滿，安得追趨弟子行。

題徐伯起水南漁隱卷

幾人北戍幾南遷，一日身閒一日僊。回首華亭鳴鶴外，繫舟長泖亂鷗邊。屋圍楊柳清秋日，星錯蠙珠薄暮煙。不學秦民不終隱，桃花傍笑太康年〔二〕。

〔一〕詩末文淵閣四庫本、《元詩選》本有小字：「時方禁酒。」
〔二〕桃花傍笑太康年：笑太康，文淵閣四庫本作「岸是何」。

將游澱山承府倅張德常郭宗唐聯過舟次留宴燈夕不果既得風帆走筆寄張郭

天上春回城雪消，人家梅柳帶河橋。官無一事鼓鍾宴，賢有兩驂環轡搖。霽月華燈違後夜，好風輕楫快今朝。水生汀渚雁鳧浴，閣倚澱山心獨遥。

遊崑山清真觀放生池承盧知州孫萬户梅倅會宴有詩留錢尊師丹房

鼓角沈雄晝漏稀，羽人宫闕静含輝。林間紫馬聞鶯過，水上文鰩趁鶴飛。霞氣暖流千日酒，風光晴拂暮春衣。不應客似瑶箏雁，留滯南音斷北歸。

同朱節遊秦山詩留地主宋氏

金豬二山名。遥望亘海郊，祖龍曾此駐雲旓。爲尋白堊朱沙洞〔一〕，首渡蒼厓紫壁坳。木客夜過松籟作，石人寒卧薜衣交。一茶共話桃源隱，不信河山有二崤。

〔一〕爲尋白堊朱沙洞：沙，珍本叢刊本作「砂」。

重遊干山望機山 有引

「干將山色倚空青，獨立風生十二翎。便合武當祠畔住，布衣長謝紫微星。」予至正辛丑九月十七日所題口號，今十七年矣[一]。墨蹟如新，而風煙草木，與時變異。西望二陸遺墟，慨嘆久之。老覡賀曰：「布衣得毋汚乎？」因留詩山中。

杖倚干將西紫岑，望中連璧瘞雲深。當時少爲全歸計，後俊堪羞妄躐心[二]。京洛好風隨義犬，華亭涼月怨胎禽。斧斤浩浩山林歎，辭賦蕭蕭麗則音。

寄贈劉樞幕

獻替雲臺黍一炊，羈離江國鬢全絲。醉中罷落高風帽，夢裏猶聞湛露詩。山檿葉乾知歲短，水楊花怒任春私。静思舊斡君臣意，足見平生志有爲。

[一] 此句末文淵閣四庫本有小字：「時洪武十年。」

[二] 後俊堪羞妄躐心：俊，文淵閣四庫本作「進」。

呂充閭復亨自陝還予過之懷文會於時康傷家徙於事連且慶其世德有在而子孫保全也賦詩留希尚之第

堂開來德俯璜灣，魚鳥熙熙晝靚間。多士春行沂上服，巨靈夜負澤中山。蒼黄一氣千林變，玉璧雙聯萬里還。爲醉阿咸狂走筆，鬢絲香拂鷓鴣斑。

寄婁上俞士平提學陸良貴秦文仲二教授

朱紱青袍映後先，邇來愁過買臣年。壚頭相醵囊須罄，地下誰遊劍莫懸。淮浪白滔迴魯日，塞氛黄隔姓劉天。賤名忝在齊民版，爲報新無傍泖田。

寄龍江親舊二首

四年不過醉眠亭，白髮盈顛病始醒[一]。趙盾共知爲畏日，戴逵曾誤作賢星。鶴江列第花如淚，龍鎮雙庠草又青。親舊友生三五在，幾時同謁聖儀形。

冥鴻東邁剩丘亭，遭世艱虞幾醉醒。淚化夢中雙好雨，心周物表一閒星。大江順駛沅湘白，少室高

[一] 白髮盈顛病始醒：顛，文淵閣四庫本作「頭」。

齊泰華青。持此欲誇吴越地，舊交多似木鷄形。

寄陸宅之進士錢思復提學全希言學正

花開花落雪盈顱，三地相望一信無。梁震不慚前進士，杜陵寧是老狂夫。長淮浪接江逾闊，南極星聯斗不孤。想與窮經全學正，酒香鄰社杖同扶。

經遊小來涇簡木仲毅

髯參歸隱小郊坰，亂日曾聞險備經。風黑浪高羅刹海，月明天度使臣星。東都先見逢萌得，廣武重遊阮籍醒。最是故家春草暗，杜鵑啼殺忍同聽。

題董良用徵士釋耕所

百畝私田十尺廬，釋耕爲樂野人如。隴牛齝卧春犁後，水鳥低飛午饁餘。殷喪蕨薇元可食，秦炎種樹獨存書。老予擬就龐公隱，歲暮相看兩鬢疎。

朱氏梅雪齋中會介壽仲祺

高昌公子忽重逢，一飲玻瓈酒百鍾。月夕屢聞愁繞鵲，花時曾見喜乘龍。仗邊風送昭陽漏，軾上雲移太室松。二十五年俱夢境，石灣何日步從容。

贈劉易性初

鵕鸃文采鶴癯形，雖恨無家異水萍。短褐山林躬採藥[一]，破窗風雨夢傳經。元規塵暗衣偏素，孟德臺荒隴自青。材業有餘平治近，莫隨王績寄沈冥。

同舍章千户近歸江陰父老首詢予在多喜慶者癸丑春日小酌因述懷簡諸父老[二]

得嗔如屋謗如山，轉覺方心似石頑。鄉巷復譌爲異類，客居嘗夢把連環。平安短札春湖緑，眉壽深杯曙日殷。食料不知餘有幾，且從兒女慶童顔。

[一] 短褐山林躬採藥：躬，文淵閣四庫本作「工」，珍本叢刊本作「攻」。

[二] 詩題：珍本叢刊本、文淵閣四庫本題下有小字：「洪武六年。」

贈陳履信思〔一〕 有後序

落落晨星江海陲〔二〕，每於士友頌陳思。藩臣遲用防秋策〔三〕，縣令深嘉繼祀詩。貧後小夫歸地利，亂中闔室戴天知。尤憐不受琴生粟，長褐郊園自采葵。

思，松人。不苟殉俗，雅志古道。有田僅供饘粥，遇族里貧甚者，輒分食之〔四〕。弊廬數楹，日授徒其下。鄰人侵傍地，自歌曰：「食且無魚，奈何盤蔬無餘。」鄰聞之，歸所侵地。鄉大姓張氏子翊嘗從學琴，業成，載一巨舟粟爲謝〔五〕。思曰：「吾藝以售汝耶？」辭之〔六〕。吴藩府地連十州，守將咸以爲安。思上疏危之，不報。遁居海上，日惟無後是戚〔七〕，乃欲弟之幼子後〔八〕。求於弟三

〔一〕詩題：思，底本脱，據文淵閣四庫本補。
〔二〕落落晨星江海陲：晨，文淵閣四庫本作「曙」。
〔三〕藩臣遲用防秋策：遲，文淵閣四庫本作「屏」。
〔四〕輒分食之：之，底本脱，據珍本叢刊本、文淵閣四庫本補。
〔五〕載一巨舟粟爲謝：文淵閣四庫本作「以巨舟載粟爲謝」。
〔六〕辭之：文淵閣四庫本作「却不受」。
〔七〕日惟無後是戚：日惟，文淵閣四庫本作「因」。
〔八〕乃欲弟之幼子後：文淵閣四庫本作「欲立弟之幼子爲嗣」。

年，弟不之卹。吴被圍，思愈皇皇如無歸。或勸止之，思曰：「吾得弗殄宗祀，脱兵死不憾〔一〕。」因賦詩謁祝上海挺曰：「傳家忍學韓爲賈，失國驚聞莒滅鄫。」挺嘉歎，爲讓其弟〔二〕，遂立其子後〔三〕。亂中民妻女多所污，思置家人閣上如平時。且曰：「吾心鏡無醜迹，醜影何由至？」竟如其言。君子謂思行義所致云。

夢騎驢

蹇驢雙耳卓東風，前導青衣一小童。石澗倒涵嵐氣白，海霞高貫日輪紅。桃花芝草經行異，鶴髮雞皮語笑同〔四〕。卻待朝天驚夢失，春酲無奈雨簾櫳。

題趙生克敏戲綵堂

戲綵高堂俯鶴沙，孝承清獻故侯家。一雙玉饌春冰鯉，五色斑衣曙海霞。壽酒宛涵池上竹，酡顔聯映座頭花。山人善禱良非佞，更積詩書到五車。

〔一〕吾得弗殄宗祀脱兵死不憾：宗、脱，文淵閣四庫本分别作「先」、「即」。
〔二〕爲讓其弟：其，底本脱，據文淵閣四庫本補。
〔三〕遂立其子後：遂，文淵閣四庫本作「乃」。
〔四〕鶴髮雞皮語笑同：語笑，珍本叢刊本、文淵閣四庫本作「笑語」。

題鶴坡長壽寺宋東南正將潘德剛所刱

招提誰建鶴坡陽，寶祐年間忠翊郎〔一〕。將種久歸農版籍，佛燈長似日容光。六時螺唄潮音壯，滿目烏鳶野色荒。老我願爲僧一日，盡招新鬼上慈航。

癸丑正月三日述懷一首

梅風峭寒微雨零，中荎季薰聯歸寧〔二〕。嬌小數遷兵燹地，保全均賴祖宗靈。園開鶴徑亂石白，天入鯉山雙角青。依舊素衣歸舊隱，他年應忝聘君亭。

癸丑上元日試筆寄示外甥俞堇

年踰富貴五看燈，拙守丘園兩謝徵。石上履聲多在竹，月中吟影澹涵冰。清溪道士居相近，錦里先生醉自稱。歸淚若沾原上土，松風君山有松風亭。長嘯學孫登。

〔一〕此句末文淵閣四庫本有小字：「宋東南正將潘德剛所刱。」
〔二〕中荎季薰聯歸寧：中，文淵閣四庫本作「仲」。

過趙彦温青壁茅齋

佘薛秀壁參錯輝[一]，隱者静坐敞窗扉。長松不見蕣開落，獨鶴自與雲來歸。銀潢雙星月露爽，黄葉千家煙火微。便當老袖鐵如意，莫爲珊瑚輕一揮。

題阮德剛祈澳草堂[二]

草堂山水競清輝，妻織兒經母在闈。榆柳巷陰嬉繭角，荇芹泥暖樂烏衣[三]。羈孤恨缺蛇珠報，同姓恩深犴獄歸。不貴榮名唯隱德，静中風雨亂花飛。

錢士脩辭學職歸養地主徐去奢爲營草堂詩以賀之[四]

博士辭歸奉二親，東家爲築草堂新。殺鷄作黍歡難得，走馬看花夢不真。風雨倒衣恭候旦，林塘操杖從行春。閒觀令伯陳情表，不獨才高行最純。

[一] 佘薛秀壁參錯輝：薛，珍本叢刊本、文淵閣四庫本作「障」。

[二] 詩題：祈，文淵閣四庫本作「沂」。

[三] 荇芹泥暖樂烏衣：芹，文淵閣四庫本作「萍」。

[四] 詩題：營草堂詩以賀之，文淵閣四庫本作「築草堂居之詩以相賀」。

寓隱烏涇之五年獨酌梅花下時仲女歸同郡許栒

老榦危柯屈鐵盤，舉杯今日始成觀。林坳北斗低垂象，花外東風淺帶寒。緣徑盡添苔石立，傍池猶少草亭安。身蘇荐有門闌喜，醉裏從圍萬玉鸞。

訓鄉友黄叔彝見寄詩韻

別來寧復句驚人，静得堯夫意味真。弗記馬卿煩狗監，尚論李賀泣蛇神。山房石枕新秋月，海甸風低薄暮塵〔一〕。叔度平生襟量遠，不無歸楫再勞詢〔二〕。

日本月千江長老攜其國僧裔竺峰級禹門徵詩二首

日本盤盤瀛海間，夜分先見曙光殷。毛人傍帶窮荒島，富士高瞻奠枕山。開國使來東漢覲，遊方僧託大唐還。徵詩慎説雞林售，不欲貪名著百蠻。

中州風氣海溟分，島宅鮫居被大雲。烏篆不遭秦烈火，祥光曾託宋斯文。貝琛歲入諸夷貢，草木春

〔一〕海甸風低薄暮塵：塵，文淵閣四庫本作「雲」。
〔二〕不無歸楫再勞詢：再，文淵閣四庫本作「復」。

隨大地薰。聞道頻年亦兵革[一]，好將無諍諭邦君。

題趙氏雪霽還松江圖

霽雪丹徒道，歸舟白下門。始罹懷璧罪，終感賜環恩。淮海沙迴合，金焦翠殿奔。冰梁窺馬倒，浪屋駭鼉呑[二]。寒薄征裘弊，春隨挾纊温。老親雙喜色，諸幼幾啼痕。茂苑經餘燼，平原認故村。村名，在機山。賀聲連凍雀，生物逭孤豚。啓鑰官迂駕，居鄰叟抱尊。疎梅微徑曲，亂葉古墻根。煙碧新鑽火，雲紅獨照暾。張儀談舌在，王獻舊氊存。幸甚家全樂，嗟夫野斷魂。乾坤枯樹賦，暮夜翳桑飧。陰德孫敖衍，仁風竇十敦。憂忻繫斐作，圖畫示來昆。

陸宅之進士挽詞 有引

諱居仁，明《詩經》，嘗中鄉貢，隱居教授以卒。嘗贊予畫像云[三]：「辯如懸河，思如湧泉。斗酒百篇，倚馬萬言。慷慨如奇材之劍客，蕭灑如錦袍之謫仙。第未知伏軾而掉三寸，擊楫而快一

[一] 聞道頻年亦兵革：革，文淵閣四庫本作「難」。
[二] 浪屋駭鼉呑：鼉，文淵閣四庫本作「鯨」。
[三] 嘗贊予畫像云：嘗，底本脱，據文淵閣四庫本補。

鞭。於斯二者，子將奚先？」

遊戲清真帖，優長雅頌文。世方趨趙孟，天竟滯劉蕡。教施河汾雨，身浮瀣沆雲。飛花時事革，過雁訃音聞。有女哀扶櫬，多予望薦芹。陋容看轉老，空辱許奇勛。

謝木仲毅員外過烏涇別業 有後序

歸耕全晚節，懷舊過寒簷。不解吴儂語，猶森蜀將髯。名公書早佩，繼母誥生需。三仕風塵屬，千艱水陸兼。獸車畋北遠，魚飯味南厭。芝嶺歸泰皓，桃源記晉潛。衒才紛禰戮，昧識總申鈐。世事忻相遠，春杯約細拈。

毅，西域人。少喪母，繼母諱馬麻哈同，撫育若己出。及毅貴，皇封爲宜人〔一〕。毅性周謹，事上涖下，非禮法不陳。道中臺丞王公德謙，特書賜「循理」二大字。以南省使累遷長兵曹幕。去亂遠引，今爲農海上，於予篤交好云。

〔一〕皇封爲宜人：皇，文淵閣四庫本作「獲」。

檢校蔡公挽詞 有序

公，松人，諱廷秀，字君美。由郡諸生試吏調江陰，擢浙憲奏差，累陞從仕郎浙省理問所知事、承務郎袁州推官。中書左丞烏古孫良楨薦江西省檢校，及命下，公已遇害。初，蘄寇犯袁，土豪率丁壯張官兵，得版授同知州事。貪虐不道，守將計殺之，殘黨匿山谷者，遂導寇覆陷袁。公被執，三日口不絶罵，死。平生博學，器識沈毅，儒先德若子方陸墻東、益之許白雲，竝友重焉。江陰別業一區，田六頃，貤立義塾。部使者以聞，賜「澄江書院」額。中祠九峰先生，以考檜巖教諭封江浙副提學配享，虞文靖、黄文獻二公爲記。尤好詩，《送閩人之巡檢》云：「旌旗小小將軍隊，行李蕭蕭郎罷船。」《袁州宜春臺》云：「一水白隨鷗鷺去，萬山青逐虎龍眠。」士至今傳誦。逢忝交忘年，一夕兩形之夢，因追述梗概，附詩右，寄其弟與子壻之在松之趙屯者。詩曰：

甲第歸鄉校，詩書長法家。不遑虞蠆尾，曾快抉鯨牙。淞水菰駢實，袁山草亂花。新秋夢如在，惟覺鬢增華。

題訥無言長老如幻稾 有後序

光孝師重見，春秋八十餘。坐忘寒漏永，吟入暮鐘疎。囊剩曇花鉢，珠收貝葉書。期予繼晉社，飲酒論真如。

至正乙酉〔一〕，師自法際遷主吾鄉光孝。予時甫壯，數遊從山水間。後予挈家海上，師亦退隱崑之福嚴，書問嘗一往還。及今重會曦南仲會海禪林，論心道舊，蓋三十年矣〔二〕。南仲且謂，師亂中衣背散没略盡，而道行益精進。近閲《大藏經》，獲赤白舍利二。居士交彌久，不可無贊述也。師既出《如幻稾》，觀焉，遂題八句於左。

送章庠景序遷祖衣冠葬父櫬還鄉中敔山先隴

不負詩書業，躬遷祖父喪。丹砂書翠表，金井錮黄腸。日月新臨照，風塵舊痛傷。縣公敦孝理，廬墓有輝光。

〔一〕此句末文淵閣四庫本有小字：「順帝十三年」。

〔二〕此句末文淵閣四庫本有小字：「爲明祖洪武六七年」。

聞楊鐵厓提學凶問有麗則遺音賦一卷行於世

蚤躋龍虎榜，晚赴鳳凰臺。世賞遺音妙，天全老病回。鐵厓風撓木[一]，玄閣雨生苔。不得門生狀，聊茲寓一哀。

寄張長年員外

隴上一齋廬，身全謝病初。高秋哭子淚，晚歲絶交書。瑶水周巡遠，蘇臺越戰餘。晨星挂霜木，東望獨踟躕。

同斯道成上人過邵灌畦

園緑抱清潯，風煙似漢陰。繭絲隨地少，膏澤荷天深。對食希顔斶，躬鋤鄙華歆。經遊坐木下，聞説故侯心。

[一] 鐵厓風撓木：撓，文淵閣四庫本作「繞」。

題鄉友趙覲宗弁雲亭舊隱圖宋燕冀王十二世孫

田野俗新諳，茅堂巧背貪。雷春羹石蕨，霜冷釀庭柑。封册猶存冀，歌詩總系南。圖披舊風景，歸思滿江潭。

送謝瑛子温扶父草池府君櫬還葬天台

父櫬賓賢里，家山夢月樓。脱驂風稍競，正首願方酬。雲屨無危石，風帆少逆流。孝心神所助，好認魯王丘。

送徐嶧元桐還蕭埼

世亂同我出，時清先我歸。寒燈伯淮被，春饌老萊衣。異縣免葵長，故山猫筍肥。朋游若見問，五十未知非。

題嚴韡德華北涯釣隱圖

雲間水北涯，釣隱屬嚴家。七宿低喉舌，重洲倚輔車。鶯窺遲暗柳，魚避急飛花。笑謂垂綸石，蒼苔幾歲華。

題青田王伯梁妻陳氏懿恭孝節卷

肅雝遵姆訓，孝節著儒門。粹質猗蘭佩，幽光苦竹原。史稱巴里寡，詩鄙衛風奔。甥館忻承祀，冰霜耿淑魂。

贈河南理幕沈易之 有序

易之名易，松人。嘗爲淮安分省幕史，既念二親遠且老，將辭之。會省臣叛，易側身走洛，謁河南王，超擢理問所知事。然孝念不可奪，乃去，授徒淇上。日唯蔬食，夜哀籲於天，庶願親安身得歸也。間就葛溪權衡學。河南失守，衡流寓青齊間，易依焉。一夕，遇海舶，適風迂甌越以歸[一]。而親俱康健[二]，卒如侍養志。因贈詩曰：

去叛官洛下，全生歸海濆。中心兩曾閔，昨夢幾桓文。草色一簾緑，書聲鄰巷聞[三]。山人忝執友，

[一] 適風迂甌越以歸：適，文淵閣四庫本作「得」。

[二] 而親俱康健：健，珍本叢刊本、文淵閣四庫本作「强」。

[三] 書聲鄰巷聞：鄰，文淵閣四庫本作「隔」。

詩以勞艱勤。

贈沈氏雍穆伯仲楊鐵厓傳附

喪亂苦多門，私賢爾弟昆。詩書三世澤，孝友一家邨。月細哀猿抱，風高駭鹿奔。尚遺流矢痛，堪弔不堪捫。

丁未夏四月三日，淞島兵變，禍挻城邑〔一〕。邑士沈騰氏挈妻孥走草野，二子雍、穆守家廟不去。悍卒排闥入，二子走。發二矢，穆中臂，雍中左髀，仆户外。卒復引刃擊其項背，穆以身障雍，跪訴曰〔二〕：「吾兄儒者，爲鄉社師，不可殺。某不才，請以代兄死〔三〕。」兄亦訴曰：「吾弟力田養吾親，不可殺。寧殺吾儒懦兒。」卒感而止，曰：「弟義兄友，殺之不祥。」遂兩舍去〔四〕。前進士楊維禎録之曰：在古兄弟直盗，争死有伋壽，捄戰有襄萇，庇幼有肱江，讓肥有孝禮。豈誠不愛其身哉？身可滅，而天不可滅也。吾聞張氏亡，其臣有相率而死，曰滕氏榛杙也。海獠弄兵，

〔一〕禍挻城邑：挻，文淵閣四庫本作「延」。

〔二〕跪訴曰：訴，文淵閣四庫本作「祈」。

〔三〕請以代兄死：請，文淵閣四庫本作「願」。

〔四〕遂兩舍去：去，文淵閣四庫本作「之」。

兄弟有争相死而不死，曰沈氏雍穆也。滕氏死以忠，沈氏生以義。忠義一天也。顧世有利害未一髮〔一〕，而遽以食其天。嗚呼！吾不知其何心也。嗚呼！吾不知其何心也。

題陸緒曾祖諱大猷號翠巖自題佚老堂詩後翠巖宋學官元初忠武王版授江浙提學不就以隱德終

佚老堂無恙，居然見典刑。心存趙氏日，跡隱謝敷星。金玉餘清響，蘋蘩只舊馨。分湖春酒緑，思過翠巖亭。

寄李元直待制 有序

元直名秉方，李忠介公諱黼之子也。廕授同知常州。會中吴陷，供億無錫官兵。予避地次，嘗一言爲贈。既無錫亦陷，元直與郡總管完顔，以義丁合宜興分帥嚴、蒙古不華騎步卒，退保陽山。其地阻湖憑險，順逆不常。至是山氓委心戮力，戰拒張氏，凡十六月。張降浙省，朝廷録功，嚴拜浙省参政，完顔擢浙憲使，元直待制翰林。南北使往還，數承記問，因賦八句以寄。

〔一〕顧世有利害未一髮：顧，珍本叢刊本作「然」。

虎穴子俱斑，陽山試百艱。不圖黑痣地〔一〕，如在玉門關。壁立孤危影，天回咫尺顔。絲綸焕五色，思睹水雲間。

哭雲間衛叔剛 有引

叔剛諱仁近〔二〕，好學績文，敦孝友行。嘗遊吴興，守將候見之，送饟米百斛。既舉幕官，竝辭。太尉闢延賓館，幣使聘焉，亦謝免。或問所存，曰：「所薦非正人，所依非真傑。吾得裘葛老佘山墓側，足矣，惡用虚名致實禍爲哉？」祖諱謙，元初以宋資政殿大學士宗武後授温州路治中，弗就。父諱德嘉，潮州路儒學正。失儷二十有八年，不二娶。養高詩書，里中幼而壯者罕識其面。叔剛年四十七卒。予素友重，特冒風雪送葬〔三〕，不果。及晴畢葬，乃系之引，哭之詩曰：

有慟名臣裔，嘗辭太尉招。珮間寒水玉，蕨老故山苗。臨帖烏絲盡，聯詩絳燭消。遺餘行卓絶，足礪俗浮澆。

〔一〕不圖黑痣地：痣，文淵閣四庫本作「子」。

〔二〕叔剛諱仁近：仁近，底本作「近仁」，據珍本叢刊本改。

〔三〕特冒風雪送葬：特，文淵閣四庫本作「將」。

寄林季文周叔彬二進士時訓松庠弟子員

才名江記室，鄉校趙衙推。上下牀無間，東南運載移。鵠袍聯射圃，魚飯獨經帷。九折王陽坂，應同老鈍辭。

寄徑山淑象元長老

秀爽東西目，行峯五葉分。翠虛靈鳥道，水殿毒龍雲。異茗先雷擷，疎鐘渡瀨聞。禪林肯相見，來閱大蘇文。

寄朱仲威編修 有引〔一〕

名桓，常熟人。力學負志。張氏有吴中，桓航海上書於朝，授編修官，復朝服。極言上儲宫，不報，竟以憤疾卒。

〔一〕 有引：此二字底本脱，據珍本叢刊本、文淵閣四庫本補。

使臣傳爾信，南士盡稱奇。螘悃通宸極，魚頒撼震維〔一〕。暑風行瘴遠，寒斗轉杓遲。正好輸忠赤，騎驢莫咏詩。

謝郱仲義進士寄題澄江舊稾　其詩附〔二〕

釋褐平生友，郎官辟共辭。復形椽筆夢，過頌櫂歌詩〔三〕。樓蜃雲霞錯，沙鷗霧雨悲。歸舟阻習險，士雅莫吾期〔四〕。

半山昔拜少陵像，謂公詩與元氣侔。後五百歲無繼者，元氣茫茫散不收。我朝詩派因中州，氣節首推劉静修。宋季陋習兹一洒，天運亦復詩家流。楊趙馬范虞揭歐，金華莆田誰與儔。亂來風雅久衰落，喜向澄江聞櫂謳。澄江席冒同羊裘〔五〕，風塵之表從天遊。每和君山老父笛，不換華頂仙人舟。有時擊節鷩陽侯，百怪莫敢窺十洲。鯨波可蹈惜沈劍，鼇嶠欲蹋思連鉤。澄江浪高江月浮，江

〔一〕魚頒撼震維：頒，底本作「須」，據珍本叢刊本、文淵閣四庫本改。
〔二〕其詩附：其，文淵閣四庫本作「郱」。
〔三〕過頌櫂歌詩：頌，文淵閣四庫本作「誦」。
〔四〕士雅莫吾期：雅，底本作「稚」，據珍本叢刊本、文淵閣四庫本改。
〔五〕澄江席冒同羊裘：冒，珍本叢刊本、文淵閣四庫本作「帽」。

神迎櫂風飋飋。雲機上割天孫錦，底用枯槎横斗牛。放歌濯足銀河秋，洄沿不爲澄江留。誰道澄江净如練，我視澄江真若漚。此日相遭東海頭[一]，東海纖塵生我眸。醉擊珊瑚碎蓬礫，笑委鮫珠輕博骰。俗淫世靡吾所羞，孤鳳默默羣鳥啾。夏舷一扣海能小，祖楫載誓天何尤。澄江櫂歌歌未休，凝碧管弦非所憂。君詩非予得稱好，贈言請視今汪周。

哀高照磨 有序

奉符高孝子名，自松入池，遷父照磨公葬，將歸附先隴也[二]。予嘉名孝，嘗贈詩。一日拜予且泣曰：「名家本汴大族，高、曾、祖竝仕金節度使，子孫散處青齊。先君晚禄下位，藴弗大施，殁於亂。平生行義，粗具池陽洪仲遵、九江僧觀空海序文，敢復以哀詩請。」公蓋岑諱，長卿字。性剛潔，遇事不阿撓俗，號别别，方别反。子。初爲掾集慶，會大夫納麟建議，溧陽二州漕粟舟繚二千里始抵龍灣候海運，民病之。宜興距二州百里，聽民陸輂置倉便。公於是將命中書往復論列利害，幾二載。不以艱窶受攬輸豪氓所賂，神疲慮殫，克允厥猷者，公之力也。既調池，民有以篇密藏銀筴十雙用報德。覺焉，怒，民挾篇退。兵興，達識丞相以分帥曲律薦，版授池州路照磨。軍缺

[一] 此日相遭東海頭：遭，文淵閣四庫本作「逢」。
[二] 將歸附先隴也：附，珍本叢刊本、文淵閣四庫本作「祔」。

儲，禮勸義激，巨室咸惟命〔一〕，時至正十五年也。越二年，江北南皆敵境〔二〕，池最後陷。曲律帥被執〔三〕，不屈死。公尚督戰備於外，聞池不守，遂隱九華，復徙建德。明年卒，其友陳中殯之。敬哀以詩曰：

白首操冰蘗，青衫困簡書。日迴戈浸遠，山采蕨無餘。多士文潛德，遺民式葬墟。兒賢天所報，骸骨遂歸歟。

送黄黼成章還潁上别業兼示其弟黻

鉅室隨王運，憐生亦播遷。關山孤漢月，草木慘淮煙。哭母千行淚，存心一寸田。天風動潁水，急買載家船。

題沈秋田推官續言行録 有後序

言行何人録，歸田沈節推。備存忠厚意，非出見聞私。天遠青雲鵠，山深白石芝。兩生高漢史，猶

〔一〕巨室咸惟命：惟，文淵閣四庫本作「奉」。

〔二〕江北南皆敵境：北南，文淵閣四庫本作「南北」。

〔三〕曲律帥被執：帥，底本脱，據珍本叢刊本、文淵閣四庫本補。

恨姓名遺。

逢式觀是録，誠一代明良之士爲多可稱者焉。若大德辛丑秋七月颶風，海鹽水暴溢，旄倪驚奔，官屬備舟遁。知州于弘毅，浩卿。獨朝服臨洶拜籲天曰：「邑以淪鋪，某將安往，乞死於此。」語竟反風，水復故道。時江陰尤甚，編氓胥漂溺，避而存者纍纍咸告飢。州聞於省，未報。知事宋仲仁，春卿，聊城人。亟發廩賑之，曰：「人七日不食且死，躐位矯令惟某罪。」省檄果踰月始下。史繩武，正翁，眉山人。主簿淦之興國也。適三月至七月旱，民有陽八死者，兄陽坐訟連八十五人，贓七千五百緡。繩武察陽八爲盗，被殺坐實，首惡遂伏辜。所連獲釋，是夕大雨。阿昔治中之在信州也，故掾嘗輸庫鈔江東宣慰司，道鄱湖，寇掠之，繫責二年〔一〕，鬻妻孥莫能償。阿昔首捐俸，諭諸掾助免。它如竊木當笞，木主賂隸，雜大杖。俄一犬前銜杖俛首若訴，其燭枉宥罰，因知母缺棺竊完之者〔二〕。分水縣尹趙珍也。國珤，建德人。所至署僚吏姓字〔三〕，蒐延遺老，咨詢治效。凡言某

〔一〕繫責二年：二，文淵閣四庫本作「三」。
〔二〕因知母缺棺竊完之者：文淵閣四庫本作「官察知寃而宥之者」。
〔三〕所至署僚吏姓字：字，文淵閣四庫本作「氏」。

善，朱加點；某不善，墨加點；朱墨半者，覈必精[一]。惟朱多者[二]，衆毀弗信；墨多者，交譽弗納。則浙西憲副霍肅也。清甫，廣平人。黠吏示以威，懦民接以和，故獄絶舞文，庭無冤訟，則燕允賢推官。子初，太原人。介潔素礪，非辟罔干與宴。誦《節南山》之詩，妓樂屏去，一座肅容，是又皇甫録事竝美嘉禾也。洎乎陜西行臺治書侍御史馮翼，君輔。南康總管汪從善，國良，錢唐人。賓師有王子復病卒，從善殯如禮，仍撫諸子女[三]，悉爲嫁娶，不失所翼。甄拔士類，雖陋居委巷，往往紆轍顧問[四]。或笑之，輒謂曰：「苟貴乎學，則閭閻翕然嚮化矣[五]。」於乎！四海之大，累朝之盛，上而省臺，下而郡邑，政事先治體、言行關風教者何限，而秋田之録，僅若干人，固不無遺賢之嘆，亦其耳目所不逮也歟？予摭其尤者表出之，則庶乎秋田一念之誠不泯矣[六]。

[一] 覈必精：文淵閣四庫本作「精覈之」。
[二] 惟朱多者：惟，文淵閣四庫本作「後」。
[三] 仍撫諸子女：諸，文淵閣四庫本作「其」。
[四] 往往紆轍顧問：轍，文淵閣四庫本作「道」。
[五] 則閭閻翕然嚮化矣：嚮，底本作「胥」，據文淵閣四庫本改。
[六] 則庶乎秋田一念之誠不泯矣：「不」上文淵閣四庫本有「亦藉以」三字。

儉德堂懷寄凡二十二首 各有小序

李一初名祁，茶陵人。由進士累官南臺御史。會亂歸隱〔一〕。

儒臺一別後，二十四飛螢。不見重華日，空懸執法星。紅綾諳舊味，皁帽送餘齡。想像龍魚舞，鈞天奏洞庭。

完哲清卿，江陰上萬户贈都元帥丑廝公之弟。泰州不守，以材諝擢萬户，累遷福建參政。亂後歸養吴中。

喪亂無全室，歸吴有大參。五湖孤枕月，百粤萬山嵐。故國龍移鼎，高堂雪滿簪。雕籠緑毛鳳，默默夢閩南。

〔一〕會亂歸隱：「亂」上文淵閣四庫本有一「世」字。

買住昂霄，以江陰副萬户累遷中政院判官、福建憲僉。會亂，遂航海歸隱，以孝聞。

郡邑更新署，江山識故侯。寸心天北角，百指斗南陬。月殿金猊曉，霜軺白鷺秋。書來悟前夢，甘臙爲親謀。

鐵穆公毅，由進士累遷通顯，今隱居教授海上。

府倅今梅福，詞場老益豪。自狀悲二俊，遠引慕三高。甂石餘儲粟，宫羅剩賜袍。垂虹月千頃，蓮葉擬同操。

長吉彦忠，今姓張，由進士擢宣城録事。亂中奉母慈溪黄氏，客授雲間。酒伴，謂謝西墅也。

一命參軍老，長年曲逆貧。獨行歸鳥暮，躬省蚤鷄晨。甲子書茅屋，庚申夢紫宸。南鄰酒伴去，惆悵碧桃春。

鍾伯紀名律，汴人。由鄉貢進士擢儒學官。前後徵辟，竝以疾辭〔一〕。有《大學補遺》行於時〔二〕。

故人辭聘帛，海上閉柴荆。絶口吴三俊，終身魯兩生。歲時羞藴藻，風雨夢英莖。尤喜春秋學，相將補缺成。

張光弼名昱，盧陵人。以材猶累遷判樞〔三〕，謝病隱西湖上。

忍灑新亭淚，重經行路難。新醅鸚鵡暖，短髮駿鸃寒。詩法高常侍，仙尋賀長官。西山遂隱跡，雲石紫芝團。

剌馬當文郁，西域人。由父廕累遷南臺御史，今寄跡全真教中。

〔一〕竝以疾辭：以，底本脱，據文淵閣四庫本補。

〔二〕有大學補遺行於時：時，文淵閣四庫本作「世」。

〔三〕以材猶累遷判樞：猶，文淵閣四庫本、叢書集成初編本作「猷」。

清脩馬道士，憶過小林丘。脱略青驄迹，追隨白兔游。君親心獨耿，河海淚同流。好在醫閭北，徘徊紫氣浮。

觀同用賓，蒙古人。由中舍拜南臺御史，彈經略使忤旨，左遷江西省都事。不赴，隱居海上。

伏自彈經略，西遷遂退休。筋挑銀膾縷〔一〕，心覬玉螭頭。一氣分光岳，三河潰薊幽。青門種瓜老，終系故秦侯。

張鳴善名擇，湖南人。以晦迹擢江浙提學，今謝病隱吴江〔二〕。

薦書三十載，垂白廣文官。冀北心肝熱，湖南骨肉寒。病辭新主聘，老託故人安。著就先天學，何時一細觀。

〔一〕筋挑銀膾縷：挑，文淵閣四庫本作「排」。

〔二〕今謝病隱吴江：「隱」下珍本叢刊本、文淵閣四庫本有一「居」字。

石伯玉名瓊，以松江萬户嘗分戍大信。亂中歸隱佘山。

亂中歸老馬，隴上佩童牛。故國金吾夜，荒山白帝秋。驚心禾稼出〔一〕，送目海澌流。卻喜甘藜莧，三年免楚囚。

邵克忠，嘗爲南臺掾，今隱居吴江寺。

獨客長依寺，何人共戴天。餘生歌激烈，闔室夢團圓。淮水深蟠楚，南風直過燕。蓮花遠公漏，自屬一山川。

許北郭名恕，予鄉人。善醫，部使者薦授澄江書院山長。

有懷吾北郭，隱趣遂歸心。樓幌含芸氣，庭除入杏陰。槽藏堪痛友，金匵久亡琴。誰爲銘先碣，東風俟德音。

〔一〕驚心禾稼出：禾，底本作「木」，據珍本叢刊本、文淵閣四庫本改。

魯道原名淵，淳安人。由進士累遷浙西副提學。張太尉稱王，擢博士。今召拜官，竝辭還山。

我采雲間藥，公歸白下船。相期文苑傳，獨立義熙年。北斗横山閣，西風熟隴田。季長門地盛，曾不讓彭宣〔一〕。

王伯純名嘏，河東人。由鄉貢擢儒學正。張太尉辟常熟教授〔二〕，辭。嘗護祖父妣三喪，自維揚還葬洪霍山〔三〕，鄉里推重。

中原飛鳥盡，南服大星流。衆獻荆山璞，君添海屋籌。遺經牛角挂，濁酒雁前篘。洪霍山圖得，方牀日卧遊。

倪元鎮名瓚，無錫人。善詩畫。亂前棄田業，縱游山水間〔四〕。

〔一〕曾不讓彭宣：曾，文淵閣四庫本作「端」。
〔二〕張太尉辟常熟教授：辟常熟，珍本叢刊本、文淵閣四庫本作「仍授」。
〔三〕自維揚還葬洪霍山：維揚，底本作「惟陽」，據文淵閣四庫本改。
〔四〕縱游山水間：間，底本脱，據文淵閣四庫本補。

隱跡懷東老，詩狂慕浪仙。百壺千日醖，雙槳五湖船。書畫通芸閣，征輸歇葑田。鄉評有月旦，未覺虎頭賢。

吴子中，台人。以父廕主簿。會亂，不屑仕東西藩，歸隱卒。

竹梧踈繞堂，爛月晒新霜。顧影衣殊短，論心酒故長。嗣宗狂入晉，昭諫義存唐。一别音徽隔，天涯獨鬢蒼。

杜好古名敏，宋祁公裔。世隱龍江，累謝儒辟。

衆謂迂尤甚，私欣學益敦〔一〕。無田安古屋，多病老孤村。瓔檜垂當户，苔梅巧映尊。題名幾狂客，醉墨滿牆根。

〔一〕 私欣學益敦：欣，文淵閣四庫本作「忻」。

吴士益名惟諒，同里人。宋八行先生孫〔一〕，有碑在郡庠。

不屑三家仕，真爲八行孫。水雲菰米澤，烽火棣華園。良馬寒辭坂，靈烏暮識村。還期巷南北，相送月過門。

程焕文，禮部員外以文先輩之弟。卜隱吴山。

禮部程公弟，論交喜白頭。生涯詹尹卜，足跡子長遊。雲石芝三秀，乾坤海一漚。尚懷氣伉慨〔二〕，歷説舊諸侯。

隱，中山嘉定僧。嘗主佘山聰禪師道場。有《和三體唐詩》。

海曲黄金地，重來半入田。軒餘聰老月，漏永遠公蓮。慧眼空神駿，詩懷耿杜鵑。期同訪蝦子，春

〔一〕宋八行先生孫：孫，底本脱，據珍本叢刊本、文淵閣四庫本補。

〔二〕尚懷氣伉慨：尚，文淵閣四庫本作「高」。

水緑移船。

彭素雲，中州人。郭梅巖，西江人。竝學全真，有道行。

彭郭上清班，相望高世閒。木龕雙石壁，椶屩萬雲山。軒冕泥塗底，詩書桎梏間。鄉園數形夢，欲借羽車還。

挽夏老圃

正佩藍田約，俄違菽水歡。月評無許劭，雨過失蘇端。鳩静看松杖，駼閒度柳鞍。交盟在諸舊，不爲死生寒。

重游澱山

鼇戴小蓬萊，方諸宫影開。厓根龍洞闢，山脈虎丘來。踈磬重煙水，殘碑半雨苔〔一〕。因之懷故國，

〔一〕踈磬重煙水殘碑半雨苔：重、半，珍本叢刊本分别作「通」、「上」。

遊雁落清哀〔一〕。

題任叔達母俞姊俞婦雙節堂卷其曾祖開吴淞有功

龍江任孝友，母姊重雙金。寒月斜銀櫛，晴霓卷素衾。旨甘今日養，節苦半生心。後大毋勞卜，吴淞祖澤深。

長倩無錫許轅茶陵書至報及李一初御史卒

甥館家書至，儒林訃問俱。節存陶栗里，醇近董江都。斗角文星澹，禺中舊月孤。追思與班老，班提學彦功。堂下接王符。

癸丑九月松府遣徐掾具舟再辟復謝免口號簡徐

采藥去柴荆，周旋荷友生。府中將命重，月下返舟輕。鸐鶮籠無奈，鵕鷉饗若驚。千山兩猿鶴，蕭灑歲華清。

〔一〕遊雁落清哀：遊、落，珍本叢刊本分别作「落」、「度」。

寄和柏雍中舍并簡其弟柏顔太祝

王父登青竹，郎君謝紫薇。庭容駟馬臥，目送一鴦飛。躍冶金俱爍，韜山玉自輝。情親有仲氏，辭禄亂前歸。

續夢中詩

高閣俯通衢，長垣帶碧梧。風生捫虱論，山對問牛圖。時世常憂戚，神明或感乎。鬃瓢果吾貸，先擬澤焦枯。

松府行鄉飲禮宗倅致書使枉招不果赴爲寄一首

賢倅黄堂暇，書函迨布衣。義敦鄉飲酒，禮過士招旂。浦暖鷗波灔，園春藥草肥。行過子游室，就送長卿歸。

松守王蒼厓遣儒職問候口號

宗長優爲政，勞賢問子桑。入城筇力短，遡野漏聲長。悵望陳懸榻，欣聞蓋舍堂。宋纖世或有，五馬賁輝光。

題柯博士敬仲宮詞後宮詞附

帝作奎章擬石渠，花明長日幸鑾輿。丹丘詞氣淩司馬，封禪何如諫獵書。

萬國貢珍羅玉陛，九賓傳贊卷朱簾。大明前殿筵初秩，中貴先陳祖訓嚴。　傳宣大府頒宮錦，近侍承恩拜榻前。製得袍成天未曉，著來香殿賀新年。　官家明日慶生辰，準備龍衣熨帖新。奉御進呈先取旨，隋珠錯落間奇珍。　四海升平一事無，常參已散集諸儒。傳宣羣玉看名畫，先進開元納諫圖。　天街女樂擁祥煙，梵座春游浹管弦。齊望綵樓呼萬歲，柘黄只在五雲邊。　黄金幄殿載前驅，象抹駝峰盡寶珠。三十六宮齊上馬，太平清暑幸灤都。　萬里名王盡入朝，法宮置酒奏簫韶。千官一色真珠襖，寶帶攢裝穩稱腰。　玉盌調冰涌雪花，金絲纏線繡紅紗。綵牋御製題端午，勅送皇姑公主家。　珠宮賜宴慶迎祥，麗日初隨綵線長。太史院官新進曆，榻前一一賜諸王。　皇心簡注勛臣舊，未有人知擬拜除。宣索彩牋濡玉筆，榻前先命小臣書。

古宮怨四首

萬年枝上月團團，一色珠衣立露寒。獨有君王遥認得，扇開雙尾簇紅鸞。

十二瑶階入鳳臺，梧花開盡鳳當來。夜深不敢吹横玉，璧月珠星繞上台。
雨餘螢冷入秋衣，織女星明婺女微。二十五弦香殿裏，一聲聲作雁雙飛。
誤報迎鑾出禁宫，階前草是雁來紅。玉顔豈就秋枯落，萬一和親在選中。

寄題潁上賈歸治惟敬所寓咏軒　有跋[一]

五弦絶響二南衰，歎息蘭芳繼黍離。羡爾不隨淮枳化，客軒長咏考槃詩。

凡作詩，忌俗欲清，忌熟欲生，忌肉欲骨。骨去露，生去怪，清去薄。本之六義，參諸經史百氏，詩道備矣。予嘗以是訓子弟。今惟敬篤志於詩，漫録絶句後。士之才者來游軒中，尚采擇焉。

士女圖爲大同張履謙題二首

淺傅蜂黄澹掃眉，小峰平苑幾紬思。落盡梅花折盡柳，祇因直管卻横吹。
不字佳人玉氣温，那知長信月過門。分明畫是平生夢，一扇薰風一扇恩。

[一] 有跋：此二字底本脱，據珍本叢刊本、文淵閣四庫本補。

雜題

洄塘昨夜緑波增，偶策交州鬼面藤。一雨百花香洗盡，流春矼上立魚鷹。
紫桐生乳竹含胎，草細花幽石徑回。獨自去來人不覺，茶煙風颺過池臺。
几杖琴尊共一丘，燕歸巢近午香篝。游絲不挂山人眼，直趁東風入別樓[一]。
越羅衫子暮春裁，席帽飄蕭暎水苔。人事暗隨塵裏去，天光倒向鏡中開。
浴罷香分碧甃瓜，池臺深坐轉風車。不將鐵杖穿林過，恐有月中金背蟇。
閒身日放石林中，退髮朝隨野水東。猶有未灰心一寸，小池量雨愧神功。
長夏徐行野水湄，蝦跳鰍舞樹交枝。雲文風色殊千萬，静裏天光日影隨。
紫豔薇花月晦冥，翠香荷葉露晶熒。偶因石几流螢過，微見瑶徽一兩星。
變風變雅不圖聞，菌桂申椒偏地芬。一片古懷人不解，竹光凉動九疑雲。
榴房風拆瓠犀開，柹影離離葉滿苔。鷄黍近無丘嫂作[二]，清談初爲阿戎來。
水凉風攪一池荷[三]，睡眼醒來手自摩。數度雲陰亂疎樾，髫孫驚報鶴羣過。

[一] 直趁東風入別樓：入，珍本叢刊本作「過」。
[二] 鷄黍近無丘嫂作：近，文淵閣四庫本作「今」。
[三] 水凉風攪一池荷：攪，底本作「撓」，據文淵閣四庫本、《元詩選》本改。

歲晚無他静是謀，幾微詩興欲全休。雀銜竹葉風頭過，魚戴冰澌日影游。
藻池岸匝水仙開，滿面香飄玉蝶梅〔一〕。遺事罷書山館寂，鼠狼行過雉鷄來。

蕉石士女爲真定呂子敬税使題

翠石巴且競爽清〔二〕，玉階綷縩綺紈聲。佳人的是姮娥影，一片團圓故國情。

許由還山圖爲李生守道題

不是長辭萬乘堯，還山高挂樹頭瓢。九年百姓顛連苦，莫遏江鼉海蜃驕。

山居雜題七首

白雲不歸青山空，女蘿水上桃陰紅〔三〕。扁舟無事卧一覺，滿面春光如醉中。
石窪明月手可抔，松林無風聲自流。山人素志非懶出，白雲常在青雲頭。

〔一〕滿面香飄玉蝶梅：蝶，底本作「疊」，據文淵閣四庫本、《元詩選》本改。
〔二〕翠石巴且競爽清：巴且，珍本叢刊本、文淵閣四庫本作「芭蕉」。
〔三〕女蘿水上桃陰紅：陰，珍本叢刊本作「花」。

燈花滅明香散簾〔一〕，藤子亂落秋風簷。詩書百氏束閣上，箕尾一星傳説。騎漢南〔二〕。
茶鐺無煙童未還，白鶴思静青松閒。流泉不放澤下土，日夜琴調鳴空山。
野鹿角解山澗坳，老樵視如枯樹梢。雨巾風瓢乞我挂，答以仙脯天廚肴。
山翁了了玉匱文，客來掩耳事絶聞。笑指丹霞與白石，酒材萬甕羊千羣。
偶從道士飲碧螺，手把桐角吹山歌。千壑萬谷響應荅，天風黄鵠雙飛過。

贈朱克用嘗受知文宗於潛邸爲説書後官千户〔三〕

荒茅苦竹兩江間，蹋獸輕車共往還。老作孤臣重歸國，忍聞神女度巫山。
布衣染翰侍明光，時忌翻爲執戟郎。最是聖恩忘不得，誤題詩句滿宫墻。

江邊竹枝詞 有序

予童丱年，輒聞里中山謳水調，如「游鯉山高天客人」之句不一。狗叫沙在蔡港西北，歲産荻

〔一〕燈花滅明香散簾：滅明，文淵閣四庫本作「明滅」。
〔二〕箕尾一星傳説騎漢南：此句末文淵閣四庫本有小字：「謂傳説星。」
〔三〕詩題：贈，珍本叢刊本作「會」。

茅，官爲薄賦，予家分佃頃半。庚辰冬，因取其入，過嚴氏。子恪，甚秀敏，得陪游望沙，與蝦蟇山鞵浦相連，告以水調，遂摭舊聞釐正之。得十首，書遺恪云。

游鯉客山高刺雲，天門山小舊稱君。插江鵞鼻移沙脈，愁殺浪撞黄歇墳。

亂石呀礱大小灣，石中無玉作連環。楚江風浪吴煙雨，翠鎖脩眉八字山。

馬沙十八里江程，潮落潮生船送迎。南來士氣漸吴習，北下農謳變楚聲。

社酒吹香新燕飛，遊人裙幄占灣磯。如刀江鱭白盈尺，不獨河魨天下稀。

南北兩江朝莫潮，郎心不動妾心摇。馬沙少箇天燈塔，暗雨烏風看作標。

北望大江南望城，席帽馬鞍竝山名。屏障横。儂是小山漁泊户，水口風門過一生。

石筏横津蛟莫窺，近山張弩或眠旗。儂作神衫與神女，祈水祈風郎不知。

巫子驚湍天下聞，商人望拜小龍君。茹藘草染榴紅紙，好翦淩波十幅裙。

潮落蟂山連狗沙，黄泥鞵浦趁江斜。阿儂十指年嬌小，曾比箇中春荻芽。

山望五狼風不淳，狼邊人接販私人。那得椎狼葬天塹，官賣賤鹽郎貴身。

題荀陳德星圖

難弟難兄配八龍〔一〕，太丘不讓朗陵崇。誰知鞏彧心忘漢，不及曹家阮嗣宗。

時苗留犢圖爲維揚林彦初題

壽春父老送車音，黄犍寧無舐愛心〔二〕。不是縣公沽激過，建安風氣異桃林。

壬寅歲經時宰別第

柳煙花霧暖成團，蜂蝶交飛滿畫闌。舊主未歸新主入，春光都作夢中看〔三〕。

聞蛙書事 有引

先朝不魯罕皇后出居東安州日，其地多蛙。既遣人諭旨〔四〕，蛙遂屏息，迄今不鳴。

〔一〕難弟難兄配八龍：難弟難兄，文淵閣四庫本作「難兄難弟」。
〔二〕黄犍寧無舐愛心：愛，文淵閣四庫本作「犢」。
〔三〕春光都作夢中看：都，文淵閣四庫本作「俱」。
〔四〕既遣人諭旨：既，文淵閣四庫本作「后」。

翠幰文茵紫罽車，東安有旨禁鳴蛙。如何信及豚魚類，青草閒門度月華。

題王冕墨梅 有引

冕，會稽狂士。少明經，取科第不中，遂放曠江海間，士之負材氣者争與游。嘗鞴牛游京城，名貴咸側目。平生嗜畫梅，有自題云：「冰花箇箇團如玉，羌笛吹他不下來。」或以是刺時，欲執之，一夕遁去。

霜落銀河月在天，美人松下鬭嬋娟。一枝倒影吴牛角，曾比知章踏酒船。

真氏女二首 有序

牧庵姚承旨，一日玉堂宴集。諸姬奏伎，有真真者，或作南音。問之，泣曰：「女童建寧人西山之後也。父嘗筦庫濟寧，坐償官負，故粥爲娼家息〔一〕。」公惻然，遣使白丞相三寶奴，命去教坊籍。遂呼翰林小史曰：「汝未婚〔二〕，以真女配汝，吾即其父也。」予友貝廷琚賦長詩，意有未足，

〔一〕故粥爲娼家息：粥爲，文淵閣四庫本作「流落」。
〔二〕汝未婚：婚，文淵閣四庫本作「娶」。

用補二絶。

筦庫曾無升斗糜，倡優臧獲到妻兒。何由學士身千百〔一〕，不著陽和獨見私。

處妾兹晨洗黯容，嫁承當代一儒宗〔二〕。斯文骨肉無疎遠，何得曹瞞反愛邕。

〔一〕何由學士身千百：何由，文淵閣四庫本作「如何」。

〔二〕嫁承當代一儒宗：嫁，珍本叢刊本、文淵閣四庫本作「遥」。

梧溪集卷第六

江陰　王逢　原吉

擬河清頌　有序

草野臣某某言：臣本江陰鄙人也。素不希仕進，甘分壟畮，讀書向道，以詠歌雍熙之治。比鄉邑多故，客遊吴下，且七年。今年春三月，躬聞黄河變清，混合雲漢，昭融光岳。青徐齊魯淮楚之間，神人驩抃〔一〕，魚鳥咸若，卉木品彙，盡沾休澤。竊惟河源，自天注地中，經亘袤衍，不計幾萬里。夏禹疏鑿，功用同天〔二〕。厥後華夷殊域，雖代見澂澈，誠未足當天地嘉應。我朝一海宇，昆侖葱嶺，始在化内。仁洽德流，垂及百年，天用彰報陛下。陛下仰契俯察，日夜渫滌心慮，拯塗炭下民，以答我皇祖考之祐。昔漢以甘露降而紀歲，唐以醴泉涌而製銘。臣謂自三代來，莫此爲盛。

〔一〕神人驩抃：抃，文淵閣四庫本作「忭」。
〔二〕功用同天：天，底本作「大」，據文淵閣四庫本改。

陛下聖德遠邁，河伯效珍，固宜作爲文章，聲之樂官，薦之清廟，特著國典，傳示無疆，顧不偉歟？臣恩深涵育，分踰贊述，謹獻江浙省以聞。頌曰：

皇帝即位三十春，黄河變清月在辰。乾端坤倪浩無垠，一氣混合析木津。昆侖葱嶺涵大鈞，洛渭淮泗嘉應臻。風魚無菑龍擾馴，桃花不動波淪淪。陽和郊椒見鳳麟，紫貝宫闕闌怪珍。河伯率職海若賓，天其念兹昏墊民。於以净洗戎馬塵，槎蘖沾匄咸與新。江南布衣草野臣，踊躍百拜頌斯陳。於穆世祖堯舜仁，大禹功澤歸聖神。

予讀王逢氏《河清頌》，辭達而意敷，得歸美之體，鮑照不得專美於前矣。故爲書之。前太史知制誥鄱陽周伯琦識。

逢擬此時至正甲辰歲，公則以江浙左丞遷南臺侍御史，不赴，遂告老中吴云。逢敬書。

懷先民賦　有序

烏涇世儒，僅有張氏。其先開封人，仕高宗儀鸞司門。既扈南渡，樂是卜居。後寖昌大，離列苑第，曰太祝，曰上舍，曰進士，角德翼義，咸負譽望。曰驥院，質木饒貲〔一〕，益丕拓湖苑。屬元初，官脅售其第爲倉征邏司，族就衰替。十有三世孫隆，力田授徒，幸延餘緒。搜攟遺勝，疏洿剗荒〔二〕。於是小山平林，襟帶溝池，凡樹石巖磴，以植以闢，積勞於躬，粗有成趣〔三〕。至正丙申，苗兵燬掠，梠齋巋存〔四〕。又十年，隆盡歸之於余。乃因其舊，稍更新之。增崇浚深，標奇著美，遂號曰「最閒園」。且次其所在，用載用詠之矣。尤懼跡忘於漸，事湮於久，復名其山曰「先民一丘」，溝曰「先民一壑」。立表兩間，清浥秀萃，庶乎見景慕於前修，聊示崇廣於來裔也。予不敏，蓋有賴先君子庫司，勤公於茲土，天用食報，畀有其世業。於乎！凡我來裔，詢事考蹟，以無昧於先民，則吾先君子之德，其忍有忘已乎？序而繫之賦曰：

繄予嬰世患兮，幸謝病於藩垣。家轉徙而仁里是擇兮，得儀鸞之故園。仰有峙頫有流兮，若天建而地闢。矧磴繚峰崱列兮，水湉盪夫横碧。樹叢轇圍且合兮，起拱把於封殖。蔬畮麥疃胥映屬兮，匪一朝

〔一〕質木饒貲：貲，底本作「訾」，據珍本叢刊本、文淵閣四庫本改。
〔二〕疏洿剗荒：洿、荒，底本分別作「葵」、「菜」，據文淵閣四庫本改。
〔三〕粗有成趣：粗，珍本叢刊本、文淵閣四庫本作「初」。
〔四〕梠齋巋存：巋，文淵閣四庫本作「僅」。

之人力。詢肇基於鄰叟兮，曰高皇之南巡。箕塊輦石畚插竝興兮，冠蓋繽如春雲。迨國變而門祚中衰兮〔一〕，尚佩衿之振振〔二〕。何集蓼於暮齒兮，室罄懸而研塵。夫絺褐代服兮，鼓鍾代奏。鵲巢鳩有兮，鳩弗善構。緬惟顯考兮，著效兹土。默相俾承兮，猶臼納杵。期一日必葺兮，覬三年有成。懲鴆毒爲狃安兮，懷熊膽於劬經。在舊喪有賻兮，田祖有祭。一丘一壑兮，先民用字。延佘薛之顥爽兮，激烏黄之濁流。鑒雲間之聞唳兮，杜谷口之鳴騶。企文學於東吴兮，夢禮樂夫西周。庶景行奕葉之作者兮，而忘其效矉學步之貽羞〔三〕。亂曰：

饗有藻兮捫有蘿，流浚深兮峙增峨。月闖林兮露灑翠，直少微兮迴明河。魚戢戢兮沫煦，鶴翛翛兮影摩。山鬼卷甲，木客寢柯。伊予弊冠，藏之層阿。造化邈焉畛域兮，萬漚咸歸一波。感氣類以相聚兮，宜神鑣之聯過。於乎！孰謂同野可咈兮，而争墩之可訶。

〔一〕迨國變而門祚中衰兮：而，底本脱，據珍本叢刊本、文淵閣四庫本補。

〔二〕尚佩衿之振振：佩衿，文淵閣四庫本作「衿佩」。

〔三〕而忘其效矉學步之貽羞：矉，文淵閣四庫本作「顰」。

林屋餘清洞賦 有序

洞自予始，而最閒園之清勝，竝萃前後左右。中峙直節小峰一，殆主山也。下列樂石二，曰泗磬，曰豐鐘。用節咏歌。長夏，客徑造圜蒲，或坐移日。因作是賦，以見暮志云爾。

餘清伊何，秀割林屋。土山抱，石峰矗。拱豆岡，負甕谷。頫菱芰[一]，仰篁木，通壁門兮包洞腹。雲一窩兮陰四緑，冰百步兮寒三伏。戛泗磬兮豐鐘，口商歌兮踞吾足。蜩如知兮移響，鷗胥忘兮下浴[二]。水幽黝兮涵衣，日旱暵兮隱轂。夫赫使兮彈鴨，陸魯望。與兄兮友鹿。李涉渤。濟虎兮巖居，單豹。來猿兮嵩麓。高太素。彼或不死以尋盟兮，願躬候兮遐躅。好風誰將，適洒徑苔。高士杖憩，孤臣襟開。我巾飄飄，倒影在杯。顧兹盍樂，鑒昔可哀。文賈諂於新室，琴挑奔於蜀臺。鸚鵡殺其鼓吏，沈香竄夫仙才。幸羊質而蚤戰，延馬齒之待摧。葶悼暑王，梧悲秋回。瀉地苦汗漿，征塗浩歊埃。席帽之翠岌然挹練江兮，故園鞠爲蒿萊。兒且鬬而且搆兮，庶往還兮優哉。童蚩蚩兮劃大笑，奚嫁耻乎陶罍。

[一] 頫菱芰：芰，文淵閣四庫本作「茭」。

[二] 鷗胥忘兮下浴：鷗，珍本叢刊本、文淵閣四庫本作「鵃」。

言歸吟一首

歲反關兮蓬户，月微行兮藥圃。兒相舂兮婦秉杼，不遑家卹兮寧疢世迕。弧矢具弦兮，狼角若崩。雊似聞雉兮，揚安知鷹。霾黑颸作兮，嘌黄蜮興。有求山人兮，言歸於澄。澄江。

六歌　有引

《六歌》者，最閒園丁之作也。丁婚娶幸畢，齒髮加暮，才業不能上於人，足跡則與勢途相背，蓋二紀矣。夫考槃采芝，世莫追擬。是什也，竊惟豐山鐘霜至而自鳴歟？

其一禮雲曰：

雲何禮兮山中，高孑孑兮天南東。或碧合兮素抱，類愁思兮從無龍。獸金精兮降西極〔一〕，挾風伯兮走沙石。鷁退飛兮，鴻無留跡。渺親舍兮獨耿耿，聊致恭乎松柏。

〔一〕獸金精兮降西極：精，文淵閣四庫本作「睛」。

楚軍挾纊兮燕谷温，我姑置兮緬懷殷人。殷人兮爲誰氏，感高宗兮巖穴起。霖大旱兮舟大川，上剩析津兮騎箕尾。聖途蹇兮賢違，夷風猖兮獸隨。據梧瞑兮曾移時，悦三尸兮籲帝以詞。乘大輅兮冠㫚，雲翕奕兮降下土。

其三賓月曰：

寒霾轇兮安之，陸媚狐兮川嗔鮧。帽高屋兮裘重披，偶賓月陽岡兮如夙之期。光溢林兮爽浹豆巵，石立諸生兮後先孔儀。舞鶵念狂兮飯牛志，睽氣夜存兮鄒孟實師。井絡東上兮河鼓向西，望舒駕邁兮影流堂墀，今時何時兮斯覯匪夷。

其四掃葉曰：

冬迫兮秋徂，鳳郊麟椒兮無時樵蘇。溪園數畝兮，兵殘燹餘。林葉燹燹兮若天委地，輸且箕且篲兮磬折老軀。勞甚爨骸兮心無其虞，彼薪蠟屋誅兮貧莫我俱。

其五采薺曰：

山黃落兮虎現石體，水歸源兮洲露鯨尾。乖雷震兮喪匕，馬無畢兮車無柅。病謝至屢兮鬢變餘幾，童孫何知兮跪進素履〔一〕，諒苦節卒貞兮，園菜有薺。

其六嘰和曰：

寒日薄兮西枝，身重壯兮無時。慕伯玉兮耆化，忘李廣兮數奇。維馬兮齒老，前齊師兮病知道。鱣鯈大兮泳淵，雉華章兮伏草。誰其逃兮民之先，嘰至和兮彈無弦。白雲抱石兮青壁劍刺天，虎柔不肉視兮內養維全。

夢濯足

道固委蛇兮匪蹉則跌，夢維濯足兮巫咸何說。汝無蹂龍兮龍不汝齧，君黃二鄉山名。青屬兮歸鞅其稅，嗟嗟夸父兮狂奔彌喝。

〔一〕童孫何知兮跪進素履：跪，珍本叢刊本作「跽」。

留瓢湖夏生鼐名其軒曰斞清一瓢而爲之辭

彼湖氣盈兮我瓢腹枵，爰斞清兮沃我焦。焦沃兮黄寧，嗟風無時兮日車摇摇。賢有樂兮聖尼，隱有辭兮帝堯。瓢可破兮湖不可唾，鮪寒在藻兮龍也泥卧。

華綏贈張司征 有序

華綏，美烏涇税副使張履謙也。謙，雲中人。以官門秀造再遷，司征於兹。首見予林谷下，言温氣粹，殆有容者。既而先綏後條，賨夷魚蠻，紛輸沓委，宿負畢償，常課有嬴。薦紳游從，尊俎談詠，未始徇貴勢，率儒趨焉。踰年，大使吕子敬至。又六閲月，今副使樂平朱孟淵實代。竝謁予曰：「涇之税有局，歷歲一紀矣。裁履謙得書上考。其母華夫人死節，抑嘗託先生文垂不朽。是行也，可無一言贈乎？」因重敬、淵請，且仕與學其果能效也，乃序乃詩曰：

我伏維奥兮我棲維卑，之子之顧兮深裾華綏。踰年報政兮春生烏潯，詩書行色兮金玉德音。世無狹回，善步則裕。裕也伊何，親教有素。

張節婦孫氏哀辭書黃黼成章詩後　有序

予友生黃黼嘗示所挽江黃張節婦玄一詩〔一〕，且曰：「節婦者，其同郡經歷孫震卿女。初，震鍾愛玄慧，介贅張某。六閱年所，有子二，長鎰，次鈞，而寡。由此益清約自持，擇師訓鎰、鈞，竝娶。至正辛卯，潁亂滋，乃盡室連弟屬舟濟江南岸。未久，烽迤迤尾逐，遂相率次潯涉番，入泊軍山湖。明年仲夏六月，警荐急遷，寇遇鎰被執，裝齎蕩然，樂土善地舉淪陷矣。玄仰歎曰：『未亡人所以健徙者，冀保全耳。子虜家破，潔身以尸水府國，天亦厚焉。』時冢婦呂、養女招妹偕應曰：『母姑既命，忍苟生耶？』於是繼而没者又二十三人。鎰今舉秀才，丞英山。」黼舊職儒潁上，其言足信，間爲請。予樂序而辭之，非鬬靡也，胥發揮也。辭曰：

茲辰何辰兮寇合烏，兒生捐兮牛馬驅。航有斷港兮坂有覆車，家喪技窮兮曾不若狗鼯。女眄母兮婦向姑，誓下摻兮水仙祛。治日蓋久兮奢泆亂俱，風節之凜兮世教之扶。吁！鬼不終餒兮天孰謂迂。

〔一〕予友生黃黼嘗示所挽江黃張節婦玄一詩：玄，底本作「元」，據下文「玄仰歎曰」珍本叢刊本改。下文「震鍾愛玄慧」句改正同。

黃良臣哀辭 有序

辛亥春，某倉儲事覺上海，連黃氏子良臣、良佐，械送秋曹。臣謂佐曰：「元季，凡隸於倉者，猶荒雀趁熟耳。今倉禁嚴，飛災況逮，不翅火燎毛。我本孤哀嬰，保護之，傅教之，迨長，皆叔父賜。非叔父，蟲出幾何歲矣。我幸無內顧，幸切弟委之我。爾生還，葬我先壟，以報叔父於地下。歿、存庶均安乎？」遂相對慟，聞者莫忍仰視。比推鞠，一如所言。而佐果得釋。叔璟和，謙眘好禮[一]，與予善。臣氣幹類燕趙產，孝友蓋由天性云。佐一日衰麻來拜請曰：「佐伯父母蚤世，伯兄又徇義死。黃氏德祚延，俾舍中有一尺雛，必胤伯兄後。先生丈人行，辱過聽焉。」予嘉悼久，因附其言於哀良臣序。辭曰：

大夫殃及城火遺，酷吏獄具牛毛辭。借死厭衆古有之，子安者何命非時。驚風千林枝葉披，柳車道擁山川祇。伶俜從弟莫己思，蘄天繼祀將弗隳。我哀蔽以七字詩，朱顏鐵肝天下奇。

[一] 謙眘好禮：眘，文淵閣四庫本作「慎」。

焦德乙郎哀辭 有序

焦諱白，字任道。本淮人，遷長於吴，材志不羈。張氏初，辭湖學教授辟，客泖海上。興到作詩畫，率不凡。醉或濯風弄泉，曳影月下，俗目之迂，白自若也。張亡，所在蒐儒〔一〕，遂變名德乙郎，浮寄冗食僧舍。惟久於嘉定林原家。一夕心動，省母吴城，爲門校察，延淑其子。未幾，郡曹柏至部〔二〕，日以還養告，弗獲。寠且病，或諷曰：「若頎而髯，黄金加鞓，爵列侯等，不猶愈帶索耶？」輒不答，去。殆伏枕作書二，一囑嫂姪善事母，一謝諸舊。卒時歲在龍，壽甫五十。考文炯，天曆間社稷署奉禮郎。予其兄行也，哀之辭曰：

德乙郎，皎皎衣，義不汩巇長干泥。裹骸骨以歸，無從涕揮〔三〕。噫！

〔一〕所在蒐儒：所在，珍本叢刊本、文淵閣四庫本作「在所」。
〔二〕郡曹柏至部：柏，文淵閣四庫本作「桓」。
〔三〕無從涕揮：涕，文淵閣四庫本作「淚」。

曹傳哀辭〔一〕 有序

傳字幼巖，宋賜金紫鄉先生碩之十五世孫也。至正乙未亂，父銅陵學諭諱思順，憂悸歿辟地。既兵猝臨〔二〕，二妹義不受蠘，胥蹈刃死。傳被創，絶復蘇。幸姊甥竄免，共畢葬。轉徙至海上。丁酉秋，以予薦主張林塘家。首過焉，出累葉遺稾一束，謂曰：「傳僅保此，天不斬叢桂餘澤，使枿復芽，而復有儒胤，家難庶其忘乎？」予答曰：「仁者必有後。」自是交忘年。十年，屬歲丁未八月，適中寒卒。於乎！傳，孝弟篤信人也。奉姊稱賢節杜母，訓甥矩作鄉社師。在平居間，言動文爲，又非淺露器，而壽甫踰四十。子嗣縉，始二歲；嗣紳，未晬。其命耶？賻以斛米斗酒，哀之辭曰：

虎之斑兮雉儀，參敬輿兮持衷旗。深褐衣兮鞶帶垂，弗利逃亂兮適丁禍奇。親憤卒兮妹義死，痛巨創兮氣餘絲。稾葬兮封土，姊灰容兮共艱苦。野晦昧兮鸖警辰〔三〕，沙衡從兮雁遵序。蓬轉穭食兮及此海

〔一〕 題目：傳，珍本叢刊本、文淵閣四庫本作「傳」，正文同。
〔二〕 既兵猝臨：臨，文淵閣四庫本作「至」。
〔三〕 野晦昧兮鸖警辰：辰，珍本叢刊本、文淵閣四庫本作「晨」。

塢，假館授徒兮粗緝世緒。不大厥鑊兮烹小鮮，無肉於豆兮有蔬於籩。嬰襁褓兮乳下，甥佔嗶兮膝前〔一〕。夢叢桂曹氏坊名。兮枘發，懷孤柏父號柏窗。兮蔓纏。何東南洊變革兮，溘厭氛兮長捐〔二〕。於乎！命由天賦，道繫時尼；奚悲鵬止，焉樂馬失。諒消摇故鄉之先隴兮，敔葱蘢兮綺秀鬱。孔禰交不可復得兮，聊嬃嫠是弔。莫之以衈爛雲兮，華星愴對兮篇帙。

仲倩許生枸哀辭　有序

枸字友倫，爲同郡許泰和之季子，予之仲倩也。許氏醫承十有四葉，而枸孝友睦衈之聞，錚錚族里〔三〕。尤工詩，鷊綬翟章〔四〕，影日林澗。不幸三十卒。予撫哭曰：「許氏杏失一林，吾家詩減一派矣。」既哀，辭曰：

榴英英兮朱房，芰濯濯兮翠裳，筍登俎兮蕙宜纕〔五〕。雨壞風折兮，又隕以夏霜。行豐壽嗇兮，仲倩

〔一〕甥佔嗶兮膝前：膝，珍本叢刊本作「席」。
〔二〕溘厭氛兮長捐：溘、兮，文淵閣四庫本分别作「終」、「而」。
〔三〕錚錚族里：「里」下文淵閣四庫本有一「間」字。
〔四〕鷊綬翟章：翟，文淵閣四庫本作「暈」。
〔五〕筍登俎兮蕙宜纕：俎，珍本叢刊本、文淵閣四庫本作「葅」。

之傷。傷之兮復何喟，悔交來兮志孔厲。高扁鵲兮去晉，陋華佗兮死魏。已焉哉，詩減一派兮，載滂予涕。

租籍銘 有序

租籍一帙，先庫使菜亭翁之手書也。逢倉卒去乙未亂，物多散遺，而此儼在。沾灑伏覽尊容，如對之字畫外。因憶幼侍側，承言近代有王士良者，本庸氓，歲租入，義令種户自量。士良字由自量易，致感雨蘇旱，見載鄭上舍《所南録》。爾小子善推是心，曷事不濟。逢佩服，幸老矣。序而銘曰：

粤昔去亂，廬熸田墟。手澤之存，百艱身俱。維存維天，猶古作則。繁星寒芒，蒼柏勁色。秔冬麥夏，平恕行槩。醪胾饙漿，汗力是貸。偏陬下邑，一石二科。倍取旁斂，貪涓成河。孰善爲導，庶草風靡。歎恨聲靄，胥樂田里。孤露餘生，弓箕忝承。序銘籍左，用飭後仍。

銀星研銘 有序

研，江陰許泰和氏所藏物也。膚理縝潤，微縹，有星熒熒然，印若銀礫，蓋歙石之精者。周郭纖圜，上下均一，而模製尤工。既以徵予銘，予謂許自扈宋駕南，業醫凡十有三葉。迨泰和，道益彰。更涉世患，族姓具全，遺物竝在，其守之確、施之溥者歟？遂爲銘。銘曰：

少陽委精歙孕英，金礪玉琢發素芒，體區用晦泰和堂。涉世多故同壽康，孫孫善藏世永昌。

張氏石几銘 有序

几，蓋元故參政公諱瑄園堂中物也。成宗朝家没，几爲鄰有。幾六十年，兵興世遷，而公玄孫守中，文行日脩勵，几復焉。予嘉歎而銘曰：

趙歸璧，合返珠。兹几石，二者殊。不迷復，有孫儒。祖來馮，光氣敷。心祇若，左右隅。浦維黄，涇維盧。尚永傳，戒爾孥。

章氏瀲懷樓杯銘

無查滓，酒則瀲；無物欲，懷則瀲。汪汪春陂〔二〕，維德之朋。

〔二〕 汪汪春陂：陂，文淵閣四庫本作「波」。

山雲杖銘

鮮衣怒馬，彼皆子舍。敝裘帶索，子不我卻。富貴多危，貧賤乃安，將子是倚是賴。尋薇藿於山間，看牛斗於雲端，庶乎免世路之難。

瘞冠銘 有序

冠名製不一，予中歲始冠處士冠。養疴最閒園，自是或峩而瞻，仰而搠，俯而擷者，九閱寒暑。一夕，戴微月入幽貞谷，將登濯風之所，適露磴滑足，側冠觝石以裂。因憶九寒暑間避兵塵再，今儒卿守臣致書幣以予應詔三，卒茍全，且不起，冀復舊業。與之照影大江，挹爽君山，至同朽席帽峯隴下，詎非願歟？冠已矣，予忍弊是，卒乃會數遺老〔一〕，甃而藏。識而銘曰：

予髪根於天，禮維爾先。寧觝石碎，不抗塵全。噫！以爾炊曾不若㡯㢈。以表以辭，異夫敝蓋帷。

〔一〕予忍弊是卒乃會數遺老：弊是卒，文淵閣四庫本作「敝之」。

新加之首〔一〕，心其故思〔二〕。

儉德堂端研銘

維平維方，違險蓋常兮。維重維厚，静乃克久兮。玉韞冰涵，類養引恬兮。殆惡文著，雲霞緘兮。時否斯貞，道亨其泰清兮。

存心齋門銘爲郡知事海寧楊子明作

一氣肇分，萬彙其芸芸乎？命于兩間，最靈其惟人乎？心攝夫身〔三〕，其猶君乎？六鑿其從，而委臣乎？其静也先，天地而純乎？其動也後，天地而神乎？疇亡其誠，而離其真乎？蓋盍返其根乎？猗歟元僚，其操其存乎？爰闢齋居，八窗洞然，其無塵乎？藏脩息游，儼若思之辰乎？存所存，其事天乎？推所推，其新民乎？朝斯夕斯，將同歸道義之門乎？

〔一〕新加之首：文淵閣四庫本作「首則惟新」。
〔二〕心其故思：思，珍本叢刊本、文淵閣四庫本作「心」。
〔三〕心攝夫身：攝，珍本叢刊本、文淵閣四庫本作「宰」。

鐘銘　有序

上海静安寺舊鐘，入於官。寺僧覺曇，募銅至六千斤，付㒵氏冶範〔一〕。成且有日，乃介前净土住持元净，乞梧溪老人王逢銘之〔二〕。辭曰〔三〕：

金聲爲物鉅曰鏞，深徹泉府高達穹。谷傳海應流景風，頓息諸苦開羣蒙。耳塵空净心觀通〔四〕，六窗具圓佛性同，博哉功施垂無窮。

虚龕箴　有序

韓景暘司丞子頤，聞予密室成，爲寄木緜布帳，用資静學。因顏曰「虚龕」，而贅箴左方。

〔一〕付㒵氏冶範：付，底本作「而」，據文淵閣四庫本改。
〔二〕乞梧溪老人王逢銘之：老，珍本叢刊本、文淵閣四庫本作「山」。
〔三〕辭曰：辭，文淵閣四庫本作「銘」。
〔四〕耳塵空净心觀通：塵，文淵閣四庫本作「根」。

龕中虛，息以予；予虛中，靜與俱。夫舟載諸物，轂運八徼；光燭羣暗，谷應萬竅。虛其妙哉！君躁於治而民轉犯，虛其室也；臣急於察而吏愈貪，虛其塞也。父子夫婦，兄弟朋友，凡慊虛者，世共疢焉〔一〕。使一日拔地起，山嶽而不爲礙；使一時亘斗彌，雲霾而不爲昧。不隘於江海漲溢，不動於風霆震驌，斯虛之大者乎？嗟夫！顏子實若虛。予老未聞道，臥而氣昏，坐而形枯。烏知易之二用行六，爻位蓋無。中庸心學，天人同徒。將蹈晝寢，聖謂何誅。

三教圖贊張渥叔厚畫題於張氏味蓴軒中

東魯一貫，西方不二。老氏得一，教分道異，忠恕而已。竊聞諸師，厥它未遑，莫既贊辭。

石生贊二首 有序

密室前列峰石二，曰嶄角生、玉筍生。中置小碣，命工刻辭，發善懲逸，庶望子弟焉耳。

石生嶄角，重厚端確。出我門地，隱若一岳。浩氣直養，道體有卓。立雪肅然，類也古學。礦頑受

〔一〕世共疢焉：共，文淵閣四庫本作「莫」。

煉，璞渾聽琢。誰甘下愚，視此罔覺。

玉筍石生，秀鋭直貞。抗節淇緑，含和藍英。伊誰偕藏，嶄角薜纓。梧月睨彩，竹露與清。軼塵虎丘，嚮風穀城。用嘿絶唔[一]，永崇令名。

癭石贊在先民一丘間

石有癭，璞無脛。無脛健走，以售速剖。有癭健守，不偶致壽。吁！山藪藏疾，天造就爾質。

直節峯贊在林屋餘清洞間

小峯直脩，磥砢錯節。静壓巖洞，崇餘林芟。矯矯生風，隱隱竪雪。受命不回，我瞻則悦。

鳽生鳫傳

鳽性剛慓，身視鴉不能十一。凡見鴉經巢所，輒不絶鳴，奮焉翀傍批上擊[二]，鴉引去乃返，若護林然，故又名鴉舅。鳥有蠟味者，子將誕，巢率依鳽，否則轂爲伯勞害。伯勞即鶪。鶪，惡鳥。今年丁

[一] 用嘿絶唔：嘿，文淵閣四庫本作「默」。
[二] 奮焉翀傍批上擊：批，底本作「抵」，據文淵閣四庫本改。

巳，鵜巢最閒園大柿木。既産雛一，狀鷙而小，色竊古淺字。藍玄白間。稍覸之〔一〕，則鳸也〔二〕。鳸克自肉食，徐遠適云。或曰昔宋康王時，雀生鸇，不久社屋。今鵜遏惡保善，俾他類遂生養，與雀異。鳸種九，出咸應天時〔三〕，關人事。少皥用名農正官，尤非鸇擬，斯寵徵乎？予聞而囅曰：「予涉壯強，艾年未始禄升斗。茲謝病且老，尚奚覬然？帽峰隴畝在，天其示歸田哉！」

走菜對時聞黄巖官兵不利

漁者市蟛蜞，而號曰走菜。怪而問焉，漁者曰：「是蜞也，俗以走菜名。」逢曰：「菜，穀之配。菜熟，人無饉色。此名辱菜甚。」漁者曰：「此菜名，是猶晉人以魚爲菜也。」逢曰：「奚以走爲？其螯幟然，其目炬然，其足戈然，其居穴視專城然。水煦草食，横行無前，得無螳螂觸輪之勇乎？」漁者曰：「螳螂激壯士有功。彼雖被堅執鋭，不過據地則貪而肆暴，遇敵則走以幸生，如是而已。」逢歎曰：「蓋色厲而内荏者歟？今食焉而避其難者，亦其類耶？」漁者啞然笑曰：「子未知走菜，曾不及烏賊胸中有甲也，尚敢望螳螂哉！」

〔一〕稍覸之：覸，文淵閣四庫本作「察」，珍本叢刊本作「晛」。
〔二〕則鳸也：則，珍本叢刊本作「蓋」。
〔三〕出咸應天時：咸，文淵閣四庫本作「則」。

題顧柏貞松泉卷

長松蔭寒泉，離離石堪把。幽人於焉隱，頫仰與世寡。鶴巢雲卧時，猿飲月明下。悠然古根坐，漪舞翠雨灑。餘齡三休真，昨夢一炊假。萬有静觀妙，庶希得道者。松花釀來醇，客至歡洗斝。

贈陸貞婦趙氏〔一〕 有序

趙氏，爲安吉幕長澤之孫女，而鄞處士陸燾之妻也。至正間，兩浙多虞，燾辭海寧主塾，與趙隱居松之瓢湖。丁未夏四月，海隅有警。既兵猝至，燾偕趙倉皇赴舟〔二〕，未遠，同難者争舍舟陸竄。燾登岸，將復携趙以行，而兵偪之。傷刃者三，遂仆深淖，趙竟自投於淵。時有歌之者曰〔三〕：「四月三日兵撓湖，婦女多被辱與驅，殉節伊誰天水姝。」燾字子臨，雅交於逢。逢序而詩曰：

瓢居澤國奥，草木潤不枯。十年滀清氣，鍾毓貞趙軀。貞趙名門息，良人列仙癯。廿載甘蓼同，一

〔一〕 詩題：贈，底本脱，據珍本叢刊本、文淵閣四庫本補。

〔二〕 燾偕趙倉皇赴舟：燾偕趙，文淵閣四庫本作「夫婦」。

〔三〕 時有歌之者曰：「時」上珍本叢刊本有一「當」字。

旦幽明殊。覞雨有穴螘，相風有竿烏。夫夫婦婦職，焉知兵爲虞。維北崇溦山，廟貌秦三姑。似傳雲鶴君，招要天水姝。綃裳翠羽蓋，明月雙佩珠。邦侯俾從祀，庶激後世洿。

愛萱堂 有序

愛萱堂者，瓢湖夏生鼒奉母吴氏之所也。鼒與母弟鼎，幼失怙。吴時甫三十，志不再醮，撫育鼒、鼎〔一〕。及長，且延碩儒以訓淑之。至是竝敦學行，崇孝養。名其居曰「愛萱」〔二〕，前進士錢思復爲記其事。母今垂老，而樂康逾壯年。予併美之詩曰：

故侯義種瓜，隱士義採芝。孝子知愛萱，樹對母氏帷。雪芽獻春饌，緗榮拱坤儀。天人至交戕，裕然全貞頤。瓢湖清且漣，鮫館冰蠶絲。方諸净開鏡，伯仲雙從嫠。長願寸草心，釀作蟠桃卮。嗟嗟凱風詩，棘薪定無時。

〔一〕撫育鼒鼎：鼒鼎，文淵閣四庫本作「二子」。

〔二〕名其居曰愛萱：居，文淵閣四庫本作「堂」。

故鄉先執贛州興國縣尹葉公挽詩 有序

公諱森，字仲實，其先江陰人。凡七世止一子，故無支親。曾祖青、祖起，宋潛德弗耀。考祚，蚤孤自樹。會元師南下，率西鄙數千百人，逆謁裨將陳於陳沙莊，畀矢一及尺帛符，里族賴以全。公性愷敏，通蒙古字學，郡推擇爲譯史，兩轉授將仕郎、兩淮鹽使司。監運綱船，不勞而集。改鹽官州判官。適大侵〔一〕，負海寇聚，兇焰蓬勃。公擒其魁，迨黨豎十八人。時斗粟十千，殍殣枕野。屬倉庫竝罄，義激巨室，發羸粮三千二百二十九石，鈔八百五十三定，賑四萬七百人。復以二千一百四十五石殺直，續濟二萬六千六百六十六人。不足，又勸善富者米一千六十石，給三千餘人。省臣嘉公捄荒有緒，檄攝富陽，一如治鹽官。得米二千三百石，療飢氓一萬一千一百一十九〔二〕。調新喻判官。時蒙山銀場以官估抑民市木炭〔三〕，由州抵蒙，路陁靡，即上白西省蠲之。旱，屏僚吏齋沐以籲雨，三日，農以穰慶。丁父艱，起擢上高縣尹。俗尚訐，有大猾況莬，挾子姓作民害。言之部使者，榜諸市，仍疏惡於門，以幾出入，豪横股栗。邑中浮梁當要衝，歲脩輒欹圮。躬

〔一〕適大侵：侵，文淵閣四庫本作「祲」。
〔二〕療飢氓一萬一千一百一十九：氓，文淵閣四庫本作「民」。
〔三〕時蒙山銀場以官估抑民市木炭：估，文淵閣四庫本作「值」。

募義士黄氏等，共分田置莊贍費，自是梁永固，官無煩焉。繼母吴恭人訃聞，奔還哀慕，如實生己〔一〕。服闋，陞承直郎、贛州興國縣尹。比命下，先道病卒，時至治二年也。壽五十八，葬祔黄歇山祖塋。子仁，廕嘉興石門巡檢，累遷至從七品樂平判官。涖政綽綽有父風，而優於問學。樂平子材，版授蘭溪判官。蘭溪子齡，一日袖同進士出身傅貴全録事所製公墓銘過予，拜有請。予惟生晚去亂〔二〕，甘晦以老，竊嘗録忠孝節義事數十百。於鄉先哲〔三〕，敢辭？乃叙其槩，追挽以詩曰：

老馬知歸途，游子久異縣。鑿鑿鄉執銘，芝鳳喜及見。士生遭登用，如帆得風便〔四〕。藋叢拔巖門，菜色驩海甸。山丁蠲徭役，田畯慶豐羡。猾懲豪股栗，梁鞏衆心眷。訃奔繼母喪，淚沁沙彌薦。吉服戒中路，河嶽氣葱蒨。遂成采真游，孰謂游魂變。幹蠱光後烈，竊交忝遺彦。大江流疎星，其波自紆練。安得六七公，爲擬襄陽傳。

〔一〕如實生己：如，珍本叢刊本作「猶」。
〔二〕予惟生晚去亂：去，文淵閣四庫本作「世」。
〔三〕於鄉先哲：哲，珍本叢刊本、文淵閣四庫本作「執」。
〔四〕如帆得風便：如，文淵閣四庫本作「似」。

題金故翰林修撰魏公狀表後 有序

公諱璠，字邦彦，弘之順聖人也。曾祖餘慶，大理評事，寃獄多平反。祖子貞，兜答館酒使。父德元，甄官署令。公忠明剛簡，奇節自負，由太學生中貞祐三年詞賦第。丁内憂〔一〕，服闋，調會州司候，不赴。正大初，補尚書省令史。時上廣言路，公首論將相非其材，且不當立宣宗德陵，脱河關失守，必罹凶禍，權殯隆德宫便。故事：省史無言事例。上優詔答焉。事竟寢，遂辭退。辟褒信縣令〔二〕，邊邑也。屯兵横虐民，公按法不少貸，衆擁其長挫辱之。公正色折以理，莫不褫氣〔三〕。改儀封，大建孔子廟，三月政教興。以母高年老，請就養京師。七年，倒迴谷之役屢捷，僉謂中興可冀。然將臣駐兵關上，莫肯席勝逐北，當國者又力主投瓊孤注之説。公憤然上封事，引喻符秦淝水之戰，甚剴切，不報。京師戒嚴，復極言：「勢危蹙矣。外鎮曾無勤王者，唯隴右守帥完顔胡斜虎可委仗，宜遣人論大計。如訖無人，臣請行。」又爲權臣所柅。閲數月，斜虎提軍入援，上悔無及。恒山公武仙頓兵五垛山，上欲趨之，難其使。近侍李大節薦公，召拜朝列大夫、翰林修

〔一〕丁内憂：憂，文淵閣四庫本作「艱」。
〔二〕辟褒信縣令：辟，文淵閣四庫本作「遷」。
〔三〕莫不褫氣：氣，文淵閣四庫本作「服」。

撰。時國門外烽警相望，因感泣奉命〔一〕。比至，仙已遁，部曲散無幾。公撫集數千人，推可帥者，造符印予之。自劾矯制罪以聞。繼訪仙在留山，公直踵焉。或讒公奪若柄，仙怒，兵皆露刃外嚮。頃一吏與公辯，公大聲曰：「將軍過信讒，不加禮遇，乃俾齪齪一小吏，與天子使置對耶？且將軍猶狐疑山谷間〔二〕，而左右無異心者，以天子宿將故也。苟不尊天子命，安保麾下不有奸名犯分者乎？將軍務鼓行，無慢王命也。」仙揆不能屈，出見〔三〕。公激進援，卒不應。聞乘輿播遷，間道走行在。仙已遣人誣奏公罪，上以其謾，不問。天興三年〔四〕，再自歸德扈從幸蔡〔五〕。城陷北歸，賢聞達皇元。庚戌歲，詔徵之。尋卒，賜謚靖肅。無子。從孫初，後仕至南臺御史中丞。仁宗追贈公翰林承旨。初，河南參政，謚忠肅。其孫山東運司知事貫，久避地吴松，世革後寠貧益甚，而不苟禄仕。間示予家乘，既爲題其九世從祖子平參政致仕誥，復合渾源劉郁、河東高鳴所製靖肅狀表序之。詩曰：

〔一〕因感泣奉命：因、奉，文淵閣四庫本分別作「公」、「拜」。
〔二〕且將軍猶狐疑山谷間：疑，底本脱，據文淵閣四庫本補。
〔三〕出見：「見」下文淵閣四庫本有一「公」字。
〔四〕天興三年：三，珍本叢刊本作「二」。
〔五〕再自歸德扈從幸蔡：再，底本作「載」，據文淵閣四庫本改。

維公發巍科，戾契仕叔世。疾風草彌勁，錯節器乃利。心折謝玄師，志奪韓愈使。及歸國如燬，涓水莫止沸。彼蒼鑒忠赤，異代豐爵謚。狀表垂百載，讀之凛生氣。羊頭翳桑乾，貽厥漫剌字。鱸江歲復晏，摇摇雙蘭柑。有懷置無言，抽毫竦神思。

送楊生遂出贅 有序

生字士初，爲芝泉先生孫，又從游吾門。兹出贅，請别也，贈以言曰：「秦俗行雲間，弊滋甚矣。近見巨室壻某老且有孫，而家廟僅有妻祖禰神主。因誶曰：『若承大宗，則歲時饗先將若何？』某哽泫不能對，他可知焉。生，永嘉鼇步世儒族，幸鑒此毋蹈。」生拜受已〔一〕，徵詩。詩曰：

秋清五綵輿，僕夫臨庭除。郎君美冠帶，出贅南里閭。借問何所將，一笥先世書。外翁李延晚居士。朴茂質，新婦玉雪如。牛羊充後闌，稬稌環前渠。强近親復盛，行矣慎向趨。情昵移素存，温飽喪遠圖〔二〕。願言于飛燕，更效反哺烏。同室異祖祠，祭告誠交乎。傭販化成俗，毋煩邦大夫。

〔一〕生拜受已：受，底本作「授」，據文淵閣四庫本改。
〔二〕温飽喪遠圖：喪，文淵閣四庫本作「忘」。

題武州守張公奉先遺稾後 有序

公諱思孝，字奉先。高、曾、祖仕金，世居潼，因亂徙家雲中。父林，饒貲善直〔一〕，閭伍枉人貸錢粟，輒予〔二〕。比償，輒諭曰：「粟易罔陳，錢散罔盜，予本意也。奚汝息爲〔三〕？」或婚喪弗舉，助賻靡愘。有相者曰：「若多陰騭，當生子貴而受封。」公生年十三，師事燕名士史彬然，繼授《尚書》於姚匡弼。遂博學長文辭，由儒諭正遷前衛教授，陞昌黎尹。未赴，分省圖魯參政辟爲掾。至正己亥，寇闞偪城。公率哨騎出，翦六醜首還。而圖魯遁，急追止曰：「軍民莫不奮志决鬭，勝則功顯，死亦忠也。苟棄城走，如責守何？」夜復潛往，請以族黨家僮前鋒自効，卒弗聽。既他將孛羅。代鎮，朝廷咸推公謀辯，改擢都事。凡獄案覈讞，平恕明允，衆號曰「秤都司」云。轉守武州，皇贈林太府監丞。尋大臣以武重地，常調官難設施，奏署公行刑部員外郎兼知州事〔四〕。於是材勇集，爪牙樹，法律嚴整，強暴沮伏。然忌將多弗協戮，而國步亦蹙矣。洪武己酉召至，時宰數奬勉。留期年，卒辭歸。謂子亨曰：「此無負吾學耳。」壽六十四終。妻夫人華、亨婦劉，罹

〔一〕饒貲善直：直，文淵閣四庫本作「殖」。
〔二〕輒予：此二字底本脱，據文淵閣四庫本補。
〔三〕奚汝息爲：汝，文淵閣四庫本作「以」。
〔四〕奏署公行刑部員外郎兼知州事：知，底本脱，據珍本叢刊本、文淵閣四庫本補。

兵不辱，先公死之。舅氏及繼母妹老無依，養葬竝如禮。育媚舊子女孤貧者凡三人，俾習善藝，嫁娶焉。迨所遺稾，有《訓亨》曰：「意當極快處，心有不平時。少忍應無害，欲言宜再思。」《題二喬》曰：「綺窗花落東風軟，曾讀曹家女誡無。」《懷慶道中》曰：「一眼濁黄天塹闊，半眉老翠太行昏。」《辭歸述懷》曰：「敢效子陵辭漢爵，願同巢父樂堯年。」志行槩見之矣[一]。亨并乞予紀詠，期慰公於無窮。乃序而詩曰：

雲中漢名郡，恒山南鬱紆。桑源匯金龍，池名。柏林亘飛狐。剛勁風氣鬬，文章肇崔浩。虞世南。彬彬張奉先，發軔三轉儒。薇曹首食檗[二]，花縣遑治蒲。塔幢梢參昂，公嘗登咏。雷湫薦潢汙。雷山嘗祈雨。別業虎峪側，棗柘聯瓜壺。霜寒快雪霽，小隊短袴襦。瘦馬從黄蒼，逐兔充燕娱。塵高寇闖逼[三]，翦醜六血顱。倡勇願率先，遁將寢所謨。朝命佐他幕，蔚破楊誠俘。一時秤都司，綜覈無遺銖。武州遂綰綬，刑部仍分符。堡列屬鼓鐃，齋開衛戈殳。焚黄拜酹酒，五色日動爐。不謂鄉困弊，洊罹兵掠屠。家蹈白刃雙，兒泣青燈孤。雁賓羣入楚，蜩蜕單違吴[四]。有天戴重泉，無地返故都。遺稾累百首，暗夜光

[一] 志行槩見之矣：見之，文淵閣四庫本作「可見」。

[二] 薇曹首食檗：曹、檗，文淵閣四庫本分別作「省」、「蘖」。

[三] 塵高寇闖逼：闖，文淵閣四庫本作「鬨」。

[四] 蜩蜕單違吴：違，文淵閣四庫本作「達」。

璧珠。烈烈悼亡詠，汪汪運甓圖。遲遲去國懷，落落逆旅酤。憂憤何當平，忠義日月俱。竊笑投閣老，玄經與童烏。

史彬然者，周王謀客也。勸王即位虎林詔天下，然後之京。王遇鴆，文宗搜邏謀者，彬然聞張林重士尚義，變姓名託焉。至正初如京，與宰相啟有曰：「運籌聖帷之内，寢而不行；草詔御榻之傍，惜乎無用。」及見，禮不少讓。或勸之，彬然曰：「我嚮侍先皇燕坐，彼皆執酒炙者耳。仕祿寧不得，氣即不能下也。」既奏，擢翰林應奉。上曰：「此先帝遺宿，宜獎大任。」宰相對以布衣須循階秩，彬然歎曰：「吾衰矣，豈爲人應文字耶？」歸志浩然，壽終高唐鄉里。其於經史、天文、術數，罔不精該。嘗語武州曰：「惜汝幼，不能盡受吾學。汝垂六十，當見國改。汝家子若女，必有以忠烈顯者。」至是果驗云〔一〕。

謁浙東宣慰副使致仕任公及其子台州判官墓　有後序

殘陽煥青苔，檜夾神道古。眷惟任公塋，穹碑幾風雨。龍江餘衣帶，駝阜猶偃釜。荒寒螘聚垤〔二〕，

〔一〕至是果驗云：果，底本脱，據文淵閣四庫本補。
〔二〕荒寒螘聚垤：聚，底本作「尊」，據珍本叢刊本改。

慘淡蛟徙户。舊封四名邦，包絡吴水府。不有疏導跡，未已昏墊苦。右軍社稷器，世仰法書祖。公也白公。鄭渾。才，游戲追顧虎。台州我姻婭，晚節託玄圃。祔隴面北辰，霜至亦宿莽。愴怳來軒車，頭顱整章甫〔一〕。

予避地青龍，時聞遺老言，東盡艾圻浦，皆葭菼茅篠，居氓十餘家，日弋水禽野雉爲業。公産是間，輒異羣兒，習負笈力學。年十八，第郡試。既冠，宋革命，袖一刺見游平章，奇之，辟宣慰掾。繼省授青龍邏官，俘蟠龍寺作耗者，盡釋脅從。至元二十五年，擢海道副千户，以功轉正千户。會征交趾，改海船上千户。是年浙西淫潦，建言河沙匯乃吴淞咽喉，不先此而他濬，罔效。大臣不納，後果湮塞。大德七年重澇，平章闍里起公，督七十餘里萬畚鍤之役，井然有條。卒入覲，成宗勞賚有差，進都水監丞。至大元年，除同知嘉興。又明年，遷中尚院判官。適大都通惠河閘底鑽木，汎湧流覆舟，謡傳有怪物。中書檄公，不兼旬繕完。會通梗澀，復窒泉眼，钁僵沙，舟楫以達。陞都水少監〔二〕。河決汴梁，溢入歸德府治。公結籧篨鳳埽實河口，築隄五百餘里，以扞横流，編户奠寧。延祐三年，出知崇明，脩學闡教，民胥興行。至治二年，鹽官海激岸崩〔三〕，鎮江練湖淤

〔一〕頭顱整章甫：整，珍本叢刊本、文淵閣四庫本作「愧」。

〔二〕陞都水少監：陞，文淵閣四庫本作「進」。

〔三〕鹽官海激岸崩：崩，文淵閣四庫本作「圮」。

積，竝命公治。海岸以固，邦賦無阻。泰定改元，詔賜銀幣，與行省朶班左丞，部六郡夫疏導吴淞二道大盈、烏泥二河。事竣，加江陰尹。以七袠聞，上不聽，特任都水庸田使司副使。計創石閘六，築塍圍八千，浚溝汊千有奇，太湖衆水東入於海。四年，鹽官海荐爲害，公一如制河决，用再帖安。以中憲大夫、浙東道宣慰使司副使致仕，壽七十三卒。公諱霆發〔一〕，字子明，月山其號也。所著《水利書》具存。尤善畫，其《熙春》、《天馬》二圖，仁宗詔藏秘監。其先本徐邳三山人。考珣，贈高郵知府；妣夏、妻高，竝贈樂安郡君。子姓多致通顯，曰賢明，精賓太師鍼焫。至正初，學士揭傒斯引見，上欲官之，辭歸，監丞陳旅送以序。曰賢佐，由廕累官台州判官，階從五品，遭亂遂遠引。相知予久，長兒掖實娶台州女。殁而自烏涇往祭，就謁宣慰公墓。宣慰孫璞，嘗割田二頃贍青龍鎮學，中年謝軍職。迨世變，一褐畝廬，義不去圻上。因示墓碑，乃録其槩於詩後以歸之。

覽魯道原提學舊送伯顔守仁會試序

道原，淳安人。守仁，善畫竹。

草玄收子雲，養生殺叔夜。言從奚行違，腹誹或唾罵。魯公山澤姿，天子策親射〔二〕。一丞丁喪亂，

〔一〕公諱霆發：公，底本脱，據珍本叢刊本、文淵閣四庫本補。

〔二〕天子策親射：策親，文淵閣四庫本作「親策」。

累辟力辭謝。影息還棲猿，臍退食柏麝。兹文氣忠激，玉杓迴紫華。匪惟振懦頑，實足裨教化。千厓天機露，萬水淮海瀉。鋤菜少我匹，畫竹無爾亞。每過鄭同襟，徑去阮獨駕。春暄會飛舄，兩兩淳安下。帶蘿拂松花，絮酒瀝蘭藉。尚懷推兄行，繆敬沈元舍。兒掖後執經，燈前講王伯〔一〕。特立筆已矣，竊喜絹增價。爲移淇澳陰，茅齋挹清暇。沈元之，杭士。重義好客，嘗辭文學官薦。

雁門秋意圖爲大同郝雲表題雲表偕其弟驥久僑京口命費松年寫此以寓鄉里之思云

代州嶺頭開北扉，地形倍高風抖威。張遼牙爪將名在〔二〕，沙陀獨眼龍潛輝。晉汾水落趙日微，楚萍實大吴菰肥。雲中羽儀伯仲氏，南來雨雪序不違。北辰煌煌天旋機，伯仲行逐春鴻歸。春鴻歸，冰蛆美。拓拔舞進蒲萄紫，人生無如樂鄉里。

柳津孤雁圖題送烏涇黄生臧往潁上兄所

浦水渾，柳條短。短忍攀，渾莫浣。才郎衿佩青於莎，將隨孤鴻渡淮河。酌之兕觥歌驪歌，歌長酒深奈别何。

〔一〕燈前講王伯：伯，珍本叢刊本、文淵閣四庫本作「霸」。
〔二〕張遼牙爪將名在：牙爪，珍本叢刊本、文淵閣四庫本作「爪牙」。

邊至愚竹雉圖歌 有序

至愚，諱魯生，宣城人。材器超卓，以南臺宣使奉臺命西諭時，嘗爲鐵厓楊提學寫此圖。後至愚竟以不屈辱死，朝廷追贈南臺管句。鐵厓既序其事，復徵予爲之歌曰：

南臺管句有氣節，手寫竹雉心石鐵。鐵厓捫其三寸舌，奉命西諭慎開説，韓愈一使廷湊悦。竹不撓，寧寸折；雉寧死，不苟活。使衣無光日明滅，悲風蕭梢吹驅驖，齊城竟蹈酈生轍。土花尚碧萇弘血，我爲作歌旌汝烈。

吴興楊節婦辭 有序〔一〕

楊節婦吴，年廿五，有殊色。至正丙午秋八月，大兵將偪城。吴自揆汚辱生寧貞白死，攜二子竟投苕水。逾月城破，父媪見其母子竝浮若不相離，咸嗟異焉。天台旭元明長老交吴之兄，爲誌其事。予又因旭請，詠於辭云：

〔一〕 詩題：節，文淵閣四庫本作「烈」。序，珍本叢刊本、文淵閣四庫本作「引」。

丞相張士信。師昏長夜酒，司徒援絶憑城守。七萬兵分諸將屯，坐視霜風折蓉柳。冰肌月貌忍泥滓，錦棚艣佩同歸水。九原無愧先人面，終身不作他鄉鬼。君不見，雕戈白馬氣如雲。昨者烈丈夫，今日降將軍。於乎！楊婦吴氏何可羣。

汝瓷觶引同張耘老薛古心倪自明三遺叟賦 有序

觶本宋高皇壽成殿花缾，御書遺刻尚在。既破，而工人裁爲觶。故人某購得之，數出以宴予。後某以憤卒，觶今見於他氏。感歎不足，形諸短引。

汝州瓷冶灰久寒，壽成宸翰猶龍鸞。黄金爲相號曰觶，酒面絪緼舊花氣。我嘗酹月江動摇，故人掀髯把風袂。君不見，周鼎遷，秦缶歇；露盤傾，唾壺缺。嗚呼髯兮死憤嫉，尸鄉之翁得珍物。新朋交歡勸酬密〔一〕，席端淚落哀慵筆。

〔一〕 新朋交歡勸酬密：新，文淵閣四庫本作「親」。

贈朱生弦 有序

弦字孟清，上海人。性孝誼，前邑長九柱閭公見而器焉，求於其父，以爲義子。及閭公野處寠甚〔一〕，而弦克敬養。歿，買山葬如禮。復營怡愉堂，母事公妻夫人，三十年猶一日。民有盡棄舍償逋主者，妻孥皇皇無棲，弦贖還。里婦相煽奔，悉法曉教諭得止。至若羈士趙謨盧墓，教授駝整被辟發顛，疾走山澤中，遇弦遂脱難。知予南園隘，購地廣之。予固卻，弗之聽，併用序而贈以詩。噫！豈溢美哉，斯善善也。詩曰：

雲東富家多北堂，移孝義母無此郎。竹萌戴土春鯉赤，橘子滿庭寒雀黄。雀爲母炙魚爲鮓，朝進盤盂暮杯斝。慷慨氣激燕趙間，淫繩俗悛桑濮下。最閒園丁菜飽充，郎復廣園半百弓。報之一字一絹直，疇爲賡歌愛日中。

〔一〕及閭公野處寠甚：閭，底本脱，據文淵閣四庫本補。

瞿仲諒先世雲巖翁水雲自在堂卷趙松雪書馮海粟序在烏涇張氏舊月樓題〔一〕

黄茅斥連鐵菱沙，青牯歲服官鹽車。變遷劫灰凡幾見，自在水雲餘一家。高堂巍若鏡光曉，霱采倒含峰影裊。涵濡爽氣散金鯽，歷亂空明兼白鳥。軟莎羃石堪枕漱〔二〕，傴柳爲梁謝工巧。汪洋海度性天中，欸乃湖歌人境表。先朝詞翰兩勍敵，三埋兵塵埋不得。吾宗舊氊趙全璧，世所共矜神所惜。素受繪，膏傳燈。筍生齊祖本〔三〕，仁義之澤詩書承。最閒園丁病始興，銅瓦日射煙紫凝。蟻聰快聆鈞廣奏，蛇縮愧續龍鸞騰。春風酒熟當過汝，月色灘聲瀉前俎。破帽縱横繡落花，潭心鮫殷冰絲杼。相拚一月四十五日醉，莫問誰賓復誰主。

朱家奴阮辭

淮陰三月花開枳，使君死作殊方鬼。眼看骨肉不敢收，奉虜稱奴聽頤指。經遼涉海三歲久，以蝗爲粻麥爲酒。爨骸齩骨何足論，親見徐山墮天狗。今年始得間道歸，城郭良是人民非。主家日給太倉粟，殘生猶著使君衣。攬衣拭淚使君室，凉月蕭蕭風瑟瑟。回頭還語玉雪孤，勿辭貧賤善保軀，瞻屋未辨雌

〔一〕詩題：諒，文淵閣四庫本作「謙」。
〔二〕軟莎羃石堪枕漱：羃，文淵閣四庫本作「幕」。
〔三〕素受繪膏傳燈筍生齊祖本：此十一字文淵閣四庫本作：「嗚呼！書者把筆詩者口自吟。」

雄烏。

太真虢國二圖周昉所畫者爲郡牧長理熙伯雍題

有唐社稷冰山重，三白楊花同一夢。就中玉環春思酣，錦褓兒將犀果弄。兒驕蹴踏飛龍鞚，直把東君遥斷送。馬嵬羅襪汚香塵，杜鵑淚血啼秦鳳。君不見，陽臺神女楚襄王，當年元有詞臣諷。玄宗末年天降孽，楊家有女俱朝列。夫人身被六銖衣，日惹香煙下瑶闕。侍兒春閒雉尾扇，紅脂半露桃花面。似言草草畫蛾眉，猶及華清夜深宴。君不見，娥英淚染湘江竹，畫昉見遺良惡俗。

唐子華知州山水

唐侯至正辛卯間，徘徊列宿郎官班。是時元綱方解紐，花縣尚爾琴書閒。雲嵐黄旗紫蓋氣，木石牛鬼蛇神顔。岧岧樓閣密竇網，蓊蓊蘿蔦深柴關。扶藜老叟臨洄灣，琴童殊覺徒步艱。何人驢背兀吟影，興寄亦厭窮躋攀。君不見，瀑流天半落佩環，欸乃歌接漁舟蠻。此中佳處未少我，鑿徑擬背盧家山。嗚呼！畫史五馬何時還，五馬畫史何時還。

重過望亭新城二堡丙申冬張氏築

憶昔扁舟自西下，二堡相望無一舍。吴藩判樞翻覆兒，窄衫小弓矜騎射。歸人重經但流水，豆隴彎

彎㡳復起。長途遺庶數十家，三四酒旗風靡靡。君不見，邠公遷岐山，衛人城楚丘。外患内備古所
侔[一]，成同敗異嗟世偷。

題徐氏脩學卷 有序

今華亭縣學，故徐德卿氏義塾也。會學燬於兵，官遂即塾爲學。既德卿子彦裕上陳，願廣葺之。期年告成，竝誌諸石，而士之才者咸爲歌頌。予詩曰：

曩從辟地識徐卿，義塾初開儼似黌。負郭荐增田十頃，延師躬淑里諸生。魯隳孔壁聞絲竹，吴破蘇臺走鹿麖。令尹發揮新學紀，賢郎繼述舊家聲。太倉給米來庖舍，射圃揚旗拂棟甍。登降有儀推揖讓，仰瞻無極歎高明[二]。庭槐夾夏羣鸖静，水荇涵春半璧横。抱送自天麟五色[三]，裹蹄已鑄兩韓檠。

[一] 外患内備古所侔：備，《元詩選》本作「修」。
[二] 仰瞻無極歎高明：瞻，底本作「贍」，據珍本叢刊本、文淵閣四庫本改。
[三] 抱送自天麟五色：抱，文淵閣四庫本作「把」。

謹節堂 有序

謹節堂者，華亭徐去奢居士爲奉母夫人宋氏而作也。初，去奢在壯年，負氣志，部舟師，隸東藩，以功超遷亞中大夫、江西福建僉樞。既夫人齒邁，即棄官歸里。當是時，妄躁子弟躐富梯貴恐後，孰肯一審慮耶？迨事至患及，而蹈趙括之轍者何限。若漢孝子王陽，去奢其庶幾焉。去奢名彦裕，字仲寛。世爲素封之家，又以庶民之孝痛自厲，尤可稱也。詩曰：

居士前爲都護侯，戈船犀甲戍東甌。風連蜑海青蘋夜，日薄慈闈赤葉秋。三組授來丞相幕，六珈光動老人丘。忽興九折王陽歎，絶遠長平趙括憂〔一〕。美筍嘉魚重鼎列，諼花奇石半簾鉤。導輿復見潘安賦，埶角曾如郭泰留。堂上壽康猶事績，郡中歌頌迭嗚球。尚期丘嫂躬鷄黍，客拜龍鸞禮竝優。

寄石經歷兼柬林知府孟善時歲庚戌

謝病松江辱載臨，別來兩地異徽音。朝盤苜蓿齋居静，秋水芙蓉幙府深。乘月文鰩飛有翼，巢雲黄

〔一〕絶遠長平趙括憂：遠，珍本叢刊本作「遺」。

鵠去無心。郡侯多暇風生麈，幸説山人感至今。

松江謝病後寄林知府時歲庚戌〔一〕

十載心存祖隴田，六旬病守藥爐煙。南歸始遂山人願，上薦難忘府尹賢。紫馬晝眠高柳日，白鷗秋入大江天。戴符老去非安分，浪受襄陽百萬錢。

松江謝病還顧孔文觸暑慰問口號以贈

養痾涇上四逾年，五畝園林十畝田。白首素心無漢閣，炎風朱日似堯天。已從蔣詡三開徑，不望劉惔再覓船。顧彧能詩頗癡絶，汗流卻話雪寒錢。

張光弼判樞遠過最閒園

峯開南北再塵清，耆舊惟存張步兵。一日數程風楫順，十年雙鬢雪絲輕。詩題薜荔垂猿壁，夢醉莆萄畝馬營。狡兔霜前落吾彀，贈行聊激氣峥嶸。

〔一〕詩題：題下珍本叢刊本、文淵閣四庫本有小字：「係洪武三年。」

寄題鄉縣丞晉陽李景儀雪巖精舍

雪巖嶫峨汾水湄，借問龍去幾何時。荒城莫辨産蛙竈，舊隱適鄰鳴犢祠。春青木客嘯柯嶺，夜黑昴精窺研池。要知仕學本一致，松廳退食静哦詩。

過劉緝元綗碩果軒效楊鐵厓體〔一〕

澤縮壤裸山若孩，爾家碩果熟徑開。金刀下動鯉魚尾，紅椒暗結梅花胎。客衣風穿寒太鋭，酒槽雨鳴春小來。匏瓜老繫從苦葉，上林全借屬英材。

張判府王上海數存問併答張巡檢枉顧

酒在陶尊藥在壺，田園傍舍未全蕪。三時雨候占龍母，草名。十日春容付鼠姑。牡丹别名。生怪禈諶謀有獲，老憐甯武使偏愚。貴游下問終身事，有愧鄒書大丈夫。

〔一〕詩題：過，底本作「送」，據珍本叢刊本、文淵閣四庫本改。

松守遣郡博士辟至府既病謝張上海招宴不赴

雲林一辱徵書下，客舍三煩齋馬過。千里快風當六月，中年斜日奈長痾。饌違松上銀鱸膾，酒遠洲前白鷺波。野性自今甘放逐，水禽山鹿不吾多。

觀静安鐘銘還訪王静習兼懷賴漁莊林澹庵

湧泉澹井獨經遊，鄭氏橋西舍最幽。避地無因同管華，居鄰何道得羊求。漫推文字登鐘舞，共慶章逢謝石頭。藕大玉延誰貨得，雪泥行韭屈金鉤。

會别馬頴漁

别業歸來千里餘，秦山傾蓋喜無如。青衫不污新豐酒，白髮終乘下澤車。地入東南空驛騎，雪消齊魯足淮魚。彼行此住情俱得，尚約鷄肥落木初。

聶松江遣和上海具舟餼過烏涇别業召見既病還

荒鷄亂叫過鄰墻，茂宰驚來坐我牀。箭駛落潮千岸失，鼓懸斜日寸田方。行軀卻掃羈孤地，奏目除名老病鄉。試憶大儒誰第一，仲舒裁是漢賢良。

庚申正月四日試筆是曉庭雪盈尺〔一〕

雪庭掃罷若爲懷，體力差康道氣佳。鬼有文窮延上坐，妻餘法喜共晨齋。江鶯春淺猶巢谷，野雀寒深自入淮。挑菜燒燈連社酒，本來時命不相乖。

寄錢泰窩高陳雲軒二遺叟

天轉雲東上六符，有懷無寐枕同孤。紫芝隱曲歌商皓，烈火殘經補漢儒。私地春先梅老發，盛陰雷疾草狂蘇。祖生遲旦疎殊甚，不計中流少一壺。

伏龍山然唯庵建塔松隱藏所書華嚴經因以先妣李氏瑪瑙素珠附焉并寄是詩然長千巖高弟也〔二〕

風卷重茅葺未能，報先崇塔壯神僧。一龕峰湧大圓鏡，萬象天周無盡燈〔三〕。負石鬼來雲似漆〔四〕，散

〔一〕詩題：題下珍本叢刊本、文淵閣四庫本有小字：「洪武十三年。」
〔二〕詩題：素，珍本叢刊本作「數」。
〔三〕萬象天周無盡燈：周，文淵閣四庫本作「開」。
〔四〕負石鬼來雲似漆：漆，文淵閣四庫本作「練」。

花仙至月如冰。吾親手澤同悠久[一]，喜附龍函最上乘。

寄崇明秦文仲

渺渺三洲東一隅，葺茅先隴混耕夫。道存醴酒曾賓楚，國破干將不去吴[二]。白苧袍成雛養鶴，水晶瓜熟膾行鱸。相望暮景須陶寫，可信歌游老伴無。

懷昆山顧瑛玉山嘗棄官與家隱同里僧寺[三]

吴門長嘯下青龍，道過能詩禿髪翁。九里水雲孤櫂泊，半樓霜月兩尊同。黄金浮世官俱棄，白石眠雲草自豐。俛仰舊游惟病在，海濱倚釣幾秋風。

題張後山西堂

君子堂開枕九山，翠屏玉案白雲間。柳行接隴鶯聲迥，椶影涵波鶴思閒。伯仲賡歌皆耄耋，里閭懷

[一] 吾親手澤同悠久：同，珍本叢刊本作「相」。
[二] 國破干將不去吴：國，文淵閣四庫本作「城」。
[三] 詩題：寺，文淵閣四庫本作「舍」。

德半痌瘝〔一〕。重過話及張公藝，亦欲淩虛駕上攀。

喜顏守仁教授留園館信宿

前朝進士過林扃，信宿論心爲竦聽。雲氣夜蟠雄劍紫，天光寒入舊氊青。不同嘉樹生南國，猶夢鯤魚化北溟。老我歸田有龍具，僅堪供卧讀牛經。

辛酉立春日溪園試筆寄錢艾衲張雲莊二叟

雨雪相仍歲又徂，短衣楚製老東吴。竇山偏聚刑餘鬼，空谷先逃行獨儒。海霽卿雲升日角，岸寒髠枿長冰鬚。爲書春帖嘗春酒，早覺蘭風拂壽觚。

溪園秋燕又春鴻，漸老形骸土梗同。遑卹梟雄奔在野〔二〕，敢聞駃牝集生風。梅花占閣孤高雪，荻笴穿坻短小紅。抱膝微吟忽成調，一雙瓢影順流東。

〔一〕里閭懷德半痌瘝：痌，珍本叢刊本作「恫」。

〔二〕遑卹梟雄奔在野：卹，文淵閣四庫本作「恤」。

寄張户部以忠就問死節丁敬可平章子伯堅消息丁嘗爲主事張其吏也伯堅又嘗從予游於金陵

侍郎南下喜尋盟，有子能官養復榮。淞泖雪鱸來曉案，伊凉金雁歇寒箏。職方圖版勞賢久，神武冠纓入畫清。聞道舊趨丁相幕，巨源於紹不無情。

題朱松石左轄歸來堂

舊時山色抱新堂，西望遥伸燕賀章。金甲樓船争破浪，角巾藜杖獨還鄉。鶴孫影跨松間石，鶯友聲過柳外牆。盡屏陶朱老心事〔一〕，黑甜清灑到羲皇〔二〕。

同誼書記遊查山留題净無染西南林壑〔三〕

地湧叢林小翠屏，海呑孤障半螺青〔四〕。巖扉老衲忘人我，石甃神丹護甲丁。吴甸土寒黄耳塊，秦山

〔一〕盡屏陶朱老心事：老，珍本叢刊本作「舊」。
〔二〕黑甜清灑到羲皇：清灑，珍本叢刊本作「一枕」。
〔三〕詩題：染，文淵閣四庫本、《元詩選》本作「餘」。
〔四〕海呑孤障半螺青：障，文淵閣四庫本、《元詩選》本作「嶂」。

草厭白蛇腥。放歌適在風埃表，幢節浮空若下聽。

寄濋蘭江長老時其徒勝文海主東禪乃蝦子道場

菰採三江同謝徵，詩狂禪喝罷憑陵。乾坤影合中條壙，日月輝交丈室燈。遺世久忘形似木，扣雲曾得話如藤。願言流水師今是，萬翼神蝦再上升。

趙破螺徵士過園館言近况飲之以酒壯之以詩

牧羝山澤避徵書，還守駝墩小墓廬。乘角履穿猶説劍，一錢囊剩不思魚。潢汙毛薦寒逾肅，纖誦聲連夜不虛。况復永嘉天派在，左懸朱轂相王車。

同錢思復提學曹新民教授過松庠儒職沈蒓軒

沈郎儉謹居松郭，新築蒓軒小似蝸。天厚水雲千畝利，世輕鐘鼎五侯家。執籩况是清脩職，登饌真便老鈍牙。十載澹交方爾過，萱長如帶杏初花。

辛酉雜題〔一〕

斗酒豚肩鷩紫裙，過家無日淚横紛。兵餘姊妹皆黄土，天晚江山自碧雲。陸喜在吴嘉隱德，隨何遭漢擅名文。先人遺體猶清健，會倚陰陰里社枌。

遺經姑置楚包茅，新筆恭書蠡上爻。利盡島溟珠象郡，道湮周魯鳳麟郊〔二〕。看雲杖名。暮影齊巾角，滴露酒名。春聲落枕凹。自判優游不堪事，鷦鷯添室翠分巢〔三〕。

槿籬莎徑入林堂，春作無牽午漏長。音歇野鶯新緑淺，影浮潭鯽小紅香。誰家數應中和節，十畝寒輕二月霜。忍貰緼袍償酒債，時人將謂獨醒狂。

寄完哲清卿參政

六月青暘一葉秋，大參躬自出遮留。軍中取印舊赤手，林下墊巾新白頭。闔郡山園朝爽競，幾人漏盡夜行休。宴游莫聽堂堂曲，蟹紫橙香風露秋〔四〕。

〔一〕詩題：題下珍本叢刊本、文淵閣四庫本有小字：「係洪武十四年。」

〔二〕道湮周魯鳳麟郊：周，文淵閣四庫本作「鄒」。

〔三〕此句末珍本叢刊本、文淵閣四庫本、《元詩選》本有小字：「是歲征雲南，元梁王自縊。」

〔四〕蟹紫橙香風露秋：秋，文淵閣四庫本作「稠」。

書西厦時洪武丙寅沿海築城[一]

牀頭鵰卧久空金，壁上蝸行尚有琴。孺子成名狂阮籍，覇才無主老陳琳。虹霓氣冠登萊市，蝙蝠群飛顧陸林。環海煙沙翻萬臿，連村霜月抱孤衾。

秋　詞

香散天街静玉珂，露臺風殿夜如何。星從河漢濟中落，秋在梧桐疎處多。鸞影不曾離寶鑑，蛛絲先已綴金梭。君王繭館詢遺事，卻擬鑾車共載過。

沙館簡陳氏五昆季兼示門生履道輩及似沙彦約沈鄉老鄉人陳漢翁時至正己丑[二]

家家門柳暗垂橋，曲曲沙村遠應潮。貧女採藍輸畫屋，閒僧槌鼓慶青苗。大江春信豚魚起，絶島天荒牡雉驕。地主幸敦仁厚俗，欲從媚睦論虞姚。

[一] 詩題：題下珍本叢刊本、文淵閣四庫本有小字：「係十九年事，時多憤懣不平。」
[二] 詩題：題下珍本叢刊本、文淵閣四庫本有小字：「時方太平無事。」

聞臺中丞陳子山死節兼懷陳東流

身繫存亡社稷秋，世皇神主義同流。火雲鑠海黄金冶，朔野垂星赤玉旒。同産忍聞龍死蜀，斯文真歎鳳衰周。尚思弭櫂君山渡，不及相陪宴太丘。東流嘗請予陪宴，公不果赴。

書無題後凡三首偶感燕太子丹事〔一〕

火流南斗紫垣虚，芳草王孫思愴如。淮潦浸天魚有帛，塞庭連雪雁無書。不同趙朔藏文褓，終異秦嬰祖素車。漆女中心漫於邑，杞民西望幾踟蹰〔二〕。

塞空霜木抱猿雌，草暗江南罷射麛。秦地舊歸燕質子，瀛封曾畀宋孤兒。愁邊返照窺牆桷，夢裡驚塵喪韘觿。莫識白翎終曲語，蛟龍雲雨發無時〔三〕。

幾年薪膽泣孤嬰，一夕南風馬角生。似見流星離斗分，謬傳靈武直咸京。九苞雛鳳沖霄翼，三匝慈

〔一〕詩題：「題」下文淵閣四庫本有一「詩」字。
〔二〕杞民西望幾踟蹰：幾，文淵閣四庫本作「獨」。
〔三〕詩末《元詩選》本有小字：「元世祖聽彈白翎雀，曰：『何其曲終有凄怨之聲乎！』」

烏落月情。縱少當時趙雲將，卧龍終始漢臣名〔一〕。

懷馬文郁御史靳惟正同知兼簡陸公叙薛孟式

山茶雪蕊渥丹唇，轉老東風倚杖身。彗尾封狐營窟夜，朝行高雁海天春。磬襄簑武知何往，瘦島寒郊不去貧。竊喜孤輝上弦月，一杯聊勸若爲親。

寄完哲清卿參政其壻某近卒

大參久别况如何，蕚緑花開雁又過。賣劍買牛時可得，據鞍上馬老無多。魚隨春信登先豆，鶖匿寒形在舊羅。孰料周郎美甥館，一牀鴛繡拆孀娥。

懷故園時寓隱烏涇十有七年

薇花空復故園情，梧樹猶標里舍名。山抱墓田巡獸白，天流江浦去鷗清。鉼罍滿載憐洪嶠，弩矢前驅隘馬卿。他日苟歸何藉口，一門無恙讀書聲。

〔一〕 詩末《元詩選》本有小字：「錢牧齋曰：洪武七年，遣元幼主之子買里八剌北歸。此詩記其事，故有『舊歸質子』及『南風馬角』之句。太祖封買里的八剌爲崇禮侯，故曰『瀛封曾畀宋孤兒』也。」

謁陳烈士廟墓 有後序

夙負聰明號聖童，野狐西鬬白干虹。颺言佳室青烏子，效順長江赤鯉公〔一〕。香案山朝雲泱鬱，翠茵沙枕樹蘢葱。餂夫釋耒談遺事，餉吏連艘酹快風。祀典寵輝荒寂表，靈休昭降混茫中。蘋蘩爲寓維桑敬，生氣英英月在空。

予謝病自上海還省江陰先隴，道謁夏港陳烈士諱忠廟墓。因憶幼侍大母徐氏傍，嘗聞説烈士産杭，宋末，神采煥異羈貫。當盛暑，供送壺飧於力田者〔二〕，隔溝潦輒騰擲畀之，若有神助，壺未始傾覆。及叩妖祥，類多中，由是闔境稱爲聖童。迨笠墩寺黨弗靖，守將莫知禦備，乃問諸烈士。首對曰：「化機不可泄。」既不獲辭，復曰：「某日其必鬬城〔三〕。」廂校率兵，如期以待，亭午浸懈散，而寇果至，縱焚掠去。守將蔑以藉口〔四〕，竟誣烈士，殺之。時白氣上干，頃而雨，父老謂天雪涕云。姊夫俞善善曰：「烈士葬後，有陰陽者流相墓位向，當出土祇，與侯封等。」其先蓋業漁，

〔一〕效順長江赤鯉公：鯉，底本作「鱓」，據文淵閣四庫本改。
〔二〕供送壺飧於力田者：供，珍本叢刊本、文淵閣四庫本作「躬」。
〔三〕某日其必鬬城：其，珍本叢刊本、文淵閣四庫本作「某時」。
〔四〕守將蔑以藉口：蔑，文淵閣四庫本作「無」。

同漁者網得一金赤鯉，殊長大，鬣尾奮掉，目瞠然光芒〔一〕。其先驚悟，放之江。是夕夢神孺告曰：「吾龍王第四子也。誤罹之網，賴公活焉。公之孫姓，將必陰祐於民社於洋溟者〔二〕。」今烈士感通猶影響，而北南餉舶安輸逾百稔。田更廛氓〔三〕，及四方販丁庸夫，争相奉香幣致牲醴，籲禳恐少怠。夢誠應耶？夫幽明二支，一本也。烈士誕鍾炳靈，生髮甫燥，遽不幸死非罪。而英爽凛卓，弭災捍患且久，兹膺褒命自天，廟食世世，視彼烽塵間起萑澤、魚肉鄉子弟妻女者，不翅數十烝汗於九泉也已。予忝生同里，懼泯遺跡，於清暑暇，謹繕録前後所聞於詩左，庶俟來者干寶氏參考焉。善善，名思齊。予，梧溪王逢。

積雨後同野橋小眺橋予所名僧善應造者

一雨柴門三日泥，疎疎煙起野橋西。晚扶斑竹聽歸鳥，曉把青銅見伏犀。中外瘡痍需藥石，尋常冠帶夢雲霓。多情紅素芙蓉影，静卧秋光不過溪。

〔一〕目瞠然光芒：芒，文淵閣四庫本作「射」。
〔二〕將必陰祐於民社於洋溟者：祐，文淵閣四庫本作「祐」。
〔三〕田更廛氓：更，文淵閣四庫本作「叟」。

重過曹樞掾别業兼唁其子克莊

憶同司業過瓜溪，爾汝鄉音話舊棲。老志入雲相抱犢，惡聲連雨獨聞雞。角弓嘉樹嗟猶在，絮酒生芻忍自攜。竊頌佳兒肯堂構，柴門月色曹舊齋名。未曾題。

甲子歲初度重陽范道士來祝香就書以遺之

甲子重經初度翁，一家雞犬在雲中。柳眠淡曉陂塘月，花信輕寒里社風。顧影乾坤聊自壽，與時消長有誰同。天人似格劬勞念，雙炬光交酒面紅。

桃浦王叔聞省兄仲祥往成都還賦此書二紙一以美其義一以寄其兄兼簡蘇天錫歸子良二友

緑畫軒開卜夜筵，再歌棠棣脊令篇。險經灩澦瞿塘石，心戴烏鑾白帝天。先世隴田欣具在，故鄉親舊念同遷。百花水煖龍魚躍，取次三槎候綵船。

安初心禪房會任伯禧就題所畫馬卷

畫承都水月山。擅高名，禪壁篝燈話半生。醉裏野狐窺火宅，筆端天馬降房精。情親況有詩書好，老大俱無寵辱驚。憶寓龍江未春歇，桃陰連苑珮珂鳴。

沈茂碩葉仁伯范叔中同登超果寺祥麐椒都綱所建一覽閣留題楣間

旃檀香閣煥璇題，緇褐俱開望弗迷。九翠遠兼風露入，五茸横帶海雲低。梵天靈鷲音西下，古井神鰻氣上躋。非幻雞言且援筆，白花紫竹其後山巖名。儼巖棲。

過沈橧居灸艾

風濕相仍衰謝牽，小樓肱曲艾吹煙。盤蔬喜進先生飯，甕酒羞爲吏部眠。泥巷蟈歡梅子雨，雲衢虹飲橘陰泉。華陀弗視曹瞞疾，何愧龐公采藥仙。

題泖壖時主僧賢如愚不在夏生鼒從遊

何年窣堵聳奇觀，勢若蛟龍上糾盤。秦縣泖先是秦囚倦縣。赭衣淪鬼國，梵家寶藏壓鷩湍。野瞻雨黑重燈夜，天卧空青一鏡寒。欲買扁舟占漁户，老緣無力候衡官。

謁梁黄門侍郎顧公諱野王祠

世仰希馮一偉才，亭林猶歸讀書臺。呼鷹日落荆州歎，遊鹿春深茂苑哀。輿地河山曾版入，招提風氣再天開。鐘聲澹月香雲裏，旌騎疑從野色來。

贈嘉定楊一溪道士 有序

丁未三月晦，松之上海大姓錢以憤變據松城。其黨入嘉定，執新守張率在龍江道中。道士楊仁實素負氣誼，蓐食草屨，毅然奔救得止。既錢敗，邑以率在，民不知兵。而士儒咸德楊，多形諸傳贊〔一〕。予與楊又交好〔二〕，爲之詩云〔三〕：

瞜城外史七尺身，力全新守出兵塵。救燕曾聞齊義士，叛周自是殷頑民。三江月黯血波夜，千室煙回陰谷春。試問玄都看花客，幾多芳草不歸人。

題宋侍郎衛膚敏諫議槀後 有序

槀中乞褒顯死節劄二：韓雄巡檢涇州，金虜犯順，守將請降。雄乃力戰，敗擒，不屈死。霍

〔一〕多形諸傳贊：多，底本脱，據文淵閣四庫本補。
〔二〕予與楊又交好：「又」下文淵閣四庫本有一「素」字。
〔三〕序文末文淵閣四庫本有小字：「先是，徐達等由湖州、錢塘取松江、太倉、崑山，獨吴城未下。」

安國守懷州，列城皆破，懷賴安國以全。虜衆再至，城小不能禦，遂自刎，家亦被害〔一〕。林良器戰死河東，陳惇河北遇殺，李振陷没於燕，王雲、聶昌、陳過庭出使，或殺或留。汴陷，左右班直蔣宣、李福，欲率禁旅衛駕，突圍以遁。閤門祗候吴格，謀與衛士斬關出，刼兩宫於虜營。竝機泄殺之。他若二聖可還之策，東南戰守之疏，辭義忠激，猶霜嚴日皎〔二〕。至如卓節偉蹟，見諸汪藻誌。噫，後昆尚思光大所先乎哉！詩曰：

奉使旃除建節旄，歸來獻納殿螭坳。東南戰守材誰備，河岳英靈夢或交。城下盟渝龍御失〔三〕，日西戈寢虎皮包。斯文三復精忠在，謖謖松風過鳳匏。

寄内兄李彦梁姊夫俞仲延二長者

小山大石網船春，江鱒河魨柳貫新。去亂漫贏千首作，思歸惟有兩人親。梨花酒灑清明淚，麟趾金銷第幾塵。剷臟啖孫經訓子，白頭相夢到朱陳。

〔一〕家亦被害：家亦，文淵閣四庫本作「悉」。
〔二〕猶霜嚴日皎：文淵閣四庫本作「猶嚴霜皎日」。
〔三〕城下盟渝龍御失：御，文淵閣四庫本作「馭」。

春雪園館偶題

菜蔟春盤春又還，揶揄何物老相攀。冰生前筋瓊林案，雲覆長衾石壁山。魴信徒勞餘赤尾，豹能真隱備圓斑。雪消十二街頭徧，静得袁安高卧閒。

攣跛中雜興二首後承林準叔平枉問

經時蘿磴絶攀躋，注目傷懷夕照西。古道千金求駿骨，世情壺酒賽豚蹄。黄沙白水光相亂，青壁丹厓秀宛齊。果熟望中風自落，固應鄉幼迓扶藜。

風物疎清塵事稠，才難殊歎古時流。草玄不效龍蛇日，摻鼓空催雀鼠秋〔一〕。病有過家期已晚，官無搶地拜應休。星軺度驛嵐州使，謂林。喜説儒衣仗節遊。

甲子冬偶書〔二〕

雲東亂定少新知，江左書來有跛兒。才盡罷爲文自祭，醒狂寧要臿相隨〔三〕。天家青女催衣急，漏水

〔一〕摻鼓空催雀鼠秋：摻、雀鼠，文淵閣四庫本分别作「撾」、「鼠雀」。
〔二〕詩題：題下珍本叢刊本、文淵閣四庫本有小字：「洪武十七年。」
〔三〕醒狂寧要臿相隨：臿，文淵閣四庫本作「鍤」。

金人上箭遲。卻喜故妻原上樹，十年羈羽託深枝。

題劉原正涉難録 有序

己酉四月[一]，松江里長以今元年没官秋糧坐移易罪者百九十二户徙潁上[二]。予友生劉冠時在徙中。凡遇道途之艱，山川之險，與夫先代遺跡，輒形歌詠，得若干首，題曰《涉難録》。及事白釋還也，謁示予寓隱。其《留關山堠》云：「關山高兮磅礴上靡極，巖千壑萬天咫尺。朝嵐夕霏轇轕陰，絶磴聱牙石攢戟。嶺半塔邊忠武伯顔丞相。泉，不盈不縮通海脈。仰頭試望榴棘中，羊坡鳥道崎且窄。傍有餓殣屍，前有猛虎跡。上嶺如上青天難，下嶺如下萬丈澤。昔聞劍閣險若此，我母胡爲此行役。母兮母兮回顧兒，欲語復咽愁雙眉。兒兮兒兮母手攜，欲上卻下展轉悲。撫心飲恨言向誰，鷄樹萬一東風吹。」才行槩可見矣。爲題八句：

百室餘千口，遷淮共慘悽。關山中道惡，母子萬行啼。月黑相鄰虎，天青忽聽雞。哀成涉難録，田

[一] 己酉四月：「月」下文淵閣四庫本有小字：「洪武二年。」

[二] 松江里長以今元年没官秋糧坐移易罪者百九十二户徙潁上：「年」下文淵閣四庫本有「戊申」二小字。移易，文淵閣四庫本作「流移」。

里慶安棲。

寄信道原長老

舊隱過缾錫，相違已十年。慚非習四海，爲友釋彌天。鷲嶺巖花白，鶩池水石圓。何當地密邇，瀟灑論詩禪。

遊查山登僧雲巖閣扁曰虛翠留詩閣中[一]

仙跡遺丹穴，僧坊倚石林。中宵龍甲雨，三日虎蹄涔。青薜庋容立，黃茅海色侵。爲尋霞上句，鐵杖落清音。

芮庠卿邀費孟霦同知陪酌背郭堂既同晚步口號

罷酒出前楹，霜寒著面輕。林腰煙帛束，天角火鋒生。卧木橋通野，疎罾水隔城。寬袍曳邛竹，俱老愧宵征。

[一] 詩題：巖，文淵閣四庫本作「石」。

輓范德原 有後序

鶚薦書長卻，臯比坐始專。春風來學地，寒雨送喪天。范式車何往，黔康被不偏。樓居敞晴雪，憶說賀翁賢。

德原諱致大，崇德人。脩行博學，主無錫鉅家。會淮張入吴，辟儒教授，不赴。既陪臣於張者禮置焉，德原曰：「道固在耳。」至則衿誦，雲翕雨應。不幸以疾卒。賀丞相惟一嘗延慶元俞紹芳訓其子〔一〕。子不受教，朴，誤著其面，微血。子奔愬太夫人，太夫人怒〔二〕。適賀公退來省，夫人曰：「而祖留守建馬上功，無膚髮挫撓。今吾孫奚過，師撻之甚耶？」賀侍久出，命蒸羔具醴宴。紹芳至，執醆，再備金繡雙段，徐謂曰：「豚犬愚下，姑答鞭策勞耳。」紹芳繼有薦，除臨海。翁仁德元，由第進士録事温州。妻早歿，二子知承家。有汴宋趙宗室，必欲以女配。仁力辭，媒因告方氏師昏之濫。乃佯諾，處之別室〔三〕。半載方氏定，卒歸之〔四〕。嗚呼！德原已矣。當時客樓齋雪，

〔一〕賀丞相惟一嘗延慶元俞紹芳訓其子：俞，底本作「余」，據文淵閣四庫本改。

〔二〕太夫人怒：太夫人，底本脱，據文淵閣四庫本補。

〔三〕處之別室：室，珍本叢刊本作「舍」。

〔四〕卒歸之：卒，文淵閣四庫本作「仍」。

西望九龍山，清寒灑面，而席上所言，猶在耳也。予併録詩後，俾叔世曉賢者禮義所自出，二公其賢矣乎！

庚申七月一首時謝病松江〔一〕

金火蒼龍角，門庭野雀羅。衰年歌鹿遠，清枕夢魚多。鄰有通財好，官曾勸駕過。尚平償債畢，睎髪石林阿。

過翟雲莊觀唐功臣杜正倫下凡五十三人圖像

風氣開龍馬，天機貌鳳麟。衣冠中古制，經緯一朝臣。河水移源久，雲莊盥露新。相觀背揺落，益自重遺身。

寄題胡安州鼎文萬山草堂

孤州西蜀角，一室萬山分。地雜刀耕户，天垂井絡文。獸蹄交雨雪，龍氣變朝曛。倅駕何爲政〔二〕，

〔一〕詩題：首，文淵閣四庫本作「日」。題下珍本叢刊本、文淵閣四庫本有小字：「洪武十三年。」
〔二〕倅駕何爲政：何，珍本叢刊本作「能」。

峨眉秀不羣。

哭楊生士中

門友南遷歿，初聞實慟予。有天知孝友，無日見摳趨。壘護懷春燕，巢安怨夜烏。埋光在别業，吟思滿煙蕪。

文翬洲倡詠 有序

予自至正丙午僑隱最閒園館〔一〕，時黄浦中洲生僅尋丈許〔二〕。今已延廣三十餘畝，歲賦官入。諺曰：「浦夾輔洲，如崗如丘，實安衮衮流。」洪武癸亥，始攜里叟門生共登臨焉。適羣雉翬暎鷗左右，衆請名是洲，因名文翬。而倡詩曰：

盧涇初避地，黄浦漸生洲。里諺歸材傑，天工障濁流。望疑堅壁守，醉覺小山浮。仙蹋金鼇背，神迴白馬頭。根盤連厚軸，形勢壯遐陬。漁倚盲風釣，商藏疾雨舟。篠鞭伸玉節，荻筍屈紅鉤。煙火鮫人

〔一〕予自至正丙午僑隱最閒園館：隱，文淵閣四庫本作「寓」。
〔二〕時黄浦中洲生僅尋丈許：生，珍本叢刊本、文淵閣四庫本作「坐」。

市，雲霞蜃堞樓。沙津魚鼓急，水栅蟹燈幽。艮震方先曙，吴淞木始秋。老懷龐德隴，隱覓謝鯤丘。僮御争先導，吾儕試一遊。賡歌清氣合，樂志古人侔。可信文翬雉，能盟懶性鷗。

省先隴還舟望九龍山蛟山遊鯉山懷江城親舊兼寄示内姪李用外甥俞堇二首

兵甲氣全消，心旌北向摇。鯉昂雲際額，蛟斷草間腰。習隱由中歲，辭徵涉兩朝。莫期歸衣錦，曾鄙去題橋。

秀挹九龍山，還鄉未是還。水風秋意爽，霞日曙光殷。隴畝諸甥託，詩名内姪攀。城中盛親故，天與幾多閒。

題朱庭佐聽竹軒〔一〕

開軒能聽竹，古意未蕭蕭。先代多充耳，伶倫得奏韶。寒兼雲嶠雪，秋殷海門潮。過客詩凡幾，天光酒面摇。

〔一〕詩題：庭，珍本叢刊本、文淵閣四庫本作「廷」。

哭夏生幼文

秀質三花粲，才華五鳳能。星娥銀漢會，天帝玉樓徵。衣静庭闈綵，窗虚雨雪燈。重過槁容客，猶覺暎壺冰。

乙丑秋書

腰痛非干米，眵昏漸廢書。静知天運密，老與堠程疏。緑吉黄甘外，紅鮮白小初。兒歸共貧樂，容易歲云除。

丙寅清明日書二首

清明二月晦，重潔祭餘觴。旁舍火新活，兩孫衣漸長。膝前簾幕雨，夢裏隴園霜。何意辛夷發，花叢紫筆房。

破屋遶王田，人生狎狗鞭。知章歸入道，元亮醉逃禪。水蔓縈風亂，山花影日圓。黄龍浦東直，堪隱載家船。

園館雜書四首

竹樹藏山石作門，魚矼水帶洗花痕。鶯聲又在鷄聲外，老不勝官只住村。

石拂蒼雲坐若枯，強名何物静相於。熏風似識閒邊事，椒葉芹花水一盂。

青春白日去無還，天假溪園小有山。林下軟莎遮坐石，何人來對片時閒。

殊鄉春色不曾濃[一]，才力新兼病思慵。一枕清風聞格磔，半缾香雪酒名。浸莯蓉[二]。

輓高僧炬照菴 有後序

石壁雲無礙，曇花水絶清。莫爲房琯將，四萬可憐生。

予自龍江挐舟遊湖山[三]。時照主香林，嘗延入懺室[四]，躬喚鶴舞，作香茗供。陪觀蘇文忠題名，且示學士黄文獻文一什，留繼其宿山故事，不果。瀕別，贈照二首云：「學士愛山棲一年，韓

[一] 殊鄉春色不曾濃：不曾，珍本叢刊本作「睡邊」。

[二] 半缾香雪酒名浸莯蓉：名，底本脱，據珍本叢刊本補；句末文淵閣四庫本、《元詩選》本有小字：「香雪，酒名。」

[三] 予自龍江挐舟遊湖山：挐，底本作「拏」，據珍本叢刊本改。

[四] 嘗延入懺室：室，珍本叢刊本作「堂」。

衣蘇帶迴同緣。書臺未築老僧在，金粟滿林香大千。」「路入飛來急雨晴，水懸風磴助秋聲。人家大樹都黄落，白足山人自在行。」遂還松。曾不踰月，鄰敵大至。照碧瞳長眉，煙霞標表，義然獨不去，兵有樂爲役爨汲者。香林既晏然，照乃往脩北寶塔，善行益彰。壬子歲，赴今高僧選。居無何，沐而趺坐卒。文獻字湝卿，與照爲方外交。及黄殁，擬築黄公讀書臺，傳不壞云。

梧溪集卷第七

江陰　王逢　原吉

連理梅頌 有前後序

逢謝病最閒園之十有七年上春，海曙巖左，藻德池水陽，梅大小幹四。氣合理屬，形色無間，特然危立，當龍門浪石。偶始見焉，僉愕愕以爲瑞。越二月二日，家嫗告誕男孫，乃仲子攝所出者。是日，長庚宿于奎，抑逢命躔酉分，適符而梅也。叢蕚玉作，花香豔景，意動暎會，洽宜乎觴。而頌曰：

猗歟梅，瑞巖壑。合衆幹，返大朴。理屬氣，強兼弱。先春蕚〔一〕，根性孤。彙感清，影肱江。韻皇英，颸弗撓。雪愈貞，石丈盟。世澤涵，嘉應毓。陰德積，裕慶續。宗毋吝，家惟睦。猶實有仁，後其

〔一〕先春蕚：蕚，文淵閣四庫本作「蔓」。

蓄熟也耶？

逢頌梅已，竊興憶故園菜亭南，紫薇木連理尤特異。先，嘉會君嘗慶宴里儒陳復雷輩於亭上，時逢僅有長嗣掖從在侍。陳執觴起進予曰：「而大母徐諱閏芳。屬未有後，祝而伯父諱忠。甫三歲〔一〕，褓負避亂兵，夜仆葑蕩，數瀕死。有勸棄之者，而大母輒涕咽良久，誶語曰：『既子而棄焉，故殺同〔二〕，寧死生俱也。』卒脫於難。晚始得而父。諱惠。迨冠，吏他郡，月寄俸，具鮭胰，餘則班諸族之貧者。寒陰雪雨，鄰伍有不能舉火，歲率濟饘粥。而大父潛昭翁，元初卒。相傳好延士，士數數靡怠〔三〕。遇事謹敏，宅心夷厚，鄉稱長者。而伯父至析爨也，而父義甚同胞，倍與産業。而姑歸而蚤喪，又躬爲殯埋。盜盜其丘木，則愬於官，仍歲謁時祭之。兩甥女還往，三十年卹養如一日。夫和氣致祥，植物先應，此豈偶然哉？」座客咸韙之〔四〕，盡歡醉散。其所言歷歷，今不忘。於乎！釣遊先跡，愴墮夢境。流滯餘喘，行同朝露。莫知人世，竟奚如也。雖然，天理不泯，世澤或未艾。幼孤謂諸外孫。壯寡，謂孟仲二女。乃復相尋於家事，捐城跡屏病。句。有司迫於起，

〔一〕祝而伯父諱忠甫三歲：祝，文淵閣四庫本作「視」。
〔二〕故殺同：故，文淵閣四庫本作「與」。
〔三〕士數數靡怠：數數，文淵閣四庫本作「數至」。
〔四〕座客咸韙之：之，底本作「韙」，據珍本叢刊本、文淵閣四庫本改。

藥石伏枕荒寂間〔一〕。時吏部敬依起取。惟爾掖等，上思繼夫志，下見篤於行，若孝若悌，大有實兹頌聲。則王氏黄灣諸靈，將不在他日佳子孫是望是慰〔二〕。是年壬戌三月初度日，書示掖、攝、拊〔三〕。

隱憂六章時有司奉吏部符敬依令旨起取

箕舌兮房耳，交燭兮東鄙。顧謝病兮四三，胡謡諑兮迭萋菲。鵠高飛兮翼焉假，蘭幽幽兮林下。爛晨霞兮莫湌，潦秋清兮爰酌之斝。

獸有越阹，魚有跋扈。居巢處穴，知謹風雨。辛洊臨兮丁載周，以朝以夕兮五春十秋。年老癃病兮，勿遣有詔。人事噂沓兮，紫芝叢桂聊夷猶。

茕團團兮藜葉長，鏡吾知兮眉如霜，車爾華兮服爾章。素履諒无咎兮，貞也悔亡。所未亡兮，隱憂中腸。

虞士不往兮招維旌，魯有兩生兮没齒無名。古道悠兮時事并，疑莫稽兮拔茅征。貞菊延年兮，姑湌以露英。

〔一〕藥石伏枕荒寂間：伏，底本作「杖」，據文淵閣四庫本改。

〔二〕將不在他日佳子孫是望是慰：孫，文淵閣四庫本作「弟」。

〔三〕書示掖攝拊：句末珍本叢刊本、文淵閣四庫本有小字：「係洪武十五年。」

鷄鳴嘐兮，蒼龍上蟠。鶴駕其朝兮，竊謝病枕安。須捷楚人以衣被垢弊之謂。蕭蕭兮[一]，雲棲簷端。於乎！策良被輕兮，七子闕下。白帽管寧兮，亦容於野。牛山兮鴞林，材充兮培深，彼藪澤兮大獮禽。於乎！窮簷短景兮，身衰遐心。

震琳震澤中洞庭樂石也

震遺琳，八琅音。夔擊節，猿應吟。卻西琥，謝南金。樂哉幽深。

超果寺祥麐椒講師頂相贊[二]

骨聳巖厓，胸含冰雪。具正法眼，鼓廣長舌。坐斷泖峯，高清孤絶。將使一華五葉之傳，三草二木之喻，殊途而同歸於轍者耶？

數珠銘 有序

瑪瑙數珠，連瓔絡五事，逢顯妣李氏諱靖真之手澤也。妣氏平居江陰時，嘗諷《心經》。暇，

[一] 須捷楚人以衣被垢弊之謂蕭蕭兮：之謂，珍本叢刊本、文淵閣四庫本作「爲須捷」。

[二] 題目：「講師」文淵閣四庫本小字置於題下。

舉是謂逢曰：「吾有不可諱，必納之窣堵中。」逢謹答曰「唯命」。厥后倉卒去兵難，舊物多所失遺，而珠儼存。追惟音容之隔，已三十九年矣。今年癸亥秋〔一〕，雲間會伏龍山唯庵然禪師於松隱禪林〔二〕。築報恩塔落成，用藏其所書《華嚴》大典，乃以丹髹小盒置珠而附焉。於乎！妣氏念其忘乎？重銘諸石曰：

唯心浄基，弗垢弗隳。手澤塔是歸，尚神龍護撝。

真率軒銘 有序

郟人士許思敬，營別業於華亭縣庠之東偏。嘗懲世之狃儉失常、肆奢致剧者夥矣，乃慕温國司馬公之真率也，以名其軒，而介合淝翟守仁氏徵予銘。銘曰：

肉不掩豆齊相嬰，脱粟布被漢臣弘，日食錢萬晉何曾。後賢真率世著稱，簡素易直子其承。

〔一〕今年癸亥秋：「秋」下文淵閣四庫本有小字：「洪武十六年。」

〔二〕雲間會伏龍山唯庵然禪師於松隱禪林：上一「禪」字，底本脱，據珍本叢刊本、文淵閣四庫本補。

儉德堂陶爐蓋座二銘

維蓋覆爐，猶天覆仁。静翕太極，動舒陽春。涓塵海岱，巨細念均。至治馨香，風氣載淳。右蓋銘。

后土其載，磐石其固。鼎位奠寧，香是用籲。何敢事天，存養無素。願兹墊民，環堵永措。右座銘。

節石銘　有後序〔一〕

石有節，猶婦有烈。孰謂之夫也，志可奪乎？

東霞

東霞有郁，頃雨于穀。旱魃方酷，曾不及霂。吁嗟乎郁兮，匪霞伊旭。東霞有雯，頃雨于枌。曾不及雰，化爲火雲。吁嗟乎雯兮，匪霞伊昕。維昕維霞，孰得指兮。維霜維冰，我躬履兮。丘樊虚凉，豈無枸杞。采不盈襜，聊永暮齒。聊永暮齒，亦曰隱死。

〔一〕有後序：文淵閣四庫本無此三字。另各本均未見後序，惟底本正文後有空白頁，共二十七行。

春雪封條

春雪封條，載霰載雹。羣陰淫威，陽遻應角。予適有酒，言崇于卮。匪庸解寒，庸以解悲。喪不知其幾周兮，曰心曰柳。亂不克忖其滅兮，曰狼曰狗。於昔屈虞，成騷成書。一時行獨，曠世道俱。大江沆沆，源始濫觴。泰山奕奕，霤至穿石。彼桃彼李，夭穠其華。松柏貞固，受命孔遐。雪聿除矣，青園微和。君子焉同，式燕以歌。

題崑山顧氏耕讀所

彼瘠兮甌窶，耕弗力兮薄吾收。於皇兮墳典不讀，無學兮没齒有恤。蟬有緌兮蟹匡，豹霧隱兮蔚章。耕爲養兮學爲己，猶干禄者皇皇。婁之瀊瀊兮峴巑巑，卑茅椳兮深蓬關。身忍潔兮沮溺，道遻師兮稷顔。脈望仙兮芸黄其槁，桔鷂鳴兮白雨增潦。顧天窮兮竝臻，矢素志兮終抱。尊有酒兮，思與傾倒。

風條叢鳴

風條叢鳴，遵野微行。十室其五，父夫徂征。問此何時，維春發生。風鳴且止，雨淖泥泥。父夫遐鄙，妻子從徙。維時長育，人莫豈弟。露始滜滜，霜既凓凓。幸焉冬暄，虵虺迭出。遺黎幾何，憂與歲畢。月之盈矣，虧餘一郭。日之蝕矣，陽氣回薄。於仁后皇，曷威曷虐。象犀無尤，齒角其尤。鳳音悠悠，麟趾脩脩。聖不復起，嗟誰心東周。

即事五首寄桃浦諸故知 附後序

素癡得名侯君房，自享大案焦征羌。莫嫌衛旌不舉節，口筒授使多嚴光。世間堪鄙是何物，糞土之英褌中虱〔一〕。後園石壁倚秋林，醉有髫孫旁執筆。

山牀折足琴暗徽，種菊不種西山薇。願從漢士碑有道，夢遠秦鬼歌無衣。閒園不入煙火境，巨浸盡漂桃土梗。老伴惟餘卧隴雲，抱晦含光體常静。

有章擲還太尉閣，有版不受丞相垣。南朝天子許謝病，竊長木石儀鸞園。平生氣節詩千首，才非元亞元遺山。甘劉後。劉静脩。素聞魯廟鑄金人，晚學程門坐泥偶。雙平原裏新得原名。庶全歸，他日壙銘辭大手。

貴不難得富可嗟，二事亦到園丁家。雷王藥吏錦襠袴，野藤絡樹金銀花。園丁横笻坐梧下，竊愧長年釋耕者。身膏草野身土苴，語孫耰耡莫輕把。

東坡楚頌存虚名，止烏作亭烏涇新作。殊有情。枇杷换葉何青青，雪中開花來遠馨。多仁多核知爾少，柏樹根添鄭玄草。彗海禪師識侯景，華容女兒哭劉表。如何太白謫仙人，竟坐夜郎唐絶徼。裁詩寄

〔一〕糞土之英褌中虱：土之英褌，文淵閣四庫本作「上之蝇褌」。

與多才郎，塵間寵辱要相忘。灞橋吟興驢背上，月盎冰壺虀味長。

是詩五首，先君子即事寫懷，鄉嘗寄桃浦諸舊友者也。先君子辱諸友見知之深，每一往游，追從款迎惟恐後。及以歿告，孫弘叔遠、歸厚謹先、王庭與立，具禮來奠。而李韶九成、俣性自誠，洎雪域、以聞二上人，亦踵至焉。明年冬，掖走謁以謝。叔遠懇懇勞問，因語詩卷刊未完畢。叔遠慨然倡捐重貲，以聞并率諸友助之，亟召鐫工〔一〕，俾終卷帙。附識詩後，不敢泯其實也。不肖孤掖謹識。

竹梅莊辭 有序

竹梅莊者，嘉定陳敷禹文之隱所也。敷曾祖洪甫，號梅隱，有詩名。宋咸淳間，嘗次和靖處士梅花詩韻六十四首。其用事造語佳者，若「虢國平明朝北闕，王奴昨夜侍東昏。雪裏根盤蘇武節，水邊影弔屈原身」。此類甚多。張公汝諧，其壻也。由進士累官至宗學博士。文行優美，後進咸以「竹屋先生」稱之。敷娶汝諧曾孫女，因并「竹梅」用名所居。江西提學楊公維禎既爲記，而逢著

〔一〕亟召鐫工：鐫，珍本叢刊本作「鋟」。

以辭曰：

物有類感兮德亦有鄰，晉維王謝兮漢維荀陳，斯竹梅兮儼若人。噫！直節立寒兮孤根返春，尚勗兮爾後雲。

夜漸短三首

夜漸短，曉彌長，紞如五鼓天蒼涼。丈人醒眠斗下霜，啟明太白參錯光，周公次第朝明堂。

夜漸短，曉彌長，五鼓二點鵷鷺行。弧矢殪彼天西狼，微垣小星上煒煌，仲山甫氏補袞裳。

夜漸短，曉彌長，城烏啞啞翻曙光。羣臣夙興將鷹揚，頌美吉甫孝友張，周歷八百斯民康。

桃浦李道元世大族承其先業隱於農圃而能尊儒尚友予過其翠筠軒居因題以詩曰

依依小桃源，盤盤美林圃。逸人廬幽深，萬竹翠如雨。驚烏罷遶夜，太白静瞻午。雪存蔣詡節，籟殷湘靈語。一家務滋德，六月卻煩暑。適來共觴詠，况喜謝簪組。籜龍嶄頭角，不久會齊祖。此理何致之，虛心自太古。

得兒掖消息

冢子官江左，頻將好信歸。緻衣鶉百結，恩誥鳳雙飛。璽鑰封常早，經筵講不違。三年當省覲，環珮下彤闈。

擊石一首癸亥冬作 有後序

古垣黠鼠窺篝燈，疎簾毴雀啄研冰。奉天殿旨聽野處，擊石爲歌媼所稱。孝姑周褚節彌厲，插秧播穀蠻謳避。陳金寡清園種果，蟲蟻餘生免湯火。韓錢生長富貴家，義不再醮繰綵花。葉徐竹房日蔬食，隻影縫紉屏塗飾。杜曹冰蘗善自持[一]，兒作童傅身姆儀。清河山孀手擿藻，事母不欲煩兄嫂。吾家髽女雙練裙[二]，孟也枘牙蒙燹氛，仲也藥種躬培耘，備嘗荼蓼亦厭聞。君不見，檿絲貝織勤歲貢，庬吠鷄鳴驚夜夢。鬼車嘐嘐風雨送，錦字啼痕忍淹鳳。畏途征嫠雛與共，目冷青紅蜃交蝀。嵐蛇霧蟦腥林洞，笱莫棄遺名義重[三]，時哉坤貞何乃衆。君不見，天孫左降雲擾鬟，霜姝月姊相高寒。西王宴饗瑶池干，衝牙觿璜鏘和鸞。瓊真魚貫金桃蟠，鳥使下上鋒劍翰。於乎！漆室處女紆憂端，猶有薄薄翠袖空谷

[一] 杜曹冰蘗善自持：曹，文淵閣四庫本作「曾」。

[二] 吾家髽女雙練裙：練，文淵閣四庫本作「練」。

[三] 笱莫棄遺名義重：笱，底本作「苟」，據珍本叢刊本、文淵閣四庫本改。

幽居安。

右《擊石》，蓋傷歲景短迫，男子多故，婦女能勞而貞焉。後皆鋪連空房遠道之不失其守者。或謂予老伏荒遠，無補於民生，得録數節義鬼，亦足自見。然尚有遺者，其一夏葉氏，事姑盡孝敬。翁病瘘，凡七載，日滌簀易席必親。翁卒，喪製爲強宗所奪，躬再備弗較。至辭色間，終身不矜怨。其二徐謝氏，諱蠲，素凝重。當苗兵燬掠，謝從夫逃。適苗遇，驅辱之。時里閈少艾被縶相屬，謝阻板橋，遽厲聲曰：「橋有柱，我儂趁虜可乎[一]？」苗怒殺之。既而悔，語衆曰：「彼烏涇之清濟也。」衆唶唶去。於乎！元季淆亂，若葉、謝者，譬服古冠珮，甘碎裂於食弱肉者側。此無他，世教民彜，未嘗一息絶滅也。遂追書於詩左[二]。

古懷

井田廢兮民無爲生，逃而學老兮玄教浸興。千載兮廬社，晉之瘁兮賢篁林下。菊就穢兮蓮有芳[三]，

[一] 我儂趁虜可乎：趁，文淵閣四庫本作「趨」。
[二] 遂追書於詩左：遂，文淵閣四庫本作「逢」。
[三] 菊就穢兮蓮有芳：就，文淵閣四庫本作「既」。

荆軻詠託兮古懷疇寫。

石田研銘

石應兮文躔，窪涵兮紫煙。假吾道有年，育材飯賢。嘻！世斯田，蘄於天。

采芝辭 有後序

維北土岡兮，維時金商。芝叢生兮，色中央。莖玉紫兮，霓白裳。躬露采兮，奉先聖王。噫！鷹擊兮草霜，尚父邈兮斯文祥。

予自幼至壯，詩夢頗多：「地荒存菊本，人老發梅花」；「紅芳飛血盡，黄蝶上衣來」；「犬眠牛斗地，鯤躍鳳皇池」；「乾坤人鮓甕，歲月鬼門關」；「雪落蘋花盡，青浮山影來」；「簾卷東風燕子還，天清月浸淡梨花」；最後得「草霜鷹始擊」之句。今年丁卯，垂七十矣。八月二日己酉，園北小山濯風所，見芝叢茁草間，因發笑曰：「静觀世間，何者非夢耶？」遂作是辭，漫紀如此〔一〕。

〔一〕序文末珍本叢刊本、文淵閣四庫本有小字：「丁卯，洪武二十年。」

瓢湖月夜舟中短歌

鷖如舟兮舟如鷖，我不知乘風兮風乘我爲。溅飛爽兮瓢揚漪，星月倒兮相迎隨。降沆寥兮金節，舞空明兮文螭。澹遊忘歸兮，神畀天借。嗟白日塵一冥兮，曾孰知有清夜。

壙銘　有引〔一〕

戊辰元旦書，時壽七十。最閒園丁王逢，門生周鐖刻。

驪駒山，園北小山。儀鸞水，所居張涇。首西正丘狂斐士。詩旌忠孝節義鬼，幣交將相公侯禮，攜家辟地兩辰巳。布衣疏盤善脩己，草木禽魚知姓氏。昨惺惺，今起起，無強近親鮮昆弟，有芹薦者二三子。

〔一〕有引：此二小字底本無，據文淵閣四庫本補。

美瞿彦德 有序

彦德名懿，元故兩浙運使霆發之從曾孫也。幼孤，事叔猶父，同居三十年。一旦以非罪在徙中，懿泣愬於官曰：「罪合坐懿，叔無與。」官義而聽之。及事白歸，叔已病歿。懿延師畾教其子。里士鍾景元謂予曰：「運使公之子時習，仕至潯州路總管。妻張氏、鍾氏，前後竝事母姑葉夫人，盡孝敬。懿於家門無忝矣。」乞歌詩美之。詩曰：

海邦甲第連雲起，時異禁殊多外徙。瞿家叔氏勢蒼黄，姪動中心不能已。廬殫地竭籍送官，毅然代叔人具歡。鵲烏罷遶星月夜，鴛鴦雙渡江淮寒。望中溝塡或野露，雄風獨轉金鷄樹。凉天移席竹林遊，曉漏整鞍茅店渡。叔氏云亡弟影孤，躬親致禮師訓謨。行看長大率相保，先爲歌詩歌道途。

吴仲圭山水爲李源復題[一]

我生未了煙霞債，見水見山心所快。兵戈澒動十年餘[二]，真水真山不如畫。梅花道人吴仲圭，斯畫

[一] 詩題：題下珍本叢刊本、文淵閣四庫本有小字：「李諱汧。」

[二] 兵戈澒動十年餘：動，珍本叢刊本、文淵閣四庫本作「洞」。

乃出胸中奇。無聲詩託有聲寫，汧也笑謂非公誰。沙洲吐吞石齟齬，三脊仙茅雜香杜。錦繡天開靈鷲雲，笙竽籟過蒼龍雨。一杖商翁自外歸，方舟漁郎若相語。葛藟古木苔蘚皴，形若槁立湊理春[一]。屠蘇略彴密映帶，天莫我警老作漁商鄰[二]，漁或釣周商避秦。

趙文敏所畫唐人馬楊鐵厓魯道原二提學詩後爲桃樹浦王叔聞題

肉騣花驄真權奇，彷彿出浴西瑶池。細看元是勅賜太卿者，鄧公奪取少陵哀賦詩。黝雲湧身霜四蹄，一目冀北空駃騠。全神勃王房駟黯，雙耳尖卓昆侖低。奚官玉面如滿月，豪豬鞹韡鞓佩玦。烏巾漆光袍錦鮮，轡絲牽之驄欲活。云誰手貌趙松雪，復書杜詩成兩絶。廉夫道原繼題品，世殊荐要山人跋。山人數齒六十來，分甘款段終蒿萊，掩卷萬里風霾開。

犂星芒　有引

予寓隱烏涇之五年，得一石，頗秀鋭。想像其狀，類犂星之芒。犂，參之俗呼也。畢居參前，尤類犂之首，因復名畢曰犂星芒云。及賦詩已，西溝丁稑田至，遂書以遺之。詩中多用星名。

〔一〕形若槁立湊理春：湊，文淵閣四庫本作「腠」。
〔二〕天莫我警老作漁商鄰：珍本叢刊本、文淵閣四庫本作「老我願作漁商鄰」。

詩曰：

太湖雲根四尺強，璞然一氣孕少陽。嶄峰岸壁秀而蒼，山人字曰犂星芒。見之在天八穀穰，旄頭夜彗星左旁。斗十三宿枵相當，天廥懸磬天田荒。箕精吐舌舔粃糠，星芒下韜儉德堂。有應斯叩如琳琅，有儼斯望如圭璋。遺世特立者可方，雲儷霞佹山人章。躬拜心籲紫府皇，庶回大東汔小康。於穆皇靈時雨暘，神夫服役農致祥。

訓趙天放并後序

天放聵翁吾故人，衣帶水隔逾十春。昨寄哀歌歌動神，孤梅泫然弱柳顰。君不見，雁奴知更，烏子反哺；牝馬之貞，有煒簡素。日車六月驅火雲，冰雪懍慄驚蝱蝨。人生粹美嬰世紛，一時百世薰蕕分。聵翁今策詩家勛，令我起立筆欲焚，思共石坐飯野芹。

右鶴沙瞿婦喬永貞氏，淑而豔。甲子歲六月六日，倭賊欲犯，貞拒不絶罵，刃下死。趙天放嘗歌之，有曰「倭賊殺民凡六百，獨有婦喬死貞白」。至是連阿都赤代主受獄，會赦免。沈嶽代父械而死之。二家狀徵附《梧溪集》行焉。嗟乎！痿人不忘起。予固衰疾，久屏筆研，然節孝義三者棄而不録，豈情也哉！趙，鎮名，天放其號云。

望美人三首

望美人，紅顏幾見桃花春。鯉魚三十六金鱗，鯤躍鵬化天之津。天津橋在河南。春風一度花還好，鏡中紅顏看漸老。美人當來竟不來，淮煙遮斷青青草。

望美人，春復秋。碧梧銀牀露華白，吳臺越宮煙草愁。黃河不入淮泗水，美人坐擁萬虎兕。煉石既補西北天，少須長劍東南倚。

望美人，一朝又一朝，霰雪漸邇旌車遥。使無入楚答問鼎，神有鞭石梯爲橋。長江天使限南北，況復南軍夜傳食。人言美人何可得，駷牝三千皆鳳臆，中有晉騧高八尺。

題括蒼趙秩可庸兩使東夷行卷

維日本啟國曰卑彌呼氏，始覲桓帝朝，乃冠帶理。爰至唐宋，若父母撫子。有元征不庭，由行人匪賢，或梗或通，垂八十年〔一〕。明君作遠用柔表，降貢違厥臣僕羞，君其韜威秩是謀。再詔秩往偕勒闍等十僧。同舟，鼓鐃轟震龍伏湫，旌幢電曄香霧浮。彌月説法飛梅陬，名王恭迎駕象輈，秩也徐策天駟騮。仁義漢節，詩書吳鉤。掠躭羅，觀毛人；寵扶桑，駐流求。陽舒陰翕上德意，冒嵐衝濤百艱勩。繡衣

〔一〕「維日本」至「垂八十年」：疑此四十六字爲詩前小序。

經寒紫貝闕，驪珠呈春白玉陛。收名汗竹光汴裔，折丕趙咨烏竝轡。

遂歸二首時歲癸亥上春 有序

《遂歸二首》者，逢謝病將省先隴而作也。洪武辛酉夏，平陽府隰州大寧縣丞蔣會，以逢文學疏聞於上。既有旨召，會逢怔淋攣跛更輟互發，幼子拊屨訴有司。歷十又九月，弗見聽，遣行迫甚。乃十二月朔，京師大雪。時長子掖承乏通事司令，從百官侍閒奏，蒙特恩，命吏部符止之。符下，闔境耆艾慶忭曰：「山人歸其遂乎？」逢性礦野，寒宗微跡，竊已略具《内兄李四莆萄圖詠》，版行舊矣。姑記去鄉兵垂三十霜，僑烏涇亦十有七暑。太尉張公闓幕省僚之拔，浙相達公蕭山之板，迨今松守林公慶、王公貞、葉公茂，薦辟竝辭。逢念夙佩大母徐氏慈誨、先君庫使嚴訓，學麤自立，素貧承祀，遺囑炯炯在心。况諸墓久榛，女兄張婦葬淺客土。鷹仁狐首，途暮愧并，扶憊西向，理勢不得緩耳。序以陳情，詞以紀別。詞曰：

鴻冥飛兮天遺，烏號寒兮孝是思。長鋏何所利兮蒯緱歌客，曾不若鈍臿兮荷老隴陌。席辭於珍，佩隱於玟。大江羣山，釋然歸身。孩尚知愛，庶予及薦新兮。

世故矰畢兮家難纆徽，老既戒得兮病盍賦歸。乃裹藥兮囊衣，霜露備極兮梅柳具輝。夢維何兮吉兆，隴青青兮鬱金草。帆神風兮醪糗香，飛九峯兮湧三泖。歸遂兮信美，中赧兮且喜。無碑兮麗牲，有錢兮翦紙。日下臨兮春再班，影孤鷗兮横灣。諒先業兮可復，將天梯兮絶攀。

短謡留王公上海　有序

公名瑛，字子華，魯人也。由安豐縣學訓師來爲上海，逾年以微罪去，而處約一如在官。時嚴冬，淮已冰。父老咸欲公待春水生，歸里乃便。予，父老中謝病者也，又忝同姓。因摭實成短謡，託門生張叙轉投之，幸聽而留焉。蓋公之能仕也，安己以貧；能退也，致民盡禮。斯二者之善，將使謝令輩知所愧儆矣乎！謡曰：

龍集作噩月建子，更十爲縣一歸里。淮冰膠舟雪埋軌，公無遽行遲春水。

覽吴氏二賢母傳誌　有序

永嘉吴孝子荃母林廉氏，年二十二懷妊，其夫方病革，嘗指顧其腹。既亡一月生荃。又閲月，大父亦殁。大母胡節氏率林斂葬如禮，共誓保遺孤。時至正末，凶魁謀不利於荃，欲劫致林，林舁姑與荃遁，遂免。荃稍長，就學，躬織績以資師贄。不幸林又卒，胡益飭之力。由是荃鴻漸豹蔚，粲縟里術，孤宗緒業，賴以弗隳。於乎！吴氏貞萃一門，慶衍沖子。富貴肇憂患之極，天豈遠人乎哉！荃今拜監察御史，既録傳誌，介友人章瑱致書於逢。因掇其槩，系以詩曰：

有身當化延陵土，有血不衅將軍鼓。夜黑昇姑衝猛虎，教兒從胎哺從乳。兒甫勝衣事書帙，阿孾阿婆相喪失。紫鸞誥賜屬此時，金魚杖擊悲無日。草庶猶存報答心，柏孤善實昂藏質。重闈北堂聞欬歎，小雨繁霜動悽怵。歲甲子春正月吉，煙霞老卧田巖疾，誌連郇雲墮圭華。君不見，天魔舞隊元末時事。酣七盤，海内盡戴琉璃冠。宋末時事。人情本常世道變，之二賢母光瑞安。於乎！泰山巖巖石可刊，三遷永銘孝者肝。

半古歌

烏涇婦女攻紡績，木緜布經三百尺。一身主宰心窩低，十口勤勞指頭直。邇來錐刀事苛刻，直處難行低不得。狐狼梟獍躬踐跡，舜典臯謨供戲劇。君不見，王伯夷狄禽獸主，腐儒作歌歌半古。

趙量遠年七十五縣舉學諭夜酌閒園口號以贈

丁寬韋編久在攜，趙德校牒殊遲遲。揚雄草玄僅覆瓿，匡鼎説詩徒解頤。漫漫夜迨天罩野，且罄燈前椰子斝。明年朝正彤闈下，開國承家慎陳寫。

次韻信道元長老菱溪草堂見寄之作 有後序

石橋方廣多可稱[一]，中有萬歲之紫藤。雲深幽磬響或作，溪面落花香欲凝。下方豐蔀金碧氣，老禪跏趺蒼翠層。天柱家山甚峻爽，杖錫讓爾先攀登。

道元少與茅山道士張伯雨、前進士會稽楊廉夫齊名，嘗有《西湖竹枝詞》云：「湖西日脚欲没山，湖東新月牙梳彎。南北兩峯船裏看，卻比阿儂雙髻鬟。」至今爲絶唱。或者病其浮薄，廉夫謂曰：「金沙灘頭，菩薩亦隨世作戲耳[二]。」或者釋焉。誠、演二公與道元同字，皆博學負重名。而道元戾契度世，僅住小山林而已。今年八十餘，託友生錢岐以詩見寄，且囑曰：「幸致敬席帽翁，予不久天柱家山去也。」於乎！台雁山天柱，豈特道元林龕在耶？

丁卯冬季即事

庭樹禽翻鷄唱初，鮜箭錢磬老饕廚。冰壺不忝元修菜，箬葉何慚丙穴魚。一綫漫長迷五色，寸陰真

〔一〕石橋方廣多可稱：多可稱，文淵閣四庫本作「苔蘚生」。
〔二〕菩薩亦隨世作戲耳：耳，底本脱，據文淵閣四庫本補。

足助三餘。暖隨水霧先春發，寒併冰山與歲除。

立夏日書

孟夏四月朔，薰風當午時。諸陽老益壯，一氣轉何遲。錦帶花裊裊，黄精實纍纍。青陰覆盤石，無意坐彈棊。

病中述懷

終老甘農圃，煙蔬帶豆田。無官天曲宥，有徑世旁緣。暖趁茅茨日，寒知竹柏年。私懷復何慊，吾道不無傳。

壽亭成

罍盎浮春釀，親朋慶壽亭。麻衰萬石長，襪帽小城丁。易卦懲同吝，騷詞詫獨醒。三郎市諸藥，魚菜附歸舲。

題管夫人畫蘭

趙管才高柳絮風，水晶宫裏寫幽叢。秋來紉作夫君佩，笑殺回文漫自工。

題二喬圖

竝看兵書白象牀，半生鴛被拆寒霜。英雄自伐蛾眉斧，不痦齊王聘采桑。

題甯戚叩角圖

南山石爛短衣單，叩角歌興夜未闌。一出客卿成底事，莫將堯舜料齊桓。

過徐氏寬閒軒居諸門生聯句附〔一〕

百畝寬閒野，三間低小簷。平生遵儉德，中歲謝勞謙。藥火蒸雲竈，茶香出午簾。泥塗盛車轍，不是學陶潛。

園林聞獨樂，逢。几杖喜同操。餉道疲牛馬〔二〕，名闕〔三〕。柴車載糗醪。詩催時雨足，名闕。賢聚德星高。一水圜精舍，名闕。餘寒戀敝袍。少陵糧芋栗，名闕。仲蔚徑蓬蒿。鷄對清談暇，名闕。魚忘赤尾勞。香泥融燕寢，名闕。新盎響蠶繅。交篤雲霄義，名闕。籩兼沼沚毛。張儀徒事客，名闕。郭解漫矜

〔一〕詩題：「居」下文淵閣四庫本有一「及」字。
〔二〕餉道疲牛馬：疲，珍本叢刊本作「瘦」。
〔三〕名闕：此二小字底本無，據文淵閣四庫本補。下文同。

豪，安得扶衰憊，相鄰遂晦韜。逢。

周芙哀辭 有序

六磊周芙，本細家息孔胥妻也。孔素無鄉曲譽。乙丑冬，舟過塘上，鄉人僞邀飲醉敓舟，以民害愬於朝。孔自度不免，密書與妻，蚤尋仙遊，庶絶軍配，族黨難諭之。其妻覘得故，神色不亂，言笑如平常，且備盛酒饌延親鄰。是夕，素服雉經死，時年二十九。孔聞之曰：「予伏誅梟木，無遺憾矣。」園西媪張氏云〔一〕。

潢潦奔流合，東南乖氣鍾〔二〕。憐生俱薄陋，就死獨從容。道殣懷金璧，閨情采菲葑。親鄰競嘉嘆，不復佐嘗饔。

〔一〕園西媪張氏云：氏，底本作「毛」，據文淵閣四庫本改。
〔二〕東南乖氣鍾：乖，文淵閣四庫本作「淑」。

張貞哀辭 有序

予門生張叙女諱貞，嫁海縣周曹，以復入公門刺而瘐死。先是，貞在徙籍，懼配軍，投秦淮卒。及周屍舁過其所，貞湧浮水面，神色踰五日夕不變。認者曰：「此呂學諭甥張訓導女也。殉夫，藏聚寶坑，舅姑能無念乎？」予哀之曰：

堂上嚴君海縣儒，素聞出嫁義從夫。佳人命薄非今日，那得將心報舅姑。

補遺

郊行即事

枯茅三四椽，黄土一兩堵。中有白髮翁，累累織麻屨。將謂營朝夕，乃以輸官府。昨日設公讌，高堂陳鼎俎。食前方數丈，吹笙擊鐘鼓。里胥叩我門，咆哮怒如虎。賣屨典春衣，出銀二錢五。我聞長太息，垂頭不能語。去去趣歸來，村村省編户。

白龍洞

廷甲按：洞在江陰南外由里山，宋知軍范宗古建龍王堂於此。

開元年中關輔旱，靈岳神祠禱幾遍。少監馮生能畫龍，明皇命試新池殿。落筆蜿蜒勢未已，素鬣冰鱗濕如洗。池波洶湧雷電驚，雲氣之門白龍起。吾觀馮豈作霖人，畫龍能雨疑有神。深山大澤多窟穴，不應杳眇不似真。澄江接海連空白，宏深當是神龍宅。螭虬狡獪非其倫，河伯江妃敢驅役。霜鎖烟關晝不開，時傾膏雨蘇民災。一爐香火動誠意，風馬雲車天際來。吾聞澤國多水患，淮甸地乾多苦旱。願均神力遍四方，無令水旱常相半。

西膠山雪晴寫呈無錫州尹遂蒙罷吴家渡築城之役[一]

一夜雪深二尺强，石人墮指冰蠶僵。猶喜金烏兩翅凍不折，天明飛出海上之扶桑。老夫晨起膠山下，風景看來渾是畫。連山萬頃玉爲田，隔水數家銀作舍。田中築城團義兵，日高未飯飢腸鳴。黄泥凍地硬如鐵，白柄短鋤鏘有聲。不辭受寒餓，但恐虧工程。將軍踏雪來點名，萬夫鵠立顫且驚。馬前壯士五色棒，棒頭性命鴻毛輕。予生悔不習兵法，雪夜擒吴書奏捷。客檔抱膝漫悲歌，奈爾義兵寒若何。

山中春晚

山中行跡少，地逈落花多。草長迷香澗，松高掛女蘿。林深猿鳥下，徑静鹿麋過。春事今云暮，其如懷抱何。

送安上人歸馬跡山

插竹山中偶出遊，折蘆濠上即歸休。踞牀獅子聲方吼，鋸鐵龍駒跡間留。花雨六時紛似雪，松風五月冷於秋。客來認得南泉斧，七十二峰應點頭。

[一]　此首及下面《送安上人歸馬跡山》一首，又分别見謝應芳《龜巢稿》卷三、卷五，當是葉廷甲誤輯。

葉廷甲跋

右詩五首，從邑城楊敔樵家鈔本録出。筆意蒼渾，且於時事極有關係，遺之殊爲可惜，亟補録之。敔樵名敦厚，邑諸生，嘉慶己卯恩科進士，由庶常改中書名景曾之本生父也。年近八旬，讀伊祖宫傳文定公遺書，尚手不釋卷。原鈔詩六首，内一首已見卷四中，外有長短句一首、贊一首，與梧溪子手筆不甚合，故闕而未録，非敢遺也。

道光癸未秋八月，邑後學雲樵葉廷甲識於静觀樓，時年七十。

梧溪詩集後序

《梧溪詩集》七卷，江陰王原吉先生之所作也。原吉幼從陳漢卿先生學詩，漢卿與柯敬仲嘗同事虞伯生，得其傳。故爲詩舂容而激切，優柔而慷慨，與有元盛時楊、范諸公齊驅竝駕焉。先生諱逢，原吉其字也。以祖母徐夫人手植雙梧於江陰横河之上，不忍忘，因自號梧溪子。世家江陰，元季避兵，徙松江之青龍江，復徙上海之烏涇而居焉。元至正間，嘗獻《河清頌》於朝，大臣薦之，辭不受。後張氏開閶姑蘇，招賢禮士，時士多爲之用。先生獨高蹈遠引，不汙一命。國初，有以先生文學薦於上者，召之甚急，亦以老疾固辭。噫，先生之節槩如是，其爲人可知矣。子掖，洪武初任通事司令，轉翰林博士兼文華殿經筵事。卒於官，敕葬故壠。掖子徠，嘗以才德薦至京師，未官而卒。徠子輅，宣德中以秀才授江西南康府照磨，到任未幾，以疾卒。二子，曰顔曰孟，俱幼，不能還，遂僑居南康星子之東澗。祖母黄、母徐，躬紡績以教二子，今俱有成。先生未殁，而是集已梓行於世。先生嘗自標題其微詞奥義及人名、地里之難曉者於各詩之首。其第七卷，則先生既殁而掖之所刊也。先生畫像，楊鐵厓諸公皆爲之贊。乙卯歲，星子之僑居厄於回禄，故與掖所授誥敕俱無存焉。吁！可惜也。始輅來南康時，留是板於烏涇故居。正統戊午，顔歸省先壠，始攜以來。則板之失脱與字之昏剥者，十有餘矣。歲乙亥，余來守南康。聞之，亟取視焉。幸其家尚有原本，乃命孟逐一酬對繕寫，而命工重刊之，以補其缺，是集乃復得其全云。顔、孟皆恭謹好脩，讀書知大義，善事其母。孟今爲社學師，而顔遣其子訥入郡庠爲弟子員，可謂能不墜其家學者矣。景泰七年歲在丙子秋七月之吉，賜進士、中順大夫、南康府知府錢塘陳敏政書。

輯佚

詩

題雲林竹

雲林不作桃花賦，能爲梅巖寫竹枝。雨過粉香渾欲濕，月明清影似曾移。静臨童子敲茶臼，隱接吾家洗硯池。日暮天寒倚高翠，絶勝雉尾露宫墀。（倪瓚：《清閟閣全集》卷十二，文淵閣四庫本；又見趙琦美：《趙氏鐵網珊瑚》卷十四，卞永譽：《式古堂書畫彙考》卷五十）

題曹焕章松筠軒

焕章，號采芝生，雲間人。事親孝，好古博雅，善書畫。過其所居松筠軒，時焕章謝病卻掃，意晏如也。壬子夏，因哭母喪明。作詩以贈。

蒼髯之官直節君，曹生落落日與群。丘園傲兀歲寒月，几簟颯沓陰凉雲。天風泠然露清洒，山人曾來坐其下。谷水秋高一鶴飛，門前過盡黄塵馬。（賴良：《大雅集》卷三，文淵閣四庫本；又見楊鐮：《全元詩》五十九册四〇二頁）

淵明把菊圖爲居生遵誼題

解官賦歸田，把菊秋風前。顧問劉寄奴，何如傅延年。（賴良：《大雅集》卷四，文淵閣四庫本；又見楊鐮：《全元詩》五十九册四〇二頁）

遊仙詩

曾訪雲英弱水東，玄霜石臼滿如空。只今身外都無物，顛倒乾坤子夜中。

一碧桃花似白雲，望中仙氣日氤氳。雙成未脱烟霞習，却染石榴爲絳裙。

湖繞黄陵夜色分，娟娟孤月照湘君。夢中只説經行地，今過陽臺不見雲。

九還丹就氣長春，身外方知别有身。裁涉凡塵便多欲，文君莫怨白頭人。

風落長松子滿庭，胎仙飛下護丹經。世人來問三天事，自傍雲根斸茯苓。

瑶簡璚文似白麻，案頭手集雨來花。中間盛説仙官去，不似人間代及瓜。

瑶池阿母宴璚仙，玉齒微微笑靨然。應笑有人思獻納，退朝空檢白雲篇。

碧落風清鶴背高，鬓花飛下武陵桃。湘江亭上山如鳳，想見仙王夜聽濤。
麻姑飛佩入方瀛，三見蓬萊淺更清。漢武不曾離五柞，翼生毛羽幾時成。
樓船何負始皇朝，黄石曾爲漢相師。世有嬴劉莫相託，商巖山下好圍棋[一]。

至正壬寅春三月王日過崑山，雨，留清真觀。主者俞復初，出示句曲張外史、遂昌鄭先生及郭義仲、陸德中所和《遊仙詞》。誦再過，神氣超然，殆與諸遊仙笞鸞鳳相下上碧寥間也。因記憶早歲侍先君庫使在信州時，嘗和郡經歷張率性《遊仙詞》四首，今廿年矣。人事變遷，城池墟莽，雖欲如曩昔賡歌之樂不可得，矧敢覬遊仙樂之萬一者？然句曲仙去矣，而其詞存，則出塵之句，有足發予之清興，是亦一樂也。復初因徵次韻，就書舊作於後，冀來者同賞鑒云。席帽山人王逢。
（趙琦美：《趙氏鐵網珊瑚》卷九，文淵閣四庫本；又見倪濤：《六藝之一録》卷三八五）

奉題復孺屯田先生家世譜

宋世衣冠户，唐朝德澤門。變遷支派異，貧賤典刑存。瓜盛青雲合，棠高玉露繁。蜜房蜂祝子，香

〔一〕詩末：《趙氏鐵網珊瑚》卷九録《遊仙詩》共十四首，其中後四首爲詩人舊作，即《和張率性推官小遊仙詞四首》，已見本書卷二。

壘燕生孫。誥護先生勅，車留太守幡。一家天與貴，百世海涵恩。日有團欒樂，春多笑語温。齒非論犬馬，祭每課羔豚。服任緦麻盡，心期禮義敦。公侯始必復，忍忘諫臣村。至正乙巳春三月清明日，謹書於冥鴻軒，友生王逢頓首再拜。（趙琦美：《趙氏鐵網珊瑚》卷九，文淵閣四庫本）

春草軒詩

龍庭華母長壽考，即所居軒種春草。寸心初存天地間，百葉未與風霜槁。草之在山卻甚小，慈竹清陰護來好。錦帷微動博山烟，瑶池飛下西王鳥。我嘗登堂拜母畢，母言孀居二十七。孝經論語親授兒，好禮能詩見今日。人生莫不知愛親，君家歡樂難具陳。烏鳶螻蟻方滿野，膝前魚筍朝朝新。客觴阿母母囑子，有客有兒家不毁。兒持壽觴客載歌，白髮如新照谿水。席帽山人王逢敬題。（趙琦美：《趙氏鐵網珊瑚》卷九，文淵閣四庫本）

黄大癡畫

大癡筆力破滄溟，爲寫巫陽十二屏。丹室夜寒霞氣赤，石牀春雨土華青。不辭千日中山酒，新註虚皇大洞經。近得老楊長鐵笛，天壇惟許小龍聽。席帽山人王逢。（趙琦美：《趙氏鐵網珊瑚》卷十四，文淵閣四庫本；又見卞永譽：《式古堂書畫彙考》卷四十八）

李息齋竹卷

露沐疏篁葉葉青，病蘇凉閣思横生。山人神往風塵表，如見留題數老成。梧溪居士王逢題，時歲癸丑十月廿日也。（郁逢慶：《書畫題跋記》卷八，文淵閣四庫本；又見汪砢玉：《珊瑚網》卷三十一，卞永譽：《式古堂書畫彙考》卷四十八，李日華：《六硯齋筆記三筆》卷三）

元名公翰墨卷之一〔一〕

揚子江頭十尺廬，望中渾是小方諸。八窗籟□含清氣，一水空明倒太虚。邊草不棲青□□，露莖真濕玉蟾蜍。晉家車胤如知得，安事囊螢去照書。席帽山人王逢，題於樂意生香之亭，時歲己酉秋八月五日也。（汪砢玉：《珊瑚網》卷十二，文淵閣四庫本；又見《式古堂書畫彙考》卷二十一）

題黄公望九珠峰翠圖〔二〕

層巒叠嶂青蓯蘢，深塢微露儒人宫。晴霏裔裔吹不斷，下覆春水光溟濛。誰家相對緣溪住，石梯蛇

〔一〕詩題校點者代擬。
〔二〕詩題校點者代擬。

折苕華路。何當著我沙棠舟，放歌流下前灘去。梧溪王逢爲草玄道人題大癡尊師畫。（張照：《石渠寶笈》卷十七，文淵閣四庫本）

題朱德潤林下鳴琴圖[一]

霜降木落潦水收，鶀雁起影苽蒲洲。鉅微萬象體俱露，三人琴會當高秋。衣冠鼎足坐松下，天風泠然露如灑。六么腸斷苦竹宅，五弦思入蒼梧野。誰其洗勺笑回首，意者殷勤勸杯酒。不緣生逢賢聖君，安得繪圖傳不朽，朱翁在天吾在楸。梧溪王逢，在致遠西齋題。（張照：《石渠寶笈》卷三十八，文淵閣四庫本）

倪幻霞畫并題

雲林君所愛，故號倪雲林。雲林嗟已矣，對畫勞苦吟。雲兮何冉冉，林兮何陰陰。茅亭鎮虛敞，苔徑空幽深。石既長緑髮，水還鳴瑤琴。豈無好事者，一尊重登臨。不惟今視昔，亦猶古視今。而我闤闠客，雲林有風生。欲免山靈笑，杖履時遠尋。回首仙遊隔，幾塵畫裏人。題詩報新雁，小院暗移春。歲庚申，王逢題於薛竹村之故第。（卞永譽：《式古堂書畫彙考》卷五十，文淵閣四庫本）

[一] 詩題校點者代擬。

題趙葵杜甫詩意圖

王孫偶爲竹寫真，枝枝葉葉淇園春。蘇臺甘蕉舊障日，藉爾曾稱貞幹臣。至正丙午秋八月十有七日，席帽人王逢題於無作上人四無維室。（王杰等：《欽定石渠寶笈續編·重華宮藏》五，清内府鈔本，續修四庫全書本一〇七一册三八三頁；又見《秘殿珠林石渠寶笈合編》五册一五三八頁，楊鐮：《全元詩》五十九册四〇五頁）

題宋人問喘圖

良工無地貌桃林，問喘争傳畫至今。况復區區州縣職，柏輸觔角亦何心。王逢題於竹深處。時年六十有四。（英和等：《欽定石渠寶笈三編·延春閣藏》十四，清嘉慶内府鈔本，續修四庫全書本一〇七七册二五七頁；又見《秘殿珠林石渠寶笈合編》十册一五三〇页，楊鐮：《全元詩》五十九册四〇五頁）

泰伯井

不生細浪不長流，只爲當年採藥留。閒坐平墟林下望，影摇星斗落灘頭。（清吴存禮：《梅里志》卷三，清雍正二年蔡名烜刻本，四庫全書存目叢書本史部〇八七册；又見楊鐮：《全元詩》五十九册四〇六頁）

文

跋倪瓚題畫卷〔一〕　附詞

予謝病將還鄉壠，道謁梁侍郎顧先生祠，就宿寶雲禪舍。是夕，王仲冕相與論心，久之而去。明日過仲冕，見先友倪幻霞畫，且獲觀王容溪、張貞居二公詩詞。適仲冕徵賦苽村，亦爲長短句一闋。衰憊之餘一時清興，殊灑然也〔二〕。

簷聳數株松子，邨遶一灣菰米。鷗外迥聞雞，望望雲山烟水。多此，多此，酒進玉盤雙鯉。梧溪老人王逢，時年六十有五。（倪瓚：《清閟閣全集》卷九《題畫卷》附，文淵閣四庫本；詞又見沈辰垣：《歷代詩餘》卷二）

〔一〕題目校點者代擬。所附詞《歷代詩餘》卷二題爲【如夢令】《菰村賦贈》。

〔二〕此跋文前有倪瓚《題畫卷》：「無錫王容溪先生嘗賦【如夢令】云：『林上一溪春水，林下數峰嵐翠。中有隱居人，茆屋數間而已。無事，無事，石上坐看雲起。』高房山嘗繪之爲圖，貞居詩云：『歌此芙蓉窈窕章，山陰茅宇日淒凉。不是筆端天與巧，落割雲山與侍郎。』今亡已夫！余戲用其意，爲圖贈仲冕。辛亥春，倪瓚。」

大雅集後序

天台賴善卿客授雲間，課講暇，嘗裒元之詩鳴者凡若干人，篇帙凡若干首，類爲八卷，名曰《大雅集》。會稽鐵厓楊公首序，且鋟且傳，會兵變止。今年，善卿擬畢初志。適有好義之士協成厥美，詣予徵序後。謂詩具一經，《詩》亡《春秋》作。噫！《詩》奚亡？特雅亡耳。楚騷漢賦，迨蘇李五言，沿至唐近體，皆古詩之變。試觀唐數十百名家，譬之宗廟器，大而鐘鼎瑟琴，小而籩豆爵罍，錯而有章，秩而有文，要各備材用，而不可一少焉。道學於宋，刑學於金。其間鳴於詩者，務亦出自機軸。近代自虞文靖公近體詩行天下，雷然争倣，競襲恐後，弊甚。一律千百，較之唐遠矣。夫採珠者極桂海，採玉者窮冰天。善卿不私己而汲汲以詩是採，猶冰天桂海是窮。則春容鉅作，幼眇短詠，不但得照乘連城而已，將宗廟之器若錯而章、秩而文也。詩運環復，大雅之音於是乎在。義士：雲間人陸德昭氏、俞伯剛氏。善卿名良，宋名臣諱好古裔，世業儒云。席帽山人王逢序。（賴良：《大雅集》卷末，文淵閣四庫本）

竹西楊隱君神像贊

瞳碧而方，氣清而蒼，髮之短不如心之長。有五畮之園，一鑑之塘，日宴坐乎林堂，物與我其相忘。其泰宇定而發天光者邪？席冒山人王逢敬題。（郁逢慶：《書畫題跋記續題跋記》卷五，文淵閣四

庫本；又見汪珂玉：《珊瑚網》卷三十四，卞永譽：《式古堂書畫彙考》卷五十三）

宋都督張英像贊

有威可畏，有儀可象。以武起家，爲國良將。弓馬熟閑，韜略素習。勇冠三軍，功高百辟。内清中原，外攘夷狄。金人喪氣，宵遯屏跡。天生英雄，再造宋室。諸葛之亞，孫武之匹。太山巖巖，邦家柱石。［張袞：（嘉靖）《江陰縣誌》卷二十一，一九六三年《天一閣藏明代方誌選刊》景明嘉靖二十六年刻本］

附録

傳記評論

《明史·王逢傳》

（清）萬斯同

同時有王逢者，字原吉，江陰人。至正中作《河清頌》，臺臣薦之，稱疾辭。張士誠據吴，其弟士德用逢策，北降于元以拒明太祖。士德欲辟用之，堅卧不起。隱居上海之烏涇，歌咏自適。洪武十五年，以文學徵。有司敦迫上道。時子掖爲通事司令，以父年高叩頭泣請，乃命吏部符止之。又六年卒，年七十。有《梧溪詩集》七卷。逢長于仕，身未嘗仕元，而欲爲元遺民，於明太祖多所指斥。其戊申歲詩所謂「月明山怨鶴，天黑道横蛇」，正洪武改元之歲也。其狂誖無忌憚如此。（萬斯同：《明史》卷三八六《文苑傳》，清鈔本）

《明史·王逢傳》

（清）張廷玉

元亡後，惟良與王逢不忘故主，每形於歌詩，故卒不獲其死云。良世居金華九靈山下，自號九靈山人。逢字原吉，江陰人。至正中作《河清頌》，臺臣薦之，稱疾辭。張士誠據吴，其弟士德用逢策，北降於元以拒明。太祖滅士誠，欲辟用之，堅卧不起。隱上海之烏涇，歌咏自適。洪武十五年，以文學徵。有司敦迫上道，時子掖爲通事司令，以父年高叩頭泣請，乃命吏部符止之。又六年卒，年七十。有《梧溪詩集》七卷，逢自稱「席帽山人」。（張廷玉：《明史》卷二八五，中華書局，一九七四年版七三一三頁）

《元史類編·王逢傳》

（清）邵遠平

王逢，字原吉，江陰州人。才氣爽俠，以能詩名於時。至正中，作《河清頌》，臺臣薦之，稱疾辭。晚年避亂上海之烏涇，築草堂以居，自號「最閒園丁」，又稱「席帽山人」。有《梧溪詩集》七卷，記載宋元之際人才國事，多史家所未備。（邵遠平：《元史類編》卷三十六，清康熙三十八年原刻本）

《元書·王逢傳》

（清）曾　廉

王逢字原吉，江陰人。弱冠有文名。至正中，嘗作《河清頌》，臺省交薦之，皆以疾辭。世居江上之黄山，自號「席帽山人」。避地無錫梁鴻山。未幾，遷松江青龍江，名所寓曰「梧溪精舍」，自號「梧溪子」。又徙上海之烏涇，築草堂以居，曰「最閒園」，自號「最閒園丁」。嘗説張士誠歸國以絶明，士誠亡，明欲辟用之，不起。復以文學徵，其子通事掖以父老泣請，免，年七十卒。論者以爲元亡後，惟

戴良、王逢惓惓故國，每見於詩歌也。（曾廉：《元書》卷九十一，清宣統三年刻本）

《新元史・王逢傳》

柯劭忞

王逢，字原吉，江陰人。才氣爽俊，以能詩名于時。至正中，作《河清頌》，臺臣薦之，稱疾辭。晚年避亂上海烏涇，築草堂以居，自號「最閑園丁」，又稱「席帽山人」。元亡，明太祖徵召甚迫，以疾辭。逢與戴良，皆眷眷有故國之思云。有《梧溪詩集》七卷。（柯劭忞：《新元史》卷二三八，民國九年天津退耕堂刻本）

《明通鑒・王逢傳》[一]

（清）夏燮

同時被徵之士，有王逢者，字原吉，江陰人。元至正中作《河清頌》，臺臣薦之，稱疾辭。張士誠據吴，其弟士德用逢策，北降于元，以拒江南。上滅士誠，欲辟用之，堅卧不起，隱上海之烏涇，自稱席帽山人。去年以文學徵，有司敦迫上道。時逢子掖爲通事司令，以父年高，叩頭泣請，乃命吏部符止之。又六年始卒。（夏燮：《明通鑒》卷八，中華書局，一九五九年版，二〇〇九年印本三七八頁）

[一] 題目校點者代擬。

（正德）《松江府志・王逢傳》

（明）顧　清

王逢，字原吉，江陰人。才氣俊爽，弱冠有美名。臺臣薦之，以疾固辭。大府交辟，皆不就。會世亂，客游吴中，築室青龍江上，以吟詠自娱。初，逢祖母徐夫人嘗手植雙梧於故里之横河，逢追思之，因名所寓曰「梧溪精舍」，所著曰「梧溪集」。鄱易周伯琦謂其「爲天隨玄真子之流」云。［顧清：（正德）《松江府志》卷三十一，明正德七年刻本］

（嘉靖）《江陰縣志・王逢傳》

（明）張　衮

王逢，字原吉，居黄山，號「席帽山人」，又號「梧溪子」。其後避地無錫梁鴻山，未幾遷松之青龍江，既又移居横泖，卜隱烏涇。初，至正間，江陰盗起，攻陷城邑，東八鄉之民多脅從。浙東帥孫克復欲兵之，問故於逢。逢曰：「民非樂亂，無父母耳。」帥悟，一言而活生人之命若干。無錫之人横罹鋒刃，收其遺骨埋之。素多善行。金陵臺臣薦逢茂才異等，浙西分憲又薦之，皆以病辭。僞吴張士誠開藩辟士，逢不受辟。國朝洪武中，郡縣官交相薦辟，皆不就。所著有《梧溪集》行于世。［張衮：（嘉靖）《江陰縣志》卷十七，一九六三年《天一閣藏明代方誌選刊》景明嘉靖二十六年刻本］

（乾隆）《江南通志·王逢傳》

（清）趙宏恩

明王逢字原吉，江陰人。元至正中作《河清頌》，臺臣薦之，稱疾辭。避亂華亭，徙上海。張士誠欲辟之，不就。洪武中以文學徵，旋以年老止之。有《梧溪詩集》。［趙宏恩：（乾隆）《江南通志》卷一六六，文淵閣四庫本］

《廣輿記·王逢傳》

（明）陸應陽

王逢，字原吉，江陰人。至正中累薦不赴，避亂于上海之烏涇。築草堂以居，自號「最閒園丁」，世所稱「席帽山人」者也。（陸應陽：《廣輿記》卷三，清康熙刻本）

《毗陵人品記·王逢傳》

（明）毛　憲

王逢，字原吉，江陰人。弱冠有美名，臺省薦辟皆不就。居黄山，號「席帽山人」，又號「梧溪子」。至正間盗起，民多脇從。浙帥欲屠之，逢曰：「民非樂亂，無父母爾」。帥悟，乃止。避地無錫，民有横罹刃者，收其骨瘞之。僞吴張士誠開藩辟士，逢不受辟，居梁鴻山。未幾，遷松之青龍江。又移居横泖，卜隱烏涇。所著有《梧溪集》。（毛憲：《毗陵人品記》卷五，明萬曆刻本）

《元季伏莽志·王逢傳》

（清）周　昂

逢字原吉，江陰人。至正中作《河清頌》，臺臣薦之，稱疾辭。避亂于淞之青龍江，復徙上海之烏涇，築草堂以居，自號「最閑園丁」。張氏據吴，交辟不就。聳恿士誠兄弟降元，逢之謀也。逢雖不受職，而于士德尤惓惓，過崑山感舊詩可見其所屬意矣。洪武壬戌，以文學録用，有司敦迫上道。子掖，任通事司令，以父老叩頭泣請，明祖命吏部符止之。戊辰年七十，元旦自製《壙銘》，是歲卒。逢即所謂「席帽山人」也。（周昂：《元季伏莽志》卷六，稿本，續修四庫全書五二〇册一一四頁）

《書史會要·王逢》

（元）陶宗儀

王逢字原吉，江陰人。才氣俊爽，其屬辭於詩，尤長作行草。初非經意，大率具書家風範。（陶宗儀：《書史會要》卷七，文淵閣四庫本）

《列朝詩集小傳·席帽山人王逢》

（清）錢謙益

逢，字原吉，江陰人。至正中，作《河清頌》，台臣薦之，稱疾辭。避亂於淞之青龍江，復徙上海之烏涇，築草堂以居，自號「最閑園丁」。張氏據吴，大府交辟，堅卧不就。洪武壬戌，以文學録用，有司敦迫上道。子掖任通事司令，以父老，叩頭泣請，上命史部符止之。戊辰歲，年七十，元旦自製壙銘，是歲卒。有《梧溪詩集》七卷，記載元、宋之際人才國事，多史家所未備。余嘗跋其後云：原吉爲張氏畫策，使降元以拒臺，故其《遊崐山懷舊傷今》之詩，于張楚公之亡，有余恫焉。而至於吳城之破，元都之亡，則脣齒之憂，黍離之泣，激昂愾歎，情見乎詞。前後《無題》十三首，傷庚申之北遁，哀皇孫之見俘，故國舊君之思，可謂至於此極矣。謝皋羽之於亡宋也，西台之記，冬青之引，其人則以甲乙爲目，其年則以羊犬爲紀，廋辭讔語，喑啞相向，未有如原吉之發抒指斥，一無鯁避者也。《戊申元日》則云：「月明山怨鶴，天黑道橫蛇。」《丙寅築城》則云：「孺子成名狂阮藉，伯才無主老陳琳。」殆狂而比於悖矣。或言犂眉公之在元，籌慶元，佐石抹，誓死馳驅，幾用自殺。佐命之後，詩篇寂寥。彼其志之所存，與原吉何以異乎？嗚呼，皋羽之于宋也，原吉之於元也，其爲遺民一也。然老於有明之世二十餘年矣，不可謂非明世之逸民也。故列諸甲集之前編，而戴良、丁鶴年之流以類附焉。（錢謙益：《列朝詩集小傳》，上海古籍出版社，一九八三年版十四頁）

戴良傳附王逢

（清）朱彝尊

同時江陰王逢，字原吉。至正中臺臣薦其才，稱疾辭。避亂青龍江，旋徙上海，築艸堂以居，自號「最閒園丁」。張士誠據吳，逢爲畫策，使降元拒太祖。士誠辟之，不就。元亡後，賦詩激昂，甚於良。洪武十五年，以文字録用，有司敦迫上道。子掖，任通事司令，以父老叩頭乞請，太祖命吏部符止之。逢年七十，元日自製《壙銘》，是歲卒。（朱彝尊：《曝書亭集》卷六十三，四部叢刊景康熙刻本）

《宋元詩會·王逢傳》

（清）陳焯

王逢，字原吉，江陰人。至正中，作《河清頌》，臺臣薦之，稱疾辭。避亂於松之青龍江，復徙上海烏涇，自號「最閒園丁」。藩鎮交辟，不就。明初録用，亦堅辭。年七十卒，有《梧溪集》七卷行世。（陳焯：《宋元詩會》卷九十四，清康熙二十七年刻本）

《歷代詩餘·王逢傳》

（清）沈辰垣

王逢字原吉，江陰人。至正中嘗作《河清頌》，累薦不起，隱居江上之黄山，自稱席帽山人。尋避地無錫梁鴻山，又遷松之青龍江。名所寓曰梧溪精舍，自稱梧溪子，蓋以大母徐嘗手植雙梧於故里之横江也。又徙上海之烏涇，築草堂以居，號最閒園丁。有《梧溪集》。（沈辰垣：《歷代詩餘》卷一〇九，文淵閣四庫本）

梧溪書院記（節選）

（明）張衮

邑大江之東，黄山蜿蜒，横亙數里，曲折而北，則鷄頭灣在焉。崖石多奇狀，榛莽蒙茸，彌世伏匿，過者不問。予表兄方君嘗督樵山中望見，異之。亟援蘿而上，鑿巉巘，薙蕪翳，披靈發朗，得勝槩焉，名曰「二島」。四面樹桃以千數，環山皆桃也，合而名之曰「小桃源」云。登二島望大江，風濤檣鳥畢獻左右，而孤山壁立江中，如冠峩玉。而君日遊咏其中，出則登丘壠，坐斷岸，弔古蹟而悲歌，客從遊者日益衆。君又以兹山故名「席帽」，元人梧溪王逢嘗讀書其處，號「席帽山人」。……予考逢，處士也，史不特見。至正間，番陽周伯琦叙《梧溪集》，中稱逢以文學操行名世。當時險巇，逢以一言定亡命惡少幾萬人，又瘞錫人鋒鏑之殘骨，合而塚焉。蓋有恩於兹土者，不獨獨善其身云爾也。是故表延陵之墓，則雄節著矣；望峴山之碑，則客淚潸矣；慕潁陽孤竹之標尚，則饕餮悶矣。方君之表梧溪、李大夫之善取以風邑人，其意不出諸此乎！（張袞：《張水南文集》卷六，明隆慶刻本）

梧溪精舍

梧溪精舍，在青浦縣青龍江上，元王逢避地之所。中有蘿月山房、冥鴻亭、小草軒，逢自爲記。又有最閒亭，在上海縣烏泥涇上，逢後自青龍移隱於此。［（嘉慶）《重修一統志》二二五〇册，四部叢刊本］

文翬洲

（清）趙宏恩

文翬洲在上海縣界黄浦中，元末始廣尋丈，後延袤至數十畝。王逢攜里叟門生共登，適鳴雉羣集，作詩紀之，因名。［趙宏恩：（乾隆）《江南通志》卷三十一，文淵閣四庫本］

徐仲昭詩序

（清）錢謙益

江陰之詩人，以王逢原吉爲宗。原吉勝國遺民，高皇帝召見，以老放歸，而官其子。其受國恩已深矣。然原吉嘗爲僞吴畫策，令歸元以拒淮。其詩於楚公之亡，吴門之破，再三咨嗟太息，不勝唇亡板蕩之憂。戊申己酉之交，嘆阮籍之狂，嗟陳琳之老，其詞近誕，而其哀尤可悲也。人言犂眉公之在元，與石抹諸人，感慨賦詩，撫膺奮臂，迨佐命而後止。原吉亦犂眉之儔伍也，惜其老而不見庸耳。吾讀仲昭詩，……以爲有原吉之遺風焉。原吉老于布衣，好奇偉倜儻之畫策，故其詩哀以思，激而不反。（錢謙益：《牧齋初學集》卷三十三，上海古籍出版社，一九八五年版九四八頁）

跋王原吉梧溪集

（清）錢謙益

江陰王逢原吉，元末不應辟召。我太祖徵至京師，以老病辭歸。有《梧溪詩集》七卷，載元、宋之際逸民舊事，多國史所不載。原吉爲僞吴畫策，使降元以拒淮，故其《游昆山懷舊傷今》之詩，於張楚公之亡，有餘恫焉。而至於吴城之破，元都之失，則脣齒之憂，黍離之泣，激昂愾歎，情見乎辭。前後《無題》十三首，傷庚申之北遁，哀皇孫之見獲，故國舊君之思，可謂至於此極矣。謝皐羽之於亡宋也，西臺之記，冬青之引，其人則以甲乙爲目，其年則以羊犬爲紀，廋辭讔語，喑啞相向，未有如原吉之發攄指斥，一無鯁避者也。《戊申元日》則云「月明山怨鶴，天暗道横蛇」；《丙寅築城》則云「孺子成名狂阮籍，伯才無主老陳琳」。殆狂而比於詩矣。或言犂眉公之在元，籌慶元，佐石抹，誓死馳驅，與原吉無以異。佐命之後，詩篇寂寥，或其志故有抑悒未伸者乎？士君子生於夷狄之世，食其毛而履其土，君臣之義，雖國亡社屋，猶不忍廢。則其居華夏，仕中朝，又肯背主賣國，以君父爲市儈乎？夷齊之不忘殷也，原吉之不忘元也，其志一也，孔子必有取焉。彼謂原吉爲元之遺民，不當與謝皐羽諸人竝列於忠義者，其亦闇於《春秋》之法已矣。（錢謙益：《牧齋初學集》卷八十四，上海古籍出版社，一九八五年版一七六五頁）

跋梧溪集

（清）王士禎

元席帽山人王逢《梧溪集》七卷，壬申歲門人楊庶常名時所貽江陰老儒周榮起研農氏手録本也。書學鍾太傅，稍雜八分，終卷如一。研農壽八十有七乃卒，今歿才五六年耳。其子長源字鄴侯，予在廣陵，來從游甚久。二女禧、祜，皆工畫。禧名尤噪一時，號「江上女子」。予家有所畫「惜花春早起詩意美人」一幀。又嘗屬江陰令陸次雲訪其所畫《楚辭》「九章」、「九歌」。聞陸已購得之，付裝潢，迄未見報云。（王士禎：《帶經堂集》卷九十二《蠶尾續文》二十，清康熙五十年程哲七略書堂刻本，續修四庫全書一四一五册二〇二頁）

再跋梧溪集

（清）王士禎

《梧溪集》七卷，乃景泰七年丙子南康府知府陳敏政重刻。陳刻後序述原吉家世甚詳：原吉有子掖，洪武初任通事司令，轉翰林博士，兼文華殿經筵事，卒官。掖子徠，嘗以才德薦至京師，未官而卒。子輅，宣德中以秀才舉授南康府照磨，未幾卒。二子，曰顔曰孟，不能歸，遂僑居星子之東澗。祖母黄、母徐，躬紡績以教，二子俱有成云。集首有至正間周伯琦、汪澤民二序。序言原吉初學詩于延陵陳虞卿，虞卿與柯敬仲俱事虞邵菴，得其傳，與有元盛時楊、范諸公齊驅。惜未著其名，俟再考之。虞卿官東流尹，亦序云。（王士禎：《帶經堂集》卷九十二《蠶尾續文》二十，清康熙五十年程哲七略書堂刻本，續修四庫全書一四一五册二〇二頁）

論王逢梧溪集〔一〕

（清）王士禎

虞山錢牧齋謂「《梧溪集》記宋元末國事人才，多史家所未備」，予讀之信然。又如《宋高皇壽成殿汝甕觶引》、《孟郡王忠厚佩印歌》、《制置彭大雅瑪瑙酒椀歌》之類，尤令觀者一唱三歎。予最愛其《題王冕墨梅》一絶云：「霜落銀河月在天，美人松下鬬嬋娟。一枝倒影吴牛角，曾似知章踏酒船。」自序

〔一〕題目校點者代擬。

云：「冕嗜畫梅，常韉牛遊京城，名貴側目。」（王士禎：《居易録》卷十九，清康熙刻本）

重訂孫大雅集序

（清）曹　禾

余嘗論次古今詩文而徵江陰之文獻，蓋莫盛於勝國之初。其一爲席帽山人王逢。逢字元吉，長於詩。其一爲孫司業作。作字大雅，工文章。自後作者繼起，無如兩公者。元吉詩歌雄拔，聲施至今。大雅之文，已無人知之，且有不能舉其姓名者。……大雅與元吉同爲元遺民，元吉不受徵，其爲詩，多憤肆不平語。大雅雖應辟召，而浮沈仕宦，不干世故。觀其閱歷江山，留連景物，悲歌慷慨，茫然以思，慘然興懷，往往寓其微意於今古廢興聚散之間，亦可以知其爲人矣。（盧文弨：《常郡八邑藝文志》卷六上，清光緒庚寅十六年刻本，續修四庫全書九一七册五九六頁）

最閒園丁王逢

（清）顧嗣立

逢字原吉，江陰人。弱冠有文名，至正中，嘗作《河清頌》，行臺及憲司交薦之，皆以疾辭。世居江上之黄山，自號席帽山人。避地無錫梁鴻山，未幾遷松之青龍江，名所寓曰「梧溪精舍」，自號「梧溪子」。蓋以大母徐嘗手植雙梧于故里之横江，志不忘也。又徙上海之烏涇，築草堂以居，曰「最閒園」，自號「最閒園丁」。明初，以文學録用。其子通事令掖，以父老泣請，命罷之。年七十卒，洪武戊辰歲也。有《梧溪詩集》七卷，錢牧齋《列朝詩集》載之前編。謂原吉當張氏據吴，大府交辟，堅卧不就。而又稱其爲張氏畫策，使降元以拒臺。此何説也？張士德之敗在丁酉三月，其時張氏尚未降元也。而謂其于楚公之亡有餘恫焉，未知其爲元乎？抑爲張氏也？原吉一老布衣，沐浴于維新之化者二十年，其子已通仕籍矣。而謂其故國舊君之思，至于此極，西山之餓，洛邑之頑，未知其又何所處也！牧齋好爲曲説，至引謝皋羽、犁眉公爲喻，抑何其不相類乎！然原吉之詩，志在乎元，則成其爲元而已矣。故附于遺民之例而録之。（顧嗣立：《元詩選初集》辛集，中華書局，一九八七年版，二〇〇二年印本二一九四頁）

題席帽山人王逢梧溪集

（清）趙　翼

是集久無刻本，余從江陰葉保堂明經處借得抄本，頗完善。一再讀之，知其生長於元末明初，與楊維禎、倪瓚、袁凱輩相友善，而始終不仕。蓋自托於元之遺老，欲以隱節自完。故其爲詩，大概以扶植名教、激揚風義爲主。如余闕、李黼、石抹宜孫、陳友定、達識帖木兒等捐軀殉難，及他節婦、孝子、義士，無不各有小序以表彰之。嘗勸張士誠降元，授官太尉，詩中即以「張太尉」稱之。其後士誠僭偽號，則不復齒及。蓋隱援陶淵明甲子紀年之義，亦可見其用意所在矣。古體詩音節高古，時有漢、魏遺韻。近體亦老成樸實，不落纖佻，固不屑與鞶帨家争工鬬靡也。保堂以鄉先輩遺墨不忍聽其湮没，將付梓以傳，可謂能扶大雅之輪矣。（趙翼：《簷曝雜記》卷五，中華書局，一九八二年版九十六頁）

石洲詩話三則

（清）翁方綱

王梧溪《夜何長》三疊，蓋寓亂極思治之意，不減甯越《扣角歌》。

王梧溪《白翎雀引》亦主石德間，而其詞該括有元一代興亡之事，其旨則《書無題後》詩云：「莫讖白翎終曲語，蛟龍雲雨發無時。」可以相證也。

王原吉才力富健，而抑揚頓挫，不盡如元人概塗金粉。至此而元人之境與宋人之境，歸於一矣。

（翁方綱：《石洲詩話》卷五，人民文學出版社，一九八一年版一八二頁）

明詩派説（節選）

（清）郭起元

元季楊維楨鐵崖，辭官高蹈。明祖定天下，纂修禮樂，安車徵赴闕，未久即辭去。其爲詩震蕩凌厲，神施鬼設，古樂府尤善。蓋所以終元之運，啓明之先者。同時王逢涽溪，隱居不受徵辟，著《席帽山人集》，多表章忠孝節義，自以元遺民。明祖召之，獨不屈，風節更高焉。（郭起元：《介石堂集》古文卷六，清乾隆刻本）

元江陰詩人[一]

（清）金武祥

元時江陰以詩名者，陸子方、許北郭、繆苔石、王梧溪爲最著。《梧溪集》七卷，爲邑明經葉保堂捐貲刻之鮑氏《知不足齋叢書》中，流傳頗廣。（金武祥：《粟香隨筆·粟香二筆》卷五，清光緒七年刻本，續修四庫全書一一八三册四四〇頁）

元詩紀事十則

陳　衍

王逢，字原吉，江陰人，自號「席帽山人」，又號「梧溪子」，又號「最閑園丁」。洪武間卒。有《梧溪集》。

陳敏政《梧溪集後序》：先生嘗自標題其微詞奥義及人名、地里之難曉者於各詩之首。

《七月聞河南平章凶問》下引《列朝詩集》：壬寅六月，田豐、王士誠刺殺李忠襄於濟南城下。先是，順帝見星變，歎曰：「當損大將。」馳使戒諭忠襄，正此詩所謂「妖星芒角」也。

《無家燕》下引《梧溪集》楊維楨序：《梧溪集》者，江陰王逢氏遭喪亂之所作也。予讀其詩，悼家難，憫國難，採摭貞操，訪求死節，網羅俗謡與民謳，如《帖木侯》、《張武略》、《張孝子》、《費夫

[一] 題目校點者代擬。

人》、《趙氏女》、《丙申紀事》、《月之初生》、《天門行》、《竹笠黄》、《官柳場》、《無家燕》諸篇，皆爲他日國史起本，亦杜史之流歟？

《遊崑山懷舊傷今》下引《列朝詩集》：張士誠降元，元追封士德爲楚國公，廟祀崑山。楊廉夫詩所謂「先封楚國碑」也。

《寄桃浦諸故知即事》下引《列朝詩集》：此原吉戊辰歲即事寫懷寄故知之作，蓋絶筆也。詩稱我太祖高皇帝尚曰「南朝天子」，又曰「夢逢秦鬼歌無衣」，真所謂倔强猶昔耶？

《無題五首》、《後無題五首》下引《列朝詩集》：《無題》前後十首，皆感悼王師入燕，庚申北狩之事。《列朝詩集》：原吉爲張氏畫策，使降元以拒臺。故其《游崑山懷舊傷今》之詩，於張楚公有餘惆焉。前後《無題》十首，傷庚申之北遁，哀王孫之見俘。故國舊君之思，可謂至於此極矣！

《得兒掖書時戊申歲》下引《列朝詩集》：《戊申元日》則「月明」云云，《丙寅築城》則云：「孺子成名狂阮籍，伯才無主老陳琳。」殆狂而比於誖矣。

《書無題後凡三首偶感燕太子丹事》下引《列朝詩集》：洪武七年，遣元幼主之子買里的八剌北歸。此詩記其事，故有「舊歸質子」及「南風馬角」之句。太祖封買里的八剌爲崇禮侯，故曰「瀛封曾畀宋孤兒」也。

《銀瓶娘子辭》下引《風月堂雜識》：銀瓶烈女，古今歌詠其事者甚衆，惟王梧溪原吉《銀瓶娘子辭》、五清劉先生《孝娥井銘》二篇可誦。（陳衍：《元詩紀事》卷二十六，上海古籍出版社，一九八七

年版六二八至六三七頁）

論王逢詩〔一〕

（清）王禮培

王原吉《梧溪集》，以俊拔激越，冶宋元爲一鑪，舉所謂枯淡穠麗，兩熸其燄。亂極思治，元運亦隨以亡矣。（王禮培：《小招隱館談藝録初編》卷三，民國鉛印本）

擬明史樂府·歌七章

（清）尤　侗

君不見，九靈山人泛東海，麥秀黍離歌慷慨。又不見，席帽山人隱吴門，殘山剩水聲常吞。二子不仕亦不死，惟有子中所爲極難耳。江西復，廣東破。變姓名，北山卧。棄妻子，浮江湘。足已折，身難藏。使者來，引鵂鶹。辭親友，歌七章。歌七章，悲元亡。嗚呼！元亡乃有文天祥。

九靈山人戴良、席帽山人王逢，皆元遺民，不仕明者。伯顔子中，西域人。用奇計收復建昌，出使廣東，已破。墜馬，折一足。變姓名，浪跡江湖，隱進賢北山。懷鵂自隨，曰：「如有強我者，以此答之。」江西布政沈立本遣使招之，子中慨然曰：「吾死晚矣。」乃具牲酒祭其祖父親友，

〔一〕題目校點者代擬。

作歌七章，飲酖而死。（尤侗：《西堂詩集》卷二十三，清康熙刻本，續修四庫全書一四〇七册七十九頁）

《明史雜詠・席帽山人王逢》　（清）嚴遂成

河清頌罷便歸休，自號園丁嬾叩頭。未受韓恩安用報，已知吴沼曷來遊。有懷塞上庚申北，無歷山中甲子秋。一片西臺朱鳥血，青龍江水颯寒流。（嚴遂成：《明史雜咏》卷四，清乾隆刻本）

七賢詩　王布衣逢　（清）王　昶

席帽山人逝，梧溪精舍荒。青龍萍梗地，想見鬢毛蒼。節烈輒慷慨，歌辭時激揚。持較杜陵叟，無媿一瓣香。（王昶：《春融堂集》卷一，清嘉慶十二年塾南書舍刻本，續修四庫全書一四三七册三五〇頁）

竹枝詞和王鳳喈韻六十首之五　（清）錢大昕

浯谿風度自超然，烽火催歸海上船。吟罷看雲滴露句，不知蘿月落平川。王逢，江陰人。避亂青龍江上，顔其室曰「蘿月山房」。逢有詩云：「病就山中隱，烽催海上舟。」又云：「看雲暮影齊巾角，滴露春聲落枕凹。」

（錢大昕：《潛研堂集》詩集卷二，清嘉慶十一年刻本，續修四庫全書一四三九册二五二頁）

讀元人詩各賦絶句

（清）阮葵生

河清一頌苦知名，避地吴淞海氣青。自築梧溪小精舍，聊蕭席帽老園丁。王逢源吉。（阮葵生：《七録齋詩鈔》卷五，稿本，續修四庫全書一四四五册六四四頁）

論元詩絶句七

（清）謝啟昆

席帽山人感亂離，龍灣浪泊數遷移。無題十首傷心甚，怕聽淒凉白雀詞。王逢。（謝啟昆：《樹經堂詩續集》卷七《清風堂草》中，清嘉慶刻本，續修四庫全書一四五八册二五六頁）

題王梧溪小像

（清）秦　瀛

梧溪名逢，元末江陰人，自號席帽山人。于淮張時嘗爲畫策，使降元（版漶漫闕文）

瘦骨崚嶒筆有神，風流席帽大江濱。隗囂割據曾參幕，徐穉歸來不作臣。梧溪有《吴門感懷》詩云：「南州孺子爲民在。」詩似義熙書甲子，人從洪武哭庚申。鐵厓老子梧溪叟，省識東吴兩逸民。（秦瀛：《小峴山人詩文集》卷四，清嘉慶刻增修本，續修四庫全書一四六四册五五〇頁）

烏泥涇懷古 有序

（清）葉廷琯

涇爲宋時所鑿，久淤塞。約畧其道，在今華涇西北，徑達茸城，以通淞泖。昔苗劉之變，韓蘄王從江灣赴臨安，由此過軍。又元末詩人王逢，自澄江移家於此避亂，築最閒園以居，自稱最閒園丁，亦稱席帽山人。惜其遺址已不可考。余今亦避兵此地，暇日訪求遺事，作詩紀之。

通渠歲久已成淤，舊事蒼凉感故墟。大將錦袍移戰艦，山人席帽構精廬。背嵬令肅勤王始，韓岳二家皆有背嵬軍，爲親軍。箸録心閒避世餘。原吉《最閒園》詩：「擬箸幽居録，漁樵共討論。」今日寒蘆衰柳外，兩朝遺跡剩樵漁。（葉廷琯：《楙花盦詩》楙花盦詩卷下《劫餘草》，清光緒刻滂喜齋叢書本，續修四庫全書一五一九册六三九頁）

讀梧溪集感賦

徐世昌

牢落烏涇寓，荒凉席帽峯。艱危雙老鬢，飄泊一孤筇。天地詩邊淚，江山客裏烽。故邱何處問，惆悵望雲松。（徐世昌：《晚晴簃詩匯》卷六十三，民國十八年退耕堂刻本）

《退庵筆記·王原吉》

（清）夏　荃

元江陰王逢，字原吉，自稱「席帽山人」，著《梧溪集》七卷。至正間被荐不就，避地吳淞江，築室上海之烏涇。適張氏開國，東南之士咸爲之用，逢獨高蹈不仕。洪武初，台徵甚迫，又以老疾辭。《明史·文苑傳》附載于《戴良傳》中，以二人皆義不負元故也。考元吉雖未仕張氏，然當吳藩分封及平江破後，流連賓從之什，悽愴疇曩之篇，雜見集中，玉爲覼縷，亦未嘗不惓惓于張氏也。州志藝文所載《趙長北詩》、《袁智周佩刀》，皆逢作，見《梧溪集》。乃志以「原吉」作「元吉」，而軼其名，不詳鄉貫。且《佩刀歌》列于劉藺《何氏雙節堂詩》後，與《趙長北詩》、《不虜詩》下，又不□名，直似劉作。偶閱《重修太州志》，果以《袁智周佩刀歌》爲劉藺作，新志不足責，皆舊志誤之也。初疑魏志、褚志失考，及檢列大參崇禎《志》，原刻亦復如是，承譌襲誤，由來久矣。益王□袍中十場志，直出王元吉爲本場人，謬誤尤甚。劉、王兩公學識素優，尚尔舛誤，矧其爲自檜以下哉！（夏荃：《退庵筆記》卷五，清抄本）

序跋著録

《讀書敏求記·王逢梧溪集七卷》

（清）錢　曾

王逢梧溪集七卷

王逢字原吉，江陰人。至正間被薦不就，隱居上海烏涇。

先君留心國初史事，訪求王逢、陳基等集不遺餘力。然唯絳雲樓有之，牧翁秘不肯出，末由得覩。先君殁，予於劍映齋藏書中購得《梧溪集》前二卷。是洪武年間刻本，如獲拱璧，恨無從補録其全。越十餘年，復與梁溪顧脩遠借得後五卷鈔本。亟命侍史繕寫，成完書。閲時泣下漬紙，痛先君之未及見也。

原吉志不忘元，其故國舊君之思，纏綿惻愴，《初學集》跋語極詳，又不待予之贅言矣。（錢曾：《讀書敏求記》卷四，北京，書目文獻出版社，一九八四年版一三九頁）

《梧溪集》跋三則〔一〕

（清）顧千里

《梧溪集》蔣西圃手校本，先生覆校跋云：據陳敏政後序，知此集初刊於洪武，繼補於景泰。迨明季而景泰板已模糊斷爛，且不可得矣。汲古閣藏本用景泰板填補完全，今在小讀書堆。借來校正，十獲八九，惜無從購洪武印本訂正之耳。元和顧千里記。

又跋於卷三後曰：此卷脱誤極多，依汲古藏本補正如右。千里校并記。

卷四後又跋曰：右依汲古閣藏景泰板校正，庶幾善本矣。以翁殆听然於道山耳。顧千里。以上三跋雖無年月，必在嘉慶丙子冬。

至是年鮑淥飲子志祖重刊《梧溪集》成，屬先生覆校，先生因序之。（趙詒琛：《顧千里先生年譜》卷下，民國刻《對書屋叢書》本）

《千頃堂書目·梧溪集》

（清）黄虞稷

王逢《梧溪集》七卷

字元吉，江陰人。至正中獻《河清賦》，臺臣薦之，稱疾辭歸。辟地上海，自號「最閒園丁」。洪武

〔一〕 題目校點者代擬。

初，召之不出。子掖爲通事司令，以逢老叩頭泣請，乃已。（黄虞稷：《千頃堂書目》卷二十九，上海古籍出版社，二〇〇一年版七三一頁）

《四庫全書簡明目録·梧溪集》 （清）永瑢等

梧溪集七卷

元王逢撰。逢少學詩於陳漢卿，得虞集之再傳，故才氣宏放，而法度謹嚴。集中載元明之際忠孝節義事甚備，多作小序，以誌其崖略，蓋其寓意所在也。（永瑢等：《四庫全書簡明目録》卷十七，上海古籍出版社，一九八五年版七四九頁）

《鐵琴銅劍樓藏書目録·梧溪集》 （清）瞿鏞

梧溪集七卷 元刊本

題「江陰王逢原吉」。此集刊於至正己亥，有周伯琦序。景泰七年重修，程敏政有序。是本存卷五至卷七，其卷一至卷四毛氏鈔補。卷末有朱筆題記云：「虞山觀庵陸貽典，校補於汲古閣下。丁巳九月下浣。」卷首有「毛晉」、「士禮居藏」二朱記（瞿鏞：《鐵琴銅劍樓藏書目録》卷二十一，上海古籍出版社，二〇〇〇年版六三五頁）

《善本書室藏書志·梧溪集》

（清）丁　丙

梧溪集七卷　明洪武本　鮑以文、嚴九能藏書

江陰王逢原吉。

逢字原吉，江陰州人。幼從陳漢卿學詩，與柯敬仲同事虞伯生，得其傳，故與楊、范齊名。至正中，作《河清頌》，臺臣薦之，稱疾辭。因祖母徐手植梧於故里横河之上，自號「梧溪子」。築草堂於上海烏泥涇，又號「最閒園丁」、「席帽山人」。詩則纏綿惻愴，所記宋、元之際人才國事，多史家所未備。前六卷梓行於未歿之時，至正丙戌新安汪澤民、己亥番陽周伯琦並叙之。第七卷乃其子掖之所刻，景泰七年錢塘陳敏政補跋其後。錢遵王《讀書敏求記》稱初於劍㕦齋購得前二卷，越十餘年，從顧修遠家借鈔院書，則刊本之稀可矣。此本版雖漫漶，悉用朱筆描全，有「馬思贊印」、仲韓「老屋三間賜書萬卷」、「歙西長塘鮑氏知不足齋藏書印」、元照「九能」諸印。（丁丙：《善本書室藏書志》卷三十四，清人書目題跋叢刊二，中華書局，一九九〇年版八二三頁）

《皕宋樓藏書志·梧溪集》

（清）陸心源

梧溪集七卷　明初刊本　汲古閣舊藏

元江陰王逢原吉撰。

案：此元刊明印本，每葉二十六行，每行二十二字。卷中有「元本」朱文腰形印、「甲子」朱文方印、「毛晉之印」朱文方印、「毛氏子晉」朱文方印、「文瑞樓」白文方印、「秋夏讀書冬春射獵」白文方印、「汲古主人」朱文方印、「毛晉私印」、「子晉」朱文二方印、「毛扆之印」朱文方印、「斧季」朱文方印、「蓮涇」朱文方印、「太原叔子藏書記」白文長印。

梧溪集七卷　周研農手鈔本　池北書庫舊藏

元江陰王逢原吉撰

汪澤民序至正丙戌

周伯琦序至正己亥

楊維楨序至正十九年

王氏手跋曰：梧溪集七卷，乃景泰七年丙子南康府知府陳敏政重刻。陳刻後序述原吉家世甚詳：原吉有子掖，洪武初任通事司令，轉翰林博士，兼文華殿經筵事，卒官。掖子徠，嘗以才德薦至京師，未官而卒。子輅，宣德中以秀才舉，授南康府照磨，未幾卒。二子，曰顔曰孟，不能歸，遂僑居星子之東澗。祖母黄、母徐躬紡績以教，二子俱有成云。集首有至正間周伯琦、汪澤民二序。序言原吉初學詩于延陵陳虞卿，虞卿與柯敬仲俱事虞邵庵，得其傳，與有元盛時楊、范諸公齊驅。惜未著其名，俟再考之。虞卿官東流尹，亦序云。漁洋山人跋。

又曰：元席帽山人王逢《梧溪集》七卷，壬申歲門人楊庶常名時所貽江陰老儒周榮起研農氏手録本也。書學鍾太傅，稍雜八分，終卷如一。研農壽八十有七乃卒，今歿才五六年耳。（陸心源：《皕宋樓藏書志》卷一〇七，清光緒萬卷樓藏本）

《緣督廬日記抄·梧溪集》

葉昌熾

《梧溪集》，元王逢原吉撰。十册，舊鈔本，至正己亥周伯琦序。亦汪季青藏書，藏印同前。（葉昌熾：《緣督廬日記抄》卷十六，民國上海蟫隱廬石印本）

图书在版编目（CIP）数据

梧溪集 / 李军主编；李军点校. —北京：北京师范大学出版社，2016.7
（元代古籍集成 / 韩格平主编. 第二辑）
ISBN 978-7-303-21127-2

Ⅰ. ①梧…　Ⅱ. ①李…　Ⅲ. ①古典诗歌—诗集—中国—元代　Ⅳ. ①I222.747

中国版本图书馆 CIP 数据核字（2016）第 173778 号

营 销 中 心 电 话　010-58805072　58807651
北师大出版社学术著作与大众读物分社　http://xueda.bnup.com

WUXIJI
出版发行：北京师范大学出版社　www.bnup.com
　　　　　北京市海淀区新街口外大街 19 号
　　　　　邮政编码：100875
印　　刷：北京盛通印刷股份有限公司
经　　销：全国新华书店
开　　本：660 mm×980 mm　1/16
印　　张：44.75
字　　数：535 千字
版　　次：2016 年 7 月第 1 版
印　　次：2016 年 7 月第 1 次印刷
定　　价：148.00 元

策划编辑：谭徐锋　　责任编辑：王　强
美术编辑：王齐云　　装帧设计：王齐云
责任校对：陈　民　　责任印制：马　洁